空と風と星の詩人
尹東柱《ユンドンジュ》評伝

宋友恵《ソンウヘ》

愛沢革訳

藤原書店

尹東柱評伝
The critical biography of Yun Dong-Ju

Originally published in Korea by Purun Yoksa, Seoul

This book is published under the support of the Korea Literature Translation Institute.
本書は韓国文学翻訳院（http://www.klti.or.kr）の援助を得て刊行されました。

目次／空と風と星の詩人　尹東柱評伝

空と風と星の詩人

尹東柱評伝

凡　例

一、本書は、宋友恵著『尹東柱評伝』の再改訂版、二〇〇四年四月八日発行（プルンヨクサ［푸른역사］刊）をテキストとした全訳本である。

二、原著者による本文中での補注は（　）内に、訳者による補注は〔　〕内に、本文より小さい字で示した。長めの原注、訳注は、本文中には＊を付し、各段落末にそれぞれ著者による場合は、＊（原注）、訳者によるものは単に、＊、と示して表記した。

三、「　」は本文中の引用文を示す場合に用いてあるが、原テキストで間接話法になっているものを、訳者が便宜上直接話法になおして「　」を付けたものがある。また、原テキストで特に注意を引くときに付けられている符号や、引用符もすべて「　」に統一した。なお、書名や新聞・雑誌名は『　』で示した。

四、固有名詞（人の姓名や地名、団体・組織の名称など）は、わかるかぎり漢字で表記し、カタカナでルビを付すことを原則とした。漢字表記のない語や不明のものは、「ウェソル［외솔］会」のように原音をカタカナで示し、適宜ハングル表記を付した。その読み方（発音）は、なるべく本来の朝鮮音にそって示した。中国の地名のうち旧満州の北間島（現・中国吉林省延辺朝鮮族自治州）内の朝鮮族にゆかりの深い地名は、朝鮮音でルビを付した。

五、本書に出てくる人名に付された肩書は、一九八八年の本書・初版刊行時のものである。

六、原本の味をできるだけ生かすために、なるべく日本での通用語に単純におきかえてしまうことを避け、原文に忠実な訳をこころがけた。朝鮮を植民地として支配していた「大日本帝国」期の日本を、韓国および北朝鮮では一般に「日帝」と呼ぶのが普通であるが、「日帝」と「日本」の有意な使い分けや、「韓末〔大韓帝国末期を指す〕」「中日戦争」などの用語は、さしつかえないかぎり原文のままにした。ただし、原文で朝鮮半島の南北すべてを含む存在として「韓人」「韓国人」を使っているところは、「朝鮮人」という表記に統一した。

再改訂版序文

ロシアのことわざの中に「神は農夫」だという美しい言葉がある。『尹東柱《ユンドンジュ》評伝』の「再改訂版」をつくる作業をすすめながら、ふとその言葉がうかび胸が熱くなった。この世の万物のうちに神のやさしく見守り育ててくださる大きな手の届かないものがどこにあるだろうか！　わたしたち人間のなす行為のうちで少しでも良き部分があるとすれば、それはさし伸ばされる神の手を模範として努力しようとするところから生まれてくるのだろう。

ほんらい詩人尹東柱に関する評伝を書くということは、彼についての想い出を証言し、各種の資料を提供してくださる方たちがいなければ、そもそもはじめから不可能な作業であった。かえりみればこの本は、原稿の完成とともに完結する一般的な本とは異なり、変身と成長をくりかえしながら今日にいたるという特異な運命をたどった。

まず世界的な時代状況の変化にともなう改訂があった。東西冷戦の終息によってわが国もまた過度なイデオロギーの抑圧から自由になってきたが、これによってこの間「左翼」というレッテルに縛られていた関連者たちについてまっとうな照明を当てることができるようになったからだ。まず、南労党幹部出身の死刑囚として歴史の冷たい灰のなかに深くうずめられていた人、かつて尹東柱の延禧《ヨニ》専門学校の同窓生でふだんから親しい友人でもあり、解放後新聞記者となった姜処重《カンチョジュン》について。そして尹東柱の詩集がはじめて世に出たとき力強く大きな役割をはたした著名な詩人・鄭芝溶《チョンジヨン》について。彼らにしっかり光を当てることができ、また本が出版されたのちにも、多くの人がちょうどあらたに植えた樹をともに育てていくように引き続き助けてくださり、新しい証言と補充資料が入手できた。そこでそれらすべてを合わせて「改訂版」を出した。

　こんどふたたび「再改訂版」をつくるのは、本の内容をとてもよく補完してくれる重要な資料が日本から新たに入手できたためだ。尹東柱の東京・立教大学の後輩である日本人女性・楊原泰子《やなぎはらやすこ》さん（一九四六年生、白樺教育館学芸員）によって、尹東柱の東京時代に直接かかわるとても貴重な証言と資料が電撃的に発掘されたのである。

　楊原さんが尹東柱の立教大学時代の足跡を尋ねることになったのは、日本で出版されたこの本〔初版〕の抄訳本を読んだことが契機となったという。本のなかで、尹東柱が立教大学時代の一九四二年の夏休みに帰郷したとき撮った写真についての言及がある。尹東柱の頭髪が前とはちがって僧侶のように短く刈られているのに注目し「大学の規則のためにそのようにしたのだろうか」という疑問が提起されているところを読んで、彼女は当時の大学の規則を確認してみようと考えたという。そしてそのころの『立教大学新聞』をすみずみまでしらべた結果、尹東柱が入学して八日目の一九四二年四月一〇日付紙面に「学部断髪令四月中旬実施」というタイトルの記事を探し出すという快挙をはたした。その記事によれば、「戦時体制にともなって質実剛健な気風を奮い起こそうという目的で学生たちの頭をすべて短く刈らせる」というのであった。当時、日本は世界で五大強国として数えられていた中国と米国を相手に戦争をし、力にあまる中日戦争と米日戦争（太平洋戦争）を同時に遂行し手を焼いていた戦時国家であった。

このような成果に鼓舞された楊原さんは尹東柱の立教大学時代についての証言と資料を継続して集めはじめ、その結果、「尹東柱の東京時代」の一定部分をびっくりするほど生き生きと復元し、その資料と関連写真を筆者に提供してくださった。彼女が復元したその時代の歴史は、この本（原著）の三五一―三六四頁（本書三六九―三八三頁）に掲載し、尹東柱はもちろん当時の日本人が味わった深い苦痛と大きな痛みまで、あわせて示している。

楊原さんの記録をつうじてあらわれたその時代の姿は、たったいま斬りつけられた傷跡を見るように生き生きとしている。米国で神学を学び、敬虔な品性と真実な愛で学生たちの信望をあつめたほんとうの知識人・高松孝治教授。軍国主義の化身であった軍事教練担当の飯島信之現役陸軍大佐が強圧的で猟奇的なまでに学生たちを苦しめたこと。尹東柱の「たやすく書かれた詩」に出てくる「年老いた教授」のモデルと推定される白髪の宇野哲人・東洋哲学教授。大学内で軍事教練問題をめぐって学生たちと現役将校のあいだにあらわになった葛藤と横暴とそれへの対応……。このような諸資料が歳月の色あせた厚いベールを押し開くや、尹東柱の東京時代をまるで肉と皮膚をもつ生命体のように精彩をもってあらわした。このように細心に尹東柱が暮らしていた東京時代の足跡を探りだした日本人女性・楊原泰子さんの労苦と真心にふかい敬意と感謝を表したい。

わたしが『尹東柱評伝』をはじめて書き出したときには、いつか日本人の真心のこもった助力によって評伝の内容がさらに補完され豊かになって完成する日がくるとは、想像することさえできなかった。このことはわたしにとって楊原泰子さんの労苦と善意にたいする深い感謝とともに、「わたしたちはすべて人類の一構成員」だという命題を再認識させてくれるものだった。

つぎに、国内資料の部分もさらに補完した。金斗燦《キムドゥチャン》（一九二〇年生）氏の「神社参拝」関連の証言である（一九五―一九九頁〔本書二〇二―二〇五頁〕）。彼は平壌《ピョンヤン》の崇実《スンシル》中学校（五年制でいまの中高校をあわせたものと同じ）のとき尹東柱と同じクラスの旧友だった方で、自身が崇実中学校時代に身をもって味わったその厳しくつらい体験を「過酷だった神社参拝の強要」というタイトルで新聞に掲載した（『東亜日報』一九八二年八月一六日付）。

そこには、崇実中学校が経た神社参拝拒否による血のにじむ苦痛が示されているが、それは当時在学していた尹東柱もやはり身をもって味わったことだ。この証言は、とうとう廃校へと追いやられた崇実の神社参拝拒否事件当時の緊迫した状況を生き生きと伝えているだけではなく、崇実の学生たちが毎年の三・一節（一九一九年三月一日に起こった独立運動の記念日）に、胸の痛くなるような独特な独立記念儀式を敢行したことを伝えている。「崇実学校の学生たちは三月一日になるとみんな教室の自分の机の上に頭をたれて、一日中じっと身動きもしないまま座って沈黙示威を行った。日本人の教師たちはもちろん朝鮮人教師たちもこの粛然たる光景に圧倒されて、一言も声をかけられず、そのまま出て行ったものだった」という。全校生徒がずっとそんな姿勢で無言のまま一日を過ごしているとき、彼らの心中を満たしていたものはどんなものだったろうか。涙なしには読むことのできない証言である。

そして、このたび「再改訂版」をつくる機会にはっきりそれを取り上げ確実に指摘しておきたかったことは、日帝時代に日本の大学の教育制度にあった「選科」の問題だ。

尹東柱と宋夢奎《ソンモンギュ》の日本の大学での学籍簿を見ると、彼らの専攻学科の名の下に「選科」という識別印がついている。とうぜん日本の特高警察の取調文書や裁判所の判決文にもその印はくっついている。ところで最近、一部の尹東柱研究家たちはこの「選科」についての解釈においていささか混乱を見せている。現在の韓国と日本のすべての大学に「選科」という制度はない。そのため日帝時代の教育制度における「選科」制度を定員外の学生に講義の聴講を許容する場合の「聴講生」制度と同じかあるいは似たようなものと錯覚した結果、正規の学制からはずれた学生として勉強したものと理解する傾向があるが、これは事実ではない。

日帝時代の「選科」制度は「聴講生」制度とはずいぶんちがうものだった。当時も「聴講生」制度はあった。それは日帝時代に大学にかよった人たちから著者が直接聞いてはっきり知っていただけでなく、明白な証拠がまさに尹東柱に対する日本の特高警察の取調文書にも出ている。そこには尹東柱は「延禧《ヨニ》専門学校卒業後上京し、法政大学聴講生として勉学し、昭和十七年九月在京都同志社大学文学部選科に入学し……」（四〇六頁、本書四二四頁参照）となっている。当時日本の大学では「聴講生」制度と「選科」制度がはっきり区分され、別々に運用されていたことを明らかに証明している。尹東柱が「法政大学聴講生」であったという記述は別の事件の被疑者と混同してまちがって記載したものと見られるが、彼の裁判の判決文では、「一時東京立教大学文学部選科に在学するも同年十月以降京都同志社大学文学部選科に転じ」（四二八頁、本書四四四頁参照）と正しく記録されている。

「選科」はたんに大学入学前の出身学校の等級を区別するための差別的な呼称だった。同一の入学試験を受け、定員内の学生として合格した学生のなかで、出身学校の等級が一定の条件に適合した学生たちは「本科」と記録し、適合しない学生たちは「選科」と記録して区分したのにすぎない。いったん入試で合格した後には、入学と各種学科目の受講、卒業と登録金や学籍の管理と学力の認定など、学生生活全般にわたって本科生たちとまったく同様に運営される、まったくなんの差別もない制度であった。そのような制度だったから、「選科」の学生として合格するためにはむしろ「本科」の学生よりさらに秀でた実力が要求されたという。出身学校の等級が入試の条件に合わない学生たちは入学試験を受けるときに、いったん「応試資格未達者」の身分で受験するためであり、入試でとくにすぐれた成績をあげなければ合格できなかったためだ（張徳順《チャンドクスン》教授と鄭大為《チョンデウィ》博士をはじめとする方々の証言）。

日帝時代に日本の高等教育界において正式に実施・運営されていたそのような形態の教育制度を示す明確な物的証拠として、今回の「再改訂版」においては尹東柱と宋夢奎《ソンモンギュ》の延禧《ヨニ》専門時の学籍簿をならべて公開する。当時、延禧専門においてもそのような制度を採用していたが、延禧専門は大学ではなく専門学校であったからか、「選科」という呼称の代わりに「別科」という呼称によって区分した。だから同じ時期に同じ入学試験をならんで受けて合格し、同一の教科課程を履修し同一の学籍管理を受け、一つの級でまったくいっしょに勉強しともに卒業した二人なのに、五年制の光明《クァンミョン》学園中学部出身である尹東柱は「文科本科」と記録され、いっぽう四年制の大成《テーソン》中学校出身である宋夢奎は「文科別科」として記録されている。学籍簿の書式自体がそのような区分を記録するようにあらかじめ印刷されているところから見て、当時ひろく採用されていた制度だったと知ることができる。宋夢奎が「延禧専門文科別科」出身だという印を付けていても、当代の日本有数の名門国立大学であった京都帝国大学の入試に合格し、いわゆる「京都帝大生」になりえたことから見ても、学力の認定自体には「本科」とまったく差別はなかった。

キリスト教の家庭に生まれキリスト教の学校である恩真《ウンジン》中学校（四年制）にかよったキリスト者である尹東柱と文益煥《ムンイクファン》は、中学校卒業時期が近づいてくるや家を離れ、わざわざ遠く平壌《ピョンヤン》の崇実《スンシル》中学校（五年制）で勉強するために苦労して転学した。その彼らが神社参拝拒否による弾圧に抗議し、崇実中学校を自ら退学して龍井《ヨンジョン》にもどったのち、矛盾したことだがあえて親日系の学校である五年制の光明《クァンミョン》学園中学部に転学した理由は、まさに上級学校の入試において味わう制度的な不利益を免れるためだった。当時の教育制度と運営方法がそのようなものだったから、あの時代に「日本の大学の選科に入学した」ということは、彼が大学の入学試験で出身学校の低い等級による不利益を優秀な実力によって克服した学生だったということを証明する指標となるのである。

次の話は、ここに取り上げることさえ心の痛む問題である。筆者は二〇〇四年三月一二日夜に無心にテレビを見ていて、ひどく驚いた。KBSの「先駆者はいない」というタイトルの番組で、有名な歌曲「先駆者」（尹海栄《ユンヘヨン》作詞・趙斗南《チョドゥナム》作曲）に関する驚くべき話が流れていた。「開かれた《ヨルリン》チャンネル」という視聴者参加の番組だったが、その内容はこうであった。

二〇〇二年に馬山《マサン》市で、そこの出身の作曲家である「先駆者」の趙斗南をたたえて「趙斗南記念館」をつくった。ところで「趙斗南は解放前に満州で親日音楽をした人であり、さらに『先駆者』は朴泰俊《パクテジュン》作曲の『あなた《ニム》とともに』を剽窃した曲である。『先駆者』の作詞者である尹海栄も親日文学者だ」という主張が提起され、公式に調査団がつくられて調べた結果、その主張がすべて事実であることが明らかになり、そこで最近、馬山市では建物の名前を「馬山音楽館」に変えたというのだ。

　画面に出てきた延辺《ヨンビョン》の音楽家と大学教授など、趙斗南《チョドゥナム》を直接知っていたり彼の解放前の足跡を知る人びとの証言、および趙斗南の音楽の師匠であったという作曲家・朴泰俊《パクテジュン》が一九二二年に発表した「あなた《ニム》とともに」（李殷相《イウンサン》作詞）の一部の曲調が「先駆者」の主要な旋律とまったく同じことを立証する演奏を聴きながら、胸がつまった。さらに驚愕したのは、趙斗南が解放前の一九四三年に満州で「新作発表会」を開き正式に「龍井《ヨンジョン》の歌」として発表したその曲を、解放後に越南してから、歌詞の題と内容を自分の手で一部変更し、こんにち見られる「先駆者」の歌として発表したのだが、その歌の元の歌詞は徴兵を奨励するものだったという証言であった。

　また趙斗南は自分の回顧録で、作詞者・尹海栄をさして「一九三三年にただ一度だけ会った、独立運動家という感じを与える、やせこけた体躯の憔悴した見なれない若者」だったとし、当時、牡丹江《モランガン》岸の安宿に滞在していた自分を夕方に訪ねてきた尹海栄が、「龍井の歌」という題の歌詞を彼に与えて作曲してくれと頼んでいったあとは一度も会ったことはない、尹海栄からもらった歌詞の一部を自分が変えた後で曲を付けたのが「先駆者」だ、としている証言もすべて嘘であったことからして、彼らは解放前に満州で作詞家と作曲家としてともに音楽活動をしていたというのだった。そうした証言を立証する証拠として、尹海栄が作詞した「五色旗（満州帝国の国旗）はためく楽土満州を呼ぶ」うんぬんという親日音楽が流れてきた。

「先駆者」は筆者がこの本で龍井を説明するのに大きな愛着をもって引用した歌だった（一〇五―一一一頁〔本書一〇八―一一二頁〕）。だからこの番組を見たあと、製作途中だったこの本の「再改訂版」で関連部分を全部削除する作業を始めたが、まもなく中止した。「これほどあきれた欺瞞と波乱の黒い傷跡もまた、風雲の地・龍井が経てきた胸痛む歴史の一部だ」という考えからだった。そのような欺瞞の跡をすっかりなくしてしまうよりはむしろ、その後ろ姿と後日談までそのまま取り入れて保存するほうがよりよき歴史的意味と教訓をもちうるだろうと判断したのだ。東西冷戦の過酷な対立の構図の中で、共産主義体制の下にある人びととは永遠に交流することはないだろうと判断して、思うがままに過去をでっち上げ美化する欺瞞と偽証をほしいままにした著名人士が、独立運動圏にもかなりあるが、これは芸術界で引き起こされた胸の痛む欺瞞の事例のひとつであるわけだ。

いま『尹東柱評伝』をあらためてまとめ完成した姿の「再改訂版」として作る作業を終えてみると、まるで長い歳月をかけてひと株の樹をまごころ込めて育てているような感慨が湧いてくる。この樹が後世にまですこしでも有益で有用な存在として賞賛を得られるとしたら、それはともに水を注ぎよき肥やしを与えることを惜しまなかった方たちの大きな手助けのおかげである。

『尹東柱評伝』がはじめて出版されて以来、版を重ねている今日まで、数多くの読者が送ってくれたありがたい激励と声援もまた大きな力となったことを告白し、感謝申し上げる。専門的に文学を専攻する学者であるそうそうたる文学評論家から、名門大学の入試に合格したばかりの幼い高三学生にいたるまで、多くの読者たちが「この本を読んで、わたしもいつかはこんな本を一冊書くことができたらいいなという願いがひとつ増えた」という言葉でわたしを熱く励ましてくれた。その中でも再改訂版をつくる作業を進めているなかで受けた日本人読者の一人の手紙は、大きな太鼓の音のように心の深いところまで強く揺さぶった。日本の東京にいる愛沢革さんは自ら韓国語を勉強し、尹東柱の詩を原語で読んでいる篤実な尹東柱読者だが、彼が今年はじめにハングルで書いてわたしに送ってくれた手紙のなかにこんな一節があった。

「わたしはこんなふうに信じています。――尹東柱の詩とその生涯をしっかりと考えつづけるならば、そこには歴史と人間に関する重要で意味深い課題がつぎつぎに現れるのを知ることになるだろう、と。

このような意味において、尹東柱は多くの人びとがおのおの自らの本当の考えをそこでこそ問い直すべき土俵（ことばを変えれば媒体）だともいえるし、このようにして尹東柱をめぐって人びとそれぞれの本当の声がたがいに呼び交わしあう場を作り出すことができればすばらしいと思います。宋友《ソンウ》恵《ヘ》先生の『尹東柱評伝』はわたしが考えを前に進めようとするときいつも自分の位置を確認するためになくてはならない灯台です」

彼がハングルで書き送った文そのままの、まったく手を加えていない文章である。外国の地で暮らす外国人がこれほど自由にハングルを使用し、「尹東柱の詩とその生涯」、ひいては「歴史と人間」についてこのように深奥な省察をしたということ、そしてそれをこのように格調ある韓国語で表現したという事実がとても驚異であると同時にありがたいことこの上なく、またそんな省察の過程でわたしの本が助けになったという告白に接して、言うにいえない大きな励みを感じた。

何年か前に『尹東柱評伝』の改訂版を出版したあと、わたしは一時大きな病にくるしみ、著作をいっさい取りやめた。いま病気から回復したのちにつくる最初の本としてこの再改訂版の出版作業を終えてみて、わたしたちが享受している生と仕事にたいしてあらためてこみ上げてくる感慨と愛着を感じる。

その間、さまざまな証言と資料を提供してくださり、激励と助力を惜しまなかった尹東柱詩人の遺族と国内外のみなさん方に今一度こころから湧き上がる深い感謝をささげる。

宋友恵

二〇〇四年三月二三日

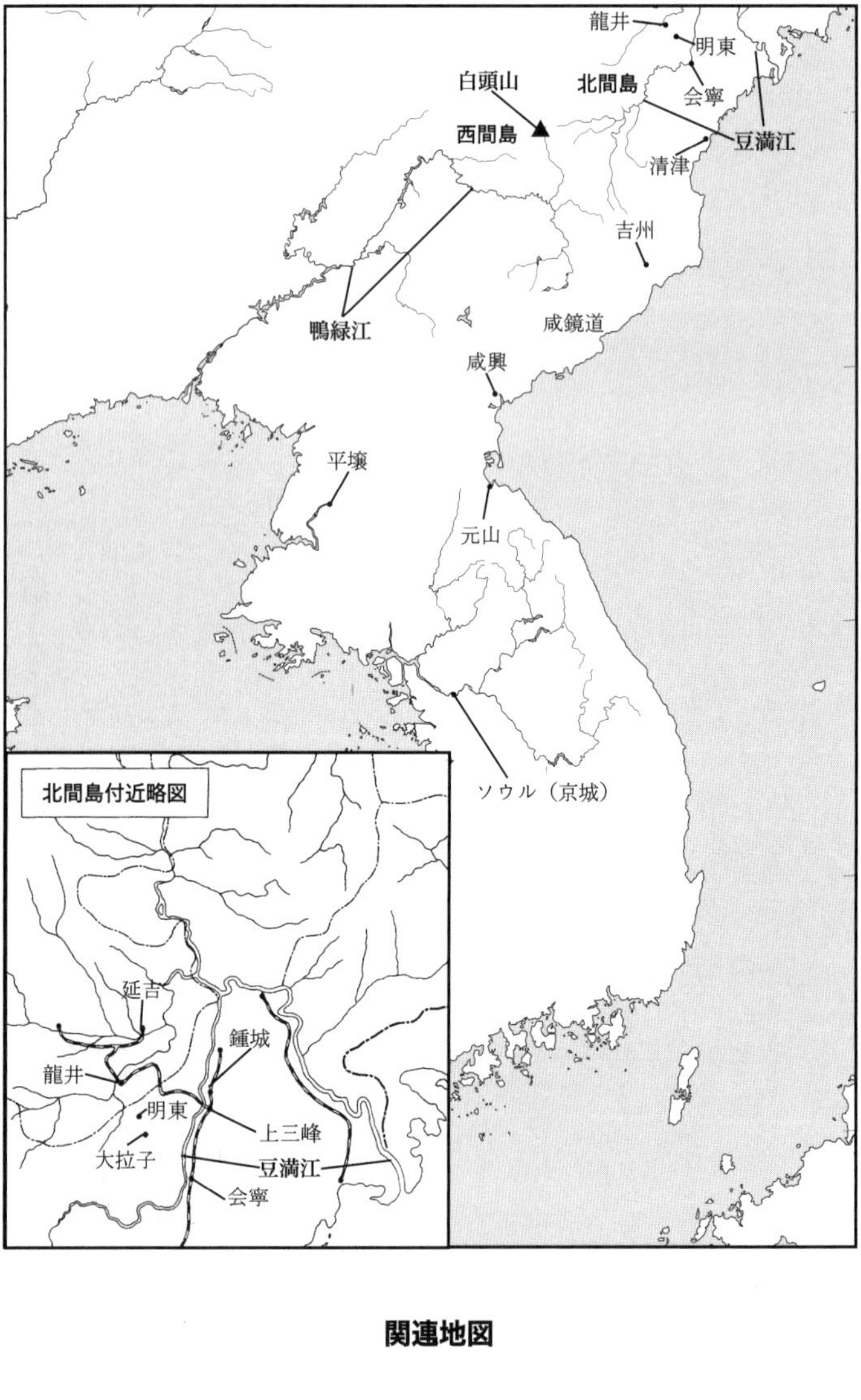
龍井
明東
白頭山
北間島
会寧
西間島
豆満江
清津
吉州
鴨緑江
咸鏡道
咸興
平壌
元山
ソウル（京城）
北間島付近略図
延吉
鍾城
龍井
明東
上三峰
大拉子
豆満江
会寧

関連地図

1　詩人の出生

第一次世界大戦中に生まれた赤児

二〇世紀が幕を開けて一七年——。一九一七年は干支では丁巳《ひのとみ》年だった。

その年の夏のあいだ、北間島《プッカンド》の肥沃で広々とした土地のいたるところで大豆の株が青々と生い茂った。やがて秋、豆の株は大陸のじりじり照りつける陽光をあびて順調に熟していった。漢文の字句を好んだその地の朝鮮人たちが、あえて白の字と太の字をつかって「白太《ペッテ》」と呼んだその白い豆。当時、北間島の朝鮮人たちはだれかれなく「白太」栽培に熱中していた。彼らはいよいよ豆が熟して取り入れが終わりしだい、すぐに「欧羅巴《クラパ》」〔ヨーロッパ〕に積み出すのを待っているのだった。その豆の代金によって彼らの生活は今よりもっと豊かになるだろう。すでに何年もつづいている風景だった。

北間島の朝鮮人たちは本国におけるのと同様、ヨーロッパを漢字で表記し「欧羅巴《クラパ》」と呼んだ。そのときヨーロッパでは大きな戦争が熾烈に戦われていた。まさしく一九一四年七月二八日にオーストリアの皇太子フランツ・フェルディナントがセルビア人に暗殺されたのを契機に勃発した、第一次世界大戦である。すでに四年間つづいているこの戦争を人びとは「欧羅巴《クラパ》戦争」と呼んだ。

人類が生まれて以来、局地的な戦争は無数にあったが、世界の主要諸国家がこぞって相争い、二手に分かれて全面戦争を繰り広げるようなことは、歴史上これがはじめてだった。だから戦争の名称まで「第一次世界大戦」と呼ばれた。

人類最初の世界大戦争の印象はいうまでもなく強烈だった。戦闘員や戦争当事国はもちろん、戦争を直接経験していない国や人びとにとってもそうだった。われわれの民族においても、戦争が与えたひじょうに強い印象が日常の言語にまで浸透したほどだ。たとえば、飲食のあと腹具合に異変が生じてゴロゴロ鳴りはじめると「腹の中で欧羅巴《クラパ》戦争が起こった」というような冗談が、大戦後数十年を経ても流行した。だからそんな用法が今日でも国語辞典の「欧羅巴《クラパ》戦争」の項目に堂々と載っているのである。

北間島《プッカンド》の大豆（白太《ペッテ》）のヨーロッパへの輸出はこの世界大戦と関連があった。

欧羅巴戦争がつづくあいだ欧羅巴では農業ができなくなったからだろうね……。北間島からとてもたくさん白太を輸出したんだよ。生産しさえすれば穀物商たちがやってきてぜんぶ欧羅巴へ運んだ。

詩人・尹東柱《ユンドンジュ》の家と親しくしていた金信黙《キムシンムク》（一八九五年生。尹東柱の幼なじみだった文益煥《ムンイクファン》牧師の母）ハルモニ（おばあさん）は、尹東柱が生まれたころの北間島の様子を昨日のことのように詳細に話してくれた。

穀物商たちはもっぱら白太ばっかり買っていったよ。みんな白太を植えてお金をたくさんもうけた。だからせまい土地を開墾してた人が広い土地を買い、小さな家で暮らしてた人が大きくて広い家を建てて移っていった……。尹東柱の家もそのとき白太をやってかなり儲かったんだ。あの家はもともとかなり裕福な家だったけどね。

一人一人の生が積み重なって歴史をかたちづくる。金信黙《キムシンムク》ハルモニが語るような当時の事情は、「第一次世界大戦のあいだ極東・満州の平原がヨーロッパの穀物倉庫の役割をはたした」という言葉で表わされて、歴史書に載っている。

しかし北間島《プッカンド》の明東《ミョンドン》村にある大きな瓦葺の家、尹夏鉉《ユンハヒョン》（一八七五―一九四七）長老宅の一九一七年は、広い白太畑いっぱいに育っている豆の株だけで豊穣になっていたのではない。ほんとうに豊穣でうれしいことは別にあった。尹夏鉉長老のひとり息子である尹永錫《ユンヨンソク》（一八九五―一九六二）の妻・金龍《キムヨン》（一八九一―一九四七）が妊娠中だった。尹永錫《ユンヨンソク》夫婦は一九一〇年に結婚し、そののち娘を一人生んだがすぐに亡くしてからは、子どもをもつことができないでいた。ところが結婚八年目にしてついにふたたび身ごもったのである。慶事中の慶事とはこのことだった。

畑で生い茂っている豆の株たちに劣らず、お腹の赤ちゃんもすくすくと育った。そうしてその年の冬、一年のけじめである一二月三〇日に、ついに赤ん坊が生まれた。とてもしっかりした健康な男の子だった。

尹東柱の下の弟・尹一柱《ユンイルジュ》は尹東柱の生家についてつぎのように描写している。

わがきょうだいは三男一女だった。わたしの上に姉の恵媛《ヘウォン》、下に弟光柱《クァンジュ》がいる。龍井《ヨンジョン》で生まれた弟光柱《クァンジュ》以外のきょうだいが生まれた明東《ミョンドン》の家は、村でも目立つ瓦葺きの家だった。庭にはスモモの木があり、屋根を上に載せた大きな門を出ると敷地につづく畑と脱穀の庭地、北側の囲いの外には三〇株ほどの杏とスモモの果樹園、東のくぐり戸の向こうには井戸があって、そのかたわらに大きな桑の木が立っていた。その井戸の向こうの東北側の傾斜の中ほどに教会堂と古木の上に設けた鐘楼とが見え、その先の東南のほうには、この村につりあわないほど大きい学校と日曜学校の建物が見えた。

（尹一柱「尹東柱の生涯」『ナラサラン』23集、ウェソル会、一九七六年、一五二頁）

尹家の初孫の誕生は八年ものあいだ家じゅうで待ちのぞんできた慶事で、赤児の父尹永錫《ユンヨンソク》はとても喜んだ。幼名を「ヘファン」とつけた。ヘ（陽）、タル（月）、ピョル（星）というわがくにのことばの「ヘ」に、漢字の「光り輝く」を意味する「ファン（煥）」の字をつけたものだった。

「陽のごとく輝け」という願いを意味するのだろうか。あるいは、待ちに待った尹家の初孫として生まれた元気な赤児が、その存在そのものですでに「陽のごとく輝いている」と感じた感動をあらわしたものか。それともその二つの意味をともに含めたものか。いずれにしろ赤児はずっと「ヘファン」と呼ばれてすくすく育った。この赤児が後日「民族の詩人」という大いなる名を得た尹東柱である。

尹東柱といっしょに明東《ミョンドン》小学校と恩真《ウンジン》中学校に通った友人・文益煥《ムンイクファン》（一九一八—一九九四）牧師の証言によれば、尹東柱は一九三一年に明東小学校を卒業するまで、家ではもちろん、学校でも「ユン・ヘファン」（漢字では尹海煥と表記）の名で呼ばれていたという。尹東柱という名は恩真中学校へ進学してから使うようになったものだ。

「欧羅巴《クラバ》戦争」は尹東柱が生まれた翌年の一一月、ドイツの降伏によって砲声が鳴りやんだ。余談だが、戦争が終わるやヨーロッパでは満州産穀物の輸入が停止されてしまったという。そのため北間島《ブッカンド》では、家ごとに売れ残った白太の袋が山積みになったり、穀物商の中には、白太を前もって買い占めておいた小ざかしい商人がそのまま倒産してしまうなどの騒ぎが起こったという。

尹東柱が生まれた一九一七年の北間島《プッカンド》の状況はこのようなものだったが、当時は第一次世界大戦以外にもさまざまな出来事があり、この地の周辺は、多事多難の情勢だった。

　なかでももっとも大きな事件として、ロシアで起こった共産主義の大革命をあげることができる。その余波はひじょうに大きなもので、まずロシアの国体を絶対君主体制からソビエト連邦体制へと変えただけではなく、世界の多くの国に有形無形の影響を及ぼした。北間島にすぐ隣接するシベリアもやはり大革命による動乱の渦中に巻き込まれた。赤系〔革命派〕と白系〔帝政派および地主・貴族階級〕の戦闘はもちろん、チェコ軍団のシベリア駐屯をはじめ、英国・米国・フランス・イタリア・日本などのシベリア出兵と駐屯など、すべてその波動によるものだった。北間島の地はこの動乱がひきおこした高波と無関係に安穏としておられるところではなかった。地理的にも政治的な力関係においてもあまりに近かったからである。

　またこの同じ年に高宗《コジョン》〔李朝第二六代の王。一八五二―一九一九。在位は一八六三―一九〇七〕の密使であった李相卨《イサンソル》が亡くなっている。北間島《プッカンド》朝鮮人の立場からは、ロシア大革命がいかに巨大な出来事だといっても、世界史におけるひとつの大きな画期をなす大変革であったというふうに客観化することが可能な事件だった。しかし高宗皇帝の密使としてハーグでの万国平和会議に派遣された愛国志士・李相卨《イサンソル》の死はそうではなかった。それは彼らの心情の中に深く錘《おもり》をおろした痛恨の事件であった。

　李相卨は、韓末〔大韓帝国（一八九七―一九一〇）の末期〕以来の北間島《プッカンド》朝鮮人たちの歴史において非常に大きな比重を占める人物である。大韓帝国が滅亡する前の一九〇六年に龍井《ヨンジョン》に来て、「瑞甸《ソジョン》書塾」という北間島最初の新学問の教育機関を設立したのが、まさに議政府《ウィジョンブ》参賛〔李朝時代の最高官庁の官吏で、議政、参政につぐ官職〕だった李相卨である。彼は抗日民族教育の揺籃《ゆりかご》となるこの教育機関を私財を投じて経営したという。

彼が一九〇七年に高宗《コジョン》皇帝の密書を手に、李儁《イジュン》、李瑋鐘《イウィジョン》とともにオランダの首都ハーグに行ったのち、彼のいない瑞甸書塾は結局、門を閉じた。ハーグに行っている使臣一行にたいして、当時、日本のあやつり人形となっていた朝鮮本国の裁判所は、日本の圧力の下で欠席裁判を開き、正使である李相卨《イサンソル》に死刑を宣告したが（副使・李儁《イジュン》と特使・李瑋鐘《イウィジョン》は終身刑）、いずれにしても彼は少なからぬ北間島《ブッカンド》人たちがとうてい忘れることのできない愛国志士であった。

李相卨は一九一七年三月二日に亡命地シベリアのニコラエフスク（現在の名は、ニコラエフスクナアムーレ）で病死した。四十八歳だった。彼は臨終を見守った李東寧《イドンニョン》、李会栄《イフェヨン》、白純《ペクスン》らの同志たちにつぎのような痛恨にみちた遺言を残したという。

> 同志たちは力をあわせて祖国の光復をかならず成し遂げよ。わたしは光復を遂げられずにこの世を去るからには、どうしてこの孤絶したわたしの魂が祖国に帰ることができようか。わたしの身と遺品はすべて焼き払い、その灰も海に投じたあと、弔いもするな。
>
> （尹炳奭『李相卨伝』一潮閣、一七一頁）

同志たちは遺言のとおりに従った。アムール川べりに薪を積み上げて遺骸を火葬し、その灰を北の海（オホーツク海）に流した。燃え残った遺骨さえも粉にして流し、彼の遺品もやはり何度も火に投じて焼き、すべて灰にかえっていったという。

一九一七年はまた、韓国文学史上も大きな意義のある年だった。この年に春園《チュヌォン》・李光洙《イグァンス》が長篇小説『無情』を書いている。この作品について文学評論家・金允植《キムユンシク》教授は「『無情』はわが近代小説の門を開いた作品であるという文学史的な意味から記念碑的であり、作家・春園の全生涯の投影であることによって、春園のすべての文筆行為のなかでも記念碑的といわなければならない」と評価した（金允植『李光洙とその時代2』ハンギル〔한길〕社、五二八頁）が、この『無情』が出たのと同じ年に尹東柱が出生したということは、尹東柱の生涯においてどういう意味合いを帯びているのだろうか。

このような一連の事件は尹東柱が出生した時代の様相とその核心を閃光のように表わしている。そしてこれらは尹東柱の一生にわたって、ひいては彼の死にいたるまでその影を落としていった。どうかするとその影たちの像は、尹東柱においてひとつに総合された感がなくもない。

時期的には第一次世界大戦の渦中であり、地理的にはその穀倉の役割を果たした北間島《プッカンド》。そんな地で生まれた詩人が尹東柱である。彼が出生したころに共産革命の炎がいきおいよく燃え上がり、救国の闘争に全生涯と心血を注いだ愛国志士が異邦の地で痛恨の死の末に一握の冷たい灰に変じて海に散骨され、そしてわが国の近代文学はその大きな門を開いた。

そして尹東柱の死を見ると、時期的には第二次世界大戦のなかで、そして地理的にはこの大戦争の主役となった日本の監獄で彼は獄死したが、やはり火葬されその灰の一部は玄海灘の静かな海に撒かれたのだ。

また文学史的に見てもそうだ。わが国の文学史は彼の存在と作品によって、民族史上最大の暗黒期だった日本の植民地支配時代末期の残酷な暗闇を押し開く、巨大で輝かしい一つのかがり火をもつことになった。尹東柱の文学はやはりわが国文学史の新しい記念碑として高く聳え立ったのだ。ただロシア革命だけは、尹東柱の家族が詩人の出生地である明東村《ミョンドン》を離れて龍井《ヨンジョン》へ移住することに影響を与えただけで、その死には直接関係しなかった。

ではいよいよこの尹東柱の生涯に迫ってみよう。

尹東柱の家系

尹東柱の本貫《ポングァン》〔一族の始祖の発祥地〕は坡平《パピョン》である。族譜《チョッポ》〔家系図〕に記録された本貫の正確な名称は関《クァン》北《ブク》〔摩天嶺《マチョンリョン》以北の地で、両江道《ヤンガンド》、咸鏡北道《ハムギョンブクド》を指す〕坡平尹《ユン》氏という。

尹東柱の実弟・尹一柱《ユンイルジュ》は自らの家門について次のように記録している。

> この文はわたしの記憶をもとにして、できるだけ正確を期するために、いまや数すくなくなった我が家門の長老たちのことばと、国立図書館に所蔵されている族譜〔関北《クァンブク》坡平尹氏族譜《チョッポ》、一九二九年、会《フェ》寧《リョン》発行、四冊、故郷の家に保管されていたものと同じで、『尹東柱』まで出てくる〕、延世《ヨンセ》大学保管の尹東柱の学籍簿、従祖父〔父方の祖父の兄弟、大叔父〕徳鉉《ドクヒョン》〔一九四一年死亡〕の葬礼式で朗読された弔辞〔金躍淵《キムヤギョン》先生筆〕と略歴、その他の写真などを参考にして記録したものである。
>
> 我が家は坡平尹氏として、族譜によれば文定公《ムンジョン》派、またその一派である保寧《ポリョン》公派に属し、保寧県《ヒョン》監《ガム》〔県の長官〕であった富漑《プゲ》という方が、世祖《セジョ》・丙子《ピョンジャ》〔朝鮮朝第七代の王〕のとき〔一四五六年〕流刑を受けて咸鏡北道《ハムギョンブクド》会寧《フェリョン》地方に流されたことによって、その派の第一世になったものと伝えられる。その

後、約五百年間、子孫が関北《クァンブク》一帯に広がったとされている。

われわれ兄弟はその始祖から二〇代目に当たる。だからわれわれはふつう会寧《フェリョン》尹氏と呼ばれ、わたしは幼いころ祖父の故郷が会寧《フェリョン》であることを知っていた。

しかし曽祖父の尹在玉《ユンジェオク》（一八四四―一九〇六）は咸鏡北道《ハムギョンブクド》鍾城《チョンソン》郡東豊《トンプン》面上長浦《サンジャンポ》で暮らし、満四十二歳のとき一八八六年に、〔妻・陳《チン》氏と〕四男一女の幼い子女を引き連れて〔豆満江《トゥマンガン》を渡り、対岸の地〕北間《プッカン》島《ド》の子洞《チャドン》（または紫洞とも表記）に移住した。

移民したその当時、長男夏鉉《ハヒョン》（一八七五―一九四七、尹東柱の祖父）は満十一歳、次男徳鉉《ドクヒョン》（一八七八―一九四二）は八歳だったという。

（尹一柱「尹東柱の生涯」『ナラサラン』23集、ウェソル会、一九七六年、一五〇頁）

解放後に越南し〔三八度線に沿う軍事境界線の以北から以南に越境すること〕、ソウルに移った知人たちが記憶している尹東柱一家の先代のなかで、もっとも上の人は尹東柱の曽祖父・尹在玉だ。尹家の始祖である保寧公・尹富漑《ユンブゲ》から数えて一七代目にあたる。尹在玉氏の姿をちょくせつ見た人びとの中では、彼は「気宇壮大で風貌が立派な方」として記憶されている。尹東柱一家の北間島への移民は彼によって行われた。

そのころほとんど人の手がはいっていない空白の地だった北間島へ移ると、尹在玉はせっせと土地を掘り起こして農地を作っていった。彼はすぐれた農夫だった。北間島の大地は彼をおとなしく受け入れ、やがて彼はその地で栄え、豊かになった。結局、長男夏鉉を結婚させるころには純朴な農夫にとって最大の賛辞である「富者」という言葉で呼ばれるようになっていた。

尹在玉が北間島へ移り住んだころは、まだ咸鏡北道《ハムギョンブクド》でも北間島への移民が一般化していない、移民の草創期にあたる。そんな時期に見知らぬ地への移住を敢行して立派に成功したのだ。それが彼の強靭な意志を証明しているとすれば、彼が亡くなったときのつぎのような逸話は、彼がはなはだ粋な人物でもあったことを示している。

一九〇〇年になるや尹在玉は、はじめに居を構えた子洞《チャドン》から北間島明東《ミョンドン》村に移っていった。そこに移ってからもやはり豊かに暮らしたが、丙午年（一九〇六年）の秋夕《チュソク》（旧暦八月一五日、日本では仲秋という）に、クネ（朝鮮の伝統的なブランコ）から落ちて亡くなった。その村で尹東柱が生まれる一一年前のことだ。当時その里では男たちも祭日となればクネにのって遊んだという。尹在玉は六十二歳、かなりの年だったが、それでもクネ遊びに出て、白い周衣《トゥルマギ》（外套のような民族服）を着、冠《カッ》をかぶった格好でクネにのった。ところが二、三度クネをゆするうちに落ちて、そのまま亡くなってしまった。一家では長く人びとの記憶に残るような、たいそう盛大な葬儀をとりおこなった。

——後日談だが、一九六〇年代に中国で文化大革命の血なまぐさい風が荒れ狂ったとき、尹在玉の墓が打ち壊されたという。もし贅沢な副葬品が出たりすれば搾取階級のしるしとなり、子孫が苦しい立場になったかもしれないが、そのようなものはべつになくて無事にすんだという。

北間島移民の一世である尹在玉が「意志と粋の人物」だったとすれば、彼の長男で尹東柱の祖父にあたる尹夏鉉《ユンハヒョン》は「穏やかで心が広く、長者の風貌をもつ度量の大きな人物」として指折り数えられる人である。夏鉉は彼の父・在玉と同様、風采が堂々としているばかりでなく人柄がとても大きくて人びとの深い尊敬を受けた。

尹東柱の竹馬の友だった文益煥《ムンイクファン》は彼の見た尹夏鉉《ユンハヒョン》の姿をつぎのように回想している。

　わたしが見るところ、明東《ミョンドン》のさまざまな人びとのなかで尹夏鉉長老は人物がもっとも大きかった。「東満〔北間島《プッカンド》を含む満州東部をさす〕の大統領」という別号まであった金躍淵《キムヤギョン》牧師よりも、人物としてはむしろ大きな人だった。なにしろ度量が大きく堂々とした人で、学問はない人ながら、学者の村である明東でたいへん尊敬されて過ごし、教会の長老にも選ばれた。人となりの幅が大きくて、学問を身につけていたら本当にもっと大きなことをしたにちがいない。

尹夏鉉は十一歳の少年のとき父母に従って北間島《プッカンド》子洞《チャドン》にわたってきてから、そこで成長し、姜《カン》氏の娘と結婚した。二十歳のとき、一人息子の永錫《ヨンソク》（一八九五―一九六二）をもうけ、その下に二人の娘、信永《シニョン》と信《シン》真《ジン》を得た。永錫と信永は子洞で生まれ、信真は明東へ来てから生まれた。

尹一家の雰囲気は移民三世に当たる尹永錫の代にいたって大きく変わった。

尹在玉と尹夏鉉は堂々たる大きな度量の人物だったが、ひたすら純朴な農夫の仕事をするばかりで学問にはまったく接することのない人たちだった。ところが、尹永錫は体が弱かったし、正式に学問を始め、先代とはまったくちがう姿になった。

尹永錫は一九〇九年から明東学校で新学問を学び、一九一三年には仲間の四名とともに中国の首都・北京に留学し、人もうらやむ「北京留学生」となった。当時わずか十八歳である。だが明東中学校卒業程度の学力では、そのまま大学に行くことはできなかったらしい。当時、北京で大学教育を受けなかったこと

写真１　尹東柱の祖父（尹夏鉉長老）

「明東のいろんな大人たちの中で人物が最も大きかった」と称えられた。体躯が堂々としており、外出するとき馬に乗っていった。尹東柱が延禧専門学校文科に進学するとき、高等考試を受けて出世することを望んで勧めた。

は確かだが、在学した教育機関がどこだったかは知られていない。北京から戻ってからは母校の明東《ミョンドン》学校で教員になった。

一九二三年にはふたたび志して日本の首都・東京へ出かけた。それであの有名な一九二三年の関東大震災を現地で経験している。東京留学といっても、どこかの学校に籍を置いたのではなく、塾のようなところで英語を学んだとのことだ。

知人たちの話によれば、彼は「詩的気質の人物」だったという。普段、話すときでもそうなのだが、とりわけ教会で公衆祈祷〔キリスト教会の礼拝のさい、会衆を代表して声を出してする祈祷〕をするとき、彼の言葉はいかにも詩的だったというのだ。

そうした評価を裏付けるようなエピソードがある。彼が日本留学中の一九二三年の九月一日、関東大震災が起こったときのこと。大地震の知らせとともに、そこで起こったむごたらしい朝鮮人大虐殺の消息が北間島《プッカンド》の故郷の家に伝えられた。朝鮮人が大地震をきっかけに火を放っただの、井戸に毒薬をいれたなどという悪質なうわさが広まり、そのうわさにうろたえ正気を失った日本人は、朝鮮人を見つけると殺してしまう狂乱の惨劇を起こしていた。当時のそうした悪辣な流言蜚語は、日本の統治権力者の狡猾なつくりごとだったと分析されている。大地震の惨禍で極度に殺伐とした、不安で乱れすさんだ人心をおさめる方途として、罪もない朝鮮人を犠牲の羊にしたのである。

故郷の家では、はげしい不安の極に陥っていた。尹永錫《ユンヨンソク》の安否がわからないためやきもきしていたのだ。このときの気苦労で、体の弱いたちだった妻・金龍《キムヨン》はひどく健康を損ねたという。

そんなある日のこと。だしぬけに電報が一通まいこんできた。電報の文面にはただ一行「ネバ　マインド」と書かれていた。東京の尹永錫《ユンヨンソク》がよこしたもので、家ではこれが何の意味かわからずに困惑した。ところが物を知った人がいて、それが心配するなという意味の英語「Never mind.」の日本語音式表記であることを探り当てた。その解説を聞いて一同ははじめて安心した。

まさに一枚の極彩色の版画にも似た逸話である。朝鮮人という身元が知られるだけで無残にも竹やりで突き刺された地、何の罪もない者が流した血のにおいのみなぎるその凄惨な虐殺の地から、一羽の小さな蝶のごとく飛んできた言葉、「ネバ　マインド」！

朝鮮人という己《おのれ》の身元をくらますためにわざとそのような半端な英語を使ったのかもしれない。だがいずれにしろ発想そのものが凡庸ではない。けっして素朴な生活人の飾り気ない言語感覚ではないのである。それこそ、いわゆる「詩的」気質の片鱗を遺憾なく示したわけだ。

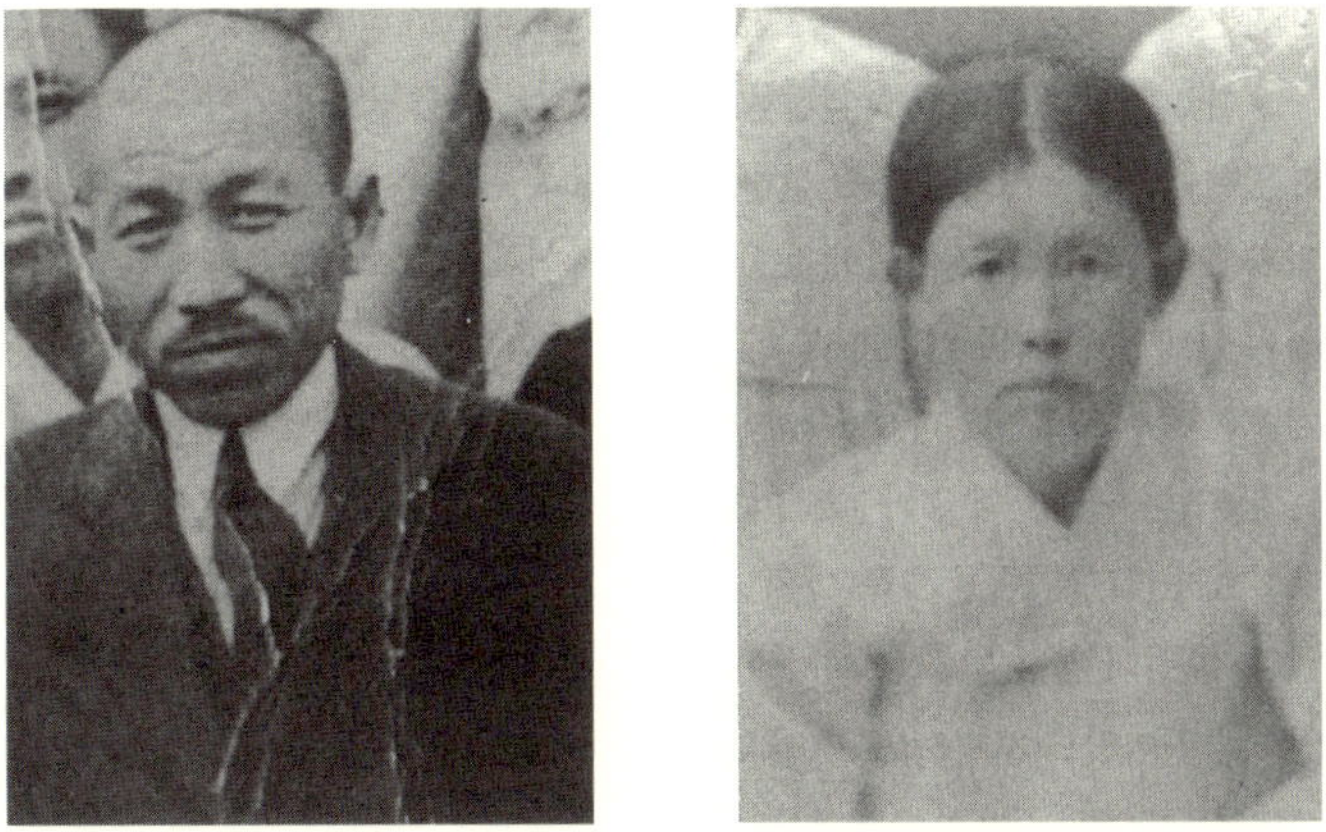

写真2　尹東柱の父母（尹永錫と金龍）

尹東柱の父、尹永錫（左）は教会で公衆祈祷をするときも突出した言語感覚を発揮するなど、詩的気質が豊富な人物だった。一方、母の金龍（右）は平素は病弱な方だったが、度量が大きい人品と才能で称賛を受けた。

尹東柱はこのような先代たちを材料として築き上げられた建築物であり、壮麗な尖塔だったといえる。

ここにひとつ、とくに記憶されるべきことがある。それは尹東柱より三カ月前に尹東柱の家で生まれた同い年のいとこ、宋夢奎《ソンモンギュ》の存在である。

尹永錫のすぐ下の妹・信永《シニョン》（一八九七—一九六六）は一九一六年春に明東《ミョンドン》学校の朝鮮語教師である宋昌《ソンチャン》義《フィ》と結婚した。結婚後、ふたりは妻の実家である尹家で暮らしたが、あくる年一九一七年九月二八日に長男・宋夢奎が誕生した。その年、尹夏鉉《ユンハヒョン》は三カ月の間に外孫と内孫を見ることができたのだから、長い間、赤ん坊のいなかった家にとっては大きな慶事だった。二人はともに才知にすぐれ明敏な幼な子だった。宋夢奎が五歳のとき、その家族ははじめて別の家をつくって出て行った。

　このとき生まれた二人の赤児は、生涯を通じてまことに特異な関係を保った。同じ母の腹から生まれ出た双生児でもこれほどではないというほど、互いに結ばれた生を送ったきわめてまれな例である。彼らは三カ月違いでひとつの家に生まれ、ほぼ生涯を同伴者として過ごしていった。そして一九四五年、日本の福岡監獄の一つ屋根の下で、約一カ月違いでそろって獄死した。それも同じ事件、同じ罪目をでっち上げられて。二人はまさに生涯、生と死をともに分かち合ったのであり、尹東柱研究において宋夢奎という人物はとうてい見逃すことのできない存在として大きな位置を占めている。

2

志士たちの村、明東

一八九九年に生まれた朝鮮人の村

村とは本来自然発生的に生まれるものだ。風光明媚で水清く地勢の良いところであるほど良い。そんなところに家が一つ二つ移ってきてしだいにそこで暮らす家族が増えていく。そうしていつの間にか村ができる。しかし明東村《ミョンドン》はまったくそうではなく、人為的にいっぺんに村になった。これが尹東柱《ユンドンジュ》の故郷、明東村の特徴である。

それは満州が帯びる歴史的な特殊性によるものだった。

満州族の国である清国が漢族の国である明を滅亡させ中国を統一して以来、この地は満州族にとって神聖不可侵の聖域であり、特別な地域であった。清の朝廷は満州が「清の太祖発祥の地である」として、満州族以外の他民族が満州に入ってくることを禁ずる封禁策を設けた。

わが国の人もその政策に従わねばならない。だから鴨緑江《アムノッカン》や豆満江《トゥマンガン》を越えて満州に入ることを「越江罪」とし、死刑まで課する重大な犯罪として処してきたのである。ところが数百年のあいださながら空白の地であったこの肥沃な地に、満州族以外の民族が入りこみはじめた。それは清国の国運が衰退するのと時を同じくしていた。結局、一八八〇年代には清朝が公式に封禁令を廃止し、満州開拓民のための移住政策を樹立するまでになった。

わが国もやはりそのころ、あのものものしい「越江罪」を廃止した。さらにわが国からの移住民が多くなるや、一九〇三年七月には、移住民を保護し治める官吏として李範允《イボムユン》を送り、「間島《カンド》管理使」という肩書きで間島に駐在させた。

しかし清国の開国以後の歴史がこのようになっただけであって、北間島《プッカンド》はほんらい高句麗《コグリョ》と渤海《パルヘ》の故地として、わが民族の先人たちの暮らしのよりどころであった。だからいたるところから先祖の遺物が出てくる。

海蘭江《ヘーランガン》がプルハトン川と合流する地点にある聖子山《ソンジャソン》の山城は、歌曲「先駆者」にも出てくるが、ここを例に挙げてみよう。そこからは高句麗の筋模様のある赤い四角瓦と、渤海の指模様の瓦などとともに、後代の金〔一一一五―一二三四〕と北宋の時代〔九六〇―一一二七〕の銅銭など、幾種類もの遺物が出土した。これはその山城が高句麗時代に築かれ、渤海を経て歴代王朝のあいだも実際に使用されてきたことを物語っている。

「北間島」という地名自体がこのような土地の数奇な歴史を表わしている。それは清国が実施した封禁令の産物なのである。

死刑を科すことさえ辞さない過酷な「越江罪」が威勢を振るっていた時代、人びとは豆満江の中にある「間の島《サイソム》」〔中洲〕に行くという言い訳をして舟を出し、ひそかに川向こうの空白の地となっている先祖の土地にわたって農作業をした。狭くやせた土地で頻繁に起こる飢饉に苦しめられてきた人びとが、耐えられずに始めた泥棒農業だった。川さえ越えていけばとても土地が肥沃で、農事はおのずとうまくいった。草木が思いどおりに茂る土地に火をつけて畑をつくったあと種を植え付けると、草取りをする必要さえなかった。そのまま放置しておき、収穫期に行って穫り入れてくればよかった。

彼らにとって「間の島」つまり「間島《カンド》」は、そのまま川向こうの大陸をしめす一種の暗号、それも命を懸けた暗号だった。はじめは豆満江の上（北側）の土地をただ「間島《カンド》」といった。しかし後に鴨緑江《アムノッカン》以北を「西間島《ソカンド》」と呼び、豆満江以北は「北間島《プッカンド》」と、区分して呼ばれた（人によっては「北間島」を漢字で表記するとき、開墾するという意味の「墾《カン》」の字をあてて「北墾島」と書くこともある）。

上海《シャンハイ》にあった大韓民国臨時政府は、一九一九年一二月二三日付で発表した内務総長・李東寧《イドンニョン》名義の「内務部令第四号」で、間島についてのこのような一般人の呼称慣行を公式に行政上の地名として確定した。「内務部令第四号」は大韓民国臨時議政院議員の臨時選挙方法に関する規定を制定し公布した法令で、各地域から選出される議政院議員の議席数について定めたものだ。そこに「西間島三人、北間島三人……」などと明示したのである（『大韓民国臨時政府議政院文書』七二五—七二六頁参照）。

このような地「北間島」に明東《ミョンドン》村ができたのは、一八九九年二月一八日のことである。豆満江沿いの都市である会寧《フェリョン》、鐘城《チョンソン》などに居住していた儒学者たち四つの家門の本家と分家あわせて二二家の家族たち、合計一四一名の大移民団がこの日いっせいに故郷を離れ豆満江を越えた。

鐘城で村の長をつとめた省菴《ソンアム》・文秉奎《ムンビョンギュ》を長とする南平文《ナムピョンムン》氏の家門四〇名、孟子を読破した奎巌《キュアム》・金躍淵《キムヤギョン》の全州《チョンジュ》金氏の家門三一名、金躍淵の師匠である南道薦《ナムドチョン》（本名・南宗九《ナムジョング》）の家門七名——これら三家門は鐘城出身の人たちだった。そして会寧《フェリョン》の儒学者、素岩《ソアム》・金河奎《キムハギュ》の金海《キムヘ》金氏（金海は慶尚南道南東部の洛東江西岸にある地域名）の家門六三名がそこに合流したのだが、金河奎《キムハギュ》（金信黙《キムシンムク》の父）は東学に参加したことがあり、周易（五経の一つ『易経』）を読破し実学思想に通暁した人だったという。

彼らはこの日、明東《ミョンドン》村と呼ばれる地域に共に入り、一つの村をつくった。そこは本来は董閑《とうかん》という清国人の大地主の土地であった。移民団はあらかじめ金を集めて先発隊を送り、この地を手にいれておいて

写真3　北間島移住民の家屋

抗日意識、貧困などさまざまな理由で豆満江を渡った北間島の移住民たちの家屋の一つ。尹東柱の家門は1900年に北間島明東村に移り住んだ。

からそこに入っていった。

彼らは移動の途中で各自、金を出しあい、その比率にしたがって土地を分配した。このとき彼らは注目すべき処置をとった。まず共同の負担として「学田（教育田ともいった）」という名目の土地を別に取っておき、その後、各家の土地を分配していったのである。学田の用途はそこから得られる収入を教育の基金として使うためのものだった。

文秉奎、南道薦、金河奎、金躍淵——この四人の学者たちはみな故郷でそれぞれ書塾（寺子屋）を開いている訓長（塾長）たちであった。北間島に移住した後には、すでに還暦を越えていた文秉奎、南道薦のふたりは退き、代わりに金河奎（当時三十八歳）、金躍淵（当時三十二歳）の二人と南道薦の息子・南《ナム》葦彦《ウィオン》が、鼎《かなえ》を三本の足が支えるように三カ所に書塾を設置した。そして年ごとに学田から出てくる収益金で漢籍の諸本を買い、各書塾に分かち置き、通ってくる学童たちがその本で勉強するようにした。

文在麟《ムンジェリン》（一八九六—一九八五、文秉奎の曾孫であり文益煥《ムンイクファン》牧師の実父）牧師の証言によれば、当時これらの学者たちははっきりした同志的な目的意識をもって移民を断行したのである。文在麟牧師は金躍淵先生から北間島移民を決行することになった動機を直接聞いたが、それはつぎのような三つの理由だったという。

第一、痩せていて値段の高い朝鮮の土地を売り、肥沃な土地をたくさん買ってもっとよい暮らしをしよう。

第二、集団で行って共に暮らすことにより、間島《カンド》をわれわれの土地にしよう。

第三、傾いていくわが国の運命を正しく立て直す人材を育てよう。

（高銀《コウン》編「父と母の間島《カンド》の話」『文益煥《ムンイクファン》選集　死を生きよう』形成社、二二二頁）

移民の動機や目的がこのようにはっきりしていたから、土地をみなで分配するとき、まず優先的に学田をとりのけておき、それによって教育基金をつくりだすということから彼らの移民の最初の行為が始まったのである。先覚者であり先駆者としての彼らの姿がここに明白にあらわれている。

それならば彼らの目的はその後どのように推し進められたのだろうか。いささか性急だが、一旦ここで彼らの三つの目的が成し遂げられていった結果を見ておくことにしよう。彼らは目的を達成しただろうか？

無論、彼らは達成したのだ。ほんとうに善き目的は、目的それ自体によってすでに勝利しているように、彼らの目的はすでにその自覚のなかによき実りを備えていたのである。

第一の目的、「朝鮮での暮らしよりも経済的によい暮らしをしよう」は、もちろん成就された。

第二の目的、「集団で行って共に暮らすことにより、間島《カンド》をわれわれの土地にしよう」というのはどうだろうか。それは一種の領土獲得策であり、冷厳な国際政治の影響をも見通す地政学的な観点から見れば、あまりにも素朴な要求だった。じつに幻想的な考えでもあった。にもかかわらず彼らはこの二つ目の目的においてもけっして失敗はしなかった。

彼らと同じ意志をもった多くの朝鮮同胞たちの力によって、清国の国境内に存在する「朝鮮の地」を実際につくりだしていったからだ。これはけっして比喩的な表現とか心情的な次元でそういうのではない。その地の統治体制が清朝から中華民国へ、さらに中華人民共和国へと変わっていく間に、彼らは終始一貫してその地を占有し守ってきた。そして今やその結果が「延辺《ヨンビョン》朝鮮族自治州」という冷厳な数学的結果としてその姿を現しているのである。

第三の目的はどうか。「人材を育てる」という目標も、やはり彼らはやり遂げた。彼らが輩出した他の多くの人材ももちろんのことだが、なかでも今われわれが論議しようとしている尹東柱という存在一つだけでも、彼らは民族史にたいしてどれほど大きな貢献をしたことだろう。

このようにして始まった村、志士たちの村である明東《ミョンドン》の外形と尹東柱の一家の事情、その因縁についてさぐってみよう。

明東はそこに明東書塾が生まれてから明東村と呼ばれるようになった。移民がやってくる以前、清国の大地主・董閑《とうかん》が所有していたときには「董家地方」とか「梟鴿磖子《プゴルラジェ》」などの清国式の地名で呼ばれた。「梟鴿磖子」(鳩岩という意味)というのは、明東からすこし龍井《ヨンジョン》側にある谷間の入り口に大きな岩が三つにょきっと立っているが(朝鮮人たちはこの岩を「立岩《ソンバウイ》」と呼んだ)、そこに鳩がたくさんいたからというのが由来

だったという。しかし朝鮮人たちが入って暮らすようになると、地名が朝鮮風の呼び名に変わっていった。まず学校《ハッキョ》村、龍岩《ヨンアム》村、長財《チャンジェ》村、蛇洞《サドン》〔뱀골《ベッコル》〕、スナム〔수남〕村、セホ〔세호〕洞内《ドンネ》、チュンヨン〔중영〕村など、小さな地区単位の名称が生まれた。後に「明東《ミョンドン》村」というときにはこのような小さな村々を含めた地域全体を指す地名となった。

尹東柱一家の尹氏の家門は、移民団が明東に入ったその翌年一九〇〇年に明東の土地を手に入れて移住してきた。すでに一八八六年に朝鮮から豆満江《トゥマンガン》を越えて子洞《チャドン》に移り住み、そこに確固とした場所を占めていたのに、なぜ明東に移ったのか、その理由ははっきりしない。

次のような推測が可能である。一九〇〇年に義和団事件が起こったとき、明東の人びとがこぞって子洞に避難した。その事実と関連があるのではないかというのだ。当時の人びとは義和団の騒ぎを見て、いざとなれば豆満江を渡って朝鮮国内に身を避けようと、豆満江沿いにある子洞に行ったのだという。そのとき尹氏の一家がこの明東の人びとと親しく接触し、それが移住の契機になったという確率は高い。

義和団事件は外勢排撃を掲げて山東省で始まった一種の民衆武装蜂起だった。それはすぐに山東省から華北地方に広がり、東方では北間島《ブッカンド》にまで及んだ。当時北間島にはプチェ〔부체〕谷《コル》、三原峰《サムウォンボン》、八道溝《パルドグ》の三カ所に天主教の聖堂があったが、すべて義和団の手で焼け落ちた。官軍〔清国政府軍〕による討伐作戦もやはりこれらの地で行われ、義和団を追う赤い軍服姿の官兵が銃を撃ちながら明東にまで現れたという。

子洞《チャドン》で得たかなりの家産を整理してやってきた尹東柱の家は、明東で最も裕福な家の一つである。当時、明東に移住してきた尹氏一門の人員はすべて合わせると一八名だった。尹東柱の曽祖父・尹在玉《ユンジェオク》氏夫婦と、すでに結婚し家庭をもつ四人の息子たちとその家族、二つの親戚の家、これらをあわせるとそれだけの規模になった。

　尹東柱の個人史を見るとき、このときの尹氏家門の明東移住を一つの運命的な転機とみなすことができる。移住してから一〇年目に尹永錫《ユンヨンソク》が明東の乙女・金龍《キムヨン》と結婚して尹東柱を生むことになるからだ。

　金龍は、移民団の主役の一人金躍淵《キムヤギョン》の腹違いの妹だった。金躍淵の生母は彼一人だけを産んだあと早くに他界し、継母として沈《シム》氏が来て三男一女の子をなす。金龍はそうして生まれた異母きょうだいである。移民する前に躍淵の父はすでに亡くなっており、継母だけが生存していた。躍淵は継母と自分の妻、息子二人、娘一人、そして結婚した弟と未婚の弟二人、さらに妹一人からなる家族を引き連れて豆満江を越えたのである。

　移民当時、金龍の年は八歳だったが、度量の大きな人柄と才能をたたえられ誉れ高かった。名望ある学者の家の出身らしく、振る舞いはやはり控えめだった。人品の寛大さと大きさでいえば、尹氏家門の人びとの中でとくに二人、舅の尹夏鉉《ユンハヒョン》長老とならんで嫁の金龍が広く周囲の者たちの賞賛を受けていたという。手先も器用で仕事をよくしたが、とくに縫い物の腕前が抜群だった。だから村の乙女たちは嫁に行く日に身につける花嫁衣裳を金龍にたのんでこしらえ、それを着て婚礼にのぞんだ。賃仕事としてそれを引き受けたのではなく、もともと飛びぬけた腕前なので、婚礼にのぞむよき日にその手で縫い上げられた衣装を着たいという村の娘たちに頼まれてつくってやったというのである。ただ一つの金龍の欠点は体が弱いことであった。彼女はふだんから健康問題に苦しめられていた。

明東前期文化の特性

文化という概念を「人間の内的精神活動の所産およびそれに随伴する現象」と定義するとすれば、明東村にもやはりそれなりの独特な文化があった。それは歳月の流れに従って本質的な激変を経ながら、たがいに対立する三つの姿に変化していった。

明東ははじめは純然たる儒学の伝統をもつ村だったが、一九〇九年にキリスト教が入ってきたのを契機として前期と中期に分かれる。そして一九二九年に共産主義が大きく前面に出てきたことから、中期と後期が分かれる。

これらの変化はそのつど村の人びとの暮らしそのものを、その根本から異なった別の姿へと転換させた。このような転換はもちろん村の内部の要因によってだけつくりだされたものではけっしてない。時間的にはその変化は時代の諸状況のなかに直接孕まれていたものだったし、空間的には外国の地に根を下ろした亡国の民、それもつねに光復〔失った主権の回復と解放〕を夢見る亡国の民としての位相からもたらされたものであった。

ここではまず明東《ミョンドン》の前期の文化、すなわち儒学の伝統の時期の特性に関して考察してみる。

この時期は移民が行なわれた年である一八九九年から、一九〇九年にキリスト教が入りほとんど全村がキリスト教化されるまでの一〇年間である。この時期の文化的特性としては次の三つを上げることができる。

一、祭祀と執拗な身分意識に代表される儒教の伝統
二、独特な言語文化
三、高い教育熱

第一の項目について見てみよう。

移民団の主要構成員たちの身分が学者たちであったから、明東は当然徹底した儒教伝統の村として出発した。クッ〔굿、巫女《ムーダン》が行なう祭祀。村や家の安泰、病気の治癒などを祈る〕やプダッコリ〔푸닥거리、巫女による厄払い〕などはほとんど見られず、家門ごとに最も重要な行事は儒教に基づく祭祀を執り行うことであった。

当時の明東の雰囲気をよく物語る証言がある。キリスト教入信の以前に、文益煥《ムンイクファン》牧師の家門で一番の長老であった曾祖母が祭祀の準備をしたときの様子は次のようなものだったという。

祭祀用の穀物は前もって最初に穫り入れ、干すときから特別に区分けしておいた。糯米《もちごめ》をきちんとより分け、露天の刈田に敷いた清潔な敷物の上に広げて干した。このように準備した米を、臼も別にして搗《つ》き、祭祀用の餅や飯をこしらえた。祭祀用の食べ物を用意するときには、灰汁をとっておいてその水で手をゆすぎながら身も心も清め、この上なく厳粛にととのえた。

祭祀をこれほど重視する現象と、執拗な身分意識とは、一枚の銅貨の裏表のようにつよく結びつけられている。

それはさまざまな形で現れた。たとえば、亡くなった人のために祭祀を行なうとき、身分による区別は

複雑だった。母が他家から「後妻」として家に入った場合、その祭祀は行わない。後妻の場合は、自分の夫の祭祀のときにいっしょに祀られることはできないのだ。しかし後妻本人の祭祀のときには、その夫とともに祭祀を受けることができる。だから二度結婚した夫は死後に、正月とお盆の祭祀とは別にさらに一年に三度祭祀を受けることになる（①自分が死んだ日、②前妻が死んだ日、③後妻が死んだ日）。前妻は二度（①自分が死んだ日、②夫が死んだ日）、後妻は一度（自分が死んだ日に）祭祀を受ける。このように複雑だった。

また嫡子と庶子の区別もきびしく、祭祀のときに庶子の家族は嫡子側とともに並んで立つことはできなかった。この庶流かどうかを分かつ基準がきわめて繊細だった。最初はもちろん妾の実子たちを庶子と呼ぶ。つぎには、寡婦となった女性が再婚した先で子を産んだ場合、その子どもたちもやはり庶子と呼ばれた。だから夫人と死別した男子のところへ後添いに入った場合、処女として来た女性がそこで産んだ場合の子は嫡子であり、いったん寡婦となった女性が別の家に嫁して子をなした場合はその子は庶子となる……などなど。

このような区別が明東村では実際に生活の中で生きていた。一人の成熟した未婚の娘が、父母の命じたとおり嫁にいくその相手が庶子（つまり寡婦となった後に再婚した人を母にもつ子）である場合、「おまるの蓋《ふた》で水を飲んだように気味がわるい」と嘆息したという。これがまさにこのころの村の逸話であった。

このような儒教の伝統は一九〇九年にキリスト教が伝来して終わりを告げる。キリスト教が入ってきて村人たちの意識は根本から変わり、まったく異なる文化現象が起こるのである。

二つ目の特性である「独特な言語文化」と、三つ目の「高い教育熱」は、第一の特性の場合と事情がちがう。これらの特徴は彼らの故郷である咸鏡道《ハムギョンド》の鐘城《チョンソン》や会寧《フェリョン》に住んでいたときから伝えられ、キリスト教の伝来以後までそのまま一貫して続けられた。

そこで、その母体となった咸鏡道の六鎮《ユッチン》文化そのものについて考察してみることにする。

咸鏡道の人びとは元来その気質が強く剛情だった。痩せた土地と荒れた自然環境のためにそのようになったのかもしれない。だから咸鏡道で生長し、彼らについてよく知っている李成桂《イソンゲ》〔一三三五―一四〇八。李氏朝鮮王朝初代の国王。在位一三九二―一四〇八〕は、朝鮮建国後「関北《クァンブク》の人びとは扱いにくいので登用するな」という命令を下したという。

咸鏡道を「関北《クァンブク》」と称するのは、「鉄嶺関《チョルリョングァン》の北側」ということに由来する。「鉄嶺」は咸鏡南道《ハムギョンナムド》安辺《アンピョン》郡と江原道《カンウォンド》淮陽《フィヤン》郡の境にある大きな峠として、宣祖《ソンジョ》のときの名臣である李恒福《イハンボク》の時調《シジョ》〔三節からなる朝鮮固有の定型詩〕にも、「鉄嶺の高い峠にたなびくあの雲よ」と出てくる。そこにある関が鉄嶺関であった。太祖・李成桂《イソンゲ》の遺訓のために、鉄嶺関の北側の人びとは権力から疎外されて暮らした。

このような咸鏡道の来歴にいっそう独特な色合いのアクセントがつけられたのは、世宗《セジョン》〔朝鮮王朝第四代の王。在位は一四一八―一四五〇。訓民正音《ハングル》を制定・公布した〕のときだった。女真族の侵攻が頻繁になった咸鏡北道《ハムギョンブクド》北辺を金宗瑞《キムジョンソ》が開拓し、新たに六鎮（庚源《キョンウォン》、庚興《キョンフン》、富寧《プリョン》、温城《オンソン》、鐘城《チョンソン》、会寧《フェリョン》）を設置したのが契機となった。

金宗瑞《キムジョンソ》の北辺開拓は偉業だったが、問題は六鎮設置後に起こった。六鎮がその役割を果たそうとすれば、それにふさわしい人員がいなければならなかったが、良民の中には、女真族と対峙している国境地帯に故郷を捨ててまで移住しようというものはいなかったのだ。

やむなく罪囚たちと賤民をそこに送りはじめた。罪を免じ、また賤民から常民にしてやるという条件にしたがっての大移動であった。居住地の移動にしたがって身分の移動が伴ったのである。罪囚になったり賤民として生きるということだけでもすでに生半可な生ではない。それがただ居住地を移動するだけで、その途方もない桎梏から簡単に解放されるという破格の新しい人生が開かれるのである。

　そんな奇異な体験をもった人びとの体臭は独特なものになるにちがいない。彼らは特異な文化をつくりあげた。やむなく始めた機織りも他の土地のものと様子がちがった。ここから出た織物がいわゆる「六鎮長布」である。「六鎮長布」についての辞典の説明を見ると、「咸鏡北道六鎮のあったところでできる、尺数がとても長い織物」という記述がある。この「とても長い」という表現こそ関北六鎮の文化の独自性と異質性を絶妙に示唆している。

　この六鎮文化においてひじょうに特徴的なものが言語文化であった。彼らは世宗朝当時の語音を片言にいたるまでほとんどそのまま維持して、実生活で使用していた。たぶん世宗朝のころ六鎮に移った後には他の地方ととくに往来もなく、閉鎖的に暮らしてきたためらしい。

　この点について尹東柱の明東小学校のときの恩師である韓俊明《ハンジュンミョン》牧師（一九〇七年生。前中央神学校教授。ヘブライ語、ギリシャ語、英語、日本語をはじめ七カ国語に通じ、小さいころから言語に対する鋭敏な感覚を持っていた）の証言がひじょうに重要で、また興味深い。

　彼は慶尚北道《キョンサンブクド》大邱《テグ》で生まれた。父の韓《ハン》ウソク（우석）は漢方医だった。父の弟（韓俊明《ハンジュンミョン》の叔父）が早くにハワイに移民していたが、サンフランシスコの『新韓民報』という同胞の新聞にも関係していた。あるときハワイで火災にあって大きなやけどを負った後、彼はハンセン病にかかった。その消息を聞いた韓《ハン》俊明《ジュンミョン》の父は、彼を帰国させ静養させたが、父は自分のまだ物心つかない子どもたちが弟にやたらと抱き

ついているのを見て、病気の伝染が心配になった。そのため悩んだ末に慶州に引っ越したが、一九一九年春にはすっかり満州に移民してしまった。
最初は南楊平《ナムヤンピョン》（京畿道《キョンギド》楊平郡）の方のスェジョン村《コル》（쇠전）というところに行ったが、一九一九年九月はじめに明東に移り定着した。当時、韓俊明《ハンジュンミョン》の年は十二歳で、明東小学校で尹東柱の父・尹永錫《ユンヨンソク》先生から学び、のちに尹東柱の先生となったのである。
こうして本国の内地から韓俊明が明東に移ってきてもっとも強い印象を受けたのは、村人たちが使っているとてもやわらかい言葉づかいだったという。

彼らが使う言葉がどんなに穏やかで奥ゆかしく、また美しいか、ほんとになんと形容していいかわかりません。かなり昔の言葉が混じった辺地の言葉でしょう。発音がなんともやわらかい。馬と牛のことを南部では「馬牛《マソ》」というが、彼らは「마《マ》」でも「머《モ》」でもない、中間的な音である昔の「ᄆᆞ（ハングルの古体）」を使います。「소《ソ》」も昔の音なので「마소《マソ》」ではなく「ᄆᆞ쇼《ショ》」というんです。「찬송가《チャンソンガ》（賛美歌）」という言葉もかならず「찬숑가《チャンションガ》」となる。昔の発音そのままなんですよ。金躍淵《キムヤギョン》先生が息子たちに「馬と牛を厩《うまや》に入れたか（マルックヮソルル・マグガネ・ノオンヌニャ？（말과 소를 마구간에 넣었느냐））」とおたずねになるその言葉を聞くと、「ヤー、マショルル・ヨオンニャ？（야、ᄆᆞ쇼를 여었냐?）という。その言い方がどれほどやわらかく、美しかったことか。

明東の人びとはもろもろの礼節においてもまたひじょうにみごとだったと、韓牧師は感嘆する。村人たちはたいてい姻戚関係で結ばれているが、親類同士が道で出会って挨拶を交わすのを聞くと、礼節をまっとうしたその尊敬語はじつにすばらしかったというのである。

このうえなくやわらかい物言いにしろ、その分別にしろ、南の方の両班《ヤンバン》たちはとうていついていけません。会寧《フェリョン》や鐘城《チョンソン》の人たちはみな昔の高麗時代に流配された人びとの子孫ではないかと思います。

韓牧師が会寧《フェリョン》、鐘城《チョンソン》地方の歴史的由来を探ってみたことはついぞなかったという。だから高麗《コリョ》時代の語音がそのまま残っているのではないかと推理したのだが、じつは世宗王のとき、訓民正音の創始された二年後に編まれた『龍飛御天歌〔李朝建国の事績を記した歌〕』第八七章を見ると、韓牧師のいう語音がそのまま出てくる。

方鬪巨牛　両手執之　勇み立つ巨牛を　両の手で押さえ　싸호ᄂᆞᆫ《サホナン》 헌쇼를《ハンショルル》 두《トウ》 소내《ソネ》 자ᄫᆞ시며《チャバシミョ》
橋外隕馬　薄言挈之　橋外に隕《お》ちた馬を　挈《と》りしずめる　ᄃᆞ리예《タリエ》 뻐딜《トディル》 ᄆᆞᄅᆞᆯ《マラル》 넌즈시《ノンジュシ》 치ᅘᅧ시니《チヨツシニ》

解放後〔一九四八年一月〕に出た尹東柱詩集『空と風と星と詩』初版本には、尹東柱の延禧《ヨニ》専門学校同窓生・柳玲《ユヨン》の追悼詩「窓の外にいるなら合図しろ」が掲載されている。その中に、

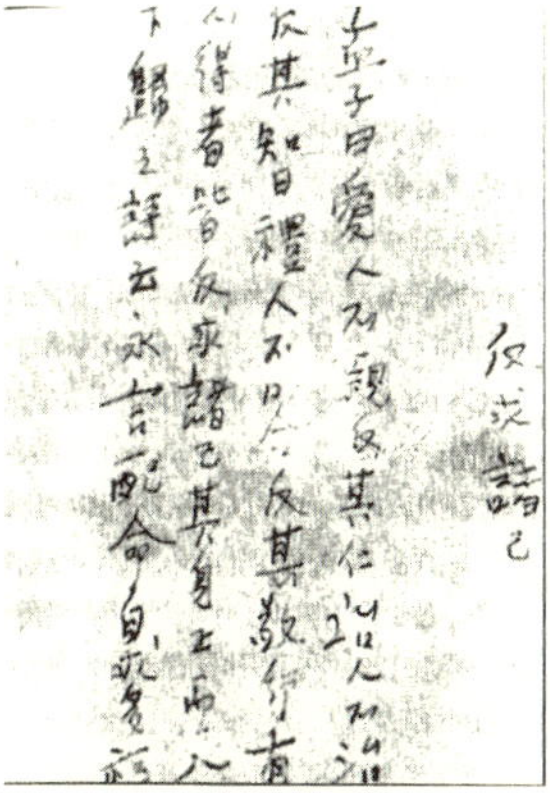

写真4　尹東柱の親筆

孟子の文を本の表紙に書いたもの。四書三経中の一つである『孟子』の「離婁章句　上」に出てくる文である。「孟子が言う、人を愛してその人に親しまれなければ、自らの仁愛に欠点があるのかと反省し……（孟子曰、愛人不親、反其仁……）」と始まるこの文の核心は「自ら望んで人に良かれと行なって応えが得られないならば（行有不得者）、すべて自身を省みてその因を探せ（皆反求諸己）」ということだ。尹東柱は母方の叔父である金躍淵先生から『孟子』を学んだが、この句節が彼の心に特別な反響をひきおこしたようだ。

　厳しい風にも荒ぶらない　お前の龍《ヨン》
　井《ジョン》なまりと
（『ナラサラン』23集、ウェソル会、一九七六年、一九六頁）

という一節がある。尹東柱の発音はやはり同窓生の印象に残るほどやわらかいものだったことを証言している。

　明東《ミョンドン》の人びとの言語感覚がどれほど鋭敏だったか、それは金信默《キムシンムク》女史（文益煥《ムンイクファン》牧師の母《オモニ》）の証言にも現れている。彼らの出身地である鐘城《チョンソン》、会寧《フェリョン》が含まれる内陸の六つの小都市（六邑——茂山《ムサン》、会寧、鐘城、温城《オンソン》、慶源《キョンウォン》、慶興《キョンフン》）の出身者たちは、吉州《キルジュ》、富寧《プリョン》などの海に近い小都市（四邑《サウプ》）の出身者たちとは発音が違っていたというのである。

息子〔文益煥《ムンイクファン》〕……とにかくアボジ、オモニの話を聞いてみると、六邑の人たちが四邑《サウプ》の人や海鎮《ヘジン》の人たちをすごく低く見る傾向があったようですね。

オモニ……海鎮の人は「ポンジンダ〔번진다、伝播する、広がる〕」といったりするときの「지《ジ》」の字を使うとひどくけなしていたよ。

息子……六邑ではそれをどう言ってたんです?

オモニ……六邑の人たちは「ポンディンダ〔번딘다〕」と言ったよ。

〔高銀《コウン》編「父と母の間島《カンド》の話」『文益煥《ムンイクファン》選集　死を生きよう』形成社、一九一頁参照〕

筆者が「ポンディンダ」の意味を金信默《キムシンムク》女史に問いただしてみると、「裏返す、逆さにすること」という説明だった。だとすれば杜甫の七言古詩「貧交行」に出てくる「翻手作雲覆手雨」(『杜詩言海』の朝鮮語訳――手を翻して雲をなし手を覆って雨をなす……소ᄂᆞᆯ 뒤위혀 구루믈 짓고 소ᄂᆞᆯ 업더리혀 비ᄅᆞᆯ ᄒᆞᄂᆞ니)という句節の「翻《ポン》=뒤위혀《トウイウイヒョ》」の意味なのである。

「뒤위혀」は現代語では「뒤집어《トウイジボ》」である。これは朝鮮語が「ㅣ」母音の前で「ㄷ」→「ㅈ」という子音の口蓋音化現象を伴いながら発展してきた結果の一つである。ともかく内陸よりは外部との往来がしやすかった海辺の人たちはこのような音韻変化をより容易に受け入れてきたようだ。

近頃ではわれわれが文章では「해돋이《ヘードディ》(日の出)」と書くのを「해도디《ヘードディ》」と発音せず「해도지《ヘドジ》」と言うのも、こうした子音の口蓋音化現象が進んだ例の一つといえる。会寧《フェリョン》、鐘城《チョンソン》出身の明東《ミョンドン》の人たちがこれを聞けば、やはり「ひどく嫌う」ことに該当するだろう。

このように言語感覚に敏感な村で生まれたことは、詩人としての尹東柱の言語にたいする感覚の形成に大きな力になったろうと思われる。

ところで学問を尊ぶ熱気は、ただ六鎮の文化のみではなく咸鏡道全体に満ちていた。その熱は、科挙試験を受けて出世しようという程度の次元ではなく、文を知ることを人間の基本的条件と受け止めているほどだ。それは中央の両班文化が「文→科挙→官職→権力」という形で構築されていることに対する痛烈な反駁となる。

白凡《ペクボム》・金九《キムク》は乙未《ウルミ》年（一八九五年）に咸鏡道地方を旅行したことがある。彼がのちに『白凡逸誌』に記録した当時の紀行文に咸鏡道地方の教育熱がよく現れている。

> 咸鏡道に入っていちばん感服したことは、教育制度が黄海道や平安道よりも発達していることだった。いくら藁葺きの家ばかりの貧村でも「書斎《ソジェ》」（書堂）と「道庁《トチョン》」だけは瓦ぶきだった。洪原郡内のある「書斎《ソジェ》」では、先生が三人いて、学科を高等・中等・初等に分けてそれぞれ一班ずつ分担して教えているのをみた。これは昔の書堂にしてはまれなことだった。書堂の「大庁《デチョン》」（大広間）の左右には太鼓と鐘を吊り、太鼓を打てば勉強をはじめ、鐘をつけば休むのだった。とくに北青《プクチョン》地方は、そういう咸鏡道《ハムギョンド》のなかでも文を尚ぶところで、わたしがそこを通ったときにも、現存の進士が三十余名、大科に及第した朝官（朝廷に出仕する官吏）が七人もいた。「まさに文郷というべし」と、わたしは大いに感服した。

（金九『白凡逸志』梶村秀樹訳、平凡社・東洋文庫版〔日本〕、一九七三年、五七頁）

咸鏡道の人びとの学問には特殊な性格がある。学問をしてもあまり権力争奪の手段となる見込みは希薄だったから、むしろ学問の質・程度をあげるようになった面さえみられるのだ。

辺地に疎外されていた彼らが高い礼節を示しているのに接して韓俊明《ハンジュンミョン》牧師は意外に思いとても驚嘆したのだが、それはやはり彼らが平素から熱心に磨いてきた無欲の学問と関連している。そう考えれば、容易にうなずけることだ。

明東村の三番目の文化的特質としてあげた「高い教育熱」の背後には、このような歴史があったのである。

明東村の新学問とキリスト教受容

北間島《ブッカンド》最初の新学問の教育機関は、一九〇六年一〇月ごろに龍井《ヨンジョン》に建てられた瑞甸《ソジョン》書塾である。前議政府参賛・李相卨《イサンソル》が、李東寧《イドンニョン》、李儁《イジュン》、鄭淳萬《チョンスンマン》、朴禎瑞《パクチョンソ》〔別名・朴茂林《パクムリム》〕らの同志たちとともに龍井《ヨンジョン》に来て、そこでいちばん大きな建物である天主教〔ローマ・カトリック教〕の会長・崔《チェ》ビョンイク〔병익〕の家を買い、学校をつくった。当時北間島の天主教徒は一九〇〇年の義和団事件による被害の補償金を清国政府から得ていた。だから龍井に広い面積の土地を買っていたという。

李相卨は瑞甸書塾のすべての経費を私財で充当した。教員の月給、教材費はもちろん、学生たちの学用品まで私財でまかない、算術、歴史、地理、国際公法、憲法学、漢文などを教えながら、徹底した反日民族教育を実施した。

学生数は七〇余名だったが、その中には金学淵《キムハギョン》、南葦彦《ナムウィオン》など明東《ミョンドン》出身者もいた。

しかし李相卨は、オランダのハーグで開かれる万国平和会議に密使として赴くよう、高宗《コジョン》皇帝の選任を受け、派遣された。このため、瑞甸書塾の運営は大きな打撃を受けた。結局、書塾は、李相卨が一九〇七年四月に旅立ったあと何カ月もたずに門を閉じる。

同じころ、明東でも新学問に対する熱意が強烈にわきあがった。

こんな逸話がある。

明東移民団の主要人物の一人である金河奎《キムハギュ》の親戚に金度心《キムドシム》という人がいた。一九〇七年の春、咸鏡道《ハムギョンド》にコレラがはやってたくさんの人が亡くなったときに、この金度心と彼の十四歳になる一人息子もコレラにかかった。二人がほとんど死にかかったとき、彼の妻は自らの手の指を切って血を出し、太股の内側を切り取って夫と息子に食べさせ、彼らを助けて自分は死んでしまったという。

金度心は、亡くなった妻を烈女として顕彰することを国に上申しようと決心した。彼は明東に来て金河《キムハ》奎《ギュ》氏にその嘆願書を書いてくれるよう頼んだ。その書状をもって金度心は千里の道を歩いてソウルに行き、度支部《タクチブ》（大韓帝国時代〔一八九七年八月―一九一〇年一〇月〕の財政官庁）に提出し、結局、願いどおりになったという。

度支部でその嘆願書を受け取ってみると、非常な大学者の文章であった。そこで帰路についた金度心に、金河奎氏を「咸鏡北道興学会会長」に任命するという任命状を託し、「いまや旧学問は役に立たないゆえ、新学問を興せ」という内容の通知文をつけた。

金河奎の娘である金信黙《キムシンムク》の証言によれば、当時そんな通知文といっしょに「真っ白の巻紙に書いた宣伝文や規則などを、一巻きに仕立てて送ってきたので」そのときはじめて「白濾紙」というものを見たのだという。

金度心が明東《ミョンドン》に帰着したのは一九〇七年の夏である。その消息を聞いて金河奎の家に学者たちが集まった。暑い日で門を開け放ったまま、ソウルから送ってきたものを読み、またそれを四方に発送したという。

この逸話は何を示しているのか。

一九〇五年に屈辱的な乙巳《ウルサ》五条約（日本では「日韓保護協約」などと称される）を強制された朝廷はもちろんのこと、遠く北間島《ブッカンド》の平民たちも朝廷に劣らない切実な感覚で日本の強大な力を意識していた。この事実が前提となっていてこそはじめてこの逸話はじゅうぶん納得できるものとなる。

北間島の人びとは、日清戦争（一八九四—九五）、日露戦争（一九〇四—〇五）など、彼らの目の前で繰り広げられた戦争にたてつづけに勝ち抜いた日本の力を直接見た人たちである。「未開の島国の倭奴《ウェノム》」であった日本の恐るべき力。彼らが昔と違うのは西洋式の文明を受け入れ慣れしたしんだこと以外にないではないか。その日本の力の脅しによって強制された乙巳五条約の衝撃はじつに大きく、この衝撃によって彼らはすでに足元からゆすぶられていた。

だからこそ心底からの儒学者であった彼らが、「新学問をせよ」と書いた白い巻紙の通知文が届くや、さしたる反発もなくただちに承服したのである。彼らは平生から親しんできた漢学を簡単に「旧学」というカテゴリーの中に押し込んだ。そしていまやはじめて向き合う「新学問」に対して胸をいっぱいに開いていったのである。

龍井《ヨンジョン》の瑞甸《ソジョン》書塾が扉を閉ざした後、明東の人びとはすぐに行動を開始した。

まず漢学を教える三カ所の書斎《ソジェ》を一つにあわせる。そして「明東《ミョンドン》書塾」という名をつけて新学問を教える教育機関として再び門を開いた。

初代塾長には瑞甸書塾の先生だった朴茂林《バクムリム》（本名・朴禎瑞《バクチョンソ》）を招いてきた。明東村の代表的な学者だった金躍淵《キムヤギョン》はその下の「塾監」職を引き受けた。しばらく後には「明東書塾」という名称を、もう少し現代的な感覚を生かした「明東学校」に改称する。一九〇八年四月二七日が開校記念日であった。その後、この開校記念日には大運動会を行なうなど、いろいろな行事を開いて盛大に記念した。

ここで「明東《ミョンドン》」という学校の名前について少し考えてみよう。

当時、明東の漢学学者たちが新たに新学問の教育機関を設立しながら、なぜその名称を「明東《ミョンドン》」とつけたのか、その由来を明確に示す資料は現存しない。

龍井の「瑞甸《ソジョン》書塾」の名は龍井《ヨンジョン》を含めたその一帯の平原が「瑞甸原」と呼ばれていたところからきていた。その地名をそのままつけたのである。しかし「明東《ミョンドン》」は学校の名としてまずつけられ、そこではじめて「明東《ミョンドン》村」という村の名が出てきたという。

筆者は「明東」という言葉が、『大学』（論語、孟子、中庸とともに四書の一つ）の最初の一節が「大学之道在明明徳」から来ているらしいことに強い印象を受けた。「大学の道は明るい徳（明徳）を明らかにするところにある」というこの一節から、「明らかにする」という動詞としての「明」をとり、わが国の異称である東国から「東」をとって「明東《ミョンドン》」としたのではないかという推定である。

昔からわが国は中国の東側にある国として「東国」という異称がよく使われた。もっぱら地理的な条件が基準になった呼び方なので、「東国」という異称には高句麗《コグリョ》、新羅《シルラ》、百済《ペクチェ》、高麗《コリョ》、朝鮮《チョソン》などの時代的条件と区分を越えて通時的に通用する便利さがあった。だからわが国にだけ関係する事物を扱う本の名に「東国」の字を付したものは多い。『東国文献比考』（朝鮮英祖時）、『東国兵監』（朝鮮文宗時）、『東国史略』（朝鮮太宗時）、『東国輿地僧覧（全国僧覧）』（朝鮮成宗時）、『東国李相国集』（高麗高宗時）、『東国正韻』（朝鮮世宗時）、『東国地理誌』（朝鮮鮮祖時）、『東国通監』（朝鮮成宗時）……などだ。高麗時代に通用した銅銭には「東国重寶」「東国通寶」などの名もある。

だから筆者の推定が当たっているとすれば新学問を教える教育機関の名として「明東《ミョンドン》」にはすなわち「東国（わが国）を明るいものにする人材を育てる」という意味を込めているのである。これを『大学』の最初の一節にならって解きほぐしてみれば、「新学問之道　在明東」すなわち、「新学問をする志は東国を明るいものにするところにある」ということになる。

これと関連してここで指摘しておきたいことがある。尹東柱の弟・尹一柱《ユンイルジュ》が「東柱」という名について、「この名前も父がつけたもので、東の字は『明東《ミョンドン》』から採ったものであることははっきりしている」と推定している部分だ（尹一柱「尹東柱の生涯」『ナラサラン』23集、ウェソル会、一九七六年、一五二頁）。

筆者が見るところでは、この推定は事実とは違っているようだ。尹東柱の「東」の字は周易から採られたものと思われるからだ。「東」は周易で震卦を指し、震は長男を意味する。だから帝王家では太子や世継ぎをさして「東宮」と呼ぶのである。東柱が尹氏一家の最初の息子なので、長男を意味する「東」の字を使い、その後に行列字（族譜《チョッポ》でどの行列＝世代に属するかが一目でわかるよう、名前の一字に共通して用いる漢字）である柱の字をつけたものと見なければならないだろう。

明東書塾は移民に来てから最初に土地を分配するときに別に取り除けておいた「学田」をその財源として出発した。八間〔約一四・五メートル〕四方の家を買い、二間分は事務室とし、残りを教室に使う小規模での出発であった。

朴茂林《パクムリム》塾長の下、金躍淵《キムヤギョン》学者が塾監、財務担当は文治政《ムンチジョン》〔文益煥《ムンイクファン》の祖父〕、そのほかには瑞甸《ソジョン》書塾で新学問を学んだ金学淵《キムハギョン》、南葦彦《ナムウィオン》などが実際に教える教師陣であった。しかし彼らが瑞甸書塾で学んだのはわずか一年にもならない期間だったので、きちんと教えられる教師が緊急に必要だった。そこで新学問をした先生を四方に探しもとめたが、見つけるのは簡単ではない。そこで高《コ》ヨンバル〔연발〕という他郷の人が現れ、「〝ほうき〟の〝ほ〟」式に教えようとしたが追い出されるなどのハプニングまで起こったという。

そうするうちに一九〇九年、弱冠二十二歳の鄭載冕《チョンジェミョン》先生の赴任によって初めて学校らしくなった。

鄭載冕は、元建国大学総長、韓国神学大学学長などを歴任した鄭大為《チョンデウィ》〔一九一七年生〕博士の父親である。彼は平安《ピョンアン》南道粛川《スッチョン》出身で、ソウルにある「青年会館」というキリスト教系の新学問教育機関で学んだ篤実なキリスト教徒だった。また李東輝《イドンフィ》、安昌浩《アンチャンホ》、梁起鐸《ヤンギタク》、金九《キムク》、全徳基《チョンドクキ》などとともに、愛国秘密結社「新民会《シンミンフェ》」の会員でもある若き志士だった。

彼は学業を終えたのち、元山《ウォンサン》の普光《ポグァン》学校に教師として在職中だったが、新民会から「北間島《プッカンド》に行って李相卨《イサンソル》が始めた教育事業を再建してくれ」という勧告を受けた。鄭載冕はそれに従い、普光学校を辞職して北間島にやってきた。

鄭載冕は龍井《ヨンジョン》に来たが、そこに入り込んでいる日本の統監部間島《カンド》派出所の存在などいろいろな条件から、瑞甸書塾の再建が思いどおりにいかないとみるや、ちょうど新学問をやろうとすでに自発的に学校を開いていた明東学校に目を向けた。

明東の学者たちは、新学問の先生として名実そなわった鄭載冕を知るや、明東《ミョンドン》学校に赴任してくれるよう極力要請した。

このとき鄭載冕は赴任にあたっての前提条件を一つ挙げた。「学生たちに正規科目の一つとして聖書を教え、礼拝をささげられるようにすること」というのである。

これは儒学の伝統をもつ村としてはまさに革命に相当する要求条件だった。明東《ミョンドン》村の指導的な儒学者たちはこの問題について討議した。何日か討論をつづけた末に、その条件を呑んでもしっかりした新学問の先生を招くべきだ、と決定された。彼らが新学問に対して抱いた熱意の深さをうかがわせる話である。

明東村が彼の要求した条件を受諾するや、鄭載冕《チョンジェミョン》はすぐに明東学校に赴任した。こうして明東に新学問とキリスト教がいっしょに入ってきた。

当時、新民会《シンミンフェ》では北間島《プッカンド》の民族教育のために秘密裏に「北間島教育団」を組織するなど、確固とした準備をしてそなえた。この教育団は団長に実務者である鄭載冕、顧問に李東輝《イドンフィ》、李東寧《イドンニョン》を任命し、議事および財政をうけもって教育団所属人士たちの生活費の面倒をみる財務担当まで含めて構成された。その財務担当がのちに「柳韓洋行《ユハンヤンヘン》」〔医薬品製造会社〕を創業した柳一韓《ユイルハン》氏の父・柳基淵《ユギヨン》氏で（金信黙《キムシンムク》ハルモニの記憶に残る名は柳フンウォン〔홍원〕氏）、彼は忠実にその任務を完遂したという。

現在、学界では新民会の活動についての研究がまだ十分でなく、新民会と明東学校との関係をきちんと評価できないでいる。しかし北間島の明東学校こそ、定州《チョンジュ》の五山《オサン》学校〔平安《ピョンアン》北道〕、平壌《ピョンヤン》の大成《テーソン》学校〔校長・安昌浩《アンチャンホ》〕、李東輝系列の寶昌《ポチャン》学校、西間島《ソガンド》の新興《シヌン》学校などとともに、新民会の影響力の下でその理念に沿って運営された諸学校の中でも代表的な存在としてあげられる学校なのである。

一九〇九年に鄭載冕が赴任するとともに学校組織が変わった。初代塾長だった朴茂林先生が退任し、「校長・金躍淵《キムヤギョン》、校監・鄭載冕《チョンジェミョン》」という体制となった。

鄭載冕の活躍はたいへんなものだった。自ら熱心に教えるのみならず、そうそうたる教師陣を大挙ひっぱってきた。大韓民国最初の女性判事・黄允石《ファンユンソク》の父である黄義敦《ファンウィドン》、ハングル学者・張志暎《チャンジヨン》、周時経《チュシギョン》先生の文法書『国語文法《ウリマルポン》』の序文を書いた朴泰煥《パクテファン》、早稲田大学出身の法学者である金哲《キムチョル》などが明東学校の教師として来た。すべて独立運動家としてのすぐれた気性をそなえた方たちであった。一九一〇年には中学校課程もつくられ、四方から学生たちが集まってきた。一九一〇年八月二九日の韓日合併によって国が滅びたという知らせが来ると、教師と学生たちはみな大声痛哭した。とくに歴史学者黄義敦《ファンウィドン》先生はひどく悲しんで地べたを打ちながら痛哭し、人びとの脳裏に深い印象を残した。

明東学校は女子教育においても画期的な模範となった。一九一一年の陽暦三月に李東輝《イドンフィ》が明東に来て「査経会」（キリスト教の集会、現在の「復興会」のような集まり）をしたのを契機として、その年春から女学生を受け入れて教育する女学校をつくったのである。男子学校の先生たちがここでも教えたほかに、鄭載冕《チョンジェミョン》の姉・鄭信泰《チョンシンテ》、李東輝《イドンフィ》の二人目の娘・李義淳《イウィスン》などが女性教師として赴任した。鄭信泰は聖書を、李義淳は音楽、裁縫、理科を受け持った。李義淳は女性解放論者である父に従い、「鳥も翼が二つあってこそ飛び、車も車輪が二つあってこそ進む」という印象的な言葉で女性教育の必要性をいつも強調した。

明東のキリスト教文化

明東村がほとんど全村あげてキリスト教化するようになった来歴は興味深い。それはもっぱら鄭載冕《チョンジェミョン》の執念と戦術がもたらした勝利だった。

鄭載冕（別名・鄭秉泰《ビョンテ》）は初めは学生たちだけを相手に聖書を教え、いっしょに礼拝をした。当時彼の学生だった文在麟《ムンジェリン》牧師（文益煥《ムンイクファン》の父）によれば、最初は祈祷するときに「アーメン」というところがかならず「ウンメー（牛や羊の鳴き声）」ときこえるので、学生たちは礼拝の途中で吹き出したりしたという。大人たちは学校に通う子どもたちが礼拝をする真似をして遊ぶのを見て、「イエス教徒たちはどうして礼拝するのか」といぶかった。

鄭載冕はしばらくすると自分の教職をかけて新しい要求条件を出した。「学生たちだけではだめですよ。大人たちもみな出てきていっしょに礼拝をしましょう。そうしないなら、わたしはここを出て行く」すでに自分の実力と人柄によって村の人びとの心をつかんだと感じていたのだろう。彼はこんなとんでもない言葉を放っていまにも荷物をまとめようという格好を見せた。村人たちはひじょうに当惑した。ふたたび何日間かの討議の末に、静かな革命が起こった。鄭載冕の要求どおり大人たちもイエスを信じ、鄭載冕を引き止めておくことにしたのである。

そうして一九〇九年五、六月ごろに明東に教会が建った。明東の著名な儒学者たちが家族といっしょに、まだ青臭いほど若い先生の前に出て行き、聖書を学び、いっしょに礼拝をささげた。教会の建物としては別に八間幅の家を買い、内部を修理して使用した。男女間の交わりを避けるしきたりが厳しいころだったので、男子の組と女子の組の席が区分されており、たがいに見えなくしてあった。鄭先生はその中間に立って礼拝を導いた。

ここで一つ考えてみるべきことがある。明東の人びとは、もっぱら新学問の先生を引き止めておくための方便という条件だけでキリスト教に改宗したのか、という問題だ。これを考えてみるためには、明東を含めた北間島の朝鮮人社会の歴史をいささか調べてみる必要がある。

現在では、一般的な常識として「北間島」といえばすぐ「独立軍の地」という等式が成立するほどの、一種の幻想的なイメージが広まっている。しかしこれは北間島の実際の歴史とは大きく異なるものだ。明東村にキリスト教文化がはじまる一九〇九年時点までの、北間島における朝鮮人社会の姿を調べてみれば、つぎのような四段階に分けられる（宋友恵「北間島《プッカンド》『大韓国民会』の組織形態に関する研究」『韓国民族運動史研究一』知識産業社、一九八六年、一一五頁）。

一、清国官憲の統治と横暴に苦しめられた時期（朝鮮人移住初期から一九〇三年まで）
二、間島《カンド》管理使・李範允《イボムユン》の僑民保護の時期（一九〇三―〇五年）
三、ふたたび清国による統治の時期（一九〇五―〇七年）
四、日本の統監部が間島派出所を設置したことにより日本の勢力が浸透し、清国の行政組織「郷約」の体系と、日本の行政組織「社長」の体系が朝鮮人の管理をめぐって熾烈に対立しつつ共存した時期（一九〇七―〇九年）

北間島に移住した朝鮮人たちが移住初期からもっとも苦痛を受けたのは、清国官憲と清国人地主たちによる横暴だった。満州族の頭髪の格好や服装にならえという「治髪役服」の強要もやはり大きな苦痛だった。彼らの威を体した「胡通事」(中国語通訳)の横暴もまたひどいものだった。清国人地主に土地代金を支払い、集団で移住して朝鮮人の村をつくった明東の場合はそれほど苦しめられることはなかったが、しかし限界ははっきりしていた。明東《ミョンドン》においてさえ「ペテン師・金ビョンウェ〔병왜〕事件」のような出来事を免れることはできなかった。

金ビョンウェという人が土地売買の問題で詐欺をはたらいたとき、その不正を我慢できなかった金河奎《キムハギュ》学者と彼の親戚の金ソンチョン〔선천〕が糾弾した結果、金ビョンウェは懲役刑に処せられた。ところが彼は出獄したあと娘を清国人に与え、その権勢によって報復したために、金河奎《キムハギュ》の甥など何人かが捕らわれ苦しめられた挙句、ようやく解放されたという事件である。

このように清国側の横暴にひどく悩まされた北間島《プッカンド》の朝鮮人たちは、親ロシアの傾向のある間島《カンド》管理使・李範允《イボムユン》が傭兵部隊を組織して威勢を示したときに、初めて肩の荷を降ろして暮らせるようになったのだった。しかしそれはロシア軍隊の東三省(中国山海関の東側にある奉天省、吉林省、黒竜江省)占領によってようやく可能になった一時的な現象だった。一九〇〇年の義和団事件で被害を受けた欧米列強の軍隊が清国に出兵するや、ロシアもじっとしてはいなかった。東三省に対する領土的野心のあったロシアは、東清鉄道(黒竜江→吉林→ウラジオストクを結ぶ)建設を保護するという名目で出兵し、東三省をその軍事的支配下に置いた。一九〇三年四月には鴨緑江《アムノッカン》下流にある龍巖浦《ヨンアムポ》まで占領した。そうするうちに同じように領土的侵略

写真5　明東村の村民たちが通った明東教会

キリスト教信者だった尹東柱の家族もこの教会に出席した。鄭載冕によって始められた明東教会は、「ただ一人の真実で善良なる意志と実践が多くの人びとの人生と歴史を根本的に変えることができる」ということを示す生きた証拠であった。

の野心を抱いていた日本と衝突し、一九〇四年二月に日露戦争が起こった。つぎの年、戦争に敗れたロシアが満州から退くと、李範允はもはや僑民保護はおろか、彼自身、北間島にとどまっておれなくなり、ロシア領に行ってしまった。

明東村《ミョンドン》もやはりこのような時代状況にそのままさらされていた。金信黙《キムシンムク》ハルモニは、日露戦争中だった一九〇四年秋、ちょうど家で脱穀しているとき庭に「ロシアの軍人たちがどっと入ってきた」というなまなましい記憶をもっている。

明東でも金河奎《キムハギュ》の親戚・金ソンチョンが間島管理使である李範允の軍部隊に所属していたが、その軍隊が解体されたのちに彼が味わった体験は、ひじょうに劇的な一幕のドラマである。

金ソンチョンはとうてい逃れるすべもなく

清国の官憲に逮捕されて死刑の判決を受けた。官憲は彼を車に乗せ、歌をうたいながら野に出て行った。処刑台で首をはねようというのだが、突然つむじ風が起こって処刑台が倒れてしまった。それを立て直したが、するとまたつむじ風が来てふたたび崩れた。これを見て死刑の執行が中止されたのは、突風を「この人を殺すな」という徴《しるし》として受け取ったのである。その後、金ソンチョンの命を助けるかわりに罰金を払えということで、金河奎《キムハギュ》をはじめ八人のいとこたちが土地や牛をすっかり売り払って金を納めた。金ソンチョンは杖刑をたっぷりくらわされてから解き放たれたが、杖刑の傷が癒えて体を動かせるようになると、ロシアに行ってしまったという。

このようなことが尹東柱の生まれるわずか一二年前に明東村で起こっていたのである。

一九〇七年に朝鮮統監部間島派出所という名目で、警察力を押し立てて日本の勢力が間島《カンド》に入ってくると、状況はさらに複雑になった。朝鮮人たちは清・日両国によって苦しめられるようになったのである。清国は「郷約」という体系の地方行政組織を、日本は「社長」という体系のそれをもってたがいに朝鮮人の管理権を主張し、つよい軋轢を重ねながら並存していた。

鄭載冕《チョンジェミョン》が明東の人びとにキリスト教を受け入れるよう要求したときの時代状況はそのようなものだった。彼らがキリスト教を迎え入れた理由の中には、キリスト教がもつ「政治的避難所」としての意味はなかったであろうか。

当時、中国大陸に進出したキリスト教は一つの宗教であると同時に、すでに国境のない帝国のような性格をもつ一つの有機体であった。それも下手に手を出すとひどい災いをもたらし、しかもその災いはまちがいなく迅速に起こった。どこかで西洋の宣教師が殺されたとしたら、すぐにその母国の軍隊が攻め込んでくる。

一八九七年一一月に山東省の鉅野県でドイツ人神父二名が殺されたときにはドイツ軍隊の膠州湾上陸を招いたし、天主教〔ローマ・カトリック教会〕が大きな被害をこうむった一九〇〇年の義和団事件は、米国、英国、日本、ドイツ、フランス、イタリア、オーストリア帝国など諸国軍隊の中国出兵と北京陥落を生んだ。当時、清国政府は欧米列強に多くの利権を提供しなければならず、被害者が天主教徒だとなると、西洋人、清国人はもちろん北間島《プッカンド》の朝鮮人たちが受けた被害までも残さず賠償することによってようやくその事件を収拾したのだった。

結果的にみて宗教が帝国主義的な侵略の橋頭堡となったわけである。しかしこれは清国の立場における話だ。清国の抑圧と横暴に苦しめられていた朝鮮人の立場はまったく異なっていた。キリスト教がもつそのような側面は、朝鮮人にとっては、むしろ信ずるにたる避難所と保護者としての機能をもちえた。日帝の強い侵略の牙の下で風前の灯の運命にある祖国、そしてその祖国からも遠く離れてなんの頼るべきよすがもない無力な百姓として、いったんキリスト教に入信しさえすれば欧米列強が後見人の役割をしてくれるということは、かえって魅惑的な条件となりえたのだ。

欧米列強の力とはどのようなものか。あの剽悍《ひょうかん》な日本さえもその前では一たまりもなくへし折られるではないか。彼らの目前で繰り広げられた日清戦争の結果だけ見てもそうだった。日本はおびただしい血を流して戦争に勝利した結果、講和条約で遼東半島を譲り受けた。ところがドイツ、フランス、ロシア三国が干渉するや、無力にも元に戻さねばならなかった。清国と日本の勢力に苦しめられていた寄る辺なき北間島《プッカンド》の朝鮮人社会とキリスト教との関係からみるとき、「敵の敵は友」という等式がいちおう説得力をもって成立していたのだ。
このような当時の地政学的背景についての考察がなければ、当年二十二歳の新学問の先生が出した「ここを出て行く」という脅しだけで、明東村の堂々たる儒学者たちがみなキリスト教に改宗したという伝説は、一つの軽薄なコメディーとなる。

一方、時代的な状況は息詰まるような展開をしていった。

一九〇九年　九月　清・日間の「間島協約」
　　　　　一〇月　安重根《アンジュングン》の義挙〔日本の元老・伊藤博文をハルビンで射殺〕
一九一〇年　八月　韓日合邦
一九一一年一〇月　辛亥革命
一九一二年　一月　中華民国樹立宣布
　　　　　二月　清朝滅亡
　　　　　三月　袁世凱の臨時大総統就任、実権掌握

こうした激変の渦中においても、新学問とキリスト教を受け入れた明東村は大きな発展を重ねた。村は鄭載冕《チョンジェミョン》が主導する新民会《シンミンフェ》の理念に従い、模範農村運動によって面貌を一新した。明東学校もやはりそうだった。優秀な教師陣が加わった明東学校に四方から学生たちがやってきた。北間島各地はもちろん、国内からも、またシベリアの同胞子弟の中からも留学してきた。

こうして明東は北間島で最も著名な村の一つとなった。明東学校の校長である金躍淵《キムヤギョン》の社会的地位も、やはり北間島人のなかでもその頂上まで登った。あたかも陽が闇を押しわけて上ってくるような勢いだった。


尹東柱が生まれるわずか五年前の一九一二年には、北間島の朝鮮人社会としてはとても画期的なことが起こった。移民史上はじめて朝鮮人自治機構である「墾民会《カンミンフェ》」が結成されたのである。それは当時あらたにできた中華民国の実権を握った袁世凱と交渉し、その許諾を引き出すことによって可能となった。

墾民会の会長には明東学校校長の金躍淵が選出された。墾民会会長とは北間島の全人口の七、八割を占める朝鮮人社会のトップに立ったことを意味する。金躍淵にはすぐ「東満の大統領」という別号がついた。しかし墾民会は一九一四年、日本の圧力に屈服した中国政府によって解散させられた。よき時代はあまりに短かった。


明東のキリスト教文化について話すはずが、わき道に入って長くなった。いよいよ核心について話すことにしよう。

明東にキリスト教が入ってきてから引き起こされたいろんな変革の中で、外形的な大発展ももちろん重要だったが、しかしより重要なことは身分意識の打破だった。「すべての人がみな同じ神の子ども」というキリスト教の平等意識と人間観を受け入れたのである。これは従来の儒教文化の風土と比べてみるとき、完全な革命に該当する。彼らはキリスト教の教理に従おうと、先祖への祭祀をも廃した。

身分意識打破の現象をもっともはっきりと物語るのは、女性たちが自分の「名前をもつ」ことだ。小さいころは「コマンニェ〔고만네〕」「ケットンニェ〔개똥네〕」「コプタニ〔곱단이〕」などの幼名で呼ばれ、結婚すると「会寧宅《フェリョンテク》」「鐘城宅《チョンソンテク》」「蛇洞宅《サドンテク》」などの宅号〔既婚女性をその出身地をとってつけた呼び名〕によって呼ばれるのが女性たちの名前だった。それが、イエスへの信仰をもちはじめるにつれ、男性たちと同じく漢字で名前をつけていった。また大部分の女性たちは名前の最初の字に「信じる」という意味で、漢字の「信」の字を入れた。

金信黙《キムシンムク》、朱信徳《チュシンドク》、金信禎《キムシンジョン》、金信宇《キムシヌ》、文信吉《ムンシンギル》、尹信永《ユンシニョン》、尹信真《ユンシンジン》、尹信鉉《ユンシニョン》、金信熙《キムシニ》、韓信煥《ハンシンファン》、韓信愛《ハンシネ》、南《ナム》信鉉《シニョン》、南信学《ナムシナク》……。のちに金信黙《キムシンムク》ハルモニは、信の字を行列字としてつけた五〇余名の名を数え上げた。すべて当時いっしょにつけられた名前である。

これは何を示すだろうか？

第一には、家門、門閥、年齢、親疎の別など、人間と人間のあいだをへだてる障壁を崩し、信じることを通してみなが一つの行列字をもつ同胞《きょうだい》となることを宣言したのである。

第二には、いまや女子も男子と同じ形で名前をもつべきだという男女平等思想の具現だった。「人間はすべて同じ神の子どもだ」というキリスト教の教理が、明東の人びとの具体的な暮らしの場で、このように明快な姿で具現されて出てきたのである。ここに明東キリスト教文化の核心がある。

「われわれの家が明東に引っ越していったのは一九一九年八月末でした」

韓俊明《ハンジュンミョン》牧師の証言は、他の土地から入ってきた者の目に明東《ミョンドン》のキリスト教文化全盛期がどのように映ったかをよく表わしている。

行ってみると、とてもよい村里でした。教会と学校を大きくつくってあって、村の中の道も大きく広く均してあったし、また消費組合もあり……。そのときすでに大部分の家にミシンがありましたよ。日曜日になると二百名余の人が集まって、教会はぎっしりいっぱいで、子どもたちの教育にもみな熱心でした……。

このような時期がちょうど二〇年間つづいたのちに共産主義の波に洗われる時期に入っていく。新たな時代に入ると、明東は独立運動の基地として北間島全域で有名なところとなった。

尹東柱の明東小学校時代

このような村で尹東柱《ユンドンジュ》は生まれ育った。彼が生まれる以前に父母がともにキリスト教徒になっていたので、彼もやはりクリスチャンとして生まれたわけである。彼は赤児のときに「幼児洗礼」を受け、教会の一員に加えられた。

尹東柱は一九二五年、満七歳数カ月で明東小学校に入学する。その一年生のときの様子が、同窓生・金《キム》禎宇《ジョンウ》（詩人）の文の中につぎのように示されている。

東柱といっしょに学校で国語の勉強をしたときのことだが、当時の教科書は謄写本で『わきでる泉』

という題だった。〝가〔カ〕〟の字に〝ㄱ〟をつけたら〝각〔カッ〕〟といい、〝ㄴ〟なら〝간〔カン〕〟と、千字文を読み上げるように頭を前後に振りながら朗々とした声で暗誦したのを、いまでもいきいきと憶えている。

（金禎宇「尹東柱の少年時代」『ナラサラン』23集、ウェソル会、一九七六年、一一七頁）

創立からこの時期にいたるまでに、この学校は大きな変化をくぐってきた。学校の建物を壮麗な西洋式レンガ造りにして、一九一八年に落成したのが大きな発展として数えられ、独立運動界に多くの人材を輩出させたことが大きな業績としてあげられる。金躍淵《キムヤギョン》校長自身が独立運動の先頭に立ったのである。一九一四年に墾民会《カンミンフェ》が解散したのち、一時沈滞していた朝鮮人社会の空気と独立運動の機運は、第一次世界大戦の終焉とともにふたたびその火を燃え上がらせはじめた。とりわけ一九一九年三月の独立万歳運動のときから、一九二〇年六月の鳳午洞《ポンオドン》戦闘、同年一〇月の日本軍による大規模な満州出兵、青山里《チョンサンニ》戦闘を経て、間島《カンド》大虐殺が起こされるまでの二年間は、まさに北間島《プッカンド》全体が独立軍の勢いさかんな時期であった。

このころにはとくに明東学校出身者の活躍が目立った。そのために明東学校そのものも、間島大討伐をおこなった日本軍によって報復を受けることになる。

一九二〇年一〇月二〇日、日本軍は明東学校の立派なレンガ造りの建物に火を放ち、灰にしてしまった。一〇月二〇日といえば青山里戦闘の始まる一日前である。日本軍が間島に入ってきて真っ先に討伐したのが明東学校だったのだ。その間いわゆる「不良鮮人の巣窟」として明東学校がどれほど憎悪の対象となっていたかを実証する事実である。

だが明東に進入した日本軍はむやみに狼藉をはたらくことはできなかった。ただ明東学校とその近くにあった馬晋《マジン》氏（著名な独立運動家）所有の空き家一棟が焼かれただけで、人命の被害はまったくなかった。当時、「庚申（一九二〇年）大虐殺」と呼ばれるほど凄惨だった大討伐の最初の一撃を受けながら、明東村の人びとは虐殺どころか殴打さえ浴びなかったのはどうしたわけだろうか。

それは、ひとえに明東村が大きな教会とキリスト教の学校を持つクリスチャンの村だ、ということのためだった。後日、西洋列強とのあいだにわずらわしい外交問題が起こることを日本軍はそれなりに警戒したのである。

それに関して笑えないエピソードがある。当時、日本軍は明東《ミョンドン》村の近くでカトリックのフランス人宣教師フィリップ・ペリ氏に出くわした。そこで彼から事前に「明東学校とわたしはいかなる関係もない」という確認書を受け取っておいた。それればかりでなく、アメリカ人やイギリス人からもやはり明東学校とは何のかかわりもないという言葉を聞きだしてから、学校に火を放ったのである。明東教会はそのころ改進教長老教派（プロテスタントの一派）に属していたので、カトリックの宣教師とはなんのかかわりもないことはきわめて当然なことだった。

当時、そのフランス人宣教師が書き与えた確認書が日本の記録文書の中につぎのように残されている（姜徳相編『現代史資料28　朝鮮四』みすず書房（日本）、一九七二年、四五五頁）。

Myodo schol has no relation with me

明東《ミョンドン》学校ハ余ト関係ナシ
Philippe Perris
フィリップ・ペリ
Missionnaire Apostolique
（原文のママ）

燃えた校舎は、一九二二年に日本政府が金を出してもとの形に復旧した。

しかし一九二〇年を境にして、明東学校の輝かしい名声はしだいに光を失っていく。間島《カンド》に来ていたカナダ宣教部が、一九二〇年に交通の要地である龍井《ヨンジョン》に恩真《ウンジン》中学校、明信《ミョンシン》女学校などのミッションスクールをつくり、前からあった永信《ヨンシン》、東興《トンフン》、大成《テーソン》学校などとともに、いまや龍井が北間島《プッカンド》における教育の中心地になったためだ。以前は明東へやってきた外地からの留学生が今は龍井へ行くようになった。

独立運動家の養成所のようであった明東学校の相対的な没落は、まずそこがへんぴな村だった点にある。また一九二〇年の日本軍の大討伐以来、北間島全域で独立運動の勢いが大きく削《そ》がれたこととともかかわりが深い。当時、多くの独立軍と独立運動家がロシア領や中国本土へ亡命し、北間島を離れてしまったのだ。

そのうえ弱り目に祟り目で、一九二四年、有名な「甲子年の旱魃」による大凶作のため、深刻な経営難まで重なった。結局、尹東柱が小学校に入学した一九二五年には、明東中学校はもはや運営不可能となって門を閉じ、小学校だけが明東村出身の学生のみで命脈を保っていた。時おり尹東柱関係の記録のなかに「明東中学校が日帝によって強制廃校された」という記述が出ていることがあるが、これは事実ではない。

写真6　明東学校新校舎落成式（1918年4月9日）

明東学校は独立運動界に多くの人材を輩出した。明東学校出身の独立運動家たちの活躍が際立ってくると、これに対する報復として1920年に日本軍がこの校舎を燃やし、1922年に再び復旧した。この一枚の写真は1918年当時の明東村文化の見えない部分まで現している。このような規模の大型写真の撮影が可能だったその写真術、この行事を写真に残そうとした記録意識、学校の名の前にはっきりと「私立」であることを明示する主人意識、西暦年度を「西紀（主号）」と表記するキリスト教文化の生活化……。

明東《ミョンドン》村と明東小学校の時代は、尹東柱の生涯においてもっとも重要な時期だった。彼の満二八年足らずの生涯の半分に当たる一四年間を明東で過ごしたということのほかにも、その人格や詩的感受性の骨格が形成された場所だったからである。

　尹東柱の一生で明東時代のように美しく豊穣な時期はふたたび訪れなかった。自然環境も、家庭的な雰囲気も、また時局の状況までもそうだった。彼の小学校時代の様子をしらべてみよう。

　明東《ミョンドン》の自然環境については、尹東柱の小学校の同窓生であり従兄弟でもある、詩人の金禎宇《キムジョンウ》の文によく描かれている。

……明東村の自然と風景を説明しなくてはいけない。この村は四方を山に囲まれた静かな大きな村だ。東北から西にかけて緩やかな丘陵が弓なりに屏風のように村の背後を巡っている。その西北端には立岩《ソンバウィ》という三面続きの岩が蒼空にぬっとそびえ立って絶景をなし、西北からの風を防いでいる。その岩の後ろにはわが先祖たちの古戦場と思われる山城があり、矢のような遺物がときどき発見されたりした。この立岩は明東村の人びとの公園でもあった。東側から伸びてきた長白山脈が、女真族の土地である五峰山とサルバウィ〔櫛《くし》の歯岩〕という切り立った山々を基点として西南側へ山並みをなし、村の正面のほうへ峻嶺が重なり合い、立岩をかすめてつづいている。

春が来ると、村のあちこちの野山にチンダレ〔カラムラサキツツジ〕、満州杏《ゲサルグッコ》の花、ゆすらうめ、オオヤマレンゲ、ゆり、おきな草、ねこやなぎなどの花々がきそいあって咲き、村の前を流れる川の堤には柳絮〔綿毛をもった柳の種〕が飛び、村は花々とその香気に包まれる桃源郷になった。夏はみずみずしい田園の新緑に包まれ、秋は遠近の山野の紅葉と、熟した黄金色の田んぼで恍惚となった。

冬の風景はさらに印象的だった。山野の樹木の裸になった枝々が北風にうなりをあげ、銀色の燦爛たる雪野には青みがかった氷原がくねくねと伸びて立岩の谷に達する風景はまったく絶景だった。大雪の日にはノロ〔鹿の一種〕や猪の群れが食べ物を探しに村に下りてくる。そうなると全村が興奮のるつぼと化してわくわくするのだった。斧折樺《おのおれかんば》の木で作った独楽《こま》まわし、そり遊び、スケート、鷹を抱えて雉狩りするのを見るためについていくことなど、明東村の冬は忘れられない追憶でいっぱいだ。

（中略）

尹東柱の家は学校村にあって、いい暮らしをしているほうだった。当時、米づくりをする家というとその大きな村に何戸かあるだけだったが、そのいくつかの家の中に東柱の家も含まれていた。

彼の家は学校村の入り口の最初の家だった。柏の木が茂った低い丘のすそに教会堂があって、その横にふた棟の家がある、その手前の家だ。彼の家は真南向きの大きな瓦葺の家で、背面と左右にはそんなに大きくない果樹園があり、後門に出ると、彼の詩「自画像」に影響したと思われる井戸、その水のうまさで有名な、数十キル〔一キルは八尺または一〇尺〕の深い井戸がある。われわれは尹東柱といっしょに果樹園の垣根になっている桑の木の実を食べ、水をくみ上げて口をゆすぎもしたし、その井戸の中を覗き込んで声を張り上げ、井戸の中にひびく音を聞いたりした。

家の大きな大門を出て左へ回り広い道に向かうと、東側の犬岩《ケバウイ》の上へ追いかけてきた陽光が、生い茂った柏の上方、教会堂の鐘楼の十字架を照らしている光景を、彼はいつも見ただろう。その十字架はキリストの十字架の釘のように彼の心にしっかりと刻まれたのだろう。われわれは平日、学校にもいっしょに通ったし、イエスの聖誕祭のときには教会堂に近い彼の家で夜明けを迎える準備をして夜明かしをし、紙でつくった花を準備したりした。服をぶあつく重ね着し帽子をかぶり、犬皮の足袋を履いて夜明けの雪道を歩きながら賛美歌を歌ったことを思いだすと、今も限りなく楽しくなる。

〈追いかけてくる陽の光でしたが／いま　教会の塔の頂上《さき》／十字架にかかりました。／／それはあんなにも高いのに／どうすれば登っていけるでしょう。〉（「十字架」冒頭二連）

わたしは彼の『十字架』を読むたびに、東柱の家の背後にあった教会堂のまわりの絵のように美しい風景と、幼いころ教会で過ごした生活を思い出さずにはいられない。

（金禎宇《キムジョンウ》「尹東柱の少年時代」『ナラサラン』23集、ウェソル会、一九七六年、一一七―一一九頁）

金禎宇《キムジョンウ》詩人の文章は尹東柱の明東《ミョンドン》時代の自然環境をじつに一幅の絵を描くように叙述していて、ほんとうに美しい。

こんな自然環境の中で育つ子どもであった尹東柱、その学校生活はどんなものだったろうか。

尹東柱は気性がとても穏やかでした。ひじょうにすなおで。だからよく泣いたし……

尹東柱の明東小学校四学年のとき担任の先生だった韓俊明《ハンジュンミョン》牧師は、尹東柱の小学校時代の話になると小さく笑った。

誰かがちょっとでもとがめたらすぐ目に涙がじわっとにじんだんです。友達が嫌な声を出してもそうだったし……。ははは！　もともと才能のある子でしたよ。勉強もよくできるほうでした。それでもたまたま問答するときに答えが出ないと、すぐに涙がじわっと浮かぶんだ。宋夢奎《ソンモンギュ》は、そのときの名前は韓範《ハンボム》といっていたが、こいつはいつも口が達者でびっくりするようなことをする奴だったね。東柱と韓範はいつも一つの机に並んで座っていましたよ。容姿となると文益煥《ムンイクファン》がいちばん男前だった……。

写真7　尹東柱が通った明東小学校

真一文字の形で中央にある門の上に横に「明東学校」という文字の刻まれた看板がある。人気のない学校の運動場に大きな木々が育っているのを見ると、学校の建物として使われなくなった後代に撮影されたものと思われる。

そうして、だしぬけにつぎのように付け加えた。

　東柱のお祖父さんがその村でいちばん裕福でした。畑が多かったから。家にいつも馬を飼っていて、出かけるときにはそれに乗っていきましたよ。息子に東京留学もさせたし……

　このように見てくると、韓俊明の印象に残っている明東小学校時代の尹東柱の姿はおのずと鮮明になる。馬に乗って往来する富者の家、そこの長老の曾孫として、気立てが優しく勉強はよくできた素直な少年。

　ここで尹東柱が通ったときの明東小学校についてもう少し深く調べてみよう。現在その実相について間違って知られている点もかなりある。伝説と世人の錯覚が入りまじっているのだ。

　まず校歌を紹介しよう（明東小学校一九一四年卒業生・金信黙《キムシンムク》から採録）。

白嶺*そびえたち　恩沢ありがたい
檀君王の織りなした　この地に
後孫とともに大きなそのみ心
ひろげ育てるわが明東《ミョンドン》

＊（原注）白頭山《ペクトゥサン》。北間島《プッカンド》の志士たちはこの地を「白頭山の東側」と呼ぶ習慣があるほど、いつも白頭山の偉大さを感じていた。

この歌詞の意味はとても気丈なものである。ここはわが祖先の地であり、いまその志を引きつぐ後孫をそだてるということを掲げ、断固としてこの地の主権を主張するのである。

校歌が四番まであったが、今は全部忘れてしまって、一番しか思い出さない。曲調は〈避難所があるから　苦難を受けた者はここに来たれ〉という賛美歌があるね。それだよ。その賛美歌の曲にこの歌詞をつけて歌ったんだよ。

金信黙《キムシンムク》ハルモニはじっさいに曲調をつけて校歌をうたってみせた。その賛美歌はそれ自体としてもよく歌われたという。その歌なら筆者も知っているが、そのせいか彼女の歌を耳にした瞬間、何かジーンと響いてくる内部の声を聞いた。

しばし賛美歌の歌詞もみてみよう。明東村でよくうたわれた同じ曲調《メロディ》の二つの歌の歌詞をともに吟味してみるのも、「明東《ミョンドン》」を理解するよすがの一つになるだろう。賛美歌はやはり四番まである。

避難所があるから

一番　避難所があるから　苦難を受けた者はここに来たれ
この地が変わり波が起こり
山の上にあふれても恐れることはない
二番　異邦人がさわぎ　国々が集まって蠢動するが
われらの主がその声をひとたび発しなされば
天下のすべてのものは滅びるだろう
三番　万有の主エホバ　われらを助ける避難所よ
この世に戦乱を終わらせられる
この世の槍や剣は役に立たない
四番　気高きエホバわれらを救う　ハレルヤ
苦しみ烈しく苦難は深いが
避難所があるから　エホバよ

キリスト教信者でない読者には「この賛美歌はイギリス国歌とおなじ曲調である」ということを付け加えておけば、明東学校の校歌の姿はすぐに察せられるだろう。節度があり荘重な品格を帯びたいい曲である。尹東柱ももちろんこの校歌をうたいながら明東学校に通った。日曜日になると教会でおこなっている日曜学校に行ったから、彼はこの賛美歌もやはりよくうたったことだろう。

だとすれば「避難所」となる「わが明東《ミョンドン》」学校はどんなところだったのだろうか。

明東学校はいまのわれわれの学校概念からみてもひじょうに水準が高い。一九一〇年代にすでにブラスバンドがあり、テニスコートもあった。

とくにブラスバンドは校外行事においてもおおいに活躍した。現在残っている記録を見ても、まず朝鮮人社会がひときわ高揚していた一九一三年の端午節に、墾民会《カンミンフェ》の自治活動として局子街〔現・延吉市《ヨンギル》〕延吉《ヨンギル》橋下の川原で開かれた連合大運動会でこのブラスバンドはめざましい活躍をした。また一九一九年三月一三日、龍井《ヨンジョン》での大規模な独立万歳運動が流血を伴う凄惨なものになったときにも、明東学校のブラスバンドは先頭に立った。だからその活動の姿は、いまも独立運動史に鮮烈に残っているのである。上海《シャンハイ》で樹立された大韓民国臨時政府の機関紙『独立新聞』の一九一九年一一月一五日付に掲載された、龍井《ヨンジョン》の独立運動参加者の回顧談に、つぎのような証言がある。

……万歳の一声が何の罪であるか、それが命を捨てる破目になったというのだ。あちこちに屍が横たわり、鮮血が淋漓と流れる。余は声を放って哭《な》いた。他にも痛哭する者は多かった。狂風はなお目も開けられぬほど咆哮する。田の中にならび立つ明東学校学生の喇叭《ラッパ》の音は一種凄涼の音を奏で、人の心を悲しくふるわせた……。

（春夢「義二」『独立新聞』一九一九年一一月一五日付）

当時、校長・金躍淵《キムヤギョン》はロシア領で開かれた独立運動の会議に、鄭載冕《チョンジエミョン》とともに北間島《プッカンド》代表として参席するために出かけており、残った教師と学生たちが現地でこのような大活躍をしたのである。その結果、明東学校は大きな苦しみをなめた。日本の圧力に屈した中国側の取締りによって引き起こされた受難だった。まずロシア領から戻った金躍淵《キムヤギョン》が中国の官憲に逮捕され（このあと二年余り獄中にあった）、明東学校は多くの物的被害を受けるとともに廃校させられる。その当時の被害状況を上海の『独立新聞』（一九二〇年一月二二日付）はつぎのように報じた。

……金躍淵氏は中国警察に捕らえられ……明東の男女学校では中国貨幣七千元以上の損害をこうむり、また倭仇《ウェグ》〔日本〕の干渉で中国官憲の廃校令に遭った。

（国史編纂委員会『韓国独立運動史三』五七三頁）

廃校令は相当期間じっさいに行われた。一九一九年九月はじめに韓俊明《ハンジュンミョン》少年（のちに明東学校で尹東柱を教えた）が明東にひっこして明東小学校に転校したとき、その実情を目撃している。

万歳運動（一九一九年の三・一独立運動、龍井《ヨンジョン》では三月一三日に起る）のとき明東学校の学生が死んだとかいうことで、ともかく中国の官憲は学校を使えなくしたそうです。学校は空っぽにして、学生たちは個人の家に集まって勉強していました。学校を使わせないよう見張るために、中国の兵隊が何人か村に入って泊まっていました。日本との関係のためにそうしたんでしょう。あとでまた学校にもどって勉強しました。そのうちに庚申年（一九二〇年）の大討伐のとき、学校に火が放たれたあと、またしばらく個人宅で勉強しなければならなくなったんです。

庚申年に日本軍が行った大討伐の炎、それは炎であると同時に罠だった。魂をねらった、ひじょうに強力な罠である。

純然と澄んだ輝きに包まれていた抗日志士たちの村、明東《ミョンドン》——しかし歳月とともにいつの間にかその輝きが弱まりはじめた。光の反対側に突然あらわれて、そっと光を飲み込み輝きを削いでいく闇が生まれたのだ。まさにその暗い口の実態を把握する鍵となるものがつぎの言葉にある。

明東学校でも日本語を教えた。

いままで尹東柱の研究家が一様に陥ってきた誤りのひとつは「明東学校の徹底した抗日の雰囲気」にかかわるものだ。明東では日本を「日本《イルボン》」と呼ぶことさえ嫌って（そんな国に太陽を意味する日の字をつけるのはとてもそぐわないとする心理だった）、「ワルボン（曰本）」といった（「日」と「曰」の字のちがいで皮肉った）という証言だけで、明東学校では日本語をまったく教えなかったものと早飲み込みされてしまった。

しかし実際はそうではなかった。すでに一九二一年から日本語が正規の科目としてあり、日本語教育専門の教師がいた。それが庚申年の日本軍大討伐の際の「炎」と直接かかわっている。

その由来はこうだ。

ロシア領に行って戻ってきた校長・金躍淵が中国の監獄にとらわれた後、金定圭《キムジョンギュ》長老が校長になった。大討伐は金定圭校長在任中に起こった。学校が焼けてしまうと、金定圭校長は借金をして運動場のあいたところに木造の建物を別に建て、校舎として使った。一九二一年に金躍淵が出獄してきた。一九一九年に投獄されたから、足掛け三年ぶりの出獄だった。金躍淵はふたたび校長になり、学校の借金を返済するために東奔西走した。同時に彼は北間島《ブッカンド》に来ていた日高丙子郎《へいしろう》という日本人の「大物」と会って交渉し、「日本軍が焼いてしまった明東学校のレンガ校舎を、日本が元どおり原状復旧せよ」と要求した。

日高丙子郎は肯定的に出てきたが、条件をひとつつけた。「明東学校で日本語を正規科目として教えねばならぬ」というのだった。金躍淵校長はその条件を受け入れ、こうして日本政府の金で日本人によってレンガ校舎が、以前あった場所に火災前とまったく同じ姿で復旧された。そして日本が送り込んだ日本語教師が到着し、日本語を教えることが始まった。日本語教師は李ギュソク〔규석〕という名の朝鮮人だった。

いま残っている尹東柱の明東小学校卒業記念写真を見ると、レンガ造りの建物が写真の背景に建っている。その建物がまさにこのようにして再建された校舎である。

明東学校の初代の日本語教師・李ギュソクがやめたあと、つぎに赴任した第二代の日本語教師が韓俊明《ハンジュンミョン》であった。だから韓俊明は明東学校で日本語を教えることになったそのいきさつを詳しく知っており、自分が日本語教師になったわけも説明した。

彼は明東小学校を卒業したのち、龍井《ヨンジョン》にある恩真《ウンジン》中学校（四学年）に入った。そこを一九二六年四月に卒業したが、その年の九月から日本語教師として来てくれという要請が、母校である明東小学校から来た。それで承諾して赴任し、日本語とともに音楽も受けもったという。

韓俊明《ハンジュンミョン》は尹東柱が四年生のときの担任でもある。文益煥《ムンイクファン》牧師は「そのころ、明東小学校の生徒たちは日本語を習うとき『イルボンマル（日本語）』といわずに「ワルボンマル（日本語）」といったりした」といいながら、「一度、わたしの日本語試験の点数がひどく悪くて韓俊明先生にたいそう叱られたことを思い出す」と当時を追憶している。

こうしたことを外形的なあらわれ方だけで見ると奇妙だ。明東学校のレンガ造り校舎を原状復旧させたことと、正規科目としての日本語との関係が、新学問の先生である鄭載冕《チョンジェミョン》を確保するために「聖書を正規科目にしなければ」という要求に屈服した先例とひどく似ているからだ。

しかし先にみたように、鄭載冕先生のときのことはただ単純に新学問の教師の確保という側面からだけ決定されたのではなかった。さらに日本と清国双方の圧力の中で朝鮮民族としての自主的な位置と活路を模索するための方便として、その話を利用したのである。

こんども同じだった。単純に学校のレンガ校舎の復元に汲々として、日本語を教え習わせよという要求に屈服し深刻な精神的挫折を味わった、とばかりはみることはできない。一九三二年に尹東柱と彼の学友たちが龍井の恩真中学校に進学したとき、そこの教科書はすべて日本語のものだけになっていたという。こうした事実がそのころの北間島における教育制度の状況について示しているように、日本語を学ばなければ上級学校への進学がまったく不可能というのが当時の教育界の実情だったのである。

だからレンガ校舎の復元ばかりでなく、このように教育制度全般を掌握している日本語強要の構造全

写真8　明東小学校卒業式（1931年3月20日）

前列左端が文益煥、右端が金禎宇、2列目の右端が尹東柱、3人目が宋夢奎。左端に立っている人が宋夢奎の父・宋昌羲。3列目、右から2人目が尹永春。写真もよく撮れており、写真説明の字（「私立明東学校第17回卒業生記念撮影／1931.3.20」と書かれてある）も悠々としてしゃれた逸品である。この時代の写真文化の形と水準を示している。

体を考えて、現実的な対応をせざるを得なかった妥協の結果とみるのが正しいだろう。いずれにしろ明東の人びとが味わわなければならなかったこのような波乱に満ちたさまざまな経験が、どんな誇張や美化あるいは自己卑下もなしに、ありのままに直視されねばならない。そうするときにのみ、国を失って他国の地に出て行った人びとの味わった苦痛と悲哀、そして生きるために避けられなかった身もだえを正しく読み取ることができるのだ。

以前の明東学校なら、体

操の時間となれば、大韓帝国の武官将校出身の体操教師のもとで、独立軍の歌を習いながら、木銃を手に軍事訓練に似たことをやってきた。そんな尚武の気性の満ち満ちている学校が明東であった。しかし尹東柱が通ったころには、周辺の状況と歳月の変化にともない、学校の雰囲気もより文学的なものに変わっていた。語学だけでも三カ国語を学ばねばならない。朝鮮語と、中国語（一九一五年に発表された中国政府の「教育法」によって必ず教えねばならない正規科目となった）、そして日本語である。

尹東柱らの学級はとくに文学少年の組といえる雰囲気だった。それが金禎宇《キムジョンウ》の回想の中によくあらわれている。

明東小学校四年生のとき、東柱はすでにソウルから少年少女のための月刊雑誌を購読していた。東柱のいとこで同じ年の宋夢奎という友だちがいた。彼もやはり文学少年だった。夢奎は『子ども〔어린이《オリニ》〕』という雑誌を、東柱は『子どもの生活〔아이생활《アイセンファル》〕』という雑誌をソウルから取り寄せて読んでいた。村の子どもたちは彼らがすべて読み終えたあとで、それを借りて読んだ。二人の少年がソウルから月刊雑誌を購読して読むというのは、その当時の満州のへんぴなところでは大きな事件というほかなかったし、それが村に大きな影響を与えて『三千里《サムチョルリ》』のような月刊誌が青年たちのあいだに広く普及した。

五年生になると、東柱と夢奎の発議で月刊雑誌を謄写版刷りで出すことを決めた。原稿を集め編集を終えて雑誌の名を決めることになり、その当時われわれの担任の先生で尊敬の的だった韓俊明牧師を訪ねて、相談に乗ってもらった。先生はわれわれをほめて『新しい明東〔새명동《セミョンドン》〕』と名づけたらい

いと言われ、その名前で何号か発行した。

明東小学校を卒業するとき、われわれのクラスが文学少年の組だったからかもしれないが、学校当局が卒業記念品としてわれわれに巴人《パイン》・金東煥《キムドンファン》の詩集『国境の夜』を配ってくれた。

（金禎宇「尹東柱の少年時代」『ナラサラン』23集、ウェソル会、一九七六年、一二〇―一二一頁）

尹東柱は一九三一年三月二〇日に明東小学校を卒業した。卒業の同期生は一四名。卒業のあと尹東柱は明東から東へ一〇里〔約四キロ。一里は約三九二メートルで日本の一里の十分の一にあたる〕離れた大拉子《テーラッジャ》〔中国音でターラーズ、和竜県の県庁所在地、現在、智新《チシン》〕にある中国人小学校六学年に編入した。金禎宇によれば、卒業生の中で尹東柱のほかに宋夢奎、金禎宇、また名を思い出せない仲間一名、この四人がそこに転校した。金禎宇は途中でやめたが、ほかの三人は明東から毎日一〇里の道を歩いて通学したという。この学校の思い出は、尹東柱の詩「星をかぞえる夜」で、夜空にまたたく星の一つ一つにつけられる「佩《ペー》」「鏡《キョン》」「玉《オク》」という中国少女たちの異国的な名前の中に溶け込んでいる。

明東に共産主義が蔓延する

「ああ、そのころはほんとうに殺伐としていました」

北間島《プッカンド》で共産主義者たちの勢いが大きくなったときの話を韓俊明《ハンジュンミョン》牧師はこんな言葉で始めた。

一晩寝て翌朝起きてみると、昨晩はここで人が死んだ、あそこで人が死んだと、すっかりそんな噂でもちきりでしたよ。ところが殺された人たちの身元はたいがい学校の先生でした。わたしに対しても共産党から死刑の宣告が下ったという噂が飛び込んできたんです。

民族主義者たちの本山のようだった明東村《ミョンドン》とともに、明東小学校もその風浪にはげしくもまれた。明東小学校は運営しているのが明東教会だというので、これまで一種の「教会学校」として運営されてきた。朝ごとにチャペルがあり、授業の前にまず礼拝をささげることから一日の学校生活を始めたという。典型的な教会経営学校の形態だ。ところが一九二八年ごろから、学校を教会から分離させて「人民学校」にしていこうという社会主義者たちのはたらきかけがしだいに強くなり、一九二九年には結局、横取りされてしまった。集会、演説、扇動……など、そのころ学校は騒がしく揺れ動いた。

「あの人たちは万事に皮肉をいうのが上手でした」

韓俊明牧師はそんな例をいくつか挙げた。学校で学生たちが前に出てやる発表会のとき、独唱を練習させようとするとそれに反対する。「独唱よりは合唱がいい。そのほうがより民主的だ」といった理屈で、当てこすりをいったというのだ。

宋夢奎《ソンモンギュ》のお父さんの宋昌義《ソンチャンフィ》先生もある程度そっちのほうに同調していました。東柱の父親・尹《ユン》永錫《ヨンソク》先生もちょっとそんな傾向がありましたよ。彼らは教会に出てくることは出てくるが、信仰にはあまり熱意がありませんでした。

一時「東満の大統領」という別名までつけられた金躍淵《キムヤギョン》校長もこの新しい挑戦には無力で、学校の経営権を社会主義者たちにとられてしまった。のちに広がった噂では、金躍淵校長は学校を差しだしながらも、当時明東に文在麟《ムンジェリン》（文益煥《ムンイクファン》牧師の父親）がいなかったことをひどく残念がったという。「文在麟牧師がいたらあの人たちにひとしきり抗ってみるだろうが、そのようにして持ちこたえたとしても他に学校を任せられる人がいなくて、そのまま差し出すだろう」とため息をついたというのである。文在麟は庚申年（一九二〇年）の日本軍大虐殺以後、キリスト教の信仰生活に専念し、二十六歳で「長老」〔長老教派教会の役員・重鎮〕となったが、その後、平壌《ピョンヤン》長老教神学校に行って神学を修め牧師になった。一九二八年には奨学金を得てカナダのトロント大学に留学している。

> 明東小学校が人民学校になって、わたしはすぐに追い出されました。それが一九二九年の春です。四月でした。

韓俊明《ハンジュンミョン》牧師は当時のその時期まではっきりと記憶していた。彼はその後、巡回伝道師となり、プロテスタントの伝道活動をしたという。

金躍淵校長は一九二八年に還暦を迎えたが、そのつぎの年に学校を渡すことになると、彼はそのまま平壌に行き、そこの長老教神学校（三年課程）に入学した。一年間勉強し終えると、神学校ではその学力だけで彼に牧師の資格を与えた。ひじょうに特殊で破格の扱いだった。一九三〇年に牧師の資格を得た彼は明東教会に戻り、牧師として奉仕しはじめた。還暦を越えた彼があらためて神学を学びはじめたということ、それは当時、彼が共産主義ないし社会主義の台頭とその被害から受けた衝撃がいかに大きかったかを端的に示している。

しかしそのようにして始まった「人民学校」の命は短かった。すでにその当時、中国当局が北間島《ブッカンド》にある朝鮮人設立の学校をすべて閉鎖しようと、準備中であったためだ。

ついに一九二九年九月に処置が下った。北間島の朝鮮人経営の私立学校をすべて県立学校に強制編入させたのである。中国側としては、日本政府が朝鮮人も日本帝国の臣民なのだから朝鮮人経営であっても「自国民経営の学校」だなどとうんぬんして、中国の教育に関与してくるのを防ぐための処置だと強弁した。朝鮮人の私立学校経営者たちから見れば、白昼、目の前で強盗に遭うように学校を奪われたのである。

『朝鮮日報』一九二九年九月一四日付は当時のことを「延辺《ヨンピョン》（北間島）朝鮮人学校、いっせいに公立に編入、応じなければ『私校入案条例』に依拠〔して処罰〕」というタイトルで報道している。明東小学校もこのときに理不尽にも中国の公立学校（県立）になり、延吉《ヨンギル》の教育局の管轄下に入ってしまった。

ところで「人民学校」の問題と関連して、興味深い証言がある。明東小学校が「教会学校」から「人民学校」に変わっていく過程で小学生だった宋夢奎がある役割を果たしたというのだ。金信黙《キムシンムク》ハルモニはそれをつぎのように回想している。

「そのとき韓範《ハンボム》（夢奎《モンギュ》の幼名）もそのことに一役買ったんだ。人がたくさん集まってる前に出て行って、人民学校にならねばならないと演説をぶったんだ。自分のお父さんの宋昌羲《ソンチャンフィ》先生の主張に従ったんだね」

――一九二九年春だとすれば宋夢奎の年はやっと十二歳で、小学校五学年に上がったばかりですが、そんな子どもが人びとに演説をしたんですか？

「そうだよ。あの子はしたよ。韓範はすごくしっかりした子だったから。その年でも大人たちがたくさん集まってる前にためらわずに出て行って、演説をしてまわるんだよ。言葉もかなり滑らかだった」

これはひじょうに重要な証言だ。尹東柱が経た思想遍歴の幅を、この話が間接的に示唆しているからだ。尹東柱の実弟・尹一柱《ユンイルジュ》が生存していたとき、ある日本人と対談した席に筆者も同席したことがある。そのときその日本人が投げた質問の中にこんなことがあった。「尹東柱と左翼思想との関係はどうでしたか？その当時、知識階級では左翼思想が広く風靡していたのじゃないですか。それに彼は日本への留学生でもありました」

なるほど共産主義を含めたさまざまの思想が対等に同居する国、日本で育った人らしい質問だった。それは確かに新しい質問の仕方であり、新鮮でさえあった。徹底した反共国家で育ち固くなってしまった頭脳では、「純潔な民族詩人」という考えをさしおいてそんな疑問が浮かび上がることさえそもそもなかったのだ。

しかしその質問は、知識人・尹東柱と彼が生きた時代との血縁関係を直接的に問うているではないか。彼がはたして、「二〇代でマルクスボーイでない人は馬鹿で、三〇代にも依然としてマルクスボーイである人はやはり馬鹿だ」という警句が流行した時代の知識人だろうか！

そうですね……。現在まで尹東柱が左翼の側の思想をもったという資料はまったく発見されていません。だからひとまずは何の関係もなかったと見なければならないでしょう。

尹一柱教授は学者らしく注意深い調子でそのように答えていた。

事実、尹東柱の関係資料のどこにも彼と左翼思想との関係が言及されているところはまったくない。尹東柱を取り調べた日本の特高警察（思想関係の犯罪を扱う警察組織）や裁判の記録にも左翼思想と関連した言及はまったく出てこない。それは彼がそんな方面にはまったくかかわらなかったことを確証するものだ。なぜなら彼は逮捕されると彼が書いた文章をすべて押収されたからである。万一押収された文や、押収にともなっておこなわれた家宅捜索でそんな疑いをもたせるものが少しでも発見されたとすれば、それは即刻また別の罪目となって警察の取調記録や裁判記録に反映されたことだろう。当時の制度自体がそのようになっていた。

日本の帝国議会は一九二五年に「治安維持法」を初めて制定した。そのとき法の条文は、①「国体を変革させる目的」と、②「私有財産制度を否認しようという目的」の二つの犯罪を構成する要件によって規定された。②の「私有財産制度の否認（共産主義）」を①の「国体変革陰謀」に劣らぬ重大犯罪とみなしたのだ。これが第二次世界大戦で敗亡するまで日本の治安当局が徹底して維持していた見方であり意志であった。

そのようであったから、尹東柱のように「治安維持法」違反の嫌疑で逮捕され有罪宣告まで受けた思想犯として、「左翼」の嫌疑をまったく受けなかったとすれば、彼は明白に左翼とはまったく無関係な人である。

こうした点に考えが及んだとき、筆者はあらためて尹東柱とマルキシズムとの関係に興味をおぼえた。頭の中だけの知識としてもマルキシズムを知らないというわけがない、その時代の知識人として、彼はこの思想に対してどんな認識ないし感じ方をしていたのだろうか。しかしその疑問を解いてくれる資料はまったくなかった。ただ明らかに気がかりな疑問として残っただけだった。

そうするうちに意外なところで、明東村における共産主義の侵食の実態と、とくに明東小学校を「人民学校として接収」する過程で宋夢奎が活躍したという証言を聞いたのである。そのとき初めて筆者は尹東柱が直接接したマルキシズムの形を推測することができた。

ここでしばらく共産主義思想と北間島の関係を見てみよう。

一九一七年に起こったロシア革命の余波が満州にも即刻及んだわけではない。赤・白（「革命」派と「反革命・帝政」派）両陣営の争いが数年のあいだつづいたし、そんな渦中で孤立したチェコ軍団の救援を口実とした米国、英国、フランス、イタリアなど欧米列強と日本の軍隊のシベリア出兵まであった。しかし北間島は思想の面においてだけはそんな時代的潮流からかなり超然としていた。たとえ赤系の革命軍と連携を結んで独立軍が使用する武器を買ってくるなどのことが継続していたとしても、北間島思想界の主流はどこまでも民族主義であった。北間島の独立運動界を先導した「北間島大韓国民会」（キリスト教人たちが主軸となった独立運動団体。洪範図《ホンボムド》将軍はこの団体に所属して抗日武力闘争をおこなった）はもちろんのこと、それに次ぐ独立運動団体であった「北露軍政署」（大倧教《テジョンギョ》（一九〇九年に羅喆《ラチョル》が朝鮮固有の宗教をもとにつくった新宗教）の人たちが主軸となって結成され、この団体所属の軍隊の総司令官は金佐鎮《キムチュワジン》将軍だった）など、大小の独立運動団体はすべて民族主義の系列だった。指導層がそうであるから一般の朝鮮人社会の構成員たちもやはり同じ傾向を示した。

しかし一九二〇年一〇月の青山里《チョンサンニ》戦闘とそれにつづく日本軍の大虐殺を経たのちには、そんな思想的土台が次第に変わっていった。共産主義が勢いを得はじめたのである。

理由は大きくいくつかに分析される。

第一に、日本の討伐軍とそれ以上遭遇するのを避けて、独立軍がすべてロシア領に越境していったということが大きな要因となった。もちろんいくらも経たないうちにすぐに北間島に帰ってきた人びともいたが、ソ連にとどまるあいだに共産主義思想にすっかり染まって帰ってきた人たちも多かった。彼らが共産主義思想を直輸入する通路の役割をはたしたのだ。

第二に、当時、ほかの国の大部分ことに中国までもがわれわれの独立運動家たちに冷淡にふるまったが、ソ連のレーニンだけは金貨四〇万ルーブルなどの資金を支援するなど、物心両面で助けた。また運動家たちは「レーニンがわれわれを助けてくれると半ば信じた」ということもできる。上海の臨時政府から送った特使がモスクワのレーニンのところに行き、当時としてはとてつもない巨額の金をもらってきたし、のちにその金の一部が上海で「国民代表会議」を開く費用として使われた、などの事実が外形的にそんな印象を与えるのに十分だったのである。こんなこともやはり共産主義思想が広く伝播するのに一つの触媒となった。

第三に、「庚申〔一九二〇年〕大虐殺」を経て朝鮮人たちが感じた絶望感もまた大きな要因となった。

一九二〇年一〇月に日本軍が大規模に国境を越えて北間島に侵攻してくるや、独立軍は和龍《ファリョン》県三道溝《サムドグ》（そのなかに青山里がある）と、二道溝の深い谷間で何日間も戦ったのちに、みなロシア領に逃げ去ってしまった。その後、残っていた民間人たちはどうなったか。彼らは手足をすべてもがれたように、無力な状態で日本の討伐軍の残虐さの前にそのまま露わにされた。放火と凄惨な虐殺をもろに浴びた。誰も助ける者はいなかった。このようにどこにも頼るところもなく虐殺される家族や隣人を見ながら、朝鮮人たちが骨身に染みて感じた見捨てられた孤児意識と絶望感はどんなものだったろう。

この機会にいえば、「庚申大虐殺」という言葉は、これまで「青山里大捷《デーチョプ》（大勝利）」をうんぬんする華麗な修辞学の単純な背景をなすもののようにとりあつかわれてきたが、その真相と、そのときむごたらしい災難にあった者たちの心理がどう動いたかが、いまこそ照明されねばならない。その体験が「全世界人民を、国籍や人種に関係なく一つに結ぶ」という共産主義の理念に、その絆の体系にたやすく魅惑を感じさせた点もあったのだ。この点を看過しては、背景が十分に解明されないだろう。

第四に、当時、北間島にいた朝鮮人の貧民層の苦しみは大変なものであった。故国で生きることができず、一家族が肩に一つだけの荷物をかついでやってきた場合が多かった。そのようにして来た多くの朝鮮人が中国人地主の小作人に転落し、さまざまな不利益と搾取のもとで希望もなく呻吟しているありさまだった。一九二〇年代の『東亜日報』『朝鮮日報』などの記事には、中国人地主の暴虐によって一年間ずっと野良仕事をしても空っぽの手しか残らない北間島の「朝鮮小作人」たちの悲惨な境遇をつたえる報道がたくさんあり、当時の北間島《ブッカンド》社会の姿をなまなましく証言している。このような境遇の人びとにとっては、共産主義思想が福音のように聞こえたのだろう。

第五に、現在直面する状況が絶望的であればあるほど、新しい世界に対する憧憬は大きくなるのが道理だ。新しい世の中に対する知的好奇心もやはり大きく作用した。よりよい人類の未来を夢見る理想主義もまた、その実験精神が人びとの心をとらえたのである。

こうした脈絡から筆者はとても興味ある資料を発見した。上海で発刊された『独立新聞』一九二〇年三月一八日付に掲載された春園《チュヌォン》・李光洙《イグァンス》の「ボルシェヴィズム」というタイトルの講演内容である（「ボルシェヴィズム」とは、レーニンによって発展した、帝国主義とプロレタリア革命時代におけるマルクス主義をさす）。のちに変節しはしたが、李光洙は当時においては独立新聞社の社長として上海独立運動界の著名人だった。北間島で上海の『独立新聞』がよく読まれたことを思えば、これはとても注目すべき記事である。すでに一九二〇年二月ごろから、北間島最大の独立運動団体であった「北間島大韓国民会」では、彼らが管轄している地域内の住民たちにほとんど強制的な手法で「わが臨時政府の機関紙である上海の『独立新聞』」を購読させていた（宋友恵「北間島《プッカンド》『大韓国民会』の組織形態に関する研究」『韓国民族運動史研究1』知識産業社、一九八六年、一一七頁参照）。ところで明東はまさに「北間島大韓国民会」に所属している村だったから、この資料が彼らに広く読まれていたことは疑問の余地がない。

重要な資料なので、多少長いが李光洙《イグァンス》の講演内容を報道した記事の全体を紹介する。

……李氏は冒頭で「予告ではボルシェヴィズムとしたが、序論としてその由来を話そう」と言い、革命の原因と種類を論じて、ボルシェヴィズムは今後世界のどこでも起こる革命だと語る。その要旨

を摘記すると、

ボルシェヴィズムとは経済革命である。覚醒する人類に最初に来たものは思想革命であり、人類に思想の自由と平等を標榜したもので、文芸復興、宗教改革などだ。つぎに来たのは政治革命であり、政治に自由と平等を標榜したものだ。法国（フランス）大革命以来の各国の革命がそれだ。その後に来たのは経済革命で、これは人類に財産の自由と平等をあたえることを標榜したものだ。現代各国の社会主義運動がこれだ。

だいたい革命とは社会制度のある欠陥から発するものである。その欠陥が、ある階級にとっては利となり、他の階級にとっては害となるとき、利となる階級はこの欠陥を長所として保存しようとし、害になるものはこの欠陥を欠陥として除去しようとする。ここに両階級の衝突が生ずるのだ。ところでその制度の利を受ける階級は自然にすべての権力を掌握したということと、数としては少ないということが特徴だ。害を受ける階級はこれに反して数としては多くても権力がない。ここで権力階級は権力を信じ、多数階級は多数を信じて惨憺たる血戦を演ずるのだ。しかし歴史はいつも被革命階級が革命階級に征服された記録である。

このように当代の制度の害を受ける階級が革命に勝利し新制度を定めれば、その新制度がまた害を与える階級があり、こうして革命は循環するであろう。またいくら目前の欠陥を除去したとしても人生が全知全能ではない以上、欠陥はいつもあるはずで、すなわち革命は終わりがないであろう。

思想の自由と平等を得た側は、さらに政治の自由と平等を手に入れたくなり、それを手にした側はまた経済的自由と平等を得たがる。こうして今日の経済革命時代を現出したのである。しかし思想革命が完成して政治革命が、つぎにそれが完成して経済革命が来るのではない。思想の自由平等が相当程度に達成すれば政治的自由平等の欲望が生じ、そうなればまた経済的自由平等の欲望が生じる。それゆえにいまはこの三革命が同時にあるわけだ。ただ経済問題が中心になっただけである。

今日経済革命の模範は俄国（ロシア）である。徳（ドイツ）、墺（オーストリア）帝国もすでにこれを見習ったし、英米両国のように現存制度の基礎がまったく強固な国でも、この第三の革命の猛炎が隠然と存在することは、毎日、新聞紙上の報道で知るところだ。

「政治的に治者、被治者、貴と賤の差別をなくそう、経済的に貧と富の差別をなくそう」。これは現代思想の当然の結論である。全世界にこの経済革命の猛炎が起こる日は遠くないだろう。日本国内でもすでに無数の小烽火が起こっているではないか。

「この経済革命の使命を受け持つものは社会主義である、社会主義を奉ずる貧民階級がその革命軍だ」と、また、

「ボルシェヴィズムはカール・マルクスに源を発した社会主義の一派である。レーニン、トロツキーがその代表者であり、これが社会主義の中で最も徹底し最も代表的なものだ。余はふたたび機会を得てボルシェヴィズムを解説し批評しようと思う」と述べ、最後に、

「われわれの運動はただ単純な日本に対する独立運動であるのみにあらず。実に新国家、新社会の建設運動である、現代に世界の民衆を動かすすべての思想をよく研究し、これを用いて、国の基を完全な基礎の上に置くように努力すべきだ」とし、思想問題の研究は独立運動の一部だと語った。

（「留日学友倶楽部の第一回講演」『独立新聞』上海、一九二〇年三月一八日付）

李光洙《イグァンス》は変節して国内に帰ってきたのちには、このような意見をいっさい口に出したことがない。環境が変わるにしたがい言動も変わるのか。ともかくその当時独立運動界の最高の知識層がこのような形のボルシェヴィズム観をもっており、またそんな見解を『独立新聞』を通じて広く民衆（李光洙はこの当時「民衆」という単語を使用した）に伝播しようとしたという事実が、ひじょうに注目される。こうした事例こそ当時の知識人層がもっていたマルキシズムに対する知的好奇心と行為をはっきりと表わしているといえる。

おおよそ上のような条件がたがいに複雑に作用しあいながら、満州がしだいに共産化されていったのである。そうして、いわゆる「間島共産党事件」が第一次（一九二七年一〇月）、第二次（一九二八年九月）、第三次（一九三〇年三月）、第四次（一九三〇年五月、「間島五・三〇暴動」とも呼ぶ）とつづけて発生した（金チュンヨプ〔준엽〕・金チャンスン〔창순〕「いわゆる間島共産党事件」『韓国共産主義運動史4』三八五―四〇〇頁参照）。

明東の「人民学校事件」はこのような北間島の情勢全体を背景として理解するとき、その意味が鮮明になってくる。だとすれば、「人民学校」問題が終わったあとの明東の姿はどうだったか。

中国の巡査たちがまた村にあらわれ、そのまま村にとどまり、銃をもって学校を見張りました。共産党などのテロを防ごうとしてです。

韓俊明《ハンジュンミョン》牧師の証言である。

その後はだんだん殺伐としていきました。夜ごと十六、七歳ぐらいの若い者が共産党パルチザンのように渡り歩いてテロをし、大変でした。その子たちが古いジープのような車、そのときすでにそんなものがありましたが、それに乗って通って行ったあとには、せっかく収穫してつんでおいた穀物の山から火が出て、みんな焼けてしまうんです。通り過ぎながら穫り入れたものに火を放ったんです。警察力で防ぐことはできませんでした。それを捕まえようと中国の守備隊が遅ればせに追いかけていき、またひとしきり大騒ぎを始めるんです。

わたしは結局、一九三〇年一二月三〇日に明東村をほんとうに離れました。すでに共産党の死刑宣告リストに上っていました。それ以上いるとほんとうに処刑されるだろうと、両親が気をもんだのです。そのときは元山《ウォンサン》の姉の家に一時避難するつもりで、大事にしていたドイツ製のスケート靴をひょいと肩にかついで出てきたんですが、その後ふたたび間島《カンド》に戻ることはできませんでした。

そのときの明東の事情をよく示す逸話がまだある。彼がある夜、灯火をともして日記を書こうとしたら、突然部屋の前後の扉が同時に開かれ、小銃を持った人たちが入ってきたというのだ。びっくりして見ると学校を見張っていた中国の巡査たちだった。彼だとわかって、「あ、先生だ!」と銃を持った彼らが言うには、部屋に明かりがついているのでテロの部隊が来ていると思ったという。夜に安心して明かりもつけられなかった当時の殺伐とした状況が印象深く示されている逸話である。

わたしが離れたつぎの年の春からはもっとひどかったそうです。のちには、年取ったわたしの両親さえ、夜になると黍畑《きび》に出て避難したというから、ひどいものですよ。

金信黙《キムシンムク》ハルモニも、彼女が暮らしていた明東《ミョンドン》のトンゴウ〔동거우〕村で起こった共産党の殺人テロをつぎのように説明した。

崔明鎮《チェミョンジン》といって会寧《フェリョン》出身の人だったが、広い農地があり慎重な人柄でいい暮らしをしていた。その夫人が共産党の悪口を言ったとかどうとか、そんなことである日の夜にテロ隊が来たんだよ。その夫人は後妻だった。後妻としてその家にきて息子を二人生んだのさ。夫人は小さい子を抱いて板の間で震えていたが、部屋の中で夫が「おいらの持ってる財産みんなやるから殺さないでくれ」と哀願する声を聞いたんだと。そのうちに静かになったが、その人たちが外に出てきて「お前のだんなを取っていく」と言ったというんだ。あわてて入ってみると夫が死んでいたんだと。

こういうことがしばしば起こるようになると、明東で財産のたくさんある人たちや民族主義者たちは一人二人と明東を離れ、治安の維持されている都会へ出て行った。文益煥《ムンイクファン》牧師の家は一九三二年初めに、尹東柱の家は一九三一年の晩秋に龍井《ヨンジョン》に引っ越した。

このような激変の歳月、黒い煙を吐きながら燃え上がる炎の中に立っているような状況の中で、少年尹東柱はどのように感じたのだろうか。そしてそれが彼の人生にどんな影響を及ぼしたのか。彼の生涯を通して考えてみると、尹東柱は明東でくりひろげられたこのような状況を見ながら、ついにマルキシズム自体に対しては完全に嫌気がさしてしまったようだ。

それは彼の親友・宋夢奎《ソンモンギュ》の場合を見ればより鮮明に証明できる。宋夢奎は「人民学校への接収」のために、幼い年で大人たちを相手に演説までしてまわるぐらい積極的だった。しかしその後の事態に接して、マルキシズムをそのまま「卒業」してしまった。彼が一九三五年に洛陽《ローヤン》軍官学校に行ったとき、その中には無政府主義派をはじめとしたさまざまな派閥があったが、彼はもっとも民族主義者であった金九《キムク》派に所属したし、その後、一生を通じてふたたびマルキシズムに首を振りむけることはなかった。

尹東柱の徹底した民族主義志向の内面には、このように明東でむやみにおこなわれた共産テロが引き起こした恐怖と血のにおいが、追憶のように隠れているのである。

話をふたたび明東村に戻そう。財産が豊かだったり名望のある民族主義者である人びとがみな離れていったからといって、明東教会がすぐに門を閉ざしたのではなかった。キリスト教信者の中で金も名望もとくにないので、どんな世の中でも特別に危険がない階層の人びとが残って教会を守った。こうしてみると、ときには「ないということ」もやはり一つの力なのだ。

しかしこのような状態はすでに正常な文化の形ではなく、単に過渡期的な姿であるにすぎない。こういう形でわれわれが先に区分した明東の第三期の文化形態は始まった。そして詩人尹東柱の一生において、この新しい姿の「明東」はこれ以上は彼の故郷としての場所ではなくなる。より直接的にいえば、彼の「故郷」は消えたのである。

詩人尹東柱にとって「明東」はどんなところなのか。澄明で豊穣で平和な幼年期の体験をいっぱい抱えた村。しかし「明東」は、ふたたびは戻ってこない歳月の橋の底辺であり、そこを渡っていくと追憶の中にだけ存在することでいっそう燦然とかがやく切ないものであった。そのことに、気づかないわけにはいかない。

近ごろの一部の尹東柱研究家たちは尹東柱の詩に現れる「故郷」のイメージを「明東」と直接むすびつけてひじょうに重視している。しかしその間、彼の「故郷」自体が正しく把握されていなかったために、多少空虚な響きがなくはない。「明東」のこのような変貌にたいする深い洞察、そして尹東柱一家がそこでそれ以上暮らすことができずにそこを去ったという歴史的状況などを正しく認識するところから、尹東柱の「故郷イメージ」にたいする研究は再出発しなければならない。

3

海蘭江の心臓、龍井

烈しき歳月、烈しき夢

詩人尹東柱《ユンドンジュ》の一家が明東《ミョンドン》を離れて移っていった町、龍井《ヨンジョン》とはどんなところなのか。

龍井は単純な地質学的な区分では「海蘭江《ヘーランガン》下流の沖積平原の中心地」に該当する。しかし北間島《ブッカンド》に生活の基礎を置いた朝鮮人たちの立場、とくに海蘭江に寄り添って暮らしを立てる人びとの心においては、龍井は海蘭江の心臓にあたるところである。

一松亭《イルソンジョン》みどりの松は　ひとり老いゆけど
一筋の海蘭江《ヘーランガン》は　千年のときを流る
過ぎし日　川辺を馬で駆けた先駆者
今はどの地に巡りゆき　烈しい夢をみているのか

ヨンドゥレの井戸*辺で　夜を明かす声のするとき
志深き龍門橋に　月光うつくしく映え
他郷の空を見つつ　矢を射た先駆者
今はどの地に巡りゆき　烈しい夢をみているのか

龍朱寺《ヨンジュ》の夕べの鐘が　毘岩山《ピアムサン》にひびくとき
男の毅《つよ》いこころに深くきざみつけた
祖国をめざそうと誓った先駆者
今はどの地に巡りゆき　烈しい夢をみているのか

＊龍井《ヨンジョン》の街ができるもとになったと言い伝えられる井戸。本文参照。

「先駆者」という題のこの歌は海蘭江のほとりにある都市・龍井の歴史と、胸にひびくその哀歓をよく示している。題の来歴そのものもそうだ。作曲者・趙斗南《チョドゥナム》がこの歌の歌詞を尹海栄《ユンヘヨン》という咸鏡道《ハムギョンド》なまりの青年からもらいうけたときの元の題は「龍井《ヨンジョン》の歌」だったという。「先駆者」という題は解放後に趙斗南が改題したものだ。

一つの土地をたたえる歌の中で、このように歌詞と曲がむすび合って壮絶な風格と美しさをそなえた歌はあまりない。たぶん龍井《ヨンジョン》についてこれ以上の歌が出てくるのはむつかしいことだろう。

ここで話題にしたついでにこの有名な歌の歌詞を検討しながら、龍井《ヨンジョン》について語っていくことにしよう。

龍井は越江罪が廃止されたのち、朝鮮人移住民が入ってきて新たに開拓された土地である。開拓当時には、龍井から小さな川を越えた近隣の土城堡《トソンボ》の土塁の中に清国人たちの家があり、龍井側には彼らの野菜畑がすこし広がっているだけの未開の広野だった。

その野菜畑に水をひくために掘ったものか、そこに「ヨンドゥレ（용두레）井戸」がひとつあった。「ヨンドゥレ井戸」とは人が手でつるべを引き上げて汲むのではなく、「ヨンドゥレ」という道具を使って水を汲む井戸である。井戸の横に大きな柱を立て、その柱に長い竿を付ける。竿の片端にはつるべを結びつけ、他の端にはそれよりもっと重い石を結びつける。つるべの縄を水のところまで引きおろしてつるべに水を満たす。そこで手を放せば、石の重みのために水の入ったつるべが自然に上がってくる。これを「ヨンドゥレ」と呼んだ。この「ヨンドゥレ井戸」から「龍井《ヨンジョン》（용정）」という地名が始まった。

　では「龍井の歌」が表わしている内容を調べてみよう。

　趙斗南《チョドゥナム》（一九一二年生）が二十一歳だったある日暮れ時、彼を訪ねてきた見慣れない訪問客・尹海栄《ユンヘヨン》からその歌詞をうけとったのは、一九三三年のことである（趙斗南「打ち明け話」『根の深い木』二一七頁参照）。

　まさに尹東柱少年が龍井の恩真《ウンジン》中学校に入学した次の年だ。だから「龍井の歌」には一九三三年当時の龍井の状況が切々とこめられている。とくに「過ぎし日　川辺を馬で駆けた先駆者／今はどの地に巡りゆき　烈しい夢をみているか」という部分こそ「龍井」を知る人びとの琴線をふるわせる一節だ。いっとき李相卨《イサンソル》のような経綸と高い義侠心をもつ独立運動家たちが、孤独な、あるいは恍惚とした、また烈しくもあった彼らの夢を繰り広げた地。しかし今は日本の勢力が牛耳る地となった悲痛な龍井の変遷史が、その悲しげな嘆息の中に深くとけこんでいるからだ。

　「龍井の歌」の歌詞を受け取るまで趙斗南は龍井に行ったことはまったくなかったという。平壌《ピョンヤン》出身の彼は家を出て北満州を放浪していた。当時、牡丹江《モランガン》辺の安宿に泊まっていたが、彼が作曲をするという噂を聞いて訪ねてきたのが尹海栄《ユンヘヨン》という名の見知らぬ若者だった。「小さい背丈、やせこけた体、古びた外套を着て憔悴した、咸鏡道なまりの、眼光は落ち着いて強烈な、独立運動家という感じを与える」若者だったというのが、趙斗南が記憶する尹海栄の姿である。

趙斗南は尹海栄からはじめて龍井の話を聞きながら、眼前にその土地の姿が鮮やかに見え、聞こえてくるようだったと述懐する。しかし一度も龍井を見ることができない者、その地の歴史をよく知らない者としての限界はどうすることもできなかった。

彼は尹海栄が作った歌詞の第一連には手をつけなかったが、二連、三連では、「涙にぬれた包み」や「流れ流れてきた運命《さだめ》」のような句節を削り、それを「矢を放った先駆者」や「祖国をめざそうと誓った先駆者」などの言葉に変えたというのである。ところで彼が削ってしまった句節こそほんとうの「龍井」の姿を表わしている。また彼が加えたという「矢を放った先駆者」のような言葉は、それこそ文学青年趣味のナンセンス以外の何ものでもない。龍井で「矢を放った先駆者」はただ一人もいないからだ。龍井《ヨンジョン》開拓の草創期まで可能なかぎりさかのぼるとしても、すでに歳月は、武器といえばすべて銃をさした時代で、矢の時代ではなかったのである。

ともかく「龍井の歌」はその地を愛する人の心に刻みこまれた龍井の姿を大切にその内にたたえ、千年ののちにまでその姿を伝えていく。一松亭《イルソンジョン》のみどりの松、一本の海蘭江《ヘーランガン》、ヨンドゥレの井戸、龍門橋の月光……。この中で「一松亭のみどりの松」については若干の説明が必要なようだ。龍井近郊には、奇妙なことに松の木がまったくないが、ただ一箇所、海蘭江にかかる龍門橋を渡り、ゆるやかな尾根に沿ってしばらく登っていくと、そのてっぺんに大きな岩があり、そこにたった一本、大きな松がぬっと立っている。この松をまさに「一松亭」と呼んだ。

「亭亭《チョンヂョン》」という言葉には、本来の辞典的な意味として二つの語義がある。「①木のようなものがにょきっと高くそびえた姿、②老いた体ががっしりと強い姿」。「一松亭」の「亭」はもちろん前者の意味である。そして龍門橋は大きな自動車や馬車がわたって行く大きな橋……。

少年尹東柱が生まれた村、明東を去って移って行った龍井のこのような風光を念頭において、今その歴史を振り返ってみよう。

地理的にみて北間島《ブッカンド》がもつ地域的特殊性においてもっとも重要な点は、地域内に二つの求心点があったということだ。一つは龍井《ヨンジョン》、もう一つは延吉《ヨンギル》（別名・局子街《クッジャガ》）である。

龍井は朝鮮人が集中的に寄り合って暮らす都会である反面、中国側の最高行政官庁をはじめとする公共機関はすべて延吉のほうにあった。税金も罪を犯したときの処罰もそこで処理された。常識的にいえば北間島は延吉《ヨンギル》中心に発展していくはずだった。しかし延吉に行って居住しようという朝鮮人はとくにいなかったので、そこは「中国人の都市」のようになった。龍井が「朝鮮人の都市」的な性格をもっていたようにである。

このように民族別にそれぞれに生じた二つの求心点が存在する状況で、悪がしこい日帝の統治当局者たちはどのように行動したのか？

彼らは龍井のほうを選び、中国の行政諸機関のある延吉《ヨンギル》ではなく、朝鮮人たちの土地・龍井に彼らの主要機関を設置した。だから日本の間島《カンド》侵略の手段であった統監部の間島派出所（一九〇七年八月―一九〇九年一一月）とそれを廃したのちに設置した日本間島総領事館（一九〇九年一一月二日―一九四五年八月一五日）は、延吉《ヨンギル》ではなく龍井にあった。ふつうどこかの国の外交機関が入ってくるといえば、決まって駐在国の行政機関があるところにつくる。ところが日本は延吉ではなく龍井をより重視した。そこが朝鮮人たちの求心点としての性格をもっていたためだ。

ここで一つ考えるべきことがある。「統監部間島派出所」と「間島総領事館」は同じ日本の公式機関だとはいっても、それが意味するところには天地の差があったという点だ。「統監部間島派出所」は日本の内務省管轄であり、「総領事館」は外務省管轄である。ふたたびいえば、日帝の統治当局は間島《カンド》に統監部派出所を置いたあいだは、その地を大韓帝国の領土とみなしていたのである。しかし一九〇九年九月に締結された「間島協約」（清国と日本のあいだの条約で、日本は安奉線〔安東―奉天間の鉄道路線〕改築問題などで各種の利権を占有する代わりに、「間島は大韓帝国の領土」という従来の主張を撤回した）にしたがって、間島派出所の建物から「派出所」という看板をはずし、「領事館」という看板に変えたのである。その地が清国の領土だと認定する国際的な処置行為だった。

これと関連して検討すべきことがある。いま一般的に北間島についてもたれている印象のなかでまちがっているのは、「北間島は自由な独立軍の天下だった」というイメージである。はなはだしくは龍井についてもそんな印象をもっている人もいる。しかしじっさいはまったくそうではなかった。日本の統監部間島派出所の駐在時代には、彼らは最初から行政と治安を受けもつ統治権者のふりをするつもりで入ってきたし、またじっさいそのようにしたのである。清国はそれを防ぐために莫大な利権を譲ってやり、代わりに「間島は清国の領土」だという譲歩を引き出したのだ。それにもかかわらず日本は領事館時代に入っても、制限された範囲内ではあるが、やはり以前と同じ機能と権限を遂行した。「間島協約」によって、日本は北間島で「龍井に総領事館、局子街と頭道溝、白草溝に領事館分館」を設置した。この四カ所は北間島《ブッカンド》で人口の多い一帯として、それぞれの所属地域の中心地となっている重要なところだった。その四地域を外国人の自由な居住と貿易が保証される開放地（公式には商埠地と呼んだ）として、その中では日本の治安組織がそのまま行動できるように条約によって保証されたのである。

日本は総領事館とその分館に「領事館警察」や「領事館留置場」といった名目で体系的な警察組織と収監施設までそなえ、いわゆる「治安」に活用した。その結果多くの独立運動家たちが彼らの手によって逮捕、拷問、処罰された。抗日運動家が龍井をはじめとした商埠地内に入っていくのは、いつでも日本警察の手で逮捕されうるという危険を知って行く一種の冒険だった。結局、独立運動家たちは日本の総領事館やその分館が設置された「開放地」以外の地域へ出て活動するようになった。

「龍井の歌」の第一連にある「過ぎし日　川辺を馬で駆けた先駆者／今はどの地に巡りゆき　烈しい夢をみているのか」という句節はまさにこのような状況を切実に実感したところから出てきたものだ。

北間島に日本の勢力が入りこみ、龍井にとぐろを巻いていすわったのち、海蘭江のほとりで安心して馬を駆けさせることができるのは、親日派や「日本の満州侵略勢力側の先駆者」たちだけだったのだ。

朴正熙《パクチョンヒ》の維新時代〔独裁権力を極限化した一九七三―一九七九年〕のことだが、日帝時代に満州に行き「満州国」の軍官学校を出て八・一五解放まで満州国軍の将校として服務した経歴をもつ朴正熙《パクチョンヒ》大統領が、「先駆者」の歌を好んで唄うという報道が流れるや、北間島《ブッカンド》出身の心ある人びとはひどく残念がったという。それはすべて、龍井の歴史にかかわるこうした脈絡から出てきた反応だった。

しかしこんな龍井においてもただ一カ所例外があった。同じ龍井商埠地内ではあるが、日本側が絶対に手をつけられない特殊地域があった。もちろん中国側も手をつけられない。許諾をもらわなくてはそこに入っていくことさえできなかった。

　そこはまさにキリスト教長老教会のカナダ宣教部があった東山《トンサン》地区で、龍井の東側丘陵の一帯だった。そこはしばしば「英国《ヨングッ》ドク〔덕〕」〔英国の丘、の意〕と呼ばれた。カナダは国際的には英国連邦の一つなので、「英国人たちの台地」という意味でつくられた別称であった。宣教部区域内には宣教師たちが設立し運営している学校、病院など各種の機関と彼らの住宅があった。尹東柱がかよった恩真《ウンジン》中学校、女性教育機関である明信《ミョンシン》女学校、済昌《チェチャン》病院〔英語では「セント・アンドリュース・ホスピタル」〕などは、すべてこの区域内で宣教師たちによって運営されていたため、「治外法権」の特権を享受していた。恩真《ウンジン》中学校の特殊性はこれによっていた。

　この「ヨングッドク」の治外法権は、当時さかんに帝国主義的野心を燃えたたせていた英国の国力に裏打ちされていたので、大変な威力をもっていた。宣教部所属の宣教師たちはわが国の独立運動に大きな理解を示し献身的に助けた。その功により、済昌《チェチャン》病院の医師でもあるスタンリー・H・マーティン（Stanly H.Martin 韓国名・閔山海《ミンサンヘ》）宣教師は北間島《プッカンド》最大の独立運動団体である「北間島大韓国民会」から表彰を受けたほどである。

　このような特殊性のために宣教部区域内の諸学校では、まったく日本側の干渉なしに熱烈な民族主義教育を受けることができた。また済昌病院は朝鮮人たちの疾病の治療だけではなく、独立運動家たちの秘密会議や避難の場所としてもひじょうに有効に活用された。一九一九年三月一三日に龍井で開かれた大規模な独立万歳運動のさい、その示威が中国軍の発砲によって流血に終わったとき、死亡者と負傷者がすべて急いでヨングッドクの済昌病院に移されたことも、その一例である。当時十七名の死亡者は病院に丁重に安置されて葬礼が執り行われ、負傷者たちは病院側の献身的な治療と保護を受けた。

ヨングッドクがもっていた「治外法権」の威力を示すとてもおもしろい日本側の資料がある。一九一九年一一月二七日付で作成された朝鮮軍（日本が一九〇四年以来派遣している朝鮮駐箚《ちゅうさつ》軍）参謀部の秘密情報文書である。その内容が意外にも明東に新学問を導入したあの鄭載冕《チョンジェミョン》先生と関連することは、さらに興味深い。

ここで参考に鄭載冕のこのときまでの略歴をみておこう。

一九〇九年に明東に赴任した鄭載冕は一九一三年二月に明東学校を辞任して、延吉《ヨンギル》（局子街）にある師図学校（中国師範学校）に移った。彼は明東にいた一九一一年春には日本警察に逮捕されて本国に連行され収監されたこともあった。だから明東学校での弟子である文在麟《ムンジェリン》と金信黙《キムシンムク》が一九一一年陰暦三月二日に新式の結婚式を挙げるときに媒酌人をつとめる予定だったが、逮捕されて不在だったため鄭載冕の同僚教師である朴泰煥《バクテファン》先生が媒酌人をつとめたという。そのころ本国では、新民会《シンミンフェ》会員たちが西間島に武官学校をたてようとするなど独立運動の計画が露見したとして、「梁起鐸《ヤンギタク》などの保安法違反事件」という名目で重大事件が起こされていたときである。当時、数多くの新民会会員たちが逮捕されたが、このときの鄭載冕逮捕もそれに連累したのだろうと推定される。

鄭載冕はあまり長く収監されなかった。起訴もされなかったようだ。金信黙《キムシンムク》ハルモニは「鄭先生はそんなに経たないうちに明東《ミョンドン》に戻ってきて、また学生たちを教えた」と証言している。彼の不在はそれほど長くなかったし、また逮捕されたということを誰も知らなかった。だから初めは彼に急用ができて外地に出かけ帰ってきたのだろうと思った。ところがのちになって本人の口から、当時逮捕されて本国までひっぱられ収監されていたということを聞いたというのだ。「そのころ彼が中国の国籍をもっていた関係で、中国側の抗議が奏功してすぐに釈放された」と知らされた、というのが鄭載冕の息子・鄭大為《チョンデウィ》（一九一七年生。元建国大学総長、韓神大学長歴任）博士の証言である。

ところで一九一三年二月に鄭載冕はなぜ明東から朝鮮人がほとんどいない中国人たちの都市・延吉に移ったのか。その理由を明白に示す根拠となる資料は現在見出すことができない。金信黙ハルモニもわからないという。ただ状況と時期を考えてみるとき、推測できることがある。当時は北間島最初の朝鮮人自治機構である「墾民会《カンミンフェ》」（会長・金躍淵《キムヤギョン》、副会長・金栄学《キムヨンハク》、総務・鄭載冕）が活発に活動していた時期であったから、鄭載冕は墾民会の総務として対中国官庁交渉や連絡業務のようなことを円滑に処理できるよう、住居をあらかじめ延吉に移したのだろうと思われる。

彼は延吉に到着してすぐ明東の人びとのために大きなことをした。明東の若者たちの北京留学を斡旋したのである。彼が北京まで連れて行くという手紙を人に託して急いで送ったので、明東中学校出身の若者が五名、一九一三年三月に急に北京に留学することになった。尹東柱の父・尹永錫《ユンヨンソク》がまさにこの明東最初の外地留学生五名のなかの一人だった。残り四名は、文在麟《ムンジェリン》（文益煥《ムンイクファン》牧師の父）、金錫観《キムソックァン》（金正奎《キムチョンギュ》長老の息子）、文成麟《ソンリン》（文秉奎《ムンビョンギュ》学者の曾孫）、金正勲《ジョンフン》（金躍淵《キムヤギョン》牧師の息子）である。

鄭載冕の家族は延吉で暮らすあいだに、明東《ミョンドン》で生まれた幼い一人息子を病気で失うなど、家族的な不幸を味わった。彼ら一家がいつ延吉から龍井《ヨンジョン》に出てきたか、その正確な時期はわからない。ただ金信黙《キムシンムク》ハルモニが一九一五年に龍井にある鄭載冕の家を訪問したときのことをはっきり記憶しているから、引越し時期はその前であったことは明らかだ。当時、鄭載冕は龍井で教育事業にたずさわっていたが、一家の経済状態はわるく、彼の母と夫人が臼で蕎麦《そば》を粉に挽いて小金を稼ぎ生計を支えていたという。代々子の少ない家だというので、台所の片隅に小さな甕を埋め、それを飲めば妊娠できるという秘法の酒を造っていたのを見て印象ぶかく思ったそうだ。その酒に効験があったのか次の年に夫人が妊娠し、一九一七年に龍井《ヨンジョン》で生まれた赤ん坊が鄭載冕《チョンジェミョン》の唯一の子、鄭大為《チョンデウィ》である。

この前後の事情を勘案してみると、鄭載冕は墾民会の仕事で延吉《ヨンギル》〈局子街〉に移って暮らし、一九一四年に墾民会が中国政府によって解散させられたのち、延吉を出て龍井にやってきて暮らしはじめたものと思われる。

一九一八年一一月に第一次世界大戦が収束するや、北間島《プッカンド》には新たに独立運動の気運が高まりはじめた。それは、米国のウィルソン大統領が終戦処理方針として提示した「民族自決主義」に大きく鼓舞されて起こった現象だった。鄭載冕はいまや本格的に独立運動圏におどり出た。一九一九年二月にロシア領ニコルスクで各地の独立運動代表者たちの会議が開かれることになるや、そこに参席する二名の北間島代表として、金躍淵《キムヤギョン》とともに選出されロシア領に行った。彼はその後上海《シャンハイ》に向かった。

ここで紹介する朝鮮軍参謀部の「朝特報第七八号」秘密文書は、まさに鄭載冕《チョンジェミョン》が一九一九年一〇月に上海から北間島・龍井へ帰ってくるときの姿を現している。

突然一〇月二八日、上海にいた鄭載冕とロシア領にいた尹畯烈《ユンチュンニョル》、李益燦《イイッチャン》および、ここの領事館の巡査として五月以後独立派に加わっていった三名、その他同志四、五名は龍井に来て米国人経営のイエス病院構内にあった鮮人家屋に入り、つづいて李東輝《イドンフィ》の参謀長と思われる金化錫《キムファソク》〈金河錫《キムハソク》の誤記。金

> 河錫は李東輝《イドンフィ》の側近で、キリスト教系統の独立運動家として「間島一五万円事件」の背後人物である）は三〇日明東村に、三一日には龍井イエス病院に来て一泊したのち彗星のように局子街方面に向かった。彼らがわが領事館のつい鼻先の土地に来て泊まった大胆な行為は、わが官憲を多少驚かせ、その目的が何かを知ろうと苦労させた。その後の行動によって探れば、当地の鮮人富豪に軍資金を強要しようとしたようである。鄭一派はまだ滞在しているようであるが、ともかく治外法権の土地にあるゆえに、われわれとしては手出し一つできず、ただ刃を研ぎながら逮捕の機会をうかがうのみである……（傍点、筆者）
>
> （金正明「間島における抗日独立運動状況報告の件」『朝鮮独立運動Ⅲ』原書房〈日本〉、九九頁）

この資料一つだけでも龍井の「ヨングッドク」の治外法権の実情がどんなものだったか、余すところなくわかってくる。国を取り戻そうとやっきになっている朝鮮人独立運動家たち、彼らを逮捕しようという日帝警察、露骨に抗日運動家たちを助ける西洋の宣教師たち……。このようにおのおのたがいに異なった立場がからみ合い作用しあって、そこに主権国としての中国行政当局の立場まで加わって火花を散らすような当時の状況がなまなましくあらわれている。

これが少年尹東柱が移ってきた新しい土地・龍井、また彼が通った恩真《ウンジン》中学校のあった「ヨングッドク」の過去であり現在だった。このように風波たかい歳月を経てきた歴史の地、はげしく夢が明滅する「時代の停留所」が未来の詩人を丸ごと抱きとめたのである。

ここで、先に出てきた引用資料に金河錫が「間島一五万円事件」の背後人物だという注釈をつけたついでに、一つ確かめておくべきことがある。

尹東柱関係の叙述のなかで、一九二〇年一月にあったこの「間島一五万円事件」に明東学校と金躍淵《キムヤギョン》校長が関係したと記述されているのをよくみる。しかしそれはまったく事実ではない。「間島一五万円事件」の烈士たちは明東学校とは直接関連がなかった。主導者である崔峰雪《チェボンソル》が明東の金河奎《キムハギュ》学者の五番目の婿であり、朴雄世《パクウンセ》も金河奎と姻戚関係があったなどのつながりがあっただけで、明東学校出身ではなかった。また事件が起こされたときには金躍淵校長が中国の監獄に収監されて久しかったときで、金校長ともなんの関連もない行動だった。

またもう一つ、金躍淵校長が金佐鎮《キムチュワジン》将軍の部隊の軍資金を調達したという記述についてもやはり同じことである。金佐鎮将軍は一九一九年八月に世にいう北露軍政署（入団当時の名称は正義団、のちに大韓軍政署に改称）に入って司令官として活躍し、一九二〇年一〇月に青山里《チョンサンニ》戦闘をおこない、日本軍による間島大虐殺が進行した時期には安図《アンド》県を経て他の場所に身を避けた。その後一九三〇年に北満州永安《ヨンアン》県で殺されるまで、彼はふたたび北間島《プッカンド》には戻ってこなかった。ところで金躍淵校長は金佐鎮将軍が北間島に入るずっと以前にすでに中国の監獄に捕らわれており、金将軍が北間島を去ったそのつぎの年に出獄した。だから金佐鎮の部隊の軍資金調達どころか互いに挨拶の一つさえ交わしえない間柄だった。この点をここではっきりさせておこう。

恩真中学校時代

北間島《プッカンド》の一九三〇年代は最初から激しく揺すぶられた。思想的な面ばかりでなく、経済や政治のほうでもすさまじい旋風に巻き込まれた。

一九二九年一二月に米国ニューヨークの株式取引所で株価が暴落して始まった世界大恐慌の余波が北間島にもすぐに押し寄せてきた。一九三〇年秋に穀物価格が暴落したのである。北間島の経済と社会は暗転し、共産党はさらに大きく勢いを増した。

さらに政治、軍事的な大激変が続いた。一九三一年の満州事変、そして一九三二年の満州国樹立。満州事変をひきおこして本格的に満州侵略にのりだした日本が、東三省〔遼寧・吉林・黒竜江の東北三省〕と熱河および内蒙古東部を版図とする「満州国」という名の傀儡国を立て、清国の最後の皇帝であった溥儀を名目上の統治者として据えたのである。北間島はこうして「満州国」の領土に属することになった。民族意識のある朝鮮人たちにとっては、その地が「中華民国」の領土であるときよりいっそうつらい時代となった。

しかし暴風雨の中でも木は育つ。それが生命の本質なのだ。少年たちもそうであり、幼い生命はすべて同じだ。すべてが休むことなく育ち伸びていく。龍井《ヨンジョン》に来た少年尹東柱もやはりそうだった。

尹東柱の一家が龍井へ出て行ったのはいつのことか。

詩人の弟尹一柱《ユンイルジュ》によれば、「一九三二年に尹東柱は明東《ミョンドン》から北へ三〇里〔約一二キロ〕はなれた龍井という小都市のミッション系の学校、恩真中学校に入学した。それを機にわたしどもは農地や家を小作人にまかせて龍井に移った」〔尹一柱「尹東柱の生涯」『ナラサラン』23集、ウェソル会、一九七六年、一五三頁参照〕と、尹一家の龍井移住を尹東柱が恩真中学校に入学した一九三二年四月ごろと記述している。

だが、尹東柱の一歳下の母方のいとこで明東小学校の同窓生でもある金禎宇《キムジョンカ》は「尹東柱のおよそ三〇年という短い人生を分けてみると、尹東柱が十五歳〔数え年〕の晩秋に明東村を離れて龍井《ヨンジョン》へ移ったことを基準に……」（金禎宇「尹東柱の少年時代」『ナラサラン』23集、ウェソル会、一九七六年、一一五頁）と書いており、「一九三一年晩秋」とはっきり念を押している。

尹一柱（一九二七年生）は一九三二年には五歳にすぎず、金禎宇（一九一八年生）はそれより九歳上だったことから、金禎宇の記憶のほうにより信憑性がある。また、富裕な人は共産党のテロへの恐怖のために都市へ逃れていった明東の当時の状況を考えてみても、秋の収穫が終わるとすぐに、治安が保たれている都会地へ身を避けたというのがより理にかなっている。

尹一柱は「一九三一年ならば兄が大拉子《テーラッジャ》の中国人小学校に通っていたときだった」と考えて、そのように推定したらしい。しかしそのころ、彼の叔母の家である宋夢奎《ソンモンギュ》のところは、明東にそのまま残っていた。だから一九三二年に、宋夢奎が尹東柱とともにそろって恩真《ウンジン》中学校に入学したとき、宋夢奎だけが龍井の東柱の家に移り住み、いっしょに中学校へ通ったという。その逆に尹東柱がまだ龍井《ヨンジョン》にいた場合を考えてみれば、移住の時期の問題は解決できるとみるのが無理がない。

いずれにしろ、尹東柱一家の龍井移住は家族のみんなにとって大きな変革だった。

まず、家長である祖父尹夏鉉《ユンハヒョン》の場合、この移住は「喪失」以外のなにものでもない。生涯、農夫であり、それも成功した篤農家だった彼が農地を離れたのだ。農夫に農地がないというのは、教師にとって教える学生がいないというのと同じく刑罰のようなものである。

家長の息子尹永錫《ユンヨンソク》はまだ三十六歳の壮年だった。彼は新たにはじまる都会地での暮らしを迎えて大変身を試み、印刷所を開いた。知識人が都市でするのにふさわしい仕事をと考えた末に、印刷所に落ち着いたようだ。事業の中でも「文化事業」であることが気に入ったのだろう。だがすべて「文化事業」というも

写真9　尹東柱が通った恩真中学校

尹東柱はこの学校に1932年4月から1935年8月まで通った。社会的・経済的に混乱した1930年代の北間島の状況のために、尹東柱の家は明東村から出て治安のもっといい龍井市に引っ越し、これと同時に尹東柱はミッション系学校の恩真中学校に入学した。

のの属性は、外見には「文化」のほうが目につくけれども、その実やってみるとただ言葉どおり「事業」そのものなのである。ところが彼は、根っから事業家にはなれない読書人タイプで、印刷所の事業に失敗した。のちには布地店も経営してみたが、それにも失敗するなど、「経済」には失敗ばかりしつづける蒼白なインテリのつらい人生を送った。

　彼はついには信仰までも失い、教会へ出るのもやめた。龍井《ヨンジョン》へ来てからは家人すべてが龍井中央長老教会（文在麟《ムンジェリン》牧師が一九三二年にカナダ留学から戻ってはたらいていた教会）に出るようになっていた。ところが彼だけ一人教会に背を向けてしまった。現職長老の息子が信仰をなくし、教会に出席しないということは、父である長老の立場からは教会でひどい痛手になることだったが、どうしようもないことだった。しかし後日尹永錫《ユンヨンソク》は、息子の尹東柱が日本で警察に捕らえられ監獄に閉じ込められると、ふたたび教会に出かけはじめた。その途方もない不安と不幸の前には、なすすべもなくひたすら神に帰依するほかなかった。息子の安全を希《のぞ》む心が、神にたいする彼の懐疑までとり静めてしまったのだ。ほんらい父の情とはこのように痛切なものか。

龍井移住で変化したのはこうした大人たちの生活だけではなかった。居住環境もまた大きく変わった。彼らが引っ越した龍井の家は、龍井街第二区一洞三六号で、二〇坪ほどの藁葺きの家だったという（尹一柱「尹東柱の生涯」『ナラサラン』23集、ウェソル会、一九七六年、一五三頁参照）。

明東《ミョンドン》の家は、畑と、脱穀のできる中庭、深い井戸と小さな果樹園までついており、門柱に屋根がついた大きな門のある村一番の瓦葺きの家だった。そんな大きな家でひときわ豊かに暮らしていたのに、二〇坪しかない藁葺き家に引っ越してきたのだ。祖父母、父母に尹東柱ら三兄弟（末っ子の光柱《クァンジュ》は龍井《ヨンジョン》に来てから生まれた）、そこへいとこの宋夢奎《ソンモンギュ》まであわせて八人の家族が、二〇坪の藁葺き家できゅうくつに生活する。そうした環境のなかで、尹東柱の恩真《ウンジン》中学校の時期は始まることになった。

環境や条件はそんなふうによくなかったとしても、尹東柱少年は別に影響を受けなかった。彼は育ちゆく若木のようにぐんぐんと成長していった。恩真中学校の生徒時代の尹東柱について、いま残っている証言をみると、その様子はういういしく瑞々《みずみず》しいことこの上ない。

弟・尹一柱《ユンイルジュ》の証言によれば――

恩真中学校のときの彼の趣味は多方面にわたっていた。サッカーの選手として駆け回り、夜は遅くまで校内雑誌をだすために謄写版で文字を書いたりもした。既製服を格好よく手なおしして、腰をくびらせたりラッパ・ズボンを作ったりするのに母の手を借りず、自分でミシンかけをしたりもした。彼の二年生のときだったか、校内弁論大会で「汗一滴」という題で一等をとったことがあり、賞としてもらったイエスの写真の額が我が家にいつもかけられていた。臼の上にみかん箱をのせて弁論の練習をしていた姿がありありと目に浮かぶ。しかし彼は、弁論調の人ではなかったし、大会での評価もおちついた語調と内容のおかげだということだった。その後彼はふたたび弁論に関心をもったことはない。彼は数学もよくした。とりわけ幾何学を好んだ。

（尹一柱「尹東柱の生涯」『ナラサラン』23集、ウェソル会、一九七六年、一五三頁）

証言にしたがってその姿を目の前に描いてみれば、おのずと微笑が浮かぶ。サッカー選手である文学少年、そして身なりにも関心が高く、手ずからミシンかけをして服をこざっぱりと手なおしして着るおしゃれな人、文学少年にしては意外に数学までよくできた……。

尹東柱と明東小学校、恩真中学校、また崇実《スンシル》中学校、そして光明《クァンミョン》学園中学部にともにかよった、つきあい久しい友人・文益煥《ムンイクファン》牧師は、尹東柱の裁縫の腕前と関連しておもしろい追憶を語っている。

尹東柱はミシンかけをほんとうに上手にやった。だから学校のサッカー部員たちのユニフォームに背番号を縫いつけるのは、すべて尹東柱が家にもっていって自分の手で縫ってきた。

母親が抜群の縫い物の腕前をもっていたのが、彼にも遺伝していたらしい。

これは尹東柱の人となりに関する重要な情報となるエピソードだ。「縫い物の腕がいい」ということは、手先ももちろん器用なはずだが、それよりも美的感覚がすぐれていてこそ可能なことだからだ。そしてこれまで世にひろめられてきた典型的な彼の印象、「内省的、消極的」という性格描写を超えるものがここにはある。一九三〇年代の初めだとすれば、わが国の男子たちの意識水準は、それこそ「虎が煙草を吸っていた」時代である。男がみずから縫い物をするということはほとんどありえない時代だったが、彼はそういう才覚を表わして自分の手でしたのである。必要なときにはどんなことであれ積極的に出て行くことのできる強い潜在力とか志向性、そういうものが彼にあったことをうかがわせるものだ。

今一度、文益煥《ムンイクファン》牧師の証言から彼らの恩真中学校時代の姿をさぐってみよう。


一九三二年春に尹東柱と宋夢奎とわたしは龍井の恩真中学校でふたたび会った。恩真中学校は「カナダ」宣教部が経営する「ミッションスクール」として、毛允淑《モユンスク》氏〔詩人〕がいっとき教鞭をとった明信《ミョンシン》女学校と同じ丘の上に位置していた。「カナダ」宣教部が経営する済昌《チェチャン》病院があり、宣教師たちの家が四軒あった。この丘は龍井《ヨンジョン》村（ヨンドゥレ集落）から東南側にある丘で、ぼくらはその丘をヨングッドク〔英国台地〕と呼んでいた。そこは満州国ができるまでは治外法権地帯だったから、日本の巡査や中国の官憲が許可なく入ってくることができないところだった。ぼくらはそこで太極旗をはためかせ、愛国歌を声張り上げてうたうことができた。得意にならないはずがなかった。学校行事のときに、さらにはクラス会をやるときにも、そのたびにぼくらは愛国歌をうたうことからはじめたのだ。

（筆者注――ここで「満州国ができるまで」という句節は、「満州国ができた以後も」とするのが正しい。満州国ができる以前も以後もヨングッドクはいつも治外法権地帯だった。そして満州国は一九三二年三月にでき、尹東柱、文益煥などの恩真中学校入学は一九三二年四月だから、彼らは時期的にいって「満州国ができた以後」にヨングッドクを往き来したわけである。それゆえここで描写されている恩真中学校校内の風景は、「満州国治下に享受されていたヨングッドクの治外法権地帯としての特殊現象」であった。）

この学校でぼくらに絶対的な影響を与えた人は、東洋史と国史（朝鮮史）、また漢文を教えた明義《ミョンフィ》朝《ジョ》という先生だった。彼は東京帝大で東洋史を専攻した方で、東京留学時代に日本人には金を与えまいとして電車に乗らなかったという人だ。いつの休暇のときだったか、龍井から故郷の平壌《ピョンヤン》に行くのに、汽車に乗らず自転車で行ってきた人、ふつうでは想像できないほど偏屈ではあるが、徹底した愛国者だった。彼の東洋史と国史の講義は、ほんとうにおもしろいものだった。彼はぼくらに国史を東洋史との、ひいては世界史との関連の中で見ることができるよう目を開かせてくれたし、祖国光復をはるかな目標とみることができるよう悟らせてくれた。

その明先生が夢奎を中国に送ったことがあった。それが中学校三学年のときのことではなかったか。ぼくはついに彼がどんな使命を帯びて中国に行ったのか、質問することができなかった。このことによって夢奎はひどく苦労したし、とうとう恩真中学校を卒業することができず、同じ龍井にある大成《テーソン》中学校を出てから延禧《ヨニ》専門に進んでくる。

日本の警察は東柱より夢奎にさらに注目していただろう。夢奎が東柱より六カ月刑期が長かったということをみても、推測できることだった。

夢奎はまたすごい友だちで、中学校二年のとき（三年のときのまちがい）東亜日報新春文芸の『コント』に当選した経歴をもっている。東柱は『大器は晩成だ』という言葉をよく口にしたが、それは夢奎を意識していう言葉だった。

恩真中学校の一、二年生のときの東柱は、尹石重《ユンソクジュン》の童謡、童詩に心酔していた。

（文益煥「空・風・星の詩人、尹東柱」『月刊中央』一九七六年四月号、三一〇―三一一頁）


ここで一つ明白にしておかねばならないことがある。「太極旗をはためかせ、愛国歌をうたう」……などを恩真中学校校内風景の全部だと思ったら大きな誤りになるという点だ。そのほかに何があったのか。

「恩真中学校の教科書は全部日本語でできていた」

これは、文益煥《ムンイクファン》牧師の意外な証言であった。たしかに、とても意外である。この証言は、これを先ほどの言葉に重ね合わせてみるときにのみ、恩真中学校の真の姿が、そしてそこにおいてさえそうであるほかなかったあの時代の真の姿が現れるのだ。

とてもおもしろいのは、先生たちが日本語でできた教科書を広げては、そのまま朝鮮語《ウリマル》ですらすらと読んでいったということだ。もちろん教えるのも朝鮮語だったし、ぼくらはそのように教育を受けて育ったんです。

近ごろは「同時通訳」という言葉がよく使われるが、当時のこの教師たちはそれこそ「同時通訳」で授業を進めたという話になる。

このような恩真中学校での生活は、一九三五年に三学年を修了したのち、大きく変化した。尹東柱は生まれてはじめて家を離れて本国に行き、平壌の崇実《スンシル》中学校で勉強した。いっぽう宋夢奎《ソンモンギュ》は独立運動に身を投じようと中国へひそかに潜入していった。こうした変化は尹東柱の生涯においてきわめて重要な影響をおよぼした。なかでも宋夢奎が独立運動へ身を投じた経歴は、後日、尹東柱の逮捕や獄死に決定的な原因として作用したのである。

一九三五年に起こったことのなかで、もうひとつ注目すべきこととして宋夢奎の「東亜日報新春文芸」当選がある。一九三四年一二月に行われた新春文芸作品募集に応募した宋夢奎は、コント部門で当選した。「匙《スッカラ》」という題のこの作品は一九三五年一月一日付の『東亜日報』に掲載され、いまも残っている。

宋夢奎は当時、恩真中学校三年生在学中だった。未成年〔満十七歳〕の彼が、一般人と競い合わねばならない著名な新聞の新春文芸コンクールに応募し「当選」という成果を挙げたのだ。これは大変な快挙だった。一九三〇年代の新春文芸といえば、このごろのそれよりもずっと権威があると受け取られている文壇の登竜門だった。

これは小学校のときから文学少年だった宋夢奎自身にとってたいへんな励ましと刺激になる快挙だったが、さらに、同じ立場だった仲間・尹東柱にも、そのままにはしておけない文学的刺激になったという点で、注目すべき事件である。尹東柱が宋夢奎を相手に「大器は晩成だ」という言葉で自分の心にいい聞かせていた、という文益煥の証言は、まさにこのときに宋夢奎が手にいれた「小さな成功」がその前提になっている。尹東柱文学の研究という側面から、このことにはもっと強く照明が当てられる価値がある。尹東柱が「自分の作品」をたいせつに取り揃え、執筆した日付を明記し整理することを始めたのが、時期的に見てまさにこのときの、宋夢奎《ソンモンギュ》の新春文芸当選から受けた文学的刺激とまっすぐに結びついているからだ。

尹東柱は作品を書いた日付を一つ一つ明記したいせつに整理しておいた点で、もっとも代表的で模範的な文人である。それが彼の人間と作品を研究するのにどれほど大きな助けになるかはいうまでもない。ところで、これまで尹東柱の研究者たちに見過ごされてきたことのひとつは、彼が作品をそのように整理し保管しはじめた時点がもつ意味だ。

はじめて彼が日付を明示した作品は、「一九三四年一二月二四日」に書かれたと記録されている「生と死」「ろうそく一本」「明日はない」の三つの作品である。尹東柱の詩集に付された「年譜」によれば、この三つの作品が「今日見出すことのできる最初の作品である」と指摘されている。

ところで相当の水準を示しているこれら三篇の作品が、一九三四年一二月二四日という一日のうちにすべて書かれたとすることはできない。以前に書いたものに手を入れて最終的に完成させたのがその日付だったと見なければならないのだ。

では、それ以前の作品はいったいどうなったのか。彼がこれほどの水準に達するまでに経てきた習作期の多くの作品は、すべて失われて存在しない。それは、そのときまで彼が作品の整理や保管に格別はっきりした意識や執念をもっていなかったという明らかな証拠である。そして「一九三四年一二月二四日」という日付と、宋夢奎の新春文芸当選作品が新聞に掲載された「一九三五年一月一日」という日付のあいだには、わずか一週間の間隔しかない。これは、宋夢奎の新春文芸当選と、その作品が『東亜日報』にのっ

写真10　中学時代の原稿ノート表紙

尹東柱は宋夢奎が新春文芸に当選したころから、詩や文をつくった日付を明記して、習作を保管する習慣が彼にも生まれた。この習慣は生涯堅持された。表紙にビーナス像が描かれてあるノートを選んで自分の詩などを記しておいた少年時代の尹東柱の美意識や芸術感覚が興味深い。

て全国津々浦々に広く知られたことにおおいに刺激された尹東柱が、「おのれの文学」に対する新たな覚醒と自覚をしっかりもつようになったことを決定的に示すものだ。そうして彼は、一週間前に整理しておいた三篇の詩を出発点として、そののちには詩を書くたびに完成した日付を記録し、整理し、保管することを始めたのだ。

　このように彼の新たな文学的出発点になった三篇の詩のうち、とりわけ「ろうそく一本」は、そこに出てくる詩句そのままに「清らかな供物《くもつ》」となった彼の生涯を象徴的に示唆しており、研究家たちから大きな注目を受けている。

ろうそく一本

ろうそく一本——

ぼくの部屋に漂う香りをかぐ。

光明の祭壇が崩れる前に
ぼくは清らかな供物を見た。
山羊《やぎ》のあばら骨のようなその体。
命の芯まで
白玉の涙と血を流し
燃やしてしまう。

なおも　机の隅に揺らめきながら
天女のように　炎は舞う。

鷹を見た雉が逃げるように
闇が窓のすきまから逃げていった
ぼくの部屋に漂う
供物の偉大な香りを味わってみる。
（1934・12・24）

4

宋夢奎の話

新春文芸当選作――コント「匙」

ここで尹東柱《ユンドンジュ》の一生にわたる同僚・宋夢奎《ソンモンギュ》について特別に章を設けて扱うことにする。宋夢奎の業績が明らかになってこそ、尹東柱の生涯も正しく解明できる部分があるし、彼と尹東柱はその出生から死にいたるまで全生涯にわたってたがいに密接につながれた人生を生きた。それゆえ尹東柱研究において宋夢奎はかならず研究されねばならない存在であるからだ。

まず宋夢奎の新春文芸当選作品であるコント「匙《さじ》〔숟가락《スッカラ》〕」を調べてみることにする。「スッカラ〔숟가락〕」とはすなわち飯を食べるのに使う「匙〔숟가락〕」を指す。「ひと匙〔한술《ハンスル》〕の飯で腹ふくれるか〔わずかの努力だけでは満足な結果は得られない、という意味〕」というわが国のことわざに見るように、以前は「匙〔숟가락〕」の意味で「スル〔숟〕」という言葉がよく使われた。乞食たちも「ご飯を《パプル・》ひと匙《ハンスル・》ください《チュオ》」と声を張り上げて他人の家の門を叩いたのである。

「匙」が発表されたときは宋夢奎が「宋韓範《ソンハンボム》」という幼名を使っていたときである。だから作家の名が宋韓範と表記されている。

匙　　宋韓範

おれたち夫婦はもはや飢えていくほかなかった。

質に入れられるものはすっかり入れてしまい、もうこれ以上は質草になるようなものさえなくなった。

「ああ、あんた！　どこかに出かけて何か持ってきて！」

家内は、飢えで弱々しい、それでも女特有の棘のある声をはりあげる。

「……」

おれはだまって座っていた。言葉もなくしゃがみこみ目ばたきばかりして吐息をつくだけのおれを、家内はちらっとながめ、声をかけるまでもないというように顔をそらして、また目をこすりはじめる。おれはほんとうに胸が痛んだ。だが仕方がない。

ふたりの間にはふたたび沈黙が流れた。

「おい、おまえ、いいこと思いついたぞ！」

しばらく、だまっていたおれがまず不意に沈黙をやぶった。

「なに、いいことって？　どんなこと？」

むこう向きに座っていた家内は、いいこと、という言葉に耳を引かれたのか、おれを見てやわらかい声で返事をする。

「いや、おれたちが結婚するときの……あの銀の匙だよ」

「あ、あんた、それさえ質屋に入れてしまおう、というんでしょ！」

おれの言葉が終わるのもまたずに、家内はおそろしげに、またも刺々しい声で言うとおれをにらみつけた。

じっさい、その匙を質に入れるのはつらいことだった。おれたちが結婚したときのあの匙、それは遠い外国にいる家内の父親から贈り物としてもらったものだ。そしてそのとき匙といっしょに送られてきた手紙のことを、おれは思い出した。

「おまえたちの結婚を祝福する。頭が白くなるまで末永くなかよく暮らすよう願う。そしてわたしはこの匙を贈り物として送る。これを贈る心は、おまえたちが家庭をなしたのちに、この匙で粥なりとすくって食べ、飢えることのないようにということだ。万一この匙に粥ものせられないなら、これを贈るわたしの期待は外れてしまう」

だいたいこのような意味だった。

しかしいま粥も食べられず、その匙さえ質屋にあずけねばならないおれのありさまを思うと、とめどなく涙が落ちるばかりだ。渇《かわ》き飢えたおれは、そんなことを考えている余裕もなく、「おい、どうしようもないね、しかたないよ」と、またも重い口を開き、力のない言葉で家内をなだめてみた。家内の頬に涙がすべり落ちる。

「飢え死にしても、それだけはできないわ」

家内は喉をふさがれたような声で言う。

「でも、しようがないよ、すぐ質屋に金を入れて受け出したらいいじゃないか！」

おれはまた家内の表情をうかがいながらものやわらかに（言った。家内は）[*原注] 元気なく座っている。おれは力をこめてふたたび、

「ねえ、質に入れよう。すぐ払い戻したらいいじゃないか」と言った。

當選 콩트
숟가락
宋韓範

写真11 「匙」（宋夢奎）

宋夢奎の書いた「匙」の全文。『東亜日報』1935年1月1日付紙面に新春文芸コント部門当選作として掲載された。幼名である宋韓範をつかった中学生時代に応募し当選したものなので、彼の名前は幼名で表記されている。

「それならあんたの勝手にしたらいいわ」家内はしかたないというように力なく言い、涙が頬にまたも流れ落ちた。

じっさい、おれたちにとって全財産であるその匙を質に入れることは骨まで痛むつらいことだった。

それが銀の匙だからというより、おれたちの結婚を心から祝い、遠く××に亡命した家内の父が残してくれたたいせつな記念の品だったからだ。

「これはきみのものであり、きみの妻のものだ——世の中がどうなってもこれをなくしてはならんぞ！」こう書かれてあった手紙の言葉が、今も目にあざやかだ。

そんな匙ではあるが、自分の匙の方は質入れしてすでに何カ月にもなる。匙の裏には「祝」という字をやや大きく刻み、その下におれと家内の名と「結婚」という字を、楷書ではっきり書いてあった。

おれはそれを質屋にあずけて、米、薪木、魚、菜の材料などを買い入れて家に帰ってきた。家内は黙って米を受け取り、飯を炊きはじめる。飯は釜でぐつぐついいながら煮えている。ふくよかな飯のにおいが鼻をくすぐる。おれは胃がくねるのを感じながらつばを飲み込んだ。

飯はできた。蒸気がふわふわ立ちのぼる飯をあいだにおいて、おれたち夫婦ふたりはむかいあって座った。

飯をいよいよ食べようというとき、家内はおれをまっすぐに見つめた。

「じゃあ、食べよう」

すまなそうにこのようにすすめても、家内は食べられないままおれを見やっていたが、ふと、ふた筋の涙がゆっくりと家内の頬を流れ落ちた。どうしてそんなふうにしているんだ、と思ったおれは、「あっ!」と叫んだ。飯を食べるのに何よりも必要な家内の匙がなくなっていることに、そのときになって初めて気がついたからだ。


（完）

（『東亜日報』一九三五年一月一日付）

＊（原注）（　）内の部分は、おそらく組版の過程で脱落したと推測される。

宋夢奎の出生と成長

宋夢奎は一九一七年九月二八日、北間島《ブッカンド》明東《ミョンドン》村でキリスト教信者であり明東学校の朝鮮語教師であった宋昌羲《ソンチャンフィ》（一八九一―一九七一）の長男として出生した。

宋昌羲は咸鏡北道《ハムギョンブクド》庚興《キョンフン》郡雄基邑《ウンギウプ》雄尚《ウンサン》洞に根拠を置く恩真《ウンジン》宋氏の一人である。彼の父・宋始億《ソンシオク》が十五歳のときに忠清《チュンチョン》道から沿海州に行く途中の雄尚にとどまり、そこで大きな家族をなしたという。宋昌羲《ソンチャンフィ》は雄尚で生まれ育ち、ソウルに留学して新教育を受けた。その後、未婚の青年として明東に来て尹東柱の叔母である尹信永《ユンシニョン》（一八九七―一九六六）と結婚、明東学校の先生になった。

彼が尹東柱の叔母と結婚することになった背景には、「尹東柱の母の活躍」という隠れた秘話がある。草創期の明東学校の先生の中に朴泰煥《パクテファン》という朝鮮語の教師がいた。ソウル青年学館出身で、周時経《チュシギョン》先生（一八七六―一九一四、ハングルの保護と発展に一生を捧げた国語学者）の愛弟子だった。かれは周時経先生の著書である『国文法《ウリマルボン》』の序文を書いている。

そんな朴先生が、明東のある学者の一家から良い婿候補を紹介してくれと頼まれるや、彼は自分の友人である宋昌羲を明東に連れてやってきた。その学者の家の娘と見合いをする予定だった。宋昌羲は金躍淵《キムヤギョン》の家に泊まることになった。

ところで金躍淵の妹である尹東柱の母・金龍《キムヨン》がちょうど実家に行ってそこで宋昌羲を見た。宋昌羲は体格も容貌も飛びぬけてすぐれた人だった。彼を見ると、すでに適齢期の娘になっていた義妹の新郎にどうかと思いつき、家に帰ってその話をした。舅の尹夏鉉《ユンハヒョン》長老が彼をたしかめに行き、そこで急いで自分の長女との見合いの席をしつらえ結婚させた。結局、新郎を横取りしたことになる。

宋昌義《ソンチャンフィ》は結婚すると同時に明東学校に教師として赴任し、すぐに明東の人となった。彼は明東中学校が廃校された後は、明東小学校でだけ教えた。教えた科目は朝鮮語と養蚕であった。

彼がソウルで通った学校については、「青年学館」と「五星《オソン》学校」が知友たちの証言に出てくる。たぶん二つの学校の両方に通ったらしい。生前に宋昌義と交わった金在準《キムジェジュン》牧師は、かれが「普成《ポソン》専門」にもかよったと思う、と語った。また尹東柱の弟・尹一柱《ユンイルジュ》の回想によれば、彼が小さいときに叔母の夫・宋昌義の家に行ったとき、宋昌義がもらった各種の卒業証書や修了証などを保管した書類箱の中に「ハングル解き書き」と書かれた証書を見たという。宋昌義がソウル留学中に周時経先生のハングル講習を修了したことを確証する証言である。

宋昌義の父・宋始億老人は、宋夢奎が延禧《ヨニ》専門学校にかよったころも生存していた。宋老人は雄尚《ウンサン》で暮らしていた宋家一族の長として、宋夢奎の延禧専門学校学籍簿に「戸主」として出てくる。彼は早くにキリスト教を受け入れたキリスト教信者として、晩年には教会での信級が「領袖《りょうしゅう》」にまで上った方だが、大きな体格をし気質も豪放で酒をたしなみ、飲酒問題で教会から罰せられたこともあった。

宋昌義《ソンチャンフィ》は宋始億の六男一女の五番目の息子である。これら六兄弟のうち長男の昌恒《チャンハン》は元奎《ウォンギュ》という息子を残して早くに世を去った。二人目と四人目は沿海州を経てロシアに亡命し、三人目の息子と五人目の宋昌義が北間島の明東村に行き、六人目の息子だけが故郷に残った。

雄基《ウンギ》に住む宋氏の一族は、居住地が沿海州に行く街道の要所だったので、地理的にいち早く新しい文物に接触するようになった。そうして伝来初期のキリスト教と新文物を受け入れ、雄尚《ウンサン》洞に「北一《プギル》学校」という初等教育機関を建てて子弟たちの教育を担当し、独立運動に身を投じたり留学していく人が多かった。宋昌義のまたいとこ〔六親等〕にあたる宋昌賓《ソンチャンビン》は一九二〇年に洪範図《ホンボムド》の部隊に属する独立軍で戦死した人であり、宋昌根《ソンチャングン》は日本を経て米国に留学し、一九三一年に朝鮮人としては初めて米国における神学博士学位を受けて戻り牧師となった。こうした例からわかるように、ひじょうに進取の気性をもつ家風であった。

日本留学を経て会寧《フェリョン》で教鞭をとっていた始億の孫・宋元奎《ソンウォンギュ》もやはりそうだった。彼は新しい営農法に関心を注いだ。そして教職を辞めて故郷に帰り、りんごの果樹園をつくり養鶏を始めて「咸鏡道《ハムギョンド》ではりんごができない」という俗説を破り、また鶏の新品種レグホンを普及させた。それに近隣の人びとがつづいて養鶏によってひと財産をつくったという。宋昌義が明東学校で朝鮮語のほかに養蚕も教えたということも、やはりこのような家風の産物だったのである。

一九一六年春、宋昌義は明東《ミョンドン》村の有力者である尹夏鉉《ユンハヒョン》長老の長女・尹信永《ユンシニョン》と婚礼を挙げた。両家のみながキリスト教徒なので、キリスト教式の新しい結婚式であった。金信黙《キムシンムク》は当時、新婦の付き添いになったという。新郎より新婦のほうが年上のことが多かった当時の慣行とは違って、新婦が十九歳、新郎は二十五歳だった。

新婚旅行はそのころ明東に居住していた宋昌義の三番目の兄の家に行ったが、じっさいの暮らしは尹長老の家で、つまり妻の実家に身を寄せて始めた。尹長老の家が明東でもっとも富裕な家門であり、宋昌義は単身赴任した教師だったのでそういう形になったようである。

結婚のつぎの年の秋、一九一七年九月二八日に宋夢奎が生まれ、三カ月後の一二月三〇日には尹東柱が生まれた。尹東柱と宋夢奎の一生にわたる因縁はこのように一つの家で三カ月のあいだをおいて生まれたことによってはじまった。夢奎が五歳のとき、宋昌義は妻の家から独立して別に所帯をもつことになった。

夢奎の幼名は「韓範《ハンボム》」である。家ではもちろん、恩真《ウンジン》中学校時代まで学校でも「韓範」という名を使った。「夢奎《モンギュ》」は奎の字を使う家の行列字にしたがってつけた名前である。彼の母が夢で大きな星を見て彼を産んだところから、夢の字を使うことになったという。

宋昌義《ソンチャンフィ》について知るまわりの人びとのつぎのような証言は、宋夢奎が育った家庭の雰囲気を生き生きと示している。

彼は性格が厳しく鼻が大きくて、明東《ミョンドン》学校の生徒たちのあいだで『宋虎《ソンホランイ》』『鼻っ柱《コッテ》』などのあだ名で呼ばれた」（金禎宇《キムジョンウ》〔尹東柱や宋夢奎の同窓生〕）

「叔父さん〔宋昌義〕は大きな体格で顔の輪郭がはっきりしていた。彼がいつも好んでパイプを口にして煙をふかしていると、朝鮮の人というよりドイツ人のように見えた。われわれ兄弟をとてもかわいがり大事にしてくれた」（尹東柱の弟・尹一柱）

「叔父さんは風貌がとてもすばらしく性格が厳しかった。とはいってもむやみに厳しいのではなく、とても人のことをよく理解する心もあった。息子たちの教育においても、いつも子どもたちの考えを理解して後押ししてやった。わたしたちの父が、文科へ進学するという東柱兄さんを強引に医科に進学させようとしたのに比べて、彼は、息子たちは彼らの意向どおりに育ててやり、父母の希望で育て

写真12　宋夢奎と親族

真ん中が宋夢奎。左は宋雄奎（夢奎の従兄）。右は宋倫奎（夢奎とは8親等）。雄奎、倫奎の2人は後に医師になった。

ようとしてはだめだといって、文科に進もうという夢奎《モンギュ》兄さんの気持ちを尊重した。とても愛妻家で息子たちをすごく愛していた。（尹東柱の妹・尹恵媛《ユンヘウォン》）

宋昌義《ソンチャンフィ》は明東《ミョンドン》小学校の教師を経てのちに七道溝《チルドグ》小学校の校長を務め、宋夢奎がソウルに行って延禧《ヨニ》専門学校に通うころには、大拉子《テーラッジャ》村の村長になっていた。にもかかわらず、とうとう日本語を学ばなかった。少年時代に雄基《ウンギ》に居住した夢奎のいとこの宋《ソン》雄奎《ウンギュ》（一九一六―八八）は、「日帝末期、家で大事があって彼が来たときにみてみると、学校の先生を務め現在は満州で村長をしているという方が日本語を知らないのをみて、ほんとうに奇異に思った」と述懐している。官庁の業務はもちろん各級学校の授業まで全部日本語を使用せねばならなかったのが当時の時局であった。そんな状況に対して彼なりの反抗をそんなやりかたで実践したのだと解すことができる。

彼が大拉子の村長を務めるとき、彼の家に行って一年間いっしょに過ごしたという尹恵媛の回想にも、そうした風貌があらわれている。そのころ、ほかの場所ではすべて村長と警察署長の仲がよかったが、大拉子においてだけは村長である宋昌義と警察署長（朝鮮人）はいつも不和だった。だから昌義は署長に会ってきた日には、腹立ちまぎれに酒を飲みながら息子の宇奎《ウギュ》（次男）を呼んで自分の前に座らせ、「わが宋家では、ただの一人も銃や刀を身に着けるものが出てはならん」と訓示を垂れたという。

宋夢奎の少年時代の姿は明東小学校の同窓生・金禎宇が筆者に告げた次のような回想に生き生きと現れている。

わたしには「夢奎《モンギュ》」という名前より、いまだに「韓範《ハンポム》」という名前のほうがもっと親しくなじんでくる。いっしょに学校にかよい遊びまわりながら「韓範」と呼んでいたからだ。

韓範は頭がよく勉強ができただけではなく、性格が活発で何事につけても積極的だったから、どんなことであれ韓範が「こんなことをしよう」と言い出すことがよくあったし、そうすればぼくらもそれに従った。

韓範の家は東柱の家から小川一つ越えたところにある大きな瓦葺の家で、家の前に小さな梨畑がついていたり、いろんな種類の果樹があった。当時、韓範の下には幼い妹（韓福《ハンボク》、一九二三年生）一人だけで、韓範は一人息子なので（次男・宇奎《ウギュ》は彼らが小学校を卒業した一九三二年に生まれた）、彼の母は韓範がしてくれというままに何でもしてやるとても気の利く方だった。だから彼の家に遊びに行くと、とても自由でよかった。それで聖誕節《クリスマス》には教会の横にある東柱の家で聖誕の準備をしたが、普通のときはいつも韓範の家に行って遊んだ。そうやって遊んでいても、韓範のお父さんが帰ってこられたら、彼は気むずかしい方なのでみんな家に帰った。

小学校時代の追憶として、四年生のとき韓範に目をパチパチする習慣ができると、担任だった韓《ハン》俊明《ジュンミョン》先生がなにも言わずに向き合って立ち、目をぱちくりして見せ、それで彼の習慣をやめさせたことが思い浮かぶ。

韓範は子供たちの中でいつもリーダー格だった。小学校五年のとき東柱などといっしょに『新しい明東《ミョンドン》』という謄写版刷りの文芸誌を発行したときにもそうだったし、聖誕節になると演出の先生を招いて演劇をしたりしたが、そんなときにも韓範が主として「こうしろ、ああしろ」と配役を決めさせた。「靴磨きの少年」が主人公の芝居をすることになったとき、韓範がわたしにその主役をしろといって出たこともあった。

彼は活動的な性格だから、あちこちにどんどん出かけていった。そんな性格のために起こったこととして、彼が裁判所で証人として召喚されたことが思い出される。小学校五年のときだった。ある日、教会で幼年日曜学校礼拝を捧げている途中だったが、韓範がそこに飛び込んできた。小川の堤にある柳樹の大きな枝に見慣れない中年の男の人が首を吊るされて死んでいるというのだ。われわれみんなが見に行った。

わたしは夜になると夢にその死んだ男が現れるので何日も苦しんだ。その後何カ月かして、みんなそのことを忘れたころ、そのころ県庁所在地だった大拉子《テーラッジャ》でその死んだ男に関する裁判が開かれた。現場を見た子どもがすべて証人として出て行ったが、ほかの子どもたちは先生といっしょに裁判所の門の外にいて、韓範と金中満《キムジュンマン》という子の二人だけが法廷に入り陳述して出てきたことがある。

恩真《ウンジン》中学校時代の宋夢奎は相当に早熟な文学少年の姿をしている。先にとりあげた「新春文芸当選」のことだけでもそうである。中学生の身で大人たちと競い合う新春文芸に応募した事実自体もそうだが、当選作品の素材と記述法もやはりそうなのだ。

またそれとともに興味深いことは、彼が一九三四年ごろにすでに「文海《ムネ》」という号をつけて使用したという事実だ。「文の海」とは、その文学的願望がはっきり現れた号だといえる。彼が号を使用した用途もおもしろい。「文海蔵書」と大きく刻んだ大ぶりな四角形の判子をつくり、自分の本を分類、整理するのに使った。今日、尹東柱の遺品である『哲学辞典』（日本語版）の裏表紙に彼の判子の跡が残っている。

中国・洛陽軍官学校時代

宋夢奎は一九三五年四月に中国に出かけていった。三月末に恩真中学校第三学年を修了して四年生には進級せず、そのまま中国にわたったのである。当時、北間島《プッカンド》は「満州国」領土であったために、「中国」といえば、つまり外国であった。のみならず一九三一年九月一八日に満州事変を引き起こして以来、ひじょうに露骨になった日本の中国大陸侵略の野望が時々刻々とその魔の手を伸ばしている険悪なときであった。だから中・日両軍のあいだで戦闘も繰り返されていた。

中日両軍は一九三二年一月二八日に起こった第一次上海《シャンハイ》事変で熾烈に交戦し、三三年には一月一日から両軍が山海関で衝突する「山海関事件」が起こり、五月三一日に停戦協定が締結された。

また蒋介石の国民政府軍と共産軍とのあいだでくりひろげられた内戦も、やはり中国大陸を血と砲煙で覆った。一九三三年一〇月五日に蒋介石の国府軍は百万の大軍で第五次共産軍掃討戦を開始し、これは一九三四年にもつづいていった。

一九三四年は全世界的に暗澹として見とおしの立たない狂気の年であった。フランスで極右団体が大騒動を起こした（二月事件）かと思えば、ドイツでは八月一八日にヒトラーが国民投票によってドイツの総統になり、絶対権力を握りはじめた。中国本土においては、その前年にはじまった蒋介石軍の百万の大軍隊による第五次共産軍掃討戦がほぼ一年をかけて継続していた。この血なまぐさい内戦は共産軍が一〇月一六日から西方へ大長征を始めて衝突を避けたことにより一段落しはじめ、一一月一〇日に終了した。

そして一九三五年が明けてきた。宋夢奎は、このようにひどく熱せられた溶鉱炉の中の鉄のようにどんどん沸き立つ時代に、その激浪に振り回されていた国、中国に行ったのである。このときの中国行きは彼の一生に大きな影響を与えた。のみならず後日、彼の死と尹東柱の死を呼ぶ原因となった。

彼はなぜ学業を途中でやめて中国に行ったのか。中国行きの真相はどんなものだったのか。

彼が中国に出発した当時、その中国行きの目的は極秘に属することがらだった。だから竹馬の友である文益煥《ムンイクファン》牧師でさえ、

> 明《ミョン》先生（恩真《ウンジン》中学校の伝説的な老教師・明羲朝《ミョンフィジョ》先生）が夢奎《モンギュ》を中国に送り込んだことがあった。それは中学校三年のときのことではなかったろうか。わたしはついに彼がどんな使命を帯びて中国に行った

のか問うことができなかった。そのことで夢奎はとても苦しんだし……

（文益煥「空・風・星の詩人、尹東柱」『月刊中央』一九七六年四月号、三一一頁）

ぐらいのことしか知らなかったし、尹東柱の弟の尹一柱《ユンイルジュ》もやはり、

そのころ満州の朝鮮人学生たちは外地、とくに故国で勉強するのが大きな夢だったようだ。〔兄の〕同級生だった宋夢奎は吉林を経て北京に行き、文益煥は平壌の崇実《スンシル》中学校に移っていった。それがとてもうらやましかった東柱兄さんは、大人たちを説得して一九三五年九月に崇実中学校に移った。

（尹一柱「尹東柱の生涯」『ナラサラン』23集、ウェソル会、一五三―一五四頁）

といって、「宋夢奎の中国行き」も単純な外国留学程度のものと把握していた。

これが一九七七年末まで尹東柱研究者たちに提供されていた「宋夢奎の中国行き」についての情報の全部だった。しかし画期的な資料が発掘された。宋夢奎と尹東柱に対する日本の特高警察の「厳秘」記録である「取調文書」が日本で公開され、一九七七年一二月号の『文学思想』誌にそれが〔韓国で〕翻訳、報道されたことによって、「宋夢奎の中国行き」が新しい照明を受けることになったのである。

取調文書の記録は次のようであった。

（宋夢奎は）昭和十年（一九三五年）四月恩真中学三年の時十九歳にして当時南京に潜伏せる朝鮮独立運

動団体たる金九一派の許《もと》に走り、独立運動に参加すべく同年十一月迄同所に於て教育を受けたり。然《しか》れ共《ども》金九一派の内情よりして目的達成の困難なるを知るに及び、更に済南市所在の李雄なる独立運動者の許に走り、之に拠り運動せんとしたる処《ところ》、取締当局の圧迫に依りその目的を達せずして、昭和十一年（一九三六年）三月出生地実父の許に帰鮮せり〔ここでは『文学思想』掲載文ではなく、原典『特高月報』一九四三年一二月分から引き、原文に一部ふりがなを付した〕。

この資料を見た筆者はひじょうな興味をもって「宋夢奎の中国行き」についての資料を集めはじめた。その結果、相当に貴重な資料をいくつか探し出すことができた。

まず宋夢奎の父母とごく親しかった人びとはほぼ事件の輪郭を知っていながらも沈黙したということがわかった。取調文書では単純に「南京に潜伏していた朝鮮独立運動団体である金九《キムク》一派を訪ねて行き……そこで教育を受けた」と記述されているが、じつは「臨時政府軍官学校に行って教育を受けた」のだ、という証言がある。金信黙《キムシンムク》ハルモニからそれが出てきた。またもう一人、宋雄奎《ソンウンギュ》氏からも同じ証言があった。雄奎氏は一九三六年四月に収監された宋夢奎が九月中旬に本籍地である咸鏡北道雄基《ハムギョンブクドウンギ》警察署から釈放されるとき、彼の身柄引受人として警察に出頭したという。そのとき警察から家に帰る途中で宋夢奎に「なぜ逮捕されたのか」と問うと、「臨政の軍官学校に行ったからだ」と答えたという。

第二に、より決定的な資料が日本の特高警察の極秘記録の中に保存されていた。第二次世界大戦で敗亡する前まで、日本の内務省警保局は関係書記官が業務遂行に参考にするよう各種の情報資料を整理し、極秘に発行して該当機関にだけ配布していた。そのような文書の中に、宋夢奎の軍官学校関係記録が入っていた。

当時、特高警察は、年度別に各種事件を分類していた。だから一九三六年（昭和十一年）に中国で独立運動に従事していた朝鮮人独立運動家たちの活動状況は、「一九三六年の在支不逞朝鮮人の不穏策動状況」という表題の下で整理されている。この文書の中に当時、中国にいた朝鮮人軍官学校生たちに関する諸資料が詳細に記載されており、「所謂鮮人軍官学校事件関係者検挙一覧表」として、一九三六年に検挙した各朝鮮人軍官学校学生たち三八名の名簿が載っている。この検挙一覧表の中に「宋夢奎」がはいっている。

その記録の宋夢奎関係部分は次のとおりである。

検挙官庁	検挙場所	検挙年月日	別名	氏名 年齢	本籍	職業	学歴	軍官学校の種別
済南領事館 警察部	済南	昭和十一年 四月十一日	王偉志 宋韓範 高文海	宋夢奎 当二十一年	咸北	無職		洛陽軍官学校 （金九派）

（金正明編「一九三六年の在支不逞朝鮮人の不穏策動状況」『朝鮮独立運動Ⅱ』原書房（日本）、五八九頁）

この資料は宋夢奎の中国在留期間中の足跡についていくつかの情報を提供している。

第一に、彼が行った軍官学校の正式名称は「洛陽軍官学校」であった。そして彼はそこで金九派に属した。

第二に、彼は本名のほかに、「王偉志、宋韓範、高文海」という三つの別名を使っていた。

第三に、一九三六年（昭和十一年）四月一〇日に山東省の省都である済南で、済南駐在の日本領事館警察に検挙された。

第四に、その結果、一九三六年にすでに日帝の特高警察のブラックリストに載せられた。

後日談だが、そのときから宋夢奎が「要視察人」としていつも監視されていたことが原因となって、一九四三年七月に日本の京都で宋夢奎、尹東柱などの検挙事件が起こることになったのである。

この軍官学校の設立契機とその内容が臨時政府主席であった白凡《ペクボム》・金九《キムク》の著書『白凡逸志』に次のように記載されており、そのいきさつは明確に知られている。一九三二年四月二九日に尹奉吉《ユンボンギル》義士が上海《シャンハイ》の虹口《ホンコウ》公園で壮烈な義挙〔天皇誕生日を祝う「天長節」行事の会場に爆弾を投じ、陸軍大将白川義則らが死亡、上海駐在公使（のち外相）重光葵らに重傷を負わせたいわゆる「虹口公園爆弾事件」〕を成功させるや、初めて臨時政府に好意を示しはじめた中国国民党と蒋介石主席の積極的な関心が朝鮮人軍官学校設立の動機であり背景となったというのである。

> 朴南坡《パクナムパ》は、中国国民党党員であった関係で、国民党の組織部長で江蘇省主席である陳果夫と面識があり、その紹介で蒋介石将軍がわたしに特別会見を申し入れて来たという知らせがあったので、わたしは安恭根《アンコングン》、厳恒燮《オムハンソプ》の二人を帯同して南京に向かった。貢沛誠、蕭錚らの要人たちが陳果夫氏の代理としてわたしを出迎え、中央飯店に宿舎を定めた。
>
> そして、翌日の晩、中央軍官学校構内にあった蒋介石将軍の自宅に、陳果夫氏の自動車に乗って朴南坡君を通訳に連れて赴いた。中国服を着た蒋氏は、おだやかな表情でわたしに接してくれた。挨拶が終わると、蒋主席は簡潔な言葉で、

「東方の各民族は、孫中山（孫文）先生の三民主義に合致する民主政治を行なうのがよかろう」

というので、わたしは「そうだ」と答え、

「日本の大陸侵略の魔手が、刻一刻と中国に侵入しております。人払いをしていただいて、筆談で少しお話ししたいことがあります」

というと、蔣氏は、

「好《ハオ》、好《ハオ》《よかろう》」

といい、陳果夫と朴南坡は外に出て行った。わたしは筆をとって、

「先生が百万の金を与えられれば、二年以内に日本、朝鮮、満州の三方面で暴動を起こし、日本の大陸侵略の道を断つつもりですが、その点どうお考えですか？」

と書いて示した。それを見るとこんどは蔣氏が筆をとって、

「計画書を詳しく示してください」

と書いてわたしに示したので、わたしはいったん戻ることにした。

その翌日、簡単な計画書を作って蔣主席のところに持って行くと、陳果夫氏が自分の別荘にわたしを招いて宴席を設けたうえで、蔣主席に代ってその意をわたしに伝えた。

「特務工作によったのでは、天皇を殺しても別の天皇が立ち、大将を殺してもまた別の大将が現われるだけだから、将来の独立戦争のために武官を養成してはどうだろうか」

というので、わたしは、

「それこそ、あえていい出すことができなかったことだが、もとより願ってもないことです」

と答えた。こうして、河南省《ホーナン》洛陽《ローヤン》の軍官学校分校をわが同胞のための武官養成所にすることが決まり、第一次として北平《ペイピン》〔北京〕、天津《ティエンチン》、上海《シャンハイ》、南京《ナンチン》などで百余名の青年を募集して学籍に登録し、満州から李青天《イチョンチョン》と李範奭《イポムソク》（いずれも古くからの独立軍の指導者）を招いて教官、指揮官として就任させた《しかし、この軍官学校は、やっと第一期生を卒業させたところで、日本の領事・須磨〔弥吉郎〕の抗議があり、南京《ナンチン》政府が閉鎖令を下してしまったのだった》

（金九『白凡逸志』梶村秀樹訳、平凡社・東洋文庫版〔日本〕、二七九頁）

以上のような背景で、洛陽《ローヤン》軍官学校の朝鮮人組が一九三三年一二月にとくべつに設置され九二名の朝鮮人学生を秘密に募集した。一九三四年二月から実際に軍事教育が始まった。もちろんその財政支援は蒋介石政府が全的に受けもった。学制は一年制だった。宋夢奎はここに第二期生として入学するために出かけていったのである。

当時中国政府は日本との関係を考慮して、この朝鮮人軍官学校の存在を極秘にした。中国政府の公式軍事教育機関で朝鮮独立軍を養成しているという事実が日本に知られたら、大きな問題になるためだ。当時はまだ中・日戦争が開戦する前だったのである。だから秘密を維持するために朝鮮人をあらかじめ中国人として偽装し、学生たちはみな中国式の名をつけて使用していたことが関連資料から明らかになっている。宋夢奎が中国式の名である「王偉志」をはじめ三つの別名を使っていたことも、こうした事情に由来するものだ。

それならば遠く北間島《ブッカンド》にいた宋夢奎がどのようにして軍官学校の存在を知り、そこに入学しに行ったのだろうか。

羅士行牧師の洛陽軍官学校に関する証言

これについて筆者はひじょうに決定的な証言を探し出すことができた。宋夢奎《ソンモンギュ》の恩真《ウンジン》中学校での一年先輩になり、洛陽軍官学校第二期の同期生である羅士行《ラサヘン》（一九一四年、平安《ピョンアン》南道開川《ケチョン》出生）牧師である。羅士行牧師もやはり一九三五年四月に洛陽軍官学校に入学するために中国にわたった。宋夢奎は彼より先に行ったので、中国に行ってから宋夢奎に会ったのだという。

彼は次のように証言した〔――以下の言葉は、インタビュー時の筆者の質問を示す〕。

――洛陽《ローヤン》軍官学校の話はいつどんな経路で聞くことになったのですか？

第一期生が教育を受けていた一九三四年当時、わたしは恩真中学校四年の卒業組でした。そのときわれわれの歴史の先生だった明義朝《ミョンフィジョ》先生がわれわれに、「こんな軍官学校ができて、わが校出身者の中からもそこに行った人がいる」とおっしゃったんです。すでに一期生の中に恩真《ウンジン》出身者が行っていたというんです。

――明先生はどうしてそんな情報を知ったんでしょうか？

先生は金科奉《キムトゥボン》や金九《キムク》のような抗日闘争の巨頭たちとも知り合いで、行き来のある間柄だったんです。そんな経路から知ることになりました。

――明先生はどんな人物でしたか？　またその方が学生たちに及ぼした影響は？

民族意識と学識のたいへん高い方でした。東京帝大出身ですが、恩真中学校に来て歴史と漢文などを教えました。「赤壁賦」（一一世紀後半の中国、宋代の人・蘇軾が、流刑地の黄州で詠んだ詩）などの講義もしたりして、ひじょうな漢文の大家でした。また意識がとても開けた方でしたよ。昔の服は生地が弱くて、男用のズボンなどたいしてはきもしないうちに膝が出て着られなくなったでしょう。彼はそんな破れたところを繕うんだといって、ズボンを女物の服のように前後の区別なしにつくりなおし、代わる代わる前後をまわし着したり、とても破格の人でした。われわれにはとくに「歴史意識」を教え諭《さと》して、大きな影響を与えました。

――具体的な例を挙げるとどんなことがありましたか？

まずわたしの場合を例に話しましょう。わたしはそのころ李光洙《イグァンス》の小説『土』を読んで大きな感銘を受けました（李光洙の『土』は一九三二年四月一二日から三三年七月一〇日まで『東亜日報』に連載された長篇小説で、李光洙啓蒙文学の代表作）。わたしだけでなく当時数多くの若者たちがそうでしたよ。『土』の主人公のように「理想村運動」に生涯をささげようと思い立つのがそのころの流行になるぐらいでした。だからわたしは上級学校進学も崇実《スンシル》専門学校の農業科にしようとあらかじめ決心していました。明先生はわれわれのこういう流行の風潮に楔を打ち込んだんです。彼の話はこういうものでした。

「国家が成り立とうとすれば、国土、国民、主権、この三つがすべて備わっていなければならない。ところがいま、われわれは主権のない奴隷状態だ。主権がなければ何もなしとげることはできない。いまお前たちがしようとしている理想村運動もやはりそうだ。そんなことは個人的な運動だけではとうていやりとげることはできない。理想村運動の目的は何か。人間が人間らしく生きる人生を求めようというところにあるといえる。そうだとしたら、考えてみよう。その住居や生活環境が少しよくなったとしても、それがおかれている状況が主権を奪われた奴隷の立場のままだとしたら、それがどうして人間らしい暮らしになりうるだろうか。だからほんとうの理想村運動をするためにも、それよりまず優先されねばならないことがまさにわれわれの独立なのだ。」

わたしもその言葉によって崇実専門の農業科に行くのを放棄して、洛陽軍官学校のほうを選ぶことになったのです。

――どんなルートを通って中国に入りましたか？　他の同行者もいましたか？

わたしが行くときには黄国柱《ファンクッジュ》、李イニョン〔인용〕とわたし、この三人がいっしょになって行きました。途中の日本側の取締りはひじょうに厳しいものでした。そのときはすでに北京近くの天津にまで日本の軍隊がいっぱいいいました。われわれは検問を受けるたびに学生証を見せながら、教師になるために中国の師範学校に進学するのだと言いつくろいました。まず目的地は天津でした。当時、李雄《イウン》という恩真中学校の先輩が済南を根城にして独立運動家として活動していました。われわれは天津に行って李雄と接触することになっていました。

天津に到着して李雄に会い、つぎに「南京に行って南京中央大学に通っている玄哲鎮《ヒョンチョルジン》を訪ねよ」という指示を受けました。それで、天津→済南→徐州→南京《ナンチン》という経路を踏んで南京に到着し、玄哲鎮に会いました。玄哲鎮もやはり恩真の先輩でしたよ。彼がわれわれを金九《キムク》主席につないでくれました。

言ってみれば一種の点の組織のようなものにしたがって北間島《ブッカンド》から南京の金九先生のところまで達したんです。宋夢奎《ソンモンギュ》もやはり同じようなコースを通ったんです。

――それからの生活はどうでしたか?

行ってみると宋夢奎はわたしより先に来ていました。そのときは日本側の抗議と圧力のために学生たちを洛陽軍官学校に直接入校させることができなくなっていました。だからわれわれ第二期生は最初、南京城内東関頭三二号の大きな中国式民家で学習してすごしました。そのとき蒋介石政府からわれわれに、毎月一人当たり『食費九元、こづかい三元』合計一二元ずつ、くれたんです。それは生活に何の不便もないぐらいの相当な金額でした。食費として一日に三〇銭ずつ受け取ったわけで、じつは一日一五銭程度あればかなりいいものを飲み食いすることができました。われわれは各自お金を出し合って飲食物を配達させ、それを食べてすごしました。

――学生たちの数は?

三〇名ほどでした。

――教育科目は?

軍事訓練と中国語などの語学です。

――教官は?

金九先生が時たま来たし、主として厳恒燮《オムハンソプ》、安恭根《アンコングン》〔伊藤博文を射殺した義士・安重根《アンジュングン》の末弟で、ドイツ・ベルリン大出身〕先生などがわれわれを教えました。東関頭三二号で約二カ月そのようにすごした後で、江西省義興県龍池山にある龍池寺に移り、そこで訓練を受けました。南京から一〇〇余里〔約四〇キロメートル〕離れたところでした。

――龍池寺というから、お寺のようですね。

仏教の寺です。中国の寺はとても広いんです。財産もゆたかで、龍池寺もおよそ三千名ぐらい受け入れることができるほどの規模でした。軍人一個大隊が予告なしに押しかけてもまとめて投宿させることができるほどでした。われわれはそこで六月から一〇月初めまですごして訓練を受けました。そのときとくに金仁《キムイン》氏〔金九先生の長男、洛陽軍官学校第一期卒業生〕が教官としてわれわれを教えました。そこにも金九、安恭根先生などがときどき訪ねてきたし、厳恒燮先生が総責任者としてわれわれといっしょにすごしました。そうするうちに一〇月初めに龍池寺からふたたび南京に出てきました。

――その時期にとくに記憶に残っていることは？

われわれが龍池寺にいるときに迎えた一九三五年八月の秋夕《チュソク》〔旧暦八月一五日〕の夜がとても印象深く残っています。金九先生を始めとするさまざまの独立運動指導者たちがその日をわれわれとともにすごそうと龍池寺に来られました。中国の秋夕の食べ物である月餅《げっぺい》を食べながら夜が白むころまでいろんな話をたっぷり交わしました。国のこれまでの出来事を思い起こすうちに激昂して、みんな声を張り上げて痛哭するので、叫喚の場がくりひろげられたりもしました。またイタリアのエチオピア侵攻の可能性など、国際的に世界戦争がふたたび起こりそうな気配があるとして、そうなればわれわれも独立できる可能性が生まれる、といった世界情勢の話もたくさんありました。また金九先生が明《ミョン》成《ソン》皇后〔一八五一―九五。李朝二六代高宗《コジョン》の妃で閔妃《ミンビ》ともいわれる。日本人に虐殺された〕を殺害された恨みを晴らそうと、鴟河浦《チハポ》〔大同江《テードンガン》の下流の渡し場〕で日本人〔土田譲亮という日本陸軍中尉〕を殺し、その血を飲んだときの話を詳細にしてくれたのを聞きました。

――軍事訓練を受けるほかには何もしなかったのですか？

宋夢奎が中心になって雑誌をつくったことがあります。われわれが龍池寺にいるときでした。宋夢奎がみんなに原稿を書いて出せといって、かなり分厚い冊子をつくったんです。およそ三〇〇ページぐらいありました。わたしも「すべてのことを祖国独立のために！　すべてのことを同胞のために！　すべてのことをキリストのために！……」そのようにつづく文を書いて出したら、冊子に載せてくれましたよ。

宋夢奎は文学に才能がありました。性格が快活で字も上手に書きました。だから謄写版を買い、自分で筆耕し謄写印刷してつくったんです。金九《キムク》先生がとても称賛なさって、冊子の名を『新民』と名づけられた。そんな表題で冊子になって出ました。金九先生自身が以前そんな名称の集まりにいらっしゃったこともあり、またわれわれすべてが「新しい百姓」にならねばならないという意味だと話されました。


以上のような羅士行《ラサヘン》牧師の洛陽軍官学校に関する証言は、独立運動史的にひじょうに大きな価値をもつ。臨時政府が一九三〇年代に中国大陸で企図した抗日武力闘争準備作業の秘話と、その具体的な姿が、この証言から初めて明らかになったのである。

そして、そのような歴史的な意味から離れても、この証言は興味深い。この証言をとおして、夜空に満月が浮かび上がるように現れる二人の人物の姿がたいへん印象的だ。

まず、明義朝先生《ミョンフィジョ》。李光洙《イグァンス》の啓蒙文学が提示する似非《えせ》理想主義に陶酔した若い弟子たちに、歴史を見る正しい視角と大義を、秋霜のような厳しさでおしえさとした彼の姿は、じつに春秋の筆法の〔孔子が編纂した『春秋』で表わした批判のような〕厳正さと威厳を帯びている。真の「師」の姿がここにみごとに現れている。尹東柱がもったその至純な詩の世界は、このような師の導きの下でみがかれたから、あのように清潔でありえたのだろう。

つぎに、金九先生。先に『白凡《ペクボム》逸志』の記録を通じて、彼が洛陽軍官学校朝鮮人組を設立することになった来歴を調べてみたが、この証言から、彼がこの学校にかけていた期待とその誠意がありありと、痛いほどに伝わってくる。とくに彼が一九三五年秋夕の夜に、異郷での十五夜の満月の下で、青年学生たちとともに喉も張り裂けんばかりの痛哭、叫喚の場でした話は、深くわたしたちの琴線に響く。金九主席はまたこの学校と関連して、あたたかい個人的な逸話も残している。これもやはり『白凡逸志』に記録されている。

……「母上が上海の安恭根の家を経て嘉興の厳恒燮の家に来られた」という知らせを南京で受けたわたしは、ただちに嘉興にかけつけ、九年ぶりに母子再会したのだった。

わたしを見るやいなや、母上はつぎのような意外なことをいわれた。

「わたしは、これから『おまえ《ノ》』と呼ばずに『あなた《チャネ》』と呼ぶつもりですよ。それから口で叱ることはあるかもしれないが、鞭であなたを打つことはやめるつもりです。聞くところによると、あなたは軍官学校を設立して青年たちを教育しているそうで、人の師表となった様子だから、その体面を立ててあげようと思うんですよ」

と。わたしは母上のこのお言葉に恐縮し、またこれをたいへんな恩典だと感激した。
（金九『白凡《ベクボム》逸志』梶村秀樹訳、平凡社・東洋文庫版（日本）、一九七三年、二八九頁）

白凡は一八七六年（丙子年）生まれである。洛陽軍官学校一期生の教育が始まった一九三四年といえばすでに五十八歳の老躯だった。にもかかわらずこのときに初めてこの軍官学校のことで老母の楚撻《チョダル》（間違いをしたとき木の枝で尻やふくらはぎを打つこと）を免れることになり、またこれからは「あなた《チャネ》」と呼ぶという言いつけを聞いたというのだ。こうしたことを考えるとき、彼が「わたしは母上のこのお言葉に恐縮し、またこれをたいへんな恩典だと感激した」と述懐するところは、いま安泰な場所にいてこの文を読む後人の心を痛く刺激する。独立運動にすべてをささげた先人たちが踏んで行ったその足跡に打たれるのだ。

洛陽軍官学校第一期生は一九三五年四月九日に卒業した。入学者九二名のうち、卒業は六二名。学んだ科目は各種の砲、機関銃の操作法などの一般軍事教育と、革命精神教育などで、軍馬四〇頭が配置され、騎馬術訓練に使用された。

しかし一つの欠点は、学生たちが金九《キムク》派、金元鳳《キムウォンボン》派（一名・義烈団派）、李青天《イチョンチョン》派など三つの派閥に分かれて対立していたという事実である。支援している中国当局もこの点を憂慮していたという。

これら第一期生が卒業したあと、洛陽軍官学校では公式に朝鮮人組の第二期生を受け入れることはなかったので、宋夢奎《ソンモンギュ》たちの場合には厳格に「洛陽軍官学校」と区分される時期の学生であったとはいえない。だから日本でも、資料によっては、彼らを「韓国独立軍特務隊予備訓練所」あるいは「韓国国民党予備訓練所」などの呼称で呼ぶこともある。

だが宋夢奎たちは洛陽軍官学校入学のために行ったのだし、また当時の学生の募集、教育、中国側の財政支援など、すべてのことが洛陽軍官学校朝鮮人組の内容を受け継いでいた。そういう意味で、当然に「洛陽軍官学校出身」ということになる。だから「検挙一覧表」という日本警察の情報資料もやはり宋夢奎の所属を「洛陽軍官学校」と区分したのである。

第二期生たちは、一九三五年一〇月初めに龍池寺から南京市内に入ったのち、各自ばらばらに散らばった。いろんな関係資料を検討してみると、中国側の財政支援が中断されたために、彼らは龍池山を降りてきたものと思われる。

蒋介石はなぜ財政支援をやめたのだろうか。このときは時期的に見て蒋介石の共産軍掃討戦争がさかんにおこなわれているときだった。当時、蒋介石はみずから戦闘を指揮しながら紅軍（共産軍）討伐戦を戦っていた。一九三二年初めにすでに二〇万の兵士と一六万丁の銃を持つ軍隊を常備していた紅軍との全面的な戦闘は、蒋介石にとっても力に余る戦争だった。

結局、蒋介石の軍隊に押された共産軍は一九三四年一〇月に、それまで根拠地だった江西省一帯から大脱出作戦を始めた。蒋介石軍はそのあとを追いかけながら戦った。こうしていわゆる「紅軍の万里大長征」が始まったのである。彼らは一八の山脈を越え、一七の川を渡り、一万二〇〇〇キロにおよぶ距離を追いつ追われつして、血みどろの悲惨な戦闘をつづけた。そうするうちに一九三五年一一月、紅軍が陝西省北部の延安に到着することによってこの「大長征」は終わりを告げた。

朝鮮人軍官学校に対する蒋介石の財政支援が中断されたのは、ちょうどこの「万里大長征」の期間中であり、それは、文字通り内乱状態にあるこの戦争の状況と無関係ではありえない。蒋介石軍と毛沢東の率

写真13　金九と蒋介石

洛陽軍官学校の朝鮮人組は、金九（左）の精神的指導と、蒋介石（右）の物質的な支援を受けて運営された。

いた紅軍とのあいだでくりひろげられた当時の戦闘の熾烈さを示す資料を一つ紹介しよう。

……そのころから紅軍はいよいよ毛沢東特有の戦争方式を展開しはじめた。彼は北上して四川に入るようにみせながら急に西方へ進軍し、ふたたび後退して蛇行し、また遵義に戻ってきた。そのとき蒋介石は飛行機であちこちを飛び回りながら軍隊を指揮しようと、遵義の南側・貴州省の首都・貴陽に滞在していた。毛沢東はふたたび南下し、貴陽を狙う形勢を見せた。蒋介石がこれに対処して貴陽防衛のために急いで雲南から軍隊を呼んでいるあいだに、こんどは一気に貴陽の東側を飛び越えて、手薄な雲南省へ西進した。

（佐伯有一・野村浩一他『中国現代史』呉相勲訳、ハンギル社、四〇二頁）

当時、蒋介石は内外に敵をもっていた。外には日本の大陸侵略勢力がひきつづき挑発していたし、内には紅軍との内戦が熾烈になっていた。同時に二つの敵を相手に戦うことはできないので、蒋介石は「安内攘外」政策を掲げた。まず内部を平定したあとで外からの侵略を斥けるというのだ。だから日本の侵略勢力に満州をすべて奪われ北京を脅やかされながらも、日本と正式に開戦する事態にいたらないよう隠忍自重して、もっぱら紅軍討伐にだけ専念したのである。

このころ、洛陽軍官学校朝鮮人組二期生としてやってきた朝鮮人学生たちに与えていた支援金を突然終わらせる処置は、当時、蒋介石が「日本を絶対に刺激しない政策」を推進していたことを考え合わせると、その謎が解ける。のちにあの有名な一九三六年一二月一二日の「西安事変」によって、蒋介石の政策は「まず日本を斥けたのちに内部を平定する」ものに変わった。しかしそれは、すでにわが独立運動界の武官養成計画に重大な狂いが生じたあとだったのである。

羅士行《ラサヘン》青年は南京に戻ってきてからひと月ほど、金九先生の母上と次男・信くんと同じ家で一つの家族のように過ごしたという。南京中央公園横にある家だったが、同じく訓練生だった李ヂソン〔지성〕とともにその家に厄介になったという。彼は当時、羅哲《ラチョル》という別名を使っていたとのことだ。

羅士行牧師は軍官学校に関連する話をするついでに、「この人のことをきっと世の中に伝えたい」といって、こんな話をした。

洛陽軍官学校朝鮮人組の第一期卒業生の中で、一六名が卒業後に南京の中央軍官学校に編入した。彼らのなかに金甲星《キムカプソン》という人がいた。金剛山温井里《クムガンサンオンジョン》の人で、羅牧師とは恩真中学校の同期、同窓だった。しかし四学年まで終えて卒業した羅牧師とは違って、彼は三学年を修了したあとすぐに洛陽軍官学校に行き、その第一期生として入学したのである。

彼は中央軍官学校に在学中だった一九三五年一〇月中旬ごろに、学校で手榴弾投擲訓練を受けているときに重傷を負い、死亡した。前にいた生徒が手榴弾の安全ピンをはずしたあと、すぐに投げることができず、いささか投げるのが遅すぎたために空中爆発し、その破片によって傷ついたのだった。中央医療院に急送し治療したがそのまま亡くなった。

中央軍官学校では彼を中国軍少尉として、死後とくべつに任官し、軍人葬として葬礼を執り行った。ところで日本とのあいだで問題が起こるのをはばかって、その国籍や名など彼の身元いっさいを隠そうとして、ただ「東北義士　王義誠」とだけ書いて葬礼をした。わが国がその地からみて東北側にあるということから「東北義士」と表現し、「王義誠」は金甲星の中国式仮名だった。

羅牧師は次のような言葉で話を締めくくった。

われわれがその葬礼式に参席してどれほど泣きに泣いたか、わかりますか？　死んで、いよいよその最後の場面でも自分の名も国も明らかにできず、そんな仮名の下で土に埋められているその友人を見たとき、国を失った悲しさがほんとうに骨の髄まで刻みつけられたのです。

そのすさまじい時代の傷が今はほんとうに癒えただろうか。筆者は喉をふさがれ息づまる感じで彼の話を聞き記した。

逮捕、収監、そして要視察人名簿に載る

宋夢奎は一九三六年四月一〇日に中国山東省済南で済南駐在日本領事館警察に逮捕された（金正明編『朝鮮独立運動2』原書房（日本）、一九六七年、五八九頁）。

彼はいつ南京から済南に移ったのだろうか。後日、日本の京都地方裁判所で作成された宋夢奎の治安維持法違反事件の判決文の中にその時期が提示されている。「一九三五年一一月ごろ」に南京を離れ「済南所在の朝鮮独立運動団体、李雄一派の傘下に身を投じた」というのだ。結局、済南に行って六カ月目に逮捕されたのである。

一方、羅士行《ラサヘン》牧師は龍池山から南京に来て、ひと月ほど金九《キムク》先生の母の家で過ごしたあと、ふたたび上海に行ったという。その彼もやはり一九三五年一一月に南京を出たのである。上海と南京は五〇〇里（約二〇〇キロ）の距離。一九三二年四月に上海・虹口公園であった尹奉吉《ユンボンギル》義士の義挙のあとなので、臨時政府の要人たちはすべて日本警察の検挙旋風を避け、上海から抜け出して中国大陸の内陸部へ身を避けていった。いってみれば臨時政府がその位置を中国大陸内部に移したのである。

羅牧師は上海でしばらくすごしているうちにある日、日本の警察に逮捕された。彼は本籍地である平《ピョン》安道《アン》へ押送され、平壌《ピョンヤン》警察署に囚われの身となった。その後、約一年間、平壌警察署の留置場ですごしたという。日本警察の極秘文書にある「検挙一覧表」を見ると、洛陽軍官学校の出身者たちはすでに一九三五年一〇月から逮捕されていた。

ところで、この時代がどれほど険悪なときだったかを克明に示している事例がある。まさに宋夢奎、羅士行などの南京行きのとき中間拠点となった済南の独立運動家、李雄《イウン》に関することだ。

羅士行青年が平壌警察署の留置場に収監されていたときだった。ある日、南京にいた玄哲鎮《ヒョンチョルジン》がつかまって押送されてきた。あとで知ったところによると、済南の李雄が日本側ともつながる二重スパイであることを知った玄哲鎮が、李雄《イウン》を訪ねていき暗殺した事件でつかまったというのだった。

ほんらい李雄は済南にあって独立運動家として活躍しつつ、各界各層をひろく歩き回ったという。金九のようなわが国の独立運動指導者はもちろん、当時、山東省の省長だった韓復渠のような最高位層の中国人実力者たちとも知り合い、つきあった。そのころ中国で省長といえば、じつに途方もない存在だった。立法、司法、行政の三権はもちろん、省内で通用する貨幣の発行権までもっている、それこそ自らが掌握している省内住民たちの生殺与奪の権を一手に握っているような存在だった。李雄はそんな高位層との知り合い関係を誇示することもあった。彼が羅士行《ラサヘン》一行と会ったときにも、「韓省長は、人物が大きいが無知なことこの上ない。だいたいぼくを見ると、おまえの国の人も鶏卵のゆでたのを食べるのか、と尋ねるぐらいだ」といって笑ったという。

そんなふうに多くの人たちと和気あいあいのつきあいをしながら、金のためだったのかのちに日本の機関とも手を握ったようだ。彼が二重スパイとして暗躍しているのを知った玄哲鎮《ヒョンチョルジン》が同じ恩真《ウンジン》中学校出身の李益成《イイクソン》という青年といっしょに行って彼を殺したという。直接手を下したのは李益成だった。ところが李益成はつかまらず、玄哲鎮だけが日本警察に逮捕されたという話だった。結局、恩真中学校同窓生たちのあいだで、ともに連携しあった形で独立運動に従事するうちに変節者が生まれるや、その背信の対価を自らの命によってあがなったのである。

玄哲鎮の検挙について日本警察の極秘資料には次のように載っている。

本名・玄哲鎮。検挙日・一九三六年五月。検挙場所・天津。年齢・二十七歳。本籍・咸鏡南道。そのほかに「揚鐵生、玄鐵晋、崔成浩、楊鐵山」という四つの仮名を使用。（ただ、この日本の警察資料は玄哲鎮《ヒョンチョルジン》を洛陽《ローヤン》軍官学校義烈団派にあやまって分類している）

（金正明編『朝鮮独立運動2』原書房〔日本〕、一九六七年、五九〇頁）

ここで一つ注目されることがある。済南の李雄《イウン》のところに行っていた宋夢奎《ソンモンギュ》が済南駐在の日本領事館警察部に逮捕されたのが一九三六年四月一〇日であり、李雄を殺した事件で玄哲鎮が検挙されたのは五月だという点である。この二つの事件の時差は、そのとき宋夢奎が日本警察に逮捕されたのと、李雄の二重スパイの役割とのあいだに、なんらかの関連があるかもしれないという可能性を浮かび上がらせる。

中国済南で日本の警察に逮捕されたあと、宋夢奎の足跡はどうなったのか。

宋夢奎は済南から本籍地である咸鏡北道《ハムギョンブクド》の雄基《ウンギ》警察署に押送された。当時、日本の警察は何かの犯罪の容疑者を捕らえると、彼が外国に居住する者である場合、すぐに国内の本籍地の警察署へ押送して取り調べた。だから宋夢奎もやはり雄基警察署に送られたのである。そうした日本警察の取調慣行は南京と龍池山で宋夢奎とともに訓練を受けた羅士行の場合にもはっきり確認される。

現在まで保存されている当時の日本の警察文書を見れば、一九三五年一〇月から続々と逮捕されはじめた学生たちに対する捜査のために、「洛陽軍官学校事件」はすでにその実態が日本の警察によく知られていた。

羅士行《ラサヘン》の場合、宋夢奎より半年ほど前の一九三五年一一月一二日に上海で逮捕された。そのときのことは本人の回顧談はもとより、『東亜日報』の記事でも追跡されるとおりだが、その一部始終はつぎのようなものだった。

羅士行が上海の某所に投宿していることを探知した平安南道《ピョンアンナムド》開川《ケチョン》（羅士行の本籍地）の警察官が上海へ出張し、彼を逮捕して国内に連行した（『東亜日報』一九三五年一一月二六日付報道）。彼は開川警察を経て平壌警察署留置場に収監された。『東亜日報』一九三六年八月二六日付には、羅士行についての司法処分結果が報道されている。平壌警察署では逮捕した軍官学校関係者たちに対し九カ月間にわたる取調べを終え、八月二五日に羅士行など三名を「治安維持法違反」で拘束し、平壌地方法院検事局に送致し、残りは不拘束処分としたという。羅士行牧師本人の言葉によれば、彼は当時、執行猶予で釈放されたという。

宋夢奎が雄基警察署に押送される場面を直接目撃した人がいる。当時、雄基邑雄尚洞《ウンサン》で暮らしていた宋夢奎の従兄、宋雄奎《ソンウンギュ》氏である。彼は偶然その場面を目撃したのだが、つぎのように証言している。

夢奎《モンギュ》は汽車で押送されてきて、雄尚駅に降りたのだが、そこからすぐに雄基警察署に直行して拘禁されました。家族としていっしょについてきた人はおらず、夢奎一人でした。わたしたちは夢奎が何の事件で逮捕されたのかまったく知りませんでした。雄基警察署の留置場にながく捕らわれていました。その間、一家の大人たちが調べてみましたが、今後、起訴されて清津《チョンジン》監獄に移されていくかどうかと、いろいろ取りざたされましたよ。結局、清津には移されず、雄基警察署から「夢奎を連れて行け」という連絡が来ました。わたしが引き取りに行きました。行ってみると、その間苦労してひどくげっそりやつれ、長いあいだ陽光を浴びられなかったのでとても青白い顔色でした。警察は釈放はしたが、雄基に居住を制限しました。にもかかわらず夢奎は何日か休むとそのまま満州に飛びかえったんです。そんなことでしたが、そのことで夢奎の身柄を引き受けたわたしがわずらわしい面倒をこうむることはありませんでした。

宋雄奎《ソンウンギュ》氏は、夢奎《モンギュ》は清津に移されなかったと思っていたが、じつはそうではなかった。日帝時代の警察記録の中に宋夢奎関係の書類が現在残っており、そこで確認できたところによれば、一九三六年四月一〇日に中国済南で逮捕された宋夢奎は、同じ年の六月二七日に雄基警察署に押送され、八月二九日に清津の検事局に送致、そこに一六日間ほど捕らわれていたが、九月一四日にふたたび雄基警察署に送られて、居住制限の条件で釈放されたのである。しかし宋雄奎氏としては、雄基警察署で宋夢奎の身柄を引き受けたはずだから、彼がひきつづきそこに捕らわれているものと考えたのである。

宋夢奎と羅士行の司法処分結果を見れば、二人はよく似た時期に似た方式で釈放された。これを見ると、当時、日本の治安当局は朝鮮人軍官学校関連者たちについての処理指針のようなものをつくり、一貫してその指針によって処分をしたものと思われる。中国領土内で活動した朝鮮人軍官学校関連の学生たちにたいして、日本の国内法である治安維持法を適用し実刑をいいわたすことには法的な困難があり、彼らをすべていったん釈放したのちに、要視察人として監視することに決めたものと推定される。

写真14　宋夢奎が卒業した大成中学校

宋夢奎は中国の済南で日本の警察に逮捕され、本国に押送されたのち、雄基警察署と清津検事局で５カ月余にわたる獄苦を味わったのちに釈放された。父母が暮らす北間島に戻ったあと、ミッション系の恩真中学校に転入学しようと思ったが、「要視察人」と指定された彼を学校側で受け入れてくれず、仕方なく大成中学校に入った。〔この学校は今も龍井市内にある。〕

　宋夢奎は雄基警察署から釈放されたのち、居住制限を無視して北間島《プッカンド》の家に帰って療養していたが、つぎの年一九三七年の四月に龍《ヨン》井《ジョン》の大成《テーソン》中学校（四年制）の四学年に編入した。中国在留と、雄基警察署、清津での拘禁生活によって二年間中断した学業を、彼はふたたび始めたのである。大成中学校に編入したときから、ふたたび龍井の尹東柱の家で暮らしながら学校にかよった。彼は編入のとき、ミッション系である恩真中学校に入ろうとしたが、当時、恩真中学校もきびしい監視と査察を受けているときだったから、問題学生を受け入れることはできなかったという。

　尹東柱の妹である尹恵媛《ユンヘウォン》氏はこのころの宋夢奎の姿を生き生きと記憶していた。

　　夢奎《モンギュ》兄《オッパ》さんは警察から釈放されて家に戻ってきたあとは、胸がいつも内側に曲がってしまうんだと言って、いつも肩をシャンと張って胸を広げるよう神経を使っていました。それで、胸を広げるのに助けになるようにと、寝るときに枕をしないで寝ましたね。

このとき宋夢奎が敢行した中国行きが後日、宋夢奎自身と尹東柱を日本の監獄で獄死させるよう追い詰めていく直接の原因となった。このときから日本の警察が宋夢奎を「要視察人」として監視し、彼らを逮捕して裁判にかけ、投獄した監獄の中で、あいついで獄死させたのである。

5　平壌での七カ月

崇実中学校の編入試験

一九三五年に入ると、恩真《ウンジン》中学校三年生のクラスの雰囲気はとても落ち着かないものになってきた。生徒たちの今後の進路がはっきりいくつかに分けられる大きな転換の時期だったためである。

第一に、宋夢奎のように独立運動に身を投じる生徒たち。彼らは学校はもちろん、家や父母兄弟をすべてあとに残して生と死の不確かな未知の場所へ旅だつ支度をしなければならなかった。

第二に、上級学校進学に備えなければならない生徒たち。彼らは、より容易な進学のためには五年制中学校に転校しなければならなかった。そのころの中学校では「五年制」が正規の学制だったので、それよりも修学年限が一年短い四年制中学校を出ると、高等学校や専門学校、または大学予科などの上級学校へ進学するのにはなはだ不利だった。

その五年制中学校では四学年時までに編入生を受け入れることになっていた。四年制中学校を終えたのちに五年制学校の五学年（卒業学年）に編入するのはほとんど不可能だったのだ。だから三学年を修了した時点で、四学年の最初の学期がはじまる前に五年制の新しい中学校へ移ってゆく手続きをすましておかねばならなかった。

当時、龍井《ヨンジョン》では親日系の光明《クァンミョン》学園中学部が唯一の正規の五年制中学校だった。光明《クァンミョン》は日本外務省の「在外指定」という認可まで受けていた。日本の国外にある学校でもこの認可を受ければ、日本本土にある文部省認可の正規の中学校とまったく同じ資格や実力があるものと認定される制度だった。しかし光明は親日の学校だったので、民族意識のある家庭、とりわけキリスト教系の家では光明に子どもたちを行かせるのを嫌い、かなりの経済的負担をしのんでも平壌《ピョンヤン》のミッション系崇実《スンシル》中学校（五年制）に転校させた。尹《ユン》東柱《ドンジュ》たちのクラスはちょうどこの転校の時期の最後の段階にさしかかっていたのだ。

一九三五年春、新学期になると級友たちの席があちこち空になっていった。尹東柱の親友だけでも、宋夢奎は中国へ行き、文益煥《ムンイクファン》は平壌の崇実中学校へ行った。尹東柱ももちろん崇実中学校に転校したかったが、一家の大人たちが許してくれなかった。やむなく恩真中学校で四年生に進級したが、そこに通いながらひきつづきせがんで、四年生の秋の学期には転校することに同意を得た。当時は九月一日に秋の学期が始まった。

ところが、いざ転校するという過程で、尹東柱は思いがけず生まれてはじめての大きな挫折を味わった。崇実の編入試験に失敗したのだ。崇実では尹東柱の試験の結果をみて、四年生ではなく三年生への編入資格しか認めなかった。一学年下に入れというのだ。それは「落第」したのと同じ結果になることを意味した。

当時、崇実中学校は編入を望む学生たちすべてに試験を受けさせた。その試験は相当に厳格なものだったという。文益煥ももちろんその試験を受けて編入したのである。文益煥のときには、いっしょに受けた生徒の中に新たに崇実財団の理事になった人の息子がいたが、その生徒も試験に失敗して一学年下の級に編入されたという。編入試験の規定をまるで入学試験を管理するように厳格に運営していたのである。

尹東柱はこのとき妹の恵媛《ヘウォン》宛に手紙を送り、「彼らがぼくを本来の学年に入れてくれない」というやるせない言葉で家に知らせたという。これに驚いた家人は東柱の試験でのしくじりを責めとがめる手紙を彼に送った。それを読んだ彼は、いっしょにいた人が気づくほどひどく傷ついたという。

おそらく家人があたたかく慰め励ましたとしても、彼は我慢しづらかったことだろう。失敗をもっとも許しがたい人はまさにその失敗者本人なのだ。尹東柱の場合、編入試験の失敗という事実自体も骨身にこたえることだが、それのみならずさらに結果は戯画的なほどに無残だった。わずか五カ月前まで同じ学級でいっしょに勉強した文益煥が、いまや一学年上の上級生になったのである。それが彼の失敗をさらにみじめに感じさせる。家人たちもやはりこうした状況のためにいっそう心痛めたのであろう。だから息子が苦しんでいることはわかっていながら、黙っておれずに叱責をぶつけたのである。

だが尹東柱はやはり我慢づよく耐えた。そして、高句麗《コグリョ》の昔に都のあった大都市平壌と、新しい学校崇実の生活に適応していった。

この耐えがたい試練……わたしは腹を立ててはならない。

尹東柱の詩「病院」の一部であるが、おそらく当時の彼の心情がまさにこうだったのだろう。

今日まで尹東柱の家族が作成した年譜や回想録には、このときのことが「満州の学制との違いによって一年遅れる」という言葉であいまいにぼかされている。それは尹東柱だけでなく家族までもそのことによって受けた心の傷がどれほど大きかったかという傍証となるにちがいない。

しかしそのように蓋をしてしまうということは何にとっても有益なことではない。尹東柱の詩と生涯の内容を深く理解することのできる大きな通路のうちの一つをさえぎってしまうことになるからだ。

どういう根拠からそのように主張するのか?

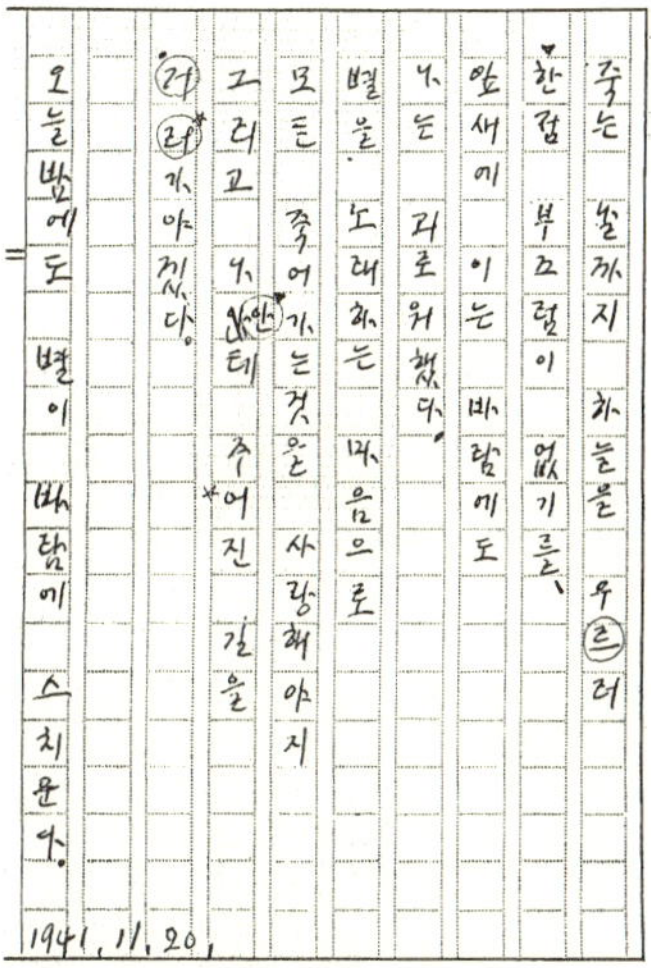

죽는 날까지 하늘을 우르러
한점 부끄럼이 없기를、
잎새에 이는 바람에도
나는 괴로워했다.
별을 노래하는 마음으로
모든 죽어가는 것을 사랑해야지
그리고 나한테 주어진 길을
거러가야겠다.

오늘밤에도 별이 바람에 스치운다.

1941.11.20.

写真15 「序詩」原稿

尹東柱の代表作「序詩」。韓国人が書いた詩の中で、これほど気高い格調と気品を備えて人間の生がもつ根源的な“恥じ”を真摯に省察した詩は珍しい。詩を読む人びとの心を一次元、上に引き上げる強い力を内に持つ名詩だ。

尹東柱の詩を分析するとき、もっともひんぱんに論議されるのが「恥じることの美学」という命題である。事実彼の詩において、とりわけ「恥じる」という情緒に託してわれわれの生の苦悩を悲しみ反芻する言葉は、まことに秀でている。尹東柱がつくったこのような通路を通って、人の生のもつ限界、そしてその悲しみを新たに読み解く方法の一つを、われわれは見出すことができるようになったのだ。

とりわけ彼の代表作として数えられる「序詩」の、

いのち尽きる日まで天を仰ぎ
一点の恥じることもなきを、
木の葉をふるわす風にも
わたしは心いためた。

という冒頭の詩行を見よう。ある言論人がコラムにおいて「すべての同胞《はらから》が共にうたう名詩一篇を得ようとすれば、一世代を待たねばならぬときもあり、二世代を待たねばならぬときもある」と書いたことがあるが、尹東柱以前に、これほど自己の全存在を賭けて、人の生が業のようにもっている根源的な恥と向きあった存在はいなかった。われわれはあまたの世代を待ってついにこの詩句を得たのだ。

この詩句にいたって、われわれはようやく悟ることになる。「恥」というものは人間がもっている日常的な情緒のひとつというより、むしろ人間の実存そのものにかかわる省察のひとつの様式だということを。「恥じる」とは、すべての不完全な存在が、その不完全であることを悲しむ懺悔の方式にほかならない。だから人間が正直に恥に向き合おうとするなら、その全存在、全重量が必要なのだ。そしてそのように正面から向き合って立った経験のないかぎり、このように胸を打つ絶唱が湧きあがってくることはありえない。

尹東柱はいつどのようにしてこれほど恐ろしい「恥」の本質をつかんだのだろうか。

それはどうしても崇実の編入試験でつまずいたときを除いては、ほかに見出すことができない。当時、尹東柱の状況は惨憺たるありさまだった。彼の失敗はさまざまな側面での狼狽を意味した。

恩真へもどれば自分の本来の学年に通うことができた。しかし四年制を卒業すると学制問題がそのまま残ることになり、また、せっかく転校するといって平壌へ行ったのに、編入試験に落第した立場で恩真へ戻るのはあまりにも恥ずかしいことだった。また平壌にそのまま残って一学年下に編入することもそれに劣らず恥ずかしいことだ。前に出るにしろ、後ろへ退くにしろ、すべて羞恥のみだった。

そのうえ経済問題からみてもこれは尹東柱の家にとってかなり深刻な事態だった。彼の家でこの間そこまで東柱の崇実への転校に反対してきた理由は、おそらく経済的なことを除いてはほかになかったろう。すでに明東村《ミョンドン》で一番の富裕家の時代ではなかったのだ。父親の事業ははかばかしくなかった。五年制の卒業証書をもらえる平壌の大きな学校への留学といえば、他家がまったくさせないことであっても自分の子にだけは行かせてやりたいのが父母の心情である。しかも息子の友人たちは、軽々とやってのけるかのように行くのだった。それを目の当たりにしながらも自分たちの息子を行かせられなかったのが彼の家の実情だった。それにもかかわらず、せがみにせがんで遅ればせにではあるが難儀してやってきた平壌である。ところが試験に落ちたという、もっぱら彼自身のしくじりのために父母に一年間も学費を余分に負担させることになった。落ちさえしなければまったく必要のなかった時間と金銭の浪費だ。

それも、彼が平素から人よりも劣る生徒だったら、彼自身も他の人ももっと当たり前にそのしくじりを認め受け入れることができたろう。だがその反対だった。彼は普段からすぐれた生徒であり、秀才という評判も高かった。ところが失敗したのだ。これほど不条理なことがどうして生じたのか。彼の失敗が不条理であればあるほどその苦痛は大きく、その羞恥は深かった。

一九八七年夏、日本人として尹東柱を深く研究している大村益夫・早稲田大学教授がソウルに来訪した。そのとき彼が尹東柱に関する話を聞こうと、文益煥《ムンイクファン》牧師を訪ねていったとき、筆者は彼に同行した。文牧師は次のように話した。

われわれが幼いころからの勉強の成績を見ると、いつも四人が先頭グループになっていました。宋《ソン》夢奎《モンギュ》、尹東柱、尹永善《ユンヨンソン》、わたし、この四人でしたね。このうち尹永善はのちに医者になった子ですが、勉強ばかり熱心にする型で、とくに抜きん出たところもなく、別に注目されなかったんです。宋夢奎、尹東柱、わたし、この三人が友人たちの中でとりわけ目立っていたんです。ところでこの三人の関係はどうだったかというと、わたしはどうしても尹東柱が自分より一歩先んじていることを感じて劣等感をもっており、その尹東柱はまた宋夢奎が万事に一歩先んじていると感じていたんです。東柱が夢奎を相手に「大器は晩成だ」という言葉で気構えをしめしたのですが、それは裏返してみれば、いまはお前に遅れをとっている、ということを認めていたのでしょう。彼らは二人とも、まったく抜きん出た友人たちでしたね。

文益煥のこの回顧談と照らし合わせてみるとき、崇実へ行った尹東柱が自分の失敗から感じた困惑と羞恥が忽然と水の上に浮かぶように姿を現してくる。「尹東柱に劣等感をもった」文益煥さえ合格した試験を尹東柱が通らなかったことに、彼の羞恥の本質が根をもっているのだ。

当時の彼の内面をおしはかることのできるエピソードがある。やはり文益煥の追憶談である。

崇実時代に尹東柱とわたしと他の友人二人、合わせて四人でいっしょにとった写真がいまも残っていますが、その写真を見ると昔の思い出がじつに今も新しくよみがえる。それは尹東柱と帽子をとりかえたあとで写したもので、その写真を見ると帽子をとりかえてかぶったときのことも浮かんでくるんですよ。

その写真ではわたしのかぶっている帽子がほんらいは東柱のもので、東柱のかぶっている帽子がわ

写真16　崇実中学校時代の尹東柱

後列右端が尹東柱。その横の眼鏡をかけた人が文益煥（たがいに帽子を取り換えた後に写真を撮った）。

たしのものだったんです。ところが東柱がどうしてかわたしの帽子を欲しがったので、とりかえてやったんです。当時は近ごろの生徒のように既製の学帽を買ってかぶるんではなく、帽子屋へ行ってあつらえてかぶったんです。洋服屋へいって服をあつらえるように、頭のまわりを測ってそれぞれにあわせて帽子をつくったんですよ。ところがわたしの帽子はちゃんとできていたんだけれども、東柱の帽子はちょっとへこんでしわが寄っていたんですね。東柱がそんな帽子をひじょうに嫌がって、わたしの帽子をとても欲しがった。東柱は平素は物欲がまったくない性格で、とくに人のものを欲しがるようなことはない人なんですが、そのときは妙に欲しがったんです。それで「よし、ぼくの帽子がそんなに欲しいならとりかえてやろう。かわりに胡餅《ホットク》〔餡や砂糖を中にいれ鉄板で焼いた餅〕をおごれ」といったら、そうしようということになったんですね。そういうわけでいっしょに餅屋にいき、胡餅をたらふく食べてから帽子をとりかえてかぶったんです。

人は誰でも、闇が濃くなればなるほど光を渇望するようになり、混濁したところにいればいるほど、ますます澄んだ清らかさを慕うようになる。そう考えると、当時尹東柱が「へこんでしわの寄った帽子」をそれほどに嫌がった心理も納得できる。自分がおかれたゆがんだ位相に対する自意識がどんなにか苦痛だったからこそ、「へこんでしわの寄った帽子」さえそのように嫌がったのだろうか。「まっすぐな」平素の性格とはまったく似合わず、他人のものを心底《しんそこ》欲しがるほどに、彼はまっすぐな欠陥のない姿、堂々とした姿にたいするこらえがたい渇望を抱いていたのだ。

これはおのれの失敗とその羞恥の前に、彼がどれほど誠実かつ正直に、裸の姿で向き合ったかを示す話である。「試験にしくじったのは残念だけれど、これで大きな厄おとしをし終えたものと思って対処しなくては」とか、「人が生きようとすれば時には失敗することもあるさ。長い人生を生きていくのに一度の失敗くらいは兵家の常〔たたかう者にはつきもの〕じゃないか」というふうにいい加減にまぎらしてみずからを慰め、するりと乗り越えていけたなら、それほど苦痛ではなかったろう。だが彼はそうではなかった。羞恥の前で正直かつ誠実だった。そのようでありえたのはおそらく彼が清潔な心をもった人だったからだろう。それは神の祝福である。清潔な心は誰にでも許されるものではなく、もって生まれた天分に属するものだからだ。

聖書によれば「心の純なる者は幸福なり、その人は神を見るべければなり〔心の清潔な者は幸福である、その人は神を見ているはずであるから」」という。彼がおのれの羞恥を直視するその場所に進み出てそこに立ったとき、その清潔な目が見たものはなんだったのか。

それはわたしたち人間がもっている不完全性だった。まさにその場所から、彼は、限りなく恥多いというほかないわたしたち人間の不完全性、そのどうすることもできない不完全性を見抜いたのである。遠くぼんやりと認めたのではなく、白昼にたがいに顔と顔を向き合わせるようにはっきりと見つめたのだ。ただ一度なりとそうした認識の煉獄をへた魂でなければ、のちに彼が吐いたあの深い嘆息の響きは、とうてい鳴りひびくことのできないものだ。

いのち尽きる日まで天を仰ぎ
一点の恥じることもなきを、
木の葉をふるわす風にも
わたしは心いためた。

そしてこの響きこそ、われわれ人間すべてを導き、神の完全性に向かって一歩前に進ませる恐ろしい響きである。われわれはこの詩句を前にしてはじめて「天にましますわれらの父の完全であらせられるように、われらも完全なれ」というあの峻烈なキリストの要求の前に、自らがただ無力にひれ伏すしかない存在であることを余すところなく悟ることになる。そして、これほど切実に人間の不完全性に苦悩するとき、わたしたちははじめて神のその完全性をほんとうにはっきりと知るにいたるのである。

『鄭芝溶詩集』出版以前と以後の歳月

平壌《ピョンヤン》は朝鮮でもっとも古くからの都市といわれる古都であり、大同江《テードンガン》に沿った関西《クァンソ》〔平安南道《ピョンアンナムド》摩天嶺《マチョンリョン》以西の地〕地方の行政、経済、文化、交通の中心地として、たくさんの伝説と名勝古跡をもつ歴史ゆたかな地である。また昔から色郷《セッキャン》と呼ばれた、名高い風流と歓楽の土地でもある。「平壌監司《ピョンヤンカムサ》〔観察使の別称。道の長官〕も本人がいやだというならそれまでだ〔どんなに楽しくていいと勧めても本人が拒むなら無理強いできない〕」という諺まで生まれた。その伝統は韓末〔大韓帝国時代、一八九七―一九一〇年の末期〕にまでそのまま生きていた。だからキリスト教伝来初期に平壌に来た宣教師たちはこの地をもともと「朝鮮のソドム」とさえ呼んだのだった(ソドムとは、道徳的紊乱のために神の呪詛を受け硫黄の青い火で焼かれ滅亡した都市。『聖書』「創世記」一九章)。

宣教師たちは一八八七年からこの地を訪れはじめた。一八九三年には北長老教の宣教支部が設置された。それ以後、平壌が日清戦争〔一八九四―一八九五〕の戦場となったあいだだけピタリと動きが止まった以外は、キリスト教はひきつづき急速に拡大した。その結果、平壌は「朝鮮のエルサレム」と呼ばれるほどにまでキリスト教文化の大きく花開く都市になった。

このような平壌のキリスト教文化の中でとくに教育部門は、崇実《スンシル》学校においていちばん華やかな成果を挙げていた。

崇実学校は一八九七年に宣教師・裵緯良《ペウィリャン》(William M.Baird)の平壌府新陽里《シニャンニ》にあった自宅で、一三名の生徒から始まった。その後日増しに飛躍的な発展を遂げ、すでに一九〇八年には大韓帝国学部（学務行政をつかさどる官庁）から正式に「大学」としての認可を受けて、大学部と中学部を一つのキャンパス内にもつ関西《クァンソ》随一の新教育機関として名声を博した。初めは米国式に九月に新学年をはじめたが、日本による韓国合併後の一九一二年からは日本の教育令による学期制にしたがい、四月に始まる「一年三学期制」に変わった。この制度は後日、神社参拝問題で崇実が廃校になるまで施行されたという。

三学期制とは、一学期を四〜八月、二学期を九〜一二月、三学期を一〜三月として一年を区分する方式で、尹東柱の在学時にももちろんこの制度だった（『崇実大学校九〇年史』七八頁〔崇実大学校は平壌にあった崇実学校の後身で、現在は韓国ソウルにある〕）。

尹東柱は崇実中学校で三学年の二学期と三学期をすごした。これが彼としては生涯最初の客地生活の経験である。

北間島《プッカンド》から平壌までの交通はひじょうに不便だった。龍井《ヨンジョン》から汽車に乗って豆満江《トゥマンガン》をわたり、上三峰《サンサムボン》・会寧《フェリョン》・清津《チョンジン》・元山《ウォンサン》を経ていったんソウルまで行く。つぎにソウルから新義州《シニジュ》行きの汽車に乗って平安道に向けてさかのぼり、平壌で降りるのである。

寝食はもちろん学校の寄宿舎でした。寄宿舎の食堂で食事をするのに食券を使う仕組みだった。彼の詩「食券」に、その様子が描写されている。

食券は一日三食をくれる。
食母《おばさん》は若者たちに

そのつど白い鉢を三つ出す。
大同江《テードンガン》の水で煮た汁、
平安道《ピョンアン》の米で炊いた飯、
朝鮮の辛いコチュジャン（唐辛子味噌）。
食券はわれわれの腹を満たす

（「食券」全文、1936・3・20）

崇実での生活は彼の詩の探求過程でいちばん最初の転機となった。現在整理されている彼の作品年譜を見ると、それが明瞭にあらわれている。

一九三四年一二月二四日の日付が付された彼の最初の詩「ろうそく一本」、「生と死」、「明日はない」の三篇以後、崇実に行くまでの八カ月のあいだに書かれたのはわずかに一篇「街にて」（一九三五年一月一八日）だけである。しかし崇実に行ったあとはまったく様相が変わる。当時彼の年は十八歳、そうでなくてもひときわ感受性の鋭敏なときだった。生まれてはじめて故郷を離れた客地という環境と深刻な葛藤、苦悩を味わったことは、むしろ彼の詩の世界をぐっと押し広げてくれた。

そうして崇実生活のわずか七カ月のあいだに、詩は「空想」「蒼空」「南の空」「鳩」「離別」「食券」「牡《モ》丹峰《ランボン》にて」「黄昏」「胸1」「ひばり」の一〇篇、童詩は「貝殻」「故郷の家」「雛」「寝小便小僧の地図」「瓦職人夫婦」の五篇、合計一五篇を書いた。ひと月に二篇のわりで書いたわけである。
これらの作品のうちとくに詩「空想」は、尹東柱が書いた詩の中で初めて活字になったものとして、記念碑的な作品といえる。「空想」は一九三五年一〇月に発行された『崇実活泉《スンシルファルチョン》』誌に掲載された。『崇実活泉』は崇実中学校学生会が刊行する学友会誌として一九二二年に創刊された（『崇実大学校九〇年史』二五七頁参照）。

空想――
わが心の塔
わたしは黙ってこの塔を築いている。
名誉と虚栄の空に
崩れることも知らず
一層二層とたかく積み上げる。

限りないわたしの空想――
それはわが心の海。
両の腕を広げて
わが海で
自由に泳ぐ。
黄金の知への欲　その水平線に向かって。

（「空想」全文）

尹東柱はこのとき詩を書いただけでなく、『崇実活泉』の編集もしたという。それについて文益煥《ムンイクファン》牧師は次のように証言している。

東柱は崇実学校に一学期間しか（二学期のまちがい）通わなかった。その間、学校の文芸誌の編集を引き受け、そこに東柱の詩一篇が載ったことを覚えている。編入したての学生にその仕事が回ってきたのは、恩真中学校から先に崇実に来ていた李永献《イヨンホン》（後に韓国長老会神学大学教授）が文芸部長になり、東柱にその仕事をまかせたからだ。そのとき東柱はわたしにも詩を一篇書けといった。それで書いて出したら、これのどこが詩だ、といって返してきた。

それ以後、詩はわたしと関係のないものになってしまった。東柱が生きていてわたしがしている聖書の翻訳を助けてくれたら（生きているとすれば喜んで助けてくれるだろう）、わたしはいつまでも詩を書くことはなかっただろう。

（文益煥「空・風・星の詩人、尹東柱」『月刊中央』一九七六年四月号、三一二頁）

これは尹東柱自身の詩の変貌との関連でも、ひじょうに興味ぶかいエピソードである。彼が詩「空想」を学校の雑誌に載せたころ、文益煥の詩を見て「これのどこが詩だ」というとてもはっきりした言葉でつき返したということは、当時、彼自身の詩観というべきものをはっきりもっていたということになる。そ

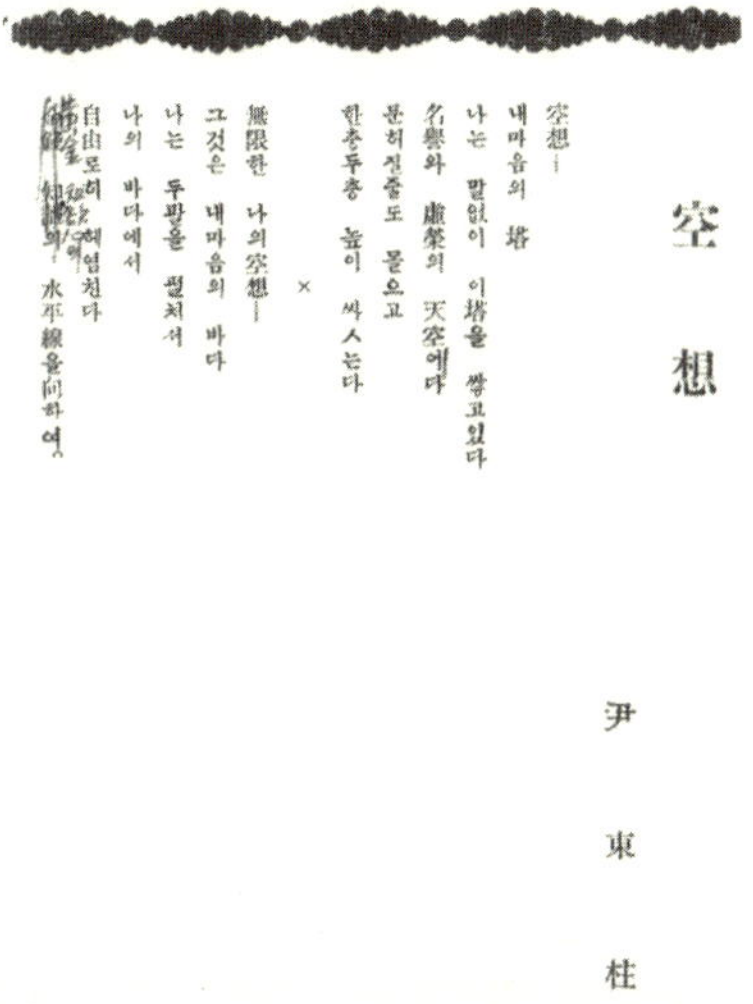

空想

尹東柱

空想—
내마음의 塔
나는 말없이 이塔을 쌓고있다
名譽와 虛榮의 天空에다
문허질줄도 몰으고
한층두층 높이 싸ㅅ는다
×
無限한 나의空想—
그것은 내마음의 바다
나는 두팔을 펼쳐서
나의 바다에서
自由로히 헤염친다
黃金, 知慾의 水平線을向하여.

写真17　詩「空想」

崇実中学校の学友会誌『崇実活泉』に掲載された詩「空想」。尹東柱の詩のなかで最初に活字になった作品という点で大きな意味を持つ。

の詩観はどんなものだったのだろうか。それは彼が「詩」と自負する彼自身の「空想」という詩からみちびきだすほかにない。

「空想」という詩をもう一度じっくり調べてみよう。彼は、華やかで早熟な感じの修辞を使って織りなした網によって、ある形而上学的な観念をかっこうよく掬《すく》い上げたものを「詩」だと考えたのではなかろうか。そういう印象をどうしても否定できない。「空想」だけではなく、一九三六年一〇月以前の詩は、たいがいそういう雰囲気のものである。

その夏の日
熱情のポプラは
切り抜かれた蒼空の青い胸乳《むね》を
撫でようと
腕を広げてゆれていた。
熱い太陽の陰の狭苦しい地点で。

……

青く幼い心が理想に燃え、
その憧憬の日　秋に
凋落の涙をあざ笑う

（「蒼空」一部。1935・10・20、平壌にて）

苦しみの街
灰色の光　夜の街を
歩いていくこの心
つむじ風が吹いていくな。
はかなくも
ひとすじ　ふたすじ
咲き出ずる心の影。
青い空想が
高くなり　また低くなった。

（「街にて」後半。1935・1・18）

生は今日も死の序曲をうたった。
この歌がいつか終わるのか

世の人は――
骨をとろかすような生の歌に
舞を舞う
人びとは日が変わる前に
この歌の終わりに恐怖を
覚えるいとまがなかった。

（「生と死」一部。1934・12・24）

このように一貫した一連の詩的傾向は、一九三五年一〇月にいたるまで尹東柱が考えていた「詩」がどんなものであったかを把握するのに十分な資料となっている。たぶん文益煥の詩はこうした基準と構図にはとうてい適《かな》わず、彼の目には「詩」に見えなかったのである。

ところでこんな文学少年らしく観念的でかなりに衒学趣味を見せる「むつかしい」詩は、一九三五年一〇月を最後に、その後はすっかり影をひそめる。その次にどんなことが起こったのか。

驚くべきことに尹東柱は一九三五年一二月になってふいに童詩「貝殻」を書いた。

ちらほら見える　貝殻
ねえさんが海辺で
ひろってきた　貝殻

ここは　ここは　北の国
貝は愛らしい贈り物
おもちゃのような　貝殻

ころころと転がし遊ぶ
片割れをなくした　貝殻
見えない一片を恋しがる

ちらほら見える　貝殻
ぼくのように　恋しがるよ
水の音　波のひびき

（1935・12、鳳凷里《ボンスリ》にて）

これが現在残っている尹東柱の作品の中で最初の童詩である。これ以後、彼は堰を切ったようにつづけざまに童詩を書き下ろした。詩においてもおどろくべき変化が起こった。やさしい言葉で、具体的で、真率に感情を織り上げる、われわれが現在知っている尹東柱の詩の特色と独得な香気が現われはじめたのだ。童詩「貝殻」を書いたあと、つぎに完成した作品が詩「鳩」である。

抱いてみたいほど愛らしい
山鳩　七羽
空の果てまで見えるような澄んだ休日の朝に
稲穂を穫《と》りこんだ平らかな田で
先をきそって餌をついばみ
こみいった話を交わしあう。

すらりとした羽で静かな空気を振るわせて
二羽があらわれ
巣にいる雛のことを思っているのか。
（1936・2・10）

この突然の転換、いきなり大きく前に進み出ていくような発展はいったいどうして起こったのだろうか？

彼が見せた変化、とりわけ、観念的な言葉で華やかにつづる文学青年趣味のむつかしい詩を捨てにわかに童詩を書きはじめたのは、あまりにふいのことなので、尹東柱の研究家たちは説明に苦労している。だからこの現象を指して「彼は当時、幼児的退行現象をみせた」とまで分析されることもあった。

しかしこれは鍵になることが別にある。それは『鄭芝溶《チョンジヨン》詩集』である。この詩集は一九三五年一〇月二七日にソウルの詩文学社から出版された。収録詩篇は全部で八九篇。当代でもっとも著名な詩人の一人であった鄭芝溶の第一詩集であった。

鄭芝溶は尹東柱が生涯もっとも好んだ詩人だった。今も尹東柱の遺品の中に『鄭芝溶詩集』が残っているが、いたるところに赤い線が引かれてあり、ところどころに適切な寸評が書き加えられてあるなど、彼がどれほど精読した本であるかがわかる。鄭芝溶の詩が尹東柱の詩に及ぼした影響についての比較文学的な解明は、文学研究家たちの領分として譲ることとし、ここでは『鄭芝溶詩集』において「童詩」というジャンルが占めた位置を指摘しておきたい。

これを前提としてはじめて、『鄭芝溶詩集』出版以後に尹東柱が見せた変化、すなわち彼が突然「童詩」をすごい勢いで書きはじめたという時期的な前後関係が明瞭に解明されるからだ。

わたしたちが今『鄭芝溶詩集』で注目するのはその編集の仕方である。「鴨川」「郷愁」「カフェ・フランス」などは鄭芝溶の代表作とされるだけでなく、韓国の詩文学としてももっとも秀でた作品群にあげられる逸品だ。このような詩が『鄭芝溶詩集』の第二部に含まれる。ところで「ひまわりの種」「三月三日」のような童詩と民謡調の詩二三篇が、第三部として独立した領域を占め、堂々と第二部に肩を並べているのだ。ここで鄭芝溶の童詩二、三篇をひもといて読んでみよう。

三月三日

坊主、坊主、小坊主よ、
うちの赤ん坊　くりくり頭。

三月節句の三日の日
ちょうちょう、ひら、ひら、
つばめ、ひゅう、ひゅう。

よもぎ　つみとり
草もち　こしらえ
むにゃ、むにゃ、ほんによう食べた。

坊主、坊主、小坊主よ、
うちの赤ん坊　お寺で仕込んでくださいな。

流れ星

流れ星おちたところ。
こころに　決めた
つぎの日いってみようっと。
きめた　きめた
いまは　みな　幼い日のこと。

こうした天真爛漫な童詩が、あの有名な「カフェ・フランス」の次のような一節とならんで、詩集の中で同等のあつかいを受けているのだ。

ぼくは子爵の息子でもなんでもないんだ。
人と違い　手が白くて悲しいね！

ぼくは国も家もないんだ
大理石のテーブルに触れるこの頬が悲しいね！

ああ、異国種の仔犬よ

写真18　鄭芝溶

尹東柱が生涯好きだった詩人、鄭芝溶。尹東柱は『鄭芝溶詩集』の影響を受けて、観念的でむつかしい詩ではなく、やさしい言葉で真率な感情を表出する新しい姿を示しはじめた。

ぼくの足をなめておくれ。
ぼくの足をなめておくれ。

（「カフェ・フランス」の一部）

これを見て、尹東柱はどんなことを感じたろうか。実を見てその木を知るように、結果を見て過程を推定するのだが、それは「童詩」というジャンルにたいする再評価と、それにたいする挑戦の意志として現われた。このようにして始まった尹東柱の童詩づくりは、一九三八年、延禧《ヨニ》専門学校一年生のときまで継続する。その結果「なにをたべて生きるか」「マンドリ」「陽の光・風」「ひまわりの顔」「赤ちゃんの夜明け」「やまびこ」など、韓国の童詩選集のようなところにも挙げられるほどすぐれた童詩が彼の手によって生み出された。

いま残っている尹東柱の遺品に含まれる『鄭芝溶詩集』を見ると、扉に「一九三六年三月一九日」という日付のサインがある。本を購入した日付であろう。それは彼が自分の所有する本を初めて買った日付であり、じっさいにこの本を読んだのはそれより前、本が刊行された直後からであったろうと思われる。白石《ベクソク》の詩集『鹿《サスム》』の場合はとうとう本を買えず、代わりに学校の図書館でそれを手ずから書き写して筆写本をつくることまでしたのである。

なによりも一九三五年一二月に突然童詩「貝殻」が書かれたことこそ、彼が当時『鄭芝溶詩集』の影響のもとにあったことをはっきりと証明するものだ。

そのほかに崇実時代に特記すべきこととしては、彼が秋の修学旅行で平安北道《ピョンアンブクド》寧辺《ヨンビョン》龍門山《ヨンムンサン》にある蝀竜《トンニョン》窟《クル》を見物したことが伝えられている程度である。

尹東柱において崇実時代がもっている意味はつまるところ、まさに「詩への傾倒と開眼」だった。この崇実《スンシル》時代はわずか七カ月ばかりで幕を下ろした。それはわが近代民族史の今もうずく傷口である日帝の「神社参拝」強要と直結する苦痛であり決断だった。

いま年譜をはじめさまざまな関連記述を見ると、尹東柱は「一九三六年三月末、崇実学校が神社参拝拒否問題で廃校され官に接収されると故郷の龍井《ヨンジョン》へ戻り、五年制の光明《クァンミョン》学園中学部四年生に編入した」となっている。

だがこうした記述は事実と少しちがっている。尹東柱は崇実廃校のあと龍井へ戻ってきたのではなく、廃校以前にみずから退学したからだ。崇実中学校はそれから二年後の一九三八年三月一九日に正式に廃校になった（『崇実大学校九〇年史』三六一頁参照）。

では尹東柱の崇実からの自発退学の真相はどうだったのか。

朝鮮総督府は一九一八年、ソウルの南山《ナムサン》に朝鮮神社の建築を開始し、一九二五年に竣工した。その後、この「朝鮮神社」を「朝鮮神宮」と改称したのち、全国の面《ミョン》（地方行政単位で、里《り》の上、郡の下）にいたるまで各地に神社を建立した。さらに一九三一年に満州事変を起こしたあと、「国民精神総動員」という口実で朝鮮民族に神社参拝を強要しはじめた。

神社参拝を西洋の宣教師が経営するキリスト教学校にまで強要することは、平壌で最初に起こった。一九三五年一一月一四日、平安《ピョンアン》南道知事・安武直夫は道内の公・私立中等学校校長会議を召集し、開会のはじめに参席者一同の平壌神社参拝を命じた。このときキリスト教学校から来た三名を除いては、みなそれに従った。

アメリカ北長老教系統の崇実中学校校長兼崇実《スンシル》専門学校（旧韓末に「崇実大学」として認可を受けたが、韓日併合後「専門学校」に格下げされた。日帝当局は朝鮮内での大学としては「京城帝大」のみを置く政策を取ったのである）校長、アメリカ人宣教師・尹山温《ユンサノン》（George McCune）と、崇義《スンイ》女子中学校の校長代理・鄭益成《チョンイッソン》、そして安息教系統の順安《スナン》の義明《ウィミョン》中学校校長の宣教師リー（Lee,H.M）など三名は、教理上参加できないことをあきらかにして、神社参拝命令に応じなかった。

校長会議が終わったあと、知事の安武は三校の校長に、神社参拝は国民教育上の要件であるから、今後参拝に応じないときには断固たる措置をとるほかないと書面で伝えてきた（『崇実《スンシル》大学校九〇年史』三三六頁参照）。こうして日帝の当局を相手に始められたキリスト教宣教師たちの教理を守るたたかいは熾烈に展開された。

一九三六年一月一六日、安武は崇実専門学校および中学校の校長・尹山温《ユンサノン》と前校長サミュエル・マフェッ

写真19　金斗燦

崇実時代に尹東柱と同じクラスだった。

ト（Samuel Austin Moffett 一八六四―一九三九）を道庁に呼び、「今月一八日までに態度を決定すること、参拝しない場合は辞表を提出すること」を指示した。

こうした軋轢《あつれき》の過程で、安息教の義明《ウィミョン》中学校は神社参拝をする、と屈服して一段落した。だが崇実《スンシル》と崇義はあくまで強く反発した。崇実校長・尹山温は「神社参拝を拒むばかりでなく、校長職の辞任もあえて辞さず参拝に応じない」という返書を同月一八日午後二時に知事あてに提出した。

その結果、知事は尹山温にたいしてただちに崇実中学校校長の認可を取り消し、また総督府は一九三六年一月二〇日付で崇実専門学校校長職の認可を取り消した。同月二一日付で崇義女子中学校校長代理スヌーク（Miss V.L.Snook 蘇千梨）にたいしても同じ措置をとった（『崇実《スンシル》大学校九〇年史』三三八頁参照）。

罷免された校長・尹山温は、韓国教会が直面した苦難を慰め激励する長文のメッセージを残して、一九三六年三月二一日、アメリカへ帰っていった。

尹山温の後任として、崇実専門の教授だった鄭斗鉉《チョンドゥヒョン》が就任したが、一九三六年四月新学期が始まるとすぐに学生たちの中から大き

写真20　平壌神社

平壌・牡丹峰の上に建てられた。ここに参拝せよという強要を拒否した結果、平壌最高の名門校だった崇実中学校をはじめとする多くのキリスト教系学校が廃校させられた。1945年8月15日昼に日本天皇がラジオ放送を通じて無条件降伏の放送をするや、平壌市民たちはその日にすぐ平壌神社を焼き払った。

な騒ぎが起こった。当局の神社参拝強要を拒んで犠牲になった校長・尹山温《ユンサノン》にたいする愛情と共感、そして当局の不当な圧迫と横暴にたいする抵抗の手段として、同盟退学を敢行する学生まであらわれた。尹東柱、文益煥《ムンイクファン》なども、このとき共にみずから退学した。

　このようなもろもろの痛みのなかで漂流した尹東柱の母校崇実は、一九三七年一〇月二九日に提出した廃校願いが、一九三八年三月一九日に当局によって受理され、四〇年の歴史に終止符を打った（『崇実《スンシル》大学校九〇年史』三四一頁参照）。「神社参拝か、廃校か」の二者択一をせまった日帝の卑劣な暴力の前で、崇実と崇義の経営主である北長老教宣教部は、むしろ廃校によって宗教的純潔を守ることを決断したのである。

　当時、崇実《スンシル》学校とその学生たちが味わった苦難をなまなましく示す資料がある。尹東柱と同じクラスだった金斗燦《キムドゥチャン》（一九二〇年生）の証言である。金斗燦はのちに一九四三年、日本の明治大学在学中に鎌里浦《キョムニポ》精錬所爆破事件で逮捕されて獄苦をなめ、解放後に国軍に身をゆだねて海兵隊司令官を務めた。一九八二年、かれは『東亜日報』に「残酷だった神社参拝強要」という一文を寄せている。

その蛮行……その真相──わたしが経験した『日帝侵略』を証言する

日帝の神社参拝強要が極に達した一九三五年一二月、わたしが崇実学校（平壌）三学年だったとき、ある日の朝のことだった。日本の天皇ヒロヒト（裕仁）に二人目の息子が生まれたというので、平壌《ピョンヤン》市内の全学生がいわゆる「灯明参拝」をするよう命令を受けた。学生たちはすべてワカマツ（若松）神学校の前に集まった。ずっと神社参拝を拒否してきた崇実学校の学生たちもこの日だけは集まった。

ソウルの南山にある朝鮮神宮のつぎに大きく荘厳につくられたという平壌神宮は、牡丹峰《モランボン》の山頂付近に位置していた。神宮に上っていくためには、急な石段をひとしきり登らねばならなかった。石段を登っていくと、すでに参拝を終えた他の学校の学生たちはゆがんだ表情で階段を下りてきた。崇実学校は参拝の隊列のいちばん後ろだった。階段の真ん中あたりに上ったときだった。当時五学年だった学生長・林仁植《イムインシク》兄がふいに、「止まれ」「後ろを向け」と大声を上げた。学生たちはまるでサッと電流が流れたように「わっ」という喚声とともに、そのまま石段を駆け下りてしまった。それは以心伝心のおそるべき結束であった。

これによって崇実学校のジョージ・S・マッキン校長（韓国名・尹山温《ユンサノン》）はつぎの年、一九三六年一月二〇日に罷免された。

それから何日かたった二月初め、「尹校長が罷免された」ということを聞いて、休み中だったにもかかわらず学生たちが三々五々校庭に集まってきた。新たに学生長となった劉聖福《ユソンボク》兄の引率で『校長を出せ』といってデモが始まった。

日本の警官たちがすぐに出動し、学校を取り囲んだ。騎馬警察も来た。学生たちの勢いが強くなると、警察は校門の前に進み出てきた。しかし当時の雰囲気は彼らの威圧に押さえつけられるほど脆弱なものではなく、数的にもわれわれが圧倒していた。学生たちは日警（日本警察）の方に駆け寄って肉迫戦をくりひろげた。われわれは彼らの帽子と服を脱がせて地べたに叩きつけ、身につけている刀も奪ってへし折ってしまった。その日は雪がずいぶん降った日だった。運動場をおおった白い雪の上で日本の警官たちをたたきつけたその痛快さはいま思い出しても胸のすっとする出来事である。

このことで崇実学校は無期休校となり、わたしを含む主動学生たちが検挙された。当時、級友だった愛国詩人尹東柱は光明《クァンミョン》学校へ、張俊河《チャンジュナ》（後に韓国で雑誌『思想界』元発行人）は宣川《ソンチョン》の信聖《シンソン》学校へ移っていかねばならなかった。

平壌《ピョンヤン》の北側にある丘、新陽里《シニャンニ》にあった崇実学校は、崇実専門、崇義女学校とともに北長老教派が建てた学校で、批判と抵抗精神が強いことで名高かった。日帝はこれに先立って一九三二年ごろから平壌の瑞気山《ソギサン》の尾根に忠魂塔をつくり、いわゆる「春期皇霊祭」に学生たちを強制動員した。

神社参拝の前身であるこの皇霊祭を彼らは「国民儀礼」と呼んだが、納骨堂に安置されている日本人兵士たちの遺骨や日本の護国神たちの前で頭を下げ、腰を折り曲げて拝礼せよというのだった。それは殺されるよりも嫌なことであり、もちろん崇実の学生たちはこれにしたがうわけがなかった。このときから圧迫は始まっていたのだが、崇実はただの一度も神社参拝に参席しなかった。

無期休校された崇実学校が三六年九月にいったん開学したものの、その後も「参拝拒否の同盟休学」―「休校措置」―「開学」をくりかえし、ついに三八年三月一八日、崇実専門、崇義女学校とともに廃校措置を受けてしまった。これを「三崇廃校」と呼んだ。（中略）

神社参拝拒否とともに忘れられないのは、毎年三月一日の胸のつまる光景である。三月一日は夢にも忘れられない三・一節（三・一独立運動記念日）であったが日帝が定めたいわゆる愛国の日（神社参拝日）でもあった。崇実学校の学生たちは三月一日になるとみな教室の自分の机の上に頭を垂れ、終日身動きもしないで座ったまま沈黙示威をおこなった。

日本人教師たちはもちろん朝鮮人教師たちもこの粛然たる光景に圧倒されて、一言も声をかけられず、そのまま出て行ったものだった。

またもう一つ思い出されるのは、当時、学生の指導を受け持っていた裵《ペ》チリョプ（치렵）先生が、われわれが同盟休校やデモをすると、学生のあいだをあちこち回りながら「怪我をしないように」「つかまらないように」と励ましておられた姿である。

当時、校牧（宗教担当の牧師）だった鄭在浩《チョンジェホ》牧師や、寄宿舎の舎監・卞《ピョン》ウンホ（응호）先生も暇さえあればウリマル（朝鮮語）と国史を教えて警察にひっぱられ、苦しい目にあわれることもあった。

国語（日本語）の時間にウリマルを一度使えば一カ月の停学、二度使えば退学させよというほど、日帝の弾圧は発狂状態にあった。

神社参拝を最後まで拒否したわれわれの級友・金永喆《キムヨンチョル》くんは三七年、日本警察に連行され残酷な拷問のすえに死んでしまった。有名な朱基徹《チュギチョル》牧師が神社参拝を拒否して殉教したことも、すべてわれわれの知っている事実である。

韓国の指導的な人びとの中に神社参拝を拒否してつらい目にあい今も元気に生きている人がいるが、「参拝強要」ではなく「奨励」だったと言うとはひどい……。

島国の小人たちには、良心の回復を期待することさえ無理なようだ。まことに痛嘆のきわみである。

（『東亜日報』一九八二年八月一六日付）

尹東柱が崇実学校ですごした最後の時期につくった詩「ひばり」をみてみよう。

当年十九歳だった彼の若さが香って、明るく明朗な世界にたいする憧憬と羨望、そして「重苦しい」現実に対する挫折感が飾りのない言葉で描かれており、彼の七カ月にわたった平壌時代の自画像となっている。

ひばり

ひばりは早春の日
じめじめした裏通りが
いやだったんだ。
明朗な春の空

軽やかに両の羽を広げ
妖艶な春の歌が
好きだったんだ。
でもね、
今日も穴のあいた靴をひきずって、
ふらふらと裏通りへ
稚魚のようなぼくはさまよい出たが、
羽も歌もないせいか
胸が苦しいな。

（１９３６・３。平・想*）

＊（原注）作品の日付のあとの「平・想」は平壌《ピョンヤン》で構想したという意味。

6　ふたたび龍井に戻る

光明学園中学部

一九三六年四月、新学期の初めに崇実《スンシル》中学校をみずから退学し龍井《ヨンジョン》へ戻ってきた尹東柱《ユンドンジュ》と文益煥《ムンイクファン》は、そろって光明《クァンミョン》学園中学部に編入した。尹東柱は四年生、文益煥は五年生。尹東柱の学籍簿にはこのときの編入の日付が一九三六年四月六日と明示されている。

尹東柱の四年生編入は慣例上とくに問題はなかったが、文益煥《ムンイクファン》の五年生への編入はとても異例のことだった。光明学園英語教師だった張《チャン》ネウォン〔장래원〕（解放後帰国して韓国ユネスコ事務総長を務めた）先生が特別に彼らの保証人となる条件で編入が許されたという。

ここで光明学園について少しみておこう。この学校は日帝時代を経てわが国の第三共和国〔朴正熙《パクチョンヒ》政権〕時代という現代史にまで脈をつないだ、なかなか興味深い学校である。

龍井《ヨンジョン》には当時、男子中学校としては恩真《ウンジン》（キリスト教系）、大成《テーソン》（民族主義系）、東興《トンフン》（社会主義系で学生たちのあいだでは「トンム〔동무。同志、仲間、という意味〕学校」という呼称まで使われたという）、そして光明（親日系）——の四校があった。前の三つは反日系の四年制学校、あとの光明が唯一の五年制学校であり、また唯一の親日系中学校だった。

しかし光明もはじめから親日系として発足した学校ではなかった。光明の前身は永新《ヨンシン》学校といい、一九一二年に発足したキリスト教系の学校だった（永新学校の前身は一九一〇年に設立された広東《クァンドン》義塾）。同じキリスト教系学校でも西洋の宣教師が経営する恩真《ウンジン》とはちがい、長老教派の「老会」〔各教区の牧師と長老の代表による集まり〕に属する朝鮮人キリスト教徒の手で運営されていた学校である。永新中学校は、龍井ではただひとつはじめから五年制で発足した。ところが一九二四年〔甲子年〕の凶作の余波を受け、深刻な経営難に陥った。その後ついに立ち直ることができず、北間島《プッカンド》にきていた日本人・日高丙子郎に売却された。

当時この売買は大きな物議をかもした。その売却が永新《ヨンシン》学校の教師だった尹《ユン》ファス〔화수〕の詐欺的なやり方によるものだったなどの理由で事件は法廷にまでもちこまれ、尹ファスが拘束されるなど、いろんなことが起きた。売却反対の側では朝鮮人の、それも教会の機関を日本人の手に譲り渡したとして、間島《カンド》の朝鮮人有力者たちがずらりと名を連ね「声討文《ソントウ》〔弾劾文〕」をつくって家ごとに投げ入れ世論を巻き起こすなど、間島《カンド》社会が沸き立つような出来事だったという〔張ユンチョル〔장윤철〕、一九〇八年生、元シンイル〔신일〕高校校長の証言。彼は当時、恩真中学校の学生だった〕。

しかし、結局は日高の手にすべてがわたり、校名が光明《クァンミョン》に変えられた。日高は直接学生たちを教えたのではなく、学校の財団理事長のような位置に立って差配したのである。

日高丙子郎はいわゆる大陸浪人の一人で、奇怪な人物だった。そういう人物の手に学校がわたったということは、表向きの姿以上にその内側に隠された意味がずっと重要な事件であった。

「大陸浪人」とはどんな存在なのか？　日本の京都大学文学部国史研究室が編んだ『日本近代史辞典』によれば、「国体論的な使命感に基づいて中国進出のスローガンのもとに中国大陸で活動した民間の志士」を意味する。「彼らは政治権力や高位の官職を求めたのではなかったし、個人的な富や名誉のために行動したのでもなかった。ただ国家の栄光と富強、そして日本の大国化を最高の目標とみなした。このような志士的な思想は明治以後の日本を近代化し大国化させる原動力」〔韓相一「大陸浪人」『日本帝国主義の一研究』

かささぎ社、六頁）となった、そういう人たちである。

日本近代史においてもっとも伝説的な人間の一人である頭山満や内田良平などが、すなわち「大陸浪人」の代表的な人物である。彼らは玄洋社（玄洋は玄海灘を意味する。朝鮮侵略の意図が込められた団体の名称である）と黒龍会（黒龍は黒龍江を指し、満州侵略の意図をこめている）を組織して、朝鮮半島と中国大陸侵略の道具とした。露日戦争、韓日合併、満州国建設など、日本政府のアジア侵略の背後には彼らいわゆる「民間人の志士」たち、目的のためには殺人もためらわなかった侠客たちの、舞台裏での活動があったのである。

その勢いは大変なものだった。政治的な機能としては「日本政府内の政府」のようでもあったし、彼らの首領格である頭山満は日本の首相さえ自分の思いのままに据えたり突き放したりすることができるほどの威勢をもった。社会的にも彼らの意志は「法」を超越するものだった。彼らの意志に逆らうということはすなわちいつ死ぬかもしれないことを意味した。日本の財閥は頭山満の意志だといえば、何もいわずに金を出してやらねばならなかった。日帝時代を生きたわが国の識者たちにまで広く知られていたこんな話がある。

頭山満が日本でもっとも現金をたくさん持っている財閥の総帥のところに行った。彼が「貸してくれ」という金額は、その財閥が所有する現金の総額に匹敵するほど、とてつもない額だった。財閥の総帥はどうすることもできず、まったくいやおうもなくその金を出した。一言もいわずにそれを持って出ていく頭山満に、その財閥の総帥は背後からふるえる声で口ごもりながら頼んだ。

「あ……あの……証拠を……」

すると頭山満は戻ってきた。金を借りていく証拠を残してくれと、あえて頭山にのぞんでいる財閥の総

写真21　祖父尹夏鉉の還暦祝い

祖父尹夏鉉（真ん中）の還暦祝いに集まった尹氏一門の人びと。後列右側から6番目が尹東柱。平壌•崇実中学校から戻って龍井の光明学園中学部に通っていた。

帥を彼はぐっとにらみつけた。

「証拠だと?」

彼は腰につけていた刀を引き抜くと、すぐ自分の指を一本ぶつりと切り落とした。

「これでいいか!」

真っ青に血の気が引き震えだした財閥総帥に、彼はその指を投げてやった。そうして後もふりかえらずに行ってしまった。自分の「言葉」一言だけで十分なのであり、あえて「証拠」を残してくれと頼む者に対する不快感と侮辱感を、そのように表わしたというのである。

事実であれ架空の話であれ、こんな類の怪しげな雰囲気で包まれていたのが、まさにその当時の大陸浪人だった。さらに彼らはそのようにして持ってきた金を私的に使ったのではないというのである。そういう金で各国の革命家たちを支援するなど、大きな構図と布石を通して、どこまでも日本の国益のために使用したというのだ。

頭山満はインドの独立運動家チャンドラ・ボースに金を出してやり、ロシアのレーニンも革命の成功まえに内田良平のルートで金を受け取り、それを使った。中国でも孫文、梁啓超、康有為などの改革、革命家たち相当数が彼らの金のおかげをこうむったという。鄭大為《チョンデウィ》博士によれば、英国オックスフォード大学のアントニー・カリッジに頭山満系統の貴重な資料がたくさん収集されているが、そういう文書の中に内田がレーニンに金を与えた証拠資料まで入っているという。このように大陸浪人というのは、「日本帝国の大陸進出」という大きな抱負を抱き、その目的達成のためにアジア各国に見えない手を強くのばしている連中であった。日本の立場から見ればそれこそ「ほんとうの志士」にあたるのだ。

北間島《ブッカンド》に来ていた日本人・日高丙子郎は、まさにこのような大陸浪人の一人であった。彼は出身も頭山満と同じく日本の九州・熊本の生まれだった。彼を直接知っていた鄭大為《チョンデウィ》博士によれば、日高は体がでっぷりと太っており、出っ歯である上に顔は「ロシアパン」（扁平で丸くみっともない様子）のような人物だったという。彼が北間島にやってきた時期ははっきりしないが、日本の勢力が北間島にはじめて浸透してきたころだったようだ。朝鮮語がかなりできたという。

彼は日本の政策の悪口もいったりしながら、朝鮮人たちにとても親切で、もの柔らかく気さくに振舞って人心をつかんだ。朝鮮人たちの福祉のためにいろんな施設をつくるなどのジェスチャーも使った。勢いさかんな日本総領事や日本の軍人たちが彼の前ではおどおどしていた。にもかかわらずそんなことは意識さえしていないようにふるまう人だった。朝鮮人たちは日本の官庁を相手にむつかしいことが生じると、日高に頼みごとをした。そうすると日本の領事館警察署に「独立軍関係」で収監されている人まで出してやるほどの威力を見せた。一九二〇年、日本軍の間島《カンド》大討伐のとき焼けた明東《ミョンドン》学校の問題もそうであった。

金躍淵《キムヤギョン》校長が日高に交渉した結果、日本政府の金で前とまったく同じに再建できるよう斡旋してくれたという。彼の影響力がどのぐらいだったかがわかる話である。

彼は日本に行けば総理大臣にもたやすく会えるという人だったし、中国大陸に戻ってくれば中国人の最高位層の人とも親密に交際し、馬賊たちとも知りあいだという噂があるなど、典型的な大陸浪人の一人であった。

日高丙子郎は永新《ヨンシン》学校を引き取って学校の名を「光明《クァンミョン》」に変えると、東京帝大出身の優秀な日本人を手っ取り早く呼び寄せ、教師として据えた。なかでも安部は、東京帝大出身で日本でも優秀な校長として数えられ、同じ東京帝大出身の工藤重雄（西洋人の叙述した『三〇年前の朝鮮』とロシア帝政末期の宮中秘史『ロマノフ王朝の最後』を翻訳し、また日本の名門学校の一つである日本高等商業学校の教授だった）も、教師として連れてきた。そこに女学校までつくって、中学部、高等女学部、小学校、幼稚園の四校で構成する光明学園が築きあげられた。日高丙子郎は日本の外務省に話をして、光明学園を日本文部省の「在外指定」学校にさせた。

文益煥《ムンイクファン》牧師はこの学校についてつぎのように話している。

　われわれが神社参拝を拒否して龍井《ヨンジョン》に戻り編入した学校は、朝鮮人の皇国化のために建てられた光明学園中学部だった。釜から飛び出たとおもったら炭火の上にしゃがんだ格好だった。日本人の先生たちは、目玉がきちんとついている学生でさえあれば日本外務省の巡査や満州陸軍士官学校に送ろうと血眼になっているような、そんな学校だった。

（文益煥「空・風・星の詩人、尹東柱」『月刊中央』一九七六年四月号、三二一頁）

満州国陸軍士官学校は略称・満州軍官学校、または満軍士官学校と呼ばれた。新京にあるというので、新京軍官学校とも呼ばれた。満州軍官学校を出れば「満軍」の将校になる。満軍は周知のとおり日帝の大陸侵略の道具となった軍隊である。日高丙子郎の秘められた抱負がついに華やかに実を結んだということか。恩真《ウンジン》・大成《テーソン》・東興《トンフン》各校の出身者たちは満州軍官学校には行かなかった。ところが光明学園中学部の出身者たちの中からは、丁一権《チョンイルグォン》をはじめ満州軍官学校に進学して満軍将校になった人が多かった。彼らが後日わが国の現代政治史においていわゆる「満軍人脈」と呼ばれる人びとの主流となる。『月刊朝鮮』の徐炳旭《ソビョンウク》記者の「朴正煕《パクチョンヒ》　満軍の人脈」という記事にはつぎのような一節がある。

> 新京軍官学校、通称、同徳臺《トンドクデ》の出身者は合わせて四九名……圧倒的に咸鏡道《ハムギョンド》の人が多かった。一期生の金《キム》ドンハ〔김동하〕、金ヨンテク〔김영택〕、尹《ユン》テイル〔윤태일〕、李《イ》ジュイル〔이주일〕、崔《チェ》チャンオン〔최창언〕はみな間島《カンド》・龍井の光明《クァンミョン》学園中学の同窓生である。
>
> 同徳臺出身はやはり解放後、大多数が国軍に入隊し、大粛軍のとき処刑される安《アン》ヨンギル〔안영길〕、李ビョンジュ〔이병주〕、李サンジン〔이상진〕、黄《ファン》テンニム〔황택림〕、金ハンニム〔김학림〕、そして金《キム》九《ク》先生暗殺事件の背後操縦の嫌疑を受けているうちに朝鮮戦争の初期に釜山で軍務離脱罪で処刑された張《チャン》ウンサン〔장은산〕などを除外すれば、みな第一共和国〔李承晩《イスンマン》政権〕時代に軍の要職に座った。
>
> （徐炳旭「朴正煕の満軍人脈」『月刊朝鮮』一九八六年八月号、四〇六頁）

このように軍の要職についた満軍出身の高位将校たちの相当数が、やはり満軍の出身者である朴正煕の五・一六クーデターに賛同して第三共和国の主役として登場した。だから五・一六の「主体勢力」の中には光明学園中学出身者が多かった。民間人として五・一六の軍人決起に参加し「革命公約」と宣伝文の印刷を受けもった「光明印刷所」の李ハクス〔이학수〕社長もやはり龍井の光明学園中学出身だった。のちに彼らは朴正煕によって失脚させられてしまう。しかし彼ら満軍出身者たちの力がなかったなら五・一六は成功できなかったということは、天下にあまねく知られている歴史的真実である。結局、北間島《プッカンド》に来た一人の大陸浪人の影響がこれほどにしぶとくわが国現代史にまでその影を落としたのだ。こういうことを知るとき、教育の重要性はいくら強調してもしたりないと考える。

「光明」はこういう来歴をもつ学校であった。だから、崇実《スンシル》から光明に転校したことを指して、文益煥《ムンイクファン》牧師が「釜から飛び出して炭火にしゃがみこんだ格好」だと比喩したのは実に絶妙な風刺だった。設立の精神と経営方針が完全にちがっていたのはもちろん、そのほかに崇実と光明のもっとも大きなちがいは使用言語だった。崇実《スンシル》では朝鮮語で講義したが、光明《クァンミョン》ではすべての課目を日本語だけで講義した。

尹東柱がかよった学校のなかで、学籍簿が残っているのは光明中学時代からである。

尹東柱の光明中学時代の成績などの記録は、日本の早稲田大学教授・大村益夫氏によって知られるようになった。彼は尹東柱の研究家として、一九八五年に北間島《プッカンド》に行き、尹東柱関係の故地・旧跡をすべて踏査した。

尹東柱は四年生のとき一六科目を受講した（カッコ内の数字は点数）。

修身（七八）、公民（六六）、日本語（読本（四〇）、文法（四八）、作文（五二））、朝漢（読本（八〇））、満語（八六）、英語（一（八〇）、二（六〇））、地理（八三）、歴史（七七）、代数（六九）、幾何（八二）、物理（八五）、科学（六〇）、実業（六〇）、図画（八二）、体操（七八）、簿記（七八）。

五年生のときにも一六科目だが、内容には少し変動がある。

修身（八三）、公民（七五）、日本語（読本（五〇）、文法（六二）、作文（五二））、朝漢（読本（八八））、英語（一（八一）、二（六七））、地理（七六）、幾何（八一）、三角（五九）、物理（七八）、化学（六五）、実業（七二）、図画（七八）、体操（六八）、簿記（九一）。

尹東柱は四年生、五年生を通じて日本語の成績がいちばん悪かった。それまで恩真、崇実など、反日系の学校にだけかよい、朝鮮語で授業を受けてきたのに、ほかの生徒たちは中学入学のときから日本語だけで授業を受けてきたから、どうしても日本語の実力が足りなかったのだ。

この学校の教科で目につくのは、一種の国際都市的な土地だった龍井の学校らしく、語学の科目が多いという点だ。尹東柱は四年生のとき四カ国の言語を学ばなければならなかった。①日本語、②朝漢（朝鮮語と漢文）、③満州語、④英語（学籍簿の収録順）。

このなかでいちばん比重の大きかったのはもちろん日本語で、読本、文法、作文の三つに分け、それぞれ点数をつけるほど重視されていた。つぎは英語で「一（読本）」、「二（会話、作文、文法）」に分けて教えて

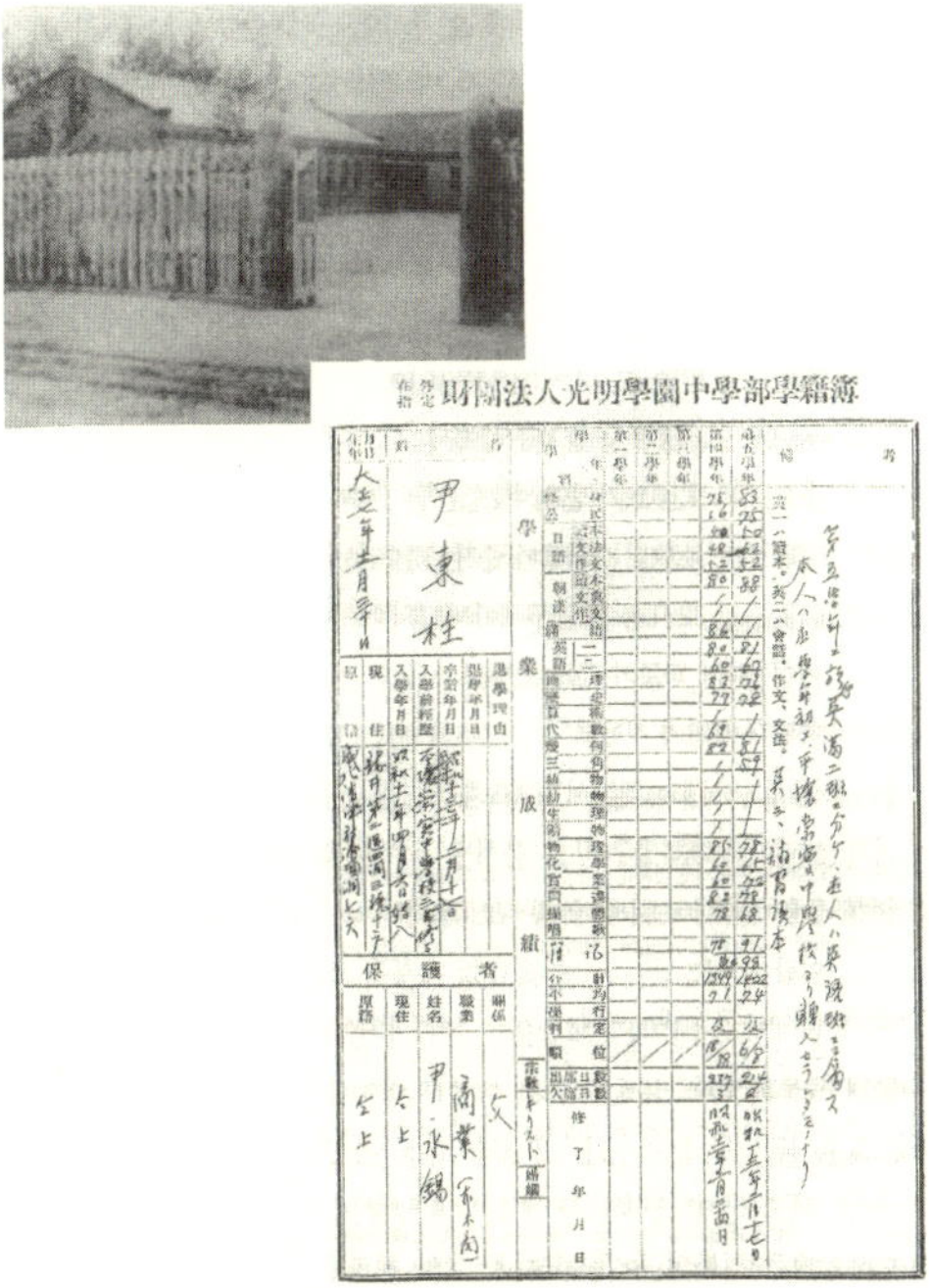

写真22　光明中学校と学籍簿

学籍簿を見ると5学年に英語と漢文のうち英語を選択し、成績はかなり良い方だったことがわかる。いろんな科目の中で日本語の成績がいちばん悪かった。

いた。朝鮮語と漢文はひとつとしてあつかわれ、そこが名ばかりは「満州国」の領土だからと「満語」も教えた〔ここでいう満語とは中国語の意〕。しかし、朝鮮語と「満語」は、日本語や英語のように科目内容を分けていないところをみると、おろそかに扱われていたことがわかる〔学籍簿の写しでは「朝漢」科目も読本、文典、作文に三分されているが、採点は「読本」欄のみ〕。

五年生の時には語学科目が多少変わっている。五年生を英語班と満語班に分けるとき、尹東柱は英語班に入ったので満語がなくなったのだ。その代わりに「英語三」という区分で読本の補習があった。

光明中学は一学年が一組だけだったという。一組におおよそ五、六〇名くらいだから、全校で三〇〇名に満たなかった。日本人の生徒もいくらかいたけれども、大多数が朝鮮人生徒だった。

学籍簿には尹東柱が四学年を終わるとき、三八名中一八番だったことが出ていて、その組の生徒数が三八名だったことがわかる。

五学年のときは八名中六番となっているが、この八名というのは誤記のようだ。四年のときの三八名が突然八名に減ってしまう理由はちょっと考えられないからだ。

詩をつくる受験生

「釜から飛び出て炭火の上にしゃがみこんだ格好」で入った光明《クァンミョン》中学時代、尹東柱はどのようにすごしたのか。彼が崇実《スンシル》から光明に移って二カ月後に書いた詩「こんな日」を見てみよう。

仲良く並んだ正門のふたつの石柱の端に
五色旗と太陽旗がはためく日、
線を引いた地域の子どもたちがよろこんでいる。

子どもたちには一日の干からびた学課で

白々した倦怠が巣ごもり
「矛盾」の二字を理解できないほど
頭が単純になったんだね。

こんな日には
いまはいない頑固だった兄を
呼んでみたい。

（1936・6・10）

「仲良く並んだ正門のふたつの石柱」とは、光明中学校の門柱である。その石柱の端に満州帝国の国旗である五色旗と日本帝国の国旗である太陽旗〔日章旗〕がはためいている。侵略者たちの祝祭日なのだ。ところで、その被害者、朝鮮人である「線を引いた地域の子どもたち」も、やはり「よろこんでいる」ことに、彼は心痛める。だからその子たちについて、『矛盾』の二字を理解できないほど／頭が単純になったのか」と嘆息すると同時に、「こんな日には／今はいない頑固だった兄を／呼んでみたい」という気骨のある鬱憤を吐露するのだ。

彼は当時だれのことを「今はいない頑固だった兄」と呼んでいたのだろうか。単純な詩的修辞であろうか。あるいは彼の母方のいとこである宋夢奎《ソンモンギュ》を指していたのだろうか。

尹東柱が龍井《ヨンジョン》に戻ってきて光明中学に編入したのは一九三六年四月である。宋夢奎は独立運動をしに行った中国で、その同じ月に日本の警察に逮捕された。そしてこの詩が書かれた六月には雄基《ウンギ》警察署に拘禁された身で、日警によって辛苦をなめさせられているさなかだった。夢奎の両親はもちろん、その親戚、知人たちはみなこのことを案じて胸を痛めていただろう。

この詩に出てくる「今はいない頑固だった兄」をどのように解釈するにせよ、ここには「炭火の上にしゃがみこんだ」尹東柱の鬱憤がはっきりこめられているのだ。ところでこのような鬱憤ははたして詩の文脈どおり「よろこんでいる子どもたち」にだけ向けられたものだろうか。自分自身に向けられた部分はなかっただろうか。

彼は、日帝当局が神社参拝を拒否した崇実中学校の校長を強制退職させ帰国させたことへの抵抗の表明として、崇実中学校をみずから退学した。しかしその彼は今や、生徒たちが日本の国旗の下で「単純」に「よろこんで」いるところに来ていた。神社参拝となれば、まったく神聖な義務として敬虔にその行事をおこなうべく「線を引いた地域」の中に、まさに入ってきている立場であった。それこそ「矛盾」したことだ。その自分自身の「矛盾」はあまりにつらくて、彼は表向きはとても素振りにさえ示すことはできなかったのだろう。そこでただ「こんな日には／今はいない頑固だった兄を／呼んでみたい」という悲しい結句によって、自分の苦悩を形象化したのだ。この「頑固だった兄」とは宋夢奎をさしているとみれば、尹東柱は宋夢奎の「頑固さ」、すなわち現実的な不利益に頓着せず自己の信念を果敢に推し進めようとする行動力と彼の苦難を、心の底で称えているのだと受け取ることができる。これが光明中学時代の尹東柱が立っていた位置なのである。

このような心理的背景の中で、彼は日本語だけで教える教師たちの下で勉強し、英語・日本語・満州語など各国の言語に慣れていくとともに、ウリマル〔母国語〕によってつくりあげる詩の世界をしっかりと踏み固めていった。

光明《クァンミョン》中学に在学した二年のあいだに、尹東柱はたくさんの作品を生み出した。転校した一九三六年四月から年末までの九カ月間に詩一二篇、童詩一六篇を書いている（この年一年間では詩一九篇、童詩二〇篇）。つまり転校後は詩よりも童詩に力を注いだようだ。だが三七年になると童詩の比重が減り、詩一五篇、童詩六篇だった。

光明時代の文学修行で特筆すべきことは、彼が二年のあいだに五篇の童詩を世に発表したことだ。当時延吉《ヨンギル》で『カトリック少年』という子供雑誌が月刊で発行されていたが、尹東柱がそこに投稿し採用された。彼は筆名まで作ってそれを使った。もちろん稿料はなかった。

ひよこ　『カトリック少年』一九三六年一一月号　尹童柱
ほうき　『カトリック少年』一九三六年一二月号　尹童柱
寝小便小僧の地図　『カトリック少年』一九三七年一月号　尹童柱
なにをたべて生きるか　『カトリック少年』一九三七年三月号　尹童柱
うそ　『カトリック少年』一九三七年一〇月号　尹童舟

このように発表された童詩のなかで、とくに「なにをたべて生きるか」がとても味わい深い。

海辺の人
魚をとってたべて生き
山里の人
芋をやいてたべて生き
星の国の人
なにをたべて生きるか。
（1936・10）

発表はされなかったが、「マンドリ」という童詩もとても面白みのある作品だ。試験を受けるのだが勉強することが嫌いな少年の幸運を願う心理がひじょうにユーモラスにたくみに描写されている。まだ中学生である彼が童詩というジャンルですでに相当な水準にまで熟達していることを示している。

マンドリが学校から帰ってきて
電柱のあるところで
石ころを五個ひろいました。

電柱めがけて
一個目の石を放りました。
――あたった――
二個目の石を放りました。
――しまった――
三個目の石を放りました。
――あたった――
四個目の石を放りました。
――しまった――
五個目の石を放りました。
――あたった――

五個のうち三個……
それならよかった。
あしたの試験。
五つの問題で三つだけできたら――
指を折って九九をしてみると
らくらく六〇点だ。

心配ない　ボールけりに行こう。

そのあくる日マンドリは
どうにもできず先生に
白い紙を出したでしょうか。
そうでなければほんとうに
六〇点を取ったでしょうか。

（1937。推定）

この時期に書かれた詩の中では「日溜まりで」がもっとも広く読まれている。当年とって十九歳。まだ十代にすぎなかった彼が、そんな年齢らしくもなく、とても成熟した視点と品格をもっていたことを示すよい例である。彼がこの詩の素材とした日あたりのよい場所で地取り遊びをしている二人の子の姿こそ、日帝の中国大陸侵略戦争の暗雲が重く立ち込めていた当時の険しい時局を絶妙に示している。

むこうへ　黄土をはこんだこの地の春風が
胡人*の糸車のように回って吹きすぎ
まだら模様になった四月の太陽の手が

壁を背にした悲しい胸の一つ一つに触れる。

地とり遊びで　誰の土地か知らない子ふたり
指尺の幅が短いのを恨む

やめろ！　そうでなくてもはかない平和が
壊れやしないか　気がかりだ。

（1936・6・26）

＊満州族。

尹東柱がこの詩で描きだした「そうでなくてもはかない平和」は、彼が光明中学五年在学中だった一九三七年に、とうとう壊れてしまった。一九三七年七月七日に盧溝橋事件が起こったのである。北京から西南十余キロ離れた地点にある盧溝橋、その近くに駐屯していた日本軍によって捏造されたこの事件を契機についに中日戦争が勃発し、全中国大陸が戦乱にまきこまれることになった。今や「天下大乱」の時代がふたたび眼前に迫っていた。

尹東柱は当時二つの大きな目標を目指していた。第一は文学修行であり、第二は上級学校への進学である。

彼が文学修行をどれほど誠実におこなったかは、彼の遺品が今日も生き生きした姿で証言している。そのなかでなによりも圧巻なのは白石《ペクソク》の詩集『鹿《サスム》』の筆写本だ。一九三六年一月二〇日に刊行された『鹿』がわずか二〇〇部の限定版で手に入れることができないため、彼は学校の図書館でいちいちみずから書き写して筆写本をつくっていった。もちろん彼が直接に購入した文学関係の書物も多い。

中学時代の彼の書架に置かれていた本の中で記憶に残るものは『鄭芝溶《チョンジヨン》詩集』（一九三六年三月一〇日、平壌《ピョンヤン》で購入）、卞榮魯《ピョンヨンノ》『朝鮮の心』、朱耀翰《チュヨンハン》『美しい夜明け』、金東煥《キムドンファン》『国境の夜』、韓龍雲《ハンヨンウン》『ニム〔님〕の沈黙』、李光洙《イグァンス》・朱耀翰・金東煥『三人詩歌集』、梁柱東《ヤンジュドン》『朝鮮の脈拍』、李殷相《イウンサン》『鷺山《ノサン》詩調集』、尹石重《ユンソクジュン》童謡集『失ったリボン』、黄順元《ファンスヌォン》『放歌』、『永郎《ヨンナン》詩集』、『乙亥《ウルヘ》名詩選集』などで、その中で彼が持ちつづけてソウルに置いておいた結果、今はわたしによって保管されているものとしては、白石の詩集『鹿』（写本）『鄭芝溶詩集』『今年の名詩選集』などがある。それは特に彼が愛着を持っていたということになるだろう。

（尹一柱《ユンイルジュ》「尹東柱の生涯」『ナラサラン』23集、ウェソル会、一九七六年、一五五頁）

これは弟・尹一柱《ユンイルジュ》の証言である。尹東柱がその時期このように本を買い集めたあとの話として、尹恵《ユンヘ》媛《ウォン》のつぎの証言も興味ぶかい。

東柱兄さんが中学生のとき、父に叱られているのを見たことがあります。龍井《ヨンジョン》は寒いところなので学生たちは冬になるといつも洋服店に行って、学生服の下に別の生地をつけて着ました。兄さんが校服に裏地をつけるようにと父がやったお金で、生地をつけずに別のことに使ってしまったので父が叱ったんです。あとで兄が母に、その金で本を買った、と告白したんです。

当時の家計は服の裏地を買う金で本を買わねばならないほど苦しくはなかったが、兄がなぜそうしたのかわからなかったと恵媛は付け加えた。尹東柱は中学生時代にも恐ろしいほどの読書家だったという。自分の勉強部屋をもっていたが、いつも夜中二時、三時まで本を読んでいた。あるとき恵媛が夜中に起きてみると東柱はまだ明かりをつけて本を見ていたという。尹一柱が作成した「尹東柱の年譜」によれば、「光明中学校時代、日本版『世界文学選集』と朝鮮人作家の小説と詩を耽読する。……朝鮮文学作品を新聞と雑誌からスクラップする。李箱《イサン》の作品をスクラップする」などとなっている。そのころ尹東柱が夜中二時、三時まで眠らずに読んだ本がどんなものか、察せられる。

だが「文学修行」というものは、もともと終わりのないものだし、またどこまでも個人に属する問題だ。それよりもさらに差し迫った懸案で、また家族にもかかわるものが、すなわち「上級学校への進学」問題だった。

この問題は尹東柱が光明中学五年に進級して本格的に波風が立ちはじめた。彼は延専《ヨンジョン》〔延禧《ヨニ》専門学校〕文科へ行くと決めたのだが、それにたいして父親は医科に行って医師にならなければと強要したのである。

尹東柱の性格が温順でものやわらかく優しかったことはよく知られている。だが彼は、いったん己れの主張をとなえるときはけっして退かない強靭な人でもあった。家族が、平素とはとてもちがう強靭で反抗的な尹東柱の姿を見ておどろいたのが、進学問題をめぐって父親と対立したときだった。尹一柱によれば、

「何カ月かにわたった父子の対立は大変なもので、幼いわたしどもは恐ろしくてふるえるほど」だったという。「父の退勤前から山や川べりをさまよい、夜更けになってから自分の部屋にもどってくる日がつづくようになり「ため息がふえ、胸を叩くときもあった」というのだ。

尹東柱の家でそんなふうにしているとき、宋夢奎《ソンモンギュ》のところではまったくちがっていた。宋夢奎は雄基《ウンギ》警察署から釈放されたあと何カ月か身を休めていたが、その年（一九三七年）四月に大成《テーソン》中学校（四年制）の四学年に編入していたので、やはり卒業学年になっていた。ところが、宋夢奎が将来の進路を延専《ヨンジョン》文科に決めると彼の父母はそのまま賛成した。その上、父・宋昌羲《ソンチャンフィ》は「子どもたちは彼らの意向に沿って育てなければいかん。父母の希望にしたがって育ててはだめだ」と公然と尹東柱の父親の態度を批判していた。

だが尹東柱の父は頑強だった。尹恵媛によると、父は尹東柱につぎのような言葉を何度もくりかえし強調したのだという。

わたしは文学をやってみたが、何の役にも立たなかったよ。この時代にお前が文学をやってどうやって食っていくんだ。食っていく思案をしなくちゃならんじゃないか。文学をやるとしたら、お前が精一杯やっても「新聞記者」だ。精一杯がんばっても「記者」だというんだ。だから文学はだめだ。かならず医科をやれ。医科をやれば食って行くのに心配はないんだ。

父・尹永錫《ユンヨンソク》は事実若いころには中国・北京へ、日本・東京へと広く旅をして、英語を学ぶなど文学のほ

う の勉強をした人だった。一時、明東《ミョンドン》学校で教師生活もしたし、雄弁や揮毫の才などで名をはせたりもした。しかしあれこれ手をつけてみたが歳月ばかり流れて、一度も経済的に自立したことがなかった。そのころは龍井《ヨンジョン》で反物商をしていた。だから尹東柱の光明中学学籍簿に「父の職業は反物商」と出ている。しかしそれさえしっかり経営できておらず、結局、経済的には依然として尹夏鉉《ユンハヒョン》に依存していた。自分の半生がそのようであったので、息子にだけはそんな轍を踏ませないように、という意志が強かったのである。

それでも東柱が何日も食事を断ちながら「ぼくは死んでも医科はできない、文科に行かないといけない」と固執するや、父は激昂した。皿や鉢が外へぼんぼんと投げ飛ばされ、ひどい騒ぎになったという。尹恵《ユンヘ》媛《ウォン》は当時を回想して笑った。

そのころはわたしが龍井《ヨンジョン》の明信《ミョンシン》女学校にかよっているときですね。そのときに「文学」とか「新聞記者」という言葉を知ったんですが、父と兄がいうそんな言葉を聞きながら、心の中で「ああ新聞記者というのはご飯もきちんと食べられない職業みたい」と思いましたよ。あはは……

こうした対立がつづいて、とうとう尹東柱が生まれてはじめて家に戻らない日があるほど事態が悪化した。このように張りつめた父子の対立は、結局、祖父が介入してはじめて東柱の側の勝利で終結した。「肝心の勉強をする本人が、そんなに医科がいやで文科にするというのなら仕方があるまい」という意見だった。ここまでことが悪化してから遅ればせにそんな意見を出したところを見ると、祖父・尹夏鉉《ユンハヒョン》もやはり尹永錫《ユンヨンソク》の意見にはだまって同調していたわけだ。

尹東柱の光明中学時代はこうしてすぎていった。光明でバスケット・ボールの選手としての活躍もしたし、一九三七年九月には修学旅行で金剛山《クムガンサン》や元山松涛園《ウォンサンソンドウォン》海水浴場へも行ってきた。このときの経験は「海」「毘盧峰《ピロボン》」の二篇の詩として残った。

尹東柱は三八年二月一七日に光明《クァンミョン》中学を卒業する。いよいよ延専の入学試験を受けにソウルへ行かねばならなかった。尹家は、田畑を小作に出して農業をいとなんでおり、まずまずの規模の富農としての暮らし向きで、穀物がすなわち財産だった。たいへん大きな米びつに穀物を貯蔵していた。尹夏鉉はその穀物を掬《すく》い出して、尹東柱のめんどうを見る準備をはじめた。尹恵媛《ユンヘウォン》はそうした様子を見て、「祖父は本当にたいした人」だという思いが湧き出てきたという。ところがあとで見ると、祖父には祖父なりの腹づもりがあった。

> 兄がソウルへ行くころになると、祖父は兄になんども固く言い聞かせたんですよ。「お前、いまはただ一所懸命に勉強してかならず高等考試を受けろ。それに合格して成功するんだ。そしてな、結婚すると勉強できなくなるんだから、けっして早く結婚しようと考えてはいかん。ひたすら熱心に勉強して、きっと高等考試に合格し成功しないといかんぞ」と。

医科がだめでも「高等考試」〔国家公務員や司法官任用のための国家試験〕というものに受かればきっと大出世するという話を、祖父はどこかで耳にしてきたようだ。尹東柱は祖父のそんな言葉をただひかえめに聞いているだけだった。しかしあとでソウルへ発つ直前に、彼は妹にはっきり言い残したのだ。

おじいさんがなんどもあんなふうにいわれたが、高等考試を受けるというのははじめから科がちがうんだ。高等考試は法科に行かないといけない。文科ではだめなんだ。

尹東柱と宋夢奎は連れ立ってソウルに向かった。そして二人とも延専文科の入学試験を受け、ともに合格した。それは一九三八年の早春。この年、北間島から延専文科へ進学した者は、この二人のほかにはいなかった。

7

若さの停留所、ソウル延禧専門学校

太極模様がいたるところにあった延専キャンパス

尹東柱《ユンドンジュ》の二七年二カ月の生涯において、延禧《ヨニ》専門学校文科時代の四年間は、おそらくもっとも豊かでもっとも自由な時期だったといえる。彼が「延専《ヨンジョン》」をどう評価しどれほど誇らしく思っていたかは、張徳順《チャンドクスン》（元ソウル大教授、光明《クァンミョン》中学で尹東柱の二年後輩）の証言によくあらわれている。延専一年生の夏休みを迎えて龍井《ヨンジョン》に帰省した尹東柱は、そのころ光明《クァンミョン》中学四年生だった張徳順につぎのように語ったという。

……尹東柱はわたしを連れて海蘭江《ヘーランガン》（名はきれいだがかなり殺風景な川だった）の川べりを散歩しながら、文学の勉強の必要性を強調し、文学を学ぼうとするなら自分の行っている学校がもっとも適当だということを力説した。

文学は民族思想の基礎の上に立たなければならないが、延禧専門学校はその伝統、教授陣、そして雰囲気が民族的な情緒を生かすのにもっともふさわしい学びの場だというのだ。当時、満州の地では見ることのできなかった無窮花《ムグンファ》〔木槿《むくげ》の花〕がキャンパスに満開に咲き乱れ、いたるところにわが国旗の象徴である太極《テグク》のマークが刻まれており、日本語を使わずに講義を朝鮮語《ウリマル》でする「朝鮮文学」講座もあるなど……わたしの関心をそそる誘惑的な話を、彼は落ち着いて、だが力を込めて聞かせてくれた。

わたしが韓国文学に志をもつようになったのは、開化の先駆者だった祖父と兄のヨハン〔요한〕の

写真23　延禧専門学校時代の尹東柱

故宮の芝生で撮った写真。左から4番目が尹東柱。延専はキリスト教系の学校であったため、尹東柱は日帝治下でも比較的自由な学風と雰囲気のなかで過ごすことができた。

影響から始まったが、文学の勉強のために延禧専門学校の文科に籍を置くことになったのは、もっぱら東柱の勧告に従ったのだった。日本人が経営する異郷の中学校から脱出して故国の懐に抱かれたかったし、またキリスト教家庭で生まれたわたしとしては、キリスト教系統の私立学校が故郷のように感じられた。わたしは満足すべき幸福な学究生活を続けることができた。

（張徳順「尹東柱とわたし」『ナラサラン』23集、ウェソル会、一九七六年、一四三―一四四頁）

張徳順と尹東柱の家は同じキリスト教家庭として家代々の交わりをしてきた間柄だった。さらに張徳順の兄・張ヨハンは尹東柱の恩真《ウンジン》中学校の同窓であり友人だったから、彼らは小さいころからたがいに親しくしてきた。このように同じ環境、同じ雰囲気で育った彼らである。だから、張徳順が龍井の光明学園からソウルの延専に行ったとき、むしろ「ふるさとのように」感じられたという述懐は目をひく。それは、とりもなおさず尹東柱の場合にもそのままあてはまる感想だったのだ。

一九三〇年代末、日本の軍国主義が荒れ狂った時代状況を考えれば、これはすぐ納得される話である。小学校、中学校でさえ日本語だけで勉強しなければならず、神社参拝を拒否すれば学校が廃止されるという息苦しい状況のなかで、キリスト教系の学校は、ほかよりも比較的自由な雰囲気と学風をたもっていた。それは政治的には、学校の所有者であり経営者である宣教師たちが西洋の国籍を有する人であることにより可能だったのであり、また理念的には、キリスト教の倫理が自由平等をモットーとしていたことで可能となった現象であり、雰囲気だった。それだから学校の建物の装飾に太極のマークを刻み込んだり、朝鮮を象徴する花、無窮花《ムグンファ》が満開に花咲くこともできたのだ。柳玲《ユヨン》（元延世《ヨンセ》大学教授、詩人。尹東柱と延専《ヨンジョン》文科同期入学）は、このような風土のために延専は「当時、植民地の過酷な虐政のもとで支配権力の憎悪の対象」だったと表現した。

延禧《ヨニ》専門学校は一九一五年四月に門を開いた。米国キリスト教北長老教、南北監理教、カナダ長老教宣教部の連合委員会の管理下で、キリスト教教育の本山の役割を果たした。初代校長はアンダーウッド一世。第二代校長は当時セフランス医学専門学校の校長を兼任したエビスン博士。第三代校長はアンダーウッド二世（Horace Horton Underwood、韓国名元漢慶《ウォンハンギョン》、アンダーウッド一世の息子として一八九〇年にソウルで生まれ、朝鮮戦争中の一九五一年に釜山《プサン》で逝去）だった。尹東柱は元漢慶校長在職時に延専に入学したのである。

延専にとって開校以来の最大の危機はやはり「神社参拝」問題だった。平壌《ピョンヤン》の崇実《スンシル》専門学校は廃校を辞さずに立ち向かったが、延専の元漢慶校長は学校を日本人に奪われないよう、「神社参拝」ならぬ「神社参礼」の線で妥協し、廃校を免れたという。

尹東柱の在学当時の教授陣はつぎのようであった。

入学したときの校長が宣教師の元漢慶博士、そして宣教師兼教授をつとめる多くの外国人のほかに、韓国人としては兪億兼《ユオッキョム》、李敭河《イヤンハ》、李卯默《イミョムク》、玄濟明《ヒョンジェミョン》、崔鉉培《チェヒョンベ》、崔奎南《チェギュナム》、金善琪《キムソンギ》、白樂濬《ペクナッジュン》、申泰煥《シンテファン》、鄭寅燮《チョンインソプ》など、当代のもっとも著名な朝鮮人学者たちが延専教授陣を構成していた。

学科は文科、商科、理科の三つだった。

このように大きく三つに分かれていただけで、それ以上のこまかい区分はなかった。文科は人文科学全般の科目をすべて学び、商家は商業全般の科目を、理科は自然科学全般に関して学んだと考えれば、わかりやすい。

おもしろいことは科ごとに授業年限がちがっていたという点である。文科と理科は四年だが、商科は三年だった。当時にあっても、商業を卑賤なものとみて純粋学問を尊んだ朝鮮王朝時代の文化感覚がそのまま生き残ってそのような形で現れたようである。

延専の入学試験はかなりむずかしかったという。当時は国内の男子人文系専門学校としては、延禧《ヨニ》専門と普成《ボソン》専門があるだけの状態だったから、数の上からも学校があまりにも不足していたのだ。

尹東柱は延専の入学試験を受けに来たのがはじめての上京だった。ソウルには親戚もなかったから、龍《ヨン》井《ジョン》出身でソウルの監理教神学校の二学年に在学中の羅士行《ラサヘン》に、あらかじめ手紙をだして援助を頼んでおいた。羅士行は、先に記したとおり、恩真《ウンジン》中学で尹東柱の一年先輩に当たり、一九三五年に宋夢奎《ソンモンギュ》とともに洛陽《ローヤン》軍官学校に行った人物である。三六年後半に平壌《ピョンヤン》刑務所から出た彼はあらためて進学しようと決め、三七年四月にソウルの監理教神学校（五年制）に入学していた。

尹東柱、宋夢奎がソウルへ来たとき、羅士行は神学校の寄宿舎で暮らしていた。当時この学校の位置は、今の住所でいえば「ソウル市西大門《ソデムン》区冷泉洞《ネンチョンドン》三一番地」、現在の監理教神学大学である。羅士行は、約束の日にソウル駅に出かけ、尹東柱と宋夢奎が汽車から降りるのを迎えて二人を冷泉洞の寄宿舎まで案内したという。二人は羅士行の部屋で一〇日あまり世話になって延専の試験を受け、合格した。当時、この寄宿舎は六〇名（男子四〇名、女子二〇名）ほどを収容していた。部屋ごとに寝台を二つおき、二人ずついっしょに暮らしたが、その二つの寝台のあいだに長いすを挟めば、さらに何人か寝られたという。

このときの縁で尹東柱は入学に必要な身元保証人を求めることができた。延専《ヨンジョン》の学籍簿に「保証人・文《ムン》チャンウク〔장욱〕、関係・知人」としるされている人物が、そのころ監理教神学校教授だった文チャンウク博士である。彼は全羅北道《チョルラブクド》高敞《コチャン》出身で延専《ヨンジョン》卒業生である。米国に留学し、名門大学UCLAで朝鮮人としては第一号の哲学博士学位を受けて帰国した。神学校で歴史などを教えたが、解放後、米軍政時代に外務次長（次官に該当）、文教次長などを歴任したという人である。

ちなみに、宋夢奎の保証人欄が空欄になっているのが目につくが、「要視察人」であった彼は、ほかの人に迷惑がおよぶのを気にしてか、はじめから保証人を立てずに入学したのである。

尹東柱が延専に入ったころには、すでに日本の植民地統治が末期的な兆候をあらわにしている状況だった。

一九三七年七月、中国本土で中日戦争が勃発すると、朝鮮総督府は八月には戦場に近くないソウルにさえも灯火管制を敷いて戦時の雰囲気をつくっていった。

写真24　延禧専門学校時代の尹東柱

V字形に座った学生たち。右から4番目が尹東柱、8番目が宋夢奎。尹東柱と宋夢奎は同じ環境で育ち、延専にも同時に合格、寄宿舎でもいっしょに暮した。性格は正反対だったが、親戚（いとこ）であり友人でもあり、誰よりも親しい間柄だった。

一九三八年に入るとさらにひどくなった。二月に朝鮮人を対象とする「朝鮮陸軍支援法令」を公布し、五月には「国家総動員法」を朝鮮にも適用すると公布するなど、朝鮮人を完全に戦時体制へと追いつめていった。「修養同友会事件」で拘束された安昌浩《アンチャンホ》（一八七八―一九三八。独立運動家）が病気保釈中で入っていた大学病院で死亡したのはこの年三月であり、張鼓峰（ソ連領と満州国吉林省琿春との国境、豆満江辺の丘陵地帯）で日本軍とソ連が衝突したのはこの年七月のことだった。ドイツでヒトラーのナチ党が勢力を振るい、オーストリアをドイツに併合したのもこの年である。

　国の内外に暗く険難な戦争と殺戮と抑圧の狂気が渦巻いていた。当然、知識人たちの受難がつづいた。一九三七年六月に知識人一五〇余名を治安維持法違反の嫌疑で拘束する「修養同友会事件」という大きな事件があったが、一九三八年二月には「神社参拝拒否」によって平壌神学校教授と学生たちが拘束され、また「興業倶楽部事件」といって民族主義者多数が検挙される事件が起こった。尹東柱の父・尹永錫《ユンヨンソク》が息子を文科にやりたくなかったのはおおいにうなずける、そんな歳月だったのである。

このような時局に対処する延専の風土と気概のほどはどうだったろうか。それを示すよい事例として、ハングル学者であるウェソル〔외솔〕崔鉉培《チェヒョンベ》先生の場合をあげることができる。「興業倶楽部事件」が起きると、延専の朝鮮語教授だった彼は事件にかかわっていたとして、治安当局の圧力により教授職を辞めねばならなくなった。すると延専では彼を「図書館嘱託」に任命し、ひきつづき教職員として継続して学生たちに講義できるようにしたのである。

尹東柱と同期入学の柳玲《ユヨン》の言葉を通じて彼らの延専《ヨンジョン》時代の姿を探ってみよう。

> このような時代に、民族運動の本山である延禧《ヨニ》の丘をたずねてくる人たちは、みなそれぞれに志をもってやってきた若者たちだったといえる。学生たちはそういう姿勢や精神で集まってきたし、また教授もやはりわが同胞《はらから》の学問と精神を導くもっとも著名な人びとだったことはいうまでもない。
>
> さらに、アンダーウッド一家の建学精神や、宣教師たちの精神的なうしろだてと国際的な関心も、この学園の発展と学問研究に大きな下支えになったのはもちろんである。（中略）
>
> だから尹東柱は夢に描いた学園に、青雲の志を抱いてやってきたのだ。一人で来たのではなく、いとこの宋夢奎《ソンモンギュ》といっしょに来た。血縁関係があるとはいうものの、顔も似ており背も同じぐらいで、まるで双子のようだった。同じ環境から同じ学園に来たので、自然に学生生活も同じ道を歩んだ。最

初は、いま尹東柱詩碑が建っている場所の背後にある寄宿舎でいっしょに暮らした。ところがこの二人の性格はまるで反対だといっていい。東柱《ドンジュ》はおとなしくてあまりしゃべらず行動がめだたないが、夢奎《モンギュ》は言葉が荒っぽくて大ぶろしきを広げる言い方であり、行動半径の大きい人だった。そうでありながら詩をともに勉強し創作もともにした。そうした性格は詩にもあらわれて、二人はよい対照をなした。しかし、その性格の違いが二人のあいだになにかの不和やひびを生んだのを、わたしは一度も見たことも聞いたこともなかった。

いわば尹東柱は外柔内剛の性《たち》だといえようか。対人関係が柔和で情が篤《あつ》く、またおもしろ味はなさそうだがその志操とか意志はあえて誰も動かしえない強固なものだった。（中略）当時の友人には童謡・童話などでとても活躍した厳《オム》ダルホ〔엄달호〕がいた。またパンソリにまっさきに手をつけた金三不《キムサムブル》、いつも外を歩き回っている風流人金《キム》ムヌン〔김문응〕、英語の達人といわれた韓《ハン》ヒョクドン〔한혁동〕、姜処重《カンチョジュン》がおり、現在ハングルの碩学となっている許雄《ホウン》、現・漢陽大教授の李《イ》スンボク〔이순복〕など、そのほかに今見ても指導的な人物がたくさん席を占めて、ともに講義を聴き勉強した。

いまの延世《ヨンセ》科学館のある場所が田んぼで、その上のほうに芝生があったが、われわれは暇さえあればそこに集まって雑談や論戦に浪漫の花を咲かせた。（中略）

ウェソル〔崔鉉培《チェヒョンベ》の号〕先生の『国語文法《ウリマルボン》』の講義を聞いたとき、われわれはどれほど感激し、また光栄に思ったか、延禧《ヨニ》の丘がどんなにありがたいところかを身にしみて感じた。尹東柱がその講義をいかに熱心に聞いたか、いつも前の席に座っていた彼の姿がいまも目にあざやかに浮かぶ。

河敬徳《ハギョンドク》教授の英文法講義は、宿題の発表でわれわれを少なからず悩ませたが、尹東柱もやはりかなり苦しんでいた。あとでたがいに話したことだが、あんなに河教授が恨めしかったけれど、いまはこんなにありがたいことはないと告白したりもした。

……李敭河《イヤンハ》先生の講義は別の面で尹東柱に多くの影響を与えたと思われる。先生は自ら随筆をものされ、また詩も好まれたが、当時何人かは評論や詩を書いて先生の指導や助言を受けていた。尹東柱もやはりしばしば先生に接して指導を受けることがあった。話しぶりがとつとつとしてゆっくりしていながら、深く重みのある講義に、みな頭が下がった。入学してすぐ先生とともにアンダーウッドの銅像の前で記念写真を撮った。……

そして誰よりも尹東柱を泣かせ、われわれみなを泣かせた先生がいるが、その方が孫晋泰《ソンジンテ》教授だ。孫先生が歴史の時間に雑談としてキューリー夫人の話をなさったのだ。キューリー夫人が幼いころ帝政ロシアにいたとき、教室でこっそりポーランド語を勉強していたが、ちょうど視学官がやってきて教室を歩き回るので、ポーランド語の本はすっかり机の中に隠してしまった。（中略）

孫先生はこの話を紹介して、みずからも泣きながらハンカチを出すと、われわれみんなもこみ上げて、慟哭した。……そのほかに金善琪《キムソンギ》先生の音声学で聞いた話、閔《ミン》テシク〔민태식〕先生の漢文と古典、李卯默《イミョムク》先生の会話、特に姜樂遠《カンナグウォン》体育教授の静かな民族意識の鼓吹はわれわれの意識構造の中で大きな場所を占めているといえる。そして元漢慶《ウォンハンギョン》博士〔校長〕の気さくな説教、兪億兼《ユオッキョム》先生の重厚な人格、李春昊《イチュナム》・崔奎南《チェギュナム》・金斗憲《キムドウホン》先生などの教えが、尹東柱やわれわれにとって知性の泉であったことはいうまでもない。

（柳玲「延禧専門時代の尹東柱」『ナラサラン』23集、ウェソル会、一九七六年、一二二―一二六頁）

延禧専門学校一年生――華やかな帰郷

尹東柱が延専《ヨンジョン》に入学してから初めて書いた詩は「あたらしい道」である。題名も作品の調べも新しい場所で新しい生活をはじめた若者の健康な活気に満ちている。

川を渡って森へ
峠を越えて村へ

きのうも行き　きょうも行く
わたしの道　あたらしい道
タンポポが咲き　カササギが飛び
娘が通り　風が立つ

わたしの道は　いつもあたらしい道
きょうも……あすも……

川を渡って森へ
峠を越えて村へ
（1938・5・10）

尹東柱が学んだ文科の石造りの建物は、いまも延世《ヨンセ》大学文学部の建物の一部として使われている。その当時でさえ「かつて西山《ソサン》大師（一六世紀後半、朝鮮王朝中期の僧侶）が暮らしていたようなうっそうとした松林の中」（尹東柱「終始」、『空と風と星と詩』正音社、一九八三年、一八七頁）にぽつんと立っていた、という三階建ての建物だった。彼らが暮らした寄宿舎の建物もやはりそのまま残っている。

入学と同時に寄宿舎に入った尹東柱は、宋夢奎《ソンモンギュ》、姜処重《カンチョジュン》とともに三人で一部屋を使った。新入生の彼らに割り当てられた部屋はもっとも高い三階の一部屋。そこはすべて天井がまっすぐでなく、台所の中二階の納戸のように屋根の傾斜がそのままあらわになっている部屋だった。その部屋の窓辺から見下ろしたある秋の日の月夜の風景を、尹東柱は「秋の空はやはり澄んで、うっそうとした松林は一幅の水墨画だ。月光は松の枝々にかかり、風のようなひゅうっという音が聞こえるようだ」と描写した（一九三八年一〇月に書いた散文「月を射る」）。

入学したこの年、一九三八年の一年のあいだに尹東柱は「あたらしい道」をはじめ八篇の詩、「こだま」をはじめ五篇の童詩、それに「月を射る」という散文一篇を書いた。

「月を射る」は鄭寅燮《チョンインソプ》先生の授業の課題文だった。あらかじめ題目を決められてみんなに書かせた作文だという。決められた題にあわせなければという制約のためか、凡俗な作品である。

写真 25　延禧専門学校時代の尹東柱

教授、同僚学生たちと歓談している尹東柱。立っている人の左から 2 番目が尹東柱。李敭河、河敬德のような延専教授たちの教育は尹東柱たち延専の学生たちの民族意識を鼓舞し、意識構造の形成に大きな影響を与えた。

しかし童詩「こだま」を見ると、彼はついに職人の腕を会得した。

カササギが鳴いて
こだま、
たれも聞かない
こだま。

カササギが聞いた、
こだま、
あいつだけが聞いた、
こだま。

（1938・5）

他の四篇の童詩のなかで「赤ん坊の夜明け」「ひまわりの顔」「陽光・風」も秀でた作品である。ところがこのような作品を書いたことによって童詩執筆を「卒業」したとでも思ったのだろうか。彼は一九三八年以後はもはや生涯童詩を書かなかった。彼はこれほどの腕をみがいたのになぜそれ以上、童詩を書かなかったのだろうか。おそらくその理由は彼自身の中にあったのであろう。彼は童詩を書くことのできる心の余裕を失ったのかもしれない。

幼い子どもたちはいつでも童詩を書くことができる。いやわざわざ文として書かなくても彼らの笑い、まなざし一つがすなわち童詩である。しかし大人は違う。大人は幸福なときにだけ童詩を書くことができる。幸福なときにだけ幼い子どもの心にもどることができるからである。そうだとすれば、延専《ヨンジョン》に来た尹東柱がほんとうに幸福だったのは一学年のときのみだったようだ。その詩を見てよう。

一九三八年に書かれた八篇の詩の中で、先に触れた「あたらしい道」のほかに、「愛の殿堂」「奇蹟」「悲しい一族」、この三篇にことに関心をひかれる。

愛の殿堂

順《スン》よ　おまえはぼくの殿堂にいつ入ってきたのか?
ぼくは　いつおまえの殿堂に入っていったのか?

われら二人の殿堂は
古風な風習のこもった愛の殿堂

順よ雌鹿のように　水晶の目をつぶれ。
ぼくは獅子のように　乱れた髪をととのえる。

われら二人の愛は　ただ沈黙だった。
聖らかな燈台の熱い灯が消えるまえに
順よ　おまえは前門へ駆けて行け。

闇と風がわが窓を叩くまえに
ぼくは永遠の愛を胸に抱いて
裏門から遠くへ消え去ろう。

いまや　おまえには森のしずかな湖があり
ぼくには険しい山脈がある。

（1938・6・19）

この詩「愛の殿堂」はいろんな意味で注目される。まず尹東柱が「順《スン》」（後には「順伊《スニ》」と変形）という特定の女性名を使用し、男女の愛を、それも遂げられない悲しい愛をうたった最初の詩だという点である。詩のイメージはのちに「少年」（一九三九年）、「雪の降る地図」（一九四一年三月一二日）などで「順伊」という名にこめられてくりかえされ、増幅しながら深められる。もちろん「順（または順伊）」という名は固有名詞というよりは一種の普通名詞として使われている。しかし彼が遂げられない愛をうたう詩には必ず「順（または順伊）」という一定の名を登場させているのはおもしろい現象である。では「尹東柱の女性関係は?」といった好奇心をそそるが、これについての伝記的な考察はあとであつかおうと思う。

第二には「いまやおまえには森の中のしずかな湖があり／ぼくには険しい山脈がある」という最後の連である。犠牲と苦難を甘受しようという尹東柱的なヒューマニティがここに初めてはっきりした姿で現れている。このような特質はのちに詩「十字架」においてその頂点をあらわすことになる。

「愛の殿堂」と同じ日に書かれた「奇蹟」もやはり尹東柱の詩世界において重要な里程標の位置を占めている。

奇　蹟

足にまつわる穢《けが》れをすっかり拭いさり
黄昏《たそがれ》が湖水をわたってくるように
わたしも軽やかに歩いてみましょうか?

この湖のほとりへ
呼ぶ人もいないのに

わたしが呼ばれてきたのは
ほんとうに奇蹟*です。

今日という日は
恋情、自惚れ、嫉《そね》み、これらのものが
しきりと金メダルをまさぐるように触れてくるのです。

けれど、わたしはすべてを一心に
波に洗い流すつもりですので
あなたさまは　湖面へわたしを呼んでくださいませ。

（1938・6・19）

*ここでは、キリスト教で神や聖霊などが示す思いがけない力の働きを指す。

今日尹東柱には「キリスト教詩人」というレッテルがつけられている。その尹東柱がキリスト教的な詩を書くのは、まさにこの作品からである。この詩の背景は新約聖書「マタイ福音」一四章二五―三三節に出てくる「イエスとペドロが水の上を歩いた奇蹟」の話だ。

「カリリ湖水で弟子たちだけが舟に乗ったまま風浪に苦しんでいるとき、イエスが水の上を歩いて彼らのところに近づいてきた。その姿を見て幽霊だと思いおどろき恐れる弟子たちに、イエスであることをはっきり示して安心させるや、ペドロは自分も水の上を歩いてイエスのもとに行けるようにお命じくださいと請うた。イエスがそれを許すと、ペドロも舟から水の上に降りて歩くことができた」というのが「奇蹟」の内容である。

なぜこの奇蹟の話がとつぜん彼の琴線を刺激したのだろうか。ある人はこういうことを指して「信仰の神秘」というかもしれない。ともかくこの詩は一つの大きな転機となった。詩人でありまた生まれながらのクリスチャンである彼がついに詩と信仰を一つに融合させる道を開いたのである。

もう一つの作品「悲しい一族」では、彼の民族意識は具体的な形象にもりこまれている。

白い布が黒い髪を包み
白いコムシン*が荒れた足にかかる。
白いチョゴリ・チマが悲しい躯をおおい
白い紐が細い腰をぎゅっと締める

（1938・9）

＊ゴム製の靴。

詩句だけを見れば、これはある女性についてのとても単純でもの悲しいスケッチだ。「黒い髪」というからまだ髪が白くなるほど老いておらず、「荒れた足」だから苦労して暮らしてきた姿である。「悲しい躯」とは、今もやはり暮らすのがつらい状態であり、「細い腰」だから憔悴した躯である。詩人はこの女性に「白い布」「白いコムシン」「白いチョゴリ・チマ」「白い紐」をつけさせ、「悲しい一族」という題をつけることによって、われわれの民族全体を擬人化することに成功した。

「一九三八年九月」という時点で彼がわが民族を「悲しい一族」として把握したことを、われわれはここで重く見ておくことにしよう。これは彼の詩の展開過程でとても大きい意味をもっている。

ここまでに見てきたのは尹東柱の学校生活と詩にかかわることだった。

では彼の帰郷はどうだったろうか。「延専学生・尹東柱」のほんとうの姿は、学校生活だけでなく帰郷のときの姿が一つに合わさることにより完成されるからである。

ソウルから北間島《プッカンド》・龍井《ヨンジョン》まで行く旅程は鉄道旅行の連続だ。まずソウルから京元《キョンウォン》線の列車に乗る。列車は議政府《ウィジョンブ》、鉄原《チョルウォン》を経て東海岸の美しい港町、咸鏡南道《ハムギョンナムド》の元山《ウォンサン》に停まる。道のりは二三二・七キロつまりわが国の里数でいって五八〇余里になる。元山からまた咸鏡線がはじまる。元山を出発して高原《コウォン》、咸興《ハムフン》、吉州《キルジュ》、清津《チョンジン》、会寧《フェリョン》を過ぎ、咸鏡北道《ハムギョンブクド》のはずれ豆満江《トゥマンガン》の畔《ほとり》の上三峰《サンサムボン》駅にいたる単線鉄道である。延々六六六・九キロ、一六六〇余里になる。こうしてソウルからはるばる二二五〇余里を走って豆満江畔の国境の村、上三峰駅にいたり、そこからふたたび汽車を乗り換えて豆満江を渡り、龍井へゆく。

延専《ヨンジョン》に入学して以来、尹東柱は夏冬の休暇ごとにこの鉄路を行き来してソウルと北間島をのぼりくだりした。

彼の詩に一九三八年九月一五日の日付のある『弟の印象画』という題の詩がありますね。それが延専に入学した年の夏休みに家へ帰ってきたときの詩ですね。わたしが一柱から聞いたんですが、それ〔その詩の内容〕は、じっさいにそのとおりだったというんです。東柱兄さんがそんなふうにたずねて、そのようにこたえたことがあったっていうんです。そのころわたしたち姉弟は、兄が休みになって家に帰ってくるというだけで、どんなに心頼みにしうれしかったことか……。

妹・恵媛《ヘウォン》の回想のなかにいる青年尹東柱の姿は、ほんとうにやさしく温かい。ほとんど母性のような温かさがある。

いま考えてみると、兄は大人だったから自分のすることもあったんでしょうが……。わたしたち幼い弟妹がほんとうにやたらとつきまとうのに、兄は少しもうるさがる様子もなく、頼まれたらそれをみんな受け入れてくれたんです。ソウルの話もしてくれたし、歌も教えてくれて……黒人霊歌「ふるさとへわれを帰せ」もそのころ兄からはじめてならったんですよ。

尹恵媛は、尹東柱のきめ細かい性格を示す一例として手紙の話を取り上げた。

尹東柱がソウルにいるとき、実家との連絡は主に尹恵媛が受け持っていた。彼は妹からの手紙の綴りや文字のまちがいをいちいち赤字で直して、自分の返事といっしょに送り返したという。幼いきょうだいと

写真26　延禧専門学校時代の尹東柱

前列右から2番目が尹東柱。尹東柱は延専で学ぶあいだ多くの詩と散文を書いたが、特にこのとき書いた詩はひじょうにすぐれた作品と評価されている。学生たちの雰囲気が近頃の大学生たちよりずっと大人びている。

いえども、幼いからといってなおざりにしたり、軽くあつかうことがなかったというのだ。彼の詩「弟の印象画」を見ると、そんな謙虚でありつつ豊かな彼の性格が香りたかく伝わってくるようだ。

弟の印象画

あかみさす額に　冷たい月がかかり
弟の顔は　かなしい絵だ。

歩みをとめて
そっと　幼い手を握りながら
「おまえ　大きくなったらなんになる」
「人になるよ」
弟の説は　まことに未熟な答えだ。

それとなく　握った手を放し

弟の顔をまた覗いてみる。
冷たい月が　あかみさす額に濡れ
弟の顔は　かなしい絵だ。

（1938・9・15）

さらに尹恵媛の証言を聞いてみよう。

に残っている尹東柱の人柄に関する証言は、彼の「文」についてのすばらしい解説でもある。よく「文はすなわち人なり」という。その反対の場合もやはり真実だとすれば、このように家族の脳裏

兄はわたしたちにだけよくしたんじゃないんです。大学生になってからも休暇で家にもどると、祖父の麻の朝鮮服をさっと身につけて祖父を手伝い、牛の飼料やにわとりの餌などをつくり、山に牛をつれて行ったりしましたね。牛はもともとわたしたちが育てるんではなくて、子牛を買って飼育を人にまかせ、あとで利益をわける、そんな牛でした。ところが牛を飼っている家であまりに酷使して牛をやせさせてしまうと、祖父は、休ませて太らせなけりゃならんとおっしゃって、牛を連れてきてわたしたちが餌をやったんですよ。そうかと思えば、祖母と母が豆腐をつくろうと豆を臼でひいていると、兄はいっしょに手伝ってあげたりもしました。くたびれる仕事を家の大人たちがなさるのを、そのまま見すごすことができずに、そんなふうにしたんです。ほんとうに性格がこのうえなく愛情深く、

やさしかった。

植民地時代、専門学校や大学の学生はみな四角帽をかぶった。帽子をかぶった外地への留学生が休暇をむかえて龍井《ヨンジョン》に帰省すると、みんながうらやましく仰ぎ見た。まさしく羨望の対象だった。だがもともと威張ることを嫌う性格の尹東柱は、到着するとすぐに学生服や四角帽をぬぎすてたという。

父も、はじめは医科へ行かなかったことをひどく残念がったけれど、ソウルの延専《ヨンジョン》の学生になった兄が帰省すると、とても誇らしげでしたね。はじめての夏休みに兄がもどってきて教会などあちこちに挨拶にまわるとき、四角帽をかぶらずに出かけると、父はいきなり大きな声を出すんですよ。「帽子をかぶってゆけ！」って。すると兄はしかたなくかぶって出るんだけれど、道に出ると脱いで垣根の中に放り出していったり、ズボンのポケットに押し込んでいったりしたんです。あはは……。

しかし楽しい追憶ばかりではなかった。尹東柱はソウルにいたとき、毎月、朝鮮日報から出ていた『少年』という子どもの雑誌を買って弟の一柱に送っていた。龍井の家では『少年』が届くと弟妹がわれ先に見ようと争うほど人気があった。

ところが休暇をむかえいっしょに帰省した宋夢奎《ソンモンギュ》から意外な話を聞いた。尹東柱が、弟妹に『少年』誌など文学書をたびたび送ってよこすのを知った父親が東柱に「そんな本は送るな。おまえの弟妹まで文学者にしようというのか」とひどくしかりつける手紙を書いて送ったというのだった。その手紙を寄宿舎でいっしょに見たといいながら、宋夢奎はこんなふうに話しかけた。「おい、恵媛《ヘウォン》。ぜひ、きみの父さんがそんな手紙をよこさないようにしてくれ。兄さんがその手紙のためにどれほど傷つき失望したかわかるかい？」

その話が長いあいだ心に突き刺さって残ったという。このとき尹東柱が本を送ったことについては、尹《ユン》一柱《イルジュ》の証言が詳しい。

> 一九三八年の最初の夏休みにわたしにくれたソウルのおみやげは、金東仁《キムドンイン》の『赤ちゃんの家』という分厚い歴史小説集だった。またソウルにいるあいだも朝鮮日報社発行の雑誌『少年』を毎月郵便で送ってくれた。金來成《キムネソン》の「白仮面」が連載されていて、毎月楽しみにして待っていたものだ。そのほかにわたしに特別に送ってくれた本としては、朝鮮日報社の『児童文学選集』、日本人の『小川未明童話集』、姜小泉《カンソチョン》の『かぼちゃの花灯籠』などだった。とくに『児童文学集』の中の李光洙《イグァンス》の童話（題は忘れたが、停留場でお母さんを待つ子どもの話だ）、木月《モグォル》・朴泳鍾《パクヨンジョン》の「渡し場」、鄭芝溶《チョンジヨン》の「馬」などに鉛筆で簡単な説明をしてあったが、それは、夢ではなくて生活が表現されているからいい作品だという意味だった。
>
> （尹一柱「尹東柱の生涯」『ナラサラン』23集、ウェソル会、一九七六年、一五五―一五六頁）

兄と弟のあいだでこんな「文学的な」交流が生まれていたので、彼らの父は飛び上がってびっくりしたようだ。

写真27　朝鮮最初の月刊誌『少年』

尹東柱はソウルにいるとき弟たちにこのような文学書を送ってやった。しかし尹東柱の父はそれを気に入らなかった。

尹一柱の回想する延専学生時代の帰郷時の尹東柱は、多様な姿を見せる。そして家族の証言らしく、とても生き生きとその像を描き出してくれる。

東柱の弟妹は休みのあいだに彼からたくさんのことを学んだ。休み中の宿題もいっしょにやり、大学生の彼とビー玉あそびやボール蹴りなどでたっぷり遊んだ。彼は本を読む時間を大事にしながらも、弟妹たちがかわいくて遊んでくれるのだ。

姉とわたしが彼から低い声で太極旗の模様と無窮花《ムグンファ》と愛国歌、己未《キミ》〔一九一九年〕独立万歳〔三・一独立運動〕や光州《クァンジュ》学生事件〔一九二九年〕などについて聞いたのは、彼の専門学校一、二年のときだ。またもう一つ忘れられないことは、わたしが小学校四年のときだと思うが、彼から星座を教えてもらったことだ。教科書に出てくる北斗七星と北極星などの位置を、庭に出て指さしながらじつに要領よく教えてくれたのだ。夏の夜の涼しい風、小さなわたしを抱くようにしていた温かな彼の体臭、星を指し示した彼の指など、すべてが懐かしい。

……休暇となれば田舎にもどって本でも思う存分読もうと、たくさんの本を背負って家に帰ってきても、彼の思いどおりにはならなかった。一族のなかでいちばん大きな家だから、お客さんの来ない日がないくらい、いつもごたごたしていた。（中略）

彼はほとんど毎日のように山道や野道を歩いた。弟妹たちにだまって散策することが多かったが、わざわざわたしを連れて行くこともあった。……彼の思想の大部分はその散歩中に自然を観照しながら心の中からにじみ出て練り上げられたものではないかと思う。散歩のときの身なりは、麻やキャラコ（白木綿）の朝鮮服姿で、手に本が握られていないときはなかった。休暇中はほとんどそんな服装できれいに着こなしていたが、四角帽や延禧《ヨニ》専門の学生たちがよくかぶった米国式の平べったい麦藁帽に紺色の学生服姿も、よく似合った。彼はそれとなくおしゃれもしたが、何でも彼が身につければすらりと似合うようだった。彼は日本に対する敵愾心が強く、「ハオリ（羽織）」や「ユカタ（浴衣）」を着た朝鮮人を見ると、吐き気がするといって目をそらした。友人たちが日本語で話しかけても、わざと朝鮮語《ウリマル》で応じたりした。

（尹一柱「尹東柱の生涯」『ナラサラン』23集、ウェソル会、一九七六年、一五六―一五七頁）

延禧専門文科一年生のときの尹東柱の姿はこんなふうだった。彼が一学年のときに受講した科目とその点数は次のとおりだ。

修身（八〇）、聖書（八九）、国語（八一）、朝鮮語（一〇〇）、漢文学（八五）、文学概論（七〇）、英文法（八〇）、英読（八二）、英作（七四）、英会（七九）、声音学（七八）、東洋史（八五）、自然科学（七五）、音楽（九五）、体操（七九）、国史（七四）

延専二年生——詩の学びと鄭芝溶

一九三九年、尹東柱は二年生になった。第二学年で受講した科目と点数は次のとおりだ。

修身（八〇）、聖書（九四）、国語（八六）、漢文（九〇）、英文法（五〇）、英読（八七）、英作（九〇）、英会（七二）、西洋史（九〇）、社会学（六五）、経済原論（七五）、論理学（八五）、体操（八二）、教練（八八）

この年の初めから尹東柱は作品の発表を心がけるようになった。『朝鮮日報』の学生欄が主な対象だった。同期生の柳玲によると、そのころ『朝鮮日報』には学生欄という紙面があり、学生の投稿作品を載せていたという。作品を新聞社に郵送し、選ばれて掲載されると、あとから新聞購読券一カ月分ないし二カ月分を稿料の代わりに送ってくれた。柳玲も投稿して掲載され、新聞購読券をもらった経験があるという。延専の仲間のうちで、童話や童謡を書いていた厳《オム》ダルホなどはすでに既成文人の待遇を受け、学生欄ではなく『少年朝鮮日報』から依頼を受けてしばしば作品を載せていたという。尹東柱は散文「月を射る」(三九年一月)と光明《クァンミョン》中学のとき書いた詩「遺言」(一九三七年一〇月二四日)、延専一年生のときの詩「弟の印象画」(日付不詳)、——この三篇を尹東柱あるいは尹柱《ユンジュ》という名で『朝鮮日報』学生欄に発表した。また、童詩「やまびこ」を『少年』(日付不詳)に尹童舟という名で発表した。これをきっかけに『少年』の編集者で童謡詩人の尹石重《ユンソクジュン》に会い、はじめて原稿料を受け取ったという。

不思議なことは、彼がこのように以前に書いた作品の発表にばかり気を使って新しい作品を別に書かなかったことだ。三九年に書いたのは詩が「月のように」「薔薇病んで」「渓流」「自画像」「少年」の五篇と、散文が「ツルゲーネフの丘」一篇、あわせて六篇だけである。それも制作の時期を知ることのできない「渓流」や「少年」を除いて、残りの四篇がみな九月になって書かれている。

ここで尹東柱の二年生のときのことを調べてみよう。

現在までのところ「尹東柱の一九三九年」はよくわからない部分が多い。

まず寄宿舎生活をした時期の問題。

尹一柱が作成した尹東柱の年譜では入学後三年間続けて寄宿舎生活をしたことになっている。だから下宿生活は四年生のとき、四一年に鄭炳昱といっしょに寄宿舎を出てともに過ごした一年間だけだと知られている。だが事実はこれと違っている。二年生のときには寄宿舎を出て下宿生活をし、三年生でまた寄宿舎にもどったが、四年生のときふたたび鄭炳昱と出たのである。三九年に寄宿舎ではなく下宿生活をしたことは、同期入学の柳玲《ユヨン》や羅士行の言葉によってはっきりしている。

柳玲は三九年一一月に家庭の事情で休学したが、二年後、尹東柱らが卒業したあとに復学した。ところが休学前に尹東柱の阿峴洞《アヒョンドン》の下宿と西小門《ソソムン》の下宿をそれぞれ訪ね、詩についての話をかわした記憶がはっきり残っているという。

尹東柱はまず阿峴洞で下宿したんです。そのあと西小門に移ったんですよ。そのときは一人で下宿していたと記憶しています。西小門の下宿は、むかし西大門《ソデムン》区役所のあった近くですが、そのころはほんとうに田舎みたいなところでしたよ。前に小川が流れていて、近くに井戸もあったんです。まさに尹東柱の詩「自画像」の背景になる井戸ですね。

そのころ新村《シンチョン》〔延禧《ヨニ》専門学校正門前付近の地名〕とソウル駅のあいだには延禧駅、阿峴駅、西小門駅などがあった。尹東柱は通学に便利なように駅の近い地域に引っ越して下宿したらしい。話が出たついでにここで詩「自画像」と井戸のことに触れておこう。

自画像

山すそを廻り　田んぼの脇の人気ない井戸をひとり訪ねては
そっと覗いてみます。

井戸の中には月が明るく　雲が流れ空が広がり
青い風が吹いて　秋があります。

そして一人の男がいます。
どうしてかその男が憎くなり　帰って行きます。

帰りながら思うに　その男が哀れになります。
引き返して覗くと　男はそのままいます。

またその男が憎くなり　帰って行きます。
帰りかけてまた思うに　その男が愛しくなります。
井戸の中には月が明るく　雲が流れ空が広がり
青い風が吹き　秋があって
追憶のように男がいます。

（1939・9）

今まで尹東柱の研究家たちのなかでは、この「自画像」（原題「井戸の中の自画像」）の背景となった井戸は「故郷・明東《ミョンドン》の家のおいしい水の出る、深さ数十メートルの井戸」だという話になっていた。しかし柳玲はそうではなく、「尹東柱の西小門の下宿近くの井戸」だったと断定している。

どうやらこの推定が正しいようだ。理由はこうだ。

第一に、「自画像」が描かれたのは一九三九年九月で、時期的に見て作者の西小門時代に近い。それに比べて「明東の井戸説」によれば、すでに青年となった彼が少年時代に見た井戸をこの時点になってふりかえるように回想して、この詩を書くことになったということになり、とても不自然である。

第二に、明東の家の井戸は数十メートルになる深い井戸で、その中に向けて声を張り上げると井戸にひびきわたる音が起こったという。構造的に見てそんなに深い井戸ではとうてい水面に物の影が映ることはありえない。だから「自画像」的な発想自体が不可能だ。

しかし、ひょっとすると井戸の構造についてのこうした論議そのものがまったく無意味なことかもしれない。尹東柱ははっきり「井戸の中には月が明るく……」と書いた。いくら浅めの井戸であっても、昼ではなく月夜に顔を映し出せる井戸はない。というのは、夜、井戸を見下ろしてみると、その行為自体が月の光をさえぎって、人の姿が水面に映ることはないからだ。夜に井戸をのぞいたとき、そこに明るい月と雲と空と青い風と男まで見える井戸、それはまったく心の中にある井戸であるほかない。「自画像」の背景となった井戸が北間島《ブッカンド》明東村の井戸か、ソウル西小門のそれかを尋ねるのはもはやあまり有益ではないようだ。それよりはなぜ尹東柱が彼の姿を水面に、それもよりによって井戸の中にある水の面《おもて》に映してみたかったのか、という問いをじっくり考えてみなければならないだろう。

「尹東柱の一九三九年」を知るには羅士行《ラサヘン》の追憶も重要である。彼は尹東柱の北阿峴洞《アヒョンドン》(柳玲《ユヨン》のいう「阿峴洞」という町の名よりもやや具体的だ)の下宿時代を記憶しているばかりでなく、その時期に同じ北阿峴洞に住んでいた詩人鄭芝溶《チョンジヨン》をいっしょに訪ねたという重要な経験を持っているからだ。

尹東柱が延専に入学して寄宿舎にいたとき、日曜日になるとわたしが延専の寄宿舎に遊びにいき、東柱がわれわれの監神〔監理教神学校〕寄宿舎へ遊びにきたりもして、よく会いました。ところで一九三九年には、東柱が寄宿舎を出て北阿峴洞で下宿していたんです。それでそこへも遊びにいきましたよ。そのときのことですが、やはり北阿峴洞に住んでいた詩人鄭芝溶さんのお宅に東柱《トンジュ》がいくのでいっしょに行ったこともありました。鄭芝溶さんと詩についての話をしたことをおぼえています。

尹東柱の死後、一九四八年一月に出版された遺稿詩集『空と風と星と詩』の初版には、鄭芝溶が姜処《カンチョ》重《ジュン》に頼まれて書いた序文が載っている。その内容では彼が尹東柱をまったく知らないことになっている。それで、これまで鄭芝溶と尹東柱は生前には一度も会ったことはなかったと思われてきた。しかし鄭芝溶が尹東柱を憶えていなかっただけで、尹東柱は鄭芝溶の家を訪ねて会っていたのである。

詩人志望者が数多く訪れた鄭芝溶であってみれば忘れるということもありうることだろう。

羅士行によると、北阿峴洞には低い平地側に金持ちの大きな家があり、高いところに上るにつれて家は小さくなり、貧しい人たちが暮らしていたが、鄭芝溶の家はやや高いところにあるまずまずの大きさの朝鮮式の瓦葺きの家だったという。

筆者はこの話に興味をおぼえ、鄭芝溶の子息、鄭《チョン》ググァン〔구관《ググァン》〕氏〔一九二八年生〕を探したずねて会った。彼に確かめた結果、羅士行《ラサヘン》の話のとおり、三九年には北阿峴洞の瓦葺きの家で暮らしていたことがはっ

きりした。その家の正確な番地は「北阿峴洞一の六四号」だった。鄭ググァン氏は三九年ごろには十一歳くらいだが、そのころ家に客がよく訪ねてきたことをおぼえていた。父の友人、学生、文学志望の人たち……そんな客がひきもきらなかったというのだ。

そのころ宋夢奎《ソンモンギュ》もやはり寄宿舎を出て同じ北阿峴洞で下宿していたという。宋夢奎のいとこ（従兄）宋《ソン》雄奎《ウンギュ》によれば、三九年に宋夢奎と二人で「北阿峴洞二四〇番地」に下宿していたが、一年ほどたって経済上の事情から自分は住み込みの家庭教師の仕事を探して出てゆき、宋夢奎は寄宿舎に戻ったという。

尹東柱の文章（「終始」）に、寄宿舎を出て下宿に移るようになった動機をたくみに明かしている部分がある。

事件というのはいつでも、大きなことが動機になるより、むしろ小さなことから発生するものだ。

雪の降る日だった。同宿の友人のまた友人が、門内（東大門や南大門などの四大門の中、都心地域をこのようにいう）に行く電車が来るまでの一時間ほどをつぶすために友人をたずねてきて、こんな話を交わした。

「おい、きみはこの家（寄宿舎）の精霊にでもなるつもりなのか？」

「静かなほうが勉強するのによほどいいじゃないか」

「そうか、本のページでもぱたぱた繰っていれば勉強になると思うのかい。電車から眺める光景や停車場でぶつかる出来事、汽車の中で出くわすあらゆることで、生活でないものはないよ。生活のためにたたかうこの雰囲気に浸り、見て、考えて、分析してこそ、ほんとうの意味の教育じゃないのか。

おい、きみ！　本のページばかりめくって、人生がどうだとか社会がこうだとかいうのは、一六世紀にでも見つけられるやり方だよ、断然、門内へ出てくるよう心持ちを変えるんだよ」

わたしに対する忠告ではなかったが、この言葉に目からうろこが落ち、そのとおりだと思った。単にここだけでなく、人間を離れることで道を修めるというのは一種の娯楽であり、娯楽ゆえ生活にはなりえず、生活がないからそれはまた死んだ勉強ではないか。勉強も生活化しなければならないと思い、近いうちに門内へ移ることを、内心、はっきり決めてしまった。

（尹東柱「終始」、『空と風と星と詩』正音社、一九八三年、一八七―一八九頁）

筆者は上の文で何よりも尹東柱が「人間を離れることで道を修める」のは一つの「娯楽」にすぎないと喝破しているところに大いに注目する（ここで「人間」には「人」という意味と、「人が暮らすところ、人と人の間、世間」の意味とがある）。この思想は彼の詩を理解する上で大きな梃子《てこ》の役割をなしている考え方だ。そうだ。彼はおよそ人間の仕事と努力はどこまでも人間の暮らしの現場にその根をおいていなければならないことを本能的に納得していたし、それがつまり彼がもつ力、誠実さであり、また彼の詩が生きた詩となった決定的な原因だった。

ここでさらに考えてみよう。彼の生を包み込んでいたその時代はどうであったのかを。

朝鮮総督府は一九三七年にはじまった中日戦争を遂行するために「軍用資源保護法」など、人びとの生活をさまざまに統制する法令をつづけざまにつくり、各中等学校に海軍教練を実施させるほど戦時非常体制を強要していた。「国民徴用制度」もこの年から実施した。

写真28　延禧専門学校時代の寄宿舎

尹東柱は2年生のときと4年生のとき、2年間ほど寄宿舎を出て西小門洞、北阿峴洞など数カ所で下宿生活をした。〔この建物は現存し、前の斜面下に尹東柱詩碑が建てられた。〕

中日戦争の進行にともない、米国は中国に同情し支持する立場に立った。ルーズベルト政府はすでに一九三七年一〇月の有名な「制止演説」をつうじて日本の中国侵略は認められないという意志を明白にしていた。一九三八年夏には日本に向かう飛行機・武器およびその他の戦争物資の船積みを禁止させ、一九三九年七月には日本との通商条約を破棄してしまった（ピーター・トゥイス『日本近代史』金容徳訳、知識産業社、二四三頁参照）。

日米間の関係がこのように悪化するにしたがって米国の宣教師たちが経営する延禧《ヨニ》専門学校と朝鮮総督府の関係も悪化した。種々の圧力がさしせまってきた。当時の状況が延専校長として在職していた元漢慶《ウォンハンギョン》博士の長男・元一漢《ウォンイルハン》（Horace Grant Underwood 一九一七年ソウル生れ）氏の回顧録につぎのように描写されている。

わたしは、祖父（元杜尤《ウォントゥウ》牧師）の銅像が立ち、父（元漢慶《ウォンハンギョン》博士）が学長として勤務していた延禧《ヨニ》専門のキャンパスの英語講師として社会生活をはじめた。

韓国に戻ってみると（彼は米国で高校、大学を卒業して一九三九年夏に来た）日本の植民地政策がひどく露骨になっていた。教科内容として「修身と日本語」が強化され、朝鮮語をなくすためにいろんな措置をとっている。

各級学校では朝鮮語の使用が禁止され、日本語の使用が強要されたが、延禧専門学校だけは文科で朝鮮語講座を開設していた。

一、二学年は毎週三時間、三、四学年は毎週二時間ずつ朝鮮語の講義を受けるようにし、日本のいわゆる皇国臣民教育に耐えられるところまでこれを維持しようという方針だった。

朝鮮語講座はこの年（一九四〇年）春学期から日本学という科目に変えられてしまった。日本語によってだけ講義するよう強要するので、日本語の下手な教授たちの講義時間には爆笑が起こることが多かった。

英語教育にも非常信号がともった。いわゆる日帝の国策に合わない洋書の輸入が制限されたし、中日戦争後、日本を悪くいうバートランド・ラッセルと、『自由論』の著者ジョン・スチュアート・ミルの作品も教えることができなかった。（中略）延禧専門学校の校長である父の苦衷と試練はひじょうに深刻だった。

総督府学務局は延専の従来からの校旗、校歌、応援歌はもちろん英語で書いた各種掲示事項を撤去し、皇国日本の立場を支持する宣伝文書を貼りだすよう指示、通告してきた。

中日戦争以後小さな団体まで不法に取り締まりはじめ、延禧専門キャンパスでも何人もの教授たちが検束された。

玄濟明《ヒョンジェミョン》教授作曲集の巻頭に収録された「朝鮮の歌」が禁止曲とされたことはよく知られている。わたしが朝鮮に戻る前の年には西大門《ソデムン》警察署の高等課刑事たちが大学図書館を捜索、不穏文書という理由で貴重な図書数百冊を押収したと聞いた。押収された図書の中には韓日合併に関する英文資料も含まれていた。

（元一漢「わたしの履歴書」『韓国日報』一九八二年一月二〇日付、六面）

このように日帝によって朝鮮民族固有の言語文化が圧殺されているなかで、これに対する抵抗もまた涙を誘うものだった。

一九三八年七月にハングル学者・文世栄《ムンセヨン》が最初の国語辞典である『ウリマル辞典』を、詩人金珖燮《キムグァンソプ》が詩集『憧憬』を出版し、一九三九年二月には朝鮮語の文芸誌である『文章』が創刊されたのにつづいて、何人もの詩人たちが朝鮮語詩集を競うように刊行した。金尚鎔《キムサンヨン》の『望郷』、朴龍喆《パクヨンチョル》の全集I『詩集』、金《キム》光均《グァンギュン》の『瓦斯《ガス》燈《とう》』、金起林《キムギリム》の『太陽の風俗』、辛夕汀《シンソクジョン》の『ろうそくの灯』、張萬栄《チャンマニョン》の『祝祭』、柳致環《ユチファン》の『青馬詩抄』……などすべてこの年に出た。まるで消えようとするろうそくの灯が必死に身もだえ、最後の輝きをはなとうとするかのように。尹東柱はこうした詩集を勤勉に読みふけったようだ。こんにち尹東柱の遺族たちが保管している彼の遺品の中に、朴龍喆《パクヨンチョル》の『詩集』と張萬栄《チャンマニョン》の『祝祭』などの詩集が残っている。

尹東柱の詩において張萬栄《チャンマニョン》と辛夕汀《シンソクジョン》の詩的影響が感じられるという評者の指摘と関連して、吟味してみるべきことである。反面、親日文学団体である朝鮮文人協会が結成されるなど、日帝におもねる勢力もまた焔の勢いで増大していった。文字どおり乱世であった。

この年に尹東柱が書いた六篇の作品の中で、先にふれた「自画像」のほかに「ツルゲーネフの丘」が目を引く。これは詩集の初版本を出すとき散文に分類され、以来いままでそのまま散文としてあつかわれている。しかし筆者が見るところでは散文詩とするのが正しいようだ。

ツルゲーネフの丘

わたしは峠の道を越えていた……そのとき三人の少年乞食とすれちがった。

初めの子は背に籠をかつぎ、その籠の中にはサイダー壜、缶詰の缶、鉄屑、ぼろ靴下など、廃品がいっぱいだった。

二番目の子もそうだった。

三番目の子もそうだった。

ぼさぼさの髪、真っ黒の顔に涙の溜った充血した眼、色を失って蒼ざめた唇、布《きれ》の端が裂けゆらゆら垂れている艦褸《ぼろ》服、傷だらけの裸足、
ああ、どれほど恐ろしい貧しさがこの幼い少年たちを呑みこんだのか！

わたしは痛ましい思いにかられた。

わたしはポケットをさぐった。ふくらんだ財布、時計、ハンカチ……あるべき物はみなあった。

だがやみくもにこれらを出してやる勇気はなかった。手でいじくるばかりだった。

やさしく話でもしようと「きみたち」と呼んでみた。

初めの子が充血した眼でじろっとふり返るだけだった。

二番目の子もそうするだけだった。

三番目の子もそうするだけだった。

そうして、おまえは関係ないというように、自分たちだけでひそひそとささやき交わしながら峠を
越えていった。

丘の上には誰もいなかった。

しだいに濃くなっていく黄昏が押しせまってくるばかり——


（1939・9）

この作品はひじょうに鋭い「風刺詩」であるが、じつは今まで正しく解釈も評価もされてこなかった。この作品を指して「『隣人』にたいするあわれみを主題とした作品」で、「詩人が『序詩』でみせたヒューマニストとしての実践的誓い」を少し押しひろげて、実際的な「象徴的事件」として提示したものだという評価まで出されている（馬光洙《マグァンス》『尹東柱研究』正音社、一九八四年、一一六頁参照）。これは的をはずした解釈だと思う。

この作品の母体は次のようなツルゲーネフの散文詩「乞食」である。

通りを歩いていると……乞食に呼びとめられた。赤くただれた、涙っぽい眼。青ざめた口びる。毛ばだったぼろきれ。うみくずれた傷ぐち。……おお、貧苦に虫ばみつくされた不仕合わせな男！　彼は赤くむくんだ、きたならしい手を、わたしにさしのべた。……うめくように、つぶやくように、お助けをと言う。

わたしは、ポケットというポケットをさがしはじめた。……財布もない、時計もない、ハンカチ一枚ない。……何ひとつ持って出なかったのだ。

乞食は待っている。……さしのべたその手は、力なく揺れ、わなないている。

途方にくれ、うろたえたわたしは、ぶるぶるふるえる汚《きた》ない手を、しっかり握りしめた。……

「わるく思わないでおくれ、兄弟。わたしは何も持っていないのだよ」

乞食は、ただれた眼で、じっとわたしを見た。青ざめたその口びるを、うす笑いがかすめた。――そして彼はわたしの冷たくなった指を握りかえした。

「結構ですとも、だんな」と、彼はささやいた。「それだけでも、ありがたいことです。――それもやはり、ほどこしですから。」

わたしはさとった。わたしのほうでも、この兄弟からほどこしを受けたことを。〔神西清訳による〕

このロシアの散文詩がはじめてわが国に紹介されたのは一九一九年二月だった。詩人、岸曙《アンソ》・金億《キムオク》（一八九六―?）がこの詩を翻訳し『泰西文芸新報』に発表した。その後この詩はわが国の人びとからとても歓迎されたようだ。いち早く上海《シャンハイ》で出た『独立新聞』一九二二年九月二〇日付の四面にもこの散文詩

をそのまま模倣し剽窃した「乞食」という作品（筆者名――キョンジェ〔경재〕）が載っている。この「乞食」の内容の核心と結末は、いうまでもなくツルゲーネフの原作とそっくりである。襤褸を着た乞食に出会ったが、ポケットをさぐってみると「財布もない、時計もない、ハンカチ一枚ない。……何ひとつ持って出なかったのだ」それで乞食の汚れた手をぎゅっと握って許しを請うと、その乞食が恐縮がって感謝したというのである。

誰も彼も持てるものが何もなかった時代だから、この話があれほど人びとの気に入ったのだろうか。「乞食に何も与えなくても感激と人心を得ることができた！」――ツルゲーネフの散文詩の本来の意図はそのようなものではなかっただろうか。この詩の結果を前において厳格に貸借対照表を作ってみれば、このように不愉快な姿になる。しかも乞食が感謝したかどうかなど、わからないではないか！　この散文詩があれほど人びとの心を強く引きつけた理由はなにか、その無意識の深層にまで降りて見つめてみれば、やはりこのような数学的な結果から来る満足のためではなかっただろうか？　あるいはじっさいに限りなく真実だったとしても、はたしてその襤褸を着た乞食にとってどれほどの助けになっただろうか？

イエスはつとに「汝の財宝《たから》のある所には、汝の心もあるべし」と辛辣に指摘している。そうだ。財物の伴わない言葉だけの、手ぶりだけの同情がはたしてどれほどの真実の重みをもっただろうか？　あるいはじっさいにどこまでも真実だったとして、はたしてその襤褸をまとった乞食にどれほど役に立つのか。

こうした根本的な疑問に、あえて眼をつぶり「物乞いする乞食に同情の言葉と素手を差し伸べたこと」だけでおたがいに満足したというなら、それは一種のまやかしである。浅薄な自己陶酔にすぎない。だからツルゲーネフの散文詩「乞食」がもたらす感銘や感動は嘘の感銘、似て非なる感動というほかない。尹東柱はこのようなまやかしの兄弟愛、安っぽい隣人愛に対して反発した。そして「なんの損もなく感謝と人の心だけを獲得する」ツルゲーネフの「乞食」式の慈善がもっている、自己欺瞞性と不正直さを暴く作品を書き、表題さえも「ツルゲーネフの丘」とつけたのである。とくに表題「ツルゲーネフの丘」で、あえて「丘」という設定をしたその外的条件こそ、ツルゲーネフが描き出した安価な温情あるいは自己陶酔が、その迷妄を脱して克服しなければならないある段階を象徴したものかもしれない。

目的がそこにあったので、彼は作品の構図にも神経をつかった。乞食に会ったとき、幸いにもポケットに「財布、時計、ハンカチ……」など「なにも入っていなかった」ツルゲーネフ式の状況設定の代わりに、不幸にも「財布、時計、ハンカチ……」など「あるべきものはみなあった」状況を設定することによって、われわれの根の深い虚飾とむなしい隣人愛をはばかることなく揶揄し風刺したのだ。

もともと「風刺」というものは、事物に対する客観的な視角とともに、自分自身を含むあらゆるものを嘲笑できる高度の批評精神が健在であるとき、はじめて可能になる精神の運動のひとつである。尹東柱はそのような能力を本能的に備えていた人だった。だから尹東柱としては、このような「風刺詩」はこれが初めてではなかった。「ツルゲーネフの丘」以前にも、これと同じようなパターンの風刺詩「その女」が書かれている。

その女

いっしょに咲いた花にはじめて熟れたりんごは

まっさきに落ちました。
今日も秋の風は容赦なく吹いています。
道脇に落ちた紅いりんごは
通りかかった人が拾っていきました。

（1937・7・26）

この詩は「ツルゲーネフの丘」より二年前の一九三七年七月二六日に書かれた。尹東柱の龍井《ヨンジョン》・光明《クァンミョン》中学五年生、最終学年の夏休み中にあたる。

「その女」という詩は、そもそも何をいおうとしたものだろうか。詩句だけを見れば、ほかの実より先に熟して落ちた「紅いりんご」という果実を扱った内容で、あえて分類すれば叙景詩に該当する。しかし、題が「その女」であるのをみれば、事はちがってくる。「紅いりんご」が「女」であることを前提として読んでみると、この詩は冷酷なぐらい冷笑的な風刺詩となる。自分の同年輩の者より先に花開いた一人の処女がその貞節をむなしく、しかもふさわしからぬ者に蹂躙されてしまった状況を、果実に仮託して冷静に風刺しているからだ。

しかしこの詩をそのようにだけ読んでは十分な読みとはいえないことがすぐにわかる。尹東柱の「その女」に先立つ詩として、サッフォーの「ある処女」があるのだ。筆者は元老詩人・金珖燮《キムグァンソプ》の散文集『わたしの獄中記』を読んでいて、彼がギリシャの〔紀元前七世紀の〕女流詩人サッフォーの詩「ある処女」についで次のように言及していたのを発見し、尹東柱の詩「その女」の詩的背景をあらたに理解することができた。

……そのころ（日本早稲田大学在学時、一九二九―三二年）わたしはサッフォーの「ある処女」も読んだ。

あの高い枝の端に
ほんのり紅く実る
美しいりんごにも似て
摘まないのは忘れたのではありません。
高くて手が届かないのです。
〔金珖燮《キムグァンソプ》による朝鮮語訳からの重訳〕

この抒情詩は哀傷的ではなく、その知性美が特徴だ。詩に重要なことは哀傷ではなくポエジー（詩精神）なのだ。
（金珖燮「詩への道程」『わたしの獄中記』創作と批評社、三〇八―三〇九頁）

サッフォーの「ある処女」と尹東柱の「その女」を並べて比較してみると、両者はタイトルから基本構図までとても似かよっている。しかし女性をうたう視角は正反対である。サッフォーは多くの男性があえて「手が届かない」、まるで高い枝の端の紅いりんごのようにずっと高みにある気品をもった美しい処女の存在をうたった。

しかし尹東柱の批評精神はこの詩に不満を感じたのだ。金珖燮の表現をかりれば、「ポエジー」すなわち詩精神が不足していると見たようだ。だからサッフォーとそっくりの比喩と記法を使って、いくら「手が届かない」ところにあるとしても結局、実ればおのずと落ちることになっている処女たちの運命、それも自分と同年輩のものより先に花開くひいでた処女が、「通りかかった人」と描写されるほど突飛な人間にむなしく引っかかってしまうのが、われわれの生きていくこの世の人生であることを描いて見せたのである。

「その女」を書くとき尹東柱の年が二十歳だったことを思えば、そんな青春の彼が把握した早熟な女性観の一部が、このような鋭い姿であらわれたのはおもしろいことだ。

尹東柱のこうした風刺詩がもつ意味はなんだろうか。それは結局、彼が世の中を見分ける眼と、それを詩に表現するときの記法を訓練する道具の一つとして、風刺詩というジャンルを使ってみたとみるべきであろう。一言でいって彼の詩探求がそれだけ熾烈だったということになる。

しかし尹東柱は「ツルゲーネフの丘」などが書かれた一九三九年九月以後にはそれ以上詩を書かず、長い擱筆の時期に入っていく(一九三九年に書かれた六篇の作品中で、書かれた時期が確実にわかっているのはすべて「九月」となっている。残る二篇、「少年」と「渓流」は時期がはっきりしていないが、九月以降の作品とは思われない)。

彼の擱筆は次の年、一九四〇年一二月まで続けられる。現在、彼の一年二カ月にわたる長い擱筆期間について誰も注目していないようだが、尹東柱の詩全体の構造を把握するためには、この時期についての正しい評価が不可欠だと思う。この間にどんなことがあったのか？

もっとも大きな波紋をひきおこしたのは一九三九年一一月一〇日に公布された法令、「朝鮮人の氏名に関する件（創氏改名令）」であった。朝鮮人の伝統的な名前を日本式の名前に変えろというもので、施行開始日時は一九四〇年二月一一日となっていた。

創氏改名制度は、一九三六年八月二六日に朝鮮総督として赴任した南次郎の手でつくられたもののなかでも代表的で邪悪な代物であった。彼は赴任以来「皇国臣民の誓詞」を制定し、すべての朝鮮人にこれを暗誦させ、各級学校で朝鮮語の教習を禁止させるなど、さまざまに朝鮮民族の原形質を破壊する作業に力を注いだ。その作業がどれほど功を奏したか。一九三九年一一月に、崔麟《チェリン》、李光洙《イグァンス》、尹徳榮《ユンドギョン》など、いわゆる指導的な著名人千余名が伊藤博文のための神社である博文社に集まり、伊藤をはじめとする韓日合併の功労者のための感謝慰霊祭をささげるという振る舞いまで行われたのである。

創氏改名令によって全国が煮え返るような騒ぎになる中で一九三九年は暮れていった。

この年にヨーロッパではついに第二次世界大戦が始まった。一九三九年八月にドイツがイギリス、フランスに宣戦布告をし、ポーランド、ノルウェー、オランダ、ベルギーを侵略したことによって、以後六年にわたる大戦争が幕を開けたのである。

延専三年生——信仰の懐疑期、鄭炳昱との出会い

一九四〇年。年が明けても、日帝の抑圧の下に暮らす朝鮮人には新たな希望も感動もなく、むしろさらに息苦しい圧迫感が加わるばかりだった。

一九四〇年は、朝鮮半島に出てきた日本人たちにとっては、二重に記念碑的な特別の年だった。日本建国「二千六百周年」であり、そして日本がはじめて国家主権を奪って海外植民国とした朝鮮への侵略三〇周年となる年だったのである。

元一漢〔アンダーウッド三世〕の回顧録には「この年から、学風を刷新するという口実で、さまざまの弾圧がほしいままに加えられたが、このとき父の苦しみがどれほど大きかったかは、直接その苦しみを受けてみた人でなくては説明が困難である」と記されている（元一漢「わたしの履歴書」『韓国日報』一九八二年一月二〇日付）。

だが教育部門に対する弾圧は、むしろ付随の問題だった。根本的に「朝鮮人の完全な皇国臣民化」を達成させるための作業が猛烈に推進されていたからである。その代表的な例が「創氏改名」制度の実施だった。二月一一日から「創氏改名」した新しい名の届出受付が始まったが、いかに激しく追いたてたか、わずか七カ月後の九月二〇日までの届出者は、全朝鮮人の七九・三％に達した。朝鮮民族は伝統的に祖先や家門をこの上なく尊重する文化風土を持っている。だから悪口のうちいちばんひどくて屈辱的なものは「姓

を変えるやつ」と言われることだった。だが、日本の統治者はわずか七カ月あまりのあいだに、人口のほとんど八割に達するほどの人が自らの手で「姓を変え」官庁に申告するように仕向けたのだ。日帝の統治当局の邪悪で残忍卑劣なおそるべき暴力の実態が、この統計数値の中にそのまま形となってあらわれているのである。

創氏改名制度だけが朝鮮民族の魂を抜き取っていたのではない。代表的な朝鮮語日刊紙である『東亜日報』と『朝鮮日報』が八月一〇日付で廃刊された。各種の時局事犯が量産されるなかで、九月には「基督教反工作事件」というものも起こって多くのキリスト教徒が検挙された。さまざまな生活必需品が配給体制の下で流通するよう、各種の法令によって制度化され、治安当局ににらまれた人びとは配給から除外された。全国的な規模で網の目のようにはりめぐらされた「国民精神総動員連盟」の組織網がすべての国民の日常生活はもちろん、精神生活まで統制した。

一九四〇年は尹東柱が延専三年生になった年だ。

彼が延専三年生のとき受講した科目は次のとおりだった。

修身（八七）、日本学（七〇）、聖書（八五）、国文学（八七）、漢文（九〇）、支那語（九八）、英文学史（八〇）、西洋史（九〇）、心理学（六五）、体操（八三）、教練（八八）、フランス語（七四）、法学（七八）

このように暗く悲惨な歳月を彼はどのように過ごしていったのか。尹東柱の一九四〇年は次の三点で注目される。時期を追って並べてみると、

一、鄭炳昱《チョンビョンウク》という生涯の知己に出会った。
二、キリスト教信仰に懐疑を感じた。
三、一年余り擱筆したが一二月になってわずかに三篇の詩を書いた。

まず第一の鄭炳昱との関係を見てみよう。

一九四〇年に尹東柱はふたたび寄宿舎に戻っていった。この年春に光明《クァンミョン》中学で尹東柱の二年後輩だった張徳順《チャンドクスン》が延専入学試験を受けるために北間島《プッカンド》から上京したとき、東柱が寄宿舎にいて彼の下宿先を延専の近所にある「滄川洞《チャンチョンドン》五一番地」に見つけてやるなど、世話をしてやったという。そうしてみると尹東柱はすでにこの年の最初の学期の始まる前に寄宿舎に戻っていたことがわかる。

鄭炳昱は張徳順と同じ組の後輩だった。彼は延専入学後いくらもたたないうちに寄宿舎で尹東柱と親しくなり、東柱の在学中たがいに胸襟をひらいてまじわる知己となった。それだけでなく尹東柱から自筆詩集一部をうけとり、よく保管して解放後に世に知らせる大きな役割を果たした。いかに尹東柱がみごとな詩を書く人だったとしても、その書いたものを保管して世に出す知友たちの努力がなかったとしたら、詩人としての尹東柱という存在と彼の詩は正しく知られることはなかっただろう。それを考えれば、この年、寄宿舎で鄭炳昱とまじわったことは尹東柱の個人史にとってひとつの幸運として記録される事件だった。

鄭炳昱はこう証言している。

わたしが尹東柱を知ることになったのは延禧《ヨニ》専門学校の寄宿舎でだった。（中略）彼は延禧専門学校の文科でわたしの二年上の上級生だったし、年は五つ上だった。彼はわたしを弟のようにかわいがってくれたし、わたしは彼を兄のように慕った。寄宿舎にいて食事時間になるといつもわたしの部屋に来て、わたしを引っぱっていって食卓につかせるので、わたしは食事がおそくなっても彼がわたしの部屋をノックするまでは彼を待っていた。新入生のわたしは生活の目安を尹東柱によって身につけていき、田舎っぺが東柱にならって垢抜けしていった。書店にいって本を選び出すときにも彼にたずねてみてから買い、田舎の弟たちへの土産を買うときにも彼が選んでくれるものを買って送った。（中略）

彼はたびたび月の明るい夜になるとわたしの部屋にやってきて、ベッドに縮かんで横になっているわたしをひっぱり出した。延禧の森をぬっていき西江《ソガン》の野をつきぬける二、三時間の散策を楽しんで戻ってきたりした。その二、三時間のあいだ彼は別に口を開くことはなかった。ときどき開いてもせいぜい「鄭くん、さっき読んでいた本はおもしろい？」という程度の質問だった。

（鄭炳昱「忘れえぬ尹東柱のこと」『ナラサラン』23集、ウェソル会、一九七六年、一三四―一三五頁）

第二に、尹東柱が信仰に懐疑を抱いたということも大いに注目されることだ。

東柱はキリスト教長老の一家に生まれ、幼児洗礼を受けて育ち、一度も教会に背を向けたことのない誠実なキリスト教信者だった。教会での奉仕活動もよくした。すでに恩真《ウンジン》中学校時代から日曜学校の教師になって子どもたちを教えたので、そのときの写真が今も残っている。光明中学のときにも同じだった。延専に入ったあとも、休みで龍井《ヨンジョン》に戻れば教会の夏季聖書学校に出て子どもたちを教えた。

ところが三年生のときに、信仰に疑問を感じ、教会にたいする関心さえ薄くなったというのである。だ

写真29　延禧専門学校時代の尹東柱

延専卒業クラス時代の尹東柱(左)と鄭炳昱(右)。尹東柱が鄭炳昱より2学年上で、年は5歳も上だったが、互いに胸襟をひらいてまじわった間柄だった。鄭炳昱は尹東柱から受け取った肉筆詩集『空と風と星と詩』をよく保管し、解放後に越南してきた遺族に伝え、尹東柱という詩人を世に知らせることに大きい貢献をした。鄭炳昱は解放後ソウル大学国文科で国文学を専攻した後、同大学国文科教授として長く奉職した。尹東柱の詩が中学、高校の教科書に掲載されるよう努力するなど、世に尹東柱を知らせるために最善を尽くした。

からといって教会にまったく足を向けなくなったのではない。それは、尹東柱といっしょに教会にかよった鄭炳昱の証言によくあらわれている。

　わたしの故郷が南部の智異山《チリサン》の山すそにある里だったので、小さいときから教会堂など見たこともなかったし、中学校に通いだしてからも教会の門をくぐったことはなかった。そんなわたしが東柱の尻にくっついて日曜日になるとわけもわからず教会堂に行き来した。（中略）わたしたちが通った教会は延禧専門学校と梨花《イファ》女子専門学校の学生たちの協力でつくられた教会として、梨花女専の音楽館にある小講堂を使っていた。そこで礼拝が終われば、そのままケーブル牧師夫人が指導する英語の聖書勉強会にも参席したりした。

（鄭炳昱「忘れえぬ尹東柱のこと」『ナラサラン』23集、一九七六年、一三四―一三五頁）

表面はこのように変わりない教会生活を送っていたが、尹東柱が信仰に疑いを感じていることを、彼を知る人びとはみな気づいていた。彼の友人、文益煥《ムンイクファン》と弟・尹一柱《ユンイルジュ》の証言を見てみよう。

彼にも信仰の懐疑の時期があった。延専時代がそんな時期だったようだ。だが彼の存在を深くゆすぶる信仰の懐疑期にも、彼の心は表面では依然として静かな湖水のようだった。

（文益煥「東柱兄の追憶」『空と風と星と詩』正音社、一九八三年、二一六頁）

彼の延禧《ヨニ》専門二年生の二学期にあたる一九三九年の後半に、わたしたちは龍井《ヨンジョン》の靖安区済昌《チェチャン》路一の二〇のもう少し大きい家を買い、修理して引っ越した。カナダ宣教部の租界地で、龍井《ヨンジョン》でもっとも景色のいい丘の下にあり、東柱兄さんの散歩コースとしてはうってつけのところだった。光明《クァンミョン》中学のときには教会の日曜学校の先生もしたし、延禧専門一、二年生のときまでは夏休みに夏季聖書学校などの手伝いもしたが、三年生になってからは教会にたいする関心が減っていったという感じを受けた。彼の視野が広がり、信仰の懐疑期に入っていたときだったのかもしれない。新しく引っ越していった家でのことだから、彼の三年生のときのことだろう。何かきっかけがあればときどき行う家庭礼拝で、ある日祖父が、「きょうは東柱が祈祷をしなさい」と命じられた。東柱兄さんはひざまずいて、以前とは違ってかなりぎこちなく祈りをささげた。礼拝後わたしたちを見て「祈祷は信仰そのままに変わっていくんだ」といいながらにやっと笑うのだった。

（尹一柱《ユンイルジュ》「尹東柱の生涯」『ナラサラン』23集、ウェソル会、一九七六年、一五七頁）

尹一柱《ユンイルジュ》の証言で「東柱兄さんはひざまずいて、以前とは違ってかなりぎこちなく祈りをささげた」という部分がとても示唆的だ。「信仰そのままに変わっていく」祈祷がかなりぎこちなくなるほど、信仰が揺らいだにもかかわらず、彼は依然として祈祷のためには「ひざまずく」人であったのだ。

そのような心性、そんな人となりをもった尹東柱、あれほど敬虔さへの訓練をつんできた人物である彼をして、キリスト教信仰に「懐疑」を抱かせた要因はなんだったのだろうか？　その答えはそのころ彼が直面していた状況から探り出してみるしかない。そこから、われわれはすぐにその正体を把握することになる。

一九四〇年の尹東柱に信仰の揺らぎまでも味わわせたものは、当時彼が直面した時代状況のほかにはない。それ以外に彼が信仰を失うほどにまで絶望することはまったくなかったからである。彼の個人生活は依然として敬虔であったし、人間関係はいつも和やかで情ぶかかったことははっきりしているのだ。

まさに、尹東柱は彼が身をもって味わっていたその凄惨で恥辱的な時代状況に絶望したのだ。彼は朝鮮民族の言語と文を磨き上げることを畢生の目標とし、そこに全身全霊を傾けてきた文化人だった。だがすでにその言葉を奪われ文を奪われた上に、今やかろうじて残っていた姓名まで剥奪されているのだ。鞭の下で身を伏せている羊のように、あるいは奴隷のように、その残忍で邪悪な暴力に屈服している無力な自分と同族を見ながら、彼が感じたものはなんだったろうか。

彼はまずそんな状況に絶望し、またひいては人間が人間をそれほどに邪悪で凄惨に凌辱しているのに、それを黙認しまた沈黙している神を考え、結局、そのような神の存在にもやはり絶望したのだろう。その絶望は彼の信仰を根元からゆすぶった。だから彼の膝は謙虚に曲げられひざまずかれていたにもかかわらず、彼の唇は神にささげる祈りの言葉をすらりとつむぎ出すことができなかったのである。

だとすれば彼のこのような絶望、また信仰の揺らぎは、彼の擱筆、そして擱筆後の詩篇とどのようにかかわっているのか？

一九四〇年一二月になって彼が三篇の詩を書いたという、第三のことが、その答えを与えるだろう。一九三九年九月以来沈黙していた尹東柱は一年三カ月ぶりに三篇の詩を書いて彼の一九四〇年を締めくくった。彼が耐えてきたその沈黙のあいだ、彼の周辺では時代状況に対する彼の苦痛をさらに耐えがたく追いつめることが続けざまに起こっていた。

まず彼の友人である羅士行とその周りに起きたことがある。その年五月に羅士行は警察に検束され、一カ月間苦しんだあげく釈放された。一〇月になるといきなり監理教神学校が廃校された。

一九四〇年一〇月三〇日は監理教神学校の扉が真っ暗に閉ざされた日である。六〇名の学生は師を失い師は学生を失って、どこへ行くあてもなかった。監神校廃校の前奏曲として五月に日帝がたくらんだ脚本にそって、構内に檄文が撒かれた。そのとき学生たちは西大門《ソデムン》署に検束された。李《イ》キョンモ

ク〔이겸목〕、ユ・ヂュンソ〔유증서〕、羅士行、全《チョン》ジョンオク〔전종옥〕、張《チャン》シファ〔장시화〕、朴《パク》コニク〔박건익〕、朴オンネ〔박옥내〕などが一カ月間苦汁をなめた。

（羅士行「去りゆく監神同窓二五年史」『滄海一粟』三三八頁）

監理教神学校は延専入学試験を受けにソウルに来た尹東柱が、その旅装を解いたところだ。知人である羅士行の受難と監理教神学校の厳しい運命を見る彼の心はけっして平穏なものではありえなかったろう。また日米関係が悪化していた。侵略戦争を継続している日本に対する圧力として米国が各種の外交的・経済的制裁措置をしきりに加えるや、日本当局は憤激していた。米国は自国民の身辺に危険を感じた。一九四〇年秋にすべての在朝鮮米国人に対する帰国命令とともに、マラトーサ号という大きな船を仁川《インチョン》港に送った。宣教師、学校教師をはじめ在朝鮮米国人の四分の三ほどが命令どおりその船に乗って帰国した。しかし延専校長のアンダーウッド一家はそのまま残った。このとき「父は、朝鮮人がわたしの退去を命令するならともかく、そうでないかぎり朝鮮を離れることはできない、という固い決意を示した」と元一漢は回顧している。

いまや圧制者はしだいにより仮借のない凶暴な暴力を振るいはじめていた。こうした状況を経験しながら生まれてきたのが、一九四〇年一二月の詩「八福」「病院」「ねぎらい」の三篇である。これらの詩は当時の状況を念頭において読んでこそ、その文脈を正しく読み取ることができる。

八福（マタイ福音五章三―一二）

悲しむ者は　福《さいわい》がある
悲しむ者は　さいわいがある
悲しむ者は　さいわいがある
悲しむ者は　さいわいがある
悲しむ者は　さいわいがある
悲しむ者は　さいわいがある
悲しむ者は　さいわいがある

わたしたちが永遠《とこしえ》に悲しむのです。

（１９４０・12、推定）

この詩の背景は、新約聖書「マタイ福音」第五章にあるあの有名なイエスの「八福」に関する教えである。だから尹東柱は詩の題そのものを「八福」としたのはもちろん、「マタイ福音五章三―一二」という典拠まで明らかにした（じつは、三節から一〇節までが「八福」にあたっていて一一―一二節はほかの福にかかわる定めである）。

この詩は尹東柱の当時の意識全般、すなわち彼の心理状態はもちろん、その「絶望」を、血がどくどくとしたたるようにあざやかにあらわしている点で、ひじょうに注目される。
まず聖書にある原文を見てみよう。

心の貧しい人びとは、幸いである
天の国はその人たちのものである（一）
悲しむ人びとは、幸いである
その人たちは慰められる（二）
柔和な人びとは、幸いである
その人たちは地を受け継ぐ（三）
義に飢え渇く人びとは、幸いである
その人たちは満たされる（四）
憐れみ深い人びとは、幸いである
その人たちは憐れみを受ける（五）
心の清い人びとは、幸いである
その人たちは神を見る（六）
平和を実現する人びとは、幸いである
その人たちは神の子と呼ばれる（七）
義のために迫害される人びとは、幸いである

天の国はその人たちのものである〔八〕

〔国際ギデオン協会、新共同訳〕

以上が聖書に定められた「八福」である。

尹東柱は英語の聖書もよく読んだ人だ。二番めの福の該当者が、朝鮮語《ウリマル》の聖書では「哀痛《エットン》する《ハヌン》者《チャ》〔悲しみいたむ者〕」という語句に翻訳されているが、彼はそのままに「悲しむ者《スルポハヌンチャ》」というわれわれの国語表現に移し変えたようだ。英語の聖書にはこの句節が“Blessed are those who mourn, for they shall be comforted”になっている。

このような聖書の句節を読みながら、われわれがすでに気づいたことだが、この詩は尹東柱の風刺詩「その女」と「ツルゲーネフの丘」と同じ系列の、つまり一つの根から出てきた別の種類のものだ。

彼はいち早く処女の運命という命題において、サッフォーに反発していた。「高い枝の端」にある「手の届かない」りんごのような処女の高慢な美しさと気品を、夏の盛りしか知らないウマオイムシ〔馬追虫〕のようにうたいあげて意気揚々としているサッフォーの女性称揚にたいして、尹東柱は、いくら高いところにある果実でも熟せば落ちるし、そうなれば「通りかかった人が拾ってい」くのが現実だとつめ寄っていた。

彼はまたほんとうの隣人愛という問題について、ツルゲーネフに反発した。乞食に会ったときポケットが空っぽだったから言葉だけで隣人愛を表示するほかなく、その結果、両者がともに満足したというツルゲーネフ式の腹の足しにならない温情、似て非なる満足感を前にして、彼は「ツルゲーネフの丘」を対置した。そこを越えて行け、と挑戦したのであり、そこを越えてみてもその満足感は前のとおりだろうか、と嘲弄したのである。

ところで彼は今、「悲しむ者が享受する福」について神に反抗する。この反抗の実体はどんなものか？まず、「悲しむ者」は誰かをさぐってみよう。いうまでもなく、それは朝鮮民族だ。彼はすでに「悲しい一族」という詩で、「朝鮮民族＝悲しい一族」という等式を立てているのだ。

一九四〇年一二月に書かれた尹東柱の詩「八福」は、朝鮮民族という巨大な民族共同体が味わっている凄惨な苦難の現場から、そうした苦難に対して沈黙し黙認している神に抵抗した詩だった。彼が「八福」として、「悲しむ者は福《さいわい》がある」という言葉ばかり八度もくりかえすことによって示そうとしたものはなんだったのか？

彼の目には、神が福を受ける人と分類した八つの類型の人びとが——心の貧しい者、悲しみいたむ者、柔和な者、義に飢え渇く者、憐れみ深い者、心の清い者、平和を実現する者、義のために迫害される者——まさにこのような人びとだとしても、彼らが朝鮮民族として生を受けた以上はそうした区分はすべてむなしいものだった。だからそんな八つの美徳をもっているとしても、彼らが朝鮮民族である以上は、結局、みな「悲しむ者」であるだけだった。彼は自らが立っている生の現場でそのことを感じ、体験した。だから、あの八つの類型区分を「悲しむ者」を八回くりかえすことで代えてしまったのだ。

こうすることで彼は、その八つの類型の人びとに、約束された八つの福——天の国、慰労《なぐさめ》、地、義で満たされること、憐れみを受けること、神を見ること、神の子とよばれること、天の国——このような神の保証が与えられると信じることができなかった。われわれに与えられたのは「永遠の悲しみ」だけだと、彼は断定したのである。

これはまことにとてつもない絶望であり、不信仰の表白だった。神の約束を信じることができないことは、すなわち神を信じられないことであり、そうである以上、この世では信じられるものは一つもなくなってしまうからである。

だがここに一つの大きな「逆説」を見る。神の約束を信じることができないということに、彼がここまで絶望するということは、とりもなおさず彼がそれほどにもその約束を信じたいと思い、約束がなしとげられることを切実に求めていることを現わしているにちがいない。そうだ、かれの不信仰は彼の信仰と同じく、神を称揚する祈りにほかならなかった。だから彼は不信仰という絶望の地獄を胸に抱いても、神に向かって静かにひざまずいたのであろう。

ここで「八福」と同じころに書かれた二篇の詩、「ねぎらい」と「病院」を見よう。彼が当時、時代に対する絶望と神に対する不信という二重の煩悩、その深い沼の中で暗中模索した活路がなんであったかが、これらの詩をとおしてにじみだしている。

ねぎらい

蜘蛛のやつが陰険なたくらみで病院の裏庭、手すりと花壇のあいまの
人がめったに足を踏み入れないところに網を張った。
屋外療養を受ける若い男が横になり　見上げている目の前で――

蝶が一匹　花壇に舞いおりようとして網にかかった。
黄色い翅をどんなにばたつかせても　蝶はますますからまるばかりだ。
蜘蛛は矢のように走り寄って　切りもなく糸をくり出し
蝶の全身に巻きつけてしまった。
男は長い溜息をついた。

齢《とし》以上に数えきれない苦労を経たすえ　時を失い病を得た
この男をねぎらう言葉は——
蜘蛛の巣を掻き退《の》けてしまうほかに　ねぎらいの言葉などなかった。

（1940・12・3）

病　院

杏の木陰に顔を隠し　病院の裏庭に横たわって　若い女が白い衣の裾から白い脚をのぞかせて　日光浴をしている。半日がすぎても　胸を病むというこの女をたずね来る者　蝶一匹もない。悲しむこともない杏の梢には　風さえない。

わたしもゆえ知らぬ痛みを久しく耐えて　初めてここへ
訪ねてきた。だが年老いた医者は若者の病を知らない。
わたしには病はないという。このとてつもない試練　こ
のはなはだしい疲労　わたしは腹を立ててはならない。

女はつと起《た》って襟を直し　花壇から金盞花をひとつ摘ん
で胸に挿し　病室へ消えた。わたしはその女の健康が

いやわが健康もまた　すみやかに回復することを願いな
がら　彼女が寝ていたその場所に　横たわってみる。

（1940・12）

この二篇の詩はすでによく論議されてきた作品である。彼が身をおいている世の中を病院と見る彼の視角がよくあらわれている。では、病を得た人びとでいっぱいになった場所、この社会、この「病院」に向かって彼が提示する「行為」は何か。

他人を慰めようとする努力、久しいあいだこらえ耐えること、また自他に向けた憐憫……こうした人間的な努力である。では、このようなことを通してわれわれがはたして癒されうるだろうか？　たぶんほと

んど不可能だろう。しかし神の力を借りずにわれわれがなしうることをさがすとすれば、結局、このようなかたちの努力をするほかないだろう。寒い冬の朝、たがいに身をもたせあってうずくまっている小さな仔犬たちの体温の分かち合いも、やはりそのようなものではないか。

一九四一年にいたって尹東柱は、こうした苦悩と挑戦と探索とを経て自らの行くべき道を見出した。信仰も回復した。そして命に対する畏敬と犠牲に対する覚悟が、この上なく清潔で至純なかたちであらわれた「十字架」や「序詩」のような詩を書くようになる。

そして世に広く知られている原作を踏まえて、題目や内容や構図を同じくしながら、結論においては人の意表をつくどんでん返しを見せた風刺詩は、それ以上書かれることはなかった。つまるところ風刺詩は、尹東柱の人格と詩精神がかならずや乗り越えなければならない大きな高地のひとつだったのだ。

詩「八福」の原形とその推敲の実態は?

一九八五年から八八年までこの本の最初の版の原稿を執筆するあいだに、筆者は尹東柱の遺族たちから貴重な助力を受けた。親族でなければ不可能な重要な証言を惜しまれなかったし、また大切に保管している尹東柱の遺品である手稿本の詩集をはじめ、自筆の原稿と、延専《ヨンジョン》の卒業アルバムや、彼が所蔵していた書籍をすべて調べ検討するよう提供してくださり、それらが決定的な助けになったのである。遺族の方たちは、遺族以外に韓国人として尹東柱の遺品を直接みた人は筆者が最初だといった。

数十年を経た詩人の親筆原稿を出して両手にもったとき、ひじょうな苦痛に近い感動を感じたのが昨日のことのようになまなましい。親筆原稿を見ることは、活字化された詩を見るのとではまた別の感動だった。詩人の体臭がそのまま感じられるようであったし、また尹東柱の詩の原形にそのまま向き合う感興はまた格別だった。

　ほんらい尹東柱の詩はその時代の綴り字法によって書かれた。だが詩人の死後に一巻の詩集として編まれて出版されたのち、数十年間くりかえし重版される過程で、相当数の詩が編集者の手によって現在の綴り字法にそって何度も手を入れられた。だから元来の詩と比べてみると、このごろ市販されている詩集で見る詩には、いささか変わった部分がある（現在市中に出ている『尹東柱詩集』には、「八福」の最後の行の最初の単語が現行綴り字法にあわせて〝저희가《チョヒガ》（わたしたちが）〟が〝저희가《チョフィガ》〟に変えられている）。

　しかし歳月にともない変わってきた綴り字法に合わせて詩語を整理した程度の変化は、詩の本質にはとくに影響を与えない枝葉の問題だ。それよりも印象ぶかかったのは、詩人自身がくりかえし推敲した痕跡と、心の様子を生き生きと表わした落書きなどがそのまま残っている原稿だった。詩人が味わった葛藤の跡、そしてその思いと心の動きと揺らぎなどが、紙の上にそのまま生きているようだった。

　だが評伝の原稿を最初に書き終えた時点では、尹東柱の肉筆原稿は公式には世に公開されていない状態だった。だから肉筆原稿自体に関する考察はこの本の内容にふくませなかった。一九九九年三月一日に、尹東柱の肉筆原稿をすべて写真に撮って編集した写真版の詩集が出版され、世にその原稿の原形が知られることになった。そこで、本書においても肉筆原稿そのものに関して紹介する。

　わたしがその肉筆原稿の全体からもっとも深い印象を受けたのは、詩「八福」の原稿だった。それは推敲を終えたあときれいに浄書したかたちのものではなく、推敲の跡がそのまま残っている原稿だった。詩人が推敲しながら心と考えが動いていくその起伏のかたちを、そっくりそのまま抱え残している、ほんと

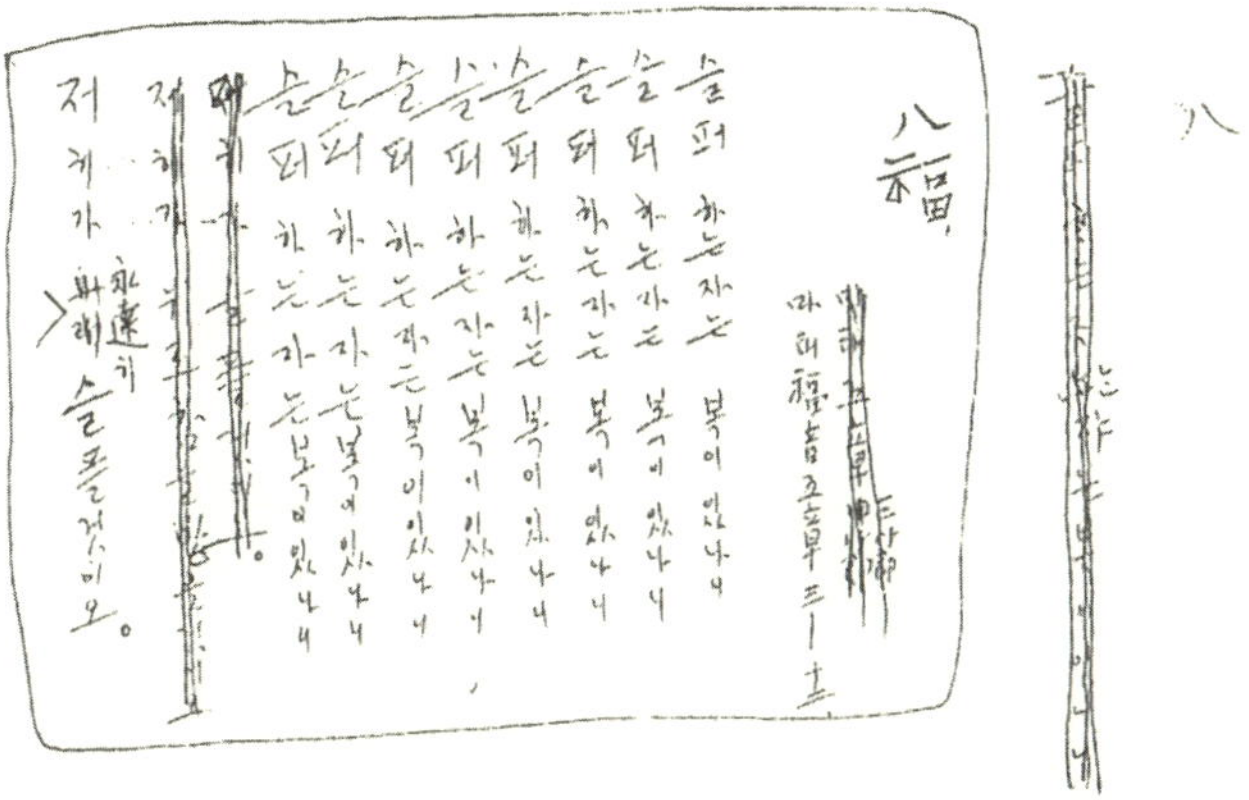

写真30　詩「八福」の肉筆原稿

尹東柱が詩を書きながら感じた気持ちや考えの動きがそのまま伝わってくる。

うに類まれな原稿だった。

今その原稿を地図とみなして、尹東柱文学の本質と彼の思考の流れをたどってみよう。

先に見たように、尹東柱はいろんな部分に推敲を加えて詩「八福」を完成した。

この詩は特異である。筆者は先にこの詩の本質を風刺詩だと分類したが、詩の構造自体が特異なのに劣らず、その展開過程もやはり並はずれている。肉筆原稿を分析することによって、詩を書いた当時の詩人の心が行き来した心の十字路や、その葛藤と苦悩のありかを探ってみる。

「悲しむ者は福《さいわい》がある」を八度くりかえした詩人の胸に湧き上がっていたものは何か。それは深い嘆息だった。悲しむことの代価は悲しみだけである現実を、彼はするどく把握していたのである。そして彼は書いた。

「わたしたちが悲しむのです」

しかしいくら現実を直視し風刺する手段だとはいっても、いざ使ってみると、その絶望が、未来に対する展望のまったくないことが、あまりに苦痛だ。

彼は脱出を考える。ペンをとって二本の線で消したのち、新たに書きつける。

「わたしたちが慰めを受けるのです」

だがこの文は先ほどのものよりさらに苦痛を感じさせる。悲しむ者たちに何の慰めもないことを、彼は日々の暮らしにおいて、徹頭徹尾たしかめている。にもかかわらず、そんな者たちが「慰めを受ける」のだという約束は、あまりにむなしく、むしろさらに痛ましい。空っぽの甕をかすめる風の音よりも空虚なその文はとうてい我慢できない。

彼はふたたびペンをとる。そのむなしく役に立たない約束、悲しむ者を欺瞞することによってかえって苦痛を増すだけのその虚妄の約束を、二筋の黒い線で消す。そして、少し離れた余白にしりぞく。そのように離れた場所から八つの類型の「悲しむ者たち」についてふたたび黙想する。彼は結局、再確認する。そうだ、やはり彼らに与えられるものは悲しみだけだった。彼はペンをもって書く。

「わたしたちが久しく悲しむのです」

しかしやはり満足しない。その文には自分が感じている悲しみと絶望が正しくこめられていないことを痛感する。彼は線を引いて「久しく」の字を消し、そこに書き記す。

「永遠《とこしえ》に」

こうしてこの詩の白眉である最後の部分――自虐、煩悩、諦念、苦痛、呪詛、恨み……そして悲しみ、その限りない悲しみのこめられた有名な結びの詩句がつくりだされた。

「わたしたちが永遠に悲しむのです」

書かれたり消されたものはただ一行の文だが、彼がもった世界と未来に対する展望がそのなかにすべて凝縮され浮沈をくりかえしたのである。

いま少し気にかかることがある。詩を取りまく四角形の線の外にある二つの落書きはなんだろうか。「八」の字ひとつと、「悲しむ者は　福《さいわい》がある」という一行を、「슬퍼《スルポ》　ᄒᆞ는《ハヌン》　ᄌᆞ는《チャナン》　복이《ポギ》　있나니《インナニ》」と、はっきり「ᄋᆞ」〔아《ア》の古字体〕という古風なかたちの文字で書いたのは、彼のどんな心理を表わしているのだろうか。

延専四年生――『空と風と星と詩』

尹東柱が四学年になった一九四一年度に受講した科目は次のとおりだった。

修身（八五）、日本学（六五）、聖書（七一）、国文学史（八六）、漢文（九〇）、支那語（九六）、英読（八一）、英作（六〇）、英会（八〇）、英文学（七四）、史学概論（八五）、哲学（八五）、教育学（七五）、体操（八五）、教練（七九）、仏蘭西語（八四）、武道（八四）

尹東柱は四年生のとき引越しを何度もした。春の学期が始まる前、張徳順《チャンドクスン》とともに二カ月あまり新村で下宿したが、ふたたび寄宿舎に入ったという。その後、一学期の初めに鄭炳昱《チョンビョンウク》といっしょに寄宿舎を出て楼上洞《ヌサンドン》でともに下宿生活を始め、卒業するまで寄宿舎には戻らなかった。寄宿舎を出た理由について鄭炳昱は、日本のひどい食糧政策のため寄宿舎の食事が日を追うごとに粗末になっていったためだった、と語っている。

楼上洞の丘のてっぺんにある下宿で一カ月、そこから楼上洞九番地の小説家金松《キムソン》宅に移って五月末から夏休み終わりまで、さらに北阿峴洞の下宿専業の家に移って九月から一二月末の卒業まで。

これが一九四一年の一年間、鄭炳昱とともに転々とした住所である。そのなかでいちばん充実していてはりあいをもって過ごしたと鄭炳昱が回想する金松宅での様子を見よう。

そのころの日課はだいたいつぎのようだった。朝、食事前に楼上洞の裏山・仁旺山《インワンサン》の中腹まで散歩することができた。洗面は山あいのどこででもできた。部屋にもどって掃除をすませ、朝食を終えてから学校へ出かけた。下校には汽車の便を利用し、韓国銀行前まで電車で行き、忠武路《チュンムロ》の本屋めぐりをした。至誠堂、日韓書房、マルゼン（丸善）、群書堂など新刊書店や古書店をまわって出ると、「フユノヤド（冬の宿）」とか「南風荘《ナムプンジャン》」という音楽喫茶に入って音楽を楽しみながら、真っ先に新しく買い求めた書物を回し読みしたりした。途中、明治座（いまの明洞《ミョンドン》、芸術劇場）でおもしろいのがあれば映画を見たりもした。

劇場に入らなければ、明洞《ミョンドン》から徒歩で乙支路《ウルチロ》をへて清渓川《チョンゲチョン》を渡り、寛勲洞《クァンフンドン》の古書店をもう一度巡礼した。そこからまた歩いて積善洞《チョクソンドン》の有吉書店にまわり、書架を眺めまわして出ると街に電灯が灯るころになる。こうして楼上洞九番地にもどっていくと、趙《チョ》女史のつくった手料理の夕食の膳が待っており、食べ終わると金先生に呼ばれて応接間にあがって一時間をこす歓談のひとときをすごし、部屋にもどって夜中一二時近くまで本を読んでから床に入るのだった。こう言うととても単調なようだが、いま考えればほんとうに充実した日々だったと思われる。東柱兄の周囲にも別に飲兵衛がいなかったし、わたしの周辺にもいなかったから酒席で交わることはとくになかった。ときたま映画館に入って夕食時に遅れると、中華料理屋で外食したが、そんなときたまに高粱酒を注文することがあった。酒気を帯びても彼の言動にはこれといって変化はなかった。平素よりはいくらか言葉が多くなる程度だったが、酔ったからといって話題が変わることはなかった。彼の性格にはもちろん見習うべきところがたくさんあったが、なかでももっとも手本とすべき長所の一つは、けっして他人をけなす言葉を口にしないことだった。

（鄭炳昱「忘れえぬ尹東柱のこと」『ナラサラン』23集、ウェソル会、一九七六年、一三六—一三七頁）

こうした下宿生活は日本の特高（「特別高等警察」の略称、思想犯罪を専門にあつかった警察組織）刑事のためにおしまいになった。主人の金松が要視察人物ということで、ほとんど夕方ごとにたずねてくる特高の刑事が、延専文科生である尹東柱や鄭炳昱の書架から書名を書きとめていき、行李までくまなく探して手紙をうばってゆく騒ぎなどがあってその家を出たのだという。要視察人物の家に下宿したという理由だけでもこのような目にあったのを見ると、要視察人物その人に対する厳しさがどれほどだったかは問うまでもあるまい。日帝時代にわが国の知識人たちが経験した苦痛と生活へのしわ寄せがはっきりあらわれている。これは尹東柱が適切に把握したとおり、「病院」と呼ぶべき社会だった。みなが病気を抱え、傷を負う、そんな暮らしであった。

戦争状態が長期化して焦りを感じていた日帝の圧迫は、日増しに激しさを増していった。まず延専の内部に大きな変化があった。強圧によって一九四一年二月に校長が代わったのだ。元一漢《ウォンイルハン》の証言をみよう。

> 延禧《ヨニ》専門学校を日本人の手に渡すまいとしていろんな苦しみを味わった父は、日帝の強要により一九四一年二月二五日付で校長職を辞めた。
>
> 総督府は、マラトーサ号にのって立ち去ることのできるよい機会があったのに、あえて残ったアメリカ人をいっそう弾圧した。弱り目にたたり目で、日米関係が悪化し、とてもこらえる術がなかったのだ。
>
> 後任の校長は尹致昊《ユンチホ》だった。アメリカに留学したことのある彼は、延禧の実情に同情的で、総督府でも名士待遇をするはずであり、学校を守るのにまたとない適任者と見て理事会が推したのだった。
>
> （元一漢「わたしの履歴書」『韓国日報』一九八二年一月二六日付、六面）

当時、尹致昊は「親日派」という非難を受けている名士だった。朝鮮総督府が延専を奪うための橋渡しとして彼を起用するのだと人びとは判断した。はたせるかな一九四二年八月一七日にいたって総督府は延専を完全に接収し、尹致昊を退かせて日本人高橋濱吉を校長に据えた。一九四一年三月には「朝鮮思想犯予備拘禁令」のうえに「国防保安法」まで公布され、総督府は「学徒挺身隊」という名の組織によって学生たちを縛り、勤労動員を実施した。四月には文芸誌『文章』『人文評論』も廃刊を強いられた。このころにはすでに世界の強大国がすべて戦争にまきこまれ、文字どおり「世界大戦」となっていた。ヨーロッパの戦争はひきつづき拡大の一途だった。前年にドイツ陸軍がフランス・パリに無血入城し、ドイツ空軍は英国のロンドンにたいする大空襲を遂行したのにつづいて、一九四一年六月からは独ソ戦争が新たにはじまった。

日本もやはり同じだった。前の年〔一九四〇年〕から「南進政策」と称して仏領インドシナに日本軍が進駐するなど、戦場をしきりに拡大していたが、一九四一年一二月八日には米国ハワイの真珠湾を奇襲して「太平洋戦争」ともいわれる日米戦争がついに始まった。

このような一九四一年という年に延専文科四年生だった尹東柱の生活はどうだったろうか。

目に入れても痛くない孫であり手に負えない息子であり、あたたかい兄さんであったその人、誠実な学生であり情篤い仲間であり、気配り細やかな先輩であり、よき知己のような下宿生であった人、尹東柱。しかしこのような表面の姿をとりはらってみれば、彼の内面の姿は大きくちがっている。荒野で修行する苦行僧のように厳しい努力を積む詩人であり、何よりも同族が味わう苦難の前で神と彼の約束にたいして依然として反発する敬虔な反抗者でもある人が、また尹東柱という人であった。一九四一年に生み出された彼の詩を考察することによって、彼がどのようにこの時代を克服し、その苦悩を乗りこえていったかをさぐってみよう。

尹東柱が一九四一年に書いた作品は詩一六篇、散文一篇、あわせて一七篇である。そのうち最初の作品が詩「怖ろしい時間」だが、これはまさに「怖ろしい」詩である。自分が生きている時代が挑戦してくるその響きを全身で感じている個人が、その全感覚によって反応する姿が、一枚のスチール写真のように強烈なかたちで表わされている。

怖ろしい時間

ああ　わたしを呼ぶのは誰だ、

枯れ葉が青々と生きかえってくる木陰、
わたしはまだここで呼吸《いき》が残っている。

一度も手をあげてみられなかったわたしを
手をあげて指し示す空もないわたしを

どこにこの身を置く空があって
わたしを呼ぶのか。

しごとが終わりわたしが死ぬ日の朝には
悲しがりもせず枯れ葉は散るだろうが……

わたしを呼ばないでくれ。

（1941・2・7）

この詩は、「八福」の悲しい絶望と、「ねぎらい」と「病院」で見せた暗澹たる閉塞感、そしてそれに立ち向かう個人的な努力、それらにあらわれた、涙ぐましく素朴な「体温を分かち合うこと」とは画然と区別されるスケールと姿勢をもっている。

そうだ。今が「怖ろしい時間」であることを認識し、それに敏感に反応する位置、まさにその位置において一個の詩人志望の青年だった尹東柱が、ほんとうに「詩人・尹東柱」という堂々たる存在となって立ち上がったのである。彼の詩が真実彼らしい響きと輝きと性格、また彼らしい体臭をそなえたのは、まさしくこの「怖ろしい時間」という詩からである。どのようにしてこの驚くべき前進が可能になったか。「八福」と「ねぎらい」と「病院」に表出されるほかなかった苦悩と痛みと不信仰をどのように克服して、歴史と時間が軋む音を感知するにいたったのだろうか。

彼の詩の中に、「１９４１」と制作年度が記録されているだけで具体的な日付のない「看板のない街」という作品がある。あるいはこの詩がこのような問いにたいする答えの鍵を持っているかもしれない。

看板のない街

停車場のプラットホームに
降りたったとき誰もいない。

知らない客ばかり。
客のような人たちばかり。

どの家にも看板はなく
家を探したずねる心配がない

赤く
青く
灯《ひ》をつけた文字飾りもなく

辻ごとの
古びた瓦斯灯《ガス》に
慈愛のように明かりをともし、

手を握れば
みな、心根きよい人びと
みな、心やさしい人びと

春、夏、秋、冬、
順々に季節はめぐって。

（1941）

この詩は一見、平凡にみえるが、読み方によってはすごいメッセージをこめた詩にもなりうる。日本によって滅亡し「国号のない国」となったわが国三千里の山河を「看板のない街」という隠喩によってあらわしたとみれば、この詩の読解はどうなるだろうか。

「看板のない街」には「客」と「客のような人たち」でごった返しているばかりで、ほんとうの住民たちは「誰もいない」。しかし「どの家にもに看板はなく」ても、「家を探したずねる心配がな」く、行って手を握り合えば「みな、心やさしい人びと」がそこに暮らしているのだ。

このような解釈を受け入れるとき、われわれはついに尹東柱の詩「怖ろしい時間」のもつ意味が目のさめるほどあざやかにあらわれてくるのをみることになる。同族みなを「悲しむ者」、そして「永遠に悲しい運命をもつ人びと」と把握した視角（「八福」）から抜け出て、「みな、心根きよい、心やさしい人びと」と新たに見つめなおすことができるようになったとき、それにともなって彼自身が新しくなった。「歴史」というもの、そしてそれが彼を呼ぶ音とその呼び声に応答しなければならないという使命感を、彼は全身に感じたのである。

それを悟る時間——それは真実、恐怖の時間、怖ろしい時間であった。「わたしを呼ばないでくれ」という絶叫がおのずと沸き上がるほどに、彼の歴史にたいする認識は徹底したものになった。ちょうどイエスが十字架にかけられて死ぬ前日の夜に、「できることならこの杯をわたしの手から他へ移してくれ」と祈ったことを連想させる。しかしイエスの祈りが「その杯」を受けとって飲むことを前提とするものであったように、尹東柱の「わたしを呼んでくれるな」という絶叫もやはり、呼ぶ声に応じるほかないことを前提とするものであった。結局、彼の獄死はこの「怖ろしい時間」にすでに予言されていたものではないだろうか。

そんな悲鳴でもあるような絶叫とともに彼は信仰を回復したのであろう。詩「怖ろしい時間」以後、三月一二日付の「雪の降る地図」一つを除いて、つづけざまに生まれてくる五篇はすべて健康で敬虔なキリスト教的言語によって、聖書を背景として書かれた。それを具体的に分類してみれば、次のとおりである。

一、「太初の朝」――「創世記」
二、「ふたたび太初の朝」――「創世記」
三、「夜明けが来る時まで」――「ヨハネ啓示録」の復活の朝
四、「十字架」――新約聖書のイエスの受難
五、「目を閉じて行く」――「マタイ福音」一三章の種蒔く比喩

これらの詩にはいずれにも生に能動的に立ち向かおうという強靭な精神と信念が克明に表出されている。

「その前日の夜にすべてのものがつく」られた「太初の朝」を前提として、彼は彼自身が迎えねばならない「ふたたび太初の朝」を次のように描いた。

ふたたび太初の朝

真っ白に雪が積もった
電信柱がびゅうびゅう唸り
神のことばが聴こえてくる。

なんの啓示だろうか。

早く
春が来れば
罪を犯し
目が
開き

イヴが産みの苦しみを果たしおえれば
無花果《いちじく》の葉で恥部をおおい

わたしは額に汗せねばならないだろう。

（１９４１・５・31）

「太初」を考えるものは当然「終末」にも関心をもつことになる。彼は生きてきた者と死んだ者がみな起き上がって神の前に立ち、最後の審判を受けねばならない復活の夜明け、そのときに聞こえてくるラッパの音を「夜明けが来る時まで」と形象化した。そしてそれとともに生まれてきたのが、あの有名な詩「十字架」である。

十字架

追いかけてくる陽の光でしたが
いま　教会堂の頂上《さき》
十字架にかかりました。

それはあんなにも高いのに
どうすれば登っていけるでしょう。

鐘の音も聞こえてはこないのに

口笛など吹きながら　うろつくうちに、
苦しんだ男、
祝福されたイエス・キリストへの
ように
十字架が許されるなら

首を垂れて
花のように咲き出ずる血を
暮れゆく空の下に
しずかに流すでしょう。
（1941・5・31）

このように「順命」（使命にしたがって生きること）を誓った場所において、彼が考えた使命とはなんだったか。同じ時期に書かれた、「目を閉じて行く」がこの問いに直接こたえている。

目を閉じて行く

太陽を慕う子どもたちよ

星を愛する子どもたちよ

夜の闇は深まったが
目を閉じてお行き。

持っている種子《たね》を
播きながらお行き。

つま先に石が当たれば
つぶっていた目をかっと開けよ。

（1941・5・31）

イエスが種をまくという聖書に出てくる比喩によれば、「よき種をまく者は仁者（人の息子）であり、畑は世の中」である。夜のように暗い世の中でむしろ目を閉じてでも「持っている種子をまきながら行く者」。それは誰か。先駆者である。それはまた「首を垂れ／花のように咲き出る血を」静かに流さねばならないその人でもあろう。これが、尹東柱が考えた正しい生の姿だったのである。

ああ、彼の詩とその生はここまで来た。尹東柱はいまや彼自身を信頼することができただろう。彼が「目を閉じてゆく」の二日後に書いた詩「風が吹いて」をみると、彼のそんな自信がひじょうに謙虚に、またはっきりと現れている。

風が吹いて

風がどこから吹いてきて
どこへ吹かれていくのだろうか

風は吹いているが
わたしの苦しみには理由がない。
わたしの苦しみには理由がないのだろうか。

たった一人の女を愛したこともない。
時代を嘆き悲しんだこともない。

風がしきりに吹いているが
わたしの足は岩の上に立った。

川がしきりに流れているが
わたしの足は丘の上に立った。
（1941・6・2）

この詩で尹東柱は今までの自分のすべてのものを徹底して否定してしまう。

彼は女性を愛した。そして「……おまえの小さな足あとに　雪が降りしきり覆いかくして　あとを追う術もない。雪が溶ければその足あとごとに花が咲こう。花の間に足あとをたどり行けば　一年十二か月いつでもわたしの心には雪が降るだろう。」（「雪降る地図」）という悲しい愛の歌まで書いた人である。彼は時代を悲しみもした。だから「永遠に悲しむのです。」（「八福」）とまで絶望した人だった。

にもかかわらず、彼はこの詩で、女性を愛すること、時代を悲しむことを、より徹底してできなかった自分を指して「たった一人の女を愛したこともない。／時代を嘆き悲しんだこともない。」という自虐的な表現で自責する。しかし彼が生にたいし、また自分にたいしてもっている自信は、そんな自責の中にもかえって金剛石のように確固として残り、彼の足が「岩の上に」また「丘の上に」立っていることを感じるのである。

こうした現象は詩「帰ってきて見る夜」でも同じように確認できる。

一日の鬱憤を洗い流しようもなく　しずかに目を閉じれば　心の内へと流れ入る声、いま思想がりんごのよう

に　ひとりでに熟していきます。

（「帰ってきて見る夜」の最終連、１９４１・６）

これらの詩が書かれた一九四一年六月には、延専《ヨンジョン》文科生にとって意味ぶかいことがあった。文科の学生会である文友会の文芸部が出していた雑誌『文友』が六月五日付で刊行されたのだ。尹東柱はこの雑誌に詩「新しい道」（一九三八年五月一〇日作）と「井戸の中の自像画」（一九三九年九月作、のちに「自画像」と改題）＊の二篇をのせた。

＊最初の習作では「自像画」という表題だったが、尹東柱はかなりの加筆をして改作し、『文友』誌に発表する際に「井戸の中の自像画」と改題した。さらに延専卒業記念に肉筆詩稿を綴じた筆写本・自選詩集を三部作る際に「自画像」と改めた。『写真版　尹東柱自筆詩稿全集』民音社、一九九九年、二九二頁参照。

『文友』は一九三二年に創刊号が延専文友会によって発行された。だが、つづけて刊行することはできなかったらしい。尹東柱と同期の柳玲《ユヨン》によれば、入学以来『文友』が出たのを見たのは一九四一年版一冊だけだという。それがすなわち尹東柱らが卒業学年だったとき発行されたものだ。

編集兼発行人は文友会長だった姜処重《カンチョジュン》。宋夢奎《ソンモンギュ》は文芸部長として実務をひきうけていたので、彼が「編集後記」を書いた。当時はもう「国語（日本語）常用」が厳格に施行されていた時節だった。だから論文、小説、記事などの文章はもちろんのこと「編集後記」までもすべて日本語で書かれている。ところがアンダーウッド二世（元漢慶《ウォンハンギョン》）が書いた「名誉校長先生のメッセージ」とイギリスの詩人ワーズワースに関する長い論文が英文で入っており、学生たちの詩七篇、童詩四篇、リルケの翻訳詩二篇、あわせて一三篇がハングルで書かれ収録されている。ハングルも英語同様、外国語扱いを受けて検閲を通過したのか！　目をひくのは名誉校長元漢慶《ウォンハンギョン》の文章は掲げていながら、校長・尹致昊の文章はのせていない編集態度である。尹校長に対する不信を露骨にあらわしたわけである。

宋夢奎《ソンモンギュ》の「編集後記」を見ると、「国民総力運動に統合されて学園の新体制を樹立するためにわが文友会は解散される。……だから文友会発行としてはこれが最後の雑誌になるわけである。……」と明らかにされている。長い伝統をもっていた「文友会」が解散され、その名称さえ消え去ろうとする時点で、それまで中断されていた『文友』誌をもう一度発行することによって、その名をより鮮明に残し称えようとした意図がありありと見える。おそらくは宋夢奎が文芸部長になってから、『文友』誌の続刊をおしすすめてみずから駆け回ったのだろう。手伝う人の手も不足していたのか、「雑誌の発行がどれほどむつかしいか、今度の経験ではじめて知った。原稿やら、広告やら、検閲やら、校正やら……どうしても、二、三人の手でできるものではないということを切実に感じた……」と宋夢奎は記している。

『文友』誌は創刊号（一九三二年）の時には朝鮮語《ウリマル》の雑誌だった。だがこのときは朝鮮語さえ奪われる時代になり、日本語の雑誌になったのである。『文友』誌は宋夢奎《ソンモンギュ》の編集後記でしめくくられた一九四一年版を最終号として終刊になったが、解放後一九六〇年にいたって延世《ヨンセ》大学文学部の学生たちによって復刊された。

宋夢奎はこの雑誌に詩「空とともに」を「꿈《クム》 별《ピョル》（夢の星）」という筆名でのせた。朝鮮語を使えぬようになり、しかも日本式に創氏改名することをすさまじいまでに強要されていたときに、彼は夢奎という自分の名をあえて純粋な朝鮮語に解きひらいて、ハングルで「꿈별」と記載したのだ。このようにひじょうに鋭い反骨精神をもっていた彼の詩はどんなものだったか、参考にみておこう。

空とともに

クム・ビョル

空――
入り乱れ　わたしとともに悲しむ空の破片
それでもおまえから空のすべてがわかる　わかる……

蒼さが宿り
太陽が行きすぎ
雲が流れ
月が顔を出し
星が微笑んで

おまえとだけは　おまえとだけは
すでに消えた話をよみがえらせたい

おお——空よ——

すべてのものが流れ流れていったのだ。
夢よりもうつろに流れていったのだ。
苦しい思念の種ばかり播いて
未練もなくしずかに　しずかに……

この胸には意欲の残滓だけ
苦々しい追憶の反芻だけが残り

その丘を
わたしはくりかえし詠う。

しかし
恋人がなく　孤独でなくとも
故郷を失くし　懐かしくはなくとも

今はただ——

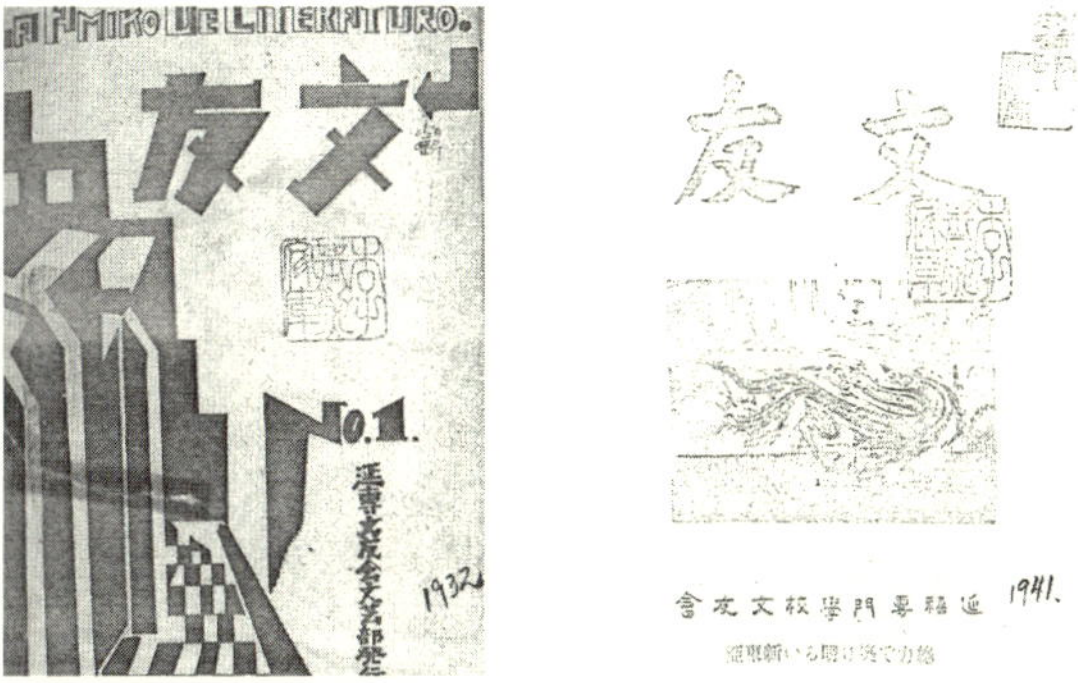

写真31 『文友』誌

日帝時代に延専の文友会（文科学生会）で発刊した『文友』誌（延世大学中央図書館所蔵）。『文友』創刊号（左、1932年刊行）と1941年版の『文友』（右）の表紙。1941年版の『文友』は当時、文友会学芸部長だった宋夢奎の手で発刊された。これらの雑誌の表紙から、時代に正面から向き合った延専人たちの精神が読み取れる。相対的に余裕があった1932年版『文友』創刊号の表紙は世界的で、抽象的な構図の“モダン・スタイル”で、ラテン語と幾何学的な模様の絵と文字で構成されているが、一方、日帝末期の過酷な民族圧殺期に発刊された『文友』の表紙は、民族的で写実的な構図の“伝統スタイル”で、端麗な楷書体の漢字で書かれた題字の下に、高句麗時代の古墳壁画に出てくる四神図の雄渾な絵を配置して制作された。

空の中にわが心を浸したい
わが心に空をしまっておきたい。

微風のそよぐ朝を祈ろうと思う。
その朝に
おまえとともに歌うことをしずかに祈る

『文友』誌が出た翌月、夏休みになった。尹東柱と宋夢奎《ソンモンギュ》は彼らの詩が載った『文友』をたずさえて北間島《プッカンド》に帰った。

これは後日談だが、『文友』が出てから三年八カ月後の一九四五年二月、尹東柱は福岡の監獄で死んだ。遺骨は北間島に戻りキリスト教式で葬儀がいとなまれた。家族は葬儀のときこの『文友』誌をたずさえ、そこに掲載されている尹東柱の詩「あたらしい道」「井戸の中の自像画」を朗読したという。同じ監獄で相次いで獄死した宋夢奎の葬儀のときにも、同じように彼の詩「空とともに」が朗読されたのだろう。

尹東柱が一九四一年に書いた詩の中で、夏休み以前に書いた作品はすでに先に見たものだ。つぎに彼が故郷で夏休みを過ごしてから上京してきたあと書いた詩を見てみよう。延専《ヨンジョン》での最後の学期となるこの期間、ほんとうによい詩がつぎつぎに書かれた。

尹東柱の詩がもつ長所のうちの一つとして、「わかりやすい詩」という点がよくいわれる。しかし彼の詩の中にも難解な詩がある。一九四一年夏休み以後の最初の作品「また別の故郷」と、その年の終わりに書かれた作品「肝」がまさにそれだ。難解な詩はいくら読んでも理解がむつかしいところが難点だが、同時にそれは長所ともなる。誰がどのように解釈するとしても、だれもそれを「まちがった解釈だ」と決めつけることはできない。だから難解な詩は誰でも心おきなく読める。そこにそういう詩の魅力がある。しかしやはり難解な詩は具合が悪い。身元がまったくわからない美人のようで、関心はあっても、安心して接近することができない。にもかかわらずわれわれは尹東柱の難解な詩に挑戦してみなければならないのだ。

また別の故郷

故郷にもどってきた日の夜
わたしの白骨がついてきて　同じ部屋に横になった。
暗い部屋は宇宙に通じ

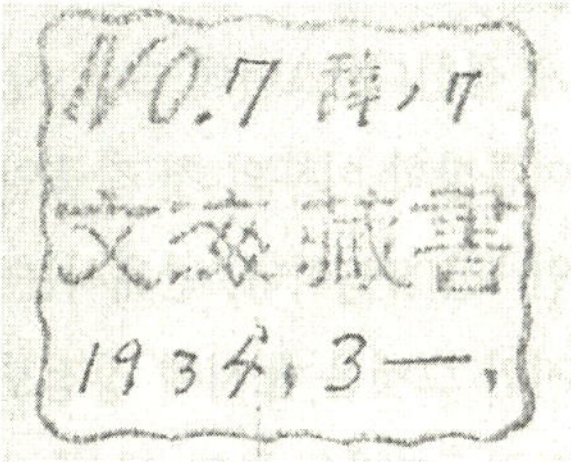

写真 32　延禧専門学校時代の宋夢奎

年若い少年時に、大人たちを相手に演説をするほど聡明だった宋夢奎は、民族意識がとても強かった。延専4学年卒業クラスの時、日本の京都帝大の入試に備えていた忙しい時期にも、多くの時間と労力を費やして、延専文科生たちの気概を込めた『文友』誌の発刊を果たした。そうして日本人でさえ秀才だけが行くと声望の高かった京都帝大入試に合格したことによって、延専人の優秀性を誇示した。右の四角い印は宋夢奎が中学生時代から使用した印章である。宋夢奎はみずからつくった自分の号である“文海”をいれて“文海蔵書”と特別に作った印章を用いて自分の本を分類し整理した。この印章が使用された「1934年3月」といえば、彼が龍井の恩真中学校2学年に在学しているときである。

天のどこからか　声のように風が吹いてくる。

暗闇の中できれいに風化していく
白骨をうかがい見ながら
涙しているのは　わたしなのか
白骨が泣いているのか
美しい魂が泣いているのか。

志操たかい犬は
夜を徹して闇に吠えたてる。

闇に吠える犬は
わたしを逐っているのだろう。

行こう　行こう
逐われる人のように行こう
白骨に気取られず

また別の美しい故郷に行こう。

（1941・9）

この詩で詩人の自我は「わたし」「白骨」「美しい魂」の三つに分化している。この分化は何を意味するのか。この点について多くの評者がさまざまな解釈を試みてきた。尹東柱の詩が彼の人生とひじょうに密接に関連していることをさぐってきた伝記作家の立場で、筆者は何よりもまずこの詩が書かれた当時の伝記的状況を検討する義務を感じる。

この詩が書かれた一九四一年九月は、尹東柱の四年生の夏休みが終わった直後である。時期的に見て一九三八年九月に書いた「弟の印象画」のように、休み中のことがモチーフになったのであろう。その点から見て重要な証言がある。詩人の弟、尹一柱《ユンイルジュ》の話である。

　延専卒業をひかえたころだった。龍井《ヨンジョン》の家で祖父（尹《ユン》夏《ハ》鉉《ヒョン》長老）をはじめ家の大人たちが居られ、東柱と夢奎《モンギュ》の二人の兄がいる席で、延専を終えたあとのことについての話が出た。祖父は世の大人たちが子息に望む素朴な期待、すなわち社会に出てしかるべき地位を占めて活動し、一家を率いていくべし、といった期待を披瀝なさったが、このとき夢奎はすぐに「わたしどもはそのように生きるために勉強していることをご存知ですか」と応えた。自分たちにはより大きな理想があるというふうだったが、東柱は横で「しっ、しっ」といって、大人たちにそのように口答えするのをひかえさせようとしていた。

このような尹東柱四年生の夏休みのときの逸話によって、当時彼が自我を三つに分化させた事情を推測してみることができる。

一、現在の自己(=「わたし」)

二、社会に出て活動し金を稼いで一家をひっぱっていくよう望む家族の期待どおり生活してゆかねばならない自己(=「白骨」)

三、理想にしたがって生きねばならない自己(=「美しい魂」)

彼はこんな三つの姿の自我にさいなまれ葛藤する自分を、はっきり意識したのだ。

このような筆者の分析が今までに出たいろんな評者のそれと大きく違っているのは、「白骨」という形象がもつ意味に関する解釈である。

筆者はつぎのような脈絡でこのように判断した。

尹東柱は自分のもっている『鄭芝溶《チョンジヨン》詩集』の中の詩「太極線」のなかで、「わたしは、米、金勘定、雨漏りがふと気になる」という一節に赤い線を引き、「生活の脅迫状だ」という寸評を赤字ではっきり書き記している。将来の生活問題を心配して彼を延専《ヨンジョン》文科に送らないようにとおもんぱかった彼の父にも見劣りしないぐらい、「生活」がなんであるかを彼は知っていたのである。当時は日本語使用を強いられていた暗黒期の一九四一年下半期だった。その上職業をもとうと思えば、尹東柱の父の表現どおり「精一杯がんばっても新聞記者」である文科出身者として、どこかに就職して金を稼ぎ家族を養う暮らしとは結局、今までの志操と理想をすべて捨ててこそできることにほかならない。それは「人《サラム》」として生きる生活ではなく、「白骨」として生きていく暮らし、人間の形骸だけが残る暮らしだと感じたのである。

彼がそんな生の全体を「白骨」と表現した気持ちは納得できる。しかし彼の家の事情は、育ち盛りの幼い弟妹たちもいて、以前よりずっと厳しくなっていた。当然、彼が金を稼いでみなを養っていってこそ安心できるという状況である。彼は「白骨」として生きていく人生をもやはり真剣に考えてみないではいられなかっただろう。ソウルで暮らしながら何度も考えさせられた問題ではあったが、いざ故郷に戻ってきて家族たちのあいだに座り、目の当たりにしてみると、その圧迫感はあまりに切実で逼迫していた。「故郷にもどってきた日の夜／わたしの白骨がついてきて　同じ部屋に横になった」と感じるほど、皮膚にじかに接してきたのだ。

このように三つに分化した自我の葛藤の構造を理解してみれば、この詩はそれほど難解な詩とはみえない。かなり奇妙だった「白骨」の意味はもちろん、いままでとても難解に思えてきた「暗闇の中できれいに風化していく／白骨をうかがい見ながら／涙している」という部分がたやすく解釈できる。白骨が長い歳月をかけて風雨に打たれ朽ちていく姿（風化作用）によって、「白骨」的な生き方をする一生を想像して涙するのだということが、すぐにみてとれるのだ。しかし彼は「志操」のためにとうていそんな「暗闇」の人生を送ることはできないと感じる。だから「逐われる人のように」、そして「白骨に気取られず」「行こう　行こう」と絶叫することになる。こうして結局、白骨の人生を生きねばならないという圧迫感によって涙する「故郷」ではないところ、そんな涙などはそもそもぬぐう必要もない「また別の美しい故郷」をすさまじいほどに恋うるようになるのである。そのようにみれば、「理想」と「現実」、「大義」と「血肉への粘っこい情」――そのあいだで葛藤し苦悩した彼の悲鳴が「詩」という形象に包まれて外に噴き出し

写真 33　英語聖書クラスでの尹東柱

1941 年夏、延禧専門学校と梨花女子専門学校の英語聖書クラスの生徒とともに。後列右端が尹東柱、左から 7 番目が鄭炳昱。2 列目の真ん中にケーブル牧師夫人。尹東柱はこの合同聖書班に属する梨花女子専門学校の女学生の 1 人にひそかに好意をもった。4 学年卒業クラスのときには、その女学生が暮らす北阿峴洞に下宿を移すこともしたと、鄭炳昱が証言している。

たものが、「また別の故郷」なのだ。

筆者のこのような分析を裏付けるのは、つぎのような鄭炳昱《チョンビョンウク》の証言である。

夏休みが終わって、秋の学期になり、われわれはふたたび引っ越しの荷をまとめ、こんどは北阿峴洞へ移った。七、八人の下宿生でこみあっている専業の下宿家だった。小ぢんまりした家族的な雰囲気から、落ち着かない専業下宿にうつってきたわれわれは、ひどくめんくらった。どこかがさつで煩わしくあわただしい、そんな雰囲気だった。それに卒業学年である東柱兄の生活はとても忙しくなった。進学に対する悩み、時局に対する不安、家庭に対する心配、こうしたことが輪をかけて重なり、このとき東柱兄はとても心いためている様子だった。
一九四一年九月、人生の岐路にあって見通しのつかめない切迫した状況の中で、彼の代表作として広く知られる重要な作品が書かれた。すなわち『また別の故郷』『星をかぞえる夜』『序詩』『肝』などはこのころ書かれた詩だ。

（鄭 炳昱《チョンビョンウク》「忘れえぬ尹東柱のこと」『ナラサラン』23集、ウェソル会、一九七六年、一三七―一三八頁）

「また別の故郷」のつぎに生まれた作品は、「九月三一日」付の「道」である。「わたしが生きるのは、ただ失くしたものをさがすためです」（「道」の最終連）という述懐もやはり「志操」のほうを選ばねばならないという自己の誓いの再確認だっただろう。
そうしてあらわれたのがあの清新で美しい詩「星をかぞえる夜」である。

星をかぞえる夜

季節の移りゆく空には
秋がいっぱいにみなぎっています。

わたしはなんの憂いもなく

秋の星ぼしを一つのこらずかぞえられそうです。

胸にひとつふたつと刻まれる星を
もはやすべてかぞえきれないのは
すぐに朝がくるからで
明日の夜が残っているからで
まだわたしの青春が終わっていないからです。

星ひとつに　追憶と
星ひとつに　愛と
星ひとつに　寂しさと
星ひとつに　憧れと
星ひとつに　詩と
星ひとつに　母さん、母さん、

母さん、わたしは星ひとつごとに美しい言葉をひとつずつ呼んでみます。
小学校のとき机を並べた　子らの名と、佩《ペエ》、鏡《キョン》、玉《オク》、こんな異国の少女たちの名と、
すでにみどり児の母となった少女たち　の名と、貧しい隣人たちの名と、

鳩、小犬、兎、ラバ、鹿、そしてフランシス・ジャム、ライナー・マリア・リルケ、
このような詩人の名を呼んでみます。
これらの人びとはあまりにも遠くにいます。
星がはるかに遠いように。

母さん、
そしてあなたは遠い北間島《プッカンド》におられます。

わたしは何やら恋しくて
このあまたの星ぼしの光ふりそそぐ丘の上に
わたしの名を書いてみて
土でおおってしまいました。

夜を明かして鳴く虫は
恥ずかしい名を悲しんでいるのです。

けれど冬が過ぎ　わたしの星にも春が来れば
墓の上に緑の芝草が萌えでるように

わたしの名が埋ずめられた丘の上にも
誇らしく草が生い茂るでしょう
（1941・11・5）

「星をかぞえる夜」の「헤다《ヘダ》〔かぞえる〕」という言葉は、『国語大辞典』に「세다《セダ》〔かぞえる〕」の咸北《ハムブク》なまり」と出ている。「咸鏡道《ハムギョンド》地方のなまり」ではなく、はっきりと「咸北なまり」とあるのは、すなわち六鎮のなまりであることを指している〔本書五一―五二頁参照〕。それは「세다」よりもずっとやわらかく美しいひびきをもっている。われわれがいま標準語で使う単語のひとつ「헤아리다《ヘアリダ》」〔ざっと数える、という語義〕と語源が同じ言葉で、他の地方では「ヘダ→セダ」と硬音化〔濃音化〕現象を起こしたが、六鎮でだけはその元来の発音が生きていたものと思われる。「혀《ヒョ》（혓바닥《ヒョッパダク》）」〔舌〕という単語も「세《セ》（셋바닥《セッパダク》）」と硬音化した地方が多いことを考えてみればわかることである。

六鎮という特定の地域にだけかろうじて保存されてきた朝鮮語の原形のひとつである「헤다《ヘダ》」が、現代にいたって尹東柱の詩の中に入りこむことで、いまや全国民の口や耳に親しい単語としてよみがえったのだ。言葉と文学作品の相関関係を印象ぶかく教えてくれる例である。

「星をかぞえる夜」は清新な秋の夜の澄んだ星明かりに満ち満ちた詩である。尹東柱の澄んだ清潔な気品とともに、彼の秀でた肌理《きめ》うつくしい抒情性がいかんなくあらわれている。ここまで尹東柱の人生と詩に現われた苦痛と葛藤、その不断の自己省察と誓いと苦悩を見守ってきたわれわれとしては、いま彼が「あまたの星ぼしの光ふりそそぐ丘の上に」みずからを立たせて、「わたしはなんの憂いもなく／秋の星ぼしを一つのこらずかぞえられそうです」と独白するとき、それが心の深いところへ染みて琴線にいたくふれてくるのを感じる。彼はついに明鏡止水の境地を会得したのか。

この美しい詩を書いたのち、彼は一巻の詩集を編もうと努力しはじめた。これまでに書いた詩の中から彼は一八篇を選んだ。そして詩集の巻頭におく「序詩」を完成したのが一九四一年一一月二〇日。「序詩」はおのずからいままでの生をかえりみて、これからの生にたいする覚悟を全的にこめる内容となった。

序詩

いのち尽きる日まで天を仰ぎ
一点の恥じることもなきを、
木の葉をふるわす風にも
わたしは心いためた。
星をうたう心で
すべての死にゆくものを愛おしまねば
そしてわたしに与えられた道を
歩みゆかねば。

今夜も星が風に身をさらす。

人の生が抱える重み、その生が内包する真実の重みが、このように清潔で深みをもってあらわれた例はきわめて稀だ。この詩にいたってわれわれは「まことにわれらに一人の詩人あり！」と叫ぶことができるようになったのだ。

「序詩」*のほかに尹東柱が自分の最初の詩集に載せようと選んだ詩の表題はつぎのとおりである。

①自画像　②少年　③雪降る地図　④帰って来て見る夜　⑤病院　⑥あたらしい道　⑦看板のない街
⑧太初の朝　⑨ふたたび太初の朝　⑩夜明けが来る時まで　⑪怖ろしい時間　⑫十字架　⑬風が吹いて
⑭悲しい一族　⑮目を閉じて行く　⑯また別の故郷　⑰道　⑱星をかぞえる夜

*鄭炳昱に贈られた尹東柱の肉筆・自選詩集の原本には、この詩に題は付けられていなかった。一九四八年に尹東柱詩集『空と風と星と詩』の出版にあたって「序詩」という題が仮につけられ、その後の版で定着するにいたった。作品の選定と編集にあたった尹一柱の証言によれば、尹東柱自身が所蔵していた原稿には「序詩」という題が書かれていたという（尹一柱「尹東柱の生涯」、『ナラサラン』23号、一九七六年、一五九頁）。ただし、この詩人自身の所蔵していた詩稿は失われて今はない。『写真版　尹東柱自筆詩稿全集』民音社、一九九九年、三一三頁参照。

尹東柱は上の一八篇に「序詩」を加え一九篇の詩を編んで「七七部限定版」の形式で出版しようとした。こんにちの感覚では「七七部限定版」というのはおかしくきこえるが、当時は詩集を小規模の限定版で刊行することがよくある慣行だったようだ。白石《ペクソク》の詩集『鹿』が二〇〇部限定版だったし、一九四一年二月一〇日に出た徐廷柱《ソジョンジュ》のあの豪奢で名高い詩集『花蛇《ファサ》集』は一〇〇部限定版の刊行だったことが確認される。尹東柱はこの一九篇の詩の集成に『空と風と星と詩』という表題をつけた。そして一篇ずつ原稿用紙に書き写して三部のまったく等しい筆写本をつくった。そのうちの一部は自分が持ち、一部は尊敬していた恩師・李敭河《イヤンハ》教授に、もう一部はいっしょにいる後輩、鄭炳昱《チョンビョンウク》に贈った。張徳順《チャンドクスン》は自分には尹東柱がその筆写本詩集を見せてくれただけだったと語っている。

この詩集の出版が挫折したことについて、鄭炳昱はつぎのように証言する。

……「星をかぞえる夜」を完成したあと、尹東柱は自選詩集をつくり卒業記念として出版することを計画した。「序詩」までつけて自筆で書いた原稿を手ずから製本したあと、その一部をわたしにくれ、詩集の表題が長くなった理由を「序詩」を示しながら説明してくれた。そしてはじめ（『序』ができる前）は詩集の名を「病院」としようかと思ったといいながら、表紙に鉛筆で「病院」と書いてくれた。その理由は、いまの世の中はすべて患者だらけだからといった。そして病院というのは病める人を治すところだから、もしかしたら病める人びとにとって助けになりうるかもしれないと、謙遜して語ったことを覚えている。

この詩稿を受け取った李敭河《イヤンハ》先生からは出版を見合わせるようにと忠告された。「十字架」「悲しい一族」「また別の故郷」のような作品が日本官憲の検閲を通らないだけでなく、尹東柱の身近に危険が迫ってくるから時を待てといわれたのだ。（中略《ママ》）詩集の出版を断念した尹東柱は一九四一年一一月二九日付で作品「肝」を書いた。発表と出版の自由を奪われた知性人の怒りが爆発したものだが、彼はみずからをなだめるほかはなかった。

（鄭炳昱「忘れえぬ尹東柱のこと」『ナラサラン』23集、ウェソル会、一九七六年、一四〇—一四一頁）

鄭炳昱《チョンビョンウク》の証言によれば、尹東柱は李敭河《イヤンハ》の勧告どおりにそのまま出版をすっかりあきらめてしまったことになるが、事実はそうではなかった。言論界や出版界に顔の広かった李敭河教授に相談したが道が開けなかったというだけで、そのままあきらめたのではなかった。卒業直後に龍井《ヨンジョン》の家に帰った彼は、こんどは父親に出版の相談をもちかけた。だが故郷でもやはり思いどおりにはいかなかったので、ひどくもどかしがった。尹恵媛《ユンヘウォン》によれば「三〇〇円ばかりあれば出版できるんだが……、三〇〇円だけあればいいんだが……」といいながら残念がっていたという。尹一柱《ユンイルジュ》の文章にもこのときのことをめぐって、「父も出版してやる意向でおられたが、すべての条件が許さなかった」という証言があるのをみると、尹東柱はソウルでだめなら龍井でなりと詩集を出版しようとひきつづき試みていたが、結局はお金の問題で挫折したことが確実である。

「序詩」が書かれてから一八日後、「肝」執筆から九日後に、太平洋戦争が勃発した。一九四一年一二月八日未明、日本軍が真珠湾を奇襲し、米国と日本の大戦争が起こったのだ。延専《ヨンジョン》の名誉校長として残っていた元漢慶《ウォンハンギョン》（アンダーウッド二世）と元一漢《ウォンイルハン》（アンダーウッド三世）は、八日の午後、日本の警察に逮捕された。彼らはいっしょに捕らえられたアメリカ人宣教師や民間人とともに、廃校で空いていた監理教神学校に軟禁された。そこに六カ月閉じ込められていたが、一九四二年五月三一日に釈放され、六月一日に国外追放になったという。

ここまで長引いてきた日中戦争の上に新たに日米戦争を開始した日帝は、あらゆることをいっそう強化して戦時体制に再改編した。学制までもそうだった。一九四二年三月に行われるはずの尹東柱らの卒業式も繰り上げられ、一九四一年一二月二七日に卒業式があった。尹東柱は卒業記念に紺のダブルの背広を新調して着た。前任校長アンダーウッド家の人びとは監理教神学校にとじこめられている状況で、彼を押しのけて入ってきた尹致昊《ユンチホ》校長の主催で卒業式が執り行われた。

卒業生は文科二一名、商科五〇名、理科一八名だった。金在準《キムジェジュン》（元韓国神学大学学長）の回顧によれば、彼は宋昌根《ソンチャングン》（宋夢奎《ソンモンギュ》の叔父、韓国神学大学の前身である朝鮮神学校の初代校長）とともに宋夢奎の卒業を祝うために延専の卒業式に出向いたという。そのとき宋夢奎は卒業成績が二番で優等賞を得た。尹致昊校長が賞を授けたが、副賞として本を一包み与えられた。あとでそれを開けてみると、ことごとく大東亜共栄圏がどうのこうのという日本軍国主義を正当化する本だった。だから宋夢奎《ソンモンギュ》は尹致昊校長について、「えい、あのじいさん、むしろくれなくてもいいよ、賞だなんていってよくもまあこんなものを与えるね」と怒って、投げ捨ててしまったということだ。「大東亜共栄圏」理論は、日本政府がアジア侵略を美化するために表面に掲げた理論だった。アジアの国同士協力しともに繁栄しながら、西洋の植民地主義をアジアから追い出す、というのが日本の目標だというのである。こうした主張を、彼らが占領したアジア各国に提示しながら侵略を加速させていたのが実態だった。ところが延専《ヨンジョン》の卒業式でそのような憎むべき日本軍国主義宣伝書を優等賞の賞品として授けたのだ。日帝の魔手によって次第に息の根をしめつけられていた延専の現実をうかがわせる挿話である。

これで尹東柱と宋夢奎の延専四年の生活が終わりを迎えた。在学時代彼らとともに過ごした後輩・張《チャン》徳順《ドクスン》は、二人についてつぎのように回顧している。

写真 34　延禧専門学校の卒業アルバム写真

尹東柱は自身の詩 19 篇を編んで卒業記念に詩集を出版しようとしたが、経済条件も時代の空気もままならず、夢を実現させることができなかった。尹東柱が日本に留学したあとでアルバムが発刊されたので、尹東柱は直接受け取ることはできなかったが、親友である姜処重が保管し、解放後に越南した遺族に渡した。

彼らの性格は正反対だった。東柱の性格が寡黙で内省的なのにたいして、宋夢奎は男性的、積極的な性格で、多弁だった。東柱が静かな人でありながらスポーツを楽しんだのに反し、夢奎は活動的でよく歩き回るけれど運動はしなかった。東柱が詩を専攻したのに比べて夢奎《モンギュ》は小説のほうで、彼の書いた小説を何度か見たおぼえがある。

そのように性格が正反対でありながら仲はとてもよかった。親戚である点のほかにたがいの教養のためでもあるだろう。彼らが延専でつきあった友人たちはみな同じグループだった。

尹東柱は四年間を過ごした棲家《すみか》であった延専に別れを告げた。

尹東柱とソウル延禧《ヨニ》専門学校――。彼の

生涯に「延専時代」がなかったとしても、わたしたちが今日見る「詩人・尹東柱」が可能だっただろうか？ おそらく不可能であったろうと考える。彼が生涯に残した詩をすべて調べてみれば、延専に身を寄せていたときの詩作活動がもっとも充実していたし、作品も秀でている。延専の風土がその才能を発揮するのに最適の状態をつくってくれたということになる。さらに言うなら尹東柱は、延専が培い育み収穫した実りのうちでもっとも充実した穂の一つだったのである。

「懺悔録」の季節

卒業後の進路は尹東柱も宋夢奎も日本の大学課程にすすむことに決まっていた。家でもすでに同意していた。延専文科入学のときとは違い、尹東柱の父親はこんどは積極的に賛成していた。

だが一九四二年という時点で、日本に渡り留学しようとすれば、まっ先にかならず解決しなければならない問題があった。まさに「創氏改名」である。それがなされなければ、入学は二の次として、まず日本に渡るのに必要な基本書類である「渡航証明書」そのものが発行されなかった。それは玄海灘を越えていく船に乗ろうとすればかならず必要な書類だった。

この「渡航証明書」については、話だけは広く伝わっているが実態がどういうものか、じつは案外あまり知られていない。一九三六年九月号『朝光』誌に載った春園《チュヌオン》・李光洙《イグァンス》の「渡航証明書」という文章がその実態を明快に伝えている。李光洙《イグァンス》は一九三六年五月に東京で勉強していた妻・許《ホ》ヨンスク〔영숙〕に会うために日本に行ったことがある。彼はそのときに味わった経験をつぎのように記した。

私は東京にいる家族に会おうと、五月はじめにソウルを発った。朝鮮人が下関に渡るには渡航証明書が絶対に必要である。官吏であっても朝鮮人ならば渡航証明書をもっているのが安全だという。渡航証明書を手に入れるのはそうたやすいことではない。私は写真館に出向いて名刺型写真二枚を撮らねばならない。京城で戸籍謄本一通をもらい、代書屋へいって渡航証明書下付願いを書いてもらわねばならない。これらがすべて準備できればそれをもって所管の警察署へ行って提出し、なんの用で行くのか、どの地方のどの家に行きどのくらい居り、いつ発つのか、こういうことを詳しく話して、どうしても行かぬわけにはいかない事情をこまごまと訴えなければならない。それで、万一、高等係主任が私を渡航させてもよいと認めれば、発つ日にあらためて警察署に出頭せよと命じられる。その日出向いて証明書が受け取れれば、これほどうれしいことはない。私はまことにありがたく、お辞儀をしないわけにはいかなくなる。

証明書というのは、戸籍謄本の本人名の上覧に写真を貼って、その余白に赤いインクで、

某ノ内地渡航ヲ紹介ス。行キ先地　東京云々

渡航ノ目的　妻面会ノ為

年　月　日　　　　某警察署長印

釜山水上警察署長殿

と書いたものである。
これは渡航紹介であって、旅券ではない。
この紹介という言葉に当局の苦悶と煩悶が存するのである。

（李光洙「東京求景記」『李光洙全集　九』三中堂、一八四頁）

李光洙が持ち前の彼らしい筆致にブラックユーモアを交えて書いたこの簡潔な文には、植民地時代に朝鮮人が渡航証明書をとるさいに感じた鬱憤と屈辱感が、鍋の中に充満した湯気のように、たっぷりこもっている。

釜山水上警察署は釜山と日本の下関のあいだを往来した関釜連絡線をはじめ、釜山港に出入りするすべての船と旅客を統制する特殊警察署だった。ここに渡航証明書を提出し許可が出てはじめて船に乗ることができる。李光洙が「この紹介という言葉に当局の苦悶と煩悶が存するのである」とわざわざあてこすっているのは、日本人が、口ではいわゆる「内鮮一体」をつねづね大声で唱えているのを皮肉り冷やかしたのだ。

「朝鮮人もすべて等しく天皇の赤子だ」としながら、朝鮮人にだけは「渡航証明」という書類をもたせるようにするのは理論上矛盾しているので、「渡航ヲ紹介ス」という便法を使う悪賢い術策をもちいたのである。尹東柱や宋夢奎が日本に渡るために何より先につくらなければならなかったのが、まさにこのような証明書だった。

卒業直後に北間島《ブッカンド》に帰省しソウルへ戻った彼らは、母校へ出向いて創氏改名届けを提出した。卒業証明書など、入学試験に必要な書類を創氏改名した名でつくらなければならなかったのだ。いま延世《ヨンセ》大学に保管されている延専《ヨンジョン》の学籍簿に、改名した名と届け出た日付がはっきり残っている。

尹東柱――平沼東柱　一九四二年一月二九日
宋夢奎――宋村夢奎　一九四二年二月一二日

尹東柱の姓が純日本式の平沼という姓になっているのは、当時、尹氏がそのように創氏したのでそれにしたがったものだ。宋夢奎のところは日本式にする代わりにほんらいの姓に「村」の一字をつけて宋村という姓をつくった。

「創氏改名」とは、あまりに屈辱そのものだった。「平沼東柱」になるにともなって、東柱の発音もやはり「ドンジュ」から日本式に「とうちゅう」になり、宋夢奎の名も「モンギュ」ではなく「むけい」になった。これからは講義の時間に出席をとるさいにも、ユンドンジュ、ソンモンギュではなく、「ひらぬまとうちゅう」「そうむらむけい」と呼ばれたときに、はい、と答えねばならなかった。それが創氏改名の残忍な実体だった。

民族意識の強かった延禧専門と梨花女子専門の学生たちは延専校長・尹致昊が親日のためにあちこちに挨拶まわりをし、名を「伊東致昊《いとうちほ》」と創氏改名したのを指して、「イットン・チウォ（この糞どけろ）」とユーモラスな発音で嘲弄したりした。このような風土ですごしてきた彼らが、自分の手で母校に創氏改名届けを提出したときの気持ちはどんなだったろうか。彼らがそれを延専に提出した日付は、その屈辱の日として、彼らの味わった苦悩を強く示唆している。

宋夢奎が日本の京都帝大に入学したのは一九四二年四月一日である。また尹東柱の東京・立教大学入学の日は一九四二年四月二日だった。だから願書の作成など、入試のための書類の作成と手続きの期間、さらに日本での受験とその後の合格発表、そして入学登録の期間など、入試願書作成からじっさいの入学日までの経過を大まかに見積もってみれば、宋夢奎が創氏改名届けを延専に提出した二月一二日という日付は、彼が可能なかぎり引き伸ばすことのできる最後の期限だったろうという結論が出てくる。創氏改名を一日でも遅らせようとした気持ちが涙ぐましい。

一方、尹東柱は宋夢奎より二週間前の一月二九日に創氏改名届けを出した。ところで、この「一九四二年一月二九日」という日付は、彼の詩「懺悔録」が書かれた「一九四二年一月二四日」という日付と関連づけて考えねばならないと思う。

彼が創氏改名届けを出した日は「懺悔録」を書いてから五日後である。だから筆者は、その時期と作品のタイトルと内容そして状況を見れば、彼が「懺悔録」を書くことによって自分の感情と覚悟をいったん整理したのちに延専に届けを提出したと見るのである。つまり、日本留学を決め、そのために自分の手で創氏改名届けを提出することが不可避だと覚悟したとき、その骨身に染みる屈辱によって書かれたのがすなわち「懺悔録」だと考えるのだ。

緑青《ろくしょう》が吹いている銅の鏡のなかに
ぼくの顔がとどまっているのは
どの王朝の遺物であるために
こんなにも辱められるのか

ぼくはぼくの懺悔の文を一行にちぢめよう
――満二十四年一か月を
なんの喜びを希って　生きてきたのか
明日かあさってか　その楽しい日に
ぼくはまたも一行の懺悔録を書かねばならない。
――その時　その若い齢《とし》で
　なぜ　そんな恥ずかしい告白をしたのか

夜には夜ごと　ぼくの鏡を
手のひらで　足の裏で磨いてみるとしよう。
そうすれば　とある隕石の下へ一人で歩いてゆく
悲しい人の後ろ姿が

鏡の中に現れてくる

（1942・1・24）

この詩は長いあいだ「歴史意識のこめられた自己省察の詩」といった程度の一般的な評価を受けてきた。だから「懺悔」という表現をいくらか誇張された感情とみる見方さえあった。しかし尹東柱の詩の中でもっとも具体的な現実に依拠している強力な抵抗詩が、まさにこの詩なのだ。日帝が強要する創氏改名という手続きに屈した、その具体的な生の場所で、彼は日帝によって滅ぼされた「大韓帝国」という王朝の後裔として、まさしくみずからの「顔」がその「王朝の遺物」であることを切実に感じながら、「こんなにも辱められる」ことを懺悔したのである。

その屈辱がどれほど惨めなものであったか。彼はいままで生きてきた「満二十四年一か月」にいたるまでの彼の生涯全体がもつ意味そのものを懐疑した。彼は一九一七年一二月生まれで、一九四二年一月現在「満二十四年一か月」になっていたのである。彼の「懺悔」はこのように全人的だった。しかし彼の懺悔がもつほんとうの意味は、そうした屈辱を直視することにだけあるのではない。それは同時に「明日かあさってか　その楽しい日」を心に期する強い自己確認の懺悔でもあった。

ここで一つの疑問が提起される。尹東柱と宋夢奎《ソンモンギュ》はなぜこのような苦痛と屈辱を耐え忍びながら、日本留学を敢行する必要があったのだろうか。その理由、また動機は何か。このときからちょうど一年六カ月後に日本の警察に逮捕された彼らは、自分の日本留学の動機について陳述しなければならなかった。そのときの応答は「朝鮮独立のために自分が民族文化を研究しようとすれば、ただ専門学校程度の文学研究では不足すると思ったため」だというものだった。

尹東柱は「懺悔録」を書いた余白に、つぎのような落書きを書き残していた。


詩人の告白、渡航証明、上級、力、生、生存、生活、文学、詩とは？　不知道〔中国語で「わからない」の意〕、古鏡、悲哀、禁物

当時彼が苦悩していた意識の筋道が明らかにあらわれている。

尹東柱と宋夢奎は日本留学を決めて、二人ともその目標を京都帝大に置いた。張徳順《チャンドクスン》は「そのとき延専卒業のころに宋夢奎も京都帝大に行くといったし、尹東柱もそこに行くといった」と回顧している。

京都は七九四年以来、日本の平安朝千年の王都として明治維新で首都が東京に移るまで日本の首都だった都市である。名所と史跡、古寺などが多いところとして、李敭河《イヤンハ》によればどこかわが国の新羅時代に似た感じがただよっているところだという。

京都は尹東柱が好んだ人びととかかわりの深い都市でもある。彼が少年時代に熱烈に好きだった詩人・鄭芝溶《チョンジヨン》が京都で六年間過ごし、同志社大学を出た。また延専時代もっとも尊敬した師・李敭河《イヤンハ》は京都で名門高等学校・三高を出たのち東京帝大で英文学を学んだが、京都にもどって京都帝大で大学院課程を終えた。このような人間的な因縁からも、京都は日本のほかのどの都市よりも尹東柱にとって親しみを感じさせるところだっただろう。

京都帝大はやはり魅力ある大学だった。東京帝大につぐ日本最高水準の名門であり、東京帝大が官僚的

な学風で、法学と商経が強かったのに比べ、京都帝大は自由な学風が特徴で、人文と基礎科学部門が強かった。現在日本でノーベル賞受賞者をもっともたくさん出している大学が京都大学だが、それはこの学校伝来の自由な学風が柔軟な思考を可能にしてきたことにもとづいているという評価が定説になっている。そうした評価が出てくるほどの自由な学風と伝統をもった大学であると見れば、尹東柱と宋夢奎がこの大学に進学することを願ったのは当然だった。

　宋夢奎や尹東柱が日本に向けて発った正確な日付は確認できない。ただ尹東柱の裁判での判決文に「昭和十七年（一九四二年）三月内地に渡来」と出ているのを見ると、三月はじめに渡っていったものと思われる。尹東柱は発つとき、愛用のすわり机や書物、詩の原稿などを延専《ヨンジョン》時代の友人・姜処重《カンチョジュン》に託していった。ソウルに残った友人の中で彼がいちばん親しかったらしい。鄭炳昱《チョンビョンウク》の回想によると、尹東柱は宋夢奎や姜処重の銀行のようだったという。金にしろ物にしろ、彼らは手に入れたいものがあると決まって東柱をたずねて頼み、東柱のほうは一度もいやな顔をせずに望みどおりにしてやったというのである。

　後日談だが、解放後、姜処重《カンチョジュン》は京郷《キョンヒャン》新聞の記者として尹東柱の詩を紙面に載せ、世に知らしめる先駆けとなった。そして北間島《プッカンド》から三八度線を越えてきた尹東柱の弟・尹一柱《ユンイルジュ》に、東柱の詩稿と机や書物、また延専卒業記念アルバム（尹東柱や宋夢奎が日本へ発ったあとで出た）などを渡した。いま韓国に残っている尹東柱の遺品の大部分は姜処重が保管していたものである。そのなかの書物の表題を見れば、尹東柱がいかに深く詩の勉強をしていたかがわかる。

　朝鮮語詩集——『祝祭』（張萬栄《チャンマニョン》）、『朴龍喆《パクヨンチョル》全集I』『献辞』（呉壮煥《オジャンファン》）、『蝋燭の灯』（辛夕汀《シンソクジョン》）、『白

鹿譚』『鄭芝溶《チョンジヨン》詩集』（鄭芝溶《チョンジヨン》）、『乙亥《ウルヘ》名詩選集』『永郎《ヨンナン》詩集』（金永郎《ヨンナン》）、『花蛇集』（徐廷柱《ソジョンジュ》）

日本語詩集――『詩集』（艸千里）、『山内義雄訳詩集』『現代詩』（日本詩人協会編）、『旗手』『春の岬』（三好達治）、『象徴の烏賊』（生田春月）、『現代詩集』第一巻、第二巻、第三巻、『ジョイス詩集』『夜の歌』（フランシス・ジャム詩集、三好達治訳）

英語詩集――「SELECTED POEMS OF WALTER DE LA MARE」、「BITTER SWEET & THE VORTEX」、「THE BIBLE」、「MEMORIES OF A FOX-HUNTING MAN」

理論書（日本語書籍）――『芸術学』『構想力の論理』『詩の研究』『学生と歴史』『詩学序説』（ポール・ヴァレリー著、河盛好蔵訳）、『小説の美学』『近世美学史』『思想の運命』『文学論』（ポール・ヴァレリー著、堀口大学訳）、『詩作法』『体験と文学』（デュルタイ）、『前兆二寓話』（ポール・クローデル著、長谷川善雄訳）

（尹一柱「尹東柱の生涯」『ナラサラン』23集、ウェソル会、一九七六年、一五五頁参照）

本の話が出てきたついでに、尹東柱が見た本に関して、弟・尹一柱《ユンイルジュ》と、親友だった文益煥《ムンイクファン》の証言を見てみよう。

尹一柱――中学時代の彼の書架にあった本の中で記憶に残るのは『鄭芝溶《チョンジヨン》詩集』（一九三六年三月一〇日、平壌《ピョンヤン》で購入）、卞榮魯《ピョンヨンノ》『朝鮮の心』、朱耀翰《チュヨンハン》『美しい夜明け』、金東煥《キムドンファン》『国境の夜』、韓龍雲《ハンヨンウン》『ニム〔님《ニム》〕の沈黙』、李光洙《イグァンス》・朱耀翰《チュヨンハン》・金東煥《キムドンファン》『三人詩歌集』、梁柱東《ヤンジュドン》『朝鮮の脈拍』、李殷相《イウンサン》『ノサン〔노

산〕時調集』、尹石重《ユンソクジュン》童謡集『失くしたリボン』、黄順元《ファンスヌォン》『放歌』『永郎《ヨンナン》詩集』『乙亥《ウルヘ》名詩選集』などで、そのうち彼が持ちつづけソウルに置いておいたので、いまわたしのもとに保管されているものとしては、白石《ペクソク》詩集『鹿《サスム》』（写本）、『鄭芝溶詩集』『永郎《ヨンナン》詩集』『乙亥名詩選集』などがある。それらにはとくに愛着をもっていたということになる。彼が休みごとに（延専《ヨンジョン》時代を指す）厚布の中に一抱えずつ入れてくる本は、八〇〇冊ぐらいも集まったし、それはわたしたちきょうだいにとってほんとうによい滋養になった。彼が専門学校時代に読んだ雑誌としては『文章』『人文評論』があったし、日本の雑誌では『セルパン』、詩誌『四季』『詩と詩論』、随筆と版画の専門誌『黒と白』などだった。そのほかにもっとあったが、思い出すのはその程度だ。壁の一方を全部埋めた書架で思い出す本を順にあげれば、つぎのとおりだ。朝鮮日報社刊行の『現代朝鮮文学選集』（全八巻）、三中堂発行の『朝鮮古典文学全集』全巻、『湖岩《ホアム》[*1]全集』（全三巻）、『震檀《チンダン》学報[*2]』季刊本全部、崔鉉培《チェヒョンベ》先生の『国語文法《ウリマルボン》』、雑誌では『文章』『人文評論』全部、朝鮮語の詩集類と、日本の本ではアンドレ・ジード全集、ヴァレリー詩全集、ドストエフスキーの研究書、リルケ詩集、フランスの詩集などだが、やはり彼が愛読したものだった。そのほかに日本の研究者の英文学関係の本や、英語の原書などがあった」

（尹一柱「尹東柱の生涯」『ナラサラン』23集、ウェソル会、一九七六年、一五八頁）

＊（1）平安北道出身の歴史学者、文一平（一八八八—一九三九）の号。
＊（2）一九三四年五月に創立された「震檀学会」発行の季刊雑誌。民族的自尊心と民族意識を喚起し民族文化の発展に尽力するという趣旨で学者たちが集まった。発起人の中には、文一平、白樂濬、孫晋泰、崔鉉培など、延禧専門学校教員だった人も多い。広い層の人びとから反響を呼んだが、一九四二年、朝鮮語学会

事件で李允宰、李熙昇、李秉岐らが日本警察に捕らえられ、震檀学会の活動も中断した。

文益煥《ムンイクファン》――彼は大変な読書家だった。休暇ごとに買って持ってかえったのを棚に積み上げてあったが、その彼の蔵書をわたしはこの上なくうらやましく思った。蔵書の中には文学に関する本もあったが、多くの哲学書籍もあったと記憶する。一度わたしは彼とキェルケゴールに関して話をしたが、彼のキェルケゴールについての理解が神学生であるわたしよりずっと深いことに驚かないわけにはいかなかった。そんなに休みなく勉強をし幅広く読んでいる彼の詩が、どうしてそんなにやさしいのか、ということを、そのときわたしはまるっきり知らなかった」。

（文益煥「東柱兄の追憶」『空と風と星と詩』正音社、二一五頁）

8

六畳部屋の土地、日本

東京・立教大学に入学する

尹東柱《ユンドンジュ》は一九四二年四月二日に東京の立教大学文学部英文学科（選科）に入学した。いっしょに日本へ渡った宋夢奎《ソンモンギュ》は京都帝国大学史学科西洋史学専攻（選科）に入学、その入学日は四月一日だった。

当時日本の大学入学試験は前期、後期に分かれていて、同じ日にいっせいに行うのではなく、〝入学試験シーズン〟に各大学がそれぞれの試験日を定めて実施したという。尹一族の親類にあたる金信黙《キムシンムク》は、このとき尹東柱が立教大学に進学したことについて次のように語っている。

「じつは東柱もはじめは夢奎といっしょに京都帝大へ行って入学試験を受けたけれど、夢奎だけ受かって東柱は落ちたので、あらためて立教大へ行って入学試験を受けたというんだ」

釜山から関釜連絡線に乗れば下関に着く。下関から汽車で瀬戸内海に沿って東に走ればまず京都。京都からふたたび、今まで来た行程と同じ程度の距離を東に走れば東京になる。下関と東京のほぼ中間地点に京都があるのだ。立教大は首都・東京にあり、京都帝大は昔の都《みやこ》である京都にあるから、延専《ヨンジョン》で四年間同じクラスで勉強した彼らは、また分かれてすごすことになった。

立教大学はキリスト教新教の一教派である聖公会が経営するミッション系の私立大学であった。日本はほんらい神社および皇室を中心とする民族宗教、神道と仏教とが尊ばれている国だ。そのためキリスト教の伝来から長い歳月がたつのに、信徒の数はごく少なかった。しかしそのわりにはキリスト教人の活躍は非常に活発だった。ミッション系の大学だけでもかなりあった。

写真35　尹東柱が入学した立教大学

1942年に入学した立教大学の建物。立教大学は、聖公会信者だった昭和天皇の弟のおかげで皇室をバックに持つことになったミッション系の私立大学だった。日本が米国と太平洋戦争を開始した1941年12月から、敗戦した1945年8月まで、多くの弾圧を受けた。

なかでもとくに聖公会は、昭和天皇の実弟の一人が外国留学中に聖公会信者になって帰ってきたことによって皇室とのかかわりをもつことになった。だから日本のさまざまなキリスト教派のなかで大きな勢力をもつようになったし、立教大はそうした強い背景のもとで経営されていた大学だといえる。

尹東柱が入学した学科が英文学科の「選科」だということは、大学に入学する前の学力が専門学校卒業であることを区分表示したものだ。高等学校や大学予科の出身者は「本科」生といった。

当時日本の学制は、小学校（六年）→中学校（五年）→高等学校（三年）、または大学予科（三年）→大学学部（三年）、というのが正規のコースだった。

高等学校は日本本土内にだけ設立されて

いた。全国各地に第一高等学校〔一高〕から第八高等学校〔八高〕までの八つの国立高等学校を含む十余校の高等学校があったが、その内容は大学予科課程に該当した。東京の一高と京都の三高〔第三高等学校〕が名門中の名門と数えられ、全国の我こそはという秀才たちが集まってきた。日本本土内にある七つの帝国大学には予科がなかったし、こうした高等学校で予科課程を終えてから帝国大学に進むのが正規のエリートコースと認められていた。それに反して例外的にソウルにあった京城帝国大学には予科があった。朝鮮半島には高等学校を建てない代わりにそうしたのである。「大学予科」は各私立大学に設置されていた。予科を終えれば無試験で同じ大学の本科に進学することができた。

一方、「専門学校」の出身者はまず入学試験でひじょうに不利だった、というのは、高等学校や大学予科より格が低いものとして扱われたからである。だから文益煥《ムンイクファン》牧師は宋夢奎が京都帝大に進学したことについて「あの時代に延専を出て京都帝大入試に合格するということは、空の星を手に入れるぐらい稀なことだった」と語ったのだ。

また同じ試験を受けて競争し合格しても、書類上では「選科」というレッテルをつけて出身学校の等級を区分した。尹東柱や宋夢奎の大学記録に「選科」という記入があるのはまさにこれに由来する。

しかしこうした差別的な区分があるのは当時の各級学校すべてにおいて同じで、延禧《ヨニ》専門学校もやはり同様だった。尹東柱と宋夢奎は同じ延専《ヨンジョン》文科の同期生として、同じ教室にともに座って勉強したのだが、延専の学籍簿記録では、出身中学校に付された差別的な区分が記録されている。五年制の光明《クァンミョン》学園中学部出身の尹東柱は「文科本科」であり、四年制の大成《テーソン》中学校出身の宋夢奎は「文科別科」となっているのだ。現在一部の研究者たちが、日帝時代に日本の大学で使用された「選科」という呼称がいまの「聴講生」

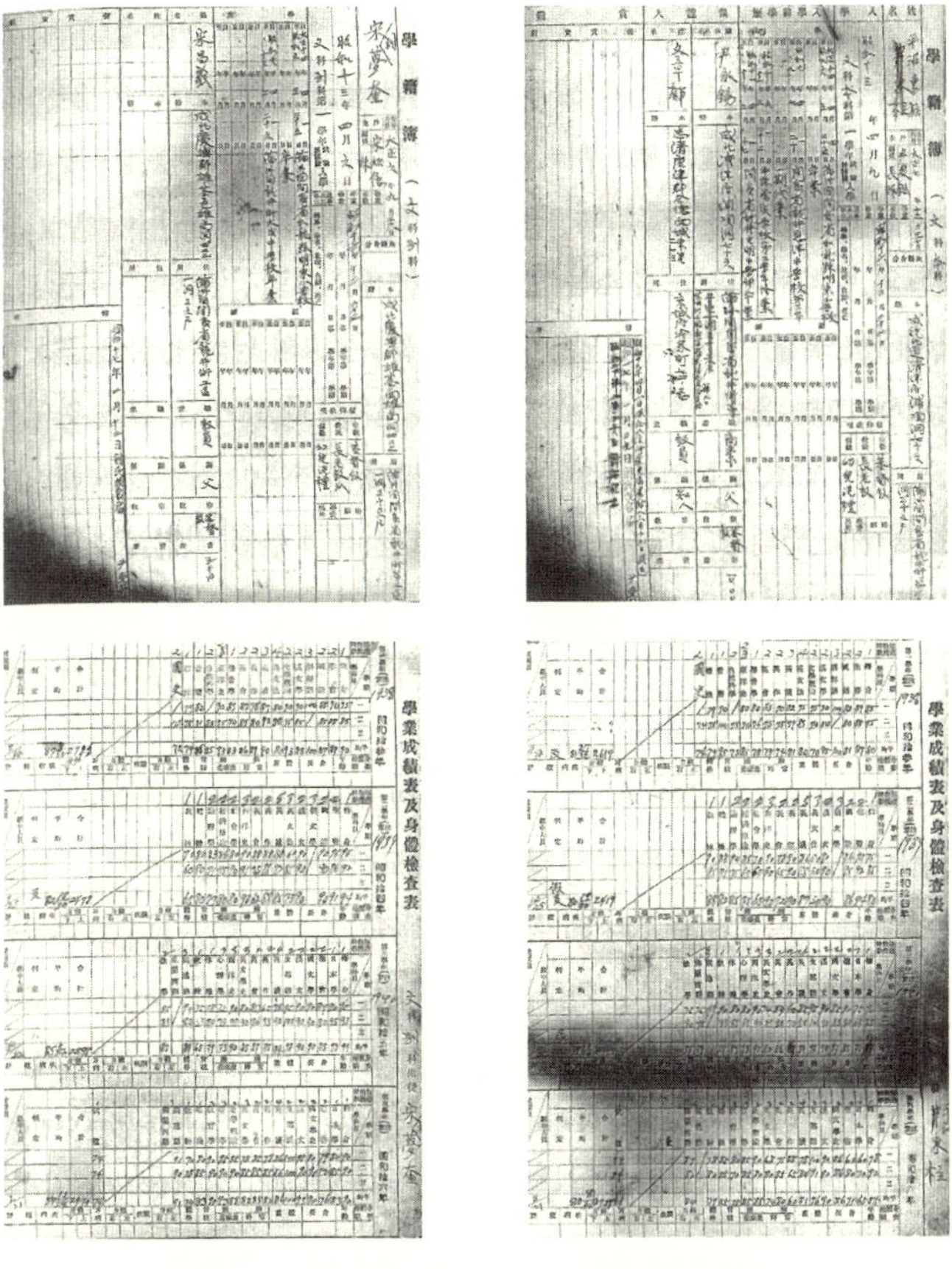

写真 36　尹東柱と宋夢奎の延専学籍簿と成績表

尹東柱（右）と宋夢奎（左）の延専学籍簿と成績表。尹東柱と宋夢奎は延専文科の同期生で、同じ入試を受け、同じ学籍管理を受け（学籍簿参照）、同じ教科課程を履修した（成績表参照）。しかし出身中学校の等級に従って、専攻学科の名称を「本科」と「別科」に細分していた当時の教育制度によって、5 年生の光明学園中学部出身である尹東柱は「文科本科」、4 年制の大成中学校出身の宋夢奎は「文科別科」と記録されている。延専の「別科」は日帝時代に日本の大学で行われていた「専科」と同様の制度である。一部の研究者たちが「専科」という呼称が現在の「聴講生」のような意味で用いられていると把握しているのは事実に反する。

と同じ立場の学生たちを指すものとみなす傾向があるが、これは事実とちがっている。

現在残っている尹東柱の立教大学の学籍簿には、彼が最初の学期に受講した二科目の成績が記されている。

英文学演習（杉木教授）　八五点

東洋哲学史（宇野教授）　八〇点

尹東柱は立教大学に通ったころ、どこで暮らしていたか。

学籍簿にある住所は、〃神田区猿楽町四—三　平沼永春方〃となっている。平沼永春は堂叔《ダンスク》（父の従弟《いとこ》）尹永春《ユンヨンチュン》で、彼は尹東柱の第二保証人として記載されてもいる。この住所は朝鮮基督教青年会館*のもので、当時、尹永春はそこに投宿していた。尹東柱は便宜上、堂叔の住所を登録しただけで、じつは東京郊外のほうに別に下宿していた。彼が京都へ移るころ、東京の下宿を訪れた文益煥《ムンイクファン》は「その家は二階建てで、尹東柱の部屋も二階にあった。六畳部屋だったことを覚えている。わたしがたずねたとき、東柱は京都へ移る引っ越し荷物を包んでいた」と回想している。

＊現在は在日韓国YMCA会館。東京都千代田区西神田に一九一四年に建設され、一九一九年二月八日に日本留学中の学生たちがここに集まって「独立宣言書」を発表、これが三月一日以後の朝鮮本土での独立運動の引き金となった。

尹東柱の東京時代は長くなかった。立教大学の入学試験のときから四月はじめの入学をへて七月中旬の夏休み前まで、わずか四カ月ほどだったと思われる。この時期の彼の姿を伝える証言は多くない。尹永《ユンヨン》春《チュン》と金禎宇《キムジョンウ》の断片的な記録にその様子が残されているばかりである。

尹永春――わたしが東京で教職についていたときだ。当時、東柱のいとこの宋夢奎《ソンモンギュ》とともに延専を卒業して日本に渡り、東柱は同志社大学（立教大学の誤り）英文科に、夢奎は京都帝大哲学科（史学科の誤り）にそれぞれ入学して、いくばくもなく二人は東京にいるわたしをたずねて遊びにやってきた。わたしは二人の手をとって上野公園や日本橋をわが家の庭のように歩き回った。文学と人生について話をするなかで、東柱はすでに物欲を離れ、一つのメタフィジカルな哲学的体系をもつ段階に達したように見え、話すたびに詩と朝鮮という言葉がほとんど口癖のように彼の口から発せられた。とにかく時が時だからつねに身を大事にして学業にだけいそしむようにとわたしはとくに言い与えた。

（尹永春「明東村から福岡まで」『ナラサラン』23集、ウェソル会、一九七六年、一一〇頁）

金禎宇――わたしが東京で勉強した一九四二年の春、東柱の堂叔《ダンスク》である尹永春《ユンヨンチュン》先生から、東柱と夢奎がYMCA会館（朝鮮基督教青年会館）の自分の部屋に投宿しているという知らせを受けて、いそいで飛んでいって会った。

東柱は東京にある立教大学に編入する予定で、夢奎は京都へ行く予定だった。英文科で勉学しているわたしにダビデの詩篇をよく読むように忠告してくれた。

（金禎宇《キムジョンウ》「尹東柱の少年時代」『ナラサラン』23集、ウェソル会、一九七六年、一二一頁）

内容を見ると、二つの証言は時間的に完全に一致する。日本にはじめてきた尹東柱と宋夢奎が、入学の問題が一段落した一九四二年春に尹永春を訪ねて行き、東京の朝鮮基督教青年会館で何日か泊まって過ごしたときの話である。尹永春《ユンヨンチュン》の案内で市内見物をして、少年時代の友人金禎宇にも会い、楽しい何日間かが絵のようにくりひろげられた。当時、尹東柱が金禎宇に旧約聖書のダビデの詩篇をよく読めと忠告したというのは、裏返してみれば、彼がそのころダビデの詩篇をよく読み、またそれに大いに魅了されていたということになる。

伝記的な観点から見るとき「詩人としての尹東柱」において東京はひじょうに意味の大きい場所である。一九四二年の早春から一九四五年二月の福岡刑務所での獄死まで、尹東柱が日本の地ですごした満三年間に日本で書いた詩のうち、現在残っているのはわずか五篇にすぎない。そしてこの五篇はみな東京で書かれたものなのだ。

「白い影」（四月一四日）、「流れる街」（五月一二日）、「愛しい追憶」（五月一三日）、「たやすく書かれた詩」（六月三日）、「春」。

これらの詩はすべてソウルに残った延専《ヨンジョン》時代の親友姜処重《カンチョジュン》に尹東柱が送った手紙の中に入っていた。「国語（日本語）常用」といって、公私にわたって日本語だけを用いるよう強要されていたときに、彼はハングルで書いた詩をハングルの手紙に入れて友人たちに送っていたのだ。

詩とともに姜処重に送った手紙の内容がいかなるものであったかはもう知るすべがない。姜処重は安全を考えて手紙を捨て、詩だけ残しておいたという。だから、五篇の詩のうち最後に書かれた詩「春」は、詩のおわりの部分とともに詩の末尾の日付が失われた。

当時、尹東柱は姜処重ばかりではなく、ほかの知り合いにも手紙に詩をしたためて送っていた。尹東柱が詩とともに書き送った手紙を、羅士行も受け取ったことがあるという。ところが知人たちのうちただ一人姜処重だけが、解放のとき〔一九四五年八月一五日の日本の敗戦〕までその詩をよく保管していて、それを弟・尹一柱《ユンイルジュ》に渡したのだ。姜処重が「春」の最後の部分を自分の手で書き写しておいてから手紙部分を捨てていたら、という口惜しさはあるが、それでもそこまででも保管した人が彼一人だけだったから、尹東柱の東京時代を知る上で彼の功績は絶対的なわけである。この五篇の詩こそ、芸術作品であると同時に、尹東柱の東京時代を詩人自身の声で語ってくれるもっとも原初的な資料となるからだ。

白い影

暮れなずむ黄昏《たそがれ》の街角で
日がな一日　萎《な》えた耳をそばだてれば
夕暮れの行き来する足音、

足音を聞き分けられるほど
わたしは聡明であったろうか。
いまや愚かにもすべてのことを悟ったあと
久しく心の奥で
思い悩んできた多くのわたしを
一つ、二つと　わが故郷《ふるさと》に送り帰せば
街角の暗がりの中へ
音もなく消えてゆく　白い影、

白い影たち
いつまでも愛おしい白い影たち、

わたしのすべてを送り返したあと
ものがなしく裏通りを経《へ》めぐって
黄昏のように染まるわたしの部屋に帰りつけば
信念ぶかく　穏やかな羊のように
ひねもす　憂うることなく草でも食《は》もうか。

（1942・4・14）

日本に行ったあとの最初の作品と推定されるこの詩は、詩人自身についてひじょうに重要な情報を提供してくれる。まさに彼の心理的内面の風景である。

　延専卒業後の進路をめぐって、家族の一員としての義務、一人の人間としての理想、また志操……このようないろんな面が彼の中でぶつかり合い葛藤していた。しかしそれらが、いまは大学卒業後の問題としていったん猶予された。その間するどく研ぎ澄まされていた精神の緊張がすこし弛緩している。そしてかれは「久しく心の奥で／思い悩んできた多くのわたしを／一つ、二つと　わが故郷《ふるさと》に送り帰せば」と書き、「街角の暗がりの中へ／音もなく消えてゆく　白い影」を感知する。彼は葛藤と緊張が高まりに達したときには「夜を徹して暗闇に吠える志操たかい犬」（「また別の故郷」）に追われるような、すさまじい緊迫感に苦しめられた人である。しかしいま緊張がほぐされて「ひねもす　憂うることなく草でも食《は》もう」という「信念ぶかく　穏やかな羊」のような、ゆったりとした心理状態にあるのだ。

　このように弛緩した心理状態は危険である。隙が生まれることになるのだ。じっさいにこの隙をついて入ってきたものがあった。それがまさに〈郷愁〉だった。彼が五月に書いた詩が二篇あるが、それらはともに深い郷愁に苦しんでいる詩だ。

　街角の赤いポストを捕らえてそこに立てば　すべての
　ものが流れるなかでぼうっと光る街路灯、それが消え

ないのはなんの象徴か？　愛する同志朴《とも》よ！　そして
金よ！　きみたちは今どこにいる？　どこまでも霧が
流れるけれど

（「流れる街」の一部、1942・5・12）

汽車はなんの新しい知らせももたずに
わたしを遠くへはこんでいき、

春はもはや去りゆき——東京郊外のとある静かな
下宿部屋にて、古い街に残ったわたしを
希望と愛のように　なつかしむ。

きょうも汽車は何度も無意味に通り過ぎ

きょうもわたしは誰かを待って
停車場近くの丘をさまよい歩くだろう。

——ああ　若さはいつまでも　そこに残っていろよ。

写真 37　1942 年夏の最後の帰郷

日本留学後の 1942 年の夏休みに帰郷した尹東柱（1942 年 8 月 4 日）。○印が尹東柱、△印が宋夢奎。前列左側が尹永善（尹東柱の堂叔尹永春の弟）、右側が金チュヒョン（尹永善の姪の夫）、後列左が尹吉鉉（尹東柱の祖父の 6 親等）。この写真に写った尹東柱の坊主頭についての疑問が発端となって、日本人女性・楊原氏の“尹東柱の立教大学時代の足跡探し”がはじまった。

（「愛しい追憶」後半部、1942・5・13）

これらの詩を吟味しようとすると、不意に浮かんでくる疑問がある。

これがわずか三カ月半ほど前にあの痛切な詩「懺悔録」を書いた人の詩なのか？　あの悲壮で切迫した心情が、鮮血の凝固するようにこめられていた詩「肝」を、わずか六カ月半前に書いた詩人が、この人なのか？　ほんとうにそうなのか？

これらの詩の行間から、さまよい歩く一人の若者の姿、異国の地で郷愁病《ホームシック》に苦しみながら心のよりどころを見失ってただ歩き回る姿ばかりを見るとしたら、そうした疑問はまったく当然におもわれるだろう。

しかしその若者の姿をもう少し近づいたところから見つめてみれば、さまよい歩くその表面の姿よりは、彼の傷ついた心の中が、次第にもっと大きく浮かび上がってくるように感じるのだ。彼がそんなにも郷愁に苦しめられたということは、喪失したものにたいする痛みがそれほど大きかったにちがいないからである。彼の目はどうしてそれほど清潔に自分自身だけを見つめ、また彼が背後においてきた事物だけに向き合っているのか。はじめて見る異国の風物も、新しい環境も、彼の心をまったく動かせなかったし、彼の心を開かせることもできなかったのだ！

かつて日本の山陽本線の汽車の中から見た瀬戸内海の風景を鄭芝溶《チョンジヨン》はつぎのように詠っていた。

遠くに山は軍馬のように馳せ来たり　近くに森は風のように吹かれ行き
瑠璃《るり》を一面に広げたような、瀬戸内海のひろやかな水　水。水。水。

指をひたせば　葡萄《ぶどう》色がしみた。
くちびるを濡らせば　炭酸水のようにはじけた。

（鄭芝溶の詩「悲しい汽車」の一部）

関釜連絡線の終点・下関から京都に向かって上っていくときに乗る汽車が山陽本線である。尹東柱もやはり風光明媚なことで有名な瀬戸内海に沿って走るこの線を旅したのだ。ところが、先輩詩人の感覚ではこのように爽快だった日本の内海の風景さえもが、彼にたいしてはまったく何の反応も引き起こせなかった。彼は見ても見たのではなく、聞いても聞いたのではない状態におちいっていたのだ。それならば尹東柱はまだ「肝」を書いた場所、「懺悔録」を書いたその場所から、それほど遠くない地点でさまよっていることがわかる。

にもかかわらずわたしたちは気がかりで問うてみずにはいられない。彼の郷愁はきちんと克服されるだろうか？　郷愁を乗りこえられたら、彼ははたして彼ほんらいの声を取り戻すだろうか？

彼は長くさまよいつづけることはなかった。「きょうもわたしは誰かを待って　停車場近くの丘を／さまよい歩くだろう。／／──ああ　若さはいつまでも　そこに残っていろよ」。と苦しんだそのときから、わずか二〇日後に生み出された作品「たやすく書かれた詩」が、その解答をあたえる。

たやすく書かれた詩

窓の外に夜の雨がささやき
六畳部屋は他人《ひと》の国、

詩人とは悲しい天命だと知りながら
一行の詩を書きとめてみるか、

汗のにおいと愛の香りほのかに漂う

送ってくださった学費封筒を受け取り
大学ノートを小わきに抱えて
老教授の講義を聴きにゆく。

思いかえせば幼なともだちを
ひとり、ふたりと、みな失い

わたしは何をねがい
一人ぼっちで、ただ思い沈むのか？

人生は生きがたいというのに
詩がこうもたやすく書けるのは
恥ずかしいことだ。

六畳部屋は他人の国
窓の外に夜の雨がささやいているが、
灯火《あかり》をともして暗がりを少し追いやり、

時代のようにやってくる朝を待つ　最後のわたし、
わたしはわたしに小さな手をさしのべ
涙と慰めでにぎる　最初の握手。

（1942・6・3）

尹東柱が彼の心を苛《さいな》んだ郷愁をのりこえたとき、彼の意識にまず近づいてきたものは何か。それは己れと「日本」という一つの実体とのあいだにおかれた冷たく厳しい距離についての感覚だった。だから彼はためらわずにうたった。「六畳部屋は他人の国」と。

植民地の一青年が、敵国であり宗主国である国の都に立って、自分は決して彼らの臣民でないことを宣言するにはこの一言で足りたのだ。文学のみごとな威力と機能がまさにここにあざやかにあらわれている。「六畳部屋は他人の国」——この宣言はまたふりかえってみれば、詩人が意図したかどうかにかかわらず、日本という国は「六畳部屋」的な大きさしかもてない国という二重の意味まで帯びていると思われるのだ。日帝の統治下で息づまる窒息感に苦しみつつ生きなければならなかったわたしたちの諸先達は、この解釈に大きくうなずくことだろう。

「たやすく書かれた詩」は尹東柱が日本でくりひろげる本格的な詩の生活の出発点という性格をもっている。この詩において彼は、「思いかえせば幼なともだちを／ひとり、ふたりと、みな失い／／わたしは何をねがい／一人ぼっちで、ただ思い沈むのか？」と自問しながら、日本に着いてからそのときまでの落ち着かない生活を念頭において「ただ思い沈む」ばかりだと冷徹に規定し、「人生は生きがたいというのに／詩がこうもたやすく書けるのは／恥ずかしいことだ。」とみずからを深く省察しているからである。彼はついに「灯火《あかり》をともして暗がりを少し追いやり、／時代のようにやってくる朝を待つ　最後のわたし、」と、おのれを新たに定立した。そして戦いを前にした戦士のごとく、「涙と慰めでにぎる　最初の握手。」をおのれ自身と交わしたのだ。

この時点で尹東柱が到達したこうした詩の深さや覚悟を考察すればするほど、彼が日本の警察に捕らえられたとき押収され消えうせたほかの詩が惜しまれる。ほんとうにやるせない気持ちになる。

一九四二年七月、立教大学での一学期を終えて夏休みをむかえた尹東柱は北間島《プッカンド》龍井《ヨンジョン》の家に帰った。ほかのときとは違い、このときの帰郷は短かった。妹・尹恵媛《ユンヘウォン》によれば一五日くらいだったという。これが彼の生前最後の帰郷になってしまった。このとき弟妹たちに「朝鮮語《ウリマル》の印刷物がこれから消えていくから、何でも楽譜のようなものでも買い集めるよう」頼んだという。この頼みは結局、弟妹たちに彼が与えた遺言となったわけだった。

宋夢奎《ソンモンギュ》もいっしょに帰郷していた。彼らがほかの知人三名とともに八月四日に撮った写真が残っていて、そのときの姿を伝えてくれる。目につくのは頭髪の様子だ。宋夢奎は紳士風の長髪なのに尹東柱は丸坊主姿である。延専《ヨンジョン》卒業のころの写真では長い髪だったことを思うと、立教大学入学後、坊主頭に刈りあげたらしい。大学の規則のためにそうであったのだろうか。

そのとき尹東柱の母親は病で臥せっていた。それで毎日その病床ちかくに座って話し相手になっていたが、日本から電報が届いた。東北帝国大学に在学中だった友人が、その大学に編入する手続きをしにこい

写真 38　1942 年夏の最後の帰郷

立教大学 1 年の夏休みに龍井に帰省し、親戚とともに撮った写真（1942 年 8 月 4 日）。このとき半月ほど滞在したが、残念なことにこれが生前最後の帰郷となってしまった。

という連絡をよこしたのだ。これを見ると尹東柱はもともと立教大学につづけてかよう意志がなかったばかりか、友人にもあらかじめそうした意向を明かして協力を求めていたのは確かだ。

編入試験など各種の手続きのために日が迫っているようだった。電報を受け取った彼は、遊びに出ていた弟に会わずに発ってしまうほど、あわてて日本へ出発した。ところが急いで日本へ行った尹東柱が転校していったのは、東北帝大ではなく京都の同志社大学だった。当時、国の名が「大日本帝国」だった日本で、大学の名に「帝国」という字が入っているのは国立大学である。尹東柱が国立の東北帝大に移ると思っていたのに、私立でミッション系の同志社大学に移ったという電報を受け取って郷里の父親は怒ったという。

尹東柱が東北帝大という「帝国大学」にいくことを父親が強く望んだのは、一種の名門学閥に対する世俗的な羨望があったためであろう。日本社会には官学よりも私学を差別あつかいする伝統が存在していたという。父はすでに一九二〇年代に日本に留学していたがただ塾のようなところで勉強して戻ってきたので、自分の生活の経験から生まれた学閥に対する劣等感を、東柱を通して晴らしたい心理があったかもしれない。当時の日本は各大学に対する社会的評価が卒業後に受ける月給の違いにそのままつながる社会だった。帝国大学卒業者の月給がもっとも高く、慶應義塾大学と早稲田大学および東京高商、神戸高商卒業者の月給が帝国大学より五ないし一〇円下、さらにこれより五円下が他の官立高商、そのつぎが他の私立大学という順番だった、という（矢島文雄『日本の大学』保育社、一九六六年、一〇四頁、金允植《キムユンシク》『李光洙《イグァンス》とその時代』第二巻、四八〇頁から再引用）。

これを見れば、私立の立教大学から東北帝大への転学というのは、最初から望みのないことだったかもしれない。東柱がはじめに受験した大学が京都帝大だったということと、編入学で起こったエピソードをつなげてみると連想されることがある。延専文科の入学試験を受けにいったときのことだ。そのとき祖父は東柱が医者になるのがどうしてもいやなら「高等考試」〔国家公務員や司法官への任官のための国家試験〕を受けて出世することを望み、文科に進学することをすすめてくれた。ところがこんどは東柱の父親が帝国大学を出て出世するよう望んで日本留学をすすめた印象が強いのである。尹一柱《ユンイルジュ》の回想記「尹東柱の生涯」にも、「日本に渡って進学することは、むしろ父がすすめたようだ」という箇所が見える。父親がそうした積極性をみせたのには、自分の妹の息子〔甥〕である宋夢奎《ソンモンギュ》が京都帝大へ行くことにしたということから受けた刺激も作用していたかもしれない。

こうしたエピソードはどのつまり家族としての義務のために深く悩み苦しまなければならなかった尹東柱の立場や状況を端的にものがたっている。これらを参考にすれば彼の詩を理解する上で助けになるだろう。

東京の立教大学から京都の同志社大学へ転学することによって、尹東柱の東京での生活はその幕を下ろした。

立教大学時代の秘話

二〇〇二年に楊原泰子氏〔一九四六年生〕によって尹東柱の立教大学時代に関連するひじょうに貴重な資料が新たに発掘された。

楊原氏は立教大学卒業生で、東京で尹東柱の詩を読み詩人の志と生涯を顕彰する活動をしている日本人の団体「尹東柱の故郷をたずねる会」の会員でもある。彼女は数年前、筑摩書房から出た『尹東柱評伝』初版の抄訳日本語版を読んだのち、みずからの母校でもある立教大学での尹東柱の足跡と関連資料を探しはじめたという。

筆者は先に〔本書三六六頁〕、尹東柱が東京に留学したあとの初めての夏期休暇で故郷龍井《ヨンジョン》に帰った際、一九四二年八月四日に、宋夢奎《ソンモンギュ》たち親類四名といっしょに撮った写真〔本書三六一頁〕について言及した。そのなかでとくに彼の頭に注目して「尹東柱は丸坊主姿である。延専《ヨンジョン》卒業のころの写真では長い髪だったことを思うと、立教大学入学後、坊主頭に刈りあげたらしい。大学の規則のためにそうであったのだろうか」と記述しているが、楊原氏はこれを読んで、当時の立教大学の規則を調べ確認してみたいと思ったのが最初のきっかけだったという。

彼女は古い『立教大学新聞』を確認するうちに、尹東柱が入学したわずか八日後の一九四二年四月一〇日付の同紙に、その月の中旬から立教大学で学生たちを対象にして断髪令を施行すると知らせる「学部断髪令　四月中旬実施」という記事を発見した。戦時体制に合わせて質実剛健な気風を奮い起こそうという目的で、学生たちの頭を断髪させるという内容の記事だった。尹東柱が頭を僧侶のような丸坊主姿にした原因をはっきりつきとめたのだ。これに鼓舞された彼女は当時の資料類をさがす仕事にいっそう拍車をかけ、その結果とても重要な収穫を手にした。彼女が立教大学の発行物や関係資料を探し、昔の卒業生たちに会いインタビューして発掘した資料は、尹東柱の立教大学時代がどんなものであったか、その実態を生き生きと描きだすうえでとても貴重で興味ぶかいものである。

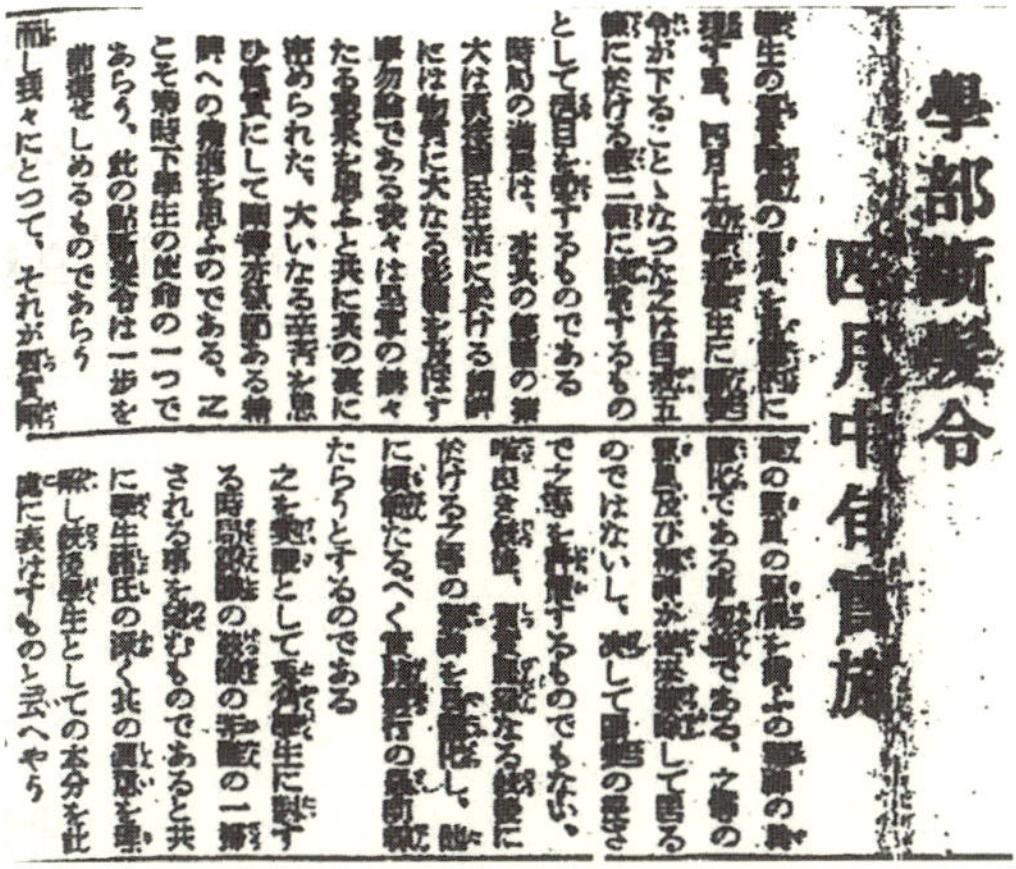

學部斷髪令
四月中旬實施

写真 39　学部断髪令実施を告げる記事

楊原泰子氏が発見した。尹東柱が入学して 8 日目の 1942 年 4 月 10 日付『立教大学新聞』に掲載された。

陸軍大佐・飯島信之

一九四一年秋に立教大学に配属され、軍事教練を担当した東部軍司令部所属の現役陸軍大佐、飯島信之は、当時、キリスト教の学園であった立教大学が直面した状況と苦難をまざまざと表わす人物として代表的な存在である。

当時の男子学生はだれでも毎週一時間ずつ学校内にある教練場（現在の立教小学校のある場所）で軍事教練を受けねばならなかった。出席はひじょうに厳格にチェックされた。教練の内容は配属将校の指導の下に、鉄砲をかついで歩き、走り、着剣した銃で人を刺す練習をする、というものだった。一年に一回ずつ、三泊四日の日程で陸軍士官学校訓練場のある習志野や富士山麓にある瀧カ原の演習場に行き、野外訓練を受けた。

飯島信之大佐は軍国主義でかたく鎧った人物で、ひどく厳格にふるまって学生たちを震え上がらせた。彼は大学構内でも軍服姿の軍人たちが大手を振って歩いたその時代の卒業生たちの回顧談で、かならずといってもいいほど言及される有名人である。彼は立教大学に来る前、明治大学に配属されていたが、そのときにもあまりに彼の横暴がひどかったので、その人が立教に移ると知った明治の学生たちがみな喜んで祝杯を挙げたという噂まであった。

彼が立教大学に来て何カ月にもならないその年の一二月、日本軍の真珠湾奇襲によってアメリカとのあいだにも戦争が始まり、戦時体制はさらに強化された。そのため彼の軍国主義的な気質と横暴は明治大学時代よりいっそう強まったにちがいない。そういう状況を推測させるエピソードもある。当時、父親が貴族院議員だったというある学生でさえ、配属将校に逆らったため、日本の敗戦まで継続して特高の監視を受け、とても苦しめられたというのだ。

飯島大佐はキリスト教をひじょうに嫌悪し、「おれは耶蘇《やそ》〔キリスト教徒〕が大嫌いだ」と公然と口にし、キリスト教大学である立教に対する感情も悪く「立教はミッション系だから、アメリカ人のための第五列〔スパイ〕が活躍する可能性が高い大学だ。それゆえ大学内を徹底的に変革せねばならない」と主張したという。彼は文学部も「文弱部《ぶんじゃくぶ》」と呼んで嫌った。当時、彼のような配属将校の中には、断髪令に応じない学生を見れば直接ハサミを持って追いかける者までいた、という証言が残っている。

このころ大学生たちが軍事教練を担当する現役将校をとても恐れたわけは、「徴兵問題」のためだったという。教練を受けもった教官は自分が気に入らない学生には「教練出席停止」という処置をとった。この処分を受けると、その学生が陸軍に入隊した場合「幹部候補生」になる道を閉ざされたという。軍隊への徴集、入隊が目前に差し迫ってきた状況で、入隊後に自分がずっと下級兵士として戦場の第一線で苦しまねばならないという運命は、学生たちにとって、ひじょうに苦痛なものに思えただろう。

写真40　飯島信之大佐

軍国主義によって徹底して武装した人物で、当時、立教大学において軍事教練を受け持っていた。逆らう学生には教練出席停止の処分を下して、多くの学生を戦場に追いやるという悪行を犯した。彼はキリスト教も嫌ったし、文化人を育てる文学部も“文弱部”といって嫌った。

当時、学生たちには「徴兵延期」という制度的な恩恵が与えられていた。しかし、日本は一九三七年七月に盧溝橋事件を起こして戦端を開き、以来、日中戦争を続けてきた上に、一九四一年一二月には真珠湾奇襲によって新たにアメリカとも戦争を開始し、広大にひろがった戦線に送りこむ若者たちの需要がひじょうに増大していた。

一九四三年三月、日本政府は徴兵制を朝鮮人にも実施すると公布し(施行は八月一〇日から)、六月にはついに学生にたいする徴兵延期制度を廃止すると決定した(入隊実施は一二月一日)。

徴兵延期の取り消し措置は、学業を中断して人が蠅のように死んでいく戦場に直行するよう強制されることだったから、大学生たちは、教練の教官の気持ちに逆らわないよう細心の注意を払うほかなかったのである。

じっさいに当時の立教大学学生の中には、飯島大佐に落ち度を見とがめられ、「教練出席停止」処置を受けたことによって、もし陸軍に入隊すれば不利益を受けるかもしれないと憂慮し、わざわざ海軍に志願した学生たちもいた。教練の教官（配属将校）を派遣していなかった海軍では、陸軍とはちがって教練の成績が軍人としての昇進には関係がなかったからである。

飯島大佐はまた、軍事教練の最中、朝鮮人学生たちに「おまえたちは日本の思想になじまない」とか「おまえたちは日本国に必要ない」と決めつけたり、教練後に彼らを残して苦しめたという証言もある。

飯島信之大佐に関する回想の中でひじょうに印象的な証言がある。一九四一年に立教大予科に入学した学生たちの記念誌『ああ青春の立教』に掲載された花岡昌治の回顧談である（引用は原文のママ）。

ある教練の日のこと、大佐は我々を教室に集め、一人一人にこう解答を迫った。

（一）イエス・キリストと天照大神はどちらが偉いか？

（二）全体主義と個人主義の何れを信奉するか？

みんな飯島大佐に反論したくても、ここで飯島大佐の逆鱗に触れると大学にも迷惑を及ぼし、入隊後にいかなる目にあうやの危惧から、みんな一様に、『天照大神の方が偉い』『全体主義の方がよい』と答えたのである。ところが満州の大連から来た磯部陽三だけは『私はイエス・キリストを敬愛する。人間が成長するには自由主義を基盤とする個人主義が大事である……』と静かに落ち着き払ってこう答えた。私達はその一瞬、大佐の怒号が飛ぶと思いきや、『そうか……』と言ったまま押し黙ってしまった。

無力な人間が絶体絶命の立場で所信を臆せず披露した勇気に、大佐も心打たれたと推測する。

この時代、日本の統治権者たちは「天照大神は偉大な巫女的女神であり、日本の天皇はまさにその天照大神の皇孫である」と主張し、天皇を「生き神様」として神格化した。天皇の祖先神を祀る神社である伊勢の大神宮がその天照大神をいただく場所であり、日本の土俗信仰である神道の宗主格の神社であるから、「イエス・キリストと天照大神はどっちが偉いのか？」という質問は、「キリスト教と神道のどちらの宗教がより偉大か」と問うているのである。

戦時体制下で苦しめられた立教大学の受難

飯島信之大佐のような骨がらみの軍国主義者である人物が、戦争中によりによって立教大学のようなミッションスクールに配属されたのは、たぶんに意図的になされたことだったろうと推定される。日本の統治者たちは、天皇をすべての価値の頂点に置くいわゆる「皇道思想」をとくにキリスト教系の学校の学生たちに確実に注入する必要性を感じたからこそ、わざわざそういう人物を配置して過度な抑圧を加えさせたと思われる。

私立でありキリスト教学校である立教大学では、独断的な断髪令を実施するよう強圧的に無理強いしたが、かえって国立大学の京都帝大のほうは自由に放任した。だから尹東柱が丸坊主姿で写っている写真で、いっしょにそこにいる京都帝大生・宋夢奎《ソンモンギュ》の頭の形は延専《ヨンジョン》卒業のときのままの長い髪だったのである。

立教大学の受難は日本が太平洋戦争に敗北するときまで継続した。戦時体制を強要する当局の圧力がつづいた結果、立教学院の理事会は一九四二年九月二九日、教育の基本方針を示した定款第一条の「基督教主義に基づく」という文言を抹消し、その代わりに「皇国の道による教育を行なふを目的とし、学校令による立教大学及立教中学校経営を維持す」〔原文カタカナ部分を平仮名にした〕という言葉を入れるよう、改定した。これによって学生教育と学校経営の基本がキリスト教的人性教育から、日本の神道を宣揚する教育へと変わったのである。

一〇月には大学内に建っている礼拝堂が閉鎖され、軍事教練に使う武器の保管所として、ときには東京都豊島区の食糧保管所として使われた。大学内でキリスト教式の礼拝を行えなくさせ、戦没者に対する慰霊祭を神道のやり方で挙行するという異常事態がつづいた。野球リーグ戦の応援歌「St.Paul's will shine」は敵国の言語だからというので歌うことが禁止され、「自由の学府」という校歌も禁止して代わりに戦時体制にふさわしい内容の歌詞で新たに作った准校歌をうたわせた。このように軍部の強圧がひどくなると、教授たちの中にも軍部におもねる人が出てきたという。

立教大学ではとりわけこの期間の資料がひじょうに少ないが、軍部の圧力が怖くてこのように対処してしまったのではないかと推定されるという。立教大学のアメリカ人教授だったポール・フレデリック・ラッシュ教授は真珠湾奇襲の次の日、一九四一年一二月九日に敵国人として検束、抑留されたが、一九四二年六月初めに本国に強制送還された。

後日談であるが、日本が一九四五年八月一五日に無条件降伏したのち、米軍が占領軍として軍政を行ったが、特定の日本人について戦争中の行為を処罰し公職から追放する措置をとったとき、全国の大学教授の中でただ一つ立教大学の教授たち一一名だけが教授職から追放されたという。こうした事実を裏面から眺めてみれば、それは逆に彼らが戦争中、軍部に協力せざるをえないほど、立教大学に加えられた圧迫と弾圧がはなはだしいものだったことを示すものだといえよう。

尹東柱は東京の立教大学で一学期だけを終えたのちに京都の同志社大学に転学したが、彼がなぜ立教大学を離れようとしたのか、その理由の一端を推測させるものである。

立教大学時代の師・高松孝治教授

楊原氏は、尹東柱の立教大学同級生だったI氏に取材した人からその証言を間接的に伝え聞いて、次のような事実を明らかにした。

一九四二年四月のある木曜日に一時間目の東洋哲学史の授業が終わったあと、尹東柱はいっしょに授業を受けたI氏に「朝鮮から来ましたが、立教で勉強するのに助けになるいい先生を紹介してくれませんか」と静かにたずねた。I氏は「ポール・ラッシュ先生か高松チャプレンがいいでしょう」と推薦した。「チャプレン」というのは大学のチャペル〔キリスト教礼拝堂〕での礼拝を担当する牧師をいう。当時、高松教授は文学部宗教学科の教授として、キリスト教史、キリスト教経典学、ギリシャ語を教えるほかに、大学のチャペルで学生たちが捧げる礼拝をうけもっていた。その後、I氏は尹東柱を案内して大学構内にある高松教授の自宅にいっしょに行き、尹東柱を先生に紹介して自分は先に帰っていった。その後会ってみると尹東柱は「いい先生を紹介してくれてありがとう」と感謝し、I氏が「これからときどき行ってみたらいいでしょう」というと尹東柱は、「ぜひいっしょに行きましょう」と答えたという。当時ポール・ラッシュ教授は抑留されていたときで、尹東柱が会うことは不可能だったと思われる。

高松教授は高い見識と広い視野をもつすぐれたチャプレンだった。立教大学と聖公会神学院で学んだが、大学時代に「語学の天才」と呼ばれた。その後、アメリカに留学し、さらに神学の研究を進めた。先生は最高クラスの要人の通訳をつとめるほどの語学の達人でもあったが、当時の卒業生の中で「立教に入ってなにがもっともよかったかといえば、高松先生というすばらしい人格と出会ったことだ」という人がいるほどだった。高松先生はとくに立教大学と隣接する聖公会神学院で教えていた黒瀬教授とともに、朝鮮から来た学生や在日朝鮮人二世の学生たちのようにむつかしい立場に置かれた学生たちをよく世話し助けたという。尹東柱もはじめて高松教授をたずねて以来、何度か会いに訪れたのではないか、とI氏は語っている。

戦後発見された『立教文学』に掲載の藤崎健一氏（現・立教大学教授）の文には、高松教授の思想を示す一節がある。

昭和十二年、支那事変の勃発を知ったのは、私が学生の時で、丁度、故高松孝治教授の授業の時であった。その日、教室に入ってこられた教授は、教壇に立つとすぐ当時テキストに使っていたラスキンの何だったかを、はたらと（パタリと、の意か）伏せられた。いつに似ずきつい表情で、蒼白い顔が冴えわたって眼鏡がきらきら光っていた。物音一つしない静けさではあったが、教室には午後の疲れが鈍く漂っている。

「とうとう怖ろしい日がきました」と一言一言ゆっくり切って教授は言った。頬のけいれんが微かにみえるほどなので、こみあげる感情を抑えようと努力して居られるのが私にはよく分った。「今日から暗黒時代がはじまります。怖ろしいことです」私は教授が今にも泣き伏されるのではないかとい

写真41　高松孝治先生

彼は高い見識と学識をもっていただけでなく、朝鮮留学生のように時代の中でむつかしい立場に置かれた学生たちを助けたすばらしい人格者だった。すでに大学時代に「語学の天才」と呼ばれたほど語学の才能が秀でていた。

う不安になった。それほど語尾が震えていた。それから教授は他にも何か言われたようである。しかし他のことは私は何一つ覚えていない。最初の一言だけが妙になまなましく記憶に残っているのである。私は今でもよくその時の結果を憶いうかべる。そして、遠く海の彼方に銃火が交じえられたという報道を聞いただけで、来るべき絶対天皇制の脅威を身を震わせる〔て、の誤植か〕感じとることの出来る人はそうざらにはいなかったのではないかと思ったりする。教授は戦時中はげしい圧迫をうけて病に臥し、終戦を迎え、闘志を燃やしながら悲壮な最後であったことは後になって聞いた。〔引用文には、適宜、読点を入れ新字体に替えた〕

高松教授の生と死に関する証言はまだある。戦争の終局に向かう中で社会の雰囲気がいっそう悪化していったが、依然として軍部に批判的だった高松教授はしだいにむつかしい立場に追いつめられ、ついに大学から追われた。その後、栄養失調と病に苦しむうちに、尹東柱が死んでから満一年後の一九四六年二月一九日に逝去した。彼の学生の中では、尹東柱のように先生の自宅を訪問し、夫人手づくりのクッキーと茶でもてなしを受け、食事をともにした学生たちも多かったが、ひとつ切ないエピソードが伝えられている。

尹東柱より一学年上の学生が一九四三年に学徒兵として徴兵され、軍隊に入るという挨拶をするために友人とともに高松教授宅を訪ねたときのことである。食事をふるまわれたが、当時では目にすることさえむつかしかった白米で炊いた飯がたっぷり出され、歓待を受けた。珍しいことでおいしく、たくさん食べた。その米は先生の田舎の実家から送られてきたものだったか、ともかく当時としては大変に貴重なものだった。それを惜しみなく出されてもてなしを受けた二人は、無事に戦争から戻ってきた後に先生の死を知り、その死の原因の一つが栄養失調だったという話を聞いておどろき深く悲しんだという。現在、高松教授を記念するタブレットが立教大学のチャペルに掲げられている。また同大学の新座図書館には彼の蔵書が「高松文庫」として保存されている。

「老教授」とは誰か

尹東柱が立教大学時代に書いた作品「たやすく書かれた詩」には、「老教授」が登場する。
「汗のにおいと愛の香りほのかに漂う／送ってくださった学費封筒を受け取り／／大学ノートを小わき

に抱えて／老教授の講義を聴きにゆく。」

楊原泰子さんは、東京帝大出身で日本の東洋哲学界の泰斗だった宇野哲人教授（当時、東京帝大名誉教授であり立教大では講師）がその「老教授」のモデルだと推定した。尹東柱がとった科目の一つが東洋哲学だったということもあるが、当時、宇野哲人はかなり年を召した老教授であったからだ。彼の子息である宇野義方氏（元立教大学文学部教授）も、楊原さんが持っていった資料を見て「父にまちがいありません。父は当時六十八歳で頭は白髪でしたし、ほかの先生がたはずっと若かったですから」と語ったという。そのころ在学していた人たちも、「その詩に出てくる『老教授』は宇野哲人先生のようだ」という点で一致していた。

宇野哲人は、西洋哲学の方法を使って中国哲学の体系を把握するという近代的な研究法をはじめて確立した学者だった。実践女子大学の学長などを歴任し、多くの著書を残したあと、一九七四年に百歳の生涯を終えた。

「教練拒否」を企てたという噂

楊原泰子さんが収集した資料によれば、尹東柱が同志社に転学した背景に、「教練拒否」問題もあったと語った証人がいたという。事実にもとづく考証によって裏付けることができるとすれば、ひじょうに重要な価値をもつ証言である。

彼女が聞いたところでは、尹東柱が立教大学に在学していたころ、朝鮮人学生の中で教練を拒否した学生があるという噂が流れたという。彼女はその噂が実際にあったことかどうか確かめようと、尹東柱の一年先輩で史学科に在学した林英夫氏（立教大学名誉教授）に会った。

林英夫氏は、彼自身教練をサボタージュしようとして配属将校に見つかり、教練出席停止（不合格）の汚名を受けた人だ。彼はこのために、のちに陸軍に入った場合に被《こうむ》るであろう苦しみを危惧し、陸軍に徴兵される前に自ら志願して海軍に入隊した。彼は「事実あの時代に教練を拒否することはたいへん勇気ある行動だった」と語り、「当時、文学部の学生は客観的に体制を批判していたとか、軍部の動きを不愉快に感じていたという、そんな噂はあったが、それが外部に漏れて配属将校の耳に入らないようかばいあい、信頼できる者だけでひそひそと話を交わした。だからぼくらが当時のことをすべて知っているとはいえず、いろんな人に話を聞いてみたほうがいい」と助言をしてくれたとのことだ。

ところが、尹東柱の「教練拒否の企図」というとても重要な証言がIさんという人から出てきたのだ。その話が出るきっかけになったのは教練服についての質問だったという。

「平沼（尹東柱の創氏名）氏も教練服を着ていましたか？」という質問にたいしてI氏は、ふいに何かを思い出したように「着ていなかったと思います。そのことを配属将校に特に示してみせたようだから」と答えた。そうして出てきた話が「教練拒否」問題だった。I氏によれば、尹東柱が高松先生に教練拒否について相談したところ、先生は「わたしも明日どうなるかわからないが、神に祈っているから」といって激励してくれたという。I氏は後日「（平沼氏が教練を拒否しようとしていたことを）きみも知っていたか？」と、高松先生から質問され、そこではじめてそんな事実があったことを知ったのだ、という話だった。インタビューしていた人はおどろいて、「教練を拒否しようとしたのは平沼氏ですか？」「平沼氏が高松先生に教練を拒否することについて相談したのですか？」と思わず二度も三度もつづけてたずねたが、I氏は「そうです」と答えたという。

ここまで調べてくると、尹東柱の立教大学時代、すなわち東京時代を蔽《おお》っていた灰色の厚いベールが忽然と開け放たれ、あの時代の中へ大きく踏み込んだようだ。

戦争の狂気と血にまみれた時代……。その真っただ中で苦難にひとつひとつ直面しながら生きていった人びと……。

楊原泰子さんの研究をとおして明らかになった尹東柱の周辺の人びとの姿は、眼前に見るようにあざやかだ。敬虔な人格と真率な愛情によって学生たちの信望をあつめた知識人・高松孝治教授、軍国主義の化身となって多くの若き学生たちに苦痛をもたらした飯島信之陸軍大佐、白髪の東洋哲学教授、軍事教練をめぐって学生たちと現役将校のあいだに露呈した横暴と葛藤とその対峙も、手にじかに触れるようになまなましく胸を打つ。

このように詳しく尹東柱の東京時代の生活のあとを探しだした日本人女性、楊原泰子さんの労苦と真心に深い敬意と感謝を感ずる。

東京で出会った女性

尹東柱の女性関係はどうだったのか?

これは尹東柱の詩の読者には相当に関心のある問題であろう。彼が延専《ヨンジョン》に入学して何カ月にもならないときに、すでに「順よ　おまえはぼくの殿堂にいつ入ってきたのか?／ぼくは　いつおまえの殿堂に入っていったのか?」ではじまる、遂げられない愛をせつせつとうたった詩「愛の殿堂」(一九三八年六月一九日)を書いているからだ。この詩は単に観念だけの遊戯から出てきたものとは思われないほど、切実なひびきをもっている。この詩をみて湧きはじめた関心は、次の年に書かれた散文詩「少年」(一九三九年)に向き合えばさらに高まる。

少　年

そこここで　紅葉のような悲しい秋がぽとりと落ちる。紅い葉の離れたそのあとごとに　春の支度をととのえ枝の上に空が広がっている。静かに空を見あげれば　眉に蒼《あお》の色が染みる。両の掌であたたかな頬にふれると掌にも蒼の色が染みこむ。もう一度掌をみつめる。掌の筋には澄んだ川が流れ、清らな水が流れ、川の中には愛のように悲しい顔――美しい順伊《スニ》のおもかげが浮かぶ。少年はうっとり目を閉じてみる。なおも澄んだ川は流れ、愛のように悲しい顔――美しい順伊のおもかげは浮かぶ。

(1939)

このように「順伊《スニ》」という名で表象される愛する女人の存在は、その翌々年に書かれた「雪降る地図」によってふたたび深い印象を残す。

雪降る地図

順伊が旅立つという朝　言いようもない思いで牡丹雪が
舞い、悲しみのように　窓の外に果てしなく広がった地
図の上を覆う。部屋の中を見回しても誰もいない。壁と
天井が真っ白だ。部屋の中にまで雪が降るのだろうか、
ほんとうにおまえは　失ってしまった歴史のように　ふ
わりと行ってしまうのか、発つ前に伝えておきたいこと
があったと　便りに書いても　おまえの行く先がわから
ず　どの街、どの村、どの屋根の下、おまえはわたしの
心にだけ残っているというのか、おまえの小さな足あと
に　雪が降りしきり覆いかくしてあとを追う術もない。
雪が溶ければその足あとごとに花が咲こう。花の間に足
あとをたどり行けば　一年十二か月　いつでもわたしの
心には雪が降るだろう。

（1941・3・12）

「順伊」とは誰なのか？ 実在の人物なのか？ もっとも、その女性がじっさいにいた人物だとしても、すでにその顚末《てんまつ》はおおむね推測できる。「順伊」を主題として書かれた詩は、すべて遂げられなかった愛をうたっているのではないか……。

このぐらいが、読者の抱いている考えのおおよそのところだといえよう。

尹東柱は故郷ではまったく女性とつきあうことがなかったらしい。尹永春《ユンヨンチュン》はこの点についてきわめて明快に証言している。「……東柱は顔立ちがよく、街に出ると女学生からつくづく眺められることもあり、女から言葉をかけられることもあった。だが一種のはにかみ屋の彼は一度も女には目をくれることがなかった」（尹永春「明東《ミョンドン》村から福岡まで」『ナラサラン』23集、ウェソル会、一九七六年、一〇九頁参照）

尹東柱がソウルに留学するようになってからは、ソウルで気立てのよい娘とつきあうなら嫁に迎えようと母は笑いながら言ったという。いわゆる恋愛結婚をすすめたわけだ。それにもかかわらず、彼は日本で獄死するときまで独身だったし、その女性関係については長らく明らかにされることがなかった。だが一九七六年に出た『ナラサラン』23集、尹東柱特集号において鄭炳昱《チョンビョンウク》によってはじめてこのことが取り上げられた。彼は、このころの尹東柱の作品を理解するのに助けになるかと思い、ここにはじめて彼の女性関係を公表するとして、延専《ヨンジョン》時代のエピソードを語った。

彼の話は、尹東柱が卒業学年、鄭炳昱《チョンビョンウク》が二年生だった一九四一年、ともに寄宿舎を出て同じ下宿にいたときの回顧談からはじまっている。彼らは楼上洞《ヌサンドン》の小説家・金松《キムソン》の家で暮らしていたが、高等係刑事に悩まされてその家を出、下宿を北阿峴《ブクアヒョン》洞に移した理由が次のようだったというのだ。

ここでもう一つ明らかにしておきたいことは、新村《シンチョン》の寄宿舎から市内に下宿を求めてやってきたが、あらためて郊外の新村に出て行くのでもなく、市内ともいえない北阿峴洞になぜ下宿を移したかということである。じつはこの北阿峴洞には東柱兄の父君の友人でむかし教師をしていたが、転じて実業界に身を投じた志士のひとりが住んでおられた。東柱兄はこの人をとても尊敬していて、ときおりお宅を訪ねていた。ところでこの人のお嬢さんが梨花《イファ》女子専門文科の卒業学年で、協成《ヒョブソン》教会とケーブル牧師夫人が指導するバイブル・クラスにもずっといっしょに参加していた。東柱兄は年下のわたしにこの女性に対する心情を語ることはなかったけれども、彼女に対する感情がけっして並ではなかったことだけは肌で感じることができた。（中略《ママ》）だがわたしが知るかぎり、東柱兄とこの女学生が外で会うことはなかった。毎日おなじ駅で汽車を待ちおなじ汽車で通学しながら、教会やバイブル・クラスでたがいに視線を交わす程度にとどまったが、目と目でたがいに心だけは通じ合っていたかもしれない。

（鄭炳昱「忘れえぬ尹東柱のこと」『ナラサラン』23集、ウェソル会、一九七六年、一三八頁）

この話を聞いてみると、「二人の愛はただ沈黙だった。」（「愛の殿堂」）という尹東柱のきよらかな嘆息がそのまま心に触れてくる思いがする。これが鄭炳昱《チョンビョンウク》が知っていた、また現在伝えられている尹東柱の女性関係のすべてである。

しかし尹東柱には結婚まで具体的に考えたもっとほかの女性がいた。東京時代のことだ。尹東柱より六歳年下で、ただひとりの妹・尹恵媛《ユンヘウォン》がその顚末を知っていた。

尹恵媛によれば、立教大学一年生の夏休みをむかえて帰省したときのことだ。東柱はある日、はがき半分くらいの大きさの友人たちの写真を妹に見せた。一人の女性が前に座り、二人の男子大学生がその後ろに立って写っている写真だった。

「おい、この写真の女性《ひと》どうだい」

恵媛《ヘウォン》が手にとって見ると、かわいいというより知的な美しさをもつ印象のいい女性だった。

「いいじゃない、この人だれなの？」

話を聞くと、その女性は咸鏡北道温城《ハムギョンブクドオンソン》にいる朴牧師の末娘で、東京で一番下の兄といっしょに自炊しながら声楽を専攻しているのだという。兄さんが何人もいるがみなよく勉強している知識人一家だった。

後ろに立っている二人の男性は、その人の兄とその友人で、二人とも尹東柱の友人だった。尹東柱は、キムチを食べたくなるとその家に行くけれど、これまでそこでよく食事をしたともいった。女性の名は朴春恵《パクチュネ》。春恵の兄は尹東柱に「うちの妹のような女性がいたら、ぼくもすぐ結婚するよ」といい、性格もよく人柄もいい女性だということだった。その写真も彼女の兄がくれたものだといった。どうやらその兄が尹東柱を妹の結婚相手にどうかと思っていたらしい。

尹恵媛は、話の内容から見て兄がその女性にとても心ひかれ、結婚まで考えていることに気づいて、尹家の人たちにその話をした。咸北《ハムブク》の温城《オンソン》なら龍井《ヨンジョン》とも遠くないし、たがいに知っているところ。そこの朴牧師宅といえばすぐわかる間柄だった。尹家の家族はこの話を聞いて東柱を呼び、「家柄もいいし、まことにけっこうだ。うまくすすめてごらん」と励ましながら喜んだ。

尹東柱は日本に戻るときにこの写真を家に残していった。けれども新学期になると、はなはだ落胆した様子の手紙が尹恵媛宛に届いた。「その人は今度の夏休みに家に帰って婚約してきた」という内容だった（解放後、偶然わかったことだが、その女性は法科を専攻した男性に嫁いで北朝鮮で法官の夫人になっていた）。

こんな隠れた物語を聞いてみると、尹東柱が問題の夏休み以前に東京から姜処重《カンチョジュン》に送った詩「春」のことがあらためて思い出される。「春」は尹東柱の詩の中では破格だといえるほど華やかで楽しい雰囲気に満ちている。伝記的に見て、なんの特別のきっかけもなく、だしぬけにこんな明るい作品が飛び出してきたというのは、相当いぶかしいことだが、この「東京の女学生」のエピソードがその疑問を解いてくれた。

春

春が血管の中を小川のように流れ
さらら、さらら、小川ちかくの丘に
れんぎょう、つつじ、きいろい白菜の花
長い冬を耐えてきたぼくは
草の芽のように咲き出す。
ゆかいなヒバリよ
どの畝からもたのしく湧き上がれ。

青い空は
ゆらゆらと高く……

＊作品の終わりの部分が欠けているのは、姜処重が手紙を棄てるとき、いっしょに詩の末尾も失われたため。

京都・同志社大学へ転学

尹東柱は一九四二年の秋学期から京都に移っていった。京都は西暦七九四年から一八六八年の明治維新で首都が東京に移るまで、千年間日本の都《みやこ》だったところだ。風光が美しく水が澄み、教育機関も多かった。京都では、東京帝大のつぎに設立された京都帝大が最高の伝統をもっているが、私立では同志社大学がもっとも由緒深い教育機関だった。

尹東柱はすでに延専《ヨンジョン》時代から京都について李敭河《イヤンハ》からよく話を聞いてきた。高等学校と大学院、あわせて六年間を京都で過ごした李敭河は、京都という都市にたいする心情を「なつかしさ」「親しみ」「せつなさ」などの語彙で表現するほどだった。その随筆「京都紀行」には、彼が抱いていた京都に対する愛情が哀しいまでにしみじみとにじんでいる。李敭河によれば京都は「海の藍色の波が岩にぶつかって流れていくある瞬間にしばしみせる」微妙な緑色のニュアンスを持っている都市だという。「乗物に乗ってくるなら、この地（日本）の空は京都にいたってはじめて高くなる」といい、そこの空と水の美しさをこの上なく礼賛した。

RIKKYO UNIVERSITY

등불을 밝혀 어둠을 조금 내몰고,
時代처럼 올 아츰을 기다리는 最後의 나,
나는 나에게 적은 손을 내밀어
눈물과 慰安으로 잡는 最初의 握手.
一九四二.六.三

봄.

봄이 血管 속에 시내처럼 흘러
돌, 돌, 시내 가차운 언덕에
개나리, 진달래, 노―란 배추꽃,
三冬을 참어온 나는
풀포기 처럼 피어난다.
즐거운 종달새야
어느 이랑에서나 즐거웁게 솟쳐라.
푸르른 하늘은
아른, 아른, 높기도 한데……

写真42　立教大学予科の建物と尹東柱の手紙

立教大学予科の建物（上）。この建物の地下に売店があった。尹東柱が「春」という詩を書いてソウルの姜処重に送った手紙（下）に立教大学のマークがあるがここで便箋を買ったようだ。

京都は尹東柱にとってはどのような意味をもっていたか。

彼はすでに東京で、

思いかえせば幼なともだちを
ひとり、ふたりと、みな失い

わたしは何をねがい
一人ぼっちで　ただ思い沈むのか？

（「たやすく書かれた詩」一部）


という絶唱を吐露したことがあった。そして京都には「幼なともだち」の一人宋夢奎《ソンモンギュ》がいた。

だがその当時は、一九四一年三月に罰則を強化して改定公布された治安維持法や、同年一二月に公布された言論、出版、集会、結社などの臨時取締法など各種の過酷な法律が出て、当局がいわゆる「思想犯罪」の予防に血まなこになっている殺伐とした時代だった。このようなときに、一九三五年の洛陽《ローヤン》軍官学校参加いらい特高警察のブラック・リストに載り、いつも監視されていた宋夢奎《ソンモンギュ》と接触しながら意気投合したということは、みずから特高警察の監視体制のなかへ歩みいることになったわけである。彼の生涯において京都が占める位相がまさにここに存在する。

同志社大学の学籍簿から詩人の足跡をたしかめてみよう。

写真43　尹東柱が入学した同志社大学

同志社大学には明治時代初期の建築様式を示す美しく荘厳な建物がある。尹東柱がこの学校に通ったころには思想犯罪に対する監視の目がさらに厳しくなっていたが、尹東柱はむしろ民族意識をいっそう強固にし、民族文化を保存してさらに発展させようと努力を傾けた。

彼は編入試験を受けて、一九四二年一〇月一日付で文学部文化学科英語英文学専攻（選科）に入学した。入学の日付が一〇月一日であるのを見ると、編入試験は八月か九月にあったのだろう（立教大学の学籍簿には一九四二年一二月一九日に「一身上の理由で退学」したと記録されている。退学手続きが遅れたのである）。

同志社大学は一八七五年に設立された。立教大学と同じくミッション系であるが所属宗派は違い、改新教組合教会派に属する。学科の中に神学科があり、キリスト教界に多くの人材を輩出した。大学のチャペルは明治初期の荘厳な建築物として、現在、日本の「重要文化財」に指定されているという。一九三〇年代には日本全国にも二台しかないパイプオルガンが、そこに一台設置されていた。

組合教会は一六世紀の有名な宗教改革家カルヴァンの宗教改革によって始まった教会である。同じミッション系といっても、大学が所属する教派の性格だけでみれば、北間島《ブッカンド》で育った小さいころから長老教派の教会人であった尹東柱にとっては、聖公会所属の立教大学よりずっと心情的になじめるほうであっただろう。

立教大学と同志社大学は学制の内容においても大きく異なっていた。

立教大学は学年制であるから、学籍簿があらかじめ一学年、二学年、三学年というふうに学年別に講座名と成績をそれぞれ記録するように欄が区分されている。現在の韓国の大学での形式と同じである。

同志社大学はずいぶん違っていた。「学年」の概念がそもそも存在しない大学なので、学籍簿にも学年の区分はなく、受講科目は該当専攻別に、必修科目、選択科目、共通特殊講義、随意科目などに大別される。そしてそこにいろんな講座の名称が評点欄とともにその下にずっと列記されている。

一九四一年に同志社大学を卒業した鄭《チョン》大為《デウィ》はその学風についてつぎのように説明している（彼は予科二年、学部（神学専攻）三年、あわせて五年通学した）。

　予科の教育というのはもっぱら外国語訓練を中心にしていた。一日五時間の講義があるとすれば、ある日はその五時間がすべて英語だった。教授の名前にしたがって柴田英語だの南石英語だのと呼ばれていた。（中略《ママ》）

　学部に進学すると、初めから学年というものがなくなる。漠然とした課程というのがあって、何年目在学中ということはあるけれど、学年を無視して誰でも自分が望む講座を選択でき、自分の課程表は自分がつくる方式で、クラスに入ってみると上級生、下級生の区別がまったくなかった。そればかりでなく、大学内に設定されている学科ならば、自分の必修を選択することを前提として、なんでも自由に選んで勉強することができ、思いのままに聴講することもできた。いまヨーロッパやアメリカにある大学よりむしろもっと余裕があったと思われる。だからわたしはこうした恩沢を存分に受けることができた。それでわたしは哲学科と英文科が併設した古典ギリシャ語講座も選んだ。……それだけではない。英文学科で開設した新聞学の三つの講座もすべて聞いた。

（鄭大為『老いぼれ草紙』鐘路書籍、二三―二四頁）

尹東柱は一九四二年一〇月から四三年七月まで二学期を同志社で学んだ。その間の受講科目は五科目。必修科目中の四科目と、共通特殊講義のなかの一科目である。

必修科目＝英文学史（勝田）――六五／英文学演習（瀧山）――八五／英作文（瀧山）――八〇／英作文（南石）――七三

共通特殊講義＝新聞学――七五〔数字は評価点数〕

尹東柱が受講した科目のうち必修科目に属する講座の内容がどういうものだったかを、おおよそながら教えてくれる資料がある。日本人で韓国文学を研究し、とくに尹東柱に関する研究と資料調査に大きな努力を傾けた伊吹郷氏が調べた資料だ。彼は尹東柱がかよったころにともに英文科にいた同志社大学のある教授に会い、つぎのような事実を知ることになった。残念ながらその教授は尹東柱を記憶していなかったという。

勝田教授の英文学史はシェイクスピアやキーツの作品を紹介しながら、作者の個性、人柄にふれる講義だった由。勝田氏は一九四四年三月に退職、その後の消息はわからぬという。瀧山教授は一八世紀英文学（デフォー）が専門の、博学の人だったというが、すでに故人である。南石教授もすでに故人だが、独学の彼は熱心なクリスチャンで、同志社教会の長老だった。

（『尹東柱全詩集　空と風と星と詩』伊吹郷訳、記録社発行、影書房発売（日本）、一九八四年、訳者による「解説」二六四頁）

これらの専攻必修以外に尹東柱が新聞学を選択したというのは、いささか風変わりに感じられる。それは鄭大為《チョンデウィ》博士も選択したと記述した新聞学の講座で、マスコミにたいする尹東柱の関心を示している。

尹東柱の京都での住所は、「左京区田中高原町二七　武田アパート」。宋夢奎《ソンモンギュ》の下宿は「左京区北白川東平井町六〇番地　清水栄一方」で、ふたりの住まいのあいだはわずかに徒歩で五分ほどの距離だったという。伊吹郷氏はまた尹東柱が暮らしたアパートからの通学路も踏査し、つぎのように記録している。

京都市の北東、左京区田中高原町は古い家並の残る静かな住宅街である。尹東柱が住んでいた同町二七番地の武田アパートは、いまどうなっているのだろうか。同町の路上で老婦人に聞いてみる。

「武田アパート？　ああ、ありましたな。でも火事で焼けてしもて、いまはあれしまへん」

アパートがあったという場所を教わり歩いてみるが、はっきりしない。何人かに訊ねたあげく、アパートの所有者だった武田氏の娘さん（といってもすでに老婦人）が近くに在住とわかり、お目にかかることができた。

写真44　同志社大学時代に暮らしたアパート跡

同志社大学時代に尹東柱が暮らした武田アパートの場所。1945年ごろ火災で焼失し、今は京都造形芸術大学の一部になっている。

武田アパートは一九三六年に建てられたという。京大や同志社の学生ら七〇人を住まわせる大きなアパートで、れんが造りの門構えと中央の庭に特色があった。庭に小鳥を飼い、花壇をつくり、その庭を木造二階建てがとり囲む「モダンなアパート」だったという。戦争が激しくなってから、このアパートは武田氏の手をはなれ、ある会社の寮になった。そして一九四四年か四五年に出火して全焼したという。（中略）

敷地跡はいま京都芸術短期大学（現在は京都造形芸術大学）になっている。敷地から見て、かなり大きなアパートだったことがわかる。（中略）おそらく尹東柱は、上京区今出川の同志社大学まで歩いてかよったろうし、そうすると加茂大橋を渡るのが彼の通学路だったろう。天気がよければこの橋から比叡山がよく見える。

（『尹東柱全詩集　空と風と星と詩』伊吹郷訳、記録社発行、影書房発売〔日本〕、一九八四年、訳者による「解説」二六一―二六二頁参照）

筆者は昭文社から出ている京都の大型観光案内地図（二万

分の一）をひらいて尹東柱と関連する地域を点検してみた。おもしろいことに尹東柱が住んでいたアパートの位置がまず目についた。京都市北東の片隅にある銀閣寺から左のほう、斜め上に黒い点が一つぽつんと打ってある。京都芸術短大という説明がついている（一九九一年に「京都造形芸術大学」になった）。その学校こそ尹東柱が住んでいたアパートのあった場所にたてられた学校ではないか。

その地点から同志社大までは約三・五キロ、徒歩通学には少し遠い道のりである。途中、北白川、鴨川などの川が街中を流れているから、選ぶコースによって渡る橋が二つにも三つにもなる。散歩を好んだ彼にふさわしく、行く道のところどころに寺、神社、宮殿などが散在している。同志社大からして宮殿である京都御所と、京都で指折りの大寺である相国寺のあいだに位置している。

そして何よりも鴨川がある。京都市を南北につらぬいて流れる鴨川を彼は登下校の道で毎日わたることになる。この川が、彼がいち早く少年時代に心酔した鄭芝溶《チョンジヨン》の詩「鴨川」のまさにそれではないか。

鴨　川

鴨川の十里の野辺に
夕陽は沈み……しずみ

日々にあなたを見送り
喉がつまった……早瀬の水音……

つめたい真砂《まさご》を握りしめる　冷ややかな人の心、
握りしめよ。うち砕け。心も晴れはすまい。

蓼《たで》生い茂る巣《ねぐら》
相方をなくした水鶏《くいな》　さびしく鳴き、
つばめのつがい飛びたち、
乞いの舞をおどる。
西瓜の匂いただよう夕べの川風。
オレンジの皮かじる若い旅人の憂い。
鴨川の十里の野辺に
夕陽が沈み……しずみ……

（「鴨川」全文）

尹東柱は、自分の持っている『鄭芝溶詩集』のこの詩の余白に赤鉛筆で「傑作」と書き入れていた。それほど魅了されたのだ。そればかりか習作時代には「鴨川」の技法とイメージをまねて、

ひもすがら　青黒い波に

ゆらゆら　沈み……　しずみ……

とはじまる「黄昏が海となって」（一九三七年一月）という詩を書いたこともあった。まさしくその鴨川が日常の一つとして入ってきたのだ。

一〇月一日から同志社にかよい始めた尹東柱は、三カ月後の冬休みには北間島の家に帰らず、そのまま京都にとどまった。住む街もかよう学校もみな移ったばかりだから、慣れるためにそのままとどまったのではないかと思われるが、いっぽうで考えてみれば、四月に始まった学期には、日本へはじめて来たにもかかわらず、七月に夏休みをむかえてすぐ帰郷したのを見ると、単純にそれだけでもなさそうである。それよりは、故郷の父親が東北帝大でなく同志社大へ転学したことで怒っていたため、すぐに帰って会うのがぐあい悪かったのではないか。また内省的な彼としては、わずか数カ月前、夏休みに帰った際に家の人たちに口を切った〝結婚話〟の失敗の傷も、冬休みに帰省しないで日本の寒々とした下宿部屋にとどまっている一因になったのではないか。

尹東柱の誕生日は一二月三〇日である。戸主である祖父が長老で誠実なキリスト教家庭の初孫だったから、北間島の故郷の家にいたとすれば、クリスマスと正月にはさまれたその誕生日にはにぎやかな雰囲気の中で豊かに祝われたにちがいない。けれども帰省せず遠い異郷の地、京都の片隅でひとり過ごすことになった日本でのはじめての冬だったから、東京にいた堂叔尹永春《ダンスクユンヨンチュン》は帰省の途上京都に降り、尹東柱とともに大晦日と元旦を過ごして楽しんだ。

尹東柱が自由の身で過ごした日本での最初で最後の年越しの姿だから、尹永春の回顧談をそのまま写してみる。

その年（一九四二年）の冬、大晦日に帰省の途上わたしは京都に立ち寄った。（東柱とともに）夜遅く街に出て行き、夜店で売っているおでんやゆでた豚肉、豆腐、焼き鳥をたらふく食べた。その晩、家にもどって世がふけるまで詩について語りつづけた。読書に熱中するあまり、顔が青白くなっていることをわたしはとても憂慮した。六畳の畳部屋で寒さも忘れて夜半二時まで読み、書き、構想し……、これがほぼその日その日の日課であるらしい。彼の言葉を総合してみると、フランスの詩を好むという話と、フランシス・ジャムの詩は香り高くてよく、神経質なジャン・コクトーの詩はいとわしくもあるがそのしなやかな味わいがいっそ魅力があってよく、ナイドゥの詩は祖国愛に燃える情熱がすばらしいと言いながら、ときには興にのって膝を叩いたりもした。

翌日の元旦、わたしたちは琵琶湖へ散策に発った。京都の高い峰をケーブルカーにすわってゆるやかに越え琵琶湖に着いた。あまりに見事な風景にわたしが続けざまに感嘆詞を発しても、東柱はこれに対してべつに反応がなかった。詩一篇をつくるのに全神経を集中させていることがわたしには即座にわかった。

（尹永春「明東村から福岡まで」『ナラサラン』23集、ウェソル会、一九七六年、一一〇―一一一頁）

一九八三年版の尹東柱詩集の年譜には、このとき尹永春と宋夢奎もいっしょに三人で琵琶湖を見物したことになっているが、これは間違いである。そのとき宋夢奎は帰郷して京都にいなかった。

現在、尹東柱の京都での生活を、とくに彼がもっていた民族文化が直面した凄惨な状況に対する悲嘆を、もっとも実感あるかたちで伝えてくれるものは、彼を検挙した特高警察の取調文書と裁判での判決文の内容である。

これらの公式文書にあらわれた尹東柱の行動を見ると、もっとも問題になった宋夢奎との関係のほかにも、友人たちに対して彼が、このごろの言葉でいえば「意識化作業」を継続したことが、治安当局に捕捉され問題視されている。松原輝忠（創氏名、本名とその身元はまだ不明）にたいして「朝鮮内の学校での朝鮮語科目廃止を論議し、朝鮮語研究を勧奨しながら、朝鮮の独立の必要性を強調」するなど「民族意識の誘発に腐心し」、張聖彦《チャンソンオン》（同志社大英文科の二年先輩）と接触して一九四二年一〇月一日に一斉検挙が始まった「朝鮮語学会事件」について残念がり、彼の民族意識を強化できるよう自分が所蔵する『朝鮮史概論』を貸してやるなど、朝鮮民族としての民族意識と文化を維持し高揚させようと努めた、というのである。

このような事実から、尹東柱が、朝鮮人学生たちのあいだでよくあるように日帝に対する不平をもらしたことが運悪く官憲に引っかけられたのだ、とみるのはとても不当な見方である。彼は立教大学で最初の学期を終えて故郷に戻ったとき弟妹たちに「朝鮮語《ウリマル》の印刷物がこれから消えていくから、何でも楽譜のようなものでも買い集めよ」と頼んだほど、日帝による朝鮮民族の固有文化圧殺とその消滅現象になまなましい切迫感をもっていた人だからである。

9

逮捕、裁判、服役、獄死

思想犯として逮捕される

尹東柱《ユンドンジュ》は一九四三年七月一四日、京都で特高刑事に逮捕され、下鴨警察署の留置場に拘禁された。宋夢奎は彼より四日前の七月一〇日に先に逮捕されていた。

尹東柱が逮捕されたころ故郷ではどうしていたか。妹・尹恵媛《ユンヘウォン》の話から聞いてみよう。

尹東柱は一九四三年夏に休暇をひかえて故郷の父に手紙を送った。「帰郷の旅費をお送りください」という頼みと、「金が到着しだいすぐ出発します」という言葉が付け加えられていた。

父はもちろんその手紙を受け取るとすぐお金を送りました。そしてそのときすでに、たぶん何かよくないことが起こりそうな予感があったようです。お金を送ったものの、やたらに家を出たり入ったりしながら、いらだたしげに兄を待っておられた。

——何かそんな兆しがあったんですか？

いえ、わたしにはわからないんです。ただ父がそのようにいらいらしているのを見ただけですから。たぶん何か目立った兆しがあったからというより、そのとき時局がとても険しくて不安だったし、父は新聞をよく読んで、そんな状況を知っていたからでしょう。とくに気配があってそうしたというのではなかったでしょう。

事実、険難な時局ではあった。前年の一九四二年から状況はさらに悪化の一途をたどっていた。神社参拝問題、『聖書朝鮮』誌事件などによって、キリスト教徒の検挙が続き、五月には日本政府が閣議で「朝鮮にも徴兵制を実施する」ことを決議した。軍国主義体制をさらに堅固なものにする使命を帯びて、小磯国昭が南次郎の後任として朝鮮総督として赴任したのも同じ月のことだった。六月には「セフランス医専」が総督府によって「旭医専」に改称され、八月には延禧《ヨニ》専門学校が総督府に接収されてしまった。とくに一〇月には「朝鮮語学会事件」が起こった。尹東柱の延専《ヨンジョン》時代の恩師・崔鉉培《チェヒョンベ》をはじめとして李允宰《イインジェ》、李熙昇《イヒスン》などハングル学者たちが多数拘束される事件であった（のちに李允宰、韓澄《ハンジン》など二人が拷問によって獄死した）。

ヨーロッパで起こった連合国対枢軸国間の大戦争は北アフリカにまで広がり、ドイツのロンメルと英国のモンゴメリー両将軍の部隊が砂漠で攻防戦を展開し、一方ではソ連領土も戦場と化して、スターリングラード攻防戦がおこなわれた。太平洋を舞台として米国と日本の戦いが続き、中国本土では日本軍に押されて奥地・重慶に遷都した蒋介石の中国政府がなおも抗戦していた。韓国臨時政府もこれにともない重慶に移ってそこに本部を置き、西安、埠陽などの地で小規模の光復軍支隊を中国政府の支援によって維持し、独立戦争にそなえていた。

一九四三年三月一日には、この間、徴兵対象から除外されてきた朝鮮人も戦場に引っ張り出す徴兵制が法令により公布された。八月一日から施行と、その実施の日まで定められていた。

こうした状況であったから尹東柱の父が、日本に行っている息子の無事に戻ってくるのを待ち焦がれてこれほどにいらだったのだろう。尹恵媛によれば、当時父親は東柱に金を送ると、それが日本に到着し、息子が金を受け取って日本を出発してから北間島《ブッカンド》までやってくる時間を計算し、東柱の到着予定日を推定した。

そしてそれだけでも足りずに、のちにはわたしに、到着予定日にあわせて豆満江《トゥマンガン》の対岸にある上三峰《サンサムボン》駅まで兄を出迎えに行けといわれました。

その駅はそこで汽車を乗り換えて北間島に入ってくることになる国境の関門のようなところだった。そのとき尹恵媛は十九歳で、龍井《ヨンジョン》の明信《ミョンシン》女学校を卒業して家にいた。父の指示どおり上三峰駅まで汽車で行って、列車の到着時間ごとに首をのばして待ったが兄はあらわれなかった。夜にはその地にある五親等の親戚の家に泊まり、何度も駅に行って待ったが、ある日、龍井からその親戚宅に何の説明もなしに「尹恵媛をすぐに家にもどしてくれ」という連絡が来た。

おかしいと思いながら家に帰ってみると、尹東柱と宋夢奎が日本でともに逮捕されたという知らせが来て、家中が大騒ぎになっていた。あとになってわかったことだが、尹東柱は切符を事前に買い、荷物も小荷物として先に送ってある状態で逮捕されたのだった。

尹東柱が逮捕されたことによって父が受けた衝撃は大変なものだった。彼は長年のあいだに、布地商、会社員、養鶏業など職業を変えながら、その間、教会には出席せずにすごしていたが、このときからふたたび教会に出かけはじめたという。

高熙旭の証言

「尹東柱はなぜ逮捕されたのか？　はたして遺族たちが主張するとおり独立運動のためだったのか？　学生であった彼が、そのうえ静かで内省的な性格だった彼が、はたして独立運動という嫌疑で日本の警察に逮捕されるほどのことをしたのだろうか？」

こういう意見が一九七〇年代後半に韓国の文学界に大きく台頭したことがある。とくに文学雑誌『文学思想』一九七六年四月号の尹東柱特集では大部分の論者がそうした意見を強力にくりひろげた。純粋な文学青年として抒情詩を書き、日帝の行き過ぎた取り締まりにまちがって引っかけられた不運な犠牲者だったという主張であった。

「いのち尽きる日まで空を仰ぎ／一点の恥じることもなきを、／木の葉をふるわす風にも」心いためた詩人・尹東柱が日本の監獄で獄死してから三〇年後のことであった。

尹東柱の遺族たちはそれまで「尹東柱は『独立運動』という罪名で逮捕され裁判を受け服役中に獄死した」と主張してきたが、このように黒雲のように湧き起こる懐疑と不信の前で手をこまねいていた。尹東柱が獄死したときその遺骸をひきとりに日本の福岡刑務所まで行ってきた父たちが、北間島に帰ってきて伝えた言葉を記憶しているだけで、具体的な証拠がまったくなかったからだった。

ところがそれから一年半ほどのちに、奇跡的にその証拠が白日の下に現われ、遺族たちの証言が真実であること、またその事件の全貌をも明らかにしたのである。遅まきながら公開された日帝時代の政府極秘文書、『特高月報』（日本内務省警保局保安課発行の特高警察記録）の一九四三年一二月分、『思想月報』（日本司法省刑事局発行の裁判記録）第一〇九号（一九四四年四月、五月、六月分）に、尹東柱たちの事件の関係記録が入っていた。

「京都にある朝鮮人学生民族主義グループ事件」、これが日本の警察が事件につけた名称だった。『特高月報』に掲載された警察の取調文書によって、尹東柱の嫌疑が「朝鮮独立運動」であることが確定され、「中心人物は宋夢奎であり、尹東柱が彼に同調し、この事件で検事局に送検されたのは宋夢奎、尹東柱、高熙《コヒ》旭《ウク》の三人」だったという事件の全貌と、警察捜査の終結結果が明らかになった。

検事局に送られた三人はその後どうなったのだろうか？

三人のうち宋夢奎と尹東柱は解放前に日本の福岡監獄でともに獄死した。残った一人は、『特高月報』の記録によってはじめて事件と関連していた事実とともにその存在が世に知られた高熙旭。当時彼は京都の第三高等学校三学年に在学中だったと記録されている。

彼はその後どうなったのだろうか？　彼は生きているのか？

万一、生きているとすれば、当時の事件関連者たちの逮捕の状況と取調べについて証言をしうる唯一の人物である。彼の生死いかんとその身元を把握するために、筆者はある年のひと夏を消費したことがある。

日本の京都大学大学院の研究員である塩谷明久氏の助力によって、第三高等学校（日帝時代の高等学校は大学予科の性格をもつ教育機関である。終戦後第三高等学校は京都大学教養学部に吸収された）の昔の学籍簿の写しを京大でとり、高熙旭氏の父の姓名を確認することからその作業をはじめた。当時戸主であった彼の父の姓名を確認することによって戸籍を探しだし、戸籍から現住所を追跡した。

高熙旭氏は生きていた。ついにソウル市弘恩洞《ホンウンドン》にある彼の家の門前に立ち、表札に書かれた彼の名を読みながら喜悦に似たものを感じたことが記憶に新しい。唯一の生存者である彼に会って、日本の記録だけでは知りえなかった逮捕当時の状況と、監獄生活の様子について話を聞くことによって、はじめて民族詩人・尹東柱が当時経験した状況とその苦痛を間接的にでも生き生きと確認することができた。

高熙旭氏は一九二一年生まれ。宋夢奎、尹東柱たちとともに日本の警察に逮捕された一九四三年には二十二歳の若い盛りの年だった。

その事件は宋夢奎氏が日警（日本警察）の〝要視察人〟であったために起こったものでした。日警が彼を徹底して監視しているのを知らずに、いっしょに「わが民族の将来」とか「独立運動」とかの話をかわしあったんです。あとで見ると、日警はそれをすっかり盗み聞きし尾行もして、事件をつくったんですよ。

高熙旭氏はこんなふうに口を開いた。

そのように始まった事件ですが、宋夢奎と尹東柱のお二人は結局、獄死しわたしは生き残ったが、その後やはり大きな支障をこうむりましたよ。六カ月以上閉じ込められ、そのために三高を落第したし、それ以後〝要視察人〟だというので、解放のときまで日警の監視下で息の詰まるような圧迫感を感じながら暮らしました。

彼が京都に行ったのは一九四一年初めだったという。その前の年にソウル〔当時、京城〕の京畿《キョンギ》中学校を卒業した。

卒業後、京城帝大を受験したが、一次学科試験には受かったのにどういうわけか二次の面接で落ちました。それで、〝浪人〟になったんです。そのとき怖ろしいくらい勉強しました。せっかく再受験するんだから京城帝大よりもっとよいところに行こう、という意地が生まれました。だから次の年二月に生まれてはじめて日本に渡り、三高の入学試験を受けて合格しました。

日本は明治維新以来、高等学校という学制をつくった。人生の全般についての教養の基礎がない学問追究は偏ったものになるほかないというので、高等学校で教養科目を履修し人格的な基本を育てるようにし、その上で大学の専門知識を積ませる、という構想だった。

校名に数字をつけた国立高等学校が東京の第一高、仙台の第二高、京都の第三……というふうに、日本全国八地域に建てられた。そのほかには個人が設立し、それぞれの地に所在している都市の名をつけた、山口、熊本、姫路、福岡などの高等学校があった。これらの学校の入試競争はいつも熾烈だった。一般の私立大学はともかく、〝帝国大学〟という名のついた大学に行こうとすれば〝小学校六年、中学校五年、高等学校三年〟の課程を経るのが伝統のコースだった。

高等学校の中でも東京の一高と京都の三高がとくに名門中の名門といわれた。その学風や雰囲気の点で、東京の一高は官僚的で権威主義的な東京帝大に似ていたし、京都の三高は自由で人本主義的な性向の京都帝大に似ており、同様の声価を得ていた。「三高生だったら片目の悪い人でも娘を嫁にやる」という俗諺があるくらい、日本社会では一高生と三高生を高く評価し、彼ら自身のプライドとエリート意識も大変なものだった。

今になってふりかえってみれば、わたしの一生で最高に純粋にうれしかった瞬間はまさに三高に合格したという知らせを聞いたときです。ほんとうに人生の花のようなときでしたよ。三高出身といえば、一生が保証されたように言っていた社会の雰囲気の中で、ほんとうに一所懸命、勉強しました。

彼は明るい微笑を浮かべながら話した。

三高はじつにいい学校でした。学生たちは実力だけではなく、家庭環境もそれぞれよかったし、当時のあのひどい軍国主義の時代にあっても学問自体を至上課題とみなす自由な学風もひじょうによかったですよ。校是がただ一言〝自由〟でした。学校の寄宿舎の名も〝自由寮〟だったし……。その雰囲気を端的に示しているのが校歌です。歌の題そのものが〝ゆっくり歩き回りながらうたう歌〟という意味の『逍遥の歌』というんですが、こんな内容です。

「くれない燃ゆる岡の上／さみどりにおう岸の色／都の花にうそぶけば／月こそ懸かれ吉田山」

吉田山は学校の近くの山で、学校一帯の地名も吉田でした。

高熙旭は鉄原《チョルウォン》の大きな地主の長男として一九二一年に生まれた。祖父・高運河《コウナ》は開化草創期に日本に留学し明治大学法科を卒業して帰国、開城《ケソン》郡守と判事を経てのちに弁護士として活躍した。父・高洪権《コホングォン》は京城医専を出て開業していた医師で、富裕なインテリ一家の出身だった。

彼は故郷・鉄原で鉄原公立普通学校を出たあと京畿中学校に進学、日本の三高に留学して、当時の朝鮮人学生としては最高水準のエリートコースを踏んでいるところであった。東京帝大進学を目標に昼夜を問わず勉強する一方、特別活動としてヨット部に加入し、ときに琵琶湖に舟をこぎに通い、二年生の夏休みには友人たちと満州・新京からハルピンをまわり、金剛山まで踏破する若さを謳歌し、学生時代を楽しんでいた。そんな彼の若い日常のある日、とつぜん宋夢奎が飛び込んできて、予定された人生のコースを一気にもつれさせたのである。

宋夢奎との因縁は彼が下宿していた京都市左京区北白川の二階建ての家に、京都帝大生である宋夢奎が入居することからはじまった。その下宿と三高はわずか千五百メートルほどの距離。京都帝大は三高と道一つへだてて隣りあっていた。

当時の日本の下宿は現在のわが国の下宿とはすこし違っていた。部屋だけを提供し、食事は各自外に出て食べた。彼らがいた下宿の家の構造は、部屋ごとにスチームが入り、湯を沸かして飲めるようにしたガスの設備と洗面のための水道流しが部屋に備わっていた。だから同じ下宿にいるといってもわざわざ訪ねなければ何日も会わないこともありえた。

一九四三年七月一四日に高熙旭は逮捕された。日警の文書で明らかになったことだが、尹東柱が逮捕されたのもまさにその日だった。高熙旭の体験談から尹東柱の逮捕の状況もまた類推することができよう。

当時は太平洋戦争が勃発したあとで、世の中すべて戦時体制に突入するというので、三高もやはり三年制の学制が二年六カ月に短縮されることになったんです。それで七月に卒業試験を受けることになったんです。逮捕された日はちょうど一週間つづいた卒業試験が終わる前の日でした。朝、登校準備をしているところに刑事たちが入ってきたんです。

刑事は「洗面道具を持ってわたしといっしょに行こう」といって連行しようとした。わけがわからず理由を問う彼に何の説明もなされなかった。ともかく試験終了日をわずか二日間残すだけだからといって、「どういうわけかわからないが、いっしょに来いというなら行こう。ただ明日まで待ってくれ。卒業試験を今日と明日の二日間受けられなければ、卒業できなくなる」と事情をいったが、拒絶されそのまま連行された。

警察は彼を拘禁したのち、なんの措置もなく数日間そのままにした。彼はつかまったわけがわからないということと、卒業試験のことで何日も焦燥にかられた。ついに取調室に呼ばれていくと、すぐに「宋夢奎を知っているか」と訊かれた。「そうだったのか！」という思いがさっと頭をかすめた。自分が逮捕される数日前から下宿の家で宋夢奎の姿をまったく見かけなかったが、彼は卒業試験に忙しくて別に気にしていなかった。そうだとすれば宋夢奎は自分より何日か前につかまり、自分も彼に関連して「思想問題」でひっぱられたのだと、そのときになってはじめて思った（事件の記録からあきらかになった宋夢奎の逮捕日は七月一〇日だった)。

その間、宋夢奎とともに「朝鮮の独立」とか「朝鮮民族の民族意識を覚醒させるための文化運動」といった問題について意見を交わし、自分は今後、演劇分野に進んで演劇を通じての民族文化運動をしてみたいという抱負を示したこともあったのだ。

日警の取調べにたいして彼は最初、黙秘権を行使しようとした。すると取調官は一連の書類を見せた。それはおどろくべきことにほとんど一年近く尾行し盗み聞きして作成された記録だった。何月何日何時に下宿の部屋の明かりが消え、何日にある食堂で宋夢奎と尹東柱と高熙旭の三人が会っていっしょに会食したとか、ある日の何時まで宋夢奎の部屋である内容の話をしあったとか、そんな具合に詳細に記されたものだった。

ここで少し話を転じて、高熙旭が記憶している尹東柱についての思い出をきいてみよう。

尹東柱氏は宋夢奎氏の紹介で知ることになりました。けれどもとくに親しくつきあったわけではありません。勉強するのにおたがい忙しかったし、部屋も離れており学校も違っていましたから。宋夢奎氏が尹東柱氏に会いに行くときにいっしょに出かけて、市内の食堂で二、三度食事をともにし話をしたという記憶があります。たがいにその程度の因縁しかない間柄だったけれど、それぞれ宋夢奎氏とのつきあいと因縁によって一つの事件にむすびつけられたんです。

そのときは尹東柱氏が詩を書いているということも知らなかったし、さらに後日このように有名な詩人になるだろうとは、想像もできませんでした。いまも彼の若いときの姿が思い出されますね。静

写真45　三高時代の高熙旭

彼は特高に逮捕されたものの起訴猶予で釈放されたのちに復学したため、1学年下の金泰吉・元ソウル大教授と同級生になった。いちばん左が金泰吉、その横が高熙旭。高熙旭は日本社会で「三高生なら片目が不自由でも娘を嫁にやる」という言葉さえあるほど高い声望を得ていた名門の三高に通っていたときを、自分の人生でもっとも輝いていた時期だと追憶した。

かで美男子で、男子として清潔な印象でした。一メートル七五センチぐらいあるわたしや宋夢奎氏より少し低い背丈でしたね。

彼は宋夢奎については次のように述懐した。

痩せた体格で白い顔、声は少ししわがれたような感じでした。穏和で沈着な面がありながら、反面、情熱的でした。ひじょうによく勉強して……一言でいえば典型的な〝蒼白いインテリ〟の印象でした。わが民族をいつも念頭においている、民族主義的な色合いがとても濃厚な人でした。

話をふたたび警察での逮捕当時のことにもどそう。取調官は宋夢奎を監視して作成した書類を出し、「宋夢奎は要視察人だから、この間ずっと監視していた」と明かした。これを見て高熙旭はそれ以上黙秘権を使う気にならず、取調べに応じた。拷問はとくにひどく受けなかった。一度、手を後ろにくくり吊り上げて拷問しようとしたが、そのあとはそんなことはなかった。すでにそういう書類があるのを見たあとなので、順に話していったからである。

宋夢奎と尹東柱の取調文書と判決文には、彼ら三人のほかにもっと多くの人びとの名が登場する。白仁俊《ベクインジュン》、松山龍漢（朝鮮人の創氏名だが、本名や身元はわからない）、松原輝忠（上と同じ）、張聖彦《チャンソンオン》などである。当時日本の警察捜査の慣行から見て、彼らもみな連行され取調べを受けたものと思われる。しかし五カ月におよぶ警察署での取調べのすえに、一九四三年一二月六日、検事局に送られた人は宋夢奎、尹東柱、高熙旭の三人である。

警察で取調べを受けているときには留置場で他の在署者といっしょにいた。もちろん事件関連者とはたがいに隔離させたため、誰がどこにいるかはわからなかった。ただ取調べを受けるときの話から宋夢奎と尹東柱がともに捕まっていることはわかった。取調文書に登場する他の人物たちとはまったく面識さえない間柄だった。

警察から検事局に移っていくと、収監の形態がちがっていた。検事局の監房は独房だった。構造も警察の留置場のように一つの面が鉄窓で廊下のほうに開いているのではなく、人を捕まえて扉を閉じておくと四面がすべて密閉される部屋だった。天井に電灯がついており、建物の外壁側の壁の端に小さな窓があって、そこへ日の光が少し入ってきた。隅には木でできた便器桶があった。

廊下側の閉じられた扉には、その下方と中間ぐらいに小さい穴がふたつあり、それぞれに蓋がついていたが、下のほうの穴は飯を外から押し入れる穴で、上のは覗き込んで監視する穴だった。

食事はほとんど盛り切りの麦飯にたくあんが少しと、薄い味噌汁一杯が一日に三度出た。独房に閉じ込められて人を見ることがないので、人との会話といえば、一日三度の飯をもってくる人からそれを受け取りながら「ありがとう」というぐらいだった。本を見ることはできた。検事局の図書館に宗教書が備えられていたから、申請すれば貸してくれた。

警察署であれ検事局であれ、逮捕されたあと尹東柱は一度も見たことがなく、宋夢奎とは検事局の廊下でただ一度だけ出くわしたことがある。検事局に移されてからほぼ二カ月たってはじめて検事に呼ばれ取調室に行ったのだが、宋夢奎は先にそこに呼ばれて監房に戻っていく途中だった。彼は高煕旭を見ると微笑を浮かべてみせた。なんの含みもない曇りのない微笑だった。最初、逮捕されたときには処罰にたいする恐怖と、とくに自分が「要視察人」であることを明らかにしなかった宋夢奎にたいする恨みをもっていたが、そのときにはすでにすべてのことをあきらめて、むしろ楽な気持ちになっていたので、彼に向かってやわらかく笑い返すことができたという。

このときの宋夢奎の微笑を浮かべていた顔がいつまでも忘れられなかった。こっちには護送人がはりつき、あちらのほうにも同じく護送人がくっついていて、一言も話すことはできなかった。結局、それが最後に見た宋夢奎の顔になった。

検事は取調べで彼に特別のことを質問しなかった。ただ住所、姓名、警察での陳述が事実かどうかを確かめる程度だった。検事は自分が三高の先輩であることをほのめかしもした。高熙旭は二日目に検事がふたたび彼を呼んで釈放を通告する瞬間まで、自分が外に出られるとは夢にも思わなかった。高熙旭は起訴猶予で釈放されたが、他の人びとがどんな処分を受けたのかたずねることはできなかった。彼が釈放された日は一九四四年一月一九日。逮捕されてから六カ月と六日ぶりであった。

「治安維持法第五条」が彼らを監獄に送った

尹東柱や宋夢奎の検事局監房での様子について、伝えられた資料はまったくない。ただ高熙旭が味わった経験をとおして彼らもやはり同様の状況を経たのだろうと推測できるだけである。

高熙旭が釈放されたあと、残った二人は一九四四年二月二二日に起訴された。裁判は二人を分離して進められた。

高熙旭は釈放されると下宿に戻っていった。真夏の七月に逮捕され満六カ月間の監獄暮らしをして季節は変わり、真冬がめぐってきていた。下宿の家に行ってみると自分の部屋と荷物はそのまま保存されていた。気になっていた長期間の不在にもかかわらず、荷物を片づけて部屋を空けほかの下宿生を受け入れてはいなかったのだ。

帰ってきた彼を見て下宿の主人が「ごめんなさい」としきりにあやまった。ずっと警察が彼らを監視し、彼らがいっしょに話をしているとそれをひそかに盗み聞きしていたが、そういう事実を絶対に知らせるなと厳命されたので、知らせることができなかったという。

そのときから彼にもいつも刑事の監視がつきはじめた。彼がどこに住所を移して行っても、そこにどう連絡が行くのか影のようにかならず刑事があらわれた。それが解放時までつづいた。今や彼も「要視察人」となったのだ。

三高の卒業試験をすべて受けられないまま逮捕されたので、彼は「落第」として処理されていた。本国の故郷の家に行ったが、戻ってきて彼はふたたび三学年に通いはじめた。このときの三学年の級友の中には、後のソウル大哲学科教授・金泰吉がいる。高熙旭は三高を卒業したあと東京帝大英文科に進学した。三高在学中、英語教授が、「この学級で三年間英語読解でオールAをとった唯一の学生が高熙旭だ」と称賛したほど、英語が好きでもありよく学んだ。東京帝大英文科に進みはしたが、一九四五年、太平洋戦争の末期に入って米国の飛行機による日本本土空襲が激しくなると、彼は学業を中断して帰国した。

八月についに解放となった。どこに行っても刑事が監視する目をいつも意識する生活をどうしようもない、そんな耐えがたい圧迫感に苦しめられた彼は、解放をむかえてまるで全身に羽が生えたような感じがした。心身が自由にはてしなくすいすいと飛び回るような気分だったという。

彼はソウル大学英文科に転学して学業を継続した。卒業時の論文指導教授は李敭河《イヤンハ》教授だったが、教授は三高と東京帝大英文科の先輩でもあった。英文で作成した彼の卒業論文の題目は「自然詩人としてのワーズワース」だった。

それは宋夢奎によって結びつけられた事件が彼の人生にどれほど大きな影響を及ぼしたかをあらためて証しだてる題目でもある。

ワーズワースといえば「こどもは大人の父……」という詩の一節で有名なイギリスの自然派詩人だが、

高熙旭がワーズワースに興味をもったのは検事局で独房暮らしをしているときだった。そこでいろいろな宗教書ばかりを借り出して常置しておいたから、一日じゅう宗教書ばかり読んで暮らした。新約聖書もその中で三度も四度もくりかえし通読したし、とくに鈴木大拙という日本人が書いた仏教書をよく読んだ。その鈴木大拙が著書の中でしばしば引用したのがワーズワースだった。それを読みながらひじょうに興味を覚えた。

ワーズワースは汎神論者であり、自然賛美家として東洋思想的な基礎をもち、摂理を尊重する自然派詩人である。だから当時の若者たちの思考の趣味には一般的に合わず、とくに唯物論者たちがひどく嘲笑された詩人だった。だがワーズワースに感銘を受け卒業論文の主題にまですることになったのは、もっぱら高熙旭のこのときの監獄生活のせいだったのである。

「特高警察」による逮捕とその関連記録

尹東柱を逮捕し取り調べたのは京都下鴨警察署の特高刑事たちだった。下鴨警察署は尹東柱が居住した地域一帯の管轄署であった。

特高刑事とは、日本の内務省傘下の「特高」組織に所属した刑事たちをいう。普通「特高警察」といわれた。「特高警察」とは「特別高等警察」の略語で、思想弾圧を主任務とする特殊警察組織であった。

特高は一九一一年に日本警視庁に初設置された。一九二五年に公布された治安維持法を一九二八年六月二九日にいっそう過酷な内容に改定公布した日本政府は、つづいて七月三日には特高組織を大々的に拡張した。そして日本全域の県単位の警察署にまで特高警察を置いた。治安維持法違反の犯罪をあつかう特殊組織として特高警察が必要だったのだ。治安維持法と特高警察はこのように双子のような存在だった。

特高警察は、仮にある特定警察署に所属しているとしてもその警察署長の指揮を受けることはなかった。彼らだけの中央集権的体制で構成されている特高組織自体の指揮体系の下で動いた。特高の要員の任命と免職はもちろん、活動費と機密費までちょくせつ特高組織の中央から与えられるものを受けて使ったという（松尾洋『治安維持法と特高警察』教育社（日本）、一九七九年、一三二頁）。彼らは『特高月報』という内部機関紙も月刊で発行していた。毎月その組織があつかった事件の中で、組織の注意を喚起させるべき問題点をもつ事件の内容と処理結果などを整理して載せた。特高の活動の参考にするためのもので、もちろん内部でだけ見る極秘文書だった。

一言でいって「特高」は内容的には一般警察組織からあらかじめ分離された特殊組織であった。その機能と構造は韓国の維新時代の中央情報部と似ているといおうか。その権勢は飛ぶ鳥も落とす勢いだった。残虐な拷問もためらわなかった。そうした構造から来る特権意識が作用したのか、一般警察にたいして彼らなりのエリート意識までもっていたという。

日本からの解放後三〇年ぶりに尹東柱が逮捕された事件の真相がはじめて明らかになったのは、まさにこの『特高月報』によってだった。過去の日本政府の極秘文書類が公開されたのにともない『特高月報』も公開され、資料集として一般に公開された。その中に入っていた事件関係記録を、日本の国会図書館司書である宇治郷毅氏が発見したのである。特高はこの事件に「在京都朝鮮人学生民族主義グループ事件」という名称をつけた。

宇治郷毅は同志社大学出身で、同じ大学出身の朝鮮人文学者について深い関心をもって研究している人だという。彼はその記録の写本を尹東柱の実弟・尹一柱《ユンイルジュ》に伝え、尹一柱は『文学思想』一九七七年一二月号誌上にその記録を紹介したのである。

『特高月報』一九四三年一二月分（内務省警保局保安課発行）

（一九四四年一月二〇日発行、原文のまま）

在京都朝鮮人学生民族主義グループ事件策動概要

(1) 在満・在鮮当時の策動　中心人物宗（ママ）村夢奎は満洲国間島省延吉県智新村明東屯に於て出生し、在満恩真中学校及国民高等学校に於て中等教育を卒へ、其の後在京城府私立延禧専門学校文科を卒業し、十七年京都帝国大学に入学勉学中のものなるが、在満当時より民族意識濃厚にして在支不逞朝鮮人団体とも関連を持ちたることあり、すなわち在満恩真中学在学中、同校教師明義朝より民族意識を啓蒙され、昭和十年四月恩真中学三年の時十九歳にして当時南京に潜伏せる朝鮮独立運動団体たる金九一派の許に走り、独立運動に参加すべく同年十一月まで同所に於て教育を受けたり。然れ共金九一派の内情よりして目的達成の困難なるを知るに及び、更に済南市所在の李雄なる独立運動者の許に走り、之に拠り運動せんとしたる処、取締当局の圧迫に依りその目的を達せずして、昭和十一年三月出生地実父の許に帰鮮せり。

其の後実父並に伯父等の勧めに依り領事館警察大拉子分駐所に自首し本籍地雄基警察署に於て取調を受け釈放されたる等の闘争経歴を有するものなり。而して其の後に於ても依然として朝鮮独立の不逞思想を放棄するに至らず、南京及済南に滞在中に於て金九派竝に金元鳳派との対立抗争を見聞したるより朝鮮民族の最大欠点は地方的偏見乃至党派心強くして団結心に欠け、而も文化水準の低位なることなりとし、斯る欠点の為往年の万歳事件は単なる衝動的の感情に終始し、遂に失敗に帰したるものなりとして朝鮮独立の為には斯る民族的欠点を是正し文化水準の向上を図ると共に民族の固有文化を維持向上して民族意識を涵養し以て、朝鮮独立の機運を醞醸することが先決なりと確信するに至り

（二） 昭和十二年五月頃間島省龍井街平沼東柱宅其の他に於て恩真中学当時より思想的に相互共鳴し同様民族意識尖鋭なりし平沼東柱と会合し朝鮮独立の為には朝鮮文化の維持向上に努め民族的欠点を是正するにありとし自ら文学者となりて指導的地位に立ち民族的啓蒙運動に挺身せんことを協議し朝鮮文学を研究し朝鮮文学者となる為には京城府所在延禧専門学校が最適なりとして昭和十三年四月平沼東柱と共に延禧専門学校に入学したるが、当時政府に於ける同化政策強化の為、鮮内各学校に於ける朝鮮語教授は廃止せられ国語使用を奨励せらるるや、斯る政策は朝鮮文学を必然的に消滅せしむるものにして朝鮮固有文化の抹殺は朝鮮民族を滅亡せしむるものなれば飽く迄も民族文化の維持向上を図るべしと為し昭和十四年二月頃延禧専門学校に於て同級生平沼東柱・白山仁俊・姜処重等数名の者と共に朝鮮文学の同人雑誌を出版せんことを企図し、同年八月頃迄の間に学校寄宿舎或は喫茶店等に於て数回に亘り民族的作品の合評会を開催し、相互民族意識の昂揚と朝鮮文化の維持に努め右同人雑誌の刊行中止の已むなきに至るや、延禧専門学校同窓会誌「文友」の幹事となり、平沼東柱を勧誘し、同志に依つて朝鮮文化の維持と民族意識の昂揚に努めたり。

而して宗村夢奎は昭和十七年三月延禧専門学校を卒業するや、朝鮮独立の為には自己の民族文化の

研究は単に専門学校程度の文学研究のみにては不足にして更に朝鮮の歴史的地位を明確にすると共に、より高度の朝鮮文学を研究し、民族の特性維持に努める必要あるを以て大学に学び、文学並に歴史を研究する要ありと為し、昭和十七年四月京都帝国大学文学部史学科に入学し、爾来朝鮮独立の究極目的を以て世界歴史並に文学を研究すると共に民族文化の維持に努めつつありたり。一万平沼東柱は延禧専門学校卒業後上京し、法政《（ママ）》大学聴講生として勉学し、昭和十七年九月在京都同志社大学文学部選科に入学し、爾来宗村夢奎と緊密なる連絡を持ち共に在京都鮮人学生に働き掛けつつありたり。

(2) 入京後に於ける策動　両名は昭和十六年十二月八日偶大東亜戦争の勃発するや、戦争の究極に於て日本の敗戦は必至なりと妄断し、日本の国力疲弊せる機を利用して朝鮮独立の与論喚起を為し民衆を蜂起せしめて一挙に独立を完遂せんと意図し、在京都朝鮮人学生数名を目標に働きかけ同志の獲得に努めたる結果第三高等学校生高照《（ママ）》旭を獲得し、昭和十七年十月頃より本年七月頃迄の間京都市内各所に於て三名にて屢会合し、民族意識の昂揚、乃至具体的運動方針等につき協議しつつありたるが之が主要なるもの摘記せば次の如し。

（イ）朝鮮の現状は自分の言葉も文字も使へなくなつて朝鮮民族は将に滅亡せんとして居る。我々は朝鮮人たるの意識を忘れず朝鮮固有の文化を研究し朝鮮文化の維持向上を図ることが民族的文化人の使命である。朝鮮民族は決して劣等民族ではなく文化的啓蒙すれば高度の文化民族となる事が出来る、文化的に啓け民族意識を自覚する様になれば朝鮮独立は可能である。

（ロ）民族意識の啓蒙は文化力に依るべきものにして演劇・映画等は効果的なるも場所的制限を受くるを以て文学作品殊に大衆文学に依る事が最も感化が大にして何等の制限なくその影響面も大なる

為之に努力すべきである。
（ハ）朝鮮も大東亜共栄圏内の弱少民族として解放せらるべきである。然しその為にほ朝鮮民族の民族的欠点が是正されて居らなければならぬ。
（ニ）大東亜共栄圏の一員として朝鮮が独立する事は日本の歴史的必然性である。然しそれには朝鮮民族が文化的自覚を持ち積極的に独立要望をしなければならない。朝鮮独立の先決問題は民族の文化水準の向上であってその責任は我々にある。
（ホ）朝鮮独立目的達成の為飽く迄朝鮮民族文化を死守すべきである。
（ヘ）大東亜戦争の講和條約の際朝鮮独立を条件として持出されるべきであり、又持出されなく共日本の国力が弱くなるか或は日本敗戦の機に独立運動を起せば朝鮮人総てが集結し得る、其の際朝鮮出身軍人も一役果すべきであり我々も一身を犠牲にして立上らねばならぬ。
（ト）独立蜂起の際は朝鮮人である以上民族的に結合する筈であるから殊更同志獲得に焦る必要はない。同志獲得に就いては充分注意すべきである。
（チ）独立後の政治主権者は如何なるものにすべきか当分軍人出身の独裁政治に依るべきである。
（リ）在京都鮮人学生向《（ママ）》山仁俊・松山龍漢等に対し屡民族的煽動啓蒙を為したり。
（ヌ）学校に於ける朝鮮語教授の廃止と諺文新聞雑誌等の廃刊は朝鮮文化即ち固有の民族性を抹殺し朝鮮民族を滅亡せしむるものなるを以て飽く迄も朝鮮文学の維持に努めなければならぬ。
（ル）内鮮一体政策は日本政府の朝鮮民族懐柔政策にして朝鮮民族を瞞着し、民族文化と民族意識の消滅を図り朝鮮民族を滅亡せしめんとするものである。

（ヲ）朝鮮文化を維持し民族意識を昂揚せしむる為には民族の固有文化を歴史的に研究し体系化する必要がある。独逸に於てはフイヒテと謂ふ大学教授が国民に告ぐと謂ふ講演をして国民精神を振作しイタリヤに於てはマッチニーと謂ふ人が青年イタリヤと謂ふ著書をして国民の自覚を促したと謂はれて居る。朝鮮独立の為にも斯様な民族精神を作興すべき学問的研究に依る論文が必要である。我々は斯くの如き民族の進むべき道を研究し朝鮮民族の欠点を是正しなければならぬ。

（ワ）大東亜共栄圏理論は東亜各民族をして各その所を得せしむるものであるから朝鮮も独立する可能性が十分にある。只朝鮮民族自身が朝鮮独立の意志を示し独立後の政治も自ら行はんとする事を表明しなければならぬ。

(3) 送局被疑者

検挙月日	送局月日		本籍住所	職業	氏名・年齢	備考
七、一四	一二、六	本籍 住所	咸北慶高郡雄基邑雄尚洞四二二 京都市左京区北白川東平井町六〇	京大文学部 史学科選科生	宗村夢奎 （二七）	
七、一四	一二、六	本籍 住所	咸北清津府浦須町七六 京都市左京区田中高原町二七 武田アパート	同志社大 文学部選科生	平沼東柱 （二六）	
七、一四	一二、六	本籍 住所	京畿道京城府桂洞町一四ノ一八 京都市左京区北白川東平井町六〇	第三高校生	高島熙旭 （二二）	

このような日本の特高警察の取調文書の公開は、ひじょうな社会的反響をひきおこした。取調べで民族詩人・尹東柱の逮捕事件の全貌を克明に明らかにした文書であると同時に、日帝に逮捕された独立運動家たちの取調文書の中でも、朝鮮民族の堅固な気概をもっとも堂々と毅然として表わした、壮烈な事例の一つであったからだ。この記録にもとづいて、いよいよ尹東柱の逮捕について語ることにしよう。

まず、逮捕の日付についてはっきりさせる必要がある。『特高月報』にある、検事局への「送局被疑者名簿」では、宋夢奎、尹東柱、高熙旭の三人がすべて一九四三年七月一四日に検挙されたとなっている。しかし、宋夢奎の判決文が掲載されている『思想月報』の記録（本書四四八頁参照）には、宋夢奎は七月一〇日、尹東柱と高熙旭は七月一四日に検挙されたとなっている。

どちらが正確なのか。『思想月報』の記録のほうである。それは正式の裁判を経たあとに出てきたものとして、文書自体がより信憑性のあるものだ。さらに宋夢奎は自分より何日かまえに逮捕された、という高熙旭の証言によってはっきり裏付けられているからである。

宋夢奎の自首説は事実か？

ここで一つ検討しておくべき問題がある。宋夢奎が一九三六年（昭和十一年）三月に日本の警察に自首したことがあるという記録は、はたして事実なのか？

先に見たように、『特高月報』に載った特高警察の取調文書には、独立運動に加わるために中国に行った宋夢奎が北間島にもどってきた経緯について、「……金九一派の内情よりして目的達成の困難なるを知るに及び、更に済南市所在の李雄《イウン》なる独立運動者の許に走り、之に拠り運動せんとしたる処、取締当局の圧迫に拠りその目的を達せずして、昭和十一年三月出生地実父の許に帰鮮せり。／其の後実父竝に伯父等の勧めに拠り領事館警察大拉子分駐所に自首し本籍地雄基警察署に於て取調を受け釈放される等の闘争経歴を有するものなり……」と記録されている。中国から帰ってきた宋夢奎が北間島にある日本の警察に自首したとははっきり示している。

また、先に筆者が尹東柱の妹・尹恵媛氏から北間島時代についての証言を聞いた中で、中国に行った宋夢奎が龍井《ヨンジョン》に戻ってきた姿を彼女が最初に見たときのこととして、つぎのような話を聞いた。

夢奎兄《オッパ》さんは夕方ごろに龍井に到着したようだ。そのとき叔父さんの家は龍井から四〇里〔現在の約四里〕離れた大拉子《テーラッジャ》にあった。だから龍井《ヨンジョン》市内にいるわたしたちの家にまず着いたのだ。夕暮れで薄暗かったが、誰かが大門の中にすっと入ってきたので、見ると夢奎兄さんだった。びっくりしたわたしが、「いったいどうしたの」と口を開く前だった。母が「ああ！　おまえ、生きて帰ってきたんだね！」と叫びながら駆け寄って、夢奎兄さんを抱きしめた。それから二人は中庭に立って抱き合ったまま、ともに声を上げてひとしきり泣いた。そのときは時局がとても険悪で、中国に行ったといえば生きてふたたび会えないものと思っていたから、死んだ人が生き返ったようなものだったのだ。

筆者は先に〔第四章末尾で〕『特高月報』の記録と尹恵媛の証言を単純に総合した結果、月報に出てくる「宋夢奎の自首」説を事実と認めた。だが、このような説はやはり日警文書で明白に記録されている「中国山東省済南で日本警察に逮捕された記録」と対立する。この矛盾について、二つの記録を合わせて検討した結果、いったんは次のように推定するにいたった。

済南で日警に逮捕された宋夢奎は、護送途中に脱出して自由の身で北間島に帰ってきた。しかし彼が戻ってきたという事実を日本の情報機関がすぐに知ることになればふたたび逮捕されて過酷な処罰を受けるだろうと恐れた一家の大人たちの勧めによって自首し、その結果、雄基《ウンギ》警察署にひっぱられて審問を受けたのちに釈放された。

しかし関連資料と記録、および証言を再検討してみると、このような推定は明白な誤りであることがわかった。あたらしい判断の根拠は四つある。

一、『特高月報』の記録は宋夢奎が「一九三六年三月、出生地の父母のもとに帰ってきた」としている。しかし特高警察が作成した「鮮人軍官学校事件関係者検挙一覧表」によれば、宋夢奎が日警に逮捕された時間と場所は厳然と「一九三六年四月一〇日、済南」となっている。北間島の大拉子で日警に自首したという「一九三六年三月」時点では、宋夢奎は自由な身で中国の済南にいたのである。

二、『特高月報』に掲載された日警の取調文書の中の「自首」説が不正確であることを示すもう一つの公式記録がある。宋夢奎にたいする判決文である。

後に触れることであるが、『思想月報』に載った宋夢奎にたいする裁判所の判決文は、宋夢奎が「……

更に済南所在の朝鮮独立運動団体李雄一派の傘下に投ずる等の活動に従事したるため、昭和一一年四月頃より本籍地雄基警察署において留置取調べを受け」〔原文は漢字以外カタカナ、句点なし〕と記している。宋夢奎が「昭和十一年三月に北間島の日本領事館警察大拉子派出所に自首」したのではなく、「昭和十一年四月に本籍地雄基警察署に留置」されたと明白に示しているのである。

留置とは、逮捕して警察署の留置場に閉じ込めたことをいうもので、当時、日警は外国で逮捕した朝鮮独立運動家たちを本籍地の警察署に押送し、留置場に拘禁して取り調べた。判決文に書かれた記録は、それゆえ「鮮人軍官学校事件関係者一覧表」に記録された逮捕時期および状況と正確に符合している。

三、宋夢奎が中国から自由な身で北間島に帰ってきたという尹恵媛の証言もやはり不正確なことが明らかになった。尹恵媛はみずからが以前筆者に話した証言のうち間違っていた部分を示し、新たな事実を話してくれた。

「ある日、陽が沈むころに夢奎兄さんが中国から龍井に戻り、わが家の庭に立って、母と抱き合って泣いた」と話したのは間違いでした。何か疑わしくてあとでよくよく考えなおしてみたら、そのとき中国から戻ってきたのは夢奎兄さんではなく、夢奎兄さんの弟の宋宇奎《ソンウギュ》だった。宇奎も夢奎兄さんのように背がすらりと高かったけれど、そのときお金を稼ぎに行くといって、奉天のほうへ行った。その宇奎が奉天から龍井に帰ってきたんで、わたしの母と中庭に立ったまま抱き合って泣いているのを見た場面を、夢奎兄さんのことと錯覚して話したんだとわかった。

四、先に記録したとおり、宋夢奎が日警によって本籍地に押送される現場を偶然目撃した宋雄奎《ソンウンギュ》の証言もまた、「自首」説が事実ではないことを傍証する。宋夢奎が本当に家人たちの勧めにしたがって北間島で「自首」し雄基に押送されたとすれば、宋夢奎の父親から雄基の本家にまず連絡があって、すでに押送のときから面倒を見はじめたであろう。ところがじっさいはまったくそうではなかった。雄基の本家の人びとは宋夢奎の押送の現場を偶然見て、彼が日警に逮捕されたことを知ったのであり、宋夢奎が「なんの事件で逮捕されたのかまったくわからず」家人たちは確かめてみようと骨折ったというのである。

だとすれば、日本の特高警察の取調文書に出てくる「自首」説はどういうことだろうか。それは以前に日警に逮捕された前歴によって要視察人になって苦しみを受けた宋夢奎がふたたび日警に逮捕されるや、悪質な前科者として加重処罰されるのを避けようというたたかいの一つとして、取調べに当たる警察に嘘の陳述をしたためであると判断される。しかし検事局に移されて調べを受けるとき、および裁判の過程では、そんな嘘が通じず、判決文では当時のことが事実どおりに記述されたものと思われる。

いままで明らかになった諸資料によって当時の事情を再構成してみれば次のようになる。

「要視察人」である宋夢奎を日帝の特高ではいつも監視していた。次第に時局が物騒に険悪になっていくにしたがい、相対的に特高の監視はさらに徹底されていったであろう。じっさいに一九四三年一月に日本の内務省警保局から特高の活動指針として指示された「治安対策要綱」にはこんな一節があった。

「内鮮関係（朝鮮人を指している）要視察人に対する視察内偵を強化するは勿論、特に学生知識階級の動向に留意し、視察外容疑人物の発見に努むること、特に此等分子の謀略活動に注意すること」〔『尹東柱全詩集　空と風と星と詩』伊吹郷訳、記録社発行、影書房発売〔日本〕、一九八四年、訳者による「解説」二八一頁〕

そうでなくても触角を伸ばして監視しているところへ、尹東柱が京都に移ってきた。その後彼らのしばしばの会合から「朝鮮独立のためには……」うんぬんという話題がしきりに出ると特高はさらに緊張した。彼らの会合に高熙旭が混じるのを見て、特高はさらに触覚をとがらせる。さらに東京の立教大学に在学中の白仁俊《ペクインジュン》（延専《ヨンジョン》入学の同期生で、二年を終えて日本に留学していた）、また松山龍漢（本名未詳）など朝鮮人学生たち何人かがともに付き合うのを把握する。尾行して盗み聞きしてみると、不穏なことこの上ない。結局、宋夢奎を中心として治安維持法に抵触する目的を持った不穏な〝グループ〟が形成されていると見たのである。特高がつけた事件の名称が「在京都朝鮮人学生民族主義グループ事件」であるのは、このような特高の観点を反映している。

特高はすでに「内鮮系の要視察人にたいする視察内偵を強化するのはもちろん、とくに学生知識階級の動向に留意し……とくにこれら分子の謀略活動に注意すること」という指針に従って活動している最中だった。彼らがこのように「学生知識階級の動向」に関心をそそぐのは当然だった。第一次世界大戦が終わった直後の一九一九年に、東京の朝鮮人留学生のためにとんでもない騒ぎを起こされた経験があるのである。一九一九年二月八日に東京にいる留学生たちが発表した「二・八独立宣言書」はあのとんでもない三・一万歳運動の直接的な起爆剤となった。だから特高警察としてはとくに問題のある朝鮮人留学生たちの動向に鋭く神経を使わないわけがなかった。彼らがどんな「謀略活動」をくりひろげるかわからず、まったく気を許すことができなかった。特高は宋夢奎および彼が接触する人物たちを継続して監視しているが、夏休みに入ろうとするや彼らが帰省する前に事件を表面化させることに決定したようだ。彼らは七月一〇日にまず宋夢奎を逮捕した。どんなに隠密に、奇術的にうまくとりはからったのか、同じ家で暮らす高熙旭も気づくことができなかった。

宋夢奎を逮捕してすぐ彼の部屋を捜索したのであろう。その結果これなら十分に治安維持法違反事件としてつくりあげることができ、訴訟を維持するに足ると判断される証拠資料が出てきたのであろう。

彼らは七月一四日に関連者である尹東柱、高熙旭をともに逮捕した。先にふれた高熙旭の証言に、当時の連行の模様が鮮明に現れている。一四日に逮捕されたのが尹東柱、高熙旭の二名だけであるか、あるいはそのほかにもっといるのかははっきりしない。『特高月報』には検事局に送検された人びとに関してだけ検挙についての事項が記載されているからである。

ともかく特高警察の記録と宋夢奎、尹東柱両名の裁判時の判決文に登場するこの事件関連の朝鮮人留学生は全部で七名である。この中で、宋夢奎、尹東柱、高熙旭の三人を除いた残り四名――白仁俊《ペクインジュン》、張聖彦《チャンソンオン》、松山龍漢、松原輝忠（本名未詳）もやはりいったんは連行され取調べを受けたのち釈放されたことは間違いない。特高の捜査慣行からしてそういうものなのである。

尹東柱はどのように連行されたのだろうか？　筆者の考えでは、高熙旭《コヒウク》に似た時間に似た形で連行されたであろうと思う。ここにちょっと変わった証言が先に紹介した伊吹郷氏の文章に出てくる。

ここまで書いたあとで、尹一柱氏からの私信で金一龍《キムイルヨン》氏のことを知った。検挙の場面を目撃した人がいたのである。当時、同志社の学生で、武田アパートの東柱の隣室に下宿していた金一龍氏である。検挙のあった日、外出から遅く戻ると、東柱の部屋から罵声がきこえ、二人の刑事の姿が見えた。東柱は何冊かの本を束ねているところだった。金氏は洗面室に避け、しばらくして東柱が連行されると、張聖彦《チャンソンオン》氏（判決文に「白野聖彦」と書かれている人物）に連絡した。刑事の年齢は三十五から四十歳くらい。一人は背がひくかった。その後、金氏は、京都の百万遍の街角で刑事といっしょに歩いている東柱の姿を目撃した。そのとき東柱はぞうりをはいていたという。

（『尹東柱全詩集　空と風と星と詩』伊吹郷訳、記録社発行、影書房発売〔日本〕、一九八四年、訳者による「解説」、二八四頁）

筆者としては金一龍氏の証言がいささか疑わしく感じられる。特高としては当然高熙旭より尹東柱をより重視し警戒したであろう。ところが金氏の証言では、筋が通らない。同じ日に逮捕した二人のうち高熙旭は朝早く登校準備をしているときにたずねていって逮捕し、より重要な人物である尹東柱はそのままにしておいて、「遅くに外出から帰ってきた」金氏が目撃できるほど遅い時刻になって逮捕した、ということになるからである。被疑者を検挙するときは深夜か明け方に、静かに襲いかかるように行なった特高の生理ともくいちがっており、常識にも外れる。もう一つ、特高に連行されていくとき尹東柱がぞうりをはいていたというのも疑わしい。散歩に出かけるのではなく、警察署に連行されていくときにはたしてそんなスリッパに似た履物をはいていっただろうか？　もしかするとほかの人を見間違えたのではないか？

ともかく尹東柱の逮捕についてのこのような証言もあったということを記録しておく。

尹東柱が逮捕された知らせは龍井の家に電報で連絡されたようだ。父親が計算した到着予定日にあわせて上三峰駅に兄を出迎えに行った尹恵媛《ユンヘウォン》氏は、そこに長くいることはない、帰って来いという知らせを受けたという。尹東柱が逮捕された通知が来ると、すぐに尹恵媛《ユンヘウォン》を呼び戻したのである。尹東柱は京都で汽車の切符をあらかじめ買い、荷物を手荷物にして先に送った。だから逮捕の知らせがきたあとに、龍井《ヨンジョン》駅に荷物が着いたという連絡が来た。しかしそれを送ったという証拠になる東柱の切符がないので、荷物を受け取ることができなかった。それで尹東柱の荷物は龍井駅の倉庫に一カ月以上も保管されていた。兄が逮捕されてそうでなくても気が気でないところへ、彼の荷物までそんなことになっていっそう腹が立ったという。結局、後に京都にいる友人が手紙の中に入れて送ってくれた切符をもって行き、保管延滞料まで支払って荷物を受けだした。

尹一柱は龍井の家で尹東柱の逮捕を知ることになったときの状況を次のように回想している。

> 何日かして出迎えにいったが、ついに兄は来ず、ある友人が世話して送ってくれた手紙と切符によって、出発直前に警察に逮捕されたことを知ることになった。その切符で荷物を受けとった。
>
> （尹一柱「尹東柱の生涯」『ナラサラン』23集、ウェソル会、一九七六年、一六〇頁）

しかし、荷物については尹一柱より三歳年上の恵媛の記憶がずっと詳細で明確である。

尹東柱が逮捕、拘禁された警察署は長いあいだ「鴨川警察署」と間違って知られてきたが、現地踏査などを通じて「下鴨警察署」であったことがはっきりした。

尹東柱が警察署に拘禁中に面会した人は二人。そのころ東京にいた堂叔《ダンスク》・尹永春《ユンヨンチュン》と、小学校の同窓であり母方のいとこにあたる金禎宇《キムジョンウ》である。親戚には面会が許可されたので、彼らは尹東柱だけに面会していった。宋夢奎も細かく見れば彼らと遠い姻戚関係にあるが、被疑者同士の〝通房〟を憂慮したのか、宋夢奎との面会はできなかった。

尹永春は尹東柱に面会したときのことを次のように証言した。

一九四三年七月、思いがけず東柱と宋夢奎が京都警察署に検挙されたという知らせがきた。それを聞いたわたしはあわてて急行列車で京都に向かった。当時の日本は食糧不足で、米はやっと配給でまかなえるぐらいだった。京都に行くと米がなくて飯を差し入れすることができないことを考えると、やむをえず東京で米を求めて持って行かねばならないだろうと思って、あちこち米を手に入れられるところを物色した。

ちょうど事情を理解してくれた当時の韓国学生YWCA総務をしておられた鄭《チョン》ギリョン〔기련〕女史に意志を伝えたところ、すぐに許諾して非常用にとってあった米一斗を出してくれるではないか。これを警察に発覚しないようトランクの中に入れて、京都に到着してみると、夜中になっていた。

東柱がいた下宿家に行っていきさつを尋ねてみてもよくわからない。やがて同志社大学の学生担当教授を訪ねて問うてみても同じことで、教えてくれない。なすすべなく、もって行った米で弁当を二つ三つつくり、それを持ってすぐに巣鴨（下鴨警察署のまちがい）警察署に駆けつけた。面会を求めると、最初は明日また来いという話だったが、親戚だから許可するといいながら取調べの刑事はわたしに、家の消息以外のことはいっさい話すなと釘を刺した。

取調室に入っていくと、刑事が机の前に尹東柱を座らせて、尹東柱が書いた朝鮮語の詩と散文を日本語に翻訳させているのである。これより何カ月か前にわたしに見せてくれた詩の中でもっともよいものだと思われる詩はほとんど翻訳していたようだ。この詩をコロッケ（興梠《こうろぎ》のまちがい）という刑事が調べて一件書類とともに福岡刑務所に送ったのである。東柱が翻訳していた原稿の束は相当に厚みがあった。たぶん何カ月かまえにわたしに見せてくれた原稿のほかにももっと多くのものが入っていたのだと思う。いつも笑っていた彼の顔は少し青ざめていた。弁当をわたすと刑事はそれを机の前に置き、もう時間がきたから早く出て行けといった。

東柱はわたしに「叔父さん、心配なさらずに家に行って祖父や父、母に、すぐ釈放されて出て行くと伝えてください」。これが生前彼に会った最後の瞬間となった。わたしは一人になって考えてみて、せいぜい一年ほど監獄で苦しんだら出てくるだろうと思った。まさか死ぬことはないだろうと……こう自分を慰めもした。東京から肌着を準備して持っていったがそれもわたしして、着替えなさいといいつけて取調室を出て行くわたしの足は、うまく動かなかったし、頭はどこかにぶつけたみたいに鬱憤でかっと熱をもち、声を上げて泣きたい気持ちだった。

（尹永春「明東村から福岡まで」『ナラサラン』23集、ウェソル会、一九七六年、一一二―一一三頁）

金禎宇の証言は次のようだった。

東柱が京都で逮捕されたという知らせを尹永春先生から聞いて、わたしが京都に面会に行ったのは一九四四年春だったと思う（時期を錯覚している。尹東柱は一九四三年一二月六日に下鴨警察署の留置場から検事局に送られ、その後は京都地方検事局の独房監獄に収監されていた）。鴨川警察署（下鴨警察署のまちがい）を訪ねていき、四畳半の畳部屋で刑事の立会いの下で彼と二人向かい合ったとき、蒼白な彼の顔は無理に微笑を浮かべ、わたしを見つめながら、祖父と両親に元気でいると知らせてくれるよう何度も頼んだ。その蒼白な姿と切々たる親思いの声、それがわたしがこの世で最後に見聞きした尹東柱であり、尹東柱の声である。

（金禎宇「尹東柱の少年時代」『ナラサラン』23集、ウェソル会、一九七六年、一二一頁）

金禎宇は当時の面会と関連して筆者にこんな話もした。彼が面会するとき担当の刑事が「よけいな英雄主義のためにこうなった」と批評しながら、「それがみんな証拠書類だ」と言って、一尺以上も積み上げられた書類を指さして見せたというのである。その中におそらく尹永春が見たもの、すなわち尹東柱の文章を押収し、日本語に翻訳させたものも入っていたのであろう。

京都地方裁判所の判決文など

宋夢奎、尹東柱、高熙旭の三人は一九四三年一二月六日に検事局に送られた。それ以後は検事局の監房でそれぞれ独房生活をした。四方が密閉され、出入り用の扉の上下に監視口と飯碗の出し入れをする穴があいている監房に、それぞれ離れて収監されたのである。宋夢奎や尹東柱もやはり先に触れた高熙旭の証言にあるのと同じような監房生活をしたのであろう。いま残っている公判記録によって彼らの事件は江島孝検事の担当とされたことが明らかになった。高熙旭に、自分が三高の先輩であることをそれとなくほのめかしたというその検事である。

特高では彼ら三人をすべてひっくくることができると判断したが、江島孝検事は特高の書類を検討して最初から高熙旭については手早く処理したようだ。彼の証言にあるとおり検事局監房に収監中、彼は検事の審問をとくに受けずにすごしたという事実と彼ひとりだけ先に釈放された事実がそれを証明する。年が変わって一九四四年になると検事は一月一九日付で高熙旭を「起訴猶予」処分にして釈放した。〝嫌疑なし〟で処理するのでなく「起訴猶予」としたのは、「こんどだけは容赦するから謹慎せよ」という意味をたぶんに込めたものであろう。

そして二月二二日、検事はついに宋夢奎と尹東柱を起訴した。その結果宋夢奎は京都地方裁判所第一刑事部（裁判長判事・小西宣治、判事・福島昇、判事・星智孝）に、尹東柱は第二刑事部（裁判長判事・石井平雄、判事・渡邊常造、判事・瓦谷末雄）にまわされた。裁判はこのように分離して進行し、尹東柱の裁判は一九四四年三月三一日にあり、宋夢奎のそれは四月一三日にあった。

尹東柱を研究する日本人・伊吹郷氏が一九八二年に日本でこれらの判事六名と検事一名を訪ねてみたという。そのときまで生きている人は七名中五名（検事一名、判事四名）だった。裁判の判決文の写しを持っていきそれを見せながら質問をしたが、彼らはみな尹東柱や宋夢奎について「覚えがない」と言ったという。

宋夢奎と尹東柱の裁判記録が世に知られるのは、敗戦前の日本政府の極秘文書だった『思想月報』の一般公開が契機となった。『思想月報』はその性格上『特高月報』と同じ形態の文書である。ただ『特高月報』が内務省警保局保安課発行であるのに対し、『思想月報』は司法省刑事局発行である。毎月各裁判所において思想関係事件の判決文の中から選び出したものを編んで出したものである。発刊目的は、検事たちの中で思想関係犯罪だけを専門に担当するいわゆる〝思想検事〟たちの業務遂行に参考になる資料として作られたようである。だから収録されたそれぞれの判決文にはその事件に関連した被告人たちについての事項と処分結果までともに一覧表として作成されたのがついている。

こうした特殊目的の文書である『思想月報』の第一〇九号（一九四四年四月、五月、六月分）に宋夢奎にたいする判決文が収録されている。

この資料を探し出した人は日本の国会図書館司書をしていた宇治郷毅氏である。『特高月報』に掲載されたこの事件関係の特高警察記録を探し出したのもまさにこの人だ。この『思想月報』に尹東柱にたいする判決文は収録されなかった。しかし宋夢奎にたいする判決文に添付された「本件関係者処分結果一覧表」に、尹東柱にたいする検事の求刑と判決確定日などが記録されており、ひじょうに貴重な資料となっている。もうひとつ、この文書は宋夢奎の事件名称を「治安維持法違反被告事件（朝鮮独立運動）」と明記している。これによって日本の官憲のこの事件にたいする公式の定義がどういうものだったかが明確になったのである。

尹東柱にたいする判決文は『思想月報』に収録された宋夢奎の判決文を発見してから数年後に探し出された。見つけた人は日本人・伊吹郷氏。彼が京都地方裁判所に行き、尹東柱の裁判記録にたいする閲覧を申請したことによって判決文が何年もたった書類綴じの中から現れたのだ。

ところで裁判所の規定で、判決文にたいする閲覧だけが許可され、複写や筆写は禁止されていた。だから彼はカメラマンを動員して、筆で書かれたその判決文の原本をカメラでひそかに撮影して持って出たということである。

それが尹一柱《ユンイルジュ》教授に伝えられ、わが国の言葉に翻訳されて『文学思想』一九八二年一〇月号に掲載され国内に公開された。

これらの文書によってはじめて彼らにかかわる逮捕と裁判の全貌がつぎの通りはっきりと表に出た。

宋夢奎と尹東柱は一九四四年二月二二日、ともに起訴され、公判がはじまった。ともに連累した一つの事件ではあるが、裁判は尹東柱が先に、宋夢奎は後で、それぞれ分離されて進行した。検事の求刑は宋夢奎、尹東柱ともに「懲役三年」である。

一九四四年三月三一日。

京都地方裁判所第二刑事部（裁判長・石井平雄、判事・渡邊常造、判事・瓦谷末雄）は尹東柱に治安維持法第五条により「懲役二年（未決拘留日数中百二十日を刑に算入）」を宣告した。

一九四四年四月一三日。

京都地方裁判所第一刑事部（裁判長・小西宜治、判事・福島昇、判事・星智孝）は宋夢奎にやはり治安維持法第五条を適用し、未決拘留日数の算入をまったくしない「懲役二年」を宣告した。

「未決拘留日数の算入」について、ここで少し検討する必要がある。それは宣告された刑期の期間から未決で拘束されていた期間だけの日数を、刑に服したものと計算して除く制度である。だから未決拘留日数を多く算入してくれるほど、これから服役する刑期の期間が減ることになる。尹東柱の場合には「百二十日」を算入すると宣告し、宋夢奎のほうは一日も算入しなかった。なぜこのようになったのだろうか？

これについて法曹界の人に質問したところ、次のようなことがわかった。

現在、韓国の刑法では被告人の未決拘留日数をもとの刑期に算入するよう法的に規定されている。しかし日本の刑法はそうではない。算入するかしないかは全的に判事の裁量にかかっている。日本の刑法第二十一条が未決拘留日数算入の問題をあつかっているが、その条文は次のようになっているからである。

未決拘留の日数は全部または一部を本刑に算入することができる。

「算入することができる」というのは「算入しなくてもよい」ということを前提とする表現である。法の条文自体がこのようになっているため、未決拘留日数を算入するかしないかはもちろん、する場合のその期間まで、判決を下す判事が思うままにすることを法が保証しているのである。いわば「未決拘留日数の算入」の可否そのものを、もうひとつの処罰方式として運用しうるような法的装置になっている。宋夢《ソンモン》奎《ギュ》はこれにひっかかったのである。

尹東柱の場合は逮捕されてから二六〇日ぶりに裁判を受けたにもかかわらず、未決拘留期間を一二〇日だけ計算したのは、検事局に送局されたときを基準とみなしたものと思われる。

宣告刑量は同じだったが未決拘留期間算入の可否と裁判の遅れなどによって、彼らの出獄予定日は尹東柱が一九四五年一一月三〇日、宋夢奎《ソンモンギュ》が一九四六年四月一二日だった。日本の本土の法廷で行われる公判を傍聴できず、裁判記録を受け取ることもできなかった北間島の家族たちは、二人の出獄予定日の違いにもとづいて、漠然と「尹東柱、懲役二年」、「宋夢奎《ソンモンギュ》、懲役二年六カ月」と考えていた。

京都地方裁判所の法廷が判決した宋夢奎《ソンモンギュ》と尹東柱にたいする判決文の全文は、次の通りである。

尹東柱に対する判決文*

＊原文のまま。

判　決

本籍　朝鮮咸鏡北道清津府浦項町七十六番地

住居　京都市左京区田中高原町二十七番地武田アパート内

私立同志社大学文学部選科学生

平　沼　東　柱

大正七年十二月三十日生

右ノ者ニ対スル治安維持法違反被告事件ニ付当裁判所ハ検事江島孝関与ノ上審理ヲ遂ケ判決スルコト左ノ如シ

主　文

被告人ヲ懲役貳年ニ処ス
未決勾留日数中百二十日ヲ右本刑ニ算入ス

理　由

被告人ハ満洲国間島省ニ於テ半島出身中農ノ家庭ニ生レ同地ノ中学校ヲ経テ京城所在私立延禧専門学校文科ヲ卒業シ昭和十七年三月内地ニ渡来シタル上一時東京立教大学文学部選科ニ在学シタルモ同年十月以降京都同志社大学文学部選科ニ転シ現在ニ及フモノナルトコロ幼少ノ頃ヨリ民族的学校教育ヲ受ケ思想的文学書等ヲ耽読シタルト交友ノ感化等ニヨリ夙ニ熾烈ナル民族意識ヲ抱懐シタルカ長スルニ及ヒ内鮮間ノ所謂差別問題ニ対シ深ク怨嗟ノ念ヲ抱ケル傍ラ我朝鮮統治ノ方針ヲ目シテ朝鮮固有ノ民族文化ヲ絶滅シ朝鮮民族ノ滅亡ヲ図ルモノナリト做シタル結果茲ニ朝鮮民族ヲ解放シ其ノ繁栄ヲ招来セム為ニハ朝鮮ヲシテ帝国統治権ノ支配ヨリ離脱セシメ独立国家ヲ建設スルノ他ナク之カ為ニハ朝鮮民族ノ現特《(ママ)》ニ於ケル実力或ハ過去ニ於ケル独立運動失敗ノ跡ヲ反省シ当面朝鮮人ノ実力民族性ヲ向上シテ独立運動ノ素地ヲ培養スヘク一般大衆ノ文化昂揚竝ニ民族意識ノ誘発ニ努メサルヘカラスト決意スルニ至リ殊ニ大東亜戦争ノ勃発ニ直面スルヤ科学力ニ劣勢ナル日本ノ敗戦ヲ夢想シ其ノ機ニ乗シ朝鮮独立ノ野望ヲ実現シ得ヘシト妄信シテ益々其ノ決意ヲ固メ之カ目的達成ノ為同志社大学ニ転校後予テ同様ノ意図ヲ蔵シ居タル京都帝国大学文学部学生宋村夢奎等ト屢会合シテ相互ニ独立意識ノ昂揚ヲ図リタル外鮮人学生松原輝忠白野聖彦等ニ対シ其ノ民族意識ノ誘発ニ専念シ来リタルカ就中

第一　宋村夢奎ト

（イ）昭和十八年四月中旬頃同人ノ下宿先タル京都市左京区北白川東平井町六十番地清水栄一方ニ於テ会合シ同人ヨリ朝鮮満洲等ニ於ケル朝鮮民族ニ対スル差別圧迫ノ近況ヲ聴取シタル上交々之ヲ論難攻撃スルト共ニ朝鮮ニ於ケル徴兵制度ニ関シ民族的立場ヨリ相互批判ヲ加ヘ該制度ハ寧ロ朝鮮独立実現ノ為一大威力ヲ加フルモノナルヘシト論断シ

（ロ）同年四月下旬頃同市外八瀬遊園地ニ於テ同人並ニ同シク民族意識ヲ抱懐シ屏リタル立教大学学生白山仁俊ト会合シ交々朝鮮ニ於ケル徴兵制度ヲ批判シ朝鮮人ハ従来武器ヲ知ラサリシモ徴兵制度ノ実施ニヨリ新ニ武器ヲ持チ軍事知識ヲ体得スルニ至リ将来大東亜戦争ニ於テ日本カ敗戦ニ逢着スル際必スヤ優秀ナル指導者ヲ得テ民族的武力蜂起ヲ決行シ独立実現ヲ可能ナラシムヘキ旨民族的立場ヨリ該制度ヲ謳歌シ或ハ朝鮮独立後ノ統治方式ニ付朝鮮人ニ党《（ママ）》派心並ニ猜疑心強キヲ以テ独立ノ暁ハ軍人出身者ノ強力ナル独裁制ニ依ルニ非サレハ之カ統治ハ困難ナルヘシト論定シタル末独立実現ニ貢献スヘク各自実力ノ養成ニ専念スルノ要アルコトヲ強調シ合ヒ

（ハ）同年六月下旬頃被告人ノ止宿先タル同市左京区田中高原町二十七番地武田アパートニ於テ同人トチャンドラボースヲ指導者トスル印度独立運動ノ擡頭ニ付論議シタル上朝鮮ハ日本ニ征服セラレテ日尚浅ク且日本ハ勢力強大ナル為現在直チニ同氏ノ如キ偉大ナル独立運動指導者ヲ得ントシテ容易ニ能ハサル状態ナルモ一方民族意識ハ却テ旺盛ナルヲ以テ他日日本ノ戦力疲弊シ好機到来ノ暁ニハ同氏ノ如キ偉大ナル人物ノ出現モ必至ナルヘク各自其ノ好機ヲ捉ヘ独立達成ノ為蹶起セサルヘカラサル旨激励シ合ヒタル等相互独立意識ノ激発ニ努メ

第二　松原輝忠ニ対シテハ

（イ）同年二月初旬頃右武田アパートニ於テ朝鮮内学校ニ於ケル鮮語科目ノ廃止セラレタルヲ論難シテ鮮語ノ研究ヲ勧奨シタル上所謂内鮮一体政策ヲ誹謗シ朝鮮文化ノ維持朝鮮民族ノ発展ノ為ニハ独立達成ノ必須ナルヘキ所以ヲ強調シ

（ロ）同年二月中旬頃右同所ニ於テ朝鮮ノ教育機関学校卒業生ノ就職状況等ノ問題ヲ捉ヘ殊更内鮮間ニ差別圧迫アリト指摘シタル上朝鮮民族ノ幸福ヲ招来セム為独立ノ急務ナル旨力説シ

（ハ）同年五月下旬頃右同所ニ於テ大東亜戦争ニ付同戦争ハ常ニ朝鮮独立達成ノ問題ト関連シテ考察スルヲ要シ此ノ好機ヲ逸スルニ於テハ近キ将来ニ於ケル朝鮮独立ノ可能性ヲ喪失シ遂ニ朝鮮民族ハ日本ニ同化シ尽サルヘキヲ以テ朝鮮民族タル者ハ其ノ繁栄ヲ庶幾スル為飽ク迄日本ノ敗戦ヲ期セサルヘカラサル旨自己ノ見解ヲ縷々披瀝シ

（ニ）同年七月中旬頃右同所ニ於テ文学ハ飽ク迄民族ノ幸福追及ノ見地ニ立脚セサルヘカラサル旨民族的文学観ヲ強調シタル等同人ノ民族意識ノ誘発ニ腐心シ

第三　白野聖彦ニ対シテハ

（イ）昭和十七年十一月下旬頃右同所ニ於テ朝鮮総督府ノ朝鮮語学会ニ対スル検挙ヲ論難シタル上文化ノ滅亡ハ畢竟民族ノ潰滅ニ外ナラサル所以ヲ力説シ鋭意朝鮮文化ノ昂揚ニ努メサルヘカラサル旨指示シ

（ロ）同年十二月初旬頃同市左京区銀閣寺附近街路ニ於テ個人主義思想ヲ排撃指弾シタル上朝鮮民族タル者ハ飽ク迄個人的利害ヲ離レ民族全体ノ繁栄ヲ招来スヘク心懸クヘキ要アリト強調シ

（ハ）昭和十八年五月初旬頃前記武田アパートニ於テ朝鮮ニ於ケル古典芸術ノ卓越セルヲ指摘シタル上文化的ニ沈滞シ居ル朝鮮ノ現状ヲ打破シ其ノ固有文化ヲ発揚セシムル為ニハ朝鮮独立ヲ実現スル外無キ所以ヲ力説シ

（ニ）同年六月下旬頃同所ニ於テ同人ノ民族意識強化ニ資センカ為自己ノ所蔵セル「朝鮮史概説」ヲ貸与シテ朝鮮史ノ研究ヲ慫慂シ

タル等同人ノ民族意識ノ昂揚ニ努メ

以テ国体ヲ変革スルコトヲ目的トシテ其ノ目的遂行ノ為ニスル行為ヲ為シタルモノナリ

証拠ヲ按スルニ判示事実ハ被告人ノ当公廷ニ於ケル判示同趣旨ノ供述ニ依リ之ヲ認ム

法律ニ照スニ被告人ノ判示所為ハ治安維持法第五條ニ該当スルヲ以テ其ノ所定刑期範囲内ニ於テ被告人ヲ懲役二年ニ処シ刑法第二十一條ニ依リ未決勾留日数中百二十日ヲ右本刑ニ算入スヘキモノトス

仍テ主文ノ如ク判決ス

昭和十九年三月三十一日

京都地方裁判所第二刑事部

裁判長判事　石井平雄

判事　渡邊常造

判事　瓦谷末雄

宋夢奎に対する判決文*

＊以下、司法省刑事局発行『思想月報』一九四四年四―六月分所載、原文のまま。

宋村夢奎　に対する治安維持法違反
被告事件（朝鮮独立運動）判決
―京都地方裁判所報告―

本件関係者処分結果一覧表

氏名	年齢	学歴	職業	処分結果			
宋村夢奎	二八	京大文学部専科在	学生	昭和一八、七、一〇 検挙	同一九、二、二二 求公判	同一九、四、一三 懲役二年（求刑三年）	同一九、四、一七 確定
平沼東柱	二七	同志社大学在	同	同一八、七、一四 検挙	同 同	同一九、三、三一 懲役二年（求刑三年）未決勾留百二十日算入	

同一九、四、一
確定

外一名　　　　不起訴

判　決

本　籍　朝鮮咸鏡北道慶興郡雄基邑雄尚洞四首二十二番地
住　居　京都市左京区北白川東平井町六十番地　清水栄一方
京都帝国大学文学部史学科選科学生
宋　村　夢　奎
大正六年九月二十八日生

右ノ者ニ対スル治安維持法違反被告事件ニ付当裁判所ハ検事江島孝関与審理ヲ遂ケ判決スルコト左ノ如シ

主　文

被告人ヲ懲役貳年ニ処ス

理　由

被告人ハ満洲国間島省ニ居住セル朝鮮出身学校教師ノ家ニ生レ同地ニ於テ中等教育ヲ受ケタルカ幼時

ヨリ中華民国人ノ迫害ニ遭ヒ民族的悲哀ヲ体験シタルト民族的学校教育等ノ影響ニヨリ夙ニ熾烈ナル民族意識ヲ抱懐シ昭和十年四月頃先輩ノ勧誘ニヨリ中途学業ヲ放擲シテ南京所在朝鮮独立運動団体タル金九一派ノ許ニ奔リ其ノ運動ニ参加シテ愈々其ノ意識ヲ昂メテ同派内部ニ於ケル派閥闘争等ノ醜悪ナル内情ヲ知ルニ及ヒ同年十一月頃更ニ済南所在ノ朝鮮独立運動団体李雄一派ノ傘下ニ投スル等ノ活動ニ従事シタル為昭和十一年四月頃ヨリ本籍地雄基警察署ニ於テ留置取調ヲ受ケ同年八月末頃釈放セラレタル経歴ヲ有スルモノニシテ其ノ後間島省龍井街国民高等学校京城延禧専門学校ヲ経テ昭和十七年四月京都帝国大学文学部史学科ニ選科生トシテ入学シ現在ニ至レルモノナルトコロ依然民族的偏見ヲ抱懐シ殊ニ鮮内各学校ニ於ケル朝鮮語教授科目ノ廃止竝ニ諺文ニヨル新聞雑誌ノ廃刊等ノ事実ニ触ルルヤ帝国政府ノ朝鮮統治政策ヲ以テ畢竟朝鮮人ノ凡ユル特異性ヲ没却シ其ノ国情文化ヲ絶滅シテ遂ニ朝鮮民族ノ滅亡ヲ図ルモノナリト妄断シ深ク其ノ施設《（ママ）》ヲ怨嗟シタル結果茲ニ朝鮮民族ノ自由幸福ヲ招来センカ為ニハ朝鮮ヲシテ帝国統治権ヨリ離脱セシメ独立国家ヲ建設スルノ他ナク之カ実現ノ為ニハ当面朝鮮人一般大衆ノ文化水準ヲ昂揚シテ其ノ民族的自覚ヲ誘起シ漸次独立ノ機運ヲ醸成セサルヘカラストノ決意ヲ固ムルニ至リ之カ目的達成ノ為

第一、昭和十七年十二月初旬頃下宿先ナル京都市左京区北白川東平井町六十番地清水栄一方ニ於テ同シク民族意識ヲ抱懐シタル第三高等学校生徒高嶋熙旭ニ対シ従来ノ朝鮮独立運動ハ外来思想ニ便乗シタルモノニシテ確固タル理論ヲ有セサリシ為単ナル衝動的感情的暴動トシテ失敗シタルヲ以テ今後自己等カ独立運動ヲ展開スルニ際シテハ学究的理論的ニ為ササルヘカラサル旨過去ノ独立運動ヲ批判シテ将来ノ方策ヲ指示シ以テ同人ノ独立意識ノ昂揚ヲ図リ第二、昭和十八年四月中旬頃前記下宿先ニ於テ小学校時代ヨリノ親友ニシテ同シク民族意識ヲ抱懐シ居リタル同志社大学文学部学生平沼東柱ニ対シ被告人カ病気療養ノ為約四ケ月間帰省中ニ見聞シタル満洲国、朝鮮等ノ客観情勢ニ付最近朝鮮ニ於テハ総督府ノ圧迫ニヨリ小学生、中等学生ハ殆ト国語ヲ使用シ居リテ朝鮮語竝ニ朝鮮文ハ漸次滅亡ニ瀕シツツアルコト或ハ満洲国ニ於テ主要食糧ノ配給ニ関シ朝鮮人ハ内地人ヨリ差別的待遇ヲ受ケ居ルコト等ヲ告知シ交々之ヲ論難攻撃シタル外朝鮮ニ於ケル徴兵制度ニ関シ民族的立場ヨリ相互批判ヲ加ヘ該制度ハ寧ロ朝鮮独立実現ノ為一大威力ヲ加フルモノナルヘシト論断スル等民族独立意識ノ昂揚ニ努メ

第三、同年四月下旬頃京都市外八瀬遊園地ニ於テ右平沼東柱竝ニ同シク民族意識ヲ抱懐シ居リタル立教大学生白山仁俊ト会合シ交々朝鮮ニ於ケル徴兵制度ヲ批判シ朝鮮人ハ従来武器ヲ知ラサリシモ徴兵制度ノ実施ニヨリ新ニ武器ヲ持チ軍事知識ヲ体得スルニ至リ将来大東亜戦争ニ於テ日本カ敗戦ニ逢着スル際必スヤ優秀ナル指導者ヲ得テ民族的武力蜂起ヲ決行シ独立運動実現ヲ可能ナラシムヘキ旨民族的立場ヨリ該制度ヲ謳歌シ或ハ朝鮮独立後ノ統治方式ニ付朝鮮人ハ党派心竝ニ猜疑心強キヲ以テ独立ノ暁ハ軍人出身者ノ強力ナル独裁制ニ依ルニ非サレハ之カ統治ハ困難ナルヘシト論定シタル末独立実現ニ貢献スヘク各自実力ノ養成ニ専念スルノ要アルコトヲ強調シ合フ等相互ニ独立意識ノ強化ヲ図リ

第四、同年六月下旬頃前記下宿先ニ於テ右高嶋熙旭ニ対シ大東亜戦争ハ武力ニ依ル解決困難ニシテ結局講和條約ニ依リ終結スル可能性大ナルモ該会議ニハビルマ、フィリッピン等ハ独立国トシテ参加スルナランニヨリ斯ル時期ニ朝鮮独立ノ与論ヲ喚起シ世界各国ノ同情ヲ得テ一気ニ所期ノ目的ヲ連

スヘキ旨力説シテ其ノ民族意識ノ誘発ニ努メ

第五、同年六月下旬頃京都市左京区北白川武田アパートニ於テ右平沼東柱ト共ニチャンドラボースヲ指導者トスル印度独立運動ノ擡頭ニ付論議シタル上朝鮮ハ日本ニ征服セラレテ日尚浅ク且日本ノ勢力強大ナル為現在直チニ同氏ノ如キ偉大ナル独立運動指導者ヲ得ントスルモ容易ニ得ルコト能ハサル状態ナルモ一方民族意識ハ却テ旺盛ナルヲ以テ他日日本ノ戦力疲弊シ好機到来ノ暁ニハ同氏ノ如キ偉大ナル人物ノ出現モ必至ナルヘク各自其ノ好機ヲ捉ヘ独立達成ノ為蹶起セサルヘカラサル旨相互ニ激励シ

以テ国体ヲ変革スルコトヲ目的トシテ其ノ目的遂行ノ為ニスル行為ヲ為シタルモノナリ

証拠ヲ按スルニ判示事実ハ被告人ノ当公廷ニ於ケル判示同趣旨ノ供述ニ依リ之ヲ認ム

法律ニ照スニ被告人ノ判示所為ハ被告人治安維持法第五條ニ該当スルヲ以テ所定刑期範囲内ニ於テ被告人ヲ

懲役貳年ニ処スヘキモノトス

仍テ主文ノ如ク判決ス

昭和十九年四月十三日

京都地方裁判所第一刑事部

裁判長判事　小西宜治

判事　福島　昇

判事　星　智孝

宣告刑量についての考察

この事件の適用法である治安維持法第五条は、「国体変革の目的をもって結社を組織したり、またはその支援や準備の目的で結社を組織しようというその目的事項の実行に関して、協議または扇動、宣伝その他、その目的遂行のための行為をした者は一年以上一〇年以下の懲役に処すこと」を規定した条項である。治安維持法は日本帝国議会が一九二五年に制定して以来、一九二八年と一九四一年の二度の改訂を通じて、その処罰規定が次第に過酷になっていった法律で、朝鮮独立運動家やさまざまな思想関係事件に適用された。

この法は日本の刑事法規に類例があまりない異色の悪法で、「協議」「扇動」「宣伝」などを犯罪構成要件とするその広範で漠然とした規定に大きな憂慮をいだいた当時の良心的な刑法学者たちは、「その実際の適用において、法の条文にかこつけて法の精神を失うことになればそのほんらいの使命から遠く離れる結果となるので、本法はやはり他の法律を解釈適用するのと同一の態度で臨まねばならない」としばしば警告した。

しかし「他の法律を解釈適用する態度」でこの法を運用するとしても、治安維持法はもともと問題のある悪法であった。協議、扇動、宣伝などがすべて犯罪構成要件であるからだ。

参考に「協議」や「扇動」とは何か、日本の法院における判例と学会の通説はどうであったかを見てみよう。

協議——二人以上の人が一定の事項に関して一定の結論にいたる意図の下にたがいに意見を表示する行

為

扇動――不特定または特定多数の人にたいして正しい判断を失わせ、実行の決意を創造したりまたは既存の決意を増長させる力をもつ刺激を与える意思表示

日本の法院の判例と学界の通説がこうであるとすれば、じつに大きな疑問が起こる。この事件において実刑の宣告を受けた宋夢奎《ソンモンギュ》と尹東柱はもちろん、彼らの判決文と特高の記録に登場する残りの友人たち五名も「協議」という要件のみによって、すべて起訴し実刑を課すことができたはずである。ところがなぜそうしなかったのか、という点である。

こういう問題、また宣告された刑量に関連して、ここで明らかにせねばならないことがある。それは当時の日本の法律文化風土にたいするわれわれの一般的な認識がだいたいにおいて不十分だったということである。

彼らの逮捕事件についての特高警察の公式記録が明らかになる前、一部の尹東柱研究家たちが、彼の独立運動参加を証言した遺族の言葉にたいして「尹東柱が仮に獄死したとしても、それがはたして独立運動のためだったのだろうか」といった懐疑を露骨に示した理由は、まず公式的な罪名が明らかになっていなかったせいでもあったが、それよりは彼にたいする宣告刑量が「懲役二年」であったということに起因していた。だから彼が警察の過剰な取締りに不運にもひっかかって、常套的な嫌疑によって犠牲をこうむったのだと推定する傾向があったのである。

朴正熙《パクチョンヒ》政権の維新体制化において「民青学連事件」などの民主化学生運動にたいして死刑、無期懲役、

懲役二〇年、懲役一五年などをやたらに宣告したわが国の司法当局によって鍛えられた感覚からすると、当然起こりうる懐疑であり不信であった。

しかし日帝時代の日本の司法はわが国の司法とはちがっていた。これはさまざまな独立運動関係事件の宣告刑量をじっさいに調査してみればすぐにわかることだ。日帝の司法当局は武力行動が介在しない純粋な思想犯にたいしてはまったく極刑を宣告しなかった。ひじょうに有名な大きい事件の場合にも、今のわれわれの感覚としてはびっくりするほど意外に軽い刑量が宣告されていた。たぶん最高刑が「懲役二年刑」であったという保安法以来の伝統のためのようだ。

この点を確実にするために、日帝治下の三六年間、日本の法廷が「朝鮮人思想犯」に宣告した刑量を具体的に調べてみよう（便宜上年代順に記録）。

一、保安法違反事件（一九一一年）

保安法を適用して、梁起鐸《ヤンギタク》、安泰国《アンテグク》、金九《キムク》、金鴻亮《キムホンニャン》など首謀者クラスに最高懲役二年を宣告。警察での取調べ中、韓弼昊《ハンピルホ》志士が拷問で死亡。当時、金九、金鴻亮などは新民会事件と同時に進行した安明根《アンミョングン》（安重根《アンジュングン》義士の従弟）事件（黄海道《ファンヘ》安岳《アナク》の金持ちを拳銃で脅し資金を捻出しようとして捕まった）関連裁判では「懲役一五年」を宣告され、合計で「一七年刑」を受けた。

（金九《キムク》『白凡逸志《ペクボム》』梶村秀樹訳、平凡社・東洋文庫版〔日本〕、一九七三年、一七五―一七六頁、一九三―一九四頁参照）

二、三・一運動の民族代表三三人を含む四八人の裁判（一九一九年）

保安法、出版法などの適用で最高懲役三年から無罪まで宣告。

最初、事件をうけもった京城地方法院の予審では、この事件が内乱罪に該当するから高等法院管轄事件だとして送致しようとしたが、高等法院では「本件は内乱罪に該当せず、保安法上の治安妨害、または刑法上の騒擾罪にすぎないから、高等法院の管轄に属さない」とし、「京城地方法院を本件の管轄法院として指定する」という決定を下した。結局、後に京城覆審法院がうけもって裁判した。

（鄭光鉉『三・一独立運動史——判決を通してみる』法文社、一九七八年、七—一二頁参照）

三、修養同友会事件（一九三七年）
治安維持法違反の嫌疑だったが、上告審で全員無罪の確定判決を受けた。

警察の取調過程で拷問により崔允洗《チェユンセ》、李基潤《キユン》が死亡し、金性業《キムソンオプ》は身体に障害を負った。

（朱耀翰《チュヨンハン》『安島山伝』三中堂文庫、三六〇—三六一頁参照）

四、朝鮮語学会事件（一九四二年）
治安維持法が適用されたが、一九四四年一二月から翌年一月までの裁判で李克魯《イクンノ》の懲役六年を最高に、崔鉉培《チェヒョンベ》・懲役四年、李熙昇《イヒスン》・懲役二年六月などの刑が一二名に告げられ、無罪（張鉉植《チャンヒョンシク》）の宣告もあった。

裁判係留中に李允宰《イインジェ》、韓澄《ハンジン》が獄死。

（李石麟《イソンニン》「朝鮮語学会事件と崔鉉培《チェヒョンベ》博士」『ナラサラン』1集、一九七〇年、一二九—一三四頁参照）

日帝の裁判部が純粋な思想犯と武力行使犯を区分する態度を最もはっきりと見せたのが「一九一一年・保安法違反事件」である。金九《キムク》や金鴻亮《キムホンニャン》などの場合を見ると、満州に独立軍を養成して武官学校を立てるための謀議をし、その資金づくりの途中に捕まった。それでもこれに関する宣告は「懲役二年」であった反面、じっさいには別に関連もなかった「安明根《アンミョングン》事件」の関係では「懲役一五年」の重刑を加えたのである。

三・一運動の民族代表たちの場合もそうだ。朝鮮半島全体が長期的な〝騒擾状態〟に陥って治安が麻痺し、無数の思想者があらわれ国内外にとてつもない影響をもたらした事件の「謀議と実行、扇動者」たちであるにもかかわらず、最高三年の刑を言い渡しただけである。また宋鎮禹《ソンジヌ》、玄相允《ヒョンサンユン》などの大物クラスの関係者とともに、吉善宙《キルソンジュ》のように民族代表三三人の中の一人として署名した人まで証拠不十分で無罪を宣告している。裁判部が犯罪を立証する証拠の選択に厳格であったことをものがたる。

日帝三六年間、日本の警察と憲兵隊がおこなった邪悪で凄惨な逮捕と拷問の結果、あまたの愛国志士たちと無辜の人びとが死んだり廃人となった事実を知っているわれわれとしては、日本の法廷が守ったこのような態度に驚きを禁じえない。

法史学的に見て、「日本は明治維新以後ドイツ法制、とくにプロイセンの法制を無批判的に受容し、〝明治法律文化〟を建設した」といわれるが、このような判決が出ている背景をある程度おしはからせる話である。そればかりでなく、当時の邪悪な軍国主義体制下においても日本の司法当局が彼らの所信と法解釈を貫徹する毅然とした姿勢と独立性と権威を相当にもっていたことを反証するものでもある。

以上の事実を勘案するとき、日本の法廷で「懲役二年」の宣告を受けた宋夢奎と尹東柱の場合、彼らが日本の警察ではなく法廷においてまでも確実な証拠もなしに〝思想犯〟という罪目をなすりつけられ、実刑を宣告されたとは、見ることができないのである。

それはこの事件において高熙旭の起訴猶予処分にも再三証明される。

当時、高熙旭はハングルで書かれたものを読むことはできたが、ハングルをもちいておのれの意志を表現することにはむしろ不便を感じる状態だった。鉄原《チョルウォン》公立普通学校→ソウル〔当時は京城〕京畿《キョンギ》中学校→京都・第三高等学校と、公立学校ばかりの教育機関でずっと日本語だけで教育を受けてきたためである。だから宋夢奎に出会ってつきあううちに、彼がハングルをつかって詩を書き文章をつづるのを見てとても印象的だったという。当然、高熙旭《コヒウク》にはハングルで書いた文章というものはまったくなかった。また宋夢《ソンモン》奎《ギュ》と朝鮮独立について意見をかわし、自分の抱負を語ることはあっても、それを別に記録しておいたこともなかったという。

それでも、法の条文どおりにすれば、自白を証拠に治安維持法第五条の「協議」条項に引っかけて十分に処罰できたようだが、検事は有罪判決がでないとみて、はじめから起訴さえしなかったのだ。起訴されずに釈放されたといっても、特高警察に取調べを受けているあいだの精神的苦痛はたいへんなもので、そのとき高熙旭《コヒウク》は「むしろ学徒兵に志願して戦場に行くから釈放してくれ」とまで訴えたという。

ここで指摘しようと思うのは、宋夢奎や尹東柱が宣告された「懲役二年」という量刑は、当時の日本の法律文化風土では、嫌疑事実を証明する証拠書類がじっさいに存在する思想犯だったことをしめすもっとも強力な証拠になるという点である。金禎宇《キムジョンウ》が尹東柱に面会するため警察署に行ったとき、担当刑事が「余計な英雄主義のためにあんなこと」になったと評して、一尺以上積み上げられた書類をさしながら「あれがすべて証拠書類だ」といったという証言も、二人の裁判ではそれまで刑事たちが書いたすべての記録が嫌疑事実にたいする傍証とされて実刑を言い渡されたのだということを立証する。

二人が、危険があるにもかかわらず「朝鮮独立を求める記録された証拠物」をもっていたのは、日本の敗戦が目前にさし迫ったとみて、その大きな歴史の転換に自分なりに備えようとする姿勢のためだったと分析される。特高警察の文書や判決文に出てくる三・一運動失敗の原因についての批判、およびドイツ、イタリア、インドなどの独立運動の事例研究資料などがそれを証明する。

ここで一つ注目される事実がある。日本の司法省刑事局が、あえて宋夢奎にたいする判決文を『思想月報』に収録し、特高警察が彼らを取り調べた記録を『特高月報』に載せた理由はなにか、という点である。その理由は、徴兵制に関する陳述の特異性を、日本の公安当局がひじょうに注目し、危険視したためであろうと推定される。宋夢奎にたいする判決文の判示内容の中で、徴兵制についての部分以外の部分は、日帝の強圧と圧迫にたいする民族的な鬱憤、固有文化の保存および実力養成の必要性を強調したところなどである。ところでその内容は尹東柱にたいする判決文でも、同じくたくさん登場するが、尹東柱への判決文は『思想月報』に載せなかったのである。

それならば徴兵制に関して調べてみよう。

一九四二年五月九日、東条英機内閣は「政府は朝鮮の同胞にたいして徴兵制を実施し、昭和十九年(一九四四年)から召集できるよう準備を進める」と閣議決定した。これによって、訓令第二四号で朝鮮総督府の「徴兵制度施行準備委員会規定」が発表され、つづけて一九四二年五月一一日から徴兵制度の宣伝・啓発活動がはじめられた。それははじめの決定よりも早く進められ、一九四三年三月にいたって八月一〇日からの施行が公布された。

こうした時点で、親日派をのぞく大多数の朝鮮人は「徴兵制というのは日本が朝鮮人を自分たちの戦争の弾除けにしたてることだ」という判断をして憤っていた。

ところが二人にたいする判決文にあらわれたところによると、彼らはむしろこの制度を頭において「朝鮮は従来武器を知らざりしも、徴兵制度の実施により新に武器を持ち軍事知識を体得するに至り。将来大東亜戦争に於いて日本が敗戦に逢着する際、必ずや優秀なる指導者を得て民族的武力蜂起を決行し、独立運動実現を可能ならしむべき旨、民族的立場より該制度を謳歌し」「該制度はむしろ朝鮮独立実現のため一大威力を加ふるものなるべし」と論議しながら、「独立実現に貢献すべく各自実力の養成に専念するの要あることを強調」しあったというのである〔引用文中、原文のカタカナをひらがなにし、句読点を付した〕。

特高の取調文書では、この箇所が「日本の国力が弱くなるか、あるいは日本敗戦の機に……朝鮮出身軍人も一役果たすべきであり、われわれも一身を犠牲にして立ち上がらねばならぬ」となっている。

朝鮮人にたいする徴兵制実施を目前にした時点で、公安当局の目から見ると、これはあまりにもあきれかえった不穏思想であったろう。日本の戦争に弾丸よけとして朝鮮人を利用するという計画について、逆にその制度そのものを日本にたいする朝鮮民族の全民族的武力蜂起を可能にする方策として利用すべきだという発想は、まことに腹中に火を育てるような危険思想というほかなかった。

これは尹東柱の考えというよりは、故郷や父母や学業を捨てて中国の洛陽軍官学校まで行った経歴をもつ人物、宋夢奎の発想かと思われる。こうした構想はたんに荒唐無稽な白日夢だとはいえない。そのような構想と似た実例として、洛陽《ローヤン》軍官学校の朝鮮人教官だった李青天《イチョンチョン》将軍の同じような例があったのだ。

李青天は、日本の陸士〔陸軍士官学校〕出身の将校として、中尉のときに日本軍を脱出し、中国で武装独立運動に身を捧げた。

警察の取調文書と判決文によれば、宋夢奎が徴兵制度についてこのような意見を述べた相手は尹東柱と白仁俊《ペクインジュン》である。しかし東京の立教大生である白仁俊は、一九四三年四月下旬に京都にいる旧友たちを訪ね、いっしょに京都の八瀬遊園地に遊んだときに一度きいただけだから、彼は検事局に送られなかった。そしてこの事件の関係文書に出てきた七名の学生のうち、徴兵制度と関係なく民族意識を論ずる話だけをかわした残り四名の学生たちがすべて起訴されなかったことは、公安当局が危険視し処罰しようと取り上げたものがまさに徴兵制度に関するこのような特殊な思想であったという反証となる。

徴兵制度を朝鮮独立のために逆利用しなければならないという発想が、特高の触覚に「朝鮮人学生知識階級分子たちの重大な謀略活動」と映ったのであり、司法部もやはり容赦できない犯罪と見て思想犯としてはけっして軽くない実刑を課す宣告をしたのである。

思想検事江島孝はこの事件を受けもって以来、はじめから高熙旭を除外し、徴兵制度に関して不穏かつ危険きわまりない構想をもっている宋夢奎と尹東柱を、獄にとじこめるための作業に力を注いだようである。送局するまでの特高の捜査記録にはなかった、松原輝忠や張聖彦《チャンソンオン》に関する個所が尹東柱の判決文に出てくるのは、そのためだろう。この部分は江島孝検事自身の追加捜査からでてきたものと思われる。しかしこれらの証拠はただ尹東柱を陥れるための道具としてだけ使われたにすぎなかった。なぜなら松原輝忠や張聖彦《チャンソンオン》にはなんの司法的処分も加えられなかったからである。

こうしてみるとき、尹東柱を獄死にまで追いやったこの事件の発端は、当時、実施直前にあった徴兵制からその糸口がもたらされたという結論になる。

この事件によって逮捕され収監されたことによって、高熙旭が三高で落第したということは先に出てきたとおりである。実刑を言いわたされた宋夢奎と尹東柱の場合は、大学の学士資格はどうなったのだろうか?

まず宋夢奎《ソンモンギュ》の場合、京都帝大の学位処理は頑《かたく》なまでに仮借ないものだった。宋夢奎が一九四四年二月二二日付で起訴されるや、一カ月と一日後の三月二三日付で「無期停学」処分を下した。そして、四月一七日付で「懲役二年刑」が確定すると、また一カ月と一日後の日付である「一九四四年五月一八日」付で「放学(退学させること)」処分を出した。二つの処理がともに司法処理の日からかっちり一カ月と一日過ぎた日となっていたのを見れば、大学当局が学生たちの動向にひじょうに敏感に対処していたことがわかる。

反面、尹東柱の同志社大学の場合は正反対だった。学年という概念自体がない大学だからなのか、学士資格の処理がゆるやかすぎて不正確きわまりなかった。尹東柱の学籍簿には彼が逮捕されたのちにもひきつづき講義を受けたものとされており、「一九四三年九月に英文一年再履修……」などと不正確な記録がつづき、解放後の一九四八年一二月二四日付ではじめて「教授会決議により長期欠席学費未納により除籍」となっている。

福岡刑務所での服役と獄死

一九四四年四月一日と四月一七日にそれぞれの刑が確定した尹東柱と宋夢奎が、二人の〝死の家〟となってしまった福岡刑務所へいつ移送されたかを明かす資料はまだ出ていないが、行刑慣例からみて刑の確定直後だとみなければならない。

福岡刑務所は九州・福岡市西新町一〇八番地にあった。刑務所の一キロメートル向こうは博多湾と呼ばれる海で、むかし元と高麗の連合艦隊が日本に侵攻し上陸した地点だという。日本の刑務所の中で朝鮮半島にもっとも近いところにある刑務所であった。

二人が福岡刑務所へ移された理由について、伊吹郷はつぎのように推定している。

京都で捕まり、京都で裁判にかけられた尹東柱・宋夢奎がなぜ福岡に送られたのか。そしてそこに何が待ち受けていたのか。

『戦時行刑実録』（矯正協会刊、一九六六年）という、正味一六〇〇ページをこす分厚い資料の中に、「予防拘禁事件一覧表（一九四一年五月一五日―一九四五年五月末日報告現在）」というものがあり、その備考に「……熊本、福岡は朝鮮独立運動関係……」とある。

いわゆる朝鮮独立運動関係の受刑者は熊本、福岡へ送るという方針でもあったのだろうか。

（『尹東柱全詩集　空と風と星と詩』伊吹郷訳、記録社発行、影書房発売（日本）、一九八四年、訳者による「解説」二九三頁参照）

とにかく福岡刑務所へ移された二人はそこで服役生活をはじめた。宣告されたとおりならば、尹東柱は一九四五年一一月三〇日まで、宋夢奎は一九四六年四月一二日まで服役しなければならなかった。当時、囚人たちは頭を丸坊主にし、赤い囚人服を着て服役したという。尹東柱と宋夢奎もそんな姿になって懲役生活を送ったのである。

ところで、懲役とは監房に閉じ込められているだけの〝禁固〟とちがって、強制労役が負荷される刑罰である。同じ懲役といっても、一般の犯罪者たちは刑務所内の工場で多くの人がいっしょにする木工などの仕事が与えられたが、独房の思想犯たちには、ただ自分の房でひとり座ってする室内作業が与えられた。仕事とともにその日の作業量が定められるが、指示されただけをかならずやり遂げなければならなかったという。

最近ではどうかわからないが、植民地時代には「思想犯」たちはすべて「独房」に収監するよう規定されていた。独房というものは、四方が密閉された構造だ。「悪い思想」の伝播を防ぐためにそうしたようだが、ほかの人びととの関係をすべて遮断してしまうために、二重に残酷な刑罰となったのである。「思想犯」はそうした二重の苦痛の中で強制労役をしなければならなかった。その室内労役には、漁網編み、封筒貼り、軍手の指を編む作業などいろんな種類のものがあった。

治安維持法違反の思想犯として一九四二年からソウル西大門《ソデムン》刑務所で懲役暮らしをした詩人・金珖燮《キムグアンソプ》は強制労役として独房で漁網を編んだという。彼の獄中記には既決囚となって独房に閉じ込められたあと、彼が初めて強制労役をしたときの心境が次のように回想されている。

未決囚とまったく同様の規格の房だが、自分のものといっては自らの顔一つのほか何もない房——昼も夜も扉が開かれないところだった。
本もないので、何かやることでもくれたら……しかしここでは働くことも罰としてするのだが、仕事のないこともまた罰であった。ひと月後になって絹糸で投網を編みはじめた。ひと編みひと編み……指が痛く切れてしまうほど一気に編み上げていった投網を、誰が手にし、澄み切った水に打ちひろげて魚をとるのだろう。

（金珖燮『獄中記』創作と批評社、一九七六年、四三頁参照）

ぼんやりした十燭光の電球が夜も昼も灯っている狭い独房の中に監禁され、日ごとこんな種類の強制労役をしなければならなかった思想犯たちの日々とその心境——思えば思うほど焼けた石炭の塊を呑みこまされる気がする。

断片的にではあるが、尹東柱の服役の姿を伝える証言が尹一柱《ユンイルジュ》の文章の中にある。

毎月一枚だけ日本語で許されていた葉書だけでは獄中生活を知るすべがなかったが、『英和対照新約聖書』を送れというので送ってあげたことと、「筆先についてくるコオロギの声にももう秋を感じます」と記したわたしの文章に、「きみのコオロギは一人でいるぼくの監房でも鳴いていてくれる。ありがたいことだ」という返事をくれたことが思い出される。手紙を書く日をどれほど待っていたか、毎月初旬になると決まってゴマ粒のように細かい字で書いてくる手紙には、ときどき墨で消されてしまった部分があった。獄中の労働の場面などの箇所が看守によって消されたことが推察されたが、ときには推しはかることもできないほど墨でぬりつぶされていた。

（尹一柱「尹東柱の生涯」『ナラサラン』23集、ウェソル会、一九七六年、一六一―一六二頁）

この証言によって、福岡刑務所の規則と尹東柱の服役の様子がいくらか確認できる。
一、収監者と家族のあいだの通信は毎月はがきで一枚だけ、それも日本語で書いたものだけが許された。
二、聖書を読むことは許可された。尹東柱があえて『英日対照新約聖書』を入れてくれと言ったことからみて、彼は聖書を読むこととともに英語も忘れないように継続して読む方途を探したようだ。
三、尹東柱は独房に閉じ込められていた。
四、尹東柱は服役中労働をし、その仕事に関して家に送る所信に記録したことがある。しかしそんな話を外部に伝えることは禁止されていた。
五、所信はすべて検閲され、禁止された内容が書かれているときには墨で消されてしまった。
しかしそうしたすさまじい生活の中でも尹東柱はむしろ一匹のコオロギの鳴き声を耳にとめ、いつくしんだ。だからその清潔な文体で「きみのコオロギは一人でいるぼくの監房でも鳴いてくれる。ありがたいことだ」と書き送ったのだ。「ありがたいことだ」とは！　それを読むだけで読む者の首がうなだれる。あの邪悪な日帝の監獄の、人間以下のあつかいも彼の穏和で高潔な人品にどんな傷をも負わせることもできなかったことを、この句節が痛烈に証言している。「星をうたう心で／すべての死にゆくものを愛」そうとした彼の精神は、彼が直面した凄惨な状況をもこのように澄み切った至純な姿で耐え切っていたので

写真46　福岡刑務所（全景）

日本の刑務所のなかで朝鮮半島からもっとも近い距離にある刑務所。だから朝鮮人の罪囚をもっともたくさん収監していたという。刑務所前の海岸は元寇のとき元と高麗の連合艦隊が上陸したところである。

ある。

獄中の強制労働はかなりきつかったとみえる。その証拠として尹東柱が着ていた下着についての話がある。

尹恵媛《ユンヘウォン》によれば、死亡通知を受け取って遺骸を引き取りに福岡刑務所へ行った父尹永錫《ユンヨンソク》と堂叔《ダンスク》尹《ユン》永春《ヨンチュン》がもどってきたときに、骨箱といっしょに刑務所で着ていた服を一包みかかえてきたという。母があとでその衣類を調べて涙を流しながら深いため息をついた。

あいつらは仕事をたくさんやらせたんだね。どんなことをどれほどやらせて、こんなにおかしな服になったのか！

母が手にしている服を見ると冬の下着だったが、その痛みぐあいが異常だった。左袖と左胸のところだけ目だってすりへり、糸目がほどけて細かい穴がところどころにあいていた。左のほうを余計に使ったという証拠だった。ところがいくら考えてみても、左利きでもないのに、どんなことをしてこのように異様に服が傷んだのか、とうてい見当がつかなかったというのだ。

その下着は刑務所側の官給品ではなく家族が送った私物だったらしい。官給品であったら遺族に返してくれないだろうからだ。ともかく遺族たちの推測にも一理がある。服が普通にすり減っていったものとすれば、左側より右側がむしろ少し余計に古びるのがあたりまえであろうからだ。尹東柱が福岡刑務所にいるあいだ、彼に面会にいった人は誰もいない。ただ家族たちが郵便で品物を送り差し入れしていたようだ。尹一柱の話の中には、

一九四三年秋に京都で堂叔が面会をしたあと、一九四五年二月一六日までわたしたちは面会を一度もできなかったので、はるかに遠い監房でどんなに苦しんでいたかと思うと胸がふさがる。母が心を込めて用意なさり、しばしば郵便で送った麦こがしや飴をうけとって食べることもあったのだろうか……。

(尹一柱《ユンイルジュ》「尹東柱の生涯」『ナラサラン』23集、ウェソル会、一九七六年、一六二頁)

という言葉で、麦こがしや飴などの食べ物に関する話が出てくる。だが母がそのように刑務所に送るときには、着るものももちろんいっしょに送ったのであろう。麦こがし、飴の話が出てきたついでにいえば、監房の尹東柱の口にはそれらの食べ物類はまったく入らなかったであろう。ほんらい刑務所では規則上、

所外で個人的に作られた飲食物はそのままではどんな特定の個人にも伝達されえないことになっているという。それが有毒かどうか、また飲食物の中に外部と連絡できる手段が入っていないか、などいちいちより分けるのがむつかしいからだという。

福岡刑務所在所中に宋夢奎にはただ一度だけ面会があった。尹東柱の遺体を引き取りにいった尹永錫と尹永春の二人が「死んだ東柱はあとでさがすことにし、生きている人からまずさがさねば」とおもって宋夢奎の面会申請をしたからである。それは彼が京都で一九四三年七月一〇日に特高に逮捕されて以来、知っている人と対面する最初の機会だった。尹永春の証言によれば、そのとき宋夢奎は「半ば壊れた眼鏡をかけた」姿で、「骨と皮がくっついて、はじめはすぐ誰かわからなかった」というのだから、宋夢奎の監獄暮らしがどれほど凄惨なものだったかをそのままおしはかることができる。彼の眼鏡は彼自身の失敗で壊れて半分だけ残ったのか？　それとも誰かの暴行によってそうなったのか？　わからないことだ。原因がどんなものであったにせよ、そんなふうに壊れた眼鏡をかけて暮らさねばならなかったのが宋夢奎の監獄暮らしであった。その眼鏡こそ、彼が味わわねばならなかったすべての侮蔑と屈辱と苦痛を、その非人間的な虐待を、血を見るようにはっきりと告発するものにほかならない。

このような懲役生活の末に尹東柱はついに日帝の監獄の中で絶命した。それは正確には一九四六年二月一六日午前三時三六分、彼の年齢は今ようやく満二十七歳二カ月あまり。彼が特高警察に逮捕されたときから一九カ月と二日目であり、「ぼくはぼくの懺悔の文を一行にちぢめよう／――満二十四年一か月を／なんの喜びを希って　生きてきたのか」と嘆息したときから、わずか三年一カ月であった。彼の運命を見守った若い日本人看守は、尹東柱が叫び声を高くあげながら息をひきとったと遺族たちに伝えた。

彼はこのように悲痛に逝った。しかし大きな疑問が残る。運動と散策を楽しんだ丈夫な体で若い盛りだった彼が、福岡刑務所に収監されてからわずか一年にもならずに、このようにあっけなく絶命した理由は何か？　彼の死亡原因は？

その獄死の通知を受けて尹東柱の父とともに福岡刑務所に行き、遺体をひきとってきた堂叔・尹永春《ユンヨンチュン》は、この点についてまことに重要な証言を残した。

東柱が獄死したという訃報をわたしは新京〔今の長春〕で受け取った。永錫兄とわたしが二人で福岡刑務所を訪ねたのは、東柱が死亡してから一〇日後だった。夢奎も東柱と同じ刑務所にいるのだ。死んだ東柱のことはあとで尋ねることにして、生きている者から先に確かめてみなければと思って、夢奎のことをまず尋ねた。

面会手続きをしながら、しきりに書類をかき回している看守たちの手もとを見ると、「独立運動」という文字が漢字で印刷されてあった。獄門を開けて入ると、看守はわれわれに夢奎と話すときは日本語ですること、あまり興奮した様子を本人に見せてはならないという注意をした。時局に関する話はいっさい禁止という注意を受けて廊下に入ると、青い囚人服を着た二十代の朝鮮青年五十余名が注射を打つために施薬室の前にずらりと並んでいるのが見えた。

夢奎が半分こわれた眼鏡をかけて走りよってくる。骨と皮ばかりではじめは顔がわからなかった。どうしてこんなところまでやってきたのかとたずねる挨拶の声さえあの世から聞こえてくる夢みたい

写真47　福岡刑務所（正門）

尹東柱と宋夢奎は生きてこの門の中へ入っていったが、死体となり棺に入って出てきた。彼らの父たちが獄死した息子の屍体を尋ねて入っていった門でもある。

な声だった。口の中で何かつぶやいていたがよく聞き取れず、「どうしたんだ、その様子は」と問うてみると「あいつらが注射を受けろというので受けたら、こんな姿になって、東柱もおなじように……」という声がかすれていた。もちろんこのときは朝鮮語《ウリマル》で話をかわしたのだ。もう一度わたしの手首をつかんだ夢奎《モンギュ》の手は熱かった。手を握り合って東京でいっしょに上野公園を歩いた若者がこんな場所でこんなになったかと思うと、ただ涙が出てくるばかりで、あまりに切なくてどうにも言葉にならなかった。時間になったから出ろという言葉に押し出されて出てきてしまったが、これが夢奎とのこの世での最後の別れとなった（夢奎は一週間後に死亡）。

その足で遺体室をたずねて東柱を探した。棺のふたをあけると「世の中にこんなこともあるんですか？」と東柱はわたしに訴えているようだった。死亡して一〇日たっていたが、九州帝大で防腐剤をほどこしていて身体にはなにごともなかった。日本の若い看守が一人ついてきて、われわれに「東柱が亡くなりました。ほんとうにおとなしい人が……息をひきとるとき、何の意味かわからないですが、ひとこと声を高くあげて絶命しました」といいながら同情する表情を見せた。

（尹永春《ユンヨンチュン》「明東《ミョンドン》村から福岡まで」『ナラサラン』23集、ウェソル会、一九七六年、一一三―一一四頁）

この証言は第一に宋夢奎に関する書類に書かれていた罪名が「独立運動」だったということ、第二に尹東柱と宋夢奎《ソンモンギュ》が刑務所当局の打たせた注射を受けるうちに死んだという二つの部分に分けられる。

この二つのうち第一の点、宋夢奎の書類に「独立運動」という漢字が書かれていたというのは、きわめて正確な証言であったことが証明された。彼の死後三十余年ぶりに公開された『思想月報』掲載の宋夢奎にたいする判決文に、まさに「朝鮮独立運動」という字が記されていたことをわたしたちはすでに先に見た。

第二の点、「刑務所で打たせた注射のために死んだ」という部分が証明されねばならないところだ。しかし今もまだこの部分は公式の文書によっては証明されていない。ただ生体実験を受けたものと強く推定されているのみである。しかし事件の本質上、この生体実験の部分は公式に証明することが困難であろう。〝人間にたいする生体実験〟という極悪な犯罪に加担した関連者たちに、その証拠を今まで保存しておいたりあるいは自らその事実を明らかにするよう望むのは、とてもむつかしいことだからである。これと関連して羅士行《ラサヘン》牧師は筆者に次のような重要な証言をしてくれた。

解放直後でした。尹永春先生がわたしをたずねてきたことがあります。東柱が四年のとき下宿した

写真 48　福岡刑務所（正門前）

尹東柱が獄死した福岡刑務所正門前の様子。遺体を引き取りに行った尹東柱の父と父のいとこがこの監獄の廊下にうずくまって痛哭した。

北阿峴洞の下宿家をいっしょに探してみようというのです。日本に渡るときに残していった東柱の本を探し出さねばならないというんです。それでいっしょに行きましたが、家を見つけられなかった。そのときいっしょに歩きながら話をした中で、あの方が東柱の遺体を引き取りに日本の福岡監獄にいったときの話を聞きました。監獄で注射を強制されて打たれたというんです。夢奎に面会したとき聞いたのだが、「わたしは注射をしない」と夢奎が言ったのに「しなければならん」と強制されて受けさせられたと言った、というんです。

一九八〇年になって、尹東柱らが受けた「生体実験」の内容について最初の具体的な推理を試みた日本人があらわれた。日本の中央大学を卒えた後に韓国に留学し、東国大学大学院で韓国文学を専攻していた鴻《こう》農映二《のえいじ》氏がその人である。

彼は尹東柱が受けた「名前のわからない注射」は「当時、九州帝大で実験していた血漿代用生理食塩水の注射だったという可能性が大きい」と推定し、大きな反響を呼んだ（鴻農映二「尹東柱、その死の謎」『現代文学』一九八〇年一〇月号、三二三—三二五頁）。

先に引用した日本の『戦時行刑実録』という本（矯正協会刊）には、「刑務所別の死亡者数調査」（一九四三年—一九四六年一月）という項目がある。それで福岡刑務所の場合を見ると、

一九四三年　六四名
一九四四年　一三一名
一九四五年　二五九名

（『尹東柱全詩集　空と風と星と詩』伊吹郷訳、記録社発行、影書房発売（日本）、一九八四年、訳者による「解説」二九三頁）

という統計が出ている。一九四五年の死亡者二五九名の中に尹東柱と宋夢奎《ソンモンギュ》が含まれているのであろう。表にあらわれているように在所者の死亡率が年ごとに二倍ずつ増加し、戦争末期である一九四五年には二五九名も獄死したということは何を意味するのだろうか。これはとうてい平凡な数値ではない。福岡刑務所で在所者たちを相手に大規模な生体実験をおこなったのではないか、という心証をつよくもたせる統計である。*原注

尹恵媛は尹東柱の遺体を引き取りに父と堂叔《ダンスク》・尹永春が福岡刑務所に行ったときのことを、つぎのよう

に話している。

父と堂叔が兄の遺骨をもってかえると、わが家には親戚と友人たちがたくさん集まって弔いをし、また福岡刑務所の話も聞きました。父と堂叔が伝える言葉を聞くと、刑務所に到着するやそこの職員が「いいところへ来た。長いこと待っても遺族が来ないから、遺体を九州帝大に移そうとしたが、ガソリンの事情で車がこれなくて待っていたところだ」といったというんです。九州帝大での解剖用に死体をもっていこうとしたと。〔父たちは〕渡航証明書を受け取る手続きを踏まないといけなくて、一〇日ぐらいたってから到着したからです。

夢奎兄さんにまず面会したあと、その姿に衝撃を受けた父はそのまま廊下にしゃがみこんで慟哭なさったそうです。夢奎兄さんの様子が骨に皮がピタッとはりついてるだけのようで、骸骨がすっと出てきたようだったというんです。堂叔がなだめて父がやっと泣き声を抑えると、こんどは堂叔が大きく泣かれたそうです。そうして東柱兄さんの死体をさがしに遺体安置室に行ってみると、棺がたくさん積まれていたというんです。その棺の中すべてに死体が入っていたのかどうかはわかりません。ほかの棺を開けてみたわけじゃないですから。東柱の棺だとさがしだしてくれたのを見ると、死体に防腐剤をつかっていて、まったく傷んでおらず、いつもの兄そのままの姿だったそうです。身体に傷もぜんぜんなかったと。防腐剤は九州帝大医学部で施薬したということでした。

東柱兄さんの遺体には白い繍衣〔刺繍をした衣服〕がきれいに着せられてあったということもおっしゃっていたけれど、それは母の気持ちがあまり傷つかないようにとおもんぱかってした話のようです。そのとき刑務所にどうして白い繍衣があって、きれいに着せてあったなどということがあるでしょうか。

宋夢奎の最後はあまりにも凄惨である。それをみた尹東柱の父と堂叔が慟哭して震えたほど悲惨な姿になったあとも、彼はひきつづき注射を打たれていた。その上その注射によって生涯の同伴者である尹東柱がすでに死亡し、また自分もやはり死につつあると知りながらも、注射を強制されねばならなかった、その彼の心中はどうだったろうか。

彼は面会があった日からいくらもたたない一九四五年三月七日、ついに絶命した。容貌からは運動を楽しんだ尹東柱より弱く見えたという彼が、東柱の死のあとにも強靭にもちこたえ、彼らの死の原因についての証言を残して死んでいったのである。彼は瞑目しえずに死んだ。だから彼の死体をひきとりにいった父・宋昌義《ソンチャンフィ》がその瞼をつぶらせたという。

＊（原注、四七四頁）ここで慎重に検討すべき証言が一つある。一九七七年に政府によって独立遺功者として褒章を受けた金憲述《キムホンスル》氏の証言である。彼は福岡刑務所で直接尹東柱を見たとし、また彼自身が生体実験をその身に受けた経験があるというのだ。その内容はおおよそつぎのとおり。

金憲述氏は京都中学校四学年在学中だった一九四二年八月、十八歳のときに「京都留学生事件」に関連して逮捕され、地方裁判所での裁判の結果、一九四三年六月に福岡刑務所に収監、一九四四年九月に満期出所するまでそこにいたが、そのとき服役中だった尹東柱を見たという。

当時、思想犯たちはすべて独房に入れられていたが、彼は「北三舎四八号」、尹東柱は廊下をはさんで向かい側の「一〇八号」独房に囚われていたというのだ。監房の構造は、拘置監（高熙旭氏の証言では「検事局」と表現されていた）の独房と同じ形態の密閉された房だった。

　彼が尹東柱をはじめて見たというのは一九四四年の初夏の午後。向かい側の監房から囚人が新たに引っ越してくる物音が聞こえて、看守たちが監房内をのぞき込むのに使う監視窓で廊下のほうを見やると、一人の青年が薄くて青い布団を両手で持ち、その上に枕を一つと飯碗一つを載せ、看守の指示にしたがって向かい側の一〇八号監房に入っていったという。看守は、その房の鉄扉を閉めるとき、思想犯であることを表わす「厳正」という札を扉の横に差し込んでから去っていったとのことだ。

　その後、運動時間でみんな外に出る機会に看守の目を盗んで一〇八号の若い囚人と挨拶したが、「京都の同志社大学の尹東柱」と言ったという。

　金憲述氏が福岡刑務所で行なった労役は、軍手や軍足の指を編む室内作業だった。刑務所当局は彼が出所するとき、その間の作業の代価として一二円をくれたという。

　それでは彼の証言を、①彼が経験した生体実験、②彼が見た尹東柱、の二つの部分に分けて紹介する（金憲述「わたしが最後に見た尹東柱《ユンドンジュ》」、『政経文化』一九八五年八月号、二九一―二九三頁）。

（一）彼が経験した生体実験の話

　尹東柱志士と初めて挨拶を交わす前、一九四二年（一九四三年の誤植。金憲述氏は一九四三年五月に福岡刑務所に移管されたと前に出てくる）冬に、わたしは異常なことを経験した。冬の監獄は生き地獄そのもので、暗く寒い。手の指が凍って裂け、血が出てその血が凝固し、そこがプクッとふくれ上がったりした。それでも割り当てられた作業量はかならずやり遂げなければならなかった。その日もわたしは懸命に針を軍足の先に縫い込む作業をしている最中だった。看守が来て扉を開き、わたしに出てこいという。わたしはいつもの刑務署長の面談かと思って、胸がどきどきした。やっていた作業をやめて、看守について廊下に出た。

あちこちの房から何人かが出てきて、彼らといっしょに看守に従って中央広場に出て行くと、何人かがすでにそこにいてそわそわしていた。わたしの同志李元求《イウォング》の姿も見えた。李元求同志とは同じ棟にいても廊下で目配せを交わすだけなので、こんなふうに会えて思わず言葉が湧いてきた。「健康はどうだ？」「出所の日は？」「作業技術は向上したか？」「何か本を読んでいるか？」

わたしとこの同志が話をするのを見て、他の人たちもたがいに言葉を交わした。わたしはさらに別の同志たちとも挨拶をした。ここでわたしは同志たちの身の上を知ることになった。すべての人がわたしより四―五歳ぐらい年上の先輩たちだった。当時挨拶をしあった先輩たちの身の上は今もいきいきと記憶している。城大に在学中つかまった金済玉《キムジェオク》先輩は家がソウル市恵和洞一一五―五で、九州医専の学生だった曹喜達《チョフィダル》先輩は和順出身だった。曹喜達先輩はとても快活で豪胆なところが迫力満点の方だった。（中略）

金済玉、曹喜達、そして京都留学生事件の指導者、梁イニョン〔인현〕先輩、李元求同志とわたしは、看守がいない隙を見て挨拶を電撃的にし終えた。看守が来てわれわれ五名を含め、囚人たちを病監に引率した。

われわれが医務室に入っていくと、獄医が木の椅子を指さしてみんな座れと言った。インテリだった獄医はわれわれを寛大に扱ってくれた。「朝鮮は独立するだろうか？　前途洋洋たる俊才たち！」と言ったあと、われわれを見回して、できなかったという表情をして見せた。彼は開業医だったが、軍医官としては年が行きすぎ獄医に徴発されたのだと自己紹介もした。

しばらくしてから彼はわれわれに暗算用紙を二―三枚ずつ与えながら、一定時間に暗算をして鉛筆で答えを書けといった。暗算用紙には簡単な加減算の問題が数百個も出されていた。われわれはわけもわからないまま熱心に暗算の答えを書いていった。五分位たったころだろうか？　獄医は「それまで」と言って答案用紙を集めた。

このとき九州医専学生だった曹喜達先輩が、「ぼくも医学を学んできたが、これは何をしようとしているのか？」と独特の大声で獄医に質問した。獄医は笑いながら「タイシタコトナイヨ」と言い、注射器を取り出して五―一〇cc程度の注射液を入れてわれわれの腕に注射をした。

このときわれわれは、これはなんの注射であり、何のために打つのかわからなかった。不可思議なことが進行し、自分の身体に異物が入っていく瞬間に何の抵抗もなく腕を出して注射を受けた。もちろんわたしも骨だけ残ったような腕をまくって注射を受けねばならなかった。

われわれは一週間以上注射を受けた。注射を受けはじめてから何日か過ぎると、暗算能力がほとんど半分に落ちた。一週間が過ぎるころから暗算能力がさらに落ちただけではなく、誤答も多くなった。われわれはこれを生体試験と呼んだ。

(二) 彼が見た尹東柱

刑務所の監房の扉は一日に五回ほど開かれる。朝の掃除、黙想、食事、便器交換、運動。そして数日に一度ずつある沐浴、作業の原料の搬入・搬出のときに房の扉が開閉されるが、便器交換や運動・沐浴時には囚人たちが廊下に出て行かねばならない。特に便器交換は毎日欠かさずにやる日課だった。一日の排泄物を本人が直接もって廊下の真ん中に行き、フォルマリンが入っている新しい容器をもってくる。このとき囚人たち同士、間近い距離で顔を見合すことができる。

便器交換の時間に尹志士を毎日見なければならないはずだったが、そうはならなかった。それは尹志士が便器の搬出に時間がかかり、行き違うときが多かったためだ。尹志士は体の具合がよくないようで、便器を迅速に動かすことができなかった。便器は倭人たちが日常使う味噌桶や酒桶の形に木っ端をくっつけてこしらえたものだが、健康な人であれば両手で軽々と持つことができる。尹志士はそれさえ力に余るようだった。つらそうに便器を廊下の中央にもっていくと、尹志士は周囲を見回しもしないで房にもどってしまったりした。

尹志士の顔は赤い色を帯び、いわゆる上気している色のときが多かった。獄中生活を長くしていると顔が蒼白になるのが普通だが、赤い色をしているとすれば発熱があるという。それも微熱ではなく、相当な程度の熱があるということを意味する。

便器を交換するとか何かで尹志士と目が会い、しばらく見つめていても表情もなく房にもどってしまう。挨拶までして声をかけても、万事うるさいという表情のようだった。空虚の表情を、尹志士の顔から読み取ることができた。

尹志士はすらりとした背格好で、上下の均衡が取れた体格だった。頭の形は額が広く少し前に飛び出ているようで、どんなにやせ衰えたことか、こめかみの骨の下は三角形の鋭角を描いて顎《あご》がとがっていた。当時の学生思想犯出身者たちがすべてそうであるように、尹志士からも在野の学者《ソンビ》の気風が香り、犯しがたい謹厳さがかいま見えた。

沐浴をする日には（倭人たちは自分たちが沐浴を好むせいか、囚人たちにも数日に一度ずつかならず沐浴をさせた）監房内で服を脱ぎ、素っ裸のまま手ぬぐい一つだけを持って廊下に集まり、風呂場に向かって列をつくって歩いていく。われわれはこれを「骸骨行進」と呼んだ。尹東柱志士の骸骨行進はほんとうに惨憺たるものだった。大きな体躯に骨が太いからなのか、肩、両腕、脚、胸の部位の骨がそのまま露《あらわ》になり、まるで骨に皮を着せたようだった。わたしがいた棟に米軍の捕虜がいたが、彼も尹志士と同じだった。骨格が大きければ、そのように露になるのだろうと考えはしたが、とても目を開けて見ていられないほどだった。

たいていの場合、未決囚から既決囚に移ってくる過程で健康が極度に悪くなる。これは警察の取調べを受けながらひどい拷問を受けるためだ。日帝の拷問はとても原始的で残酷なことで名高い。尹志士も取調過程でそのようにして衰え果てたのではないかと思われた。

朝五時に起床（冬には五時半）し、床を雑巾で清掃してから正座して三〇分間の黙想をする。それが済めば看守部長の各房点検が始まる。看守が各房の扉にかかっている錠の取っ手をガタンといわせて摑みながら「番号」と声を張り上げると、中にいる囚人は正座しながら看守に向かって大きな声で自分の番号を叫ばねばならない。

わたしの番号は二五七番だったが、尹志士の番号は記憶していない。それもそうで、尹志士の番号復唱の声が聞こえなかったためだ。向かい側にいた尹志士の復唱の声は蚊のなくようなか細い声だった。長いあいだ服役をした人が、気力のあるわけがないが、そういう点を考慮するとしても、尹志士はいっそう虚弱になっていた。尹志士は歩くことさえふらふらするほどだった。

わたしは一九四四年夏、残りの刑期が四カ月あったが、骨がずれる苦痛の中でやっとのことで我慢していた。耐えがたいほどになって看守に肺に痛みがあるので病監に移監させてくれと強情を張った。ある日は作業をやさしいものにしてくれと言った。さらに夏になると独房暮らしはいちだんと耐えがたい苦行となる。固い床に座って一二時間作業をすれば、四肢はもちろん全身がしびれてくる。そのうえ真夏の暑さで胸が苦しく、息が詰まるかと思うほどで、一日に何度も死んでしまいたいという気になったりした。（中略）

一〇八号室の尹志士は朝の運動にも出てこない日がたまにあった。離れたところへ移監したのかと思い、その房の様子に触覚を働かせてみたが、ときおり人の気配があるし、たまには飯の食べかすが残って出されてくるのを見ると明らかに人がいた。ある日、廊下に一〇八号室の囚人が廊下に便器を出してからすぐに房に入ってしまう後姿を確認したが、明らかに尹東柱志士だった。その姿を見て「とても加減が悪いな」とつぶやきが出ることもあった。

朝の点検のときのことだ。一〇八号室でさわぎが起こった。看守があわてて扉を開け、一〇八号室に入っていったあと、医務室から人が来た。しばらくしてふたたび静寂がもどってきた。起床し正座していなければならない尹志士が、身動きする気力も失ったようだ。あれほどになっても病監に移してやらないとは、過酷な行刑を呪うしかない。


以上が金憲述氏の証言である。ざっと見たところ、描写に迫真の感があって、かなり説得力があるようだ。

しかし彼が証言した尹東柱の姿はひじょうに疑わしい。一九四四年秋「コオロギが鳴くころ」に家の弟たちに送るはがきに「きみのコオロギは、一人でいるぼくの監房でも鳴いてくれる。ありがたいことだ」と書いていたのが尹東柱である。その文体とそこにこめられた精神は病弱になり死にゆく人ではけっして持ち得ない気品と余裕をもっている。それでも金憲述氏が一九四四年夏に見た尹東柱はそのようにほとんど死んでいきつつあったというのだから、どれほど信じられるだろうか。

さらに金憲述氏は『光』という大邱で発行されている月刊誌の記者によるインタビューでは、尹東柱の死の原因について「肺結核による死亡説」を主張して、次のような報道になった。

「ところで金憲述氏は、彼が見守った尹東柱詩人の死を、生体実験によると見るのはむつかしいと主張する。

彼と同志たちは直接生体実験を経験したが、それは人の頭の回転を鈍化させひどく疲れさせるのは事実だが、死にまで追いつめていったということには首を横に振る。

彼の推測では、その当時、尹東柱詩人の病勢が高まったのを見て、肺結核を病んでいるように思ったという。それは後日彼がみずからも肺結核を病んだことで確信になったというのだ」

（徐ドンフン「詩人尹東柱とともに福岡刑務所で監獄暮らしをした金憲述翁」『光』一九八七年八月号）

しかしこれはあまりに無理な主張である。とても論理的に筋が通らない。彼が生体実験の対象になったのは「一九四三年冬」であり、尹東柱が生体実験の対象になったのは「一九四五年二月」だ。そんな長い時差を置いても、いつも同じ内容と強度の実験ばかり継続して繰り返していたと前提してはじめて、彼の主張は成立するからだ。

だがそういうことがありうるのか。実験は一つの結果を得れば、それを土台としてもっと新しい段階へ進められていくものだ。それにもかかわらず彼が「かつての自分の体験」というものさしだけをもって、しかも自分が出獄したあとにあった尹東柱の場合までおしはかろうとするのは、基礎的な常識にもとるものだ。

そして何よりも本質的に問題となるのは、彼の証言が宋夢奎《ソンモンギュ》が死ぬ前に残した証言と大きく食い違うという点だ。尹永春が面会したとき、宋夢奎は、①骨と皮がくっついている状態で、②あの世から聞こえてくる夢の中の声のように、声がよく聞こえなかったし、③手は発熱によって熱い状態だった。そんな宋夢奎《ソンモンギュ》に、「どうしたんだ、その様子は」と問うと、「あいつらが注射を受けろというので受けたら、こんな姿になって、もおなじように……」と言ったという宋夢奎《ソンモンギュ》の証言と、尹東柱が死亡する五カ月前に出獄した金憲述氏の証言、この二つのうちで一つを選ばねばならないとすれば、わたしたちは断然、宋夢奎の証言をとるほかない。

そうだとすれば金憲述氏の証言はどのように評価されるべきか？　彼の尹東柱関係の証言は相当部分があまりにドラマチックに誇張され潤色されたものだと筆者は思う。その誇張と潤色は証言の信頼性にほとんど致命的な傷を負わせるほどだ。彼が自分に宣告された刑量をめぐってした証言を検討してみた結果、筆者はそういう心象をさらに強くした。

彼は京都の留学生たちのあいだで組織された「読書会事件」に関連して逮捕されたのち、「治安維持法違反および不敬罪」によって裁判を受けたという。そのとき宣告された刑期をめぐって彼は次のように述懐している。

「懲役二年。

判事が『即決処分をしてもいいが、初犯であることを勘案して懲役二年だけを宣告する』という判決文は、かれをあきれさせることになった。彼はそれ以上彼らの良心を信じて何かを判断することは愚昧だということを直視し、控訴を放棄した。事実彼の表現どおり、近ごろでは刑量がインフレになって政治犯たちに懲役一〇年をも辞さずに宣告するが、当時においても懲役二年であれば、みな痛哭した時代だった。だが彼は自

分が耐え忍ばねばならない苦痛だと考えた」（前掲文）

しかし筆者が報勲処《ポフンチョ》〔国家に功ある者およびその遺族への叙勲と福祉などを扱う役所〕にある彼の関係書類で確認したところでは、彼の宣告刑量は「懲役二年」ではなかった。「懲役一年六カ月（未決拘留日数九〇日算入）」が、彼に言い渡された刑量の正確な内容である。

伝記記録者の立場とは、自分の前に提示される資料と証言を余すところなく検討して、そこからより真実に近い事実と価値を究明していくことを使命とする。後日、尹東柱の研究家たちの中で、ひょっとして金憲述氏が主張した「肺結核による死亡説」を新しい研究対象として受け入れることが起こりうるのを警戒して、このように詳細に追跡してみた。

10

詩人尹東柱の墓

遺骨の帰郷

北間島の故郷では尹東柱《ユンドンジュ》と宋夢奎《ソンモンギュ》の死をどんな手続きを経て知ることになり、その後のことはどのようにおこなわれたのだろうか?

まず弟・尹一柱《ユンイルジュ》教授の証言から聞いてみる。

毎月遅くとも五日までには必ず来ていたはがきが一九四五年二月には中旬になっても来なかった。死亡通知の電報が来た日は日曜日だった。家族たちはみな教会に出かけて、わたしと弟が留守番をしていた静かな午前、舞い込んできた電報は「二月一六日東柱死亡、死体ひき取りに来られたし」だった。わたしはあわてて教会に駆けていき家人に知らせ家までお連れした。ほどなくして礼拝を終えた人たちが集まってきて、家の中はたちまち棺のない喪中の家になった。しばらく村に行っておられた母を、人を出してお連れし、全家族が悲しみに浸った。悲しみの中でも心配は一、二にとどまらなかった。北間島から日本の福岡まではほんとうに遠い道のりだったばかりでなく、玄海灘は米軍の爆撃が激しくて航海はとても危険だったし、日本本土への爆撃もひどくなっているときだった。また旅行手続きと渡航証明を出させることも並大抵のむつかしさではなかった。周囲では安全を心配して、別の人を送る方法を探ってみるようすすめたが、父はむしろ断固として出かけられた。悲しみに浸された父を危険な道へ送り出して、わたしたちは悲しみと心配、その二重の苦しさを味わわねばならなかった。父は新京〔現・瀋陽〕に行き、そこにおられた永春堂叔《ヨンチュンダンスク》を連れ、安東《アンドン》*をへて福岡に行かれた。

* 「満州国」安東省安東市＝現在は中華人民共和国遼寧省丹東市。尹東柱の父たちはこのとき安東から鴨緑江対岸の朝鮮の町、新義州に渡り、そこで京義線に乗り換え、平壌―ソウル（当時は京城）―釜山を経て関釜連絡船で渡日し福岡へ行ったものと思われる。

父が発たれたあと、家には刑務所から一枚の通知書が郵便で送られてきた。あらかじめ印刷されてある様式の中に必要事項だけ記入するようになっているその通知文の内容は、「東柱危篤。望むなら保釈することができる。万一死亡時には死体を引き取ること。あるいは九州帝国大学に解剖用に提供すること。即答ねがう」というものだった。そしてそこに書かれた病名は脳溢血だった。いくら日本から満州まで郵便が四日程度かかるといっても、死ぬ前に送ったという手紙が一〇日も過ぎたのちに来るわけがあるか。なぜ先に送って人を死なさずに生かす道を探ってくれなかったのか！　われわれはあらたな憤りに地を叩いて慟哭した。

福岡に到着した父と堂叔は、まず夢奎兄から面会した。注射を受けるために待っている列に並んでいたが、出てくると「東柱！」といって涙を流す夢奎は、骨と皮がくっつくような有様だったという。「東柱さんはどういう意味かわからないが大きな声を上げて息を引き取りました」と、日本人の看守が伝えてくれたという。

一握りの灰に変わった東柱兄の遺骸が帰ってくるとき、われわれは龍井《ヨンジョン》から二〇〇里〔現在の日本の約二〇里＝八〇キロメートル〕離れた豆満江《トゥマンガン》沿いの朝鮮側にある上三峰《サンサムボン》駅まで迎えに行った。そこで遺骸は父の懐からわたしが受け取って豆満江にかかる長い長い橋を歩いてわたった。二月末のひどく寒くて曇った日、豆満江の橋はどうしてあんなに長く見えたのか。――みんな黙々と各自の鬱憤をこらえながら一言もなかった。それは東柱兄にとっては愛した故国に最後にいとまごいする橋であった。

彼の葬礼は三月初旬（日付ははっきり記憶していない）、吹雪がひどく吹きつける日だった。家の前の野原で挙行された葬式では、延禧《ヨニ》専門学校卒業のころに校内雑誌『文友』に発表された詩「自画像」と「あたらしい道」が朗読された。埋葬地は龍井の近くの丘だった。間島《カンド》は四月初めになってやっと氷が解けるので、われわれは五月の温かい日を待ち、兄の墓に芝生を植え花を手向けて弔った。端午節のころには、祖父と父が急がせて墓碑を「詩人尹東柱之墓」と大きく刻んで建てた。祖父と父から初めて詩人と称えられたのだ。碑文を書いてくださったのは海史《ヘサ》・金錫觀《キムソックァン》という方である。碑文は純漢文三百字ほどだったが、獄死したという事実を明らかにすることができないときだから、鳥籠に入った鳥が、時に巡り会えなかったと比喩したのだった。失った孫のために何日間も石工たちとともにやきもきなさり、碑面を磨き、撫でさすって過ごされた祖父と父の姿――その孫に対する最後の情を思うとき、心が悲しみに浸されるのを感じないではいられない。宋夢奎兄もその後、二十余日たった三月一〇日に獄死したが、通知文などすべてのことが東柱兄の場合と同じだった。彼の墓地は間島和龍《ファリョン》県大拉子《テーラッジャ》というところにある。

（尹一柱「尹東柱の生涯」『ナラサラン』23集、ウェソル会、一九七六年、一六二頁）

尹東柱が獄死した当時、妹恵媛《ヘウォン》は県庁所在地の大拉子にある宋夢奎の家で暮らしていた。龍井から会寧《フェリョン》の方に四〇里〔約一六キロ〕離れたところだった。尹恵媛の記憶にある当時の状況はより具体的で哀切である。尹東柱を失った家族たちの動きと身に染みる痛みが、たった今切られた傷跡のようにあざやかに現れている。
明東《ミョンドン》学校教師出身の宋夢奎の父・宋昌義は七道溝《チルドグ》小学校の校長を経て当時は大拉子で村長をつとめていた。夢奎の母親・尹信永《ユンシニョン》が姪の尹恵媛をとてもかわいがった。それで女学校を卒業した後、学校の教師になるよう推薦したので、一九四四年夏から小学校の先生になり夢奎の家で暮らしていた。

東柱兄《オッパ》さんが獄死したという二月一六日は金曜日で、獄死の通知電報は二日後の日曜日の昼に龍井の家に到着しましたが、大拉子ではその次の日の朝に知らせが来たんです。

月曜だから朝ごはんを食べて出勤しようと、おばさんといっしょに台所にいたが、近所でバスの発着所を経営していた親戚のおじさんが訪ねてきた。その家には当時としてはとても珍しく電話があった。喜んでどうぞお入りというのに、入ってこないで何も言わず話も切り出せずにもじもじしていたが、「おまえん家《ち》の東柱が亡くなったそうだ」と獄死の知らせを伝えてくれた。龍井から電話が来たというのだった。
ああ《アイグー》！　どんなに仰天したことか！　叔父・叔母といっしょに三人、そのときどんなに地べたをたたいて痛哭したことか！　どんなに泣いたことか！

尹恵媛はそれが昨日のことのようにまたもこみ上げてくる悲しみに目頭を赤くしながら、そのときのことを説明した。

学校に出勤するのも何もかも取りやめてすぐに龍井の家に走っていったら、家の者みんなが泣いて涙の海だった。教会の人たちがたくさん来て、家の大人たちを慰めていましたよ。

恵媛《ヘウォン》はそこで前日に獄死通知の電報を受けたときの話を聞いた。母はその前日から南陽平《ナムミャンピョン》にいる親戚の家の結婚式で飲食の準備をする手伝いに行っておられたし、祖父は関節炎で家で横になっておられたとのことだった。だから祖母と父の二人だけが教会に日曜の礼拝をあげに行かれた。そんなところに東柱の獄死通知の電報が来たのだった。家で留守番をしていて電報を受け取り、内容を読んで驚愕した尹一柱《ユンイルジュ》はそれを祖父に見せると、そのまま家から一キロメートルほどある中央教会まで無我夢中で駆けていき、靴も脱がずに礼拝中の教会堂に入っていって、父に早く家に行こうと、引っ張っていったというのだった。

死亡通知の電報には死体を取りに来いという言葉があった。父が新京に先に立ち寄ってそこにいる堂叔《ダンスク》・尹永春《ユンヨンチュン》を帯同し、東柱の死体を引き取りに日本へ行くことにした。

ところがそのとき祖父のためにわれわれみんなが驚かされたんです。東柱兄さんをとても愛しておられたが、父が兄さんの死体を引き取りに日本に行くことに反対なさるんです。「すでに死んだものはどうしようもない。その遺体を引き取りにいくといって、行った人までもしものことになればどうするのか。行くな。お前はわたしの一人しかない息子だ」。そう言われたんです。

そのときは米国の飛行機の日本本土空襲が熾烈なときだから、もちろん日本までの旅行が危険なのは確かだった。しかし多くの人がまだ無事に日本に往来しているのもやはり事実であった。

それでも白髪まじりの老人が中年の息子に向かって、「お前はわたしの一人しかいない息子だ」という言葉で日本行きを引き止めたというところに、尹夏鉉《ユンハヒョン》長老が東柱の死によって受けた衝撃の大きさがうかがえる。尹長老は、あの若々しい青春、その愛すべき青臭い若い命を、ただ一介の毛のように簡単につまみあげ呑み込んでしまった〈日本〉という巨大な怪物の姿に、この上なく強い衝撃を感じたのだ。それはあれほどに愛した最初の孫息子の遺体をむしろ放棄したくなるほど、生々しい恐怖をともなう衝撃であった。愛の大きさとそれを喪失したときの衝撃の大きさはそれほどにも比例するものか。残酷そのものである。

父と堂叔は監獄で兄さんの死体をひき取り、福岡の火葬場に行って火葬したんです。灰は玄海灘のどこか静かな海に撒いて祈祷をささげたそうです。そして東柱兄さんの象徴になるように磁器の壺に納めた兄さんの骨粉を小さな木の箱に入れて胸に抱き、北間島に帰ってこられたんです。死んだ兄さんの顔はまるで眠っているようにきれいだったそうです。

尹東柱の葬礼は一九四五年三月六日に執り行われた。棺をこしらえ、父と堂叔が抱いてきた尹東柱の遺骨の箱をその中に入れた。葬式は龍井の家の前庭でおこなわれた。尹一家が通っていた龍井中央長老教会の文在麟《ムンジェリン》牧師（文益煥《ムンイクファン》牧師の父親）がその葬式を主管した。葬式では、雑誌『文友』に載った尹東柱の詩二篇、「井戸の中の自像画」と「あたらしい道」が朗読されたことはすでに先に記した（本書三一九頁）。尹恵媛は尹東柱の葬礼のあいだ見た母・金龍《キムヨン》の姿を印象深く記憶していた。

わたしたちの母はほんとに心の広いおおらかなところのある方でした。昼にはいそいそと立ち働いていますが、みなが眠りについた夜更けになると兄さんの棺のあるところに行って、棺を撫でながら黙したまま、ただ涙しておられたんです。

東柱の母が大きな声で慟哭することもできず、人目にもつかないところで声もなくただ涙しながら息子の葬礼の準備をしていたのは、目上の老人の世話をしていたためだったろう。わが国の風習にある、祖先より先に死んだ者には慟哭をしないという法度《はっと》に従ったのである。そのときいっしょにいた金信黙《キムシンムク》（文在麟《ムンジェリン》の妻）は次のように悲しい事情を物語った。

東柱の母がちょうど田舎の親戚の家に行って不在のときに死亡通知の電報が家に到着した。だから人を出して母に急いで戻ってくるように言った。家につくときまで東柱が死亡したということは知らされていなかった。だから何も知らずに家についた東柱の母は、部屋中に弔問の客が集まって沈痛にすわっているのを見て、ひどく驚いてたずねた。

「どうしたの。おじいさんの具合が悪いの？」

もともと東柱の母の健康はそれほどよくなかったので、東柱の死亡を知らせることをみんなとても心配した。しかしいざその知らせを聞いた東柱の母は予想外に毅然としていた。人びとの前では涙を一滴もこぼさずに耐えながら、亡骸《なきがら》の到着するのを待った。そしてついに亡骸が帰ってくると、すべてのことを手ずから取り仕切って葬礼の準備をし、この大事をすっかり執り行った。目上の方の世話をしている大きな家の嫁としての厳正な身の処し方をしたのである。

ところが葬礼が終わってしばらくのちでした。母が洗濯物を片付けているうちに東柱の白いワイシャツが出てきた。するともうそれ以上耐えられなかった。たちまち慟哭がこみ上げてきたんです。声を上げて慟哭しました慟哭して、いつまでも終わらなかった。

尹東柱の埋葬地は龍井《ヨンジョン》近くの丘にある中央教会の墓地だった。尹東柱関係の記録に、彼が東山教会の墓地に埋められたというのは不正確な表現である。龍井には教会がいくつかの場所にあった。その中で長老教派の系統では中央教会、東山教会、土城堡《トソンボ》教会の三つがあった。尹東柱の一家が出かけた中央教会は龍井《ヨンジョン》の裏山に教会墓地があり、東柱はその教会の墓地に埋められたのである。当時の教会墓地の埋葬の仕方は、年齢、身分、男女の別なく逝去した順に弔ったという。だから一つの家族といっても死亡の時期にしたがって墓地はそれぞれ離れることになる。教会の人ならみなキリストのなかで一つの家族だという思想のためにそのようにしたようだ。その日にかぎって春をねたむように吹雪がひどく吹き付け、尹東柱の遺骨を土に埋める人たちの心をいっそう寒がらせた。

そしてまさに次の日、三月七日に宋夢奎も福岡刑務所の中で絶命した。尹東柱のときと同じ形式の獄死通知の電報が刑務所から送られてきた。宋夢奎の家族たちは地をたたいて号泣し慟哭した。その悲しみと無念さは尹東柱のときとはまた違ったものだった。尹東柱の場合には、息子が異郷の監獄に捕らわれているという深い苦しみの中でも、早く日が過ぎて出獄する日を待っているうちにだしぬけに受け取った知らせであった。しかし宋夢奎の場合はもっと残酷だった。家族たちは尹東柱の遺骸を受け取りに日本に行った父・尹永錫《ユンヨンソク》、堂叔《ダンスク》・尹永春《ユンヨンチュン》を通じて、宋夢奎が福岡の監獄で正体のわからない注射を強制され、骨と皮がくっつくほど衰弱した姿で死にかかっているという消息を聞いた。そうでなくとも生きながら血を抜かれるようなやるせない状況のところへ、死亡の知らせが飛び込んできたのである。ほんとうに空にも染みる無念さだった。

夢奎の母がいちばん耐えられなかった。夢奎が育つあいだ彼の頼みなら何であれすべて聞いてやり、友だちが家に来ていっしょに遊べばとても喜んだという、その母である。それほどに心から慈しみ育てた息子が、このように凄惨に非命の死を遂げたのである。金信默《キムシンムク》ハルモニはそのときのことを次のように回想している。

夢奎の母はほとんど地べたを転がりまわるように慟哭した。あまりに気が立って胸がふさがるから、自分の胸をやたら強くぶちながら慟哭したんだが、あとで見ると胸いっぱいにあざができて青黒い色になっていたよ。それを見て、どんなに心が苦しかったことかとみんな思ったんだ。

苦労して育くんできた息子を非命の死で失った女たちの恨《ハン》がそのようなものだったとすれば、父の宋《ソン》

写真49　尹東柱の葬儀

龍井の尹東柱の家の庭で文在麟牧師の執礼で挙行された東柱の葬儀（写真上の部分に死亡した場所と時間が明記されている）。故人の写真の右側は家族たち、その最初の人が文在麟牧師。この日の葬礼で延禧専門文友会発行の『文友』誌に載った尹東柱の詩2篇が朗読された。吹雪が吹きつける寒い天候で、遺族たちと弔問客たちの心をさらに寒くふるわせた。

昌義《チャンフィ》が夢奎の遺体を福岡の火葬場で焼いたときの話は、非命のうちに逝った息子の屍を見た父の恨がどれほど惨憺たるものだったかを示している。

金禎宇《キムジョンウ》によれば、彼が一九四五年の夏休みに故郷に帰ったとき、人びとからその年の春にあった夢奎の葬礼のときのことを聞いて深い衝撃を受けたという。宋昌義先生が福岡の火葬場で夢奎《モンギュ》の死体を焼いたとき、燃え残った骨を臼で挽くあいだ、骨粉がまわりに飛ぶや「わしがなんで夢奎《モンギュ》の骨粉を一粒でもこの仇の地に残すものか」といって、骨粉が飛び散ったあたりの土を全部かきあつめ、それで葬式を執り行ったという話を聞いたというのである。

この話は夢奎の葬礼の当時、そこに

いた金信黙《キムシンムク》ハルモニによっても再確認された。そうだとすれば結果的には、息子の骨粉の一粒さえ残せないほど痛憤する仇の地の土を、父・宋昌義は息子の墓にいっしょに入れたことになる。息子の遺骸がいつまでも日本の土とともにあるような結果となったわけで、これは人が抱いた恨の大きさがどこまで徹底できるかを示している話だ。彼が見せたこの恐ろしい恨《ハン》の大きさは、同時に、彼が失った平和の大きさを物語るものでもあろう。

夢奎の遺骸を受け取りに日本の福岡刑務所を訪ねていったときの話も、ほんとうに悲痛である。尹東柱の遺骸を引き取りに行った尹永錫《ユンヨンソク》、尹永春《ユンヨンチュン》はともに日本語をよくし、一時日本に留学した経歴がある人たちだったが、宋昌義《ソンチャンフィ》は日本に行ったこともなく、日本語を習ったことがない人である。それで、夢奎の六親等にあたる宋熙奎《ソンヒギュ》が日本語を話すので、彼を連れて日本にわたった。

彼らが福岡刑務所に行き探してみると、夢奎は遺体室の棺の中に入れられていた。骨と皮がくっついた痩せきった顔に髭がからまっており、目をはっきり開けたまま死んだ姿だった。夢奎の死体にもやはり九州帝大医学部で解剖用として使えるよう防腐剤を施してあったため、まったく腐敗しておらず、生きていたときそのままの姿であった。異常なのは、髭が伸びてからんでいたという点だ。宋夢奎が罪囚の身であったとしても、髭が伸びるほど放置してあったという話になるからである。医学的な生体実験中であったために、それが身体に及ぼす影響を調べることも考えて、髭が伸びるままにしてあったのかもしれない。

そのように目を閉じることもできずに死んだ息子の凄惨な姿を見て、宋昌義《ソンチャンフィ》は「わたしが来たぞ。もう目をつぶれ」といって手を伸ばし、目を閉じさせた。するとようやく瞑目したという。宋昌義はそんな夢奎の死体を福岡の火葬場に移して火葬したのである。尹恵媛《ユンヘウォン》は次のように語った。

写真50　尹東柱の墓所と遺族

龍井近くの山にある尹東柱の墓所で墓碑の周りに座った親戚たち。左から呉瑩範（妹・尹恵媛の夫）、尹光柱（東柱の末弟）、尹恵媛、尹永善（東柱の堂叔・尹永春の弟）、尹甲柱（尹東柱の6親等の従弟）。

叔父さんは、わたしたちの父とちがって夢奎兄さんの死体を焼いた灰を残らずそのままもって帰ってお墓に入れたんです。火葬する前日の夜に夢奎兄さんが叔父さんの夢にあらわれて「わたしの骨粉ひと粒でもこの仇の地に残さないでくれ」といったそうです。だから焼け残った骨を臼で搗くとき、飛び散ったものまですっかり掃きあつめて持ってこられたということでした。骨箱も細長く大きかったです。誰かがそれに気がついたのか、「夢奎の骨はそんなに重かったんだね」というと、横から「うん、骨というのはほんらい重いもんだ」と答えたのを思い出すわ。

宋夢奎の墓は彼の家族が以前くらしていた明東《ミョンドン》の長財村《チャンジェ》の裏山にしつらえられた。

彼らはこのようにして逝った。民族とその文化に対する深い愛情と、それを守護する意志をもった人びと。彼らはその道を力を尽くして走った末に、ある民族がみずからの野心のために他の民族の魂も霊をも抜きとって幻影となさしめようとした、その非人間的な暴力に抵抗する若き供物となり、彼らを生み育てた北間島《ブッカンド》の空の下に埋められた。日帝の特高警察の記録のなかに記された彼らの予測どおり、日帝がみずからひきおこした戦争で敗れ去るまさに半年前のことだった。

春になり大地がほころびた一九四五年五月二〇日に宋夢奎の父が「青年文士宋夢奎之墓」と刻んだ碑石を夢奎の墓に建て、つづいて尹東柱の家でも一九四五年六月一四日に「詩人尹東柱之墓」と刻んだ碑石を尹東柱の墓に建てた。

「青年文士」とか「詩人」という文学的な献辞を個人の名の上につけるのは、当時使われた碑文の形式としてはとても珍しいことだ。若い死者に対する遺族たちの切々たる痛恨と愛情がそのように表示させたのであろう。

当時はまだ日本が滅ぶ前の、最後の悪あがきをしていた殺伐たる戦時であったことを考えれば、この碑石はほんとうに後人の心に触れてくるものがある。

日本に行ってもっと勉強し、民族のために力をささげようと、「平沼東柱」とか「宋村夢奎」という屈辱的な創氏改名をしたうえで日本に渡った彼らが、日帝の監獄で残酷に獄死し冷たい灰となって故郷に帰ってきたが、彼らを生んだ父たちの断固とした手によってみずからの名を取り戻して眠ったのである。

創氏改名した名に関することだが、日本の福岡刑務所から尹東柱の故郷の家に送られた獄死通知電報の文面は、いままで正確に紹介されてこなかったようだ。電報内容は「二月一六日東柱死亡、死体をひき取りに来られたし」というものだったという尹一柱《ユンイルジュ》の証言が今までそのまま受け入れられてきたが、じっさいは「二月一六日平沼東柱死亡、死体をひき取りに来られたし」だったのである。官庁から発送する公式文書で姓を省いて名前だけで送るということはないからである。もちろん宋夢奎《ソンモンギュ》の場合も「三月七日宋村夢奎死亡、死体ひき取りに来られたし」だったであろう。

以前、尹一柱が筆者にこんなことを話した。「じっさいに尹東柱が創氏改名した事実は世の中に知らしめたくなかったが、『特高月報』など日本の諸記録が明らかになって、やむなく知らせるほかなくなった」というのである。こんないきさつを考えてみれば、尹東柱が創氏改名した名を延禧《ヨニ》専門学校に提出したころに書いた詩「懺悔録」に対する感慨があらたになる。とくに「明日かあさってか　その楽しい日に／ぼくはまたも一行の懺悔録を書かねばならない。／——その時　その若い年で／なぜ　そのような恥ずかしい告白をしたのか」という一節が胸を打つ。そうしてみるとこの詩は一つの予言でもあった。

宋夢奎の墓はこのようにして見つかった

ここで一つ訂正しておくことがある。

一九九〇年代に入って、この間伝えられてきた宋夢奎《ソンモンギュ》の死亡時期と墓の所在地について誤りのあったことが明らかになった。

尹一柱《ユンイルジュ》教授の証言によって「宋夢奎は一九四五年三月一〇日に獄死し、彼の遺骸は北間島にもどってきて両親が暮らしている大拉子《テーラッジャ》に埋められた。その墓には〝青年文士宋夢奎之墓〟という碑石が建てられた」というふうに知られてきたのであった。しかし一九八九年に、延辺《ヨンピョン》の有志たちが大拉子に行って踏

写真51　宋夢奎の墓碑

宋夢奎の墓は、尹東柱の墓の近くへ移葬された。宋夢奎の父・宋昌羲は、墓碑をつくるときに息子の名の上に「青年文士」という呼称を彫り刻ませた。当時の墓碑の言葉としては慣行から大きく外れたひじょうに特殊なケースである。彼が息子にかけていた期待とそれが果たされなかった恨がそのままにこめられている。

査した結果、大拉子にはそんな碑石の建っている墓はまったくないことが確認された。解放後、宋夢奎《ソンモンギュ》の父・宋昌羲《ソンチャンフィ》は一九四七年まで智新《チシン》中学校校長として教育界で働いたが、一九四八年に家族を連れて北朝鮮に行き、現在延辺には宋夢奎一家の親戚はすべていなくなっている。

　延辺の有志たちは尹一柱教授の証言が不正確なものだったかもしれないと判断し、宋夢奎の墓を探すために教育界と老人会の組織を動かしたという。各級学校の学生たちと老人会に「自分の村やその近くに〝青年文士宋夢奎之墓〟と書かれた碑石の建っている墓があるか調べて、発見すればすぐに申告しよう、と指示を出した。

　その結果、大拉子《テーラッジャ》ではなく明東《ミョンドン》の長財村《チャンジェ》の裏山にそういう碑石のある墓が見つかったという報告があった。確認してみると、はたして山の左側の緩慢な傾斜面にある墓地の縁に、まさにそのように書かれた碑石があるのを発見した。しかもその場所は、

写真52　尹東柱の墓碑

尹東柱の墓碑（上・左）。右は、墓碑の背後から南側を望み見た光景。下は、最初に尹東柱の詩集をもって延辺に入って行った人が詩集を墓碑の前において撮った写真。尹東柱の碑文を書いた人は金錫観で、彼は宋夢奎の墓碑文もつくった。死んでまで同じ人に碑文を書いてもらうとは、非常に奇異な深い因縁であるというほかない。

宋夢奎の一家の親族の墓だけ六基が集まっている宋氏一族の墓地だったから、いっそう確かな心証をあたえた。

しかし墓の前に碑石は建っておらず、いちばん下にある墓から五メートルばかり離れたところに倒れているのが混乱をもたらした。その碑石がどの墓の前に建っていたのか。この問題について近くで暮らす人びとの証言は食い違った。男性三名が碑石の倒れている場所の上のほうにある墓を指さした。その墓の前に碑石があったのだが、五年前にその近くで草を食んでいた牛たちがもみ合ううちに牛の綱がからまって碑石が倒れ、下のほうに押されて今の場所にあるのだという主張だった。しかし頭が小刻みに振れる症状を持った八十四歳の老女は、倒れた碑石から五メーター離れたところにあるやや下側の墓を指差した。その墓の前に建っていたがいつの年かに崩れ落ちたという話だった。二つの意見が五分五分にぶつかって、第三者としてはどちらが正しいかわからなかった。そこで彼らは墓を掘り起こして、龍井《ヨンジョン》の郊外のにある東柱の墓の横に移葬することにしたという。

一九九〇年四月五日の清明節に、延辺の有志たちは長財村の裏山に登った。「宋夢奎の墓探し」を主導した龍井中学校校長柳記天《ユギチョン》先生は墓を掘り起こす前に人びとの前で筆者の『尹東柱評伝』を広げて、事前に確認させたという。

「この本によれば、宋夢奎先生の墓は遺骨の粉だけではなく、骨粉が飛び散った日本の土までかき集めたものをもいっしょに葬礼にまつった、となっています。墓を掘って棺を開いてみて骨粉だけでなくそれに混じって土まで入っているものこそ宋夢奎先生の墓です」

まず男性三名が指さした「倒れた碑石の上の墓」を掘り始めたが、遺骨の入った小さな棺ではなく大きな棺が出てきた。そこで掘るのをやめて元どおり埋めた。すると彼らはその墓のすぐ横にある墓に目星をつけた。結果は同じだった。ふたたび彼らがその横の墓を指差したが、それ以上は掘らなかった。

こんどは、頭の振れる病気のおばあさんが指さした、下のほうにある「倒れた碑石の五メーター横の墓」を掘った。すると遺骨埋葬用の小さな棺がでてきた。棺の上にはポッチ〔봇치〕（大きな白樺の木の皮を広くはぎとって平たく伸ばし乾かしたもの。これで棺を覆えば水がしみこまない。北間島《ブッカンド》では孝心の厚い子孫たちが両親の墓に使

おうとふだんから作っておく風習があるという）が四層もかぶせられていた。その棺をひじょうに心を込めて埋葬したことを示す証拠だった。ポッチをはがすと、棺材には最高とみなされるアカマツでつくった棺があらわれた。棺を開くと、遺骨を入れた白い磁器の壺が陽の下にあらわれ、また、棺の一方に土に混じった骨粉が別に白く集められているのが見えた。柳記天《ユギチョン》先生は人びとに叫んだ。

「見て！　本に書かれているとおりです。これが宋夢奎先生の墓だとはっきり確認できました！」

わたしは一九九二年に延辺《ヨンビョン》に行ったとき、柳先生の案内で長財村の裏山に行き、宋夢奎のほんらいの墓所があった場所を確認し、柳先生からその話を聞き、うなだれて涙した。

その日、柳先生一行は棺を持ち出して龍井《ヨンジョン》に運び、尹東柱の墓の近くに場所を作って移葬したという。いま宋夢奎の墓は龍井《ヨンジョン》郊外にある東柱の墓と同じ墓域の中にある。

この宋夢奎の墓碑の発見によってはっきりしたことがある。この間、宋夢奎は一九四五年三月一〇日に獄死したものとされていたが、碑石の記録によれば彼が獄死した日は〝一九四五年三月七日〟であった。この碑石は宋夢奎の父親・宋昌義《ソンチャンフィ》の友人である海史《ヘサ》・金錫觀《キムソックァン》が碑文をつくり、その字も彼が書いた。尹東柱の墓の碑石もやはり金錫觀の手になるものだが、宋夢奎と尹東柱は死んで墓に建てられた碑石まで同じ人の手を借りたのである。まことに奇異なる因縁である。

海史・金錫觀は早くに一九一〇年代、尹東柱の父が北京に留学したとき同行した五人の留学生の一人であり、北京から帰ってきたあとは東柱の父といっしょに明東学校で教鞭をとった。漢文に長け、書も達筆だった。彼が友人たちの息子のために墓所の碑文をつくり字も書いたのである。

尹東柱の碑文は次のとおりである。

詩人尹東柱之墓

嗚呼故詩人尹君東柱其先世坡平人也童年畢業於明東小學及和龍縣立第一校高等科嗣入龍井恩真中學修三年之業転學平壌崇実中學閲一歳之功復回龍井竟以優等成績卒業于光明学園中學部一九三八年升入京城延禧專門學校文科越四年冬卒業功已告成志猶未已復於翌年四月負笈東渡在京都同志社大學文學部認真琢磨詎意學海生波身失自由将雪螢之生涯化籠鳥之環境加之二豎不仁以一九四五年二月十六日長逝時年二十九材可用於当世詩将鳴於社会乃春風無情花而不実吁可惜也君夏鉉長老之令孫永錫先生之肖子敏而好學尤好新詩作品頗多其筆名童舟云

一九四五年六月十四日

海史　金錫観　撰並書

弟　一柱 光柱　謹竪

詩人尹東柱の墓

ああ故詩人尹君東柱は先祖が坡平《パピョン》の人である。少年のころ明東《ミョンドン》小学校及び和龍《ファリョン》県立第一校高等科を卒業し、ついで龍井恩真《ヨンジョンウンジン》中学校で三年学び、平壌崇実《ピョンヤンスンシル》中学に転学した。一年学業をつんでふたたび龍井《ヨンジョン》にもどり、すぐれた成績で光明《クァンミョン》学園中学部を卒えた。一九三八年、京城延禧《ヨニ》専門学校文科に進学して四年の冬を過ごして卒業した。勉学はすでに成ったがなお志すところあって翌年四月、書をたずさえて日本に渡り、京都同志社大学文学部で研鑽した。だがいかなることか、学びの海に波たちさわぎ、身の自由を失い、学問にいそしむ身は鳥籠にとじこめられた鳥となり、さらに病状悪化して、一九四五年二月十六日に亡くなった。時に齢二十九。その才能が世に用いられ、詩はまさに鳴りひびかんとするときに、春風は無情、花は実をむすぶにいたらなかった。ああ、惜しんであまりある。君は夏鉉《ハヒョン》長老の孫、永錫《ヨンソク》先生の子として、聡明で学問を好み、とりわけ新詩を好んで作品も多い。その筆名を童舟《ドンジュ》という。

一九四五年六月十四日

海史　金錫観　撰ならびに書

弟　一柱《イルジュ》　光柱《クァンジュ》　謹んで建てる

民族詩人としての栄光

「冬　師走《しわす》の花、氷の下でふたたび一匹の鯉が——」

あの感覚派の大詩人鄭芝溶《チョンジヨン》が尹東柱を指していった言葉である。もとより、わが民族が日帝のくびきから解き放たれた翌々年一九四七年のことである。尹東柱の知人ではなく、尹東柱の詩を読んでその卓越していること、また彼が詩人であることを認めた最初の人が鄭芝溶である。日帝のあの怖ろしい桎梏の下でみずから星霜を経た詩人として鄭芝溶は尹東柱の詩を読み、その短くも純潔だった生涯を聞くにつけ覚えた感懐を、まさにこのみごとな句節にこめたのである。

今日では冬の押しつまった季節のひどい寒さの中でも、温室で育った花々は街にあふれ窓ごとに華やかに活けられ、また養魚場の池の中で保護された鯉たちがそれぞれおおきな背を見せて悠々と泳ぐようになっている。だから近ごろの読者は鄭芝溶が尹東柱に贈った賛辞の優美な感性をただしく推し量るのはむつかしいようだ。しかし鄭芝溶がこの言葉を使った一九四七年とはどんな年だったか。冬、師走の酷寒の中の花となれば、その存在自体すでに恩寵であり奇跡である。あの厚い氷の下の冷え切った水の中を泳いでいる一匹の鯉は、真実、畏敬すべき存在だった。歳月は過ぎるが言葉は残る。しかし時には歳月とともに言葉の感度がちがってくる。よくみがいた純銀製の湯沸かしのうつくしい輝きが、茶箪笥の上段でしだいにくすみ黒ずんでいくように。そんなふうに考えれば、心の中を一陣の風が吹く。

この世で詩や詩人が存在するためには三つの段階が必要だ。
第一、詩を書くこと。
第二、その詩を世に知らしめること。
第三、その詩をまっとうに認め評価すること。

この三つの段階のうちで尹東柱が生前にできたこと、または彼がしたことは第一の段階だけだった。第二、第三の段階は、彼の死後に残った人びとの役割として残っていた。

いまや「尹東柱」という三文字にはいつも「民族詩人」という大きな枕詞がつくほど、燦然と輝く存在になった今日、詩人尹東柱について語ろうとすれば、彼のあとに残ってその役割をまっとうしたゆかりの人びとの話も残らずしなくてはならないだろう。そうしてこそ詩人尹東柱の全貌が描けるはずだ。

日本からの解放のときにさかのぼって話をはじめよう。

一九四五年八月一五日。「生き神さま」と崇められた日本の天皇がふるえる声で無条件降伏すると放送し、太平洋戦争、中日戦争をはじめとする長い戦争の幕がおろされた。満州事変のときからかぞえればじつに一五年におよぶ侵略戦争の終幕だった。これによって「大日本帝国」は滅亡したのである。

その後、日本はどうなっただろうか。

一九四五年八月三〇日に米国陸軍のマッカーサー元帥を総司令官とする占領軍が日本に進駐した。降伏文書が正式に調印された九月二日から日本全域はマッカーサー将軍を頂点とする軍政体制の下に入った。マッカーサー司令部は一〇月四日に、治安維持法をはじめ人権を弾圧してきた各種の法律の廃棄を指示し、一〇月六日に悪名高い特高警察制度を廃止した。一〇月一五日には治安維持法が正式に廃棄され、特高警察官出身者たちはすべて公務員から罷免され失業者となった。

治安維持法——。

一九二五年に「大日本帝国」の「帝国議会」でつくられ一九四五年に「大日本帝国」滅亡にともなって廃棄されるまで、その寿命は二〇年に達した。その二〇年のあいだ、いわゆる「国体を護持」するという名目のもとで日本帝国主義が犯した数々の悪行の手段であり道具となったこの悪法の、血塗られた刃に倒れた数多くの犠牲者の中に尹東柱と宋夢奎も入っているのである。だからこの悪法の最後をここに記録しておくのである。

日本帝国の滅亡の余波は北間島《プッカンド》にも迅速に及んでいった。日本の傀儡《かいらい》国家だった満州帝国が宗主国とともに滅亡し、その国体が消滅した。満州にいる日本軍と満州国軍の武装解除のためにソ連軍が満州に進駐した。そしてソ連軍が退いたあと、北間島はふたたび中国の領土に帰属され、中国共産党治下に入った。そんな激変の歳月がつづく日々、一九四六年二月一六日に尹東柱の獄死から一周忌の日が来た。尹東柱の家ではいろんな料理をつくり甘酒をこしらえるなど、まるで「婚礼の宴のご馳走を準備するような」盛大な規模で用意をし、尹東柱の一周忌追慕の集まりをもったという。

一九四六年六月に尹東柱の弟尹一柱が十九歳の年でまず単身で越南した。北間島《ブッカンド》には祖父母と両親、そして一柱の姉の恵媛《ヘウォン》と末弟の光柱《クァンジュ》が残った。ソウルに来た尹一柱は兄の友人たちを訪ねまわってその足跡を探した。まず姜処重《カンチョジュン》が自分の預かっていた尹東柱の書籍類と延専《ヨンジョン》卒業アルバム、それに脚のこわれた小さな机など、遺品を彼に渡してくれた。尹一柱は鄭炳昱《チョンビョンウク》にも会った。尹一柱と鄭炳昱《チョンビョンウク》の出会いはひじょうに重要な意味をもつ。尹東柱が手ずからつくった筆写本の手稿詩集『空と風と星と詩』三部のうちの一部を彼が保管していたからである。それが、その三部の中でそのときまで生き残った唯一の原稿だった。

鄭炳昱は日帝末に学徒動員で徴兵されたが、生きて帰ってきていた。学徒兵制度は尹東柱が日本で逮捕された後の一九四三年一〇月から実施された。そもそも手に余る戦争を起こしそれに対処しようと血まなこになっていた日帝が、結局、勉学途上の学生たちまで学校からひっぱりだして戦場に追いやった。文字どおり悪あがきといえる処置だった。鄭炳昱はそれにひっかかったのである。しかし鄭炳昱は兵としてひっぱりだされるとき、先見の明のあることを示していた。尹東柱の親筆になる手稿詩集『空と風と星と詩』を全羅南道光陽《クァンヤン》市津月面望徳里《チンウォルミョンマンドンニ》にある実家に移しておき、そこに保管させていたのである。これについて鄭炳昱自身はこう証言している。

尹東柱自身が持っていたものと李敭河《イヤンハ》先生に贈られた詩稿は行方を探ることができなかったが、わたしに渡されたものが母の箪笥の奥深くに隠され、それが一九四八年に正音社から出版されたことによって、東柱の詩が初めて世に広く知られるようになった。

東柱が検挙された半年後、わたしはいわゆる学徒兵制でひっぱられることになった。おたがいに生死を確かめることもできない境地にいたって、わたしは尹東柱の詩稿をわたしの母に託し、わたしか尹東柱が帰ってくるまで大事に守ってくれるよう頼んだ。そして尹東柱もわたしもともに死んで戻ってこなくても、祖国が独立したらこれを延禧《ヨニ》専門学校に送って世に知らしめてくれと、遺言のように言い残して戦地に向かった。さいわい命ながらえて無事家に帰ると、母は絹の風呂敷で幾重にも包んで守っておいた東柱の詩稿を、誇らしくさしだして喜んでくださった。

（鄭炳昱《チョンビョンウク》、「忘れえぬ尹東柱のこと」『ナラサラン』23集、ウェソル会、一九七六年、一四一頁）

鄭炳昱のたった一人の妹・鄭徳煕《チョンドッキ》女史（解放後に尹一柱《ユンイルジュ》教授と結婚し二男一女をなした。尹東柱に直接会ったことはない）によれば、鄭炳昱はその詩稿を隠した場所を間違えておぼえているという。

それは箪笥の中に隠したのではありません。兄さんは兵隊に出ているあいだ家にいなかったのでわからず、母が箪笥に隠したんだと思ったのです。じっさいは床の下に隠したんですよ。

鄭女史の家は大きかった。その床の下に一カ所秘密の場所があった。床板を一部だけ動かせるようにしつらえておき、その下に物を隠すことができるようにしてあったのである。ふだんその床板をしっかり閉めておけばただの床のようになんの目印もなかった。そんな特殊な構造の床板の下に、土を深く掘り、その中にわらを敷いて大きな甕《かめ》を据えた。わらを敷いたのは土から立ち上る湿気を遮断しようとしたのだった。

わが家では貴重品をすべてその甕の中に入れて保管しました。わたしが女子高時代、休みで家に行ったときのことです。ある日、家でとくに用もないときに、母が床板を開いてその甕の中の品物をぜんぶ出してわたしに見せてくれたんです。わたしの婚礼用にこしらえた貴重品もその中にありました。母はそこから『空と風と星と詩』の原稿本も取り出して見せてくれました。「これはおまえの兄が兵隊に行くときわたしに頼んでいったものだ。日本の巡査の目にふれては絶対だめだ、と固く頼んでいった」と説明してくれました。広げてみるとハングルで書かれているもので、どういうものかはとてもわかりませんでした。それで、そのままましまいましたが、そのときはわたしが日本の教育だけ受けてハングルなんてまったく知らない世代だったからです。それといっしょに、兄の別の友人たちが別れるときに兄に渡したサイン・ブックがありましたが、その中には日本語の文がいくつかあって、それだけは少し読んでみました。そうしてすべてをまたその甕の中に入れて、ふたたび床のふたを閉めておいたんです。

このようにしっかりと保管された詩稿を中心にしてのちに正音社版の『空と風と星と詩』として出版されたのである。

尹東柱の詩が解放後に本格的に世に紹介されるのには友人・姜処重《カンチョジュン》の役割もまたひじょうに大きかった。姜処重は解放後『京郷新聞《キョンヒャン》』記者となったが、一九四七年二月一三日付の『京郷新聞』紙面に尹東柱の詩「たやすく書かれた詩」を載せた。それもただそれだけを載せたのではなく、『京郷新聞』の主幹であり、当代の大詩人である鄭芝溶《チョンジヨン》の紹介文をつけてだった。当時の状況からみて、無名の詩人が世に登場するかたちとしては、最上のものだったわけである。すべて姜処重の努力によって可能になったことだった。

鄭芝溶は尹東柱をこのように世に紹介した

日帝の植民地時代の末期、極限に達した過酷な桎梏のもとですべての扉を閉ざしたわが国の言論界は、解放後、誰もが縮こまっていたその身をふるわせて起ち上がった。『京郷新聞』はカトリック系の言論機関として出発したが、創刊の作業を終えてついに最初の号を発行した一九四六年一〇月一日には、すでに米軍政の統治下に入っていた。『京郷新聞四〇年史』（一九八六年一〇月六日発行）によれば、創刊当時は言論界のなかでも左翼と右翼の対立がすさまじかったという。

会長は盧基南《ノギナム》主教であり、編集陣は編集局長を含めても一二名と小ぢんまりしていたが、これは当時紙面がタブロイド版の二面だけ（木曜と月曜のみは四面）で多くの人員が必要でなかったからだという。

主幹は詩人・鄭芝溶、編集局長は小説家・廉尚燮《ヨムサンソブ》など、名望ある文壇の大物たちが、編集局に属する創刊メンバーたちをひっぱった。このとき尹東柱の延専《ヨンジョン》文科同窓生だった姜処重は調査班員として創刊作業に加わっていた。当時は校正部・調査部という呼称を校正班・調査班と呼び、その責任者はそれぞれ校正主任・調査主任と呼ばれたというが、ただ一人の調査班員である姜処重は調査主任として勤務していたのである。

『京郷新聞四〇年史』によれば、鄭芝溶の創刊当時の正確な職責は「主幹」だった。しかしその本の最後の部分に掲載されている「歴代役員および幹部社員名単」には歴代主筆たちの名前の最初に彼の名が入っている。創刊当時には「主幹」と呼ばれた職名が後に「主筆」と変わったようだ。

鄭芝溶が主幹として『京郷新聞』に在職した時期は一九四六年一〇月一日から一九四七年七月九日までで、わずか九カ月あまりだった。尹東柱の詩がはじめて『京郷新聞』紙面に載った日は、一九四七年二月一三日、四面版が発行される木曜日だったが、鄭芝溶がまだ主幹として在職しているときだった。尹東柱の詩は第四面に次のように掲載された。

たやすく書かれた詩

故・尹東柱

窓の外に夜の雨がささやき
六畳部屋は他人の国、

詩人とは悲しい天命と知りながら

一行の詩を書きとめてみるか、

汗のにおいと愛の香りほのかに漂う
送ってくださった学費封筒を受け取り

大学ノートを小わきに抱えて
老教授の講義を聴きにゆく。

思いかえせば幼なともだちを
ひとり、ふたりと、みな失い

わたしは何をねがい
一人ぼっちで　ただ思い沈むのか？

人生は生きがたいというのに
詩がこうもたやすく書けるのは
恥ずかしいことだ。

写真53　遺稿詩集『空と風と星と詩』の初版本

遺稿詩集『空と風と星と詩』は、尹東柱の没後2周年を控えて1948年1月にソウル正音社から刊行。著者の写真と「自画像」「ツルゲーネフの丘」「懺悔録」など全31篇の詩が収録された。

六畳部屋は他人の国
窓の外に夜の雨がささやいているが、
灯火《あかり》をともして暗がりを少し追いやり、
時代のようにやってくる朝を待つ　最後のわたし、
わたしはわたしに小さな手をさしのべ
涙と慰めでにぎる　最初の握手。
一九四二年六月三日

間島《カンド》東村出生。延専文科卒業。京都同志社大学英文学科在学中、日本憲兵《ママ》に捕まり無条件に二年刑の言い渡しを受ける。福岡刑務所で服役中、残虐な注射をされ悲痛かつ惜しむらくも二十九歳（数え年）で逝った。日本天皇が降伏した年の二月一六日、日帝最後の悪あがきの時期に「不逞鮮人」という名目で花のような詩人を暗殺し、その国もまた滅んだ。詩人尹東柱の遺骨は龍井東墓地に埋められ、その悲痛

な詩十余篇はわたしのもとにある。紙面が許す限りひきつづき発表するのは、尹君よりわたし自身誇らしいことだ——지용《ジヨン》〔芝溶〕

鄭芝溶の紹介文の最初のところには尹東柱の写真がある。延専《ヨンジョン》卒業アルバムにある、四角帽をかぶった写真である。

詩人の名の上に死んだ人であることを表示する〝故〟の字をはっきり付した編集が目をひく。日帝の監獄で獄死したその若さを読者に少し強烈に浮かび上がらせようという意図だったのだろう。新聞の編集人の最高位幹部である主幹の鄭芝溶が、漢字だらけの紹介文の末尾に姓のない名だけで〝지용〔芝溶〕〟とハングルで記載したのも破格である。鄭芝溶の紹介文で見ると、尹東柱の詩十余篇をひきつづき『京郷新聞』紙上に連載すると決定していたようだ。しかし、二篇目の「また別の故郷」がなんの注釈もなしに一九四七年三月一三日（木）の四面に載り、第三篇として「少年」が一九四七年七月二七日（日）二面に掲載されたのを最後に、不規則だった連載が終わった。鄭芝溶がその年七月九日付で辞職し、職場である梨花女子大の教授として復職したためであるらしい。

『京郷新聞』の紙面に尹東柱の「たやすく書かれた詩」が初めて載った日から三日後である一九四七年二月一六日、尹東柱の没後二年目〔三回忌〕の日が来た。この日、姜処重《カンチョジュン》、鄭炳昱《チョンビョンウク》など尹東柱と宋夢奎の知友たち三十余名がソウル小公洞《ソゴンドン》フラワー会館に集まって、二人を称える追慕会を開いた。鄭芝溶も特別に参席した。この追悼会の席上で延専の同窓生・柳玲《ユヨン》は、「窓の外にいるなら合図しろ——東柱・夢奎ふたりの霊を呼ぶ」という表題の哀切な追慕詩を朗読した。尹東柱の詩の優れていることについて、学問的に研究した友人、金三不《キムサムブル》の発表もあった。

尹東柱の遺稿詩集を出すことは、彼の没後三周年となる一九四八年二月一六日以前に発刊することをめざして、準備が進められた。そうしてついに一九四八年一月三〇日に初版本『空と風と星と詩』が正音社から上梓されて出た。

この初版本は三一篇の詩でできていた。鄭炳昱が保管した自選詩集の詩稿一九篇と、姜処重が保管していた東柱の遺品の中にあった詩稿一二篇を合わせたものである。

本の形式は「序詩」を巻頭に置き、次に三〇篇の詩を三つの部分に分けて載せた。各部分ごとに見出しをつけた。

・空と風と星と詩
尹東柱が手ずから編んだ自選詩集をそのまま収録（一八篇）
・白い影
立教大学在学中にソウルの姜処重《カンチョジュン》に書き送った手紙に入っていた、東京時代の詩（五篇）
・夜
残った遺稿の中から選んだ「夜」「懺悔録」などの詩（七篇）

ここに鄭芝溶が書いた序文と没後二年目の追悼式のときに朗読された柳玲の「追悼詩」および、姜処重が書いた「跋文」が付け加えられた。

この中でとくに鄭芝溶の「序文」は、尹東柱の研究家たちの中ではほとんど古典的な名声を得ている名文である。言語を自由自在に駆使する彼の職人的な腕がぬきんでている。姜処重の「跋文」は尹東柱と友人たちのあいだに結ばれていた厚い友情のあとを生き生きと伝えている。二つの文はともに悲運の無名詩人・尹東柱を世に大きく登場させようという深い真心で満ちた文章である。世の中に向けて尹東柱の文学の大きな道をはじめて開いた巨大な比重と意義を持つ文だった。その全文を写しておこう。

鄭芝溶の「序文」

序――というほどのものではないが、

なにか真心こめて書くのがわたしの義務と思いながら、筆をとるのが心重く厭《いと》うた日、わたしは仙女のように衣をかぶって、病ではないが呻吟している。

なにを書くべきか？

才能も使い果たし、勇気も喪失し、八・一五以後、わたしは不当にも年老いてゆく。

誰かが「おまえは一片の真心までも失ったのか？」と叱咤するなら、いささかの反論もなく居ずまいを正して膝を折るだろう。

まだ膝を折るほどの気力は残っているから、わたしはこの筆をとり、詩人尹東柱の遺稿に焼香しよう。

ようやく三十余篇になる遺された詩以外に、尹東柱のその詩人であることを証し立てる材料をわたしは持ちえなかった。

「虎死留皮《ホサユピ》」ということばがある。虎が死んで皮が残ったなら、その虎の皮を鑑定して「寿男《スナム》」と呼ぼうか、「福童《ポクドン》」と呼ぼうか？　虎という虎はことごとく無名だったのだ。

わたしが詩人尹東柱を知らなかったとしても、尹東柱の詩がまさに「詩」だとすればそれでよいではないか。

虎の皮はついに虎の皮にすぎないが、彼の「詩」によってその「詩人」であることを知るのはむつかしいことではない。

……

わたしもゆえ知らぬ痛みを久しく耐えて　初めてここへ訪ねてきた。だが年老いた医者は若者の病を知らない。わたしには病はないという。このとてつもない試練　はなはだしい疲労　わたしは腹を立ててはならない。

（彼の遺詩「病院」の一節）

彼の次弟・一柱《イルジュ》くんとわたしの問答——

「兄上が生きておられたらいくつになるかな？」

「三十一歳です（数え年、以下同様）亡くなったときは二十九でした——」

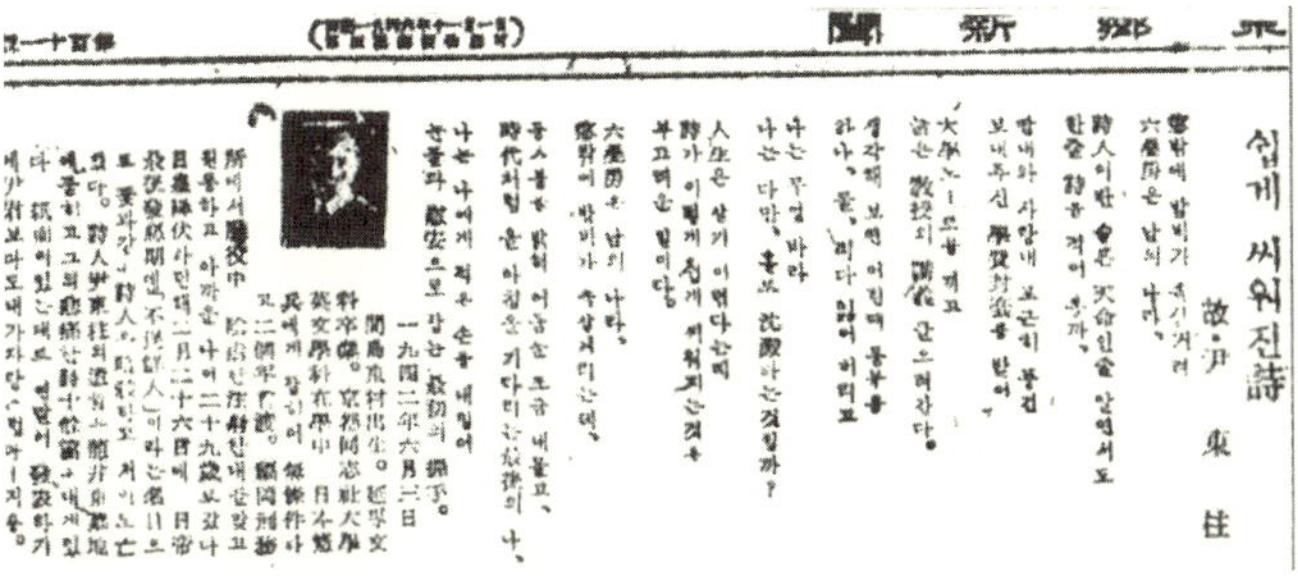
京郷新聞

쉽게 씌워진 詩

故·尹東柱

写真 54　解放後最初に紹介された尹東柱の詩

『京郷新聞』1947 年 2 月 13 日付 4 面に、解放後最初に紹介された尹東柱の詩と、詩人・鄭芝溶の書いた尹東柱の生涯を物語る簡潔な短文。彼の詩と生涯はこのような形で世の中に初めて知られはじめた。尹東柱の名の上にはっきり「故」の文字を付しているのが目を引く。


「間島《カンド》にはいつ行かれた？」

「祖父の代です」

「暮らしはどうだった？」

「祖父が開拓して小地主ぐらいでした」

「父上は何をなさっていらした？」

「商売もやり会社にも通っておりました」


ああ、間島に詩と哀愁のようなものが発酵しはじめたとすれば、尹東柱のような世代からだったのだ！　わたしは感傷にひたった。

……
春が来れば
罪を犯し
目が
開き

イヴが産みの苦しみを果たしおえれば

無花果の葉で恥部をおおい
わたしは額に汗せねばならない。

（「ふたたび太初の朝」の一節）


ふたたび一柱君とわたしとの問答――

「延専《ヨンジョン》を卒えて同志社に行ったときはいくつだったの？」

「二十六歳のときです」

「なにか恋愛のようなものはあった？」

「とても無口なのでわかりません」

「酒は？」

「飲むのは見たことがありません」

「たばこは？」

「家に帰ってくると大人たちがいるので、吸うのを見たことはありません」

「けちん坊ではなかった？」

「誰かが欲しいといえば、机でもシャツでもただで与えました」

「勉強は？」

写真 55　延世大学構内にある尹東柱の詩碑

尹東柱が暮らした寄宿舎前の斜面に建てられた。尹東柱の実弟で建築学者である尹一柱教授が設計した作品である。詩碑が建って以来、延世大学でもっとも親しまれている有名な場所になった。


「本を読んでいる途中でも、家で誰かが用を頼めば時間も惜しみませんでした」

「心根《こころね》は？」

「とても穏やかでした」

「からだは？」

「中学時代にサッカーの選手でした」

「ふるまい方は？」

「人のいうとおりにしながらも、やたらと気を許すことはしませんでした」


……

コーカサス山中から逃げてきた兎のように
あたりをぐるぐる廻って肝を守ろう。

わたしが長く飼っていた痩せた鷲よ！

来て食いあされ、思いあぐむな

おまえは太り

わたしは痩せねばならない、だが、

（「肝」の一節）

老子五千言に、

「虚其心　実其腹　弱其志　強其骨」という句がある。青年尹東柱は心が弱かったのだろう。だからこそ抒情詩に秀でたのだろうが、しかし骨が強かったにちがいない。それゆえに日本の強盗に肉を投げ出し、骨を得たではないか？

怖ろしい孤独のうちに死んだのだ！　二十九歳〔数え年〕になるまで詩を発表する機会もなく！

日帝時代に跳梁した附日文士《プイル》ども〔日本人支配者におもねった文士たち〕の文章を見直すと唾を吐きたくなるばかりだが、無名の尹東柱は恥じることなく悲しく美しいことこの上ない詩を残したではないか？

詩と詩人はもともとこのようなものだ。

祝福されたイエス・キリストへの
ように
十字架が許されるなら

首を垂れて

花のように咲き出ずる血を
暮れゆく空の下に
しずかに流すでしょう。

（「十字架」の一節）

日本の官憲は、冬の一二月にも花のような、また氷の下でも鯉のような朝鮮の青年詩人を死なせて、おのれの国を台なしにした。

硬骨だった罪で死んだ尹東柱の白骨は、いま故郷間島に横たわっている。

故郷にもどってきた日の夜
わたしの白骨がついてきて　同じ部屋に横になった。

暗い部屋は宇宙に通じ
天のどこからか　声のように風が吹いてくる。

暗闇の中できれいに風化していく
白骨をうかがい見ながら

涙しているのは　わたしなのか
白骨が泣いているのか
美しい魂が泣いているのか。

志操たかい犬は
夜を徹して闇に吠えたてる。

闇に吠える犬は
わたしを逐《お》っているのだろう。

行こう　行こう
逐われる人のように行こう
白骨に気取られず
また別の美しい故郷に行こう。

（「また別の故郷」全文）

もし尹東柱がいま生きているとしたら、彼の詩がどのように進展するかという問題。彼の親友・金三不氏の追悼の辞のとおり、いかにも間違いなく！　また他の道へ奮い立って邁進するだろう。

一九四七年一二月二八日　지용《ジヨン》〔芝溶〕

姜処重の「跋文」

尹東柱は口下手で人づきあいもうまくなかったが、彼の部屋にはいつも友人たちがたくさん来ていた。いくら忙しくしていても、「東柱いるかい」と訪ねると、していたことを放り出してにっこり笑いながらうれしそうに向かい合ってすわってくれるのだった。

「東柱、ちょっと歩こう」このように散歩に誘うと、いやだといったことがなかった。冬でも夏でも、晩であれ夜明けであれ、山でも野原でも川辺でも、どんなときにどんなところに引っ張っていっても気軽についてくるのだ。彼は何もいわず黙々と歩き、いつもその顔は沈鬱だった。ときたまそうしているうちに一声、悲痛な高い声で叫ぶことがよくあった。

「あー」と湧きあがる彼の悲鳴! それはいつも友人たちの心に計り知れない鬱憤をもたらした。

「東柱、金はあるかい」困窮している友人たちはよく、豊かでもない彼の財布をあてにした。彼は、金があれば与えないわけがなかったし、なければ代わりに外套とか時計とかを出してやって安心させた。だから彼の外套や時計は友人たちの手を経てひんぱんに質屋ゆきをした。

こんな東柱も友人たちに断じて拒否することが二つあった。一つは、「東柱、きみの詩のここをちょっと変えたらどうか」という意見にたいして彼は応じたことがなかったということ。静かに一〇日、ひと月、ふた月、よくよく考えて一篇の詩を誕生させる。そのときまでは誰にもその詩を見せない。見せるときにはすでに疵のない一つの玉だ。度はずれなほどの、彼は謙虚温順な人であったが、自分の詩だけは譲歩しなかった。

もう一つ、彼はある女性を愛した。しかしこの愛をその女性にも友人たちにもついに告白しなかった。その女性も知らず、友人たちも知らない愛を、回答もなく応えてくるものもない愛を、自分ひとりで大切に秘めたまま、苦悩し希望も抱きながら……照れくさいというのか、間が抜けているというべきか？　しかし、いまあらためて思いみるに、これは一人の女性に対する愛ではなく、なしとげられない「また別の故郷」に対する夢ではなかったか。ともかく友人たちにこれだけは努めて隠していた。

彼は間島《カンド》から出てきて日本の福岡で死んだ。他郷から出てきたがよく祖国を愛し、わが国語を好んでものした。彼はわたしの友人でもあるが、彼の幼なじみの友、宋夢奎とともに「独立運動」の罪名で二年の刑を受け、監獄に入ったまままついに残忍な悪刑に倒れてしまった。それは夢奎と東柱が延《ヨン》専《ジョン》を卒《お》えて京都に行き、大学生として学んでいる途中のことだった。

「どういう意味かわからないが、最後に叫び声をあげて絶命しました。推測だが、その声がまるで朝鮮独立万歳を叫んでいるように感じられました」

この言葉は東柱の最後を監視していた日本人看守が、彼の死体を引き取りに福岡に行った遺族に伝えた言葉である。その悲痛な叫び声！　日本の看守が知らせたことだが、わたしも彼の声からその意志を感じられるように思う。東柱が監獄で一声叫びを上げて逝ってしまった、その齢、二十九〔数え年〕、まさに解放の年である。夢奎もその数日後につづいて獄死したが、彼も才能ある人だった。彼らの遺骨はいま間島で永《とわ》の眠りにつき、いまその友人たちの手を借りて東柱の詩は一巻の本となって永く世に伝えられようとしている。

呼んでも応えない東柱、夢奎だが、むなしくともふたたび呼びたい、東柱! 夢奎!(姜処重)

姜処重とはどんな人か

尹東柱文学を愛する人びとと研究者たちは常に鄭炳昱《チョンビョンウク》を大きくたたえる。日帝時代に尹東柱の筆写本の自選詩集『空と風と星と詩』を保管し、解放後に世に知らしめたことによって、尹東柱文学の成立に決定的に寄与したからである。彼と同じ仕事をやり遂げた人がもう一人いた。にもかかわらず彼はその存在が世に知られず、したがって彼がはたした役割にふさわしい賞賛もまったく受けることがなかった。それがまさに姜処重《カンチョジュン》という人物である。

尹東柱の文学と彼の個人史の研究は、姜処重という人物と彼がはたした役割を正しく知ることがなければ、不備を免れることはできない。ある意味では、鄭炳昱よりも姜処重が果たした寄与と役割の方がより劇的で膨大だったからだ。

鄭炳昱の場合と比べてみれば、姜処重がはたした役割の比重と位置がどんなものだったかが容易に浮かび上がる。

鄭炳昱は、尹東柱から詩十九篇が書き込まれた手稿本詩集一巻を贈られ、解放まで保管した。

姜処重は、日本留学に向かう尹東柱がソウルに置いていった「懺悔録」の原稿など、手稿本詩集に入っていない残りの詩稿を集め、解放まで保管した。それだけではない。尹東柱の書籍と延専卒業アルバムや脚の壊れた机……などなど、尹東柱が日本にもっていけずソウルに残しておいた物品類まですべてまとめて保管し、解放後にソウルに来た詩人の弟・尹一柱《ユンイルジュ》に伝えた。そうして現存する尹東柱の遺品の中で、中学校時代までの詩と童詩、習作などを除外した残りの遺品のほとんど全部が姜処重によって残された。そのうえ、尹東柱が東京から彼に贈った手紙の中に記しておいた五篇の詩を保管したことによって、彼が尹東柱文学に寄与したその功労はとくに高く称賛されるに値する。姜処重《カンチョジュン》がいなかったならば、尹東柱が命を奪われた地日本で書いた詩は、ただ一篇も世に伝えられなかったであろうからだ。

一九四七年の解放後の時期、彼が尹東柱の文学を定立させるのに寄与した功労もまた絶対的なものだ。当時『京郷新聞』の記者だった彼は、日帝の監獄で獄死した無名の詩人・尹東柱を『京郷新聞』紙面を通じて社会の前面に登場させた。さらに彼が主導して尹東柱の遺稿類を整理し、一巻の遺稿詩集を出版したことによって、尹東柱ははじめて名実ともにそなわった「詩人」となることができたのである。鄭炳昱が保管した尹東柱の自選詩集にある一九篇の詩と、姜処重が保管した詩の中から選んだ一二篇をあわせて三一篇の詩によって、一九四八年一月に正音社から発刊された詩集が有名な『空と風と星と詩』の初版本である。

このように尹東柱の文学と個人史において重要な存在である姜処重という人物がなぜ今まで世に埋もれて、ありのままを知られることがなかったのだろうか。

その理由はわが民族の悲劇と直結している。彼は一九五〇年代に左翼人物として公安当局に逮捕され、死刑の宣告を受け、処刑された。そのため、理念対立が激しかった冷戦時代の期間、親しかった知人たちすら彼の名を口にすることをためらい、姜処重の存在はしだいに世間から忘れられたのだった。結局、尹東柱の親友たちの中で、日本の監獄で彼とともに獄死した宋夢奎のつぎに、姜処重はもっとも悲劇的な人物だったのである。

延専の学籍簿の記録によれば、姜処重は一九一六年生まれ、咸鏡南《ハムギョンナム》道《ド》元山《ウォンサン》出身で、尹東柱と延禧《ヨニ》専門学校文科入学の同期だった。一九三八年に入学したときから、尹東柱・宋夢奎・姜処重の三人の因縁の深さはぬきんでていた。彼ら三人はともに寄宿舎三階の屋根裏部屋に入室し、一つ部屋で延専時代をはじめたのだった。

ソウル大学国文科教授だった故・張徳順《チャンドクスン》は北間島《プッカンド》龍井《ヨンジョン》出身で、尹東柱の光明《クァンミョン》学園中学後輩であり、延専文科では二年後輩だった。彼は延専在学中、一時、寄宿舎から出て二年先輩の姜処重とふたりで新《シン》村《チョン》延禧《ヨニ》洞で下宿をしたことがあるという。筆者は張徳順《チャンドクスン》教授から姜処重の人となりを知るのに助けとなる興味深いエピソードを聞いた。

入学当時、姜処重は満二十二歳で、青少年時代からすでに多彩な人生経験を経てきた人のようだった。彼は蛇についてひじょうに博識だった。延専に入学する前に、一時、中国に行って暮らしたことがあるが、そのとき中国式の土間で蛇を飼ったことがあるという。あるとき張徳順といっしょに延禧《ヨニ》洞一帯の山野を散策している途中で、姜処重が小川の土手の上で蛇を生きたまま捕まえたことがあった。彼は蛇を手づかみにして「これが、足の退化した跡だ」と教えてくれるなど、蛇に関する専門知識を聞かせてくれた。張徳順は気味がわるくて、そんな実物教育があまりうれしくなかったというが、それでも姜処重が蛇についていったことばの一つを、印象深く記憶していた。

「この世のあらゆる動物の中でもっとも毒のある種がまさに蛇だ。動物はふつう餌を与える人になつくようになるものだが、蛇だけはそうじゃない。餌をやれば受け取って食べはするが、まったく人に従わない。いくら餌を与えてよく世話をしてやっても、ついになつかなかったよ」

在学時代の姜処重の活動はめざましかった。延専文科の同期生たちの中で、もっとも英語がよくできた二人のうちの一人で、「英語の達人」といわれたぐらい語学に才能があった。またリーダーシップに優れ、四年生のときには延専文科学生会である「文友会」の会長に選ばれ、学生会長となった。

延専の学籍簿で確認してみると、姜処重は「神農《しんのう》処重」と創氏改名していた。「神農」とは中国古代の伝説に出てくる帝王であり、いわゆる「三皇五帝」というときの三皇の一人である。伝説によればその形象《すがた》は、人の体に牛の頭をしており（人身牛首）、火徳を帯びて「炎帝」ともいうが、農業・医療・薬師の神人であると同時に、八卦を重ねて六四卦をつくった易の神であり、鋳造と醸造の神、交易の法を教えた商業の神でもある。まさにその姓が姜氏であったというのだ。姜処重はそんな古代中国の伝説の皇帝の名を自分の創氏改名の姓として使った、というのがおもしろい。

尹東柱の弟・尹一柱が十九歳〔数え年〕の若さで単身、越南してきたのが一九四六年六月。彼は知人がまったくいない見知らぬソウルに来るとすぐさま兄の友人たちを探し訪ねたという。このとき、尹東柱を知る人びとの消息があちこちでつながりあい、鄭炳昱や姜処重と会うことになった。鄭炳昱は当時ソウル大学国文学科三学年に在学中であった。鄭炳昱は延専卒業と同時に学徒兵としてひっぱられ、一九四五年解放後の秋夕《チュソク》のころに帰郷、四六年春にソウル大国文学科三学年に編入学して学業を継続していた。

尹一柱は同じようにして姜処重にも会うことができたが、意外にも姜処重は尹東柱の延専時代の遺品をよく保管して渡してくれた。

それは遺族たちとしてはまったく予想外の、ひじょうな贈り物だった。尹東柱が一九四五年二月一六日に獄死した半年後に日本が敗亡し解放されるや、遺族たちは尹東柱がソウルに残していった延専時代の物品類をさがしだし、尹東柱を記念することを願った。彼らは、それらの遺品は東柱が最後に下宿をしていた北阿峴洞の下宿家にあるだろうと思っていたという。そこで解放直後に堂叔《ダンスク》・尹永春《ユンヨンチュン》が出かけていった。彼は北間島出身の尹東柱の友人たちをさがしてあたってみた結果、羅士行《ラサヘン》が以前、北阿峴洞の下宿家に遊びにいったことがあると知り、彼に案内を頼んだ。そのとき尹東柱が最後に下宿した家をさがそうと、ふたりはいっしょに北阿峴洞を歩き回ったが、羅士行がその下宿を訪ねたのは四年ほども前のことで、二人は見つけるのに失敗し、この後、遺族たちは尹東柱の遺品はすべて失われたものとあきらめていた。

ところが意外なことに、延専の同窓生である姜処重が尹東柱の詩稿と遺品類をよく保管し、手わたしてくれたのである。時期的にみて、一九四六年六月に単身越南した十九歳の少年・尹一柱が、つてをたぐりたぐりして探し訪ねて行ったとき、姜処重は『京郷新聞』の創刊準備作業をしていたころだろうと推定される。

尹東柱が日本に渡ったのが一九四二年のはじめだから、姜処重は日帝統治下の険しい世相のなかでなんと四年以上もの長い歳月、少なからぬ分量の尹東柱の品物を保管しとおしたのである。このとき姜処重が保管しておいた尹東柱の詩稿は、詩人としての尹東柱の個人史上きわめて重要な意味と比重をもっている。姜処重が保管していた尹東柱の肉筆原稿の性格は、三種類に区別される。

一、『空と風と星と詩』という筆写本の自選詩集を編む以前に書いた詩の中で、この詩集にある一九篇を除いた詩（「八福」「ねぎらい」など）

二、自選詩集を編んだ後に新しく書いた詩（「懺悔録」「肝」など）

三、尹東柱が日本で書いた詩五篇（「たやすく書かれた詩」「白い影」「愛しい追憶」「流れる街」「春」）。これらは尹東柱が日本で書いた詩の中で現在世に知られているもののすべてである。手紙の中に記されていたこの詩を姜処重までもが保管しなかったとしたら、尹東柱が日本で書いた詩はただの一篇もこの世に残ることができなかったのである。

実際のありようがこのようであったことから、尹東柱の詩を保管しぬいた功労を問うとき、姜処重がけっして鄭炳昱にひけをとらないことがわかる。

いま尹東柱の詩を世に伝えた人ごとに分類してみると、次のようになる。

一、鄭炳昱　筆写本の自選詩集に入っていた一九篇

二、尹恵媛　中学時代に書いた詩と童詩の原稿（一九四六年六月に越南した尹一柱は、兄の遺稿や遺品をまったくもってこず、尹東柱の遺稿詩集の初版本がソウルで出版された後の一九四八年一二月、尹恵媛が二十四歳で夫とともに越南した際、北間島の龍井の家にあった尹東柱の中学時代の作品をソウルにもってきた）

三、姜処重　上記の二人が保管していた原稿を除いた残りの原稿のすべて

一九四七年二月一六日の尹東柱の没後二周年の追悼式を前に、姜処重は鄭炳昱が保管しておいた筆写本の詩集『空と風と星と詩』に収められた一九篇と、自身が保管しておいた詩稿から選んだ詩を合わせて尹東柱の遺稿詩集を出版することを計画した。出版時期もその意味を考え、「尹東柱の獄死から三周年目のである一九四八年二月十六日付」と決めて出版準備をすすめたという。

写真56　姜処重の延禧専門学校卒業アルバム写真

姜処重は延専文科の同期生で、延専文科学生会である「文友会」の会長として活躍した。尹東柱の詩の重要な部分を保管して世に出した。解放後に京郷新聞記者として、尹東柱の詩の紹介と遺稿詩集の出版に核心的な役割を果たした。咸鏡道元山の富裕な漢方医の家の長男だった彼は、リーダーシップが卓越していたが、後日共産主義に傾倒した。解放後、彼が南労党幹部として活躍するうちに逮捕されて死刑宣告を受け、刑務所に収監されていたとき、家族が面会に行くと、看守たちがいつも「ああ、あの咸鏡道の美男に会いに来たか」と口にしたという。

このときの遺稿詩集出版は、当時『京郷新聞』記者として言論界と文化界に顔が広かった姜処重の主導でなしとげられた。当時、鄭炳昱は満二十五歳の学生としてソウル大学国文学科四年に在学中であり、姜処重は満三十一歳の現役新聞記者であったから、この仕事を姜処重が主導するのが効果的でもあった。

一九八三年一〇月一〇日に出版された尹東柱詩集『空と風と星と詩』改訂版の巻頭に掲載された尹一柱教授の序文「新たに編んで」にも「尹東柱作品の一番の核心部分を保管してくださり、一九五五年度以降の詩集発行において常に道しるべとなってくださった鄭炳《チョンビョン》昱《ウク》先生……」という一節があり、鄭炳昱は一九五五年二月一六日に発行された増補版から尹東柱詩集の刊行にかかわったことがわかる。

姜処重は詩集の発行を前にして、事前告知作業として、まず尹東柱の詩を新聞紙上に連載し、世に紹介することにした。そうして、前に言及したように、当代の大詩人である鄭芝溶主幹に依頼し、彼の紹介文まで付けて一九四七年二月から『京郷新聞』紙面を通じて尹東柱の詩を世に紹介しはじめた。鄭芝溶が退社した後の一九四七年七月二七日付の紙面に掲載された尹東柱の詩「少年」に、あえて「故・尹東柱氏は若くして日本の監獄でさびしく世を去った私たちの先輩です」という紹介の言葉を添えたことは、彼の手によるものと思われる。世の人びとの脳裏に尹東柱の存在を印象深く刻み込もうという努力の一環だったのだろう。これほどの熱い誠意と努力の結実として、一九四八年一月三〇日に遺稿詩集『空と風と星と詩』の初版本がソウルの正音社から出版された。

この詩集の出版作業そのものにこめられた姜処重の努力もまた、真心のこもったものであった。鄭芝溶に頼んで詩集の序文を書いてもらった。当時もっとも著名な詩人である鄭芝溶の後光を借りてでも尹東柱を少しでも広く世に知らせせようとしたのである。鄭芝溶が序文を書いた日付は一九四七年一二月二八日、すでに京郷《キョンヒャン》新聞社を出て梨花女子大教授として在職しているときである。姜処重は序文執筆に役立つように詩人の弟・尹一柱を鄭芝溶のところに連れて行き、尹東柱とその家庭に関する話を直接聞かせるようにもした。そうして、鄭芝溶の序文の中に「彼の次弟一柱君と私の問答」という項目が加わることになったのである。

このとき鄭芝溶が尹一柱《ユンイルジュ》にいろいろと質問した中に、

「父上は何をなさっていらした?」

「商売もやり会社にも通っておりました」

という一節がある。この対話がそのまま序文の中に入れられたために生まれたエピソードがある。初版本詩集が出たあと、北間島の故郷の家に送られたその詩集を読んで、尹東柱の父はまさにその問答のために傷ついたという。つねづね知識人という自負をもって生きてきた人が、商人として世に知られることになったので「どうしてこんなふうに答えたのか」と、ひどく嘆いたというのである。

姜処重は尹東柱詩集の跋文を自分で直接書いてそこに入れた。このようにして一九四八年一月についに尹東柱の遺稿詩集『空と風と星と詩』が出版された。尹東柱はこのときから名実ともに一人の「詩人」となったのである。

しかし『空と風と星と詩』初版本を飾った序文と跋文の執筆者たちの運命は、数奇なものだった。初版本が出版されてから二年後、あの同族あいたたかう凄惨な戦争、朝鮮戦争が起こった。そして戦争を経ながらその上に激しい左右対立の憎悪と葛藤と衝突が、鄭芝溶と姜処重の人生にも暗い影を落とした。二人はともに左翼とつながりがあるというので社会的忌避人物とされたのである。

そうして一九五五年二月に、逝去一〇周年記念増補版詩集『空と風と星と詩』が鄭炳昱と尹一柱によって出版されたとき、鄭芝溶の序文と姜処重の跋文が削除された。このときから尹東柱の詩集と鄭芝溶、姜処重の関係は長いこと途切れてしまったのである。

筆者が「姜処重」という人物について深い関心を覚えたのは、尹一柱教授宅で『空と風と星と詩』の初版本を初めて見たときだった。その本にある鄭芝溶の序文が一九五五年の重版本から削られたことは十分に納得することができた。鄭芝溶は朝鮮戦争に際して越北したため、その時から彼の文章と存在はすべて忌避対象となった。それで一九八七年に公式に解禁になるまでは、学者たちの国文学関係の専門的な学術論文ですら、どんなに必要な場合でも彼の名前をそのまま引用することができず、〝鄭×溶〟または〝鄭、溶〟のようにわざと一部を伏せて表記しなければならなかった。しかし姜処重の跋文はなぜ落とされたのか、気になった。筆者は尹一柱教授に問うた。

「姜処重はどんな人物なのですか。なぜ重版本から彼の跋文が削られたのですか」

尹教授はかなりためらってから、こう答えた。

「左翼人物であることが明らかになって……」

その答えを聞いて、わたしはすぐにわかった。あー、この人がまさに「その人」だったのだ!

尹教授は一九八三年一〇月一〇日付で発行された『空と風と星と詩』改訂版で、東京時代の詩五篇を別に一まとめにし、その最後に掲載された詩「春」の末尾に次のような注釈を付けている。

「[編注] 上の五篇は東京からソウルの一友人に手紙とともに送ったもので、手紙を捨てるときにこの作品の最後の部分もいっしょに廃棄された」

「ソウルの一友人」とは、日本の東京にいた尹東柱と手紙のやりとりをした友人であり、その上、その五篇の詩を保管しておいた人であったにもかかわらずその名前を明らかにすることができないとすれば、その人はきっと左翼人士だったという「姜処重」にちがいない。

このような推測を話すと、尹教授は「そうだ」と答えてくれた。姜処重の言葉では、手紙の内容に発覚したら危険な部分があり、手紙は取り除いたとのことだった。しかし、もしかすると姜処重とのつながりが兄のイメージに万一否定的な影響を及ぼしはしないかと心配して、それ以上詳しく姜処重について言及することと自体をやめたのだった。

姜処重の生涯に関するより詳しい話は、後に張徳順教授から聞くことができた。

「その人は解放後、京郷新聞社の記者をしていたが、左翼として処刑されましたよ。それが六・二五の前だったか後だったか、正確な時期が思い出せないのですが、軍事裁判で死刑宣告を受けて処刑されました。新聞で関連記事を見た記憶があるのですが、のちに知人から彼は銃殺刑で処刑されたと聞きました」

それはかなりに衝撃的な話だった。

私は京郷新聞社に行って彼の足跡を調べてみた。それはすぐにわかった。『京郷新聞四〇年史』の前書き部分に創刊メンバーとして彼の名前が出ていた。マイクロフィルムに収録された『京郷新聞』一九四七年四月二七日付二面で、彼が書いた記事も探し出した。その記事は李舜臣将軍の生誕日である四月二八日を前にして、忠武公をたたえる文章だった。その文章はとても興味深かった。彼が用いた語彙と論理に、彼の意識がにじみでていた。私は「姜処重は左翼だった」という話が、汚名ではなく事実のようだと思った。跋文は先に紹介したが、この新聞記事も当時の文章をそのまま転載して、姜処重という人物を把握する資料として参照したい。

京郷新聞一九四七年四月二七日付
李忠武公生誕四〇二周年を迎えて

忠武公・李舜臣

姜処重

われわれは李朝歴代の人物中著名な人として、金寒暄堂《キムハンフォンダン》、趙静菴《チョジョンアム》、李退渓《イテゲ》、李栗谷《イユルゴク》、徐花潭《ソファダム》、宋尤菴《ソンウアム》など、たくさんあげることができる。彼らは李朝封建制の典型人物であり、両班《ヤンバン》階級の白眉であり、儒教の学統の巨像たちであった。しかしその制度と階級が消え去りその学問さえ輝きを失うと、この人びとも同じく民族の脳裡から消えてしまった。あの偉大だった李栗谷も、なぜ偉大なのかを今日の人びとは知らないまま、遺物とともに博物館におさめられる運命に立ち至ったのである。だが李舜臣《イスンシン》は時代が新しくなればなるほどさらに輝きを増してくるのはどうしてか。

それは人民のために人民を愛し、人民とともに国土を守ったからだ。人民は亡びない。それゆえに人民とともに戦った偉大な人たちは永遠に民族の心の中で生きるのである。そうした偉大な人たちは民族の存亡の危機に立ちあがり、人民とともにその危機を克服していった人たちである。だからその民族は危機に当面しながらも、その人をさらに思慕するのだ。われわれが今日のような情勢に処して李舜臣をなおいっそう思慕するのもこのためである。

単に英雄李舜臣を恋うるのではなく、民衆とともに同苦同憂しながら戦った李舜臣が慕わしいのである。李舜臣を偉大にした要因はもちろんたくさんある。海東諸葛《ヘドンチェガル》〔東海の国・朝鮮の諸葛亮すなわち名将〕の称号を受ける彼の知略と戦術と用兵もその一つであり、忠勇にして公明であることもそうであり、万端の戦備と十分な訓練もそうであり、鉄甲《チョルガプ》・亀船《クイソン》もその一つである。倭人の南海地理にたいする不案内も挙げることができるし、南方の穀倉地帯が倭人の手に落ちなかったことも挙げうる。

李忠武公誕生四○二周年을맞이하여

忠武公李舜臣

姜處重

写真57　姜処重による記事

姜処重が『京郷新聞』記者として在職中、忠武公・李舜臣将軍の生誕日（4月28日）をひかえて書いた記事（1947年4月27日付2面）。

しかし当時の国情を調べてみれば、燕山君《ヨンサンクン》以来の士禍政争による残酷な流血事態の余波がいまだ生々しいというのに、またも東西の党論がぶつかり合い国論が一つにならず、国防と戦略と軍備はもちろんのこと王と百官たちは義州《ウィジュ》辺地〔鴨緑江畔の中国との国境地帯〕に乱を避けて逃げてしまい、陸戦は連日敗北が続いて倭軍の馬蹄が全国を踏みにじっていた。さらに李舜臣は党派的背景がないために政治的に孤立し、事ごとに支障が続出した。

　このような状態にあって英雄李舜臣の知略や亀甲船だけがいかにして広大な海で勝利を勝ち取ることができたであろうか。李舜臣はこのことをよくわかっていた。それゆえ彼は人民を信じ人民のために人民とともにこの危機に瀬した戦争を遂行することに終始一貫、専心したのである。彼の残した言行の中には民衆とともに同苦同憂した事実の記録がいくらでも見出される。短い紙面なので一つだけ例を挙げ、李舜臣と民衆の間がいかに親しくまたいっしょに乱を経験したかについて書いてみよう。

王と支配官僚たちが都・漢城《ハンソン》〔現在のソウル〕を離れるとき、民衆は王が自分たちを捨てずにともに都を固守することを哀願した。しかし宮中では縄鞋《スンヘ》〔麻縄で編んだ履物〕と白金を手に入れて暗夜のうちに逃げるようにひそかに都《ソウル》をでたのである。これを知った民衆は憎悪の余り、政府ならぬ怨みの府の掌隷院《チャンイエウォン》〔官・私の奴婢に関する文書と訴訟をあつかった官庁〕と刑曹《ヒョンジョ》〔法律、訴訟、刑罰、牢獄などを司った官庁〕に火を放ち、松都《ソンド》では王に投石までした。しかし李舜臣はどうしたか。

彼が命令違反の罪で拿捕され檻車《ハムゴ》〔罪人押送用の檻の車〕に乗せられて都に行くとき、途中の道々で男女老幼の民衆が集まり痛哭して嘆き、また絶望した。彼が縛を解かれて再び統制使として再任され任地に赴くときには、民衆たちは沿道に雲集し、粥を差し出して歓迎し、また安堵した。李舜臣もそんな彼らを慰労した。なんという雲泥の違いか。彼が偉大なのもこのためである。今日の人びとが李舜臣を思慕するのもこのためである。

そして私が諡号《おくりな》である忠武《チュンム》公の名でこの文を書かず李舜臣という名で通しているのも、彼が人民とともに今も生きていることから、もっと感情豊かなものを感じるからである。忠武公の諡号を与えた王はすでに去ったが、李舜臣将軍の名を呼び、彼に従い信じた人民は依然として亡びていないのである。

友人たちの間で際立ったリーダーシップがあると称えられた人物、姜処重。曲折の多い生を生きた彼の文章の中で、世に残されたたった二篇の文章が、ほかでもない、わが民族が年々歳々末永く愛してやまない人物である李舜臣と尹東柱をたたえるものであることを思うと、胸打たれる。

その後、本格的に姜処重の関連資料探しをしてみたが、「姜処重が左翼事件で逮捕されて裁判を受け、死刑を言い渡されて処刑された」とする張徳順教授の証言を裏づける資料を見つけることはできなかった。あちこちの新聞社のマイクロフィルムを調べてみたが、彼が逮捕され処刑された事件を報道する記事はなかった。ただ、『京郷新聞』調査資料部の協力で、一九五三年度に起きた大型左翼事件関係の報道記事から、彼の足跡を追跡することができた。

一九五三年九月二一日に孫元一《ソンウォニル》国防部長官（大臣）は、いわゆる「鄭國殷《チョンクグン》スパイ事件」の全貌を明らかにする記者会見を開いている。それは朝鮮戦争が休戦となった直後で、まだ戒厳令が解除されていないときであった。だから民間人のスパイ事件を国防部があつかい、その発表も国防部長官がひきうけたのである。

被疑者・鄭國殷は、日帝時代に日本の『朝日新聞』の記者をつとめた言論人で、解放後にも聯合新聞社駐日特派員をつとめるなど、継続して言論界で活躍するうちにスパイ容疑で逮捕された。治安局中央分室長の警察幹部と、韓国通商株式会社取締役の実業家がともに逮捕された。この事件はソウル地方の各新聞がすべて続報につぐ続報をくりかえし大きく扱った。事件に連累した嫌疑で現役の国会議員であり聯合新聞社の社長である梁又正《ヤンウジョン》も拘束捜査を受け、内務部長官・陳憲植《チンホンシク》と商工部長官・李載瀅《イジェヒョン》も連累し辞職したのちに拘束され取調べを受け、また国会でも調査委員会が構成され事実の掌握に乗り出した超大型の事件であった。

だから世間の関心も大変なもので、事件のいきさつも波乱万丈だった。戒厳令が実施されている時期だったから、鄭國殷《チョンクグン》は高等軍法会議に送致され、単独審理での軍事裁判を受け、そのすえに同年一二月二日に死刑が言いわたされた。

この事件には奇異な現象が多かった。処刑日と知らされた一九五四年一月二三日に、銃殺刑を執行する場所とされた弘濟院《ホンジェウォン》火葬場〔ソウル市西大門《ソデムン》区にある〕の近所に朝から人びとが押しかけ、処刑の予定時間である午後二時ごろには数千名の見物人で山なす人の海となった。このとほうもない人波を撮影した報道写真が、一九五四年一月二六日付の『東亜日報』紙面に残っている。しかし死刑執行は突然なんの説明もなしに延期され、翌年二月一八日に水色《スセク》洞〔ソウル市の西端、恩平《ウンピョン》区にある〕で銃殺刑が執行されるなど、紆余曲折した。彼が死んだ後にも、「鄭國殷は死なないで生きている」「鄭國殷は日本にいるが、米国極東司令部の保護の下で二重スパイとして活躍することになっている」などもろもろの噂と憶測がとびかい、騒ぎが静まらないために軍当局は死体の写真を公開し、鄭國殷の顔を知っている記者たちに確認させる事態にまでなった。

これほど社会的な波紋の大きい事件だったが、この事件に対する孫元一国防部長官の最初の記者会見内容を、社会面トップの記事として報道した『京郷《キョンヒャン》新聞』九月二二日の関係記事は、つぎのようにはじまっている。

さる八月三一日、市内某所で陸軍特務部隊員に逮捕されて以来、世間の憶測と物議をかもした東洋通信社および聯合新聞社主筆、鄭國殷に対する間諜被疑事件は、この間、特務部隊の峻厳な調査が進められたが、その犯罪事実が判明し、九月一八日、高等軍法会議に送致され……（中略）この事件の全貌を国防部長官は次のように発表した。……。

まさにこの記事に、姜処重の名前が重い比重で登場する。この事件に関連する新聞記事で姜処重に関わる部分を集めて整理すると、次のようになる。

姜処重は南労党の総責である金三龍《キムサムリョン》の部下で、南労党特殊部の幹部だった。鄭國殷は解放後に南労党に加入した党員として、一九四八年七月にソウル中区の小公洞に国際新聞社を創設した後、自身は編集局長に就任し、姜処重ら南労党特殊部の中央幹部たちを重要な部署に起用した。姜処重は鄭國殷の南労党の上部線として、鄭國殷が新聞社組織を通じて収集した情報を受け取り、北韓傀儡に諜報した。一九四九年六月に鄭國殷は姜処重の指令に従って姜処重から受けた南労党の資金百万ウォンでソウル中区の明洞《ミョンドン》に国防新聞社を創設したのち、取材を口実にして国防機密を探知した。そのようにして探知した機密は鄭國殷の上部線である姜処重を通じて北韓傀儡に諜報された。

一九四八年と一九四九年であれば、姜処重の年齢が三十二歳から三十三歳のときである。上記のような国防部の発表は、どれだけの歴史的真実をもっているだろうか。それについての判断とは別に、一つはっきりと確認できる事実がある。この時期の韓国社会で姜処重という人物は「南労党の若い実際の勢力」というイメージで確実に登場したという点である。

朝鮮戦争以前に問題の『国際新聞』の主筆を歴任した小説家であり言論人である宋志英《ソンジヨン》が、本事件の法廷で証人として立ち証言した中でも、姜処重に関する言及が出てくる。「自分は、姜処重から国際新聞の主筆として来てくれという交渉を受け、就任したのちに鄭被告を知るようになったが、鄭被告が姜処重ら左翼人物たちと親しかったのは事実だ」という。宋志英の証言が事実だとすれば、六・二五以前に『国際新聞』の記者だった姜処重は、主筆の任命まで左右することのできる力をもっていたということになる。

姜処重の最後はいつ、どのように迫ってきたのか。

一九五三年八月、言論人・鄭國殷がスパイ容疑で逮捕されたが、彼のスパイ行為はすべて「南労党の上部線である姜処重の指令に従って」行われたというのが、軍当局の発表だった。それにもかかわらず、発表内容に「姜処重」本人の身の上や逮捕に関する言及がいっさいない。どんな理由によるのであろうか。

彼が、鄭國殷より先に逮捕されたことを間接的に証明する記録がある。

一九五三年一〇月二八日付の『朝鮮日報』二面には、「鄭國殷事件捜査、一段落」という見出しの下に「国防部報道と公式発表第二七五号」として発表されたその間の捜査結果が掲載されたのだが、その中に現役の国会議員であり聯合新聞社の社長である梁又正《ヤンウジョン》に関する嫌疑事実の中の一つが次のように記されている。

梁又正は、スパイの鄭が南労党総責の金三龍《キムサンヨン》の下部特殊軍事責任者・姜処重の細胞として『国際新聞』と『国防新聞』を経営しながら国防部と陸軍本部に出入りし、軍事機密を探知して傀儡集団に諜報していたところ、彼の上部線が軍の捜査網に逮捕されるや身辺が危うくなり、日本に逃避することで聯合新聞社東京特派員として渡日させることによって鄭を擁護し……。

「細胞」（共産党組織の最小構成単位を意味する単語）と「上部線」はすなわち二つの間の上下関係が成り立つ特殊用語だ。「スパイの鄭は、姜処重の細胞だった」ということばは、すなわち彼が姜処重の直系の下部組織員だったということであり、「彼の上部線」という表現は、すなわち姜処重を指し示す言葉となる。

ところで、前に報道された孫元一国防部長官の最初の談話の中に、鄭國殷が聯合新聞社の東京特派員として日本に渡った時期が示されている。「四二八三年二月ころ、南労党特殊部の最高幹部一味が陸軍特務部隊をはじめとする各捜査機関に検挙されるや……」鄭國殷が日本に渡ったというのだ。

「四二八三年」は西暦で一九五〇年、まさに六・二五が起きた年だ。その年の二月以降の新聞報道を検索してみると、金三龍と李舟河《イジュハ》ら南労党幹部たちが逮捕された事実に関する報道が断片的に出てくるだけで、姜処重という名前は紙面に見いだすことができない。しかし、もろもろの状況を推察してみるとき、姜処重もやはりそのころにともに逮捕されて軍事裁判にかけられ、死刑の宣告を受けたのは確実だ。そこで、この本の改訂版（一九九八年八月発刊）では、そのような顚末《てんまつ》を紹介したあと、張徳順《チャンドクスン》教授の証言をそのまま受け入れて「六・二五前後に銃殺刑に処せられたものと思われる。そうだとすれば、姜処重は享年三十四歳の前途洋々たる若さでこの世を去ったのである」と書いた。

ところが、改訂版が出版されたのちに、それが新聞に紹介された記事を見て、尉山《ウルサン》に居住する姜処重の夫人から連絡が来た。喜んで会い、夫人・李康子《イカンジャ》さん（一九一九年生）の話を聞いた。

「当時、夫が逮捕され、裁判を受けて死刑を宣告されたことまでは事実だが、銃殺刑で処刑されたというのは事実ではない」という。

姜処重は陸軍刑務所を経て西大門《ソデムン》刑務所に収監され、処刑の日を待つうちに朝鮮戦争が起こった。戦争勃発から四日でソウルに入城した朝鮮人民軍は、すぐに西大門《ソデムン》刑務所を解放し、姜処重はそのとき解き放されて家に帰ってきた。彼が家に戻ってきた六月二八日は、ちょうど娘の生誕百日目にあたった。

彼は戻ってきたあと二カ月ほど養生し、九月四日に「ソ連に行って勉強する」という言葉を残して家を発ち、越北した。

一九五〇年九月四日といえば、戦争が激しく、そのうえ北の人民軍が一方的な優勢に乗じていちだんと烈しい攻勢をかけ、南下しているときだった。そんな時期に同族殺しあう国も家族までも置いてひとり北上して行った彼の生き方は非常に印象深い。

彼らは一九四二年一二月に結婚し、二男一女の子どもをもったが、夫人は夫の越北後その消息をまったく聞くことができないまま夫に関連するさまざまな文書はもちろん、夫の写真までもいっさい捨て、夫に関する話はまったく口外せずに生きてきたという。

夫人は、「夫の家は元山《ウォンサン》にありましたが、舅が開業漢方医だったので家はとても裕福でした」といい、「夫はひじょうに寡黙な性質で、子どもたちをとても愛していた」と追憶した。そして低く付け加えた。

夫が死刑囚として刑務所に収監されているとき、たずねていって面会申請をすると、看守たちがいつも、ああ、あの咸鏡道《ハムギョンド》の美男に面会に来たのか、といって面会の手続きをしてくれたりしました。

こうして関連資料を探す過程で感じたことだが、姜処重と彼を死の一歩手前まで追いつめた南労党との関係はとても奇異である。彼をよく知る友人たちの証言と、先に考察した「鄭國殷事件」に関する新聞報道記事においてだけ〝南労党幹部・姜処重〟という存在がはっきり確認されるだけで、現在、世の中に広く知られている南労党関係の文献や書籍からは姜処重に関する記述をまったく見出すことができない。朴甲東《パクカプトン》、梁《ヤン》ハンモ〔한모〕をはじめとするずっと前の南労党幹部たちの回顧録や、南労党研究専門学者である金南植《キムナムシク》氏が書いた『南労党研究』全三巻の大作にも、姜処重という名前や存在はまったく登場しない。尹東柱関係の文献におけるのと同様に、南労党関係の文献においても、彼は透明になり蒸発してしまったのである。このように左右両翼においてその存在を否認されたという点においても、彼はとても奇異な運命の人だ。

いままでに集めえた資料類をつうじて、姜処重の人となりとその生涯を追跡してみた。しかしこの程度の資料によって彼がどんな人だったかをどうして正しく把握することができるだろうか。ただ彼が友人・尹東柱にささげた深い真心と固い義理、美しい献身を思うとき、浮かび上がってくる姿がある。彼は本当に人を真情から愛することを知っている人であった。

一方、尹東柱の妹・尹恵媛《ユンヘウォン》が尹東柱の詩の原稿をもってきた来歴はこうだ。尹恵媛はその前年に北間島で結婚した夫・呉瑩範《オヒョンボム》とともに一九四八年一二月に越南し、ソウルにやってきた。このとき尹恵媛は故郷の家に残っていた尹東柱の中学時代の童詩と詩の原稿類をすべてまとめて持ってきていた。父がそれをすべて持って行ってくれと言ったというのである。後日、民族詩人として立ちあらわれる尹東柱の姿を予見したのだろうか？　こうして今日われわれが見る尹東柱の諸詩篇が集まることになった。わずかに三一篇で発刊された尹東柱の遺稿詩集の初版本が出て以来、尹東柱の詩集は版を重ねつつ増補され、いまや一一八篇の作品を収録している。また彼の詩をめぐって多くの学術論文と本があふれ出たし、彼の詩は日を追って称賛を受け広く愛誦されている。英語・日本語・フランス語・チェコ語・中国語など、いくつもの外国語に翻訳もされた。

これは彼が敵国の監獄で獄死したとかいう特異な伝記的事実にだけ依存して起こされた成果ではけっしてない。何より基本的には彼の詩がもっている純潔さと誠実さと美しさ、すなわち彼が詩人として手にした文学的な勝利によってもたらされたものである。ある言論人は、民族と詩との相関関係について「すべての同胞《はらから》がともにうたえる名詩一篇を得ようとすれば、一世代を待たねばならないときもあり、二世代を待たねばならないときもある」と喝破したが、そのような「名詩」としての重みを彼の作品がもっているのである。

林語堂〔一八九五―一九七六〕は中国北宋時代の大詩人・蘇東坡の作品についてつぎのように言ったことがある。「古典の名作にはまるですべての精錬過程を経たのちに残された高価な宝石のように、真実性と呼んでもいい、そんな特質がこめられている。すなわち、古典作品は時代ごとに流行したさまざまな文学的風格のすべてを経験してもなお生き残り伝えられて、時代ごとにすべての人びとに感動を与える」。

この美しい賛辞は尹東柱の詩にもそのまま当てはめることができるだろう。そしてわれわれはそこでもう一歩進み出て、次のように問うことになる。そうだとすれば、尹東柱の詩がもった「真実性」の本質はなんだろうか？

それはやはり彼の詩がもつ清潔で至高の気品——まさにそれだといわねばなるまい。さらにそれは詩人の生涯がそのまま一体となって作りなす「真実性」であるために、いっそう陶然とした純度をもつ。第一次世界大戦中に生まれ、第二次大戦中に死んだ詩人、尹東柱。それもその大戦争の主たる挑発国である日本の監獄の中で、日本人の生体実験の対象となって死んだ、その若い死！　凄絶で短い生涯……、そして彼を殺した日本人もまたわれわれ人類の同じ構成員であることを思うとき、彼の詩が持つ真実性はさらに深くわれわれの心を打つ。

われわれ人類が、隠し子を育てるように暗い場所でひそかに育ててきた悪意、憎悪、邪悪さ、貪欲、支配欲、破壊欲……そうしたあらゆる野獣的な力、邪悪な衝動がいっせいに飛び出し、たがいに先を争って世の中を破壊し、人間の尊厳を徹底して蹂躙していた時代——それが、彼が生きねばならない時代だった。彼はそんな凄絶な狂気と醜悪さの渦の中に、もろに身をさらして生きた。それにもかかわらず、たちの悪い茨の畑からむしろ一株の芳しい百合の花が咲き出るように、彼はその醜悪な時代の真ん中に澄みきったあざやかな人間精神の気高さを、まことに清潔な形象をもって表わした。彼の詩がもつ力と感動がまさにここから生み出される。

生とは、はたしてどんな姿をし、その生の質はどんなものでなければならないのか。われわれは時にあらゆる被造物が霊魂の深いところに暗くひそんでいるあの苦悩の嘆息を聞く。そしてわれわれもともにため息をつく。彷徨する。そのとき尹東柱の詩は静かにわれわれに近づいてくる。

いのち尽きる日まで天を仰ぎ

一点の恥じることもなきを、
木の葉をふるわす風にも
わたしは心いためた。

闇が濃くなればなるほど光はさらに明るみを増す。それと同様に、世の中が暗く混濁していけばいくほど、尹東柱の詩は清らかで清浄な人間精神がもつ美しさをいっそうあざやかに示すだろう。
今日もわれわれは彼のあの美しくもおそろしい詩句の前に立つ。するとわれわれの眼は忽然と輝きだす。そしてあたかも水の上に浮かび出るように現れるわれわれの醜悪さと罪深さを、はっきりさとることになる。おおよそ人のもつ澄んで清潔な精神とは、このように霊妙なものなのである。

日本語版によせて

『尹東柱評伝』の日本語完訳版が出版される。〈尹東柱〉という人物を日本人の前にあらためて立ちあがらせるのである。こういうことを通して朝鮮人と日本人はお互いをよく理解できるようになるだろう。

人類の歴史がはじまって以来、わたしたちは人を通して人間の暮らしを理解してきたし、人を通して歴史を理解してきた。歴史はけっきょく人である。

朝鮮人が過去の歳月をへながら、時代の与える凄絶な不幸と耐えがたい苦痛に対応し向き合ったさまざまな方式の一つが、すなわち〈尹東柱〉であった。〈尹東柱〉は、時代にたいする向き合い方として、朝鮮人の心性が生まれ育ち花を咲かせた方式の一つだった。それだから〈尹東柱〉を知るということはすなわち朝鮮人を知ることの一つとなる。

自分自身と民族に逼迫してきた不当な抑圧と悪にたいし、至純でありながら強靭な姿で向き合った詩人の生涯とその詩を通して、わたしたちが見なければならず、知らねばならないこととは何か？

〈尹東柱〉という存在はそういう問いをわたしたちに提起する。

しかし目を少し高くあげて見れば、〈尹東柱〉はけっきょく、わたしたち人類の一部分であり、尹東柱的な人生はわたしたち人類が生きてきた方式の中の一つであったということになる。そのように考えれば、尹東柱の生涯とその詩は、朝鮮人と日本人の違いを超越する。それは人類の一部分が犯した悪とその苦痛にたいして人類の他の一部分が至純でありながらも強靭な意志をもって強い力で向かい合った記録である。

それは「世の中に悪は蔓延しているにもかかわらず、わたしたちはなぜ人類に希望をかけねばならないのか?」という問いに対するすばらしい応答となるだろう。

この問題についてわたしたちが共に考えてみる契機をもたらすということだけでも、『尹東柱評伝』の日本語版がもつ意義は充分にあるといえよう。

『尹東柱評伝』を日本語に翻訳してくれた愛沢革氏と、出版を引き受けてくれた藤原書店に深く感謝する。

二〇〇八年一二月二四日

著者

初版序文

北間島《プッカンド》が生んだ民族詩人、尹東柱《ユンドンジュ》！

わが国の文学史において尹東柱とその生涯はすでに一つの伝説である。険しく暗かった時代、数多くの人びとを汚染し、破壊し、堕落させたあの邪悪な時代——そのど真ん中で日々を生きた彼の生涯と詩、そしてその死をまでも、眼のさめるほど純潔に織り成していった詩人、尹東柱……。よき追憶はすでにそれ自体で恩寵であるように、彼の存在と彼についての記憶は、わが国の文学がもった喜びであり、また一つの永遠である。

筆者はこのような尹東柱の生と詩をたいへんに好んではいたが、その評伝を書くつもりはまったくなかった。ところが去る一九八五年初め、ヨルム〔열음〕社の崔夏林《チェハリム》主幹から尹東柱の評伝を書いてほしいという思わぬ依頼を受けた。筆者が北間島《プッカンド》史研究をしていてその地の事情に明るく、尹東柱の一家と遠い姻戚関係にあって、外部の人では脈絡を把握できない深層の部分まで取材が可能だという好条件をもっているから、本格的な尹東柱評伝を書いてくれというのだった。紆余曲折を経て結局、書くことになり、その後ほとんど四年間という歳月が流れていまようやく完成したのである。依頼者が大きく評価してくれたわたしのもつ条件のうちの長所が、この本にどれほど生彩あるかたちで反映できたかと、みずから省みている。

この本を書くあいだ筆者は、尹東柱とその時代がくりひろげる波濤の中で夢見るようにすごした。尹東柱と直接・間接にかかわりのあった人びとへのインタビューをつづけていかねばならなかったし、その時代に関するさまざまな証言と文献をこまめに探し出さねばならなかった。そういう過程で得ることになった意外な収穫にわれわれながらやり甲斐を感じることもあった。日本の京都で尹東柱とともに警察に逮捕された高熙旭《コヒウク》氏、尹東柱と宋夢奎《ソンモンギュ》がソウル・延禧《ヨニ》専門学校入学試験を受けに行ったとき、西大門《ソデムン》冷泉洞《ネンチョンドン》の監理教神学校寄宿舎に連れて行き宿泊できるようにした羅士行《ラサヘン》氏……などなど、いまもって世に知られていない関連者たちを探し出して貴重な証言を聞くことができたことは幸運に属する。

　この本を書きながらいつも明確にしたいと努力したことは、尹東柱とその時代との相関関係であった。以前にある哲学書で次のような文を読み、ひじょうに感心したことがある。「カントやヘーゲルのような哲学者たちについては、その生涯、すなわち彼らがどのように生きたかということは最初から問題とみなさず、ただ彼らの著書を読解することによってだけでもその思想をじゅうぶん理解することができる。しかしキエルケゴールのような主観的な思想家の場合は違う。彼の生涯を背景とみなし読み解かなければ、その著書を完全に理解することはできない。なぜなら、その著書はすべて著者自身の生活体験の表現であり告白であるし、また自叙伝でもあるからだ」。

　キエルケゴールは尹東柱がもっとも好み心酔した哲学者でもあったが、生涯を知らなければその著作もまた正しく理解することができないという点で、この二人はたぶん同じパターンの人であった。このように把握することは、尹東柱の作品を理解する決定的な鍵となった。尹東柱が生きた具体的な人生の姿を背景においてみると、彼の詩のもつ意味が、にわかに水の上に浮かび上がるように新しい姿をあらわすのだった。そうした過程を目の当たりにすることは、ほとんど快感を感じるほどの経験だった。

純然たるキリスト教信仰と、あの国境の外の国土である北間島《プッカンド》の情緒とが、一つに結びついてもたらされた民族の詩人、尹東柱——。

キリスト教信仰はいまもわれわれのすぐ傍にあるが、北間島はどこにあるのか！　尹東柱が詩「星をかぞえる夜」で「母さん、／そしてあなたは遠い北間島におられます」と詠《うた》ったその地こそ、この本を書くあいだいつも筆者の心の奥底を刺激しつづける存在だった。筆者は以前から北間島にたいして、ある個人的な特殊な愛情、ほとんどライラックの花の香りにも似た懐かしさを抱いていた。かの地は洪範図《ホンボムド》将軍指揮下の独立軍の隊員として戦死した筆者の祖父と、その祖父より早くに病死した祖母の遺体が横たわっている場所であるからだ。この本を書くあいだ、その懐かしさは時にはほとんど苦痛のように、そして悪性の身熱《しんねつ》のように、強くこみ上げてもきた。

尹東柱の評伝を書き終えたいま、ふたたび「北間島」という地名が筆者の心をつかむ。

北間島——。

さながら映画のようだったという伝説だけを残して消えていった偉大な祖先の遺品のように、孤独に存在する地。あるいはまた「おまえの体から一人の偉人が生まれて家門をふたたび盛り返すだろう」という神託を聞きながら膝まずいている若い母のように新鮮な地……。

その北間島《プッカンド》がわが民族の経てきた最も暗く屈辱的で、つらく痛憤した時代に、一人の詩人を生み出し民族の前に捧げた。まるで神の祭壇の上に純潔な供物を差し出すように。

日本帝国の残忍で邪悪な暴力によって、自由と、民族固有の言葉と、文、姓と名まで奪われ、その霊魂

まで凌辱された、その凄惨な漆黒の時間——その恥辱にまみれた時間の中で、その詩人は、

いのち尽きる日まで天を仰ぎ
一点の恥じることもなきを、
木の葉をふるわす風にも
わたしは心いためた。

という痛切な絶唱をうたいあげた。

ほんとうに誠実な痛みは、それ自体でそのまま治癒剤ともなる。だからわれわれはその時代の恥ずかしさに向き合うたびに、そこに出てくるこれほどに清純でありつつ痛ましい嘆息からにじみ出す深いなぐさめによって、われわれの古い傷跡の疼きを耐え抜くのだ。

およそこの世の森羅万象はすべて命を持って生まれる。その命たちはおのおの行く道が異なっている。一日の朝に、いち早く消えてしまうものもあり、千年をこえてなお生きるものもある。

言葉《マル》も同じである。言葉の中でも、ほんとうの、あざやかな、美しい言葉たち、偉大な言葉たちはより強く長い生命力をもつ。そんな言葉はそれが生まれた時代を越えていく。状況も越えていく。尹東柱の詩が今日われわれにとって、かえって新しく読みかえされている理由も、やはりそれがもつ生命力にあるのであろう。

金信黙《キムシンムク》女史〔尹東柱の小学校、中学校の同窓生である文益煥《ムンイクファン》牧師の母〕をはじめ、尹東柱に関連する証言をし、

資料を提供してくださった多くの方々の助力に深く感謝申し上げる。

一九八八年一〇月二〇日

著者

改訂版序文

本は時間という茫々たる海を航海する船だという。じっさい本を出す作家としては、一冊の本を出版するたびに大切な船を広大無辺の海に送り出す船主の気持ちになる。疾風怒濤の波と風とが待つそこへ……。時間の海はとくに風浪はげしく津波がよく起こるところである。

『尹東柱《ユンドンジュ》評伝』〔本書原題〕を最初に出版したのは一九八八年一〇月。その後、何刷かを重ねながら、読者から過分なほどの熱い愛情を受けた。また一九九一年一〇月には日本の出版社・筑摩書房からこの本〔初版〕の抄訳日本語版〔翻訳は日本人・伊吹郷氏〕が出版されたことによって、日本人読者たちも増えた。

いま初版の出版から一〇周年を迎え、新たに内容を補完した改訂版を出すにあたって、わたしはあらためて心がときめく。わたしの本がこのように時間という海の険しい波濤の上を立ち止まることなく航海しながら、読者の前に「尹東柱とその時代」を載せて運びつづけていることを思うとありがたくて、やり甲斐のある幸福をさえ感じる。

はじめて詩人尹東柱に関係する資料を集めはじめた一九八〇年代初期の状況があざやかに浮かんでくる。そのころはまだ東西冷戦のイデオロギー対立から来る緊張が、青ざめた悲愁のように刃をするどく突きつけていたときだから、尹東柱の故郷「北間島《プッカンド》」はふつうの生身の大韓民国国民にはとうてい行くことのできないところだった。だから、そこに暮らしている北間島《プッカンド》出身の人びとの証言と過去の記録類を通してその地の歴史を復元するためには、とくに余計な努力と手間が必要だったし、じつにもどかしい思いもした。

しかしこの本が出版されてからわずか一〇年のあいだに世の中は大きく変わった。ベルリンの壁が崩壊し、東欧の共産国家が開放されはじめ、そしてソ連邦が解体して、あの殺伐とした東西冷戦が終わった。経済が前に出て理念を押しやり、それに代わってこの世の覇権の座についたのだ。そうして「鉄のカーテン」とか「竹のカーテン」とか言っていたあの厳格な禁断の共産国家の領土が、いまではわが国から人びとが観光に出かけて楽しんでくる、新たな旅行地にまでなった。わたしも一九九〇年代にはいって、いまでは「延辺《ヨンビョン》」と呼ばれる北間島《プッカンド》の地を二年続きで訪ね、各地を踏査してきた。証言と記録によってだけ向き合っていた土地を直接自分の目で見たときの感激は、いまもあざやかにわたしの心に残っている。

その時の踏査は、この本の背景となっている地域にたいする事後の現地確認作業だ、という意味での重要性にとどまらない意外な喜びを抱かせてくれた。おどろいたことに、その地の朝鮮族社会の史学会や文学界の中では、わたしが訪ねていく前にすでにわたしの『尹東柱評伝』をよく知っていて、わたしをとてもうれしがらせた。彼らは、その地の歴史の中に、過去の自分たちの共産主義的な歴史記述によって断絶され空白となってしまった部分があったが、それをわたしの本によって復元できるようになったとして、「金を与えて頼んでもできない、大きな仕事をやりとげた」という言葉でわたしの仕事を称え、「われわれは詩人尹東柱をめぐって書かれたあなたの本を教科書にしたい」ということまでいって高く評価してくれたから、じつにうれしいことだった。

『尹東柱評伝』の出版から一〇周年をむかえて、新たに改訂版を作り出版する理由はつぎのとおりだ。

第一に、冷戦状態の終焉という世界情勢の変化にのぞみ、以前は詳細な記述がむつかしかった部分をしっかり補完しようとした。

本書の初版を出した際、喉にひっかかった痛い棘《とげ》のように残っていたのは、解放後の韓国で『京郷新聞《キョンヒャン》』創刊に加わった新聞記者で、南労党幹部として逮捕された「左翼人士」でもある姜処重《カンチョジュン》という人物だった。姜処重は尹東柱研究においてもっとも重要な核心に触れている人物である。尹東柱の生涯において姜処重という友人がいなかったとしたら、今日われわれが知っているような詩人尹東柱の姿はけっして存在しえなかった。にもかかわらず彼は、「左翼人士」だったという理由だけで、歴史の冷たく暗い影の奥に埋ずめられていた。深い悲しみと哀悼の気持ちをもって、いま彼を世に紹介する（本書五二七頁の「姜処重《カンチョジュン》とはどんな人か」を参照されたい）。

第二に、上記のような脈絡において、「越北人士」という烙印のもとでわれわれの社会では久しく言及することさえ禁じられていた詩人・鄭芝溶《チョンジヨン》と尹東柱の関係にかかわる部分も、やはり少し補完した（本書五一一頁「鄭芝溶は尹東柱をこのように世に紹介した」を参照）。

第三に、尹東柱の詩の原稿のもとの姿と、それがもっている意味をあらためて読者に紹介するためである。

前に『尹東柱評伝』を執筆したとき、遺族の協力により尹東柱の肉筆原稿に向き合って大きな感動を味わったことが、昨日のことのようにあざやかに思い出される。そのときわたしは遺族を除けば韓国人としてはただ一人、肉筆の詩稿をはじめとする尹東柱の遺品をすべて確認することができる喜びを享受した。しかし遺稿類が遺族によって公式に公開されたのではなかったので、その内容に関しては記述の中に含めさせなかった。

今年〔一九九八年〕は尹東柱の詩集『空と風と星と詩』が〔韓国で〕出版されて五〇周年になる年である。この記念すべき年を迎えて尹東柱の遺族が詩人の遺稿の全部をそのまま写真に撮影し編集して『写真版尹東柱自筆詩集』を出版することを企画したのに伴い、この本にも肉筆原稿そのものに関する記述を追加した。

わたしが手稿をすべて検討したときにもっとも印象深く思ったのは、詩「八福」の原稿だった。尹東柱がこころみた何回にもわたる推敲の跡がそのままありありと残っている上に、その跡の一つ一つにこめられたメッセージがひじょうに鮮明で力動的だったからだ。そこで、とくに「八福」の原稿を選んでその原形を紹介し、それに対する解釈を追加した。それは、尹東柱の詩の本質を追跡するという楽しい知的探検の一つの通路となることだろう〔本書二九五頁「詩『八福』の原形とその推敲の実態は?」参照〕。

第四に、尹東柱とともに獄死した宋夢奎に関する記述のうちで、まちがっていた部分を正した。証言したくれた方たちの錯覚によって、獄死した日付と墓地のある場所がまちがって伝えられた部分を訂正し、また日本の警察に逮捕される際の状況に関して解釈に誤りが生じたところを正して、その悲哀に包まれた後日談を記録した〔本書四二七頁「宋夢奎の自首説は事実か?」、四九九頁「宋夢奎の墓はこのようにして見つかった」参照〕。

第五に、一九八八年にこの本〔初版〕が出版されたのちハングルの正書法が改定された。今回の改訂版からすべて記述を新たな正書法にしたがって改めた。

このたび『尹東柱評伝』を新たな装いのもとでふたたび世に送り出すにあたって、わたしはあらためて爽やかな喜びを感じている。いま振り返ってみてはっきりわかった。この世において生きるということを、このように深く理解し熱く愛した詩人の、眼のさめるような清潔な生涯の足跡を追跡しながら送った時間、その美しき壮観を追いかけながら送った時間、それはわたしに許されたもう一つの祝福だった、と。

この本に引用された尹東柱の詩たちは、一九八三年一〇月に出版された正音《チョンウム》社の『空と風と星と詩』改訂版に収録された形にしたがった。遺族〔実弟〕である尹一柱《ユンイルジュ》教授がその本の「序文」で、「今後、尹東柱に関する引用、批評などはこの本に依拠してほしい」と明らかにしておられるからである。

ただ、読者に尹東柱が書いたそのままの原形を紹介しようと、「懺悔録」一篇にかぎっては肉筆原稿の表記どおりに写したことをおことわりする。

一九九八年八月

著者

尹家系図

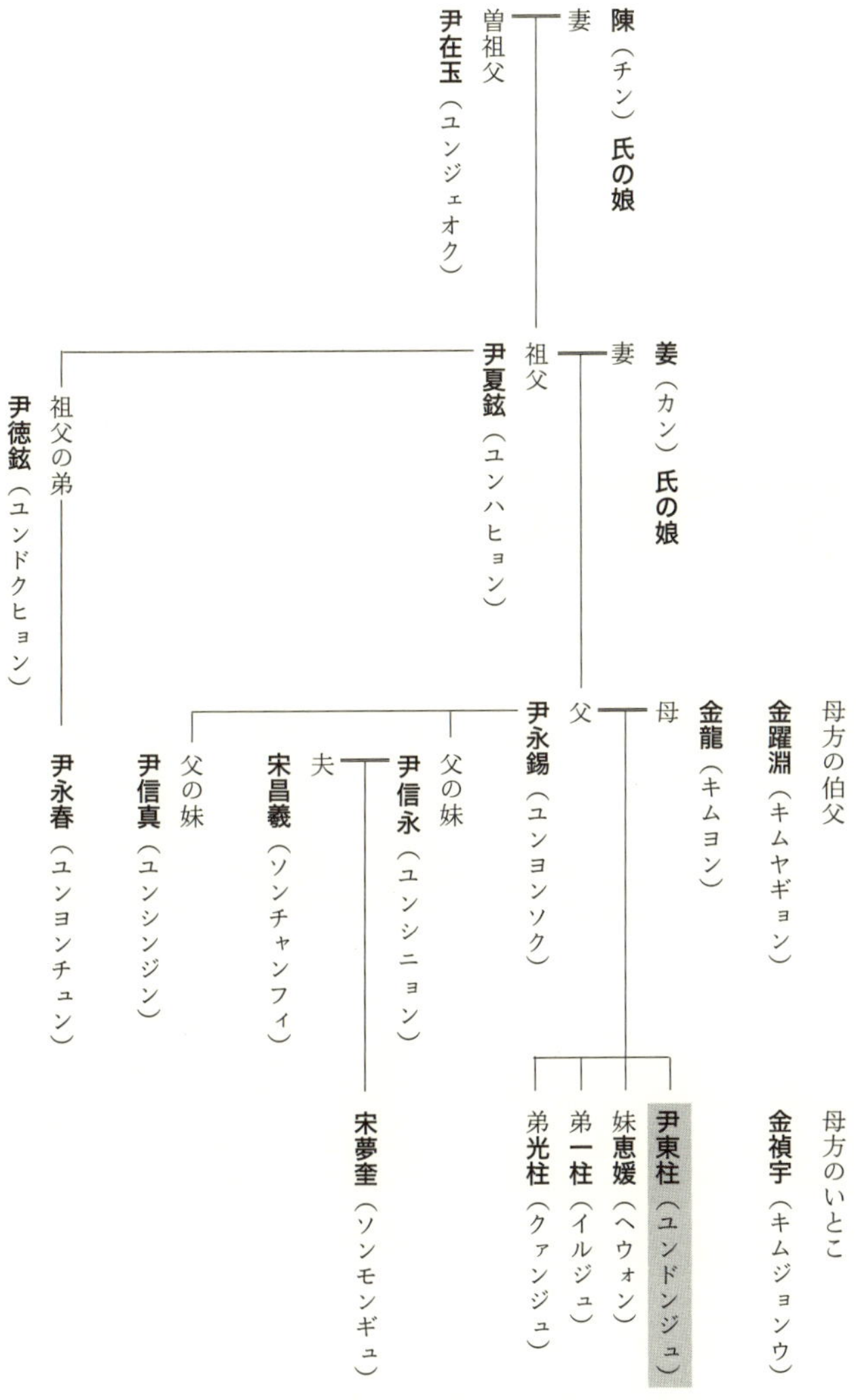
陳（チン）氏の娘
妻
曽祖父
尹在玉（ユンジェオク）
姜（カン）氏の娘
妻
祖父
尹夏鉉（ユンハヒョン）
祖父の弟
尹徳鉉（ユンドクヒョン）
母方の伯父
金躍淵（キムヤギョン）
金龍（キムヨン）
母
父
尹永錫（ユンヨンソク）
父の妹
尹信永（ユンシニョン）
夫
宋昌羲（ソンチャンフィ）
父の妹
尹信真（ユンシンジン）
尹永春（ユンヨンチュン）
母方のいとこ
金禎宇（キムジョンウ）
尹東柱（ユンドンジュ）
妹
恵媛（ヘウォン）
弟
一柱（イルジュ）
弟
光柱（クァンジュ）
宋夢奎（ソンモンギュ）

年譜

尹東柱の生涯と作品

一九一七年（0歳）

・一二月三〇日、中華民国吉林省和龍県明東村に父・尹永錫、母・金龍の長男として生まれる。本貫は坡平。幼名は海煥。当時祖父・尹夏鉉はキリスト教の長老であり、父・尹永錫は明東学校の教員だった。九月二八日には、いとこの宋夢奎が母の実家である尹東柱の家で生まれた（幼名は韓範、父・宋昌羲、母・尹信永）。二人ともキリスト教長老教会で幼時洗礼を受けた。

・尹東柱の各種公式記録に出生が「一九一八年」となっているのは、申告が一年遅れたためである。

一九一八年（1歳）

一九一九年（2歳）

現在の明東村（2005 年 9 月）

朝鮮半島と世界

（＊印は文学関連）

一九一七年

・三月、シベリアで李相卨病死。

・三月、ロシア二月革命。英国軍、バグダッド攻撃。

・四月、米国、ドイツに宣戦布告。

・九月、中国の孫文、大元帥に就任。

・一一月、ロシア一〇月革命、ソビエト政権樹立。

＊李光洙が韓国近代小説の門を開く作品『無情』を執筆。

一九一八年

・一月八日、米国大統領ウィルソンが年頭教書で「平和原則一四カ条」を発表（民族自決主義を含む）。

・八月、日本軍、シベリア出兵。

一九一九年

・一月一八日、ベルサイユ講和会議はじまる（六月、条約調印）。

・一月二一日、光武皇帝（高宗）崩御。

・三月一日、民族代表三三人の独立宣言書発表、三・一運

一九二〇年（3歳）

一九二一年（4歳）

一九二二年（5歳）

一九二三年（6歳）

・九月、父・尹永錫が東京に留学中、関東大震災に遭遇。

一九二四年（7歳）

・一二月、妹恵媛（幼名は貴女）生まれる。

一九二五年（8歳）

・四月四日、明東小学校入学。同じ学年にいとこの宋夢奎と文益煥および尹永善（父のいとこ）、母方のいとこ金禎宇らがいた。

復元された明東教会（左）と明東学校跡（右）

動が勃発する。三月一三日、龍井でも独立運動宣言大会が開かれ、二万人が参加したという。

・四月一三日、上海で大韓民国臨時政府が樹立される。

・五月、北京の学生、排日示威行動（五・四運動）。

一九二〇年

・三月、『朝鮮日報』創刊。四月、『東亜日報』創刊。

・一〇月二〇日、日本軍が明東学校校舎焼却。青山里戦闘はじまる。その後、日本軍は間島一帯に出兵し、朝鮮人の村を焼き三〇〇〇人を虐殺。

一九二一年

・六月、黒河事変（黒竜江河畔のロシア領チャユ市で大韓独立軍が武装解除命令を拒否し赤軍と交戦、死者・不明五五〇余人、捕虜九七〇人の犠牲を出した）。

一九二二年

・四月、スターリン、ソ連共産党書記長に選任。

一九二三年

・九月、日本で関東大震災。在日朝鮮人多数が虐殺される。

一九二四年

・「甲子年の大凶作」と呼ばれる大干ばつ。明東中学校や龍井の永信中学校などの朝鮮人学校が経営難に。

一九二五年

・五月、日本、治安維持法を公布。

・明東中学校、経営難のため廃校（小学校のみ存続）。龍井の永信中学校は日本人の日高丙子郎の手に渡る。

一九二六年（9歳）

一九二七年（10歳）

・一二月、弟・一柱（幼名・達煥）生まれる。

一九二八年（11歳）

・ソウルで刊行された子ども雑誌『子ども生活』の長期購読を始める。宋夢奎は『こども』を購読。彼らが読んだあと村の子どもたちが回し読みした。級友たちと『新しい明東』という謄写版雑誌をつくる。

一九二九年（12歳）

・四月、明東小学校が「教会学校」の形態から「人民学校」になったが、九月には中国当局によって公立学校に強制変更。

・母方の叔父・金躍淵、平壌長老教会神学校に入学。

一九三〇年（13歳）

・金躍淵、一年間の修学後、牧師になり、明東教会に赴任。

・明東で共産テロ盛んになる。

一九三一年（14歳）

・三月二〇日、明東小学校卒業。宋夢奎、金禎宇ほか一名とともに明東から約四キロ南方にある大拉子の中国人小学校六学年に編入し一年間修学する。

一九二六年

・四月、隆熙皇帝（純宗）崩御。

一九二七年

・二月、新幹会発足。

・四月、中国、蒋介石、南京に国民政府を樹立。

・一〇月、中国、毛沢東、江西省に革命根拠地建設。

一九二八年

・六月、中国、蒋介石、北伐完了。

＊一一月、洪命熹、長編小説『林巨正伝』を『朝鮮日報』に連載開始。

一九二九年

＊四月、崔鉉培『ウリマル本（国語文法）』出版。

・一〇月、ニューヨーク株式大暴落、世界大恐慌始まる。

・一一月、光州抗日学生運動起こる。

一九三〇年

・一月二三日、龍井で「光州抗日学生闘争」支持のデモ。

・五月、間島の共産党員五〇〇余名が反日暴動、六〇余名が殺される（間島五・三〇事件）。

一九三一年

・五月、新幹会解散。

五月、中国、蒋介石軍、第三次紅軍討伐戦。

・九月一八日、満州事変勃発。

・この年晩秋に龍井に引っ越し。

一九三二年（15歳）

・四月、龍井のミッション系恩真中学校に、宋夢奎、文益煥とともに入学。尹一家は龍井に移住。

・父、印刷所を設けたが、事業は不振。

一九三三年（16歳）

・四月、弟・光柱生まれる。

・東柱は恩真中学一、二年の頃「尹石重の童謡、童詩に心酔していた」（文益煥の証言あり）。

一九三四年（17歳）

・一二月二四日、この日に最初の作品である詩三篇を、制作した日を明記して保管しはじめる。

＊詩「ろうそく一本」（一二月二四日）、「生と死」（一二月二四日）、「明日はない」（一二月二四日）。

一九三五年（18歳）

・一月一日、宋夢奎が『東亜日報』新春文芸にコント部門で当選。作品「スッカラ（匙）」を宋韓範の名で応募した。

・四月、宋夢奎、洛陽軍官学校入校のため中国に行く。

・九月一〇日、恩真中学校四学年の一学期を終えた後、尹東柱も平壌の崇実中学校に転校。編入試験に失敗し三学年に入る。文益煥は崇実中学四学年に編入。

・一〇月、崇実中学校学生会の学友誌『崇実活泉』第一五号に詩「空想」掲載、初めて作品が活字になる。

一九三二年

・一月、李奉昌、桜田門前で天皇爆殺未遂事件。

・三月一日、満州国の建国により北間島は満州国の領土に。

・四月、尹奉吉、上海・虹口公園で「上海事変戦勝記念式」爆破事件。

一九三三年

・三月、ドイツ議会、ヒトラー独裁を承認。

・一一月、朝鮮語学会「ハングル正書法統一案」発表。

一九三四年

・八月、ドイツ、ヒトラーが総統になる。

・一〇月、中国紅軍が瑞金を脱出し長征（大西遷）を開始。

・一二月、ソ連で粛清はじまる。

一九三五年

・五月、中国紅軍の朱徳・毛沢東軍が揚子江を渡河。

・一〇月、漢江に人道橋が開通。

＊一〇月、『鄭芝溶詩集』出版。

・一〇月、イタリア、エチオピア侵略を開始。

・一一月、雄基—羅津間の鉄道開通。

＊一一月、金栄郎『栄郎詩集』出版。

＊詩「街で」（一月一八日）、「空想」（『崇実活泉』一〇月）、「蒼空」（一〇月二〇日）、「南の空」（一〇月）。

＊童詩「貝殻」（一二月）。

一九三六年（19歳）

・三月、崇実中学校に対する日帝の神社参拝強要に抗議し自主退学。文益煥とともに龍井に戻る。尹東柱は龍井の光明学園中学部四学年に、文益煥は五学年に編入。

・四月、中国で独立運動に身を投じた宋夢奎が済南で日本警察に逮捕、本籍地のある咸鏡北道雄基警察署に護送される。九月一四日、居住制限の条件で釈放されたのち、引き続き要視察人として監視を受ける。

＊童詩「故郷の家」（一月六日）、「ひよこ」（一月六日、『カトリック少年』一一月号に発表）、「寝小便小僧の地図」（『カトリック少年』一九三七年一月号発表）「瓦職人夫婦」。「ほうき」（九月九日、『カトリック少年』一二月号発表）、「陽の光」（九月九日）、「飛行機」（一〇月初）。「えんとつ」（秋）、「なにをたべて生きるか」（一〇月、『カトリック少年』一九三七年三月号発表）、「春」（一〇月）、「すずめ」（一二月）、「犬」、「手紙」「ポソン（朝鮮足袋）の型紙」（一二月初）、「雪」（一二月）、「梨」「雪」「にわとり」。「冬」（冬）、「ポケット」（一九三六年一二月、あるいは一九三七年一月）。

＊詩「秋の夜」（一〇月二三日）。「鳩」（二月一〇日）、「離別」（三月二〇日）、「食券」（三月二〇日）、「牡丹峰にて」（三月二四日）、「黄昏」（三月二五日）、「胸1」（三

一九三六年

＊一月、白石詩集『鹿』出版。

・七月、スペイン内乱はじまる。

・八月、孫基禎、ベルリン・オリンピックのマラソン競技で優勝、『東亜日報』が紙面で孫選手の胸の日章旗を抹消して写真掲載し、同紙は無期限停刊処分を受ける。

・一二月、朝鮮思想犯保護観察令が公布・施行。

・一二月、中国、西安事件発生（張学良が蒋介石を拉致し、抗日のための国共合作を認めさせる）。

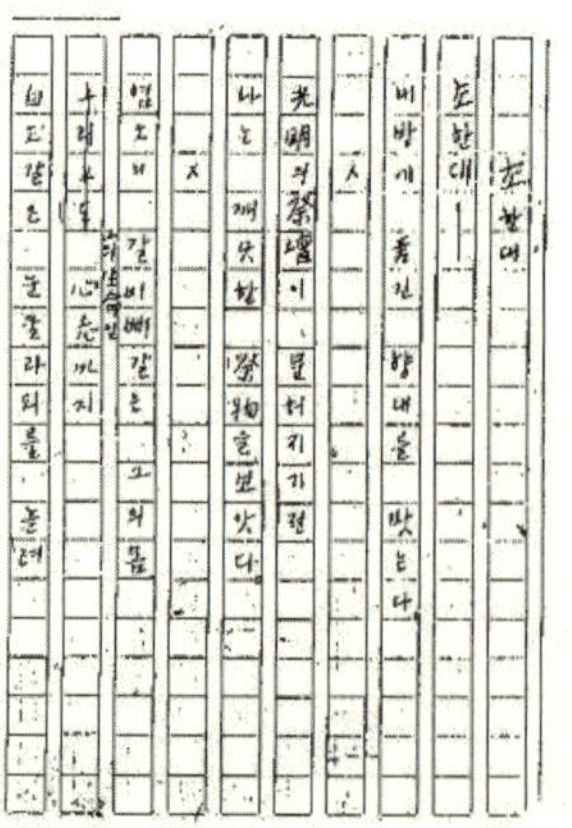

最初の作品「ろうそく一本」の筆跡

月二五日)、「ひばり」(三月)、「山上」(五月)、「午後の球場」(五月)、「こんな日」(六月一〇日)、「陽のあたるところ」(六月二六日)、「山林」(六月二六日)、「にわとり」(春)、「胸2」(七月二四日)、「夢は醒めて」(七月二七日)、「谷間」(夏)、「洗濯」。詩「朝」。

＊間島・延吉で発行されていた『カトリック少年』に童詩「ひよこ」(一一月号)、「ほうき」(一二月号)を発表するとき「尹童柱」という筆名を使用。

一九三七年(20歳)

・四月、卒業組である五学年に進級。宋夢奎は大成中学校(四年制)の四学年に編入し学業を再開。

・八月、白石詩集『鹿』を書き写して筆写本をつくる。このころ光明中学校籠球(バスケット)選手として活躍。

・九月、金剛山、元山・松濤園などに修学旅行。上級学校への進学問題について父と深く対立、祖父の介入で本人の願う延禧専門学校・文科に進学することに決定する。

＊詩「黄昏が海となって」(一月)。「窓」(春)、「月夜」(四月一五日)、「風景」(五月二九日)、「寒暖計」(七月一日)、「その女」(七月二六日)、「にわか雨」(八月九日)、「悲哀」(八月一八日)、「瞑想」(八月二〇日)、「海」(九月)、「山峡の午後」(九月)、「毘盧峰」(九月)、「窓」(一〇月)、「遺言」(一〇月二四日『朝鮮日報』学生欄、一九三九年一月二一日付発表)。詩「夜」(三月)。

＊童詩「うそ」(『カトリック少年』一〇月号発表)、「二つ

一九三七年

・六月、修養同友会事件。

・七月、盧溝橋事件で中日戦争勃発。

・九月、中国、国共合作宣言発表。

・一二月、日本軍、南京占領、大虐殺を行う。

延禧専門学校時代、
江華島でのバスケットボール競技の後
(右端が尹東柱)

とも」「ほたるの光」。「ハラボジ」（三月一〇日）、「マンドリ」「樹」。

一九三八年（21歳）

・二月一七日、光明中学校五学年を卒業。
・四月九日、ソウル延禧専門学校文科に入学。大成中学四学年を卒業した宋夢奎も入学し、寄宿舎三階の屋根裏部屋で宋夢奎、姜処重とともに三人で一部屋を使う。
＊詩「あたらしい道」（五月一〇日、学友会誌『文友』一九四一年六月発表）、「雨の降る夜」（六月一一日）、「愛の殿堂」（六月一九日）、「奇蹟」（六月一九日）、「弟の印象画」（九月一五日、『朝鮮日報』学生欄発表、一九三九年推定）、「コスモス」（九月二〇日）、「悲しい一族」（九月）、「唐辛子畑」（一〇月二六日）。
＊童詩「陽の光、風」「ひまわりの顔」「赤ちゃんの夜明け」「こおろぎとぼくと」「こだま」（五月、『少年』一九三九年発表）。
＊散文「月を射る」（一〇月、『朝鮮日報』学生欄一九三九年一月発表）。

一九三九年（22歳）

・延専文科二学年に進級。
・寄宿舎を出て北阿峴洞、西小門などで下宿生活。北阿峴洞にいたとき、羅士行とともに鄭芝溶を訪問、詩に関する話を交わした。『朝鮮日報』学生欄に散文「月を射る」（一月）、詩「遺言」（二月一六日）、「弟の印象画」（日付

一九三八年

・二月、興業倶楽部事件で民族主義者多数が検挙。
・三月、独立運動家、安昌浩、逝去。朝鮮教育令改正（中学校での朝鮮語使用、事実上廃止）。
・五月、日本軍、中国蘇州占領。
＊七月、金珖燮『憧憬』出版、文世榮『ウリマル（朝鮮語）辞典』出版。
・七月、日ソ両軍が張鼓峰で衝突。
・一〇月、日本軍、武漢三鎮占領。

一九三九年

＊二月、李泰準『文章』誌を創刊。
・七月、米国、米日通商条約破棄を通告。
・九月一日、ドイツ軍、ポーランドに侵入し、第二次世界大戦勃発。
・一〇月、親日文学団体「朝鮮文人協会」発足。

未詳)を尹東柱及び尹柱の筆名で、童詩「こだま」を『少年』(日付未詳)に尹童柱の筆名で発表、原稿料を受け取る。『文章』『人文評論』を毎月買って読む。

＊詩「月のように」(九月)、「薔薇病んで」(九月)、「ツルゲーネフの丘」(九月)、「渓流」「自画像」(九月、学友会誌『文友』一九四一年六月発表)、「少年」。

一九四〇年 (23歳)

・ふたたび寄宿舎に戻る。故郷の後輩・張徳順と河東出身の鄭炳昱、延専文科に入学。鄭炳昱と親交。

・一九三九年九月以降ずっと絶筆していたが、この年一二月に三篇の詩を書く。

＊詩「八福」(一二月、推定)、「ねぎらい」(一二月三日)、「病院」(一二月)。

一九四一年 (24歳)

・五月に鄭炳昱とともに寄宿舎を出て鍾路区楼上洞の小説家・金松氏宅で下宿生活を始める。

・九月、北阿峴洞に下宿先を移す。

・一二月二七日、戦時短縮により三カ月繰り上げで延禧専門学校を卒業。その記念に一九篇の詩を自選し『空と風と星と詩』の表題で詩集出版をめざしたが、実現できず。

＊詩「怖ろしい時間」(二月七日)、「雪降る地図」(三月一二日)、「太初の朝」、「ふたたび太初の朝」(五月三一日)、「夜明けが来る時まで」(五月)、「十字架」(五月三一日)、「目を閉じて行く」(五月三一日)、「眠れぬ夜」、「帰って

・一一月、創氏改名令公布(一九四〇年二月一一日施行)。

＊一一月、辛夕汀詩集『ろうそくの灯』出版。

＊一二月、張萬榮詩集『祝祭』出版。柳致環詩集『青馬詩抄』出版。

一九四〇年

・二月、創氏改名実施。

・六月、ドイツ軍、パリに侵攻。

・八月、『東亜日報』『朝鮮日報』強制廃刊。

・九月、大韓民国臨時政府、重慶に光復軍総司令部を設置。

＊九月、朴木月『文章』誌で登壇。

・九月、ドイツ・日本・イタリア三国同盟条約調印。

一九四一年

・二月、朝鮮思想犯予防拘禁令公布。
二月、ロンメル指揮のドイツ軍、北アフリカ前線に進出。

・三月、国防保安法公布、治安維持法改定公布。朝鮮総督府、朝鮮語教育を全面禁止。

＊四月、『文章』『人文評論』強制廃刊。

・六月、独ソ戦はじまる。

・一二月八日、日本軍の真珠湾奇襲で太平洋戦争勃発。

来て見る夜」（六月）、「看板のない街」「風が吹いて」（六月二日）、「また別の故郷」（九月）、「道」（九月三〇日）、「星をかぞえる夜」（一一月五日）、「序詩」（一一月二〇日）、「肝」（一一月二九日）。

＊散文「終始」。

一九四二年（25歳）

・延禧専門学校卒業後、日本に行くまで一ヵ月半ほど故郷の家に滞在。父、日本留学を勧める。キェルケゴール耽読。

・一月一九日、卒業証明書、渡航証明書など渡日手続きのため延専に「平沼東柱」と創氏した名を届け出る。一月二四日に書いた詩「懺悔録」が故国で最後の作品となる。

・三月に日本に渡り、四月二日に東京・立教大学文学部英文科に入学。宋夢奎は「宋村夢奎」と創氏した名で渡日し、四月一日に京都帝国大学史学科（西洋史専攻）に入学。

・夏休みを迎え帰郷したが、東北帝国大学への編入を目ざして急いで渡日。しかし一〇月一日に京都・同志社大学英文学科に転入学。京都市左京区で下宿生活。

＊詩「懺悔録」（一月二四日）、「白い影」（四月一四日）、「流れる街」（五月一二日）、「愛しい追憶」（五月一三日）、「たやすく書かれた詩」（六月三日）、「春」（日付未詳）。

＊散文「隕石の落ちたところ」「花園に花が咲く」。

一九四三年（26歳）

・一月、京都での最初の冬休み。帰省せずに京都に残る。

・七月一〇日、宋夢奎が特高警察によって京都・下鴨警察

一九四二年

・一月、日本軍、マニラ占領。

・二月、日本軍、シンガポールを陥落。

・六月、ミッドウェー海戦。

・八月、総督府、延禧専門学校を接収、日本人校長を任命。

八月、スターリングラード攻防戦はじまる。

・一〇月、朝鮮語学会事件。

・一一月、米英連合軍、北アフリカに上陸。

一九四三年

・三月一日、徴兵制公布（八月一日施行）。

・九月、国民徴用令公布。震檀学会、解散。

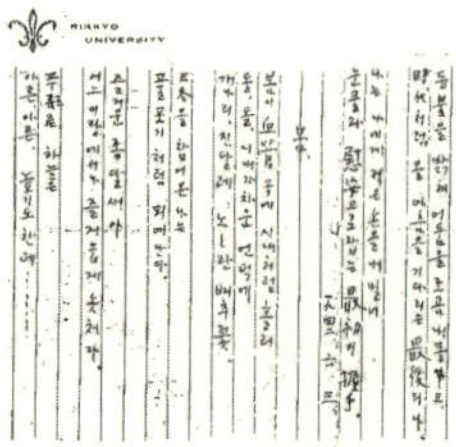

最後の作品「春」の筆跡

署に、独立運動の嫌疑で検挙される。
・七月一四日、尹東柱、高熙旭も検挙される。
・東京から面会に行った尹永春（父のいとこ）は、尹東柱が刑事と対坐し、自分の書いた朝鮮語作品と文章を日本語訳しているのを目撃。母方のいとこ金禎宇も面会。
・一二月六日、宋夢奎、尹東柱、高熙旭、検察局に送致。

一九四四年（27歳）

・一月一九日、高熙旭は起訴猶予で釈放される。
・二月二二日、尹東柱、宋夢奎が起訴される。
・三月三一日、京都地方裁判所第二刑事部は尹東柱に「懲役二年」（未決拘留日数一二〇日算入）を宣告（刑の確定は一九四四年四月一日、出獄予定日は一九四五年一一月三〇日）。
・四月一三日、京都地方裁判所第一刑事部は宋夢奎に「懲役二年」を宣告（一九四四年四月一七日確定、一九四六年四月一二日出獄予定）。
・判決確定後に福岡刑務所に移送される。毎月一枚だけ日本語で書いたはがきを出すことが許可される。

一九四五年

・二月一六日、午前三時三六分、尹東柱、福岡刑務所内で一声、悲鳴をあげて絶命。
・二月一八日、北間島の故郷の家に死亡通知の電報が到着。父・尹永錫と父のいとこの尹永春が遺体を引き取りに行くために渡日。福岡刑務所に着いてまず宋夢奎に面会。

九月、イタリアが無条件降伏。
・一〇月二〇日、日本陸軍省、朝鮮人学生の徴兵猶予を廃止（学徒兵制実施）。
・一一月、カイロ宣言。

一九四四年

・一月、日本、防空法により疎開はじまる。
・一月、ソ連軍、東部前線で大攻勢を開始、ドイツ軍敗退。
・二月、総動員法により全面徴用実施。
・六月、連合軍、ノルマンディー上陸。
・八月、パリ解放。
・九月、ドイツV2ミサイルにより英国攻撃開始。
・一〇月、レイテ海戦で神風特攻隊がはじめて出撃。

一九四五年

・二月、ヤルタ会談。
・三月、米軍、沖縄上陸開始。
・五月、米軍、東京大空襲。ドイツ、無条件降伏。
・八月六日、米軍、日本の広島に最初の原爆投下。
・八月九日、米軍、長崎に二度目の原爆投下。

所内で中身のわからない注射を打つよう強制され、東柱がそれで死んだという証言を聞く。
・三月六日、北間島龍井東山の中央教会墓地に尹東柱の遺骨が葬られる。
・三月七日、福岡刑務所で宋夢奎が目を開けたまま絶命。父・宋昌義と親戚（六親等）の宋熙奎が渡日して遺体を引き取り、火葬後、明東の長財村の裏山に遺骨を葬る。
・春になるや宋夢奎の家では「青年文士宋夢奎之墓」という碑石を建て、つづいて尹東柱の家でも「詩人尹東柱之墓」という碑石を建てた。
・八月一五日、日本が無条件降伏し祖国が解放された。

一九四七年

・二月一三日、初めて遺作「たやすく書かれた詩」が『京郷新聞』紙上に発表される。同紙主幹だった詩人・鄭芝溶が紹介文を書いた。
・二月一六日、ソウル「フライ会館」で最初の追悼会。

一九四八年

・一月、遺稿三一篇を集めて詩集『空と風と星と詩』を正音社から出版。鄭芝溶の序文、姜処重の跋文を入れて。

・八月一五日、日本、無条件降伏。

一九四八年

・四月、四・三済州民衆抗争。
・五月、五・一〇制憲国会議員選挙。済州では不成立。
・八月、大韓民国が樹立宣言。
・九月、朝鮮民主主義人民共和国が樹立宣言。
・一〇月、麗順反乱事件。

一九五〇年

・六月二五日、朝鮮戦争勃発。

尹東柱の墓参をする金時鐘氏と訳者
（2005 年 9 月 7 日）

一九五五年

・二月、逝去一〇周年記念で増補版詩集『空と風と星と詩』が正音社から出版される。これ以後、越北した二人、鄭芝溶の序文と姜処重の跋文が除外された。

一九六二年

・尹光柱（尹東柱の末弟）が龍井で死去。

一九八五年

・大村益夫・早稲田大学教授が、北間島龍井にある尹東柱の墓と碑石の存在を韓国の学会と言論界に紹介。

一九九〇年

・四月五日に北間島の有志たちが明東の長財村にあった宋夢奎の墓を龍井にある尹東柱の墓の近くに移葬した。

・八月、光復節（一五日）に大韓民国政府は尹東柱に建国勲章「独立章」を授与した。

一九九五年

・八月、光復節に大韓民国政府は宋夢奎に「愛国章」を授与した。「愛国章」は「独立章」より一級下の勲章である。

一九九九年

・『空と風と星と詩』は版を重ねながら引き続き増補された。

・三月に『写真版　尹東柱自筆詩稿全集』が民音社から出版された。

一九五三年

・七月二七日、板門店で休戦協定が調印され、ようやく砲火がやむ。

一九九〇年

・六月、韓国・ソ連首脳会談。

・九月、韓国、ソ連と国交を結ぶ。

解説　〈よみがえる詩人〉の肖像と向き合うこと

ここに一人の青年がいる。彼は母国の北辺の地で生まれた。若き日に平壌へ、ソウルへ、そして日本へ、闇に光を放つ星の行方と詩の深い心とを、さぐり求めて旅をした。

「星をうたう心で／すべての死にゆくものを愛おしまねば／そしてわたしに与えられた道を／歩みゆかねば。／／今夜も星が風に身をさらす。」（「序詩」後半）

彼はこのようにひたむきに、しかし声を荒らげることなく物語り、むしろ自らの歩むべき道を切々と祈る響きで、われひとへ共に問いかけるように詩を書いた。しかし彼は生前一冊の詩集も世に送り出せないまま、日本の刑務所でいのちを奪われる。母国の言葉で語りハングルで書くこと自体が危険視され、ついに本当の詩人の口が塞がれる時代であった。彼の死にぎわの悲痛な叫び声を聞いた者は、そばにいた日本人の看守のみだ。一九四五年二月一六日、日本が太平洋戦争に敗れる半年前のことである。このとき彼の名、尹東柱を、詩人として記憶していた人は片手の指を折って数えられるほどにすくなかった。

しかし彼の詩稿の一部は、日本の支配と戦争動員のただなかでひそかに友人二人の手によって保管されていた。詩人の死から二年後、友人たちと遺族は会い、彼の遺稿三一篇を集め、ついに詩集『空と風と星と詩』が出版された（正音社刊。発行は翌一九四八年一月）。尹東柱はここに名実ともに詩人となった。それは人びとにとって詩人の発見であり奪還だった。彼の母国が帝国のくびきからついに解放されたとき、人びとはようやく彼が「民族の暗黒期に輝きを失わぬ星」であったことを、初めて知ったのだった。それだけではない。それはまた彼の詩が人びとの心のなかへ広く深く沁みこんでいく、詩人の勝利の静かな始まりだった。

それから六〇年余を経て今日では、彼の母国（正確にはその南半部）でこの詩人の名を知らぬ人はいない。その詩は、母国の少年少女が学ぶ教科書に載り、青年も壮年も多くの人びとが、おのおのの生の大事な潮目にしばしば口ずさみ、自らをたしかめ励ます言葉となった。彼の詩集はその後二度三度と拾遺作品を補充して版を重ね、いまや一一九篇の詩と四篇の散文、それに年譜や解説を加えて厚みを増し、いまだに母国の人びとに愛されている。

本書は、このようにたぐい稀れな道をたどってよみがえり、同胞の胸に抱きとられた詩人、尹東柱の生涯の軌跡を丹念にたどった評伝作品である。

この本がテキストとしたのは、宋友恵著『尹東柱評伝』再改訂版・二〇〇四年四月八日発行（プルンヨクサ社〈ソウル〉刊）であり、これはその完訳版である。

本書の特徴と韓国での評価

宋友恵著『尹東柱評伝』は、詩人尹東柱の生涯とその文学の純潔な肖像を描き出した作品として、韓国で高い評価を得ている。

著者は現場踏査を重ね関係者の証言をとおして、尹東柱の多彩な人生の足跡をたどるだけでなく、生まれ故郷・北間島（現・中国吉林省延辺朝鮮族自治州）の歴史と当時の時代状況を解きあかし、また日本警察の取調文書や判決文などをはじめとする各種資料についても、鋭く執拗な追跡と分析を加えた。

著者はおもに歴史小説の分野で堅実な仕事をつづけてきた作家でもあるが、この著作には虚構的なストーリーはなく、もっぱら事実探究による「伝記的叙述」で一貫している。しかしまたそういう叙述にも文体があり、記述を重ねていくことで構成されてくる像の厚みというものがある。その「伝記的叙述」の厚みをとおして、尹東柱その人の生きている姿が浮かび上がってくる。そのとき、作家でもある著者の力量と方法的経験は生かされているにちがいない。この本が単に「尹東柱伝」ではなく『尹東柱評伝』と題されている意味もそこにある。

原著『尹東柱評伝』の初版が出たのは、今から二〇年前、一九八八年のことである。すでにこの初版で著者は埋もれていた資料を広範囲に掘り起こし、尹東柱の一生の時間軸に合わせて再構成しながら、すぐれた伝記的達成を示した。

とくにこの著作がもっている特別の価値は、いまはすでに物故してたれも会うことができない証人たちの証言を、記録している点である。尹東柱の幼なじみで小学校、中学校の同窓生でもあった文益煥牧師、その母親で尹東柱の生まれ育った明東村での生活ぶりを物語った金信黙女史の話、また尹東柱とともに拘束された三名のうちの一人である高熙旭氏との面談記録など、すでに物故した証人たちについての大切な記録がここにある。

著者はその後も研究を継続し、二度にわたって重要な書き込みと修正を加え、十年後の一九九八年八月に改訂版を、さらに二〇〇四年四月に再改訂版を出した。

まず、初版刊行後の十年のあいだに、米ソ冷戦体制の終焉という大きな歴史的転換があり、また民主化の進む韓国と、中国および旧ソ連とのあいだに国交がひらかれるなど、状況の大きな変化があった。これにともない、中国東北地区（旧「満州」）にある朝鮮族の故地・北間島地区（そこは満州族の故地にも近い）が外国人に開放され、その地にある詩人尹東柱の故郷など、ゆかりの地への探訪が可能になった。

著者がこの大きな変化を受けて、「歴史の冷たい灰の中に深く埋められていた」関連者の存在やその証言について、「正しく照明を当てられるようになった」と書いている（「再改訂版序文」）のが注目される。尹東柱にゆかりのある場所と関係者たちの証言や資料を、このようにして著者はさらに探し出し、以前には言及もできなかった過去の実相を浮かび上がらせた。一九四八年に尹東柱の詩集を刊行するために尽力した友人・姜処重の足跡や人柄が、『尹東柱評伝』改訂版で初めて描きだされ、詩集に秀逸な序文を贈った詩人鄭芝溶の言葉も印象深く刻まれた。

姜処重、鄭芝溶のふたりは朝鮮戦争の際に越北したため、一九五五年以後の尹東柱詩集・増補第二版からはふたりの名と文章が削除されている。また本書『尹東柱評伝』の初版でも、このふたりと尹東柱との関係については、ほとんど書くことができなかったのである。大韓民国の成立以来、長期間つづいてきた独裁政権、米国の軍事的支えの上に乗った警察国家の体制が、一九八七年の「六月民衆抗争」を経てようやく揺らぎ、歴史の闇の奥に隠されていた記憶もよみがえりはじめたといえる。本書の執筆とその改訂に示された著者の努力も、その新しい波に加わっている。

さらに、尹東柱の東京時代（立教大学留学期）にかかわる貴重な証言と資料が、ある日本人女性研究家の手で発掘された。尹東柱の東京時代はこれによって「さながら肉と血をそなえた生命体のように精彩ある姿を現した」と著者はその意義を強調し、この資料を本書に生かした。また韓国内での関係者の証言（たとえば越北した姜処重の妻）や資料の補完も進むなど、一段と内容が補強されて、今回の再改訂版が書かれたわけである。それぞれの版の前版からの修正・加筆がどんな点から必要とされ、どのようになされたかについては、各版の「序文」が懇切に示している。

なお原著の最初の版（一九八八年刊）の日本語版として、一九九一年に日本で出版された本がある（表題『尹東柱青春の詩人』、伊吹郷訳、筑摩書房刊)。しかしそれは原著・初版の約三分の一を抜粋・縮約した内容であり、しかも絶版となって一〇年余の時間が経っている。その上、著者が今日までに何度も重要な加筆と改訂を施してきたことを考えれば、再び三たびと改訂された『尹東柱評伝』のすべてが日本語に翻訳・出版されてこそ、詩人の詩業と生涯の全体像を歴史のひろがりのなかに描きだした原著の、本来の姿が明らかになるだろう。

尹東柱について韓国では、その非業の死に象徴される詩人の清冽・純真な生き方への敬愛と称賛の思いを込めて、「民族の暗黒期に光明をもたらした」「民族詩人」あるいは「抵抗詩人」とみる見方が主流となっている。そういう文学史的評価を前提としながら、それに関連づけての本書にたいする見方として、次に紹介する一文は代表的なものといえる。

「尹東柱の文学的評価には歴史批評の方法が絶対的に要求される。なぜなら彼の文学は、日帝末期という歴史的背景と彼の殉教的な生の軌跡とを分離して論じられるものではないからである。「序詩」をはじめとする代表的な作品は、すべて祖国のために、あるいは人類の平和のために、自身を犠牲にしようという使命をもった詩だといえる。それゆえに尹東柱の文学の評価には、彼の伝記的研究が絶対的に必須のものなのである。そしてこの点で本書の成果に代わりうる他の本はひとつもない。」

これを書いた金宇鍾氏は、『文学思想』誌一九七六年四月号に論文「暗黒期最後の文学」を発表し、尹東柱を民族的抵抗意識をもつ「暗黒期」のすぐれた詩人の一人として評価する見方を早い段階から提起した文学評論家である。氏はそういう立場から本書への高い評価を明言している。

(上の金宇鍾氏の一文は、訳者がこの本の翻訳稿によって、韓国文学翻訳院の「翻訳支援事業」に応募申請をする際、原著にたいする「客観的評価」を示す資料として、氏が新たに書き起こして提出してくださったものからの引用である。結果として、本書の翻訳は、二〇〇七年度下半期「文化芸術図書部門」で「翻訳支援対象作」に選定され、その支援を得て今回の日本語版出版を果たすことができた。氏への感謝を込め、その諒解を得てこれを記す。)

尹東柱作品の評価にはなぜ伝記的な研究が必須なのか、という理由の一つには、作品への説明や注釈として参照できる著者自身の言葉が、書かれたものとしてはほとんどないという事実がある。それだけにこの詩人の作品を深く理解しようとすれば、その生涯の軌跡について、また詩人の生きた時代の状況について知ることが不可欠になってくる。

尹東柱の日記や手記の類は残っておらず、またとりわけ口惜しいことに、日本に留学後に彼が書き残した詩稿やノート類も、一九四三年七月の逮捕後、特高警察に押収されたまま失われてしまった。一九三九年から一九四二年にかけて、日本では「聖戦完遂」への国民動員と締めつけが極限に近づいていった時期だが、そのころ尹東柱の詩はますます充実し、「序詩」をはじめ尹東柱ならではの秀作が続々と生み出された。そして四二年春に留学のため日本に渡った尹東柱が、その先にどんな境地に達していたか。それを示していただろう作品は、尹東柱がソウルの友人・姜処重に送った手紙に書いた五篇が保存された以外は、今のところ発見されていない。尹東柱生前の最後の到達した地点を示すものが奪われた、そのこと自体を含めて、尹東柱の生涯とその詩世界とのあいだを行きつ戻りつしながら、読者もまたつぎつぎに新たな問いに向き合うことになる。それは本質的な謎といってもよい。

京都・下鴨警察署で押収された詩やノートには何が書かれてあったのか? そもそも抗日運動の盛んになりゆく辺境の地に生まれたクリスチャンの彼が、厳しい自問と時代の動きへの深い洞察をもちながら、それらを平明な詩語に純化して表現しえたのはなぜなのか？　このような詩人を生みだす母体となったもの、命をはぐくむ原初の海のようにこの詩人を育てたものは、なんだったのか？　さらにまた、このような詩人を殺す国とはいったいなにか？

宋友恵著『尹東柱評伝』は、全編このような問いに答えようとする強い意志によって貫かれ、詩人を生み育てたもの、その深く大きな秘密へと読者をいざなう作品である。

著者自身、本書の要所要所で「伝記的事実」と尹東柱の人生の真実、そして彼の作品世界のもうひとつ奥にある意味のあいだを行き来しながら、「歴史批評」を実行している。著者のその「批評」内容に読者が共感するにしろ、ある種のひっかかりを覚える場合があるにしろ、それもまた、詩人がなにを思いこのような詩が生まれたか、その内実に迫っていこうとする読者の自由な思考や想像を刺激するはずだ。ひと口でいって、「伝記的事実」の厚みと「歴史批評」の深さをとおして、読者の思考・想像・推理の手がかりや根拠を豊かなものにしてくれるところに、この評伝作品の大きな意義がある。金宇鍾氏のいう「歴史的背景と彼の殉教的な生の軌跡とを分離して論じられるものではない」という点は、そこのところにかかわってくるに違いない。

尹東柱をどう読むか

韓国のある著名な文学評論家によれば、「尹東柱ほど日本で大きな関心を集め、研究と発表が進められてきた韓国の文人はいない」という。「日本だけではなく世界の他の国を見渡しても、尹東柱のように外国で持続的に関心を引きつづけている例はない」とのことだ。

尹東柱の詩のもつ魅力がその根にあることはいうまでもない。「けがれなき澄んだ良心へ訴える強い主題がある」こと、それがやわらかな抒情的表現と独特な韻律をとおして表現されている尹東柱作品の特質が、日本の読者の心にもつよい反響を呼び起こしている。そしてその詩人が日本の福岡刑務所で獄死したという事実が、尹東柱の「民族」性と「抵抗」性を示す表象となって、日本人読者の胸に迫る。「抗日詩人」として獄死したか、またはその苦難を経験して早く病死した詩人には、韓龍雲、李陸史、李相和などもいるし、民族の恨（ハン）を表わし日帝にたいする鬱憤のなかで自殺した金素月のような詩人もいる。しかし日本で獄死したのは尹東柱だけだということが、これだけ関心をもたれることと明らかにかかわっている。

近年では、この詩人が日本の福岡刑務所で獄死したことへの、痛恨の思いを込めた尹東柱追悼の催しが、詩人にゆかりの三つの都市、東京、京都、福岡で、毎年ひらかれるようになった。尹東柱の詩を読み、その生涯を顕彰する市民の会が各地に生まれ、講演会や研究会のような地道な活動もつづけられている。

しかし、尹東柱の作品に先入観なく接したとき読者の受ける印象は、「抵抗」とか「闘争」などのイメージから離れた、むしろ平明に荒ぶらずにひらかれてゆく詩世界であり、深い自問を重ねながら自らの生き方を探り求める、胸に沁みるような〈自画像〉に近いものである。それを思い起こせば、尹東柱をいかなる詩人と見るかという問題はそう単純なものではなくなる。

尹東柱という個性的な詩人の表現をとおして生まれるその「抒情性」への共感のひろがりには、ある曖昧さを含みながらも、必ずしも「民族」や「抵抗」という言葉ではすくいとれない、根深い人間的な感受性の発露があることは否定できない。つまり、どの言語に翻訳されても、その違いを超えて人びとの胸を打つすぐれた文学の普遍的な超越性が、尹東柱の作品において現実のものとなっている。そしてその「抒情性」への共感が、このようにすぐれた美しい作品を書く詩人を殺したもの、またその時代にたいする痛切な怒りをともなう場合が多い点は、日本でも韓国でも同じように、いわば自然に生じる現象だろう。そこにまさに尹東柱の詩が持つ不思議な感化力がしめされている。
「井戸の中には月が明るく　雲が流れ空がひろがり／青い風が吹いて　秋があります／追憶のように男がいます。」（「自画像」1939・9）。「女はつと起《た》って襟を直し　花壇から金盞花をひとつ摘んで胸に挿し　病室へ消えた。わたしは…（中略）…彼女が寝ていたその場所に　横たわってみる。」（「病院」1940・12）。「夜を明かして鳴く虫は／恥ずかしい名を悲しんでいるのです。」（「星をかぞえる夜」1941・11・5）。

　これらの詩が書かれた一九三九年から四二年にかけて、日本の「聖戦完遂」への国民動員と「内鮮一体」の締めつけが極限に近づいていった時期に、尹東柱は日本に留学している。しかしその詩には、時勢になびいたり戦争の狂熱に浮かれたりする、ただの一行もなく、またそれに抗い声高に反駁するような、高ぶった言葉も出てこない。

　このように一見素朴にも見える平明さで、つつましく愛おしいものに想いを馳せる詩人だから、尹東柱は「清廉な抒情詩人」という言葉でよく語られる。

　また、クリスチャンの家に生まれ幼時洗礼を受けた尹東柱の詩精神は、キリスト教の信仰にもとづくものだというとらえ方がある。じっさい尹東柱の詩作品のほとんどが聖書の言葉や故事来歴にかかわりがあるという。たしかによく引かれる「十字架」の「祝福されたイエス・キリストへの／ように／十字架が許されるなら／／首を垂れて／花のように咲き出ずる血を／暮れゆく空の下に／しずかに流すでしょう。」のような詩句は、キリスト教的な思考、そこに根差す問いを、まさに自らの生き方によって身をもって問うていることを証しだてるものだ。しかしそれは、彼の信仰がいつも揺るがず、福音への信頼によって落ち着くことができたということを意味しない。「悲しむ者は　さいわいがある」という行を八回つづけたあと、最後に一行「わたしたちが　とこしえに悲しむのです。」と書いたとき（詩「八福」一九四〇年一二月、推定）、尹東柱には、苦しみ悲しむ同胞たちに福音はあるのかと神にさえ問い迫る烈しいまでの批評性があった。

　本書の第7章で著者は、尹東柱の散文詩「ツルゲーネフの丘」にはツルゲーネフその人の「乞食」を、詩「その女」にはサッフォーの「ある処女」を、そして「八福」には新約聖書「マタイ福音」第五章にある有名なイエスの「八福」を対比し、尹東柱の批評精神がつよく発動しているこのような一面に照明をあてている。尹東柱の「八福」の肉筆原稿をつぶさに見つめながら著者は、彼が「八福」の最後を「わたしたちが　とこしえに悲しむのです。」とするまでに、自分の思いの底にあるものを探り出そうと、何度も詩語を模索しながら行きつ戻りつしていることを確かめる。尹東柱の削除・訂正・抹消などの推敲の様子や、余白への書き込みなどから、詩人のそのときの体温や呼吸がそこはかとなく感じられる瞬間がある。自分の思念の充填された詩語は何かを探る詩人の精神の運動の一端が、その筆跡から垣間見られる。

　このあたりは本書のなかでも、「伝記的叙述」と著者による「歴史批評」とがからみあって尹東柱の内面に肉迫していく、ひじょうに印象的なところである。


　尹東柱にたいする評価については、詩人の母国の北半部（朝鮮民主主義人民共和国、以下「北朝鮮」と記す）でのそれについても記しておきたい。

　大村益夫氏の研究・紹介によって、一九八〇年代に入って、北朝鮮での文学史叙述に変化の兆しが見られることがわかってきた（『中国朝鮮族文学の歴史と展開』緑蔭書房、二〇〇三年刊による。同書には大村氏の「尹東柱研究」の蓄積がまとめられている）。それによると、北朝鮮での一九三〇年代の文学史叙述は「従来、国外における抗日武装闘争の中で生まれた作品を主流とし、その影響下に展開された国内のプロレタリア文学を支流として扱うのみ」であったが、その傾向に「若干の変化が現れ、民族主義的立場ではあっても、抗日的・良心的な文学を評価しようとする傾向」が出てきたという。

大村氏は尹東柱を「正面から論じた文章」を二つ紹介している。一つは『空と風と星と詩』の美学――尹東柱の詩世界」という題の論文、もう一つは、一九九四年に平壌の出版社から出た『文芸常識』という大部な本で、文芸各方面にわたって「常識」として必要な知識が示され、その中に尹東柱が見出し項目の一つとして取り上げられているという。『文芸常識』では、尹東柱の項目のところで「一九九〇年三月、南朝鮮の在野詩人文益煥牧師が平壌を訪れた際、空港での最初の演説で『序詩』を引用」することから話しはじめたとして尹東柱の「序詩」全文が紹介されているという（故文益煥氏は尹東柱の幼なじみで、本書にもその証言がよく出てくる）。さらに大村氏はその文章の「結論」を紹介している。――「彼〔尹東柱〕の詩には日帝植民地支配のもとで呻吟するわが人民の受難と悲しみが反映されており、あの暗い時代にも祖国解放のその日を固く信じて力強く前進しようとする志向性を具現している」。

これにたいする大村氏の感想「南北の文学観が、一歩近づいたことを喜びたい」に、異議をとなえる人はあるまいと思う。

尹東柱についての研究には、まだ残されている課題がいくつもある。これについていま詳しく調べて書いている余裕がないが、いくつかの問題、その断片なりと挙げておくとする。

①本書9章に出てくる三つの資料、尹東柱の逮捕時の特高警察による取調文書と、尹東柱、宋夢奎ふたりの判決文は、いずれも日本の研究者の手で発見され、ほどなく韓国でも翻訳・公開されて、その後の尹東柱研究に大きな影響を与えた。

韓国では一九七〇年代半ばに、尹東柱にたいする再評価が『文学思想』誌上で試みられたが、前掲の金宇鍾氏も寄稿した一九七六年四月号では、執筆者一〇名のうち八名が「尹東柱は抵抗詩人ではない」という論調で書いていたという。当時はまだ尹東柱や宋夢奎の裁判記録や取調文書が、発掘されていなかったため、事件の性格も、尹東柱たちの考え方も、具体的に明かにされていなかったという時代的限界もあった。

軍部独裁政権の下にあった韓国の七〇〜八〇年代には、民主化闘争への弾圧で懲役一〇年とか無期、死刑という重刑判決が宣告されることも珍しくなかった。本書の著者が尹東柱の評伝を自分の仕事として書きはじめた八〇年代の半ばごろにも、韓国では、尹東柱に「懲役二年」というと「軽い」刑のような印象をもつ論者が、まだ少なくなかったという。それが、「心やさしい抒情詩人である尹東柱が、本当に独立運動に関与したとは思えない」という見方にも、結びついていた面がある。また、尹東柱の詩「風が吹いて」や「星をかぞえる夜」の句節を引用して、「この引用部分が示すように、尹東柱は〝なんの憂いもなく〟、なんの〝苦しむ理由も〟なしに秋の空の星をかぞえることができる、弱小民族の異邦人の一エゴイストにすぎなかった」と断定する論者もいたことからすれば、尹東柱の詩そのものについての十分な考察と理解が不足したまま、「なよなよしいまでに清純な抒情詩人」という先入観から決めつける学者や評論家もいたのである。

本書の著者、宋友恵氏はそうした論調に違和感をいだいたという。

9章で「特高月報」や尹東柱と宋夢奎の判決文を引用して、著者は尹東柱たちが「確実な証拠もなしに〝思想犯〟という罪目をなすりつけられ、実刑を宣告されたとは、みることができない」と書いている。とくに「徴兵制度を逆利用しなければならないという発想が、特高の触覚に」危険な「謀略活動」と映ったのであり、「思想犯としてはけっして軽くない実刑」の宣告につながった、という。ここでいう「証拠」が、「治安維持法違反」の嫌疑を立証する「証拠」を意味していることは、いうまでもない。そのとき押収されたたくさんの「書類」（大半が尹東柱の詩や散文の原稿、ノートだったと思われる）は発見されておらず、実際に尹東柱たちがどんな言葉で何を考えていたのかを、知ることはできない。

尹東柱に面会に行った尹永春（「父のいとこ」だが尹東柱と同年）と幼なじみの金禎宇の言葉がそこに引用されているが（本書四三六―四三八頁）、「四畳半の畳部屋で、刑事の立会いの下に彼と二人向かい合った」金禎宇は、担当の刑事が、傍らの机に「一尺以上も積み上げられた書類を指さして」「あれがみんな証拠書類だ」「余計な英雄主義のためにあんなことに」なったといったと、証言している。

尹東柱たちを捕らえ断罪した側の理屈と「事件」「裁判」の核心内容が、これら重要資料の発見によってはっきりしたのは確かだ。しかし判決文を読んでも、検事側が「証拠」として挙げたものは、尹東柱や宋夢奎が「協議」したり「研究」したり「民族の独立について思考」したりしたという事実だけで、まさに実行行為ではなく思想・信条を裁かれているのは明らかである。「治安維持法」という法自体がそのような悪法だった。

満十八歳六カ月のとき（一九三六年三月）宋夢奎が中国に行き、独立運動に加わろうとした話は、本書に詳しく描かれた。同じ家で生まれ、同じ村、町の同じ学校で育ち、最後に同じ刑務所で死ぬまで「人生の同行者」であった宋夢奎が、中国の済南で逮捕されて以来、日本警察の「要視察人」としてずっと監視下に置かれていたことが、尹東柱にとっても逮捕につながる引き金になったということは、著者も書いており、また判決文での「徴兵制度」についての考え方が、尹東柱のものというより宋夢奎の発想であったろう、と著者も推理している。尹東柱と宋夢奎は性格が対照的で、行動の仕方もちがう。思想や信条を語るその言い方、ニュアンスも違っていたはずだが、ふたりの判決文を読み比べてもその違いが伝わってこない。

戦争が長引き朝鮮人にも徴兵制が施行される。

そこで、尹東柱と宋夢奎が「徴兵制度ヲ批判シ、朝鮮人ハ従来武器ヲ知ラサリシモ、徴兵制度ノ実施ニヨリ新ニ武器ヲ持チ、軍事知識ヲ体得スルニ至り、将来大東亜戦争ニ於テ日本カ敗戦ニ逢着スル際、必スヤ優秀ナル指導者ヲ得テ、民族的武力蜂起ヲ決行シ、独立実現ヲ可能ナラシムへキ旨、民族的立場ヨリ該制度ヲ謳歌シ」た、というのが尹東柱にたいする判決文の問題個所である（ここでは原文に適宜読点を入れた）。

わたしは疑問に思う。「徴兵制度ヲ批判シ」で始まったセンテンスの結びでは「該制度ヲ謳歌シ」たとなっているのは、つじつまが合わない。

著者は「似た実例として」洛陽軍官学校で教官だった李青天の例があるとして、抗日武装闘争のための「逆利用」という「構想はたんに荒唐無稽な白日夢だとはいえない」と書いている。しかし李青天は、韓日併合直前に大韓帝国の「陸軍武官学校」に入校していた人物で、日本軍からの「脱出」が一九一九年とずいぶん前のことだ。大韓帝国そのものが日本に「併合」されてしまったため、韓国の武官養成が日本の陸軍士官学校に「委託」されることになった。そのため李青天は日本の陸軍士官学校を卒業ということになり、将校として日本軍隊に勤務したわけだが、六年後、三・一独立運動の報に接して日本軍から「脱出」したということである。これは、尹東柱や宋夢奎が当面していた朝鮮人青年たちにたいする徴兵制の問題とは質的に異なっている話ではなかろうか。

宋夢奎が、李青天という抗日武装闘争の大先輩の経験談を、尹東柱たちに語り伝え、それを特高刑事が聞きとめたということは考えられる、また仮に徴兵制度で将校ではなく一兵士として戦場に引っ張られるとしても、武器の扱い方を知り軍事知識を得て生還することができれば、それはそれとして抗日武装闘争に役立てられる面があるとはいえる。しかし、尹東柱や宋夢奎は、だからといって、同胞青年たちにこの「制度を謳歌」して進んで兵隊になれと勧めるはずがないだろうと考える。事実、当時朝鮮人のあいだでは、「日本の戦争に弾丸よけとして朝鮮人を利用している」と怨嗟する声の方が強かったことは、本書のなかにも触れられている。

つまり判決文のこの問題部分は、宋夢奎の発想をというより、特高刑事の発想を映し出しているのではあるまいか。「この話でひっかければ証拠になる」とほくそ笑んだような刑事の悪相が訳者の目には浮かぶのだ。ともかくこの話を、検事は「証拠」として提出し、判事はそれを「証拠」として採用したが、実際に徴兵制度について、尹東柱や宋夢奎がそこに書かれてあるように考えていたとは、断定できない。ここのところは、さらに関連資料や他の事例を研究していくべき点の一つだろうと思う。

②また、尹東柱と宋夢奎の死因については、今もまだはっきり解明されていない。福岡刑務所で彼らが打たれた「名前のわからない注射」は「当時、九州帝大で実験していた血漿代用生理食塩水の注射だったという可能性が大きい」という鴻農映二氏（韓国文学研究家）の推定が本書に紹介されているが（四七三―四七四頁）、さらに追及が必要だ。

③中国における朝鮮族文学と尹東柱の文学との関連については、大村益夫氏の研究が群を抜いていて、日本では追随する人がほとんどいない。さまざまに魅力的な詩人や作家がかの地にはいて、尹東柱をそういう別の視野から見直すことも必要と思うが、これも大きな課題の一つだ。

④尹東柱はひじょうに熱心に勉強した学究の徒であり、留学先から故郷の家に数百冊も持ち帰ったという蔵書の一部や、新聞掲載の詩や論文、エッセイ類のスクラップなどを見ると、一九四〇年代初めの時点で、彼はすでに世界の最先端の思想的・芸術的課題を意識しながら、民族の命運と時勢の流れを見ようとしていた。そう

いうすぐれた知性人だったのではないかと思う。本書にも尹東柱のそういう蔵書一覧や家族たちのそれにまつわる思い出がでているが、そこにでてくる書物を読んだことが、尹東柱の何にどのように影響したか、反響したかの測定は、まだほとんど未開拓の研究分野と思う。この点でも大村益夫氏の研究が先駆的で、その成果を共有することから次へ進んでいかねばならないと思う。

⑤尹東柱の読者、研究者は、韓国、日本、中国のそれぞれゆかりの地を中心に広がっている。その詩碑や尹東柱資料館なども、それぞれの国のゆかりの地、ソウルの延世大学キャンパス、同志社大学と京都造形芸術大学のキャンパス、延辺(中国吉林省)の龍井中学などにつくられている。

韓国では「尹東柱文学思想宣揚会」が文学者、研究者、企業家などの協力でつくられ、季刊雑誌『序詩』を二〇〇五年春に創刊し、またシンポジウムやノレ(歌)の会、尹東柱を主題とする演劇やミュージカルの上演など多彩な活動をつづけている。シンポジウムや「尹東柱文学の夕」などの催しは、韓国内だけでなく中国の延辺(延辺大学や明東村の旧尹東柱生家)やアメリカのシアトル、ワシントン、ラスベガスなどでひらかれている(筆者も二〇〇八年夏にワシントンでのセミナーに招かれた)。

この会ではまた「尹東柱文学賞」を設け、毎年韓国内の詩人と海外の詩人に授賞している。同じ名前の文学賞はほかでも行われており、延辺では尹東柱の妹の尹恵媛氏とその夫の呉瑩範氏夫妻の尽力で「尹東柱文学賞」が少年・青年を対象に贈られ、新聞社の協力で受賞者が韓国に招待されている。また尹東柱が留学した東京の立教大学では、二〇〇七年からそのチャペル(池袋の立教学院諸聖徒礼拝堂)で毎年追悼の行事と講演などの催しがひらかれるようになったが、あらたに「尹東柱奨学金」制度が間もなくスタートし、詩人の後輩である韓国からの留学生のために、奨学金を提供することになったという。

このように尹東柱の詩、その文学と生涯に関する研究や読者自身による活動は、東北アジアの共有財産として姿を現しつつある。

尹東柱の読み方は、新しくその詩に触れる若い読者の登場によってこれからも更新され、豊かになっていくよう祈りたい。そのためにも、この「共有財産」が人びとの交わる場として、ひらかれた形で尹東柱について語り合う場所となるような、工夫と努力が必要だ。

金時鐘氏のいう次のような言葉がこのとき想い起こされる。氏は、「尹東柱の存在性はキリスト教的か、それとも民族受難の抵抗か。このような形の論調でのみ尹東柱が位置づけられてしまっては」尹東柱の詩についての議論は深まらないという。「抵抗の詩人」といわれるのは、どういう詩であるから抵抗であるのか？「抒情詩人」といわれているその詩の「抒情」の質はどうなのかを、問わねばならない。「民族」や「抵抗」や「抒情」の実相を、その作品に踏み込んで読み取ることが大事だ。「尹東柱をただいとおしむのでなく、彼の、まみれることのない抒情の質に思いをいたして、あらためて読まれる尹東柱の詩であることを念じている。」

ここに「共有財産」を生かしてわたしたちが語り合える方法、態度が示されていると考える。

本書を尹東柱生誕九〇年の二〇〇七年中に出版したいと考えて、翻訳をはじめたのが二〇〇四年秋だったが、それから数えると足かけ約五年の仕事を、ようやく一区切りつけることができた。ここまでこぎつけるにあたって多くの人のご教示と支持を受けた。何より著者宋友恵氏には、わたしが翻訳・出版の事に当たる件を快諾していただき、今回の出版準備の過程でも、たび重なるわたしからの問い合わせにていねいに答えてくださった。ソウルの金宇鍾氏は、先述のように韓国文学翻訳院の「翻訳支援」申請の折りに、一肌脱いでくださった。氏とは、二〇〇二年夏にソウルでシンポジウムをひらいたときに（主催は日本の二つの市民の会）、会ったのが最初だったが、じつは一九七四年に氏の姿をみたことはある。当時の朴正煕政権によって、氏を含めた五人の文学者が逮捕された筆禍事件のとき、わたしは日本での釈放運動を呼びかけた一人となり、ソウルまで裁判の傍聴に行った。そのとき氏の凛とした立ち姿を、傍聴席からみたのだった。このたび尹東柱を仲立ちにして、このように再会できたことを、とてもよろこんでいる。

もはやこまかく書けないが、金時鐘氏の力添え、大村益夫氏の学恩とご教示には、くりかえし助けられた。同志社大学出身の研究家朴世用氏は、原稿と訳文を対照してチェックしてくださった。見のがせない疑問点の扱いについて、水野直樹氏（京都大学教授）が相談に乗ってくれた。柳楊善氏（韓国カトリック大学教授）にも、鄭芝溶の童詩中の、あるやさしい単語のニュアンスについて教えていただけたことが、うれしい。

大阪在住の在日三世詩人・丁章氏は、この本の進み具合を最初から最後まで我がことのように気にかけ励ましつづけた。その熱い友情に感謝する。

仕事の途中、行き詰まりそうになると、しばしば尹東柱の顔（写真）を見、その声を聞き（想像し）、彼とともにいることを感じながら前進した。それがいま積み重なってここに至った。尹東柱よ、そしてみなさん、ありがとう。

己丑（二〇〇九年）一月二五日

愛沢　革

追記・参考文献について

尹東柱についてもっと詳しく、深く知るための参考文献にはどのようなものがあるか、ぜひその一覧リストを本書に掲載したかったが、すでに予定の紙数を超え、時間的制約もあって、果たせなかった。今後あらたに尹東柱を読みはじめ、あるいは研究に踏み込もうという人たちのために、そういう情報は役に立つにちがいない。

ここでは、一九九六年ごろまでの文献・資料の一覧を網羅している大村益夫氏の文章を紹介し、それ以後現在までの文献で、いま気がつくもののみを付け加えることにしておく。

大村氏の詳細な文献紹介は「尹東柱を理解するための資料について」という表題で、『星うたう詩人 尹東柱の詩と研究』という本に掲載されている（尹東柱詩碑建立委員会編、三五館、一九九七年刊）ので、詳しくはそれを参照してほしい。

韓国、中国、日本、朝鮮民主主義人民共和国（これは二点だけ）の文献情報だけでなく、たとえば「数ある論著の中で、もしどれか二冊にしぼるとしたら、わたしは一九七六年六月発行の『ナラサラン』第二三号と、一九八九年五月発行の李善栄編『尹東柱詩論集』をあげたい」というように、なにが重要かなどの評価も書かれていて、ひじょうに有益だ。『ナラサラン』二三号からは本書にもしばしば引用されている。

ハングルによる研究資料のリストに（これだけでも五頁半ある）、「便利でしかも信頼できるものとして」三つあげられている。①ハングル版『空と風と星と詩』（正音社、一九八三年以降の版本）の巻末「尹東柱研究資料目録」、②李善栄編『韓国文学論著類形別総目録』（韓国文化社、一九九〇年）、③『尹東柱研究』（一九九五年、文学思想社発行『尹東柱全集』第二巻）の付録「尹東柱に関する単行本および論文目録」。「ここには一九四八年から一九九五年春までに発表されたすべての論著が拾われている」とのことだ。それらに収録されていない一九九五年発表の論著も補足されている。

尹東柱の評伝各種が挙げられている中で、「新しい資料を使って最も本格的なのが宋友恵の評伝である」としている。

「日本語による文献については、伊吹郷訳『空と風と星と詩』（記録社発行、影書房発売、一九八四年刊）の巻末資料篇にたんねんに拾ってある」とし、それ以後に発表されたものも大村文に補足されているが、ここでは割愛する。

以上の大村益夫氏の資料紹介文以後の文献として気がついたものをこの頁の末尾に示す。漏れがあると思うが、今後補充していきたい。（大村文の掲載されている『星うたう詩人』は既載なので省略）

・韓国

『写真版　尹東柱自筆詩稿全集』王信英、沈元燮、大村益夫、尹仁石編。民音社、一九九九年二月刊。

『定本　尹東柱全集』洪ジャンハク編、文学と知性社、二〇〇四年七月刊。（上記『写真版全集』にもとづいた編集。尹東柱肉筆原稿の綴り字に従う）

『定本　尹東柱全集　原典研究』洪ジャンハク、文学と知性社、二〇〇四年刊。

『原本対照　尹東柱全集　空と風と星と詩』鄭ヒョンジョン、鄭ヒョンギ、沈元燮、尹仁石編、延世大学出版部、二〇〇四年八月刊。

『申庚林の詩人をたずねて』申庚林、ウリ教育社、一九九八年一〇月刊。（尹東柱、鄭芝溶など二二人の詩人ゆかりの地を訪ねての文学紀行）

『韓国現代文学の探索』柳楊善著、亦楽社、二〇〇五年二月刊。（「尹東柱の詩に現れた離別の意味」「尹東柱の〈自画像〉再論」「尹東柱の散文と詩の関連様相」など、尹東柱論が三分の一を占める。他に「一九一〇年代後半期小説」「一九三〇年代農民小説」「沈薫の〈常緑樹〉」「李箱の随筆〈倦怠〉」「金素月の恨と死」「李陸史の詩と宇宙論的思惟」および六〇年代以後の作家などを扱ったものがある）

・日本

『尹東柱詩集　空と風と星と詩』磯林和満・鄭昌憲訳、大阪文学学校刊、一九八一年。（解説・金時鐘「ことばの栄光」）

『尹東柱全詩集　空と風と星と詩』伊吹郷訳、記録社発行、影書房発売、一九八四年。

『死ぬ日まで天を仰ぎ　キリスト者詩人・尹東柱』日本基督教教団出版局編訳、日本基督教教団出版局刊、一九九五年。

『星うたう詩人　尹東柱の詩と研究』尹東柱詩碑建立委員会編、三五館刊、一九九七年。

『天と風と星と詩　尹東柱詩集』上野潤編訳、詩画工房刊、一九九八年。

『尹東柱詩集　空と風と星と詩』金時鐘訳、もず工房刊、二〇〇四年。

＊本書でも尹東柱の詩はたくさん引用されているが、訳者はこれら先行訳詩集の翻訳を参考にして新訳を試みた。あらためて先達たちの仕事に敬意を表する。

（その他の参考文献）

『対訳　詩で学ぶ朝鮮の心』大村益夫、青丘文化社、一九九八年六月刊。（五八人の詩人の作品を原詩との対訳で紹介。尹東柱、尹一柱の作品が含まれている）

『詩人尹東柱への旅』宇治郷毅、緑蔭書房、二〇〇二年。

『わが生と詩』金時鐘、岩波書店、二〇〇四年一〇月刊。（講演、対談集。そのうち二本で尹東柱を扱っている）

『再訳　朝鮮詩集』金時鐘訳、岩波書店、二〇〇七年一一月刊。（鄭芝溶はじめ尹東柱が親しんだ朝鮮の先輩詩人たちが多く含まれている）

・パンフレット

『詩人尹東柱とともに［尹東柱を読む・二〇〇二年日韓読者交流の集いの記録］』尹東柱の故郷をたずねる会編・発行、二〇〇三年三月刊。（金宇鍾、宋友恵、愛沢革、金正煥、真男木美喜子ほか）

『よみがえる詩人尹東柱［尹東柱没後六〇年記念シンポジウム記録集］』尹東柱の故郷をたずねる会編・発行、二〇〇六年一二月刊。（宋友恵、金時鐘ほか）

60
柳玲〔ユ・ヨン〕 50, 236, 240, 242, 259-263, 315, 515-516
尹一柱〔ユン・イルジュ〕 22-23, 27-28, 58, 93-94, 121-122, 124-125, 140, 142, 148, 226-227, 252, 255-258, 260, 284-285, 322, 331, 333, 344-346, 357, 369, 422, 434-435, 441, 465-466, 468, 486, 488, 490, 499-500, 504-505, 508-509, 518, 520, 528, 530-536, 562
尹吉鉉〔ユン・ギルヒョン〕 361
尹光柱〔ユン・クァンジュ〕 22, 124, 504-505, 508
尹山温〔ユン・サノン／George McCune〕 199-202
尹在玉〔ユン・ジェオク〕 28-29, 30, 42
尹信永〔ユン・シニョン〕 30, 33, 70, 139, 141, 489
尹信真〔ユン・シンジン〕 30, 70
尹石重〔ユン・ソクジュン〕 128, 226, 260, 345
尹致昊〔ユン・チホ〕 302, 316, 334, 339
尹峻烈〔ユン・チュンニョル〕 118
尹テイル〔ユン・テイル／윤태일〕 214
尹徳榮〔ユン・ドギョン〕 278
尹徳鉉〔ユン・ドクヒョン〕 27-28
尹夏鉉〔ユン・ハヒョン〕 22, 28-30, 33, 43, 122, 140-141, 229-230, 322, 491, 504-505
尹炳奭〔ユン・ビョンソク〕 25
尹ファス〔ユン・ファス／화수〕 209
尹富漑〔ユン・プゲ〕 28
尹恵媛〔ユン・ヘウォン〕 22, 143-144, 171, 175, 226-230, 252, 254, 256, 333, 366, 388-389, 404-406, 428, 430, 435, 467, 474, 488-490, 492, 496, 508, 532, 547
尹海栄〔ユン・ヘヨン〕 13-14, 109-111
尹奉吉〔ユン・ボンギル〕 151, 166
尹永錫〔ユン・ヨンソク〕 22-23, 30, 32-33, 43, 49, 90, 117, 122, 124, 228, 230, 240, 467, 469-470, 494, 496, 504-505
尹永善〔ユン・ヨンソン〕 179
尹永春〔ユン・ヨンチュン〕 354-356, 386, 400-401, 436-438, 467, 469-470, 472, 474, 483, 487, 490, 494, 496, 531
廉尚燮〔ヨム・サンソプ〕 511

ラ

羅士行〔ラ・サヘン〕(羅哲〔ラ・チョル〕) 154, 159, 164, 166-170, 237-238, 260, 263-264, 286-287, 357, 472, 531, 554
羅喆〔ラ・チョル〕 95
ラッシュ，ポール・フレデリック〔Paul Frederick Rusch〕 376-377
ラッセル，バートランド〔Bertrand Russell〕 268
リー(宣教師)〔Lee, H.M〕 199
梁啓超 212
リルケ，ライナー・マリア〔Rainer Maria Rilke〕 315, 328, 346
林語堂 548
ルーズベルト，フランクリン〔Franklin Roosevelt〕 267
レーニン，ウラジミール〔Vladimir Lenin〕 96, 98, 100, 212

ワ

ワーズワース，ウィリアム〔William Wordsworth〕 31 5, 419, 420
渡邊常造 439, 441, 447

黄テンニム〔ファン・テンニム／황택림〕 214
黄允石〔ファン・ユンソク〕 61
フイヒテ，ヨハン〔Johann Fichte〕 426
フェルディナント，フランツ〔Franz Ferdinand〕 20
福島昇 439, 441
藤崎健一 378
裵緯良〔ペ・ウィリャン／William M.Baird〕 184
裵チリョプ〔ペ・チリョプ／치렵〕 204
ヘーゲル，フリードリヒ〔Friedrich Hegel〕 554
白仁俊〔ペク・インジュン〕 416, 432-433, 461
白純〔ペク・スン〕 25
白石〔ペク・ソク〕 198, 226, 331, 346
白樂濬〔ペク・ナッジュン〕 237, 346
白凡〔ペク・ポム〕 →金九〔キム・ク〕
ペリ，フィリップ 73-74
許雄〔ホ・ウン〕 241
許ヨンスク〔ホ・ヨンスク／영숙〕 336
ボース，チャンドラ〔Chandra Bose〕 212, 445, 452
星智孝 439, 441
堀口大学 345
洪範図〔ホン・ボムド〕 95, 141, 555

マ

馬晋〔マ・ジン〕 73
マーティン，スタンリー・H〔Stanly H. Maritin〕 115
松尾洋 421
マッカーサー，ダグラス〔Douglas MacArthur〕 507
マッチニー（マッツィーニ），ジョゼッペ〔Giuseppe Mazzini〕 426
松原輝忠（創氏名、本名不明） 402, 416, 433, 444, 446, 461
松山龍漢（創氏名、本名不明） 416, 425, 432-433
マフェット，サミュエル〔Samuel Moffett〕 199
マルクス，カール〔Karl Marx〕 93, 98, 100
三好達治 345
明羲朝〔ミョン・フィジョ〕 127, 147, 154, 160
ミル，ジョン・スチュアート〔John Stuart Mill〕 268
閔テシク〔ミン・テシク／민태식〕 242
閔妃〔ミン・ビ〕（明成〔ミョン・ソン〕） 158
文益煥〔ムン・イクファン〕 13, 21, 23, 30, 39-40, 45, 51-52, 59, 62, 78, 86, 91, 103, 117, 125-129, 147-148, 175-176, 179-181, 188, 191, 201, 208, 213, 215, 284, 345, 347, 352, 354, 492, 556
文一平〔ムン・イルピョン〕 346
文在麟〔ムン・ジェリン〕 39-40, 62, 91, 116-117, 123, 492
文信吉〔ムン・シンギル〕 70
文世栄〔ムン・セヨン〕 269
文治政〔ムン・チジョン〕 59
文チャンウク〔ムン・チャンウク／장욱〕 238
文秉奎〔ムン・ビョンギュ〕 38-39, 117
毛允淑〔モ・ユンスク〕 126

ヤ

矢島文雄 368
安武直夫 199
楊原泰子 8-10, 369, 381, 383
梁イニョン〔ヤン・イニョン／인현〕 478
梁又正〔ヤン・ウジョン〕 541, 544
梁起鐸〔ヤン・ギタク〕 59, 116, 455
梁柱東〔ヤン・ジュドン〕 226, 345
梁ハンモ〔ヤン・ハンモ／한모〕 547
柳一韓〔ユ・イルハン〕 60
兪億兼〔ユ・オッキョム〕 237, 242
柳記天〔ユ・ギチョン〕 502-503
柳基淵〔ユ・ギョン〕 60
劉聖福〔ユ・ソンボク〕 203
柳致環〔ユ・チファン〕 269
ユ・ヂュンソ〔유증서〕 287
柳フンウォン〔ユ・フンウォン／유홍원〕

鄭在浩〔チョン・ジェホ〕 204
鄭載冕〔チョン・ジェミョン〕 59-62, 66, 68, 83, 86, 116-118
鄭芝溶〔チョン・ジヨン／지용〕 3, 8, 184, 194, 197-198, 226, 256, 259, 264, 323, 343, 345-346, 362, 398-399, 505-506, 511-512, 515-517, 534-536, 560
全ジョンオク〔チョン・ジョンオク／전종옥〕 287
鄭信泰〔チョン・シンテ〕 61
鄭淳萬〔チョン・スンマン〕 54
鄭大為〔チョン・デウィ〕 12, 59, 117-118, 212, 394-396
鄭斗鉉〔チョン・ドゥヒョン〕 200
全徳基〔チョン・ドクキ〕 59
鄭徳煕〔チョン・ドッキ〕 509
鄭炳昱〔チョン・ビョンウク〕 260, 279, 281-284, 299-301, 325-326, 331-333, 344, 386-387, 508-509, 515-516, 527-528, 530, 532-533, 535
陳果夫 151-152
陳憲植〔チン・ホンシク〕 541
土田譲亮 158
ツルゲーネフ，イワン〔Ivan Turgenev〕 260, 270-271, 273-275, 277, 290
デュルタイ，ヴィルヘルム〔Wilhelm Dilthey〕 345
デフォー，ダニエル〔Daniel Defoe〕 396
董閑 38, 41
トゥイス，ピーター 267
東条英機 459
頭山満 210, 212
ドストエフスキー，フョードル〔Fyodor Dostoyevski〕 346
トロツキー，レフ〔Lev Trotsky〕 100

ナ

ナイドゥ，サロジニ 401
南葦彦〔ナム・ウィオン〕 39, 55, 59
南信学〔ナム・シナク〕 70
南信鉉〔ナム・シニョン〕 70
南道薦〔ナム・ドチョン〕 38-39
南平文〔ナム・ピョンムン〕 38
南石（教授） 394-396
盧基南〔ノ・ギナム〕 511
野村浩一 163

ハ

河敬徳〔ハ・ギョンドク〕 241
朴雄世〔パク・ウンセ〕 120
朴オンネ〔パク・オンネ／박옥내〕 287
朴甲東〔パク・カプトン〕 547
朴コニク〔パク・コニク／박건익〕 287
朴春恵〔パク・チュネ〕 388
朴禎瑞〔パク・チョンソ〕（朴茂林〔パク・ムリム〕） 54, 57, 59, 61
朴正煕〔パク・チョンヒ〕 114, 208, 214-215, 454
朴泰俊〔パク・テジュン〕 13-14
朴泰煥〔パク・テファン〕 61, 116, 139
朴南坡〔パク・ナムパ〕 151-152
朴泳鍾〔パク・ヨンジョン〕 256
朴龍喆〔パク・ヨンチョル〕 269, 344
花岡昌治 374
林英夫 382
韓ウソク〔ハン・ウソク／우석〕 48
韓相一〔ハン・サンイル〕 209
韓信愛〔ハン・シネ〕 70
韓俊明〔ハン・ジュンミョン〕 48-49, 54, 70, 78-79, 83, 85-86, 88-91, 101, 145
韓澄〔ハン・ジン〕 405, 456
韓信煥〔ハン・シンファン〕 70
韓ヒョクドン〔ハン・ヒョクドン／한혁동〕 241
韓弼昊〔ハン・ピルポ〕 345, 455
韓龍雲〔ハン・ヨンウン〕 226, 345
日高丙子郎 85, 209, 212-214
玄相允〔ヒョン・サンユン〕 457
玄濟明〔ヒョン・ジェミョン〕 237, 269
玄哲鎮〔ヒョン・チョルジン〕 156, 167-168
卞ウンホ〔ビョン・ウンホ／응호〕 204
卞榮魯〔ビョン・ヨンノ〕 226
黄義敦〔ファン・ウィドン〕 61
黄国柱〔ファン・クッジュ〕 156
黄順元〔ファン・スヌォン〕 226, 345

482
徐炳旭〔ソ・ビョンウク〕 214
徐花潭〔ソ・ファダム〕 538
西山（大師）〔ソサン〕 244
宋尤菴〔ソン・ウアム〕 538
孫元一〔ソン・ウォニル〕 541-542, 545
宋元奎〔ソン・ウォンギュ〕 141
宋宇奎〔ソン・ウギュ〕 430
宋雄奎〔ソン・ウンギュ〕 143, 149, 169, 170, 265, 431
宋始億〔ソン・シオク〕 139-140
宋鎮禹〔ソン・ジヌ〕 457
宋志英〔ソン・ジヨン〕 544
孫晋泰〔ソン・ジンテ〕 242, 346
宋昌根〔ソン・チャングン〕 141, 334
宋昌恒〔ソン・チャンハン〕 140
宋昌賓〔ソン・チャンピン〕 141
宋昌羲〔ソン・チャンフィ〕 33, 90, 92, 139-144, 228, 476, 489, 495-496, 500, 503
宋韓福〔ソン・ハンボク〕 144
孫文（孫中山） 152, 212
宋夢奎〔ソン・モンギュ〕 2, 4, 11-13, 33-34, 78, 88-90, 92-93, 95, 104, 122, 124, 126, 129-130, 133-134, 139-140, 142-144, 146-151, 153-154, 157, 159, 161-162, 166-172, 174-175, 179-180, 219-220, 228, 231, 237-238, 240, 244, 255-256, 265, 315-316, 319, 334-336, 338-340, 342-344, 350, 352, 355-356, 366, 369-370, 375, 392, 396, 401-402, 404, 406, 408-409, 412-419, 427-433, 436, 438-443, 448, 454, 457-464, 469, 472, 474, 476, 483, 486, 488-489, 493-494, 496-503, 507, 515, 526, 529, 554, 561

タ

高橋濱吉 302
高松孝治 9, 377-378, 383
瀧山（教授） 395-396
崔奎南〔チェ・ギュナム〕 237, 242
周時経〔チェ・シギョン〕 61, 139-140
崔チャンオン〔チェ・チャンオン／최창언〕 214
崔夏林〔チェ・ハリム〕 553
崔ビョンイク〔チェ・ビョンイク／최병익〕 54
崔鉉培〔チェ・ヒョンベ〕 237, 240-241, 346, 405, 456
崔峰雪〔チェ・ボンソル〕 120
崔明鎮〔チェ・ミョンジン〕 103
崔麟〔チェ・リン〕 278
張ウンサン〔チャン・ウンサン／장은산〕 214
張シファ〔チャン・シファ／장시화〕 287
張志暎〔チャン・ジヨン〕 61
張聖彦〔チャン・ソンオン〕 402, 416, 433-434, 461
張徳順〔チャン・ドクスン〕 12, 234-235, 281, 299, 332, 334, 343, 529, 537, 541, 545
張ネウォン〔チャン・ネウォン／장래원〕 208
張鉉植〔チャン・ヒョンシク〕 456
張萬栄〔チャン・マニョン〕 269, 344
張ユンチョル〔チャン・ユンチョル／장윤철〕 209
張ヨハン〔チャン・ヨハン／요한〕 235
朱基徹〔チュ・ギチョル〕 205
周時経〔チュ・シギョン〕 61, 139-140
朱信徳〔チュ・シンドク〕 70
朱耀翰〔チュ・ヨンハン〕 226, 345, 456
趙静菴〔チョ・ジョンアム〕 538
趙斗南〔チョ・ドゥナム〕 13-14, 109-111
曹喜達〔チョ・フィダル〕 478
鄭益成〔チョン・イッソン〕 199
丁一権〔チョン・イルグォン〕 214
鄭寅燮〔チョン・インソプ〕 237, 244
鄭ギリョン〔チョン・ギリョン／기련〕 436
鄭光鉉〔チョン・クァンヒョン〕 456
鄭ググァン〔チョン・ググァン／구관〕 264, 265
鄭國殷〔チョン・クグン〕 541-545, 547

金チュヒョン〔キム・チュヒョン／김추형〕 361
金佐鎮〔キム・チュワジン〕 96, 120
金チュンヨプ〔キム・チュンヨプ／김준엽〕 101
金哲〔キム・チョル〕 61
金正奎〔キム・チョンギュ〕 117
金正明〔キム・チョンミョン〕 119, 150, 166, 168
金泰吉〔キム・テギル〕 419
金斗燦〔キム・ドゥチャン〕 10, 201-202
金料奉〔キム・トゥボン〕 154
金斗憲〔キム・ドウホン〕 242
金度心〔キム・ドシム〕 55-56
金東仁〔キム・ドンイン〕 256
金ドンハ〔キム・ドンハ／김동하〕 214
金東煥〔キム・ドンファン〕 89, 226, 345
金來成〔キム・ネソン〕 256
金河奎〔キム・ハギュ〕 38-39, 55-56, 64-66, 120
金学淵〔キム・ハギョン〕 55, 59
金河錫〔キム・ハソク〕 118-119
金ハンニム〔キム・ハンニム／김학림〕 214
金ビョンウェ〔キム・ビョンウェ／김병왜〕 64
金憲述〔キム・ホンスル〕 476-477, 481-484
金鴻亮〔キム・ホンニャン〕 455, 457
金ムヌン〔キム・ムヌン／김문응〕 241
金躍淵〔キム・ヤギョン〕 27, 30, 38-40, 43, 49, 57, 59, 61, 69, 72, 83, 85, 91, 117-118, 120, 139, 213
金允植〔キム・ユンシク〕 26, 368
金龍〔キム・ヨン〕 22, 32, 43, 139, 492
金永喆〔キム・ヨンチョル〕 204
金ヨンテク〔キム・ヨンテク／김영택〕 214
金容徳〔キム・ヨンドク〕 267
金永郎〔キム・ヨンナン〕 345
金栄学〔キム・ヨンハク〕 117
金寒暄堂〔キムハンフォンダン〕 538
キューリー，マリ（キューリー夫人）〔Marie Curie〕 242
キョンジェ〔경재〕 273
吉善宙〔キル・ソンジュ〕 457
工藤重雄 213
クローデル，ポール〔Paul Claudel〕 345
ケーブル牧師夫人 284, 387
高運河〔コ・ウナ〕 412
高銀〔コ・ウン〕 40, 52
高宗〔コ・ジョン〕 24-25, 55, 58, 158
高熙旭〔コ・ヒウク〕 407-409, 412-414, 416-420, 427, 432-434, 438-439, 458, 461-462, 477, 554
高洪権〔コ・ホングォン〕 412
貢沛誠 151
康有為 212
孔子 160
鴻農映二 474
コクトー，ジャン〔Jean Cocteau〕 401
小西宜治 439, 441, 452

サ

佐伯有一 163
サッフォー〔Sappho〕 275-277, 290
ジード，アンドレ〔André Gide〕 346
塩谷明久 408
重光葵 151
清水栄一 396, 445, 449-450
ジャム，フランシス〔Francis Jammes〕 328, 345, 401
ジョイス，ジェイムズ〔James Joyce〕 345
蕭錚 151
蒋介石 147, 151, 153, 157, 162-164, 405
諸葛亮 538
白川義則 151
辛夕汀〔シン・ソクジョン〕 269, 344
申泰煥〔シン・テファン〕 237
鈴木大拙 420
スヌーク，V. L.〔V.L.Snook〕 200
須磨弥吉郎 153
世宗〔セジョン〕 47-48, 50, 58
蘇軾 155
徐廷柱〔ソ・ジョンジュ〕 331, 345
蘇東坡 548
徐ドンフン〔ソ・ドンフン／서동훈〕

李範允〔イ・ボムユン〕 36, 63, 64-65
李卯默〔イ・ミョムク〕 237, 242
李歇河〔イ・ヤンハ〕 237, 242, 332-333, 343, 390, 419, 509
李栗谷〔イ・ユルゴク〕 538
李永獻〔イ・ヨンソン〕 188
飯島信之 9, 371, 374-375, 383
生田春月 345
石井平雄 439, 441, 447
磯部陽三 374
伊藤博文 68, 157, 278
伊吹郷 395-397, 432-434, 439-440, 463, 474, 558
林仁植〔イム・インシク〕 202
ヴァレリー，ポール〔Paul Valéry〕 345-346
元一漢〔ウォン・イルハン／Horace Grant Underwood〕 267, 269, 279, 287, 302, 333
元杜尤〔ウォン・トゥウ〕 267
内田良平 210, 212
宇野哲人 9, 381
江島孝 439, 443, 449, 461
エビスン（博士） 236
呉相勲〔オ・サンフン〕 163
呉壯煥〔オ・ジャンファン〕 344
呉瑩範〔オ・ヒョンポム〕 547
大村益夫 179, 215
厳ダルホ〔オム・ダルホ／엄달호〕 241, 260
厳恒燮〔オム・ハンソプ〕 151, 157-158, 160

カ

梶村秀樹 54, 153, 161, 455
勝田（教授） 395-396
カルヴァン，ジャン〔Jean Calvin〕 393
河盛好蔵 345
瓦谷末雄 439, 441, 447
姜小泉〔カン・ソチョン〕 256
姜処重〔カン・チョジュン〕 8, 241, 244, 264, 315, 335, 344, 356-357, 389-390, 423, 508, 511-512, 515-517, 525, 527-538, 541, 543-547, 560
姜徳相〔カン・ドクサン〕 73
姜樂遠〔カン・ナグウォン〕 242
カント，イマヌエル〔Immanuel Kant〕 554
キエルケゴール，セーレン〔Søren Kierkegaard〕 554
金一龍〔キム・イルヨン〕 434
金仁〔キム・イン〕 158
金元鳳〔キム・ウォンボン〕 161, 423
金億〔キム・オク〕 272
金甲星〔キム・カプソン〕 164-165
金起林〔キム・ギリム〕 269
金九〔キム・ク〕（白凡〔ペク・ポム〕） 53-54, 59, 104, 149-151, 153-154, 156-161, 164, 166, 167, 214, 422-423, 427, 450, 455, 457
金光均〔キム・グァンギュン〕 269
金珖燮〔キム・グァンソプ〕 269, 275-277, 464-465
金三不〔キム・サムプル〕 241, 516, 524
金三龍〔キム・サムリョン〕 543-545
金尚鎔〔キム・サンヨン〕 269
金済玉〔キム・ジェオク〕 478
金在準〔キム・ジェジュン〕 140, 334
金信熙〔キム・シニ〕 70
金信宇〔キム・シヌ〕 70
金中滿〔キム・ジュンマン〕 146
金禎宇〔キム・ジョンウ〕 71-72, 76, 78, 88-89, 121-122, 142, 144, 355-356, 436-438, 458, 495
金定圭〔キム・ジョンギュ〕 85
金宗瑞〔キム・ジョンソ〕 47
金正勲〔キム・ジョンフン〕 117
金信默〔キム・シンムク〕 21, 38, 51-52, 56, 60, 65, 70, 79-80, 92, 103, 116-117, 141, 149, 350, 492, 494, 496, 556
金錫観〔キム・ソックァン〕 117, 488, 503-505
金松〔キム・ソン〕 300-301, 386
金性業〔キム・ソンオプ〕 456
金善琪〔キム・ソンギ〕 237, 242
金チャンスン〔キム・チャンスン／김창순〕 101

人名索引

本文（写真キャプション、原注、訳注、見出しを含む）にフルネームで（但し、尹東柱の家族は例外）登場する人名を対象とした。

ア

安恭根〔アン・コングン〕 151, 157-158, 160
安重根〔アン・ジュングン〕 68, 157, 455
安昌浩〔アン・チャンホ〕 59, 60, 239
安泰国〔アン・テグク〕 455
安明根〔アン・ミョングン〕 455, 457
安ヨンギル〔アン・ヨンギル／안영길〕 214
アンダーウッド一世 236
アンダーウッド二世〔Horace Horton Underwood〕 236, 315, 333
アンダーウッド三世 →元一漢〔ウォン・イルハン〕
李益成〔イ・イクソン〕 167
李益燦〔イ・イッチャン〕 118
李イニョン〔イ・イニョン／인용〕 156
李允宰〔イ・インジュ〕 347, 405, 456
李瑋鐘〔イ・ウィジョン〕 25
李義淳〔イ・ウィスン〕 61
李元求〔イ・ウォング〕 478
李雄〔イ・ウン〕 149, 156, 166-168, 422, 427, 430, 450
李殷相〔イ・ウンサン〕 14, 226, 345
李康子〔イ・カンジャ〕 545
李ギュソク〔イ・ギュソク／규석〕 85
李基潤〔イ・キユン〕 456
李キョンモク〔イ・キョンモク／이겸목〕 286
李光洙〔イ・グァンス〕（春園〔チュヌォン〕） 26, 98, 101, 155, 160, 226, 256, 278, 336, 338, 345, 368
李克魯〔イ・クンノ〕 456
李箱〔イ・サン〕 227
李サンジン〔イ・サンジン／이상진〕 214
李相卨〔イ・サンソル〕 24-25, 54-55, 59, 110
李載瀅〔イ・ジェヒョン〕 541
李ジュイル〔イ・ジュイル／이주일〕 214
李舟河〔イ・ジュハ〕 545
李儁〔イ・ジュン〕 25, 54
李舜臣〔イ・スンシン〕 537-541
李スンボク〔イ・スンボク／이순복〕 241
李承晩〔イ・スンマン〕 214
李成桂〔イ・ソンゲ〕 47
李石麟〔イ・ソンニン〕 456
李チソン〔イ・チソン／지성〕 164
李春昊〔イ・チュナム〕 242
李青天〔イ・チョンチョン〕 153, 161, 460, 461
李退渓〔イ・テゲ〕 538
李東寧〔イ・ドンニョン〕 25, 38, 54, 60
李東輝〔イ・ドンフィ〕 59-61, 118-119
李ハクス〔イ・ハクス／이학수〕 215
李恒福〔イ・ハンボク〕 47
李熙昇〔イ・ヒスン〕 347, 405, 456
李秉岐〔イ・ビョンギ〕 347
李ビョンジュ〔イ・ビョンジュ／이병주〕 214
李会栄〔イ・フェヨン〕 25
李範奭〔イ・ポムソク〕 153

尹東柱（Yun Dong-Ju／ユン・ドンジュ）

詩人。1917年12月30日、朝鮮から豆満江を越えてきた移住民三世として北間島（現在、中国吉林省延辺朝鮮族自治州）の明東村に生まれる。龍井の恩真中学から平壌の崇実中学校に転入学するが、日本当局の「神社参拝」強要に抗議し自主退学。1936年頃より童詩を雑誌に発表。1938年、ソウルの延禧専門学校（現在、延世大学校）文科に入学、朝鮮語授業の廃止を体験。卒業時に自選詩集『空と風と星と詩』の原稿を準備するが、出版を断念。「創氏改名」届を提出して「渡航証明」を取り、1942年、日本に渡る。4月、立教大学英文科選科に入学。9月、京都に移り、同志社大学英文科選科に転学。1943年7月、同志社大学在学中に治安維持法違反（「独立運動」の嫌疑）で京都下鴨警察署に逮捕され、懲役2年の刑宣告を受ける。1945年2月16日、福岡刑務所で獄死。詩集『空と風と星と詩』は韓国ではロングセラーとなり、邦訳も伊吹郷訳、金時鐘訳など数種類が出ている。

著者紹介

宋友恵（Song U-Hae／ソン・ウヘ）

作家。歴史家。韓国ソウル市在住。1968年ソウル大学医学部看護学科に入学（のち中退）。1978年、韓国神学大学神学科に編入学し1982年に卒業。1980年『東亜日報』新春文芸に当選して作家としてデビュー。1982年に韓国文学賞、84年にサムソン文芸賞を受賞。著書に、長編小説『秤と刀』『透明な林』『白い鳥』、小説集『目の大きな力士の話』『スペインの舞を踊る男』、散文集『下手な人の撃つ弓は怖い』など。歴史家としての著作も多く、1984年、日本軍側の戦闘報告書も含め国内外の資料を追跡し「青山里戦闘と洪範図将軍」を『新東亜』9月号に、その後「北間島大韓民国会議の組織形態に関する研究」「大韓独立宣言書の実体」など、北間島史および独立運動史に関する論文を発表している。

訳者紹介

愛沢革（Aizawa Kaku／あいざわ・かく）

1949年大阪生れ。詩人、翻訳家。1970年代初めから執筆活動を始め、韓国良心囚や筆禍事件で捕らえられた文人の釈放運動にも参与。新日本文学会の編集長、事務局長を歴任後、96年に延世大学に留学、同年秋ソウルで「外国人詩文コンクール・詩部門」でハングル学会賞を受賞。翻訳作品に玄基栄「われわれはどうなっているか」、黄晳暎「南と北はおたがいを変化させる」などの評論（『新日本文学』掲載）の他、南廷賢の小説「許虚先生、服を脱ぐ」、現代詩の翻訳・解説などがある。共著に『朝鮮人の日本人観』（自由国民社）、『仮面』（里文出版）など。

空《そら》と風《かぜ》と星《ほし》の詩人《しじん》　尹東柱評伝《ユンドンジュひょうでん》

2009年2月28日　初版第1刷発行 ©

訳　者　愛　沢　　革
発行者　藤　原　良　雄
発行所　株式会社 藤　原　書　店

〒162-0041　東京都新宿区早稲田鶴巻町523
電　話　03（5272）0301
FAX　03（5272）0450
振　替　00160 - 4 - 17013
info@fujiwara-shoten.co.jp

印刷・製本　図書印刷

Printed in Japan
ISBN978-4-89434-671-0

「人々は銘々自分の詩を生きている」

金時鐘詩集選

境界《きょうがい》の詩

〈猪飼野詩集／光州詩片〉

［解説対談］鶴見俊輔＋金時鐘

七三年二月を期して消滅した大阪の在日朝鮮人集落「猪飼野」をめぐる連作詩『猪飼野詩集』、八〇年五月の光州事件を悼む激情の詩集『光州詩片』の二冊を集成。「詩は人間を描きだすもの」（金時鐘）

〈補〉「鏡としての金時鐘」（辻井喬）

Ａ５上製　三九二頁　**四六〇〇円**

（二〇〇五年八月刊）

◇978-4-89434-468-6

韓国が生んだ大詩人

高銀詩選集

いま、君に詩が来たのか

高　銀

金應教編　青柳優子・金應教・佐川亜紀訳

自殺未遂、出家と還俗、虚無、放蕩、耽美。投獄・拷問を受けながら、民主化・統一に生涯をかけ、朝鮮民族の運命を全身に背負うに至った詩人。やがて仏教精神の静寂を、革命を、民衆の暮らしを、民族の歴史を、宇宙を歌い、遂にひとつの詩それ自体となった、その生涯。

［解説］崔元植［跋］辻井喬

Ａ５上製　二六四頁　**三六〇〇円**

（二〇〇七年三月刊）

◇978-4-89434-563-8

半島と列島をつなぐ「言葉の架け橋」

「アジア」の渚で

〈日韓詩人の対話〉

高銀・吉増剛造

［序］姜尚中

民主化と統一に生涯を懸け、半島の運命を全身に背負う「韓国最高の詩人」、高銀。日本語の臨界で、現代における詩の運命を孤高に背負う「詩人の中の詩人」、吉増剛造。「海の広場」に描かれる「東北アジア」の未来。

四六変上製　二四八頁　**二二〇〇円**

（二〇〇五年五月刊）

◇978-4-89434-452-5

〝光州事件〟は終わっていない

光州の五月

宋基淑《ソンギスク》

金松伊訳

一九八〇年五月に起きた現代韓国の惨劇、光州民主化抗争（光州事件）。凄惨な現場を身を以て体験し、抗争後、数百名に上る証言の収集・整理作業に従事した韓国の大作家が、事件の意味を渾身の力で描いた長編小説。

四六上製　四〇八頁　**三六〇〇円**

（二〇〇八年五月刊）

◇978-4-89434-628-4

1989年11月創立 1990年4月創刊

月刊

機

2009
2
No. 204

発行所　株式会社 藤原書店©
〒一六二－〇〇四一　東京都新宿区早稲田鶴巻町五二三
電話　〇三・五二七二・〇三〇一（代）
FAX　〇三・五二七二・〇四五〇
◎本冊子表示の価格は消費税込の価格です。

編集兼発行人
藤原良雄
頒価 100 円

植民地支配下で失われゆく「朝鮮」に毅然として殉教した清純な詩人

尹東柱《ユンドンジュ》の決定版評伝、待望の刊行！

（1917. 12. 30–1945. 2. 16）

一九四五年二月一六日、福岡刑務所で（おそらく人体実験によって）二十七歳の若さで非業の死を遂げた朝鮮人・学徒詩人、尹東柱。日本の植民地支配下、創氏改名で「姓名」を、治安維持法で「言葉」を、投獄生活で「命」を奪われるも、失われゆく「朝鮮」に毅然として殉教し、死後、奇跡的に遺された手稿によって、その存在自体が朝鮮民族の「詩」となった詩人。その尹東柱を理解する上で「これに勝る書はない」と言われる決定版評伝。本書が日本に対して持つ歴史的意義を考えたい。

編集部

● 二月号 目次 ●

〈尹東柱《ユンドンジュ》〉を通して理解する「歴史」

宋友恵《ソンウヘ》

朝鮮の「歴史」における北間島《ブッカンド》

北間島《ブッカンド》が生んだ民族詩人、尹東柱！

　筆者は尹東柱の生と詩をたいへんに好んではいたが、その評伝を書くつもりはまったくなかった。ところが去る一九八五年初め、ヨルム社の崔夏林《チェハリム》主幹から尹東柱の評伝を書いてほしいという思わぬ依頼を受けた。筆者が間島《カンド》史研究をしていてその地の事情に明るく、尹東柱の一家と遠い姻戚関係にあって、外部の人では脈絡を把握できない深層の部分まで取材が可能だという好条件をもっているから、本格的な尹東柱評伝を書いてくれというのだった。紆余曲折を経て結局、書くことになり、その後ほとんど四年間という歳月が流れてようやく完成したのである。

　尹東柱が詩「星をかぞえる夜」で「母さん、／そしてあなたは遠い北間島《ブッカンド》におられます」と詠ったその地こそ、この本を書くあいだいつも筆者の心の奥底を刺激しつづける存在だった。筆者は以前から北間島《ブッカンド》にたいして、ある個人的な特殊な愛情、ほとんどライラックの花の香りにも似た懐かしさを抱いていた。かの地は洪範図《ホンボムド》将軍指揮下の独立軍の隊員として戦死した筆者の祖父と、その祖父より早くに病死した祖母の遺体が横たわっている場所であるからだ。この本を書くあいだ、その懐かしさは時にはほとんど苦痛のように、そして悪性の身熱のように、強くこみ上げてもきた。尹東柱の評伝を書き終えた後、ふたたび「北間島《ブッカンド》」という地名が筆者の心をつかんだ……。

一九四五年以後も続いた「歴史」

かえりみればこの本は、原稿の完成とともに完結する一般的な本とは異なり、変身と成長をくりかえしながら今日にいたるという特異な運命をたどった。

　まず世界的な時代状況の変化にともなう改訂があった。東西冷戦の終息によってわが国もまた過度なイデオロギーの抑圧から自由になってきたが、これによってこの間「左翼」というレッテルに縛られていた関連者たちについてまっとうな

▲尹東柱が生涯敬愛した詩人、**鄭芝溶**《チョンジヨン》(1902-?)。尹東柱は『鄭芝溶詩集』の影響を受け、観念的な詩でなく、やさしい言葉で真率な感情表出を試み始める。死後、出版された『空と風と星と詩』に序文を寄せたのは、その朝鮮近現代詩の原点たる当代の大詩人鄭芝溶だった。だが彼は朝鮮戦争の際「越北」したとみなされ、80 年代後半まで名すら伏せられる運命を辿り、1955 年刊の増補版詩集からは、鄭芝溶の序文は削除された。

▲崇実中学校時代。後列右端が尹東柱。後列中央が**文益煥**《ムンイクファン》。尹東柱とは幼なじみで、本書には貴重な証言が多数引用されている。後に韓国で牧師・詩人となり、民主化・統一運動に献身。1989 年には、統一問題を話し合うため、鄭敬謨《チョンギョンモ》氏と共に平壌を訪問。その後、国家保安法で投獄されたが、この際出された「4・2南北共同声明」こそ、2000 年南北首脳会談に至る道程の第一歩となった。だが、祖国統一を見ることなく、1994 年に逝去。

照明を当てることができるようになったからだ。

まず、南労党幹部出身の死刑囚として歴史の冷たい灰のなかに深くうずめられていた人、かつて尹東柱の延禧専門学校の同窓生でふだんから親しい友人でもあり、解放後新聞記者となった姜処重《カンチョジュン》について。そして尹東柱の詩集がはじめて世に出たとき力強く大きな役割をはたした著名な詩人・鄭芝溶《チョンジヨン》について。彼らにしっかり光を当てることができ、また本が出版されたのちにも、多くの人がちょうどあらたに植えた樹をともに育てていくように引き続き助けてくださり、新しい証言と補充資料が入手できた。そこでそれらすべてを合わせて「改訂版」を出した。

さらに「再改訂版」をつくったのは、本の内容をとてもよく補完してくれる重要な資料が日本から新たに入手できたた

▲延専卒業クラス時代の尹東柱（左）と鄭《チョン》炳昱《ピョンウク》（右）。尹東柱が鄭炳昱より 2 学年上で、年は 5 歳も上だったが、互いに胸襟をひらいてまじわった間柄だった。鄭炳昱は尹東柱から受け取った肉筆詩集『空と風と星と詩』をよく保管し、解放後に越南してきた遺族に伝え、尹東柱という詩人を世に知らせることに大きい貢献をした。鄭炳昱は解放後ソウル大学国文科で国文学を専攻した後、同大学国文科教授として長く奉職した。尹東柱の詩が中学、高校の教科書に掲載されるよう努力するなど、世に尹東柱を知らせるために最善を尽くした。

▲尹東柱の「人生の同伴者」であった宋夢奎《ソンモンギュ》(1917–1945)。いとこ同士で同年に同じ村に生まれ、同年に同じ刑務所で獄死。少年時から大人たちを相手に演説をするほど聡明で文学的にも早熟だった彼に対し、尹東柱は「大器は晩成だ」と自分に言い聞かせていた(文益煥の証言)。民族意識も強く、中学時代には学業を中断し、洛陽軍官学校で極秘軍事訓練を受けるが、これにより日本の警察に捕まり「要視察人名簿」に載ったことが、後日、京都帝大生だった彼自身と尹東柱が日本の刑務所で獄死する遠因となった。

めだ。尹東柱の東京・立教大学の後輩である日本人女性・楊原泰子《やなぎはらやすこ》さんから、尹東柱の東京時代に直接かかわるとても貴重な証言と資料が電撃的に発掘されたのである。

日本での出版がもつ意義

そしてこの度、『尹東柱評伝』の日本語完訳版が出版される。〈尹東柱〉という人物を日本人の前にあらためて立ちあがらせるのである。こういうことを通して朝鮮人と日本人はお互いをよく理解できるようになるだろう。

人類の歴史がはじまって以来、わたしたちは人を通して人間の暮らしを理解してきたし、人を通して歴史を理解してきた。歴史はけっきょく人である。

朝鮮人が過去の歳月をへながら、時代の与える凄絶な不幸と耐えがたい苦痛に

▲姜処重《カンチョジュン》は、尹東柱や宋夢奎《ソンモンギュ》と延専文科の同窓生。彼は、尹東柱が日本留学の際にソウルに遺した詩稿や遺品を保管し、解放後、弟・尹一柱に手渡した。また日本にいた尹東柱からの手紙の中に記されていた数篇の詩を彼が保管しなかったならば、尹東柱が命を奪われた地、日本で書いた詩は、ただの一篇も後世に伝えられることはなかった。さらに解放後、『京郷新聞』の紙面で当代の大詩人鄭芝溶《チョンジヨン》の簡潔な紹介文と共に、無名の詩人・尹東柱を初めて世に知らしめたのも、当時『京郷新聞』記者だった彼である。だが、その後の1950年代、左翼人物として逮捕され、死刑の宣告を受け、彼自身も悲劇の運命を辿る。尹東柱との関係も長く伏せられてきた。

▲龍井《ヨンジョン》の尹家の庭で**文益煥**《ムンイクファン》の父**文**《ムン》**在麟**《ジェリン》牧師の執礼で挙行された尹東柱の葬儀。延禧《ヨニ》専門文友会発行の『文友』誌に載った尹東柱の詩2篇が朗読された。文学的献辞は当時珍しいことだったが、墓碑には「詩人尹東柱之墓」と刻まれた。「**もっと勉強し民族のために力をささげようと、『平沼東柱』とか『宋村夢奎』という屈辱的な創氏改名をしたうえで日本に渡った彼らは、日帝の監獄で残酷に獄死し冷たい灰となって故郷に帰ってきたが、彼らを生んだ父たちの断固とした手によってみずからの名を取り戻して眠った**」（本書より）。

対応し向き合ったさまざまな方式の一つが、すなわち〈尹東柱〉であった。〈尹東柱〉は、時代にたいする向き合い方として、朝鮮人の心性が生まれ育ち花を咲かせた方式の一つだった。それだから〈尹東柱〉を知るということはすなわち朝鮮人を知ることの一つとなる。

　自分自身と民族に逼迫してきた不当な抑圧と悪にたいし、至純でありながら強靭な姿で向き合った詩人の生涯とその詩を通して、わたしたちが見なければならず、知らねばならないこととは何か？〈尹東柱〉という存在はそういう問いをわたしたちに提起する。

　しかし目を少し高くあげて見れば、〈尹東柱〉はけっきょく、わたしたち人類の一部分であり、尹東柱的な人生はわたしたち人類が生きてきた方式の中の一つであったということになる。そのように考

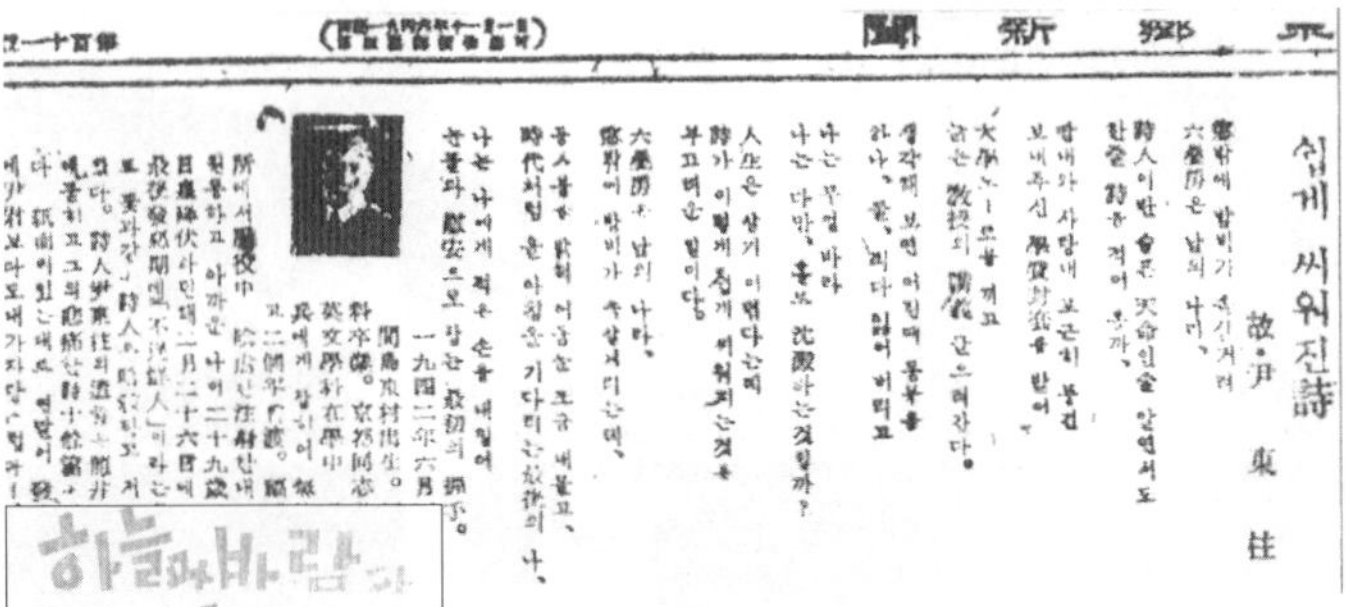

京鄕新聞

쉽게 씌워진詩

故·尹 東 柱

窓밖에 밤비가 속살거려
六疊房은 남의 나라,

詩人이란 슬픈 天命인줄 알면서도
한줄 詩를 적어 볼까,

땀내와 사랑내 포근히 품긴
보내주신 學費封套를 받어

大學노-트를 끼고
늙은 敎授의 講義 들으러 간다.

생각해 보면 어린때 동무를
하나, 둘, 죄다 잃어 버리고

나는 무얼 바라
나는 다만, 홀로 沈澱하는 것일까?

人生은 살기 어렵다는데
詩가 이렇게 쉽게 씌워지는 것은
부끄러운 일이다.

六疊房은 남의 나라,
窓밖에 밤비가 속살거리는데,

등불을 밝혀 어둠을 조금 내몰고,
時代처럼 올 아침을 기다리는 最後의 나,

나는 나에게 적은 손을 내밀어
눈물과 慰安으로 잡는 最初의 握手。

一九四二年六月

▲遺稿詩集『空と風と星と詩』の初版本。尹東柱の没後 3 周年を控えて 1948 年 1 月にソウル正音社から刊行。著者の写真と「自画像」「ツルゲーネフの丘」「懺悔録」など全 31 篇の詩が収録された。

▲解放後最初に紹介された尹東柱の詩

『京郷新聞』1947 年 2 月 13 日付に、詩人・鄭芝《チョンジ》溶《ヨン》の書いた尹東柱の生涯を物語る簡潔な紹介文と共に掲載された。彼の詩と生涯はこのような形で世の中に初めて知られはじめた。尹東柱の名の上にはっきり「故」の文字を付しているのが目を引く。

「間島東村出生。延専文科卒業。京都同志社大学英文学科在学中、日本憲兵に捕まり無条件に 2 年刑の言い渡しを受ける。福岡刑務所で服役中、残虐な注射をされ悲痛かつ惜しむらくも 29 歳〔数え年〕で逝った。日本天皇が降伏した年の 2 月 16 日、日帝最後の悪あがきの時期に「不逞鮮人」という名目で花のような詩人を暗殺し、その国もまた滅んだ。詩人尹東柱の遺骨は龍井東墓地に埋められ、その悲痛な詩十余篇はわたしのもとにある。紙面が許す限りひきつづき発表するのは、尹君よりわたし自身誇らしいことだ。」（詩人・鄭芝溶の紹介文）

えれば、尹東柱の生涯とその詩は、朝鮮人と日本人の違いを超越する。それは人類の一部分が犯した悪とその苦痛にたいして人類の他の一部分が至純でありながらも強靭な意志をもって強い力で向かい合った記録である。それは「世の中に悪は蔓延しているにもかかわらず、わたしたちはなぜ人類に希望をかけねばならないのか？」という問いに対するすばらしい応答となるだろう。

（構成・編集部）
（愛沢革・訳）

宋友恵（Song U-Hae／ソン・ウヘ）作家。歴史家。一九八〇年『東亜日報』新春文芸に当選して作家としてデビュー。北間島史や朝鮮・韓国独立運動史に関する著作も多い。

序詩

いのち尽きる日まで天を仰ぎ
一点の恥じることもなきを、
木の葉をふるわす風にも
わたしは心いためた。
星をうたう心で
すべての死にゆくものを愛おしまねば
そしてわたしに与えられた道を
歩みゆかねば。

今夜も星が風に身をさらす。

（愛沢革・訳）

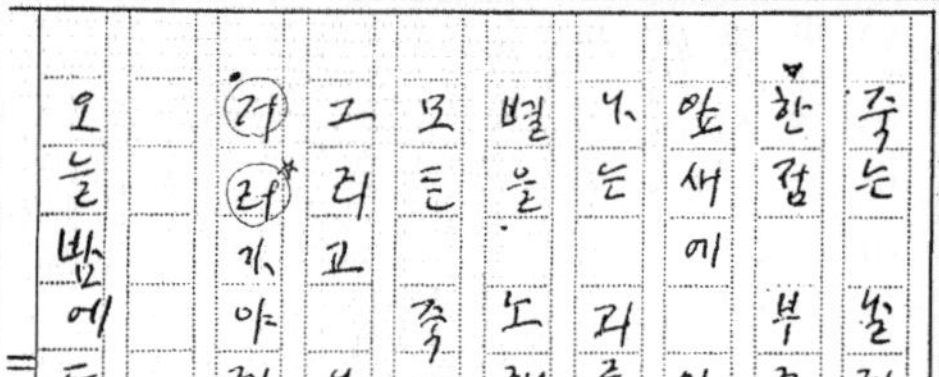
죽는 날까지 하늘을 우러러
한점 부끄럼이 없기를、
잎새에 이는 바람에도
나는 괴로워했다.
별을 노래하는 마음으로
모든 죽어가는 것을 사랑해야지
그리고 나한테 주어진 길을
걸어가야겠다。

오늘밤에도 별이 바람에 스치운다。

1941, 11, 20,

（自筆原稿）

『空と風と星の詩人　尹東柱評伝』を推薦する

忠実な探求精神と情熱と責任

高《コ》 銀《ウン》（詩人）

「抵抗」の概念を新たにする尹東柱

金《キム》時《シ》鐘《ジョン》（詩人）

本書にまさる書はなし

大村益夫（早稲田大学名誉教授）

宋友恵は堅固な作家であり歴史家である。このたび彼女が書き上げた尹東柱の生涯とその死、そしてその文学の純潔な肖像は、今日の時代が目ざす文学行為の一つであり、歴史行為の一つの結実として貴重である。けっして誇張せず逸脱もしない忠実な探求精神と情熱と責任が一体となったこの業績を、私は非常に誇らしく思う。

アジア侵略の「聖戦」完遂に故国朝鮮もが植民地の枷のなかでなだれているとき、ひとり使ってはならない言葉、母語の朝鮮語に執着し、時節にも時局にも関わりのない詩を自己への問いのように身悶えながら書き留めていた学徒の詩人。その詩のノートが唯一の物証となって失われてゆく朝鮮への殉教者ともなった二十七歳の生涯を、愛沢革訳の本書は、丹念に手繰って誠実に伝えている。

一九四五年二月、二十七歳の若さで福岡刑務所で獄死した尹東柱。その清冽な詩は今も韓国の人々によって敬愛されている。民族詩人尹東柱を理解するうえで、宋友恵さんの『尹東柱評伝』にまさる書はない。このたび宋友恵さんの再改訂版『尹東柱評伝』の日本語訳が出版されることとなった。従来、日本で翻訳出版されていたのは、改訂前の『尹東柱評伝』であり、しかもその書の三分の一程度の抄訳であったが、このたびは再改訂版の全訳である。訳者愛沢さんは、長年にわたり尹東柱研究にかかわってきた碩学の徒である。良き本が良き訳者によって世に出るのは喜ばしい。

「朝鮮」に殉教した詩人、尹東柱《ユンドンジュ》

（1917 年 12 月 30 日生／ 1945 年 2 月 16 日没）

1917 年 12 月 30 日、朝鮮から豆満江《トゥマンガン》を越えてきた移住民三世として北間島《プッカンド》の明東村に生まれる。龍井の恩真中学から平壌の崇実中学校に転入学するが、日本当局の「神社参拝」強要に抗議し自主退学。1936 年頃より童詩を雑誌に発表。1938 年、ソウルの延禧専門学校（現在、延世大学校）文科に入学、朝鮮語授業の廃止を体験。卒業時に自選詩集『空と風と星と詩』の原稿を準備するが、出版を断念。「創氏改名」届を提出して「渡航証明」を取り、1942 年、日本に渡る。4 月、立教大学英文科選科に入学。9 月、京都に移り、同志社大学英文科選科に転学。1943 年 7 月、同志社大学在学中に治安維持法違反（「独立運動」の嫌疑）で京都下鴨警察署に逮捕され、懲役 2 年の刑宣告を受ける。1945 年 2 月 16 日、福岡刑務所で獄死。詩集『空と風と星と詩』は韓国ではロングセラーとなり、邦訳も伊吹郷訳、金時鐘訳など数種類が出ている。

尹東柱《ユンドンジュ》の故郷、北間島《プッカンド》

（現在・中華人民共和国吉林省延辺朝鮮族自治州）

朝鮮では、豆満江《トゥマンガン》の中洲島を「間の島」、間島《カンド》と呼んでいた。その後、豆満《トゥマン》江《ガン》以北への朝鮮移住民が増加すると「間島《カンド》」の範囲は拡大し、鴨緑江《アムノッカン》以北は「西間島《ソカンド》」、豆満江《トゥマンガン》以北は「北間島《プッカンド》」と呼ばれた。各国の国境と利害が接する「はざま」の地域で、この地の朝鮮族は大国間の対立に翻弄され、1931 年には満州国領に、戦後は「朝鮮族自治州」ながら中国領となる。帰属をめぐる対立は、中韓（朝）間で現在まで続く。他方、日清間の間島協約、韓国併合後は、日本の「主権」下にないこの地が、朝鮮独立運動、抗日運動の拠点ともなり、朝鮮近代史において重要性をもった。この地から尹東柱《ユンドンジュ》が生まれたのも偶然ではない。「**北間島が生んだ民族詩人、尹東柱！　北間島がわが民族の経てきた最も暗く屈辱的で、つらく痛憤した時代に、一人の詩人を生み出し民族の前に捧げた。**」（本書より）

二十世紀前半、欧州社交界を風靡した伝説的快男児の真実に初めて迫る。

「バロン・サツマ」と呼ばれた男

村上紀史郎

誤解されていたバロン・サツマ

薩摩治《じ》郎《ろ》八《はち》（一九〇一―七六）は、つくづく日本に理解されなかった男のように思う。

今までのプロフィールは、「両大戦間のヨーロッパで、バロン・サツマと呼ばれ、現在の邦貨にして六〇〇億円ともいわれる金を、芸術や文化のパトロンとして、あるいは女性や遊興に蕩尽。戦後に無一文で帰国。波瀾万丈の生涯を送った人」といったものであった。ときにはそれに、「三十歳年下の浅草の踊り子と再婚。彼女の里帰りに同行した徳島で脳卒中に倒れ、若い妻がミシンを踏んで晩年を支えた」という美談が加わる。

特に、彼をよく知る詩人の堀口大學が、「僕の同時代人の中では、薩摩治郎八君が僕の知る限り、ヨーロッパの社交生活に、長期に渡って一番派手に金を使い続けた日本人だ」と書いたことで、大金を派手に蕩尽した男という観点が定まってしまった。

彼をモデルに生前に描かれた二つの小説『ゆきてかえらぬ』（瀬戸内晴美・一九六六年）と『但馬太郎治伝』（獅子文六・一九六七年）にしても切り口はほぼ同じだ。戦後のことは本人に取材しているが、戦前のヨーロッパでの活動については、治郎八が著した半生記『せ・し・ぼん――わが半生の夢』などからの流用が大半を占めている。つまり、これまでの治郎八像のほとんどは、この半生記が裏づけ調査もなされずに引用され、作り上げられてきたものといえよう。

一例を挙げる。今まで治郎八の最初の妻千代は、パリのファッション誌を飾るほどの美人で山田伯爵の令嬢とのみ紹介されていた。だが、千代の実家を知ることは、治郎八を語る上できわめて重要だ。山田家は、日本大学と國學院大学の創立者で初代司法大臣となった、長州の山田顕義の代で爵位を得た。

彼には息子がおらず養子に迎えたのが、元会津藩主松平容保の三男英夫であった。千代はその英夫の長女。治郎八は千代との結婚で会津松平家を通じて天皇家、徳川家、細川家、鍋島家などと縁戚となったのである。

日仏文化交流を支えたパトロン

薩摩治郎八が、パリ南部の国際大学都市にある七階建ての留学生施設、日本館（今年で開館八〇周年）の建築資金を提供したことはよく知られている。だが、それ以外にパトロンとして何をあるいは誰を、どのように援助したかは本人もほとんど書いていない。

▲薩摩治郎八（1901–76）

詳しく調べると、開館後の日本館は日本政府の管理下にありながら、運営費の不足分を治郎八が継続的に補塡していたことが分かった。また、フランスの名優ジェミエの一座によってパリで演じられた『修禅寺物語』。この公演資金も、表向きは外務省だが、内実は治郎八と彼の依頼による稲畑勝太郎の提供であった。

これらの事実は、外務省外交史料館の資料や治郎八の手紙などから確認することができた。このほか、岡鹿之助をはじめとする多くの日本人画家、オペラ歌手の藤原義江やピアニストの原智恵子も援助している。治郎八の文化のパトロンとしての面はもっと紹介されていい。

薩摩治郎八の主な活躍の舞台は、一九二〇年代から三〇年代の古き良きヨーロッパであった。そこには藤田嗣治やモーリス・ラヴェル、ポール・モーランなど日仏の画家・音楽家・小説家が数多く登場する。さらに視野を広げると、ジョイス、ヘミングウェイ、ディアギレフなど世界各国からパリに集まった偉大な芸術家たちも周囲に見え隠れしている。

富豪の一人息子であった治郎八は、文学や芸術の〝伝説の時代〟を、優れた語学力と有り余る財力によって多数の芸術家たちと交友しつつ、謳歌した。そして、国際大学都市を提唱したフランスの政治家アンドレ・オノラと出会い、日仏文化の交流を支えるパトロンを志すのである。

（むらかみ・きみお／編集者）

「バロン・サツマ」と呼ばれた男
村上紀史郎　薩摩治郎八とその時代
四六上製　四〇八頁　口絵4頁　三九九〇円

「ふるさと」とは「日本」とは？　北海道、東北、インド――広がる旅

帰還する道――ひとりひとりの女性の朝夕から

三砂ちづる

女の朝夕をたどりながら

自分を探し、日本人とは何か、を求める。森崎和江は切実な問いを携え、「あなたの日本を教えてください」と頼んで歩く。そして、筑豊炭田地帯という、地下労働者が主な住民となっている地域で、ようやく彼女自身が信頼を寄せることができる高齢の女性たちに出会う。「地面の下は神も仏もない。人間は意志バイ。あんたも人間、わしも人間、泣くな」そんな言葉に出会う。「その福岡県の筑豊地域を足場にして、柳田國男先生の著作を日本探しの手がかりにしながらくらしました」という。（第四巻「自分探しの中で」）

「大きな主題がささやかな日常の家事雑事のなかにつづいていることを大事にしながら、地道に生きている女の歴史も書きたい。この女の歴史とは、女総体の歴史ではなくて、ひとりの女性がたどった朝夕とでもいったもの……。」（第四巻「日本文化と産みの思想」）九州から、北海道、東北。そのような女の朝夕をたどりながら「私もどうやら日本が手にごつごつ感じ取れてきたように思う」という。「わたし」を探しながら、女性の無名性にいきつく。

この巻を通してくりかえし、くりかえし、あらわれるのは女の朝夕、である。日本、韓国、インド、そしてまた日本……女の普通の生活の姿である。産む姿、川でふろする、洗濯帰り、孫との添い寝。家族のいのちと生活を担い、引き受けて、誰にもほめられずとも、黙々と働いていた女たちのただふつうの朝夕。女性の自立、家事からの解放、産む産まないの選択、男女の平等、わたしたちは今生きている世界をすこしずつよくしてきたはずだが、実はその途上でまた、多くのことを失くしてきた。わたしたちはようやく、失ってきたものの大きさに気づき、何かを取り戻さなければならないと思う。

しかしそれらは、女性の抑圧や、理不尽な差別には結びつくことのないものであってほしい。それでは、取り戻さなければならないものは何か。森崎和江と言う人が自分をさがすために、日本や韓国

の女の朝夕をたどっていき、そこから浮かび上がらせたものに、「帰るべき道」が記されている、と思う。

「洗濯帰り」という習慣

暮らしの中の電化製品の普及で、一番恩恵を受けているのは、何と言っても洗濯機だといつも思ってきた。これを手で洗わなければいけなかったころはなんて大変だったんだろう。わたし自身の貧困な想像力はその程度であった。

▲1993年、秋田のブナ林にて

からだを洗うこと、髪を洗うこと、の延長線上に、こころとからだをまもることの先に、洗濯、と言う行為があり、それは家族全員の安寧を担保するための行為である、ということには気づいていなかった。「洗濯帰り」は、東日本では年に数回、嫁が故郷の川にでかけていって、幼友達と総出で足踏み洗う楽しい、と言う思いをもって思い出される習慣であり、「洗濯を知るものの解放感」につながるものだったという。

なんでも自分ができるように、という教育は、とても正しい。女だけに家事をさせるな、男もできるようにせよ、というのもまったく正しい。しかし、「洗濯帰り」というくだりを読むと、果てしない負担である家事、というものだけではない視点を与えられる。

「久しくわからなかったのだが、あるとき友人と上京した。彼女は週に一度は上京して、マンションで学生生活をしている息子たちの掃除洗濯をして帰る。ぜいたくなこと、過保護なこと、と言うわたしへ、彼女は飛行機の中で言った。息子たちが学校へ行っている留守に靴下なんか洗いながら思うの、息子たちが、これがぼくのお嫁ちゃんと言っていつの日か女の子を紹介したとき、よかったね、と本気で言いたくてこうして洗濯してるんだ、と。帰りの飛行機が雲にあがるとそんな自分がおかしくなるけどね、でも、ほんとにさっぱりと身ぐるみ全部、息子を未来のお嫁ちゃんにあげたいの。

洗濯渡しとはこういうことであったのだ。衣類管理もひっくるめて洗濯といっていたのだ。洗濯、つまり身につける衣を洗ってやるということは、衣の垢を落とすことだけでなく、その衣にくるまる身も心も洗うことに通じていた。衣も人もその生命を洗い、よみがえらせる。そんな心象がかまどの神や祖先の祭りの司祭者である女にはともなっていたのだ。心身の保護は衣類管理や心霊の司祭と重なっていたから、主婦たちは頃合いを見はからって嫁へ洗濯渡しをしたのだった。わたしは友人の古風な心根の中にある新しさを美しく思った。成長しつつあるものの巣立ちは自然の摂理だが、残される者の再生には人為的な営みが必要なのだから。」(第四巻「川でふろして」)

息子は巣立っていく。母は残される。それはやはりさびしいことなのだ。だから、洗濯渡し、を儀礼化して、それを引き渡すことにより、残された自らの再生の機会とする。この心根をわたしも美しく思う。

いま、息子も娘も、成人してからも長く親元にいることが多くなって、親は無理には出そうとしないし、本人たちも出たがらないようだから、こういう儀礼的な考え方ももういらないのかもしれない。しかし、こういう心性をもうだれももてなくなったことについて、それでよかったのだろうか、と考え込んでしまう。

わたしも、この話を聞いている森崎と同様に、息子の洗濯をしに行く母の話を聞いたら、なんて過保護なんだろう、息子たちを自立させないことが問題だろう、と思ってしまうだろう。でも、そこで立ち止まらない彼女の想像と思索の力に、もう一歩先につながるものを感じるのだ。

生活の伝承の美しさ

わたしたちのよりどころとはどこか。

わたしたちは家族のメンバーを失う、それは死であったり、別離であったりするが、残されたものの再生はどのように構築されているのか。自立的な個人のありよう、抑圧的な家制度の解体、女性の家事からの解放、というわたしたちが夢中になってきたものの中の、また、ここにも見落としてきたものがあることに、気づかされる。

このような文章を読んで、わたし自身も考え直し、服の整理ができない息子の片づけを引き受けたり、いつまでもやりのこしていた家事をていねいにしあげていったりするのである。それらが儀礼としても必要である、と気づく。

家事が女の仕事、といっているわけではない。母性礼賛ではない、という文章も何度もでてくる。それでもなおかつ、幼い人が育ち、病を得た人がやすらぎ、老いた人がおだやかに逝くためには、家の中でだれかが、生活に関わるこまごましたことを引き受け、祈り、評価など求めず、働き続けなければならない。

そういった中から立ち上がる人間の美しさ、というものに、森崎自身が励まされていくのだ。自立、とか、何でも自分が、とか、わたしのための時間、とか、わたしらしい仕事、と言うのとは違う、生活の伝承の美しさ。誰かが人知れず祈ること、見返りなく、黙々と働き続けることへ、尊敬のまなざしを注ぐのである。

森崎和江の歩いた道の先へ

ブラジルに長く暮らし、もう日本には住むこともあるまいか、と思っていたわたしに、二十世紀の終わりまでもう余り時間もないころ、まったく同じ本が、ふたり、別々の人から届けられた。二人ともわたしの友人で一人は助産婦、もう一人は建築家の男性。文字通り地球の裏から送られてきた『いのち、響きあう』（森崎和江著、藤原書店、一九九八年）の二冊であった。別々の、しかし、同じような内容の手紙が添えられている。「あなたはこのようなことを書いていきたいのではないか。あなたは日本に帰るべきではないか」。ブラジルに錨をおろそうとしていたわたしは、この本の言葉に導かれ、引っ張られるようにして、おずおずと日本にたどり着いた。

この道をまた、たよりないのであるが、わたしも、ゆきたい、という憧れの思いでいっぱいになる。だらしない、弱虫のわたしであるが、森崎和江が道標をつけてくれた道だから、行けそうな気がする。森崎和江の歩いた道のその先。あこがれてもはるかに遠い、人生の先達の、もっとも充実した時期の作品を読むことは、わたし自身にとって、これから進むべき道を「豊満な忘却」から受け取り、襟を正していただくことでもあったと思う。

そして、まったく及ばずながらであるが、そのつけてくださった道の一つを、できることがあるなら、先に進めたい。

森崎和江さん、本当にありがとうございます。その姿勢に、その生き様に、そのもの、残してくださった仕事に、亡くなったものと、後に続くものへの限りない愛情に。

（みさご・ちづる／津田塾大学教授）

（構成・編集部）

リレー連載 一海知義の世界 6

女性に囲まれる一海先生

中山 文

神戸学院大学への貢献

一九九三年、神戸大学を退官された一海先生は神戸学院大学人文学部に赴任された。それからご退職までの七年間、神戸学院大学は先生から多くの恩恵を受けた。先生の着任により人文学部の中国学に重みを加え、社会的な評価が高まったこと。これまで培ってこられた人間関係を惜しげなく提供してくださったこと。同僚のもちこむさまざまな疑問に丁寧に答えてくださったこと。数え上げるときりがないが、その中に附属高校の校歌を改作してもらったこともあげておかねばならない。

二〇〇〇年、学校法人神戸学院が持っていた女子高を男女共学にする動きがおきた。それにともない、女子高向けだった校歌を共学向けに改作する必要が生じた。当然のように一海先生にお願いすることになった。大きな改作が必要だったのは二番である。

心は高く　身は低く　踏む足もとを
顧みて
女の道に　いそしまむ　人の世のため　国のため

この部分を一海先生は次のように改作された。

心は高く　視野広く　踏む足もとを
顧みて
学びの道に　いそしまむ　人の世のため　はげみなむ

こうして典型的な良妻賢母教育のイメージが、社会に開かれた積極的な人間教育のイメージへと一瞬にして生まれ変わった。

この部分は、ちょうど附属高校の校訓である「照顧脚下、切磋琢磨」と符合している。女子高時代の校訓は「照顧脚下」だったのだが、「これと対になる、社会化された自己という意味の言葉はないですか?」とのリクエストに、一海先生が「切磋琢磨」を加えられたのだ。

今、神戸学院大学附属高校の生徒手帳には校則欄に、「照顧脚下　自分を見つめ、着実に向上する」「切磋琢磨　友人と互いに励み、ともに社会を築く」と書かれている。校歌の作詞欄には、最初の作者安田青風と一海先生の名前が並んでいる。

一海先生の魅力とは

　偶然お願いすることになったこの改作だが、私にはこれが一海先生から若い女性たちに送られたエールであるように思えてならない。先生は女性が自分の仕事をもち、自立することを心から応援して下さる。若い読游会メンバーに非常勤をお願いしましたとご報告したときの嬉しそうな表情に、私はつい自分の父親を重ねてしまう。女性が自分を磨いて社会に必要とされる人間になることを、強く望んでおられるのだ。そして若い女性研究者が経済的にちゃんと暮らせるようになることを、父親のように気にかけておられる。

▲陸游記念像前の一海氏

　女性にとって一海先生の魅力は、父性だけではない。かつて女子学生たちが「一海先生、カワイイ！」と話している場面に居合わせたことがあった。これを「大先生に向かって失礼な！」と叱ってはならない。彼女らにとっては、「カワイイ」は「大好き♪」の意であり、最高の誉め言葉なのだ。どれほどの美貌の持ち主であっても、嫌いな対象には決して言わない。いかにも頑固オヤジ然とした先生が授業中にぽろっと見せる笑顔が、彼女たちは大好きなのだ。

（後略　構成・編集部）

（なかやま・ふみ／神戸学院大学教授）

リレー連載 今、なぜ後藤新平か 42

後藤新平と内藤湖南

京都府立朱雀高等学校教諭・内藤湖南研究会会員 小野 泰

台湾での短い遭遇

後藤新平と内藤湖南（一八六六～一九三四）が同時に台湾で活躍した期間は、わずか一月に過ぎない。明治三十一（一八九八）年一月、当時『台湾日報』主筆であった湖南は病床の親友を見舞うために一時帰国していた。三月に東京・芝で開かれた第二回台湾会の席上、湖南は初めて後藤に会った。「ア、第一期の民政局長であつた者を惜しいことをした」とその印象を記している。戻りの船中では、児玉源太郎新総督・新民政局長後藤以下の官吏、軍人、銀行家、湖南等新聞記者が和やかに同舟の旅を楽しんだ。しかし一月後、湖南は再び帰国の途に就いた。総督府による『台湾日報』・『台湾新報』二紙の新聞統合に抗した為とされている。在籍は前年四月からの一年間に過ぎなかった。

自治こそ台湾統治の柱

湖南が『日報』で度々提起した改革案は具体的であり最後の「革新雑議」では、官吏淘汰・地方行政組織など六項目を掲げた。「なるべく旧慣により、簡易な行政組織とする事」、「保甲制度を活用し、清国の県行政も参照する事」等を提案している。着任当時、朝野の人士を一堂に招いた宴席で児玉が「吾が改革案の十中八九は君が論に尽くされている。」と語ったという。一方後藤は、同年一月末井上馨蔵相に宛て「台湾統治救急案」を提出して民政局長に抜擢された。「最も改革を要する急務は、従来から同島に存在した自治行政の慣習を恢復する事である。」とし、先ず民を安撫した上で土匪《どひ》を招降させ同時に行政の簡素化を図りつつ道路・鉄道・港湾等を整備し拓殖の実を進めるという内容である。やがて保甲制度も実施される。奇しくも二人は地方自治こそが台湾統治の鍵であると各々の方法で認識していた。

台政をめぐる湖南の批判

帰国した湖南は『万《よろず》朝報』に転じ、特に十一月から翌年三月まで台政問題を度々取り上げている。『万朝報』は廉価と

▲後藤新平（民政長官時代・左）と内藤湖南（1899 年頃・右『内藤湖南全集　第 2 巻』より）

激しい政府攻撃で、人気を博していた。湖南の議論は具体的であり、児玉・後藤による台湾統治策の着実な成果については素直に評価している。批判点は、大風呂敷ともいえる巨額の事業公債・土匪招降時の行き過ぎ・新聞統制策の三つに集約できる。時恰《あたか》も大隈内閣から第二次山県内閣への交替期と重なり、地租増徴案を柱とする増税問題が焦点であった。湖南は台湾財政問題を政治の駆け引きや議会対策に終始させず、帝国議会の場で国民に説明責任を果たせと批判した。

　また『正伝・後藤新平』には、後藤が台湾のみならず内地の新聞操縦にも意を用いていた事、『万朝報』については湖南が事情に精通しているので得策でないと差し控えた事を記す。ただし、一連の批判で湖南は「失政」ではなく「失措《しっそ》」と書いている。

　彼が『大阪朝日新聞』に転じた後、明治三十四（一九〇一）年に書いた「台湾行政改革の説」では「行政改革が簡素化し、旧慣も尊重されつつあり喜ぶべき変化である。」と一定の評価を与えている。湖南は藩閥政治にこそ矛先を向けていたのである。

　後年、湖南は後藤の人となりに敬服していたことを人に語っている（『日本の名著四一・内藤湖南』、中央公論社）。後藤は『清国行政法』等の調査事業を手掛けたが、依嘱を受けた織田萬・狩野直喜は京都帝大で湖南の同僚となる。湖南も「所謂日本の天職」（『内藤湖南全集』第二巻、筑摩書房）等で、日本の天職は坤輿《こんよ》（世界）に日本の文明・学術を弘めることだと主唱していた。後藤と湖南は、共に人との絆を大切にしていた。台湾の統治を共に考え、時に論争した二人の交流の跡が、今後更に明らかになる事を心から願う。

（おの・やすし）

Le Monde

■連載・『ル・モンド』紙から世界を読む　72

過剰な反撃か？

加藤晴久

イスラエルのガザ侵攻に対する国際社会の非難が高まるなか、そろそろお出ましかな、と思っていたら案の定、一月七日付『ル・モンド』に哲学者アンドレ・グリュックスマンの投稿が掲載された。題して「過剰な反撃か？」

世論はイスラエルの行動を「不均衡」だと糾弾する。「殺戮」だ、「全面戦争」だと騒ぎ立てる。「ジェノサイド」だとさえ言い出しかねない。イスラエル軍が高性能な武器を使用せず、ハマスと同じ武器、つまり、めくら撃ちのロケット弾、石を使えば、自爆テロで無差別に民間人を標的にすれば「均衡」になるのか。あるいは、ハマスがイランやシリアの支援を得てイスラエル軍のそれと「均衡」した軍事力を備えるまで待てと言うのか。「すべての紛争は不均衡である。」「どちらの陣営も自己の有利を活用し、相手の不利につけ込むことに努める。」イスラエル軍は高性能な武器を使用して「標的をしぼっている」。ハマスは、生命の尊厳を無視し、国際社会からの圧力へのイスラエルの配慮を当て込んで、ガザ住民を「人間の盾」として利用している。「均衡」のお題目では近東の平和は実現しない。「近東ではゲームのルールを尊重するだけのためにたたかっているのではない。ルールを確立するためにたたかっているのだ。」「サバイバルを願うことは『不均衡』ではないのだ。」

フランスの知識層にはユダヤ系の人たちが多い。その多くがパレスチナ国家の成立を支持している（その彼らの反応が一月十四日現在見えてきていない）。グリュックスマンはベルナール＝アンリ・レヴィとともに例外的存在である。それにしても、一九七〇年代にソ連型共産主義を糾弾した「新哲学派」の旗手として華々しく登場して以来、ボート・ピープル、ボスニア、チェチェン問題などで一貫して「犠牲者」の側に立ってきた者が、イスラエルとなると、がらりと変わる。驚きである。

「イスラエルは常に戦争に勝ってきた。そして平和を失ってきた。」

おなじくユダヤ系の思想家レーモン・アロンの言はイスラエルというパラノイア国家の悲劇を衝いている。

（かとう・はるひさ／東京大学名誉教授）

リレー連載　いま「アジア」を観る　74

世界を俯瞰して

宮脇淳子

　四年前から、国士舘大学二一世紀アジア学部で、非常勤で必修科目のアジア史を教えている。一学年四百人超の学生のうち、ほぼ四分の一が留学生である。最多は中国、次に韓国、あとはバングラデシュ、ミャンマー、スリランカ、フィリピン、トルコ、キルギス、カザフ、ロシアなど、さまざまである。もちろん日本語で講義をするわけだが、資料には総ルビをふる。韓国人留学生に、ルビがないと辞書が引けない、と言われたからだ。結果として、日本人学生にも役に立っているだろう。

　最近は一学年を四分割し、百人ずつに計六回で歴史概説をしている。第一回は、今ある国民国家は二百年前に誕生したこと、歴史は文化の一つで、文明によって見方が異なることを講義する。第二回は、ヘロドトスの『歴史』が現代にいたるヨーロッパ文明の枠組みを造ったこと、アジアとは最初は今のトルコで、十六世紀以後、次第に拡大したことを説明する。第三回は、司馬遷『史記』が中国の枠組みを決めたこと、中国は正史が描写するような不変の世界ではなかったと話す。第四回は、中国文明の影響を受けた日本の誕生から、近代になってヨーロッパ文明に切り替えたことを話す。第五回は、中央ユーラシアの草原の道と遊牧騎馬民の歴史、第六回「現代史の見方」で、明治維新以来の日本とアジアの関係を、日清・日露戦争、韓国併合、ロシア革命、満洲国と、相互の因果関係がわかるように説明し、国家と自分を同一視しないで生きるように、と言って終わる。推薦図書一冊読了後、レポート提出となる。

　私は、学生たちに世界を俯瞰してもらいたい、と願っている。いま観ている世界は決して不変のものではない。国家や民族は、つい最近誕生したものだ。かつて中国も韓国も日本もアジアではなかった。いま私たちが囚われている概念だって、どこかで始まったものなのだから、いつか終わることもあり得る。幸い、中国や韓国からの留学生のなかにも、時たま、私の意図を理解する者も出ている。

（みやわき・じゅんこ／モンゴル史家・学術博士）

連載　女性雑誌を読む　11

『女性改造』（十一）

尾形明子

編集方針の試行錯誤も、あるバランスを保つと思いがけない活気と充実を雑誌にもたらす。一九二四（大正十三）年三巻三・四・五号を手にしながらそう思う。

文学好きの女性読者を意識したのだろうか。「文壇名家の夫人印象記」（三号）は明治に活躍した高須芳次郎（梅渓）や女性記者が、北原白秋から中村吉蔵まで一二名の作家の家庭を訪問し、その妻の印象を記している。五号では「文豪の家庭生活を追懐して」と題して、高浜虚子「病床の子規居士」、徳田秋聲「紅葉山人とその夫人」、馬場孤蝶「樋口一葉女史の家庭」、森田草平「家庭に於ける漱石先生」などを特集、ともに作家の側面を今に伝える。野木光江「徳冨蘆花氏訪問の記」（三号）は、それほどの知識も用意もなく訪ねたらしい若い女性記者の目を通して、『新春』を出して間もない蘆花夫妻の様子が伝えられ、面目躍如の感がある。その昔、一五坪だった粕谷の住いが、今や宅地、山林、畑を合わせて三〇〇〇坪というのも興味深い。

私たちにとっては研究対象の、あるいは文学史上の作家の素顔が、同時代人の手によって鮮やかに浮かび上がってくる。画家の吉田八重子による「異端の画家ムンク」は、早い時期での日本でのムンク紹介である。兄とともに十代でアメリカに渡って絵の勉強を続けた吉田もまた異色の画家である。三号から芥川龍之介の文学論「僻眼」連載が始まる。「赤光」の連作にゴッホの太陽の絵を重ねて論じた斎藤茂吉論はすばらしい。

更にこの号から柳原白蓮「鳳凰天に搏つ」の連載も始まる。一九二一（大正十）年一〇月、夫の九州筑豊の炭鉱王伊藤伝右衛門に宛てた絶縁状を『大阪朝日新聞』に載せ、愛人宮崎龍介のもとに走った美貌の歌人白蓮は、大正天皇の従妹ということもあって、日本中を賑わした。

二人がともに暮らすには関東大震災の混乱をまたなくてはならなかったが、当時、龍介は病床にあり、白蓮が文筆で家計を支えた。自らの意志をもって、宮中での地位と力を手にしていく則天武后の生涯が、冗漫ではあるがくっきりと描かれ、ひとりの作家の誕生を見る。

（おがた・あきこ／東京女学館大学教授）

■連載・生きる言葉　23

社会部ダネの元祖

粕谷一希

仕立屋銀次は、明治掏摸《スリ》団の大親分。その全盛時代は五百の乾児《こぶん》が手足の如く動き、全国数千の掏摸も、彼の前に頭があがらなかったし、警察官僚も、一目置いている。

本田一郎『仕立屋銀次』
（一九九四年、中公文庫、はしがき九頁）

ジュンク堂の文庫コーナーで見つけた中公文庫であるが、かつては『サンデー毎日』に連載された読物であるという。著者は日々新聞の社会部記者、今日でも『サンデー毎日』が余命を保っているのは、かつてこうした面白い記事を載せたメディアであったことが、読者の側に記憶としてあったためであろう。

たしかに今日の日本の家族崩壊、学校崩壊に基く犯罪は目を蔽いたくなるが、かつての戦前の日本社会でも、その時代特有の犯罪があったのだ。われわれも、仕立屋銀次の名前は説教強盗の名と共に子供ながらにうっすらと記憶にある。子分数百名の掏摸の大親分であったという。こうした掏摸団と警察の関係も面白いが、掏摸の横行も社会の構図を語って面白い。スキャンダルには倦《あ》いたわれわれだが、社会部ダネの面白い記事は、われわれの眼を、犯罪に慣れさせる。人間社会のどうしようもない暗部は人間性を巧みに語っている。

戦後にも、社会部ダネの名作記事はあったし、本田靖春の『不当逮捕』など代表作といえよう。今日の社会も、工夫すれば面白い記事はつくれる筈である。しかし、新聞の方で本田一郎のような、面白い記者を育てる余裕を失っている。今日のノンフィクションものは傑作も多いが、『仕立屋銀次』のような味に欠ける。

『蟹工船』がベストセラーになり、ホームレスが日比谷公園や厚生労働省の講堂に寝泊りする今日の世相も、二十一世紀の日本社会の社会相を語っている。金融危機は、社会主義の効用を思い出させる。国家・企業・組合などの新しい関係が模索されるべきだろう。

（かすや・かずき／評論家）

連載　風が吹く　13

ファクシミリ異聞

―遠藤周作氏―

山崎陽子

自分のことを棚にあげて言えば、遠藤周作氏の機械オンチは重症だった。

新型のテレビを買ったのに、一向に動かないことに激怒して、電気店に電話。

「買ったばかりの新品が、ウンともスンともいわんとは何事だ」

あまりの剣幕に電気店の主人がふっ飛んできたが、なおも怒り続ける遠藤さんに、すまなそうに言ったそうである。

「旦那、まずコンセントを差しこんでください」

ファクシミリが一家に一台という現在の状況とは違い、FAXという言葉さえ耳新しい頃の話である。ある日、息せき切って電話してこられた遠藤さん。

「急いで窓開けて、空を見てくれませんか。早く！」

何が何やら解らぬまま、慌てて窓を開けて空をみたが、澄み切った青空には雲一つない。

「なんにも飛んでませんけれど……」

「ファクシミリの機械を買うたんや。初めて原稿を、講談社に送ったんだが……キミんち講談社の近くでしょう。今頃そのへん飛んでる筈なんだがなぁ」

真剣な遠藤さんの口調に、私は窓から身を乗り出したが、さすがにオカシイと思った。我が家の近くには、講談社の他に新潮社、光文社など名だたる出版社があり、もしファクシミリで送る原稿が空を飛ぶなら、このあたりの空は、遅れてはならじとひしめき合う原稿用紙で一杯になってしまうではないか。

遠藤さんは「言われてみれば、それもそうだ。あれ、そういえば送った原稿はここにあるぞ」としばし沈黙。「そうだ。物知りの三浦朱門に聞いてみよう」

かくしてエンサイクロペディア・ミウラニカと異名をとる博識の親友・三浦さんの出番となった。遠藤さんは、「お前、知ったかぶりしたいだろうから聞いてやるが」と前置きして、おもむろに質問されたらしいが、三浦さんの懇切丁寧な解説は何の役にもたたなかった。

「何やら偉そうに、テレビは線で、ファクシミリは点とか言いよったが、さっぱり解らん。あっ、出版社から何か送ってきたぞ。けしからん。無断でこっちの紙を使っとるぞ」

（やまざき・ようこ／童話作家）

連載　帰林閑話　171

漢字の誤読

一海知義

現総理の教示によれば、漢字の読み間違いには、三つの型があるらしい。

一、頻繁　ハンザツ

救済不能型。

「二年のうちにこれだけハンザツに両国首脳が往来したのは過去に例がないことであります」

この間違いは、ほとんど救い難い。「麻生」を「フクダ」と読み違えるようなものである。

しかしよく考えてみると、この間違い、話し手の深層心理下では、二つの語の間に何か関連があるのかも知れない。

二、踏襲　フシュウ

音読み・訓読みゴチャマゼ型。

「踏」は訓読みでは、「フむ」と読む。そして音・訓ゴチャマゼの「湯桶《ゆとう》」読みというのもある。手本《てほん》・消印《けしいん》。だが「踏襲」をトウシュウと読むことは、中学生でも知っている「常識」である。

三、未曾有　ミゾユウ

呉音・漢音ゴチャマゼ型。

未曾有は呉音ではミゾウウ（略してミゾウ）と読み、漢音ではビソウユウと読む。しかし呉音・漢音の知識がなくとも、未曾有をミゾウと読むのは、これまた「常識」である。

現総理に音・訓や呉音・漢音の知識を求めるのはムリだし、人々は知識の無さを笑っているのではない。中学生なみの常識さえないのを笑っているのである。

その総理が、今度は「矜持《きょうじ》」（元々は矜恃）という難しい漢字を正しく読んで、「首相が正しく読める漢語の一つ」など と、また新聞にからかわれた。

それはまあいいのだが、あとがいけなかった。

例の定額給付金について、「僕は元々受け取る気はありません。高額所得者が、一万二千円ちょうだい、というのはさもしい。そこは人間の矜持の問題」、と胸を張ったのがいけなかった。

閣僚たちが「受け取る」と言い出すと、また迷走《メイソウ》し始めた。総理によれば、迷走はマイソウと読むそうな。とうとう迷子《マイゴ》？

（いっかい・ともよし／神戸大学名誉教授）

一月新刊

今、世界で何が起きているのか？

環
学芸総合誌・季刊
【歴史・環境・文明】
Vol. 36

[特集] **世界大恐慌か？**

「アメリカ覇権という信仰の崩壊」E・トッド
「この『危機』は誰にとっての危機なのか？」A・バディウ
「金融資本主義の崩壊」榊原英資

加藤出／倉都康行／須藤功／若田部昌澄／安達誠司／原田泰／田中秀臣／R・ボワイエ＋井上泰夫／松原隆一郎／水野和夫／辻井喬／浜矩子／的場昭弘／佐伯啓思／黒田壽郎

〈連続座談〉「自治」とは何か
塩川正十郎＋片山善博＋増田寛也
〈対談〉O・パムク＋石牟礼道子
第四回「河上肇賞」(本賞)片岡剛士氏
〈奨励賞〉平山亜佐子氏／和田みき子氏
〈報告〉「一海知義著作集」発刊記念シンポジウム
〈インタビュー〉「歴史を問う歴史家」F・アルトーグ
〈小特集〉榎本武揚没後百周年をふりかえる
榎本隆充／合田一道／黒瀧秀久
〈書物の時空〉中村良夫／王智新／大中一彌／粕谷一希／猪木武徳／中村桂子／渡辺京二
〈連載〉小倉和夫／王柯／橋爪紳也／石井洋二郎／金時鐘／石牟礼道子／能澤壽彦

菊大判　三三六頁　三三六〇円

「国民国家論」とは一線を画す国家論。

国家の神秘
ブルデューと民主主義の政治

P・ブルデュー＆L・ヴァカンほか
L・ヴァカン編／水島和則訳

民主主義の構成要素として自明視される「国家」「政党」「イデオロギー対立」「選挙」「世論調査」「メディア」「学校教育」の概念そのものを問い直し、冷戦後、ネオリベラリズム台頭後の、今日の政治的閉塞を解明し、これを打破するための〝最強の武器〟。

四六上製　三四四頁　三九九〇円

〝思想家・高群逸枝〟を鮮烈に再定位。

高群逸枝の夢

丹野さきら

「我々は瞬間である」と謳った、高群の真髄とは何か？　「女性史家」というレッテルを留保し、従来看過されてきた「アナーキズム」と「恋愛論」を大胆に再読。H・アーレントらを参照しつつ、フェミニズム・歴史学の問題意識の最深部に位置する、「個」の生誕への讃歌を聞きとる。

第3回河上肇賞奨励賞受賞作

四六上製　二九六頁　三七八〇円

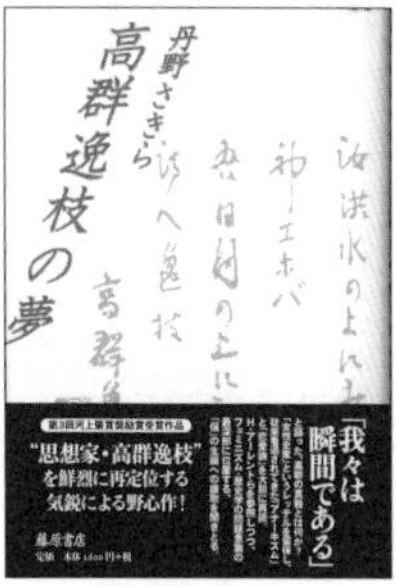

一万首を遺した漢詩人との五十年の対話。

一海知義著作集（全11巻・別巻一）

3 陸游と語る

南宋の代表的詩人陸游（陸放翁）。この憂国の詩人の作を精選した名著『陸游』ほか、五十年来の〝対話〟から生まれた名篇を収録。　口絵二頁

[月報]中山文・小田美和子・濱中仁・佐藤菜穂子　[第5回配本]

四六上製クロス装　五七六頁　八八二〇円

海峡は心をへだて、心をつなぐ。

森崎和江コレクション（全5巻）

精神史の旅

3 海峡

[月報]徐賢燮／上村忠男／仲里効／才津原哲弘

[解説]**梯 久美子**　[第3回配本]

海外へ売られた日本女性の足跡を緻密な取材と深い洞察で辿る『からゆきさん』の渾身の執筆。沖縄、対馬など各地を歩き始める。　口絵二頁

四六上製　三四四頁　三七八〇円

『「歴史」の体制』刊行記念

フランソワ・アルトーグ氏来日報告

　昨年二〇〇八年十二月四日から十三日まで、初邦訳『「歴史」の体制』の刊行に合わせて、著者フランソワ・アルトーグ氏が日仏会館の招聘により来日し、三都市（京都・東京・福岡）にて五つの講演を行った。本書の訳者として、またこの度の氏の来日日程の立案・調整および同行者として簡単な記録報告をさせていただきたい。

　十二月五日、京都大学人文科学研究所「啓蒙の運命」共同研究班（富永茂樹教授・王寺賢太准教授主宰）において、本書第三章に基づく講演「シャトーブリアン――旧世界と新世界の間で」（仏語）、続いて八日、東京大学「共生のための国際哲学教育研究センター」において、二〇〇三年に氏を日本に初招聘した古典・歴史研究者（葛西康徳教授・小林亜子教授・松本英実准教授）らを迎えて、高田康成教授の司会により「私たちとギリシャ人」（英語）の表題での講演、翌日九日、日仏会館では新館長マルク・アンベール氏同席のもと「時と複数の歴史――ユニバーサルな歴史からグローバルな歴史へ」（仏語）の表題での講演が、それぞれ行われた。

　東京滞在の最終日である十日には、藤原書店催合庵において、藤原良雄社主との間に主に『「歴史」の体制』にいたるまでの氏の仕事に関して総括的な質疑応答の機会が設けられるとともに、氏の仕事と領域を接する複数の識者を迎えて講演および討論がなされた。

　十二日、最終講演先である九州大学では、東アジア史研究コンソーシアム主催で先の日仏会館での講演原稿の英語版をもとに、氏とは欧州研究会議（ERC）で同僚の立場におられる考古学者・溝口孝司准教授の手引きにより、主に方法論としての「歴史」の体制、そのエピステーメーやパラダイムとの相違をめぐって議論がなされた。

　ふりかえれば、十日間五講演というかなりのハード・スケジュールを淡々とこなされたアルトーグ氏であったが、それも自身の仕事をより多くの人々に理解してもらいたいと願う氏自身のたっての希望によるものであった。また、この度、氏の仕事に関心を寄せて受け入れを快諾してくださった諸研究機関の多様さは、氏の仕事および『「歴史」の体制』という著作がもつ領域の広がりをまさに裏付けるものであった。

（伊藤綾・記）

読者の声

ケインズの闘い■

▼大作への挑戦に感動。

（滋賀　銀行員　**高田紘一**　69歳）

戦後思潮■

▼新自由主義／グローバリゼーションの席巻の後、あらためて「国家」の役割が問われている現在、戦後の思想家たちは、「戦争」という災厄をもたらした「国家」をどのようなものとして把握していたのか——このような関心から本書を手に取りました。

（大阪　自営業　**篠木純一**　34歳）

▼いっけん、いわゆる回顧的に、すぎさった思潮の羅列に思われたが、読了後の感想はちがった。それはひとことでいえば、過去の思潮を復元することによる、それと現在との対応、そしていま、おのれがよってたっている意味をふかく考えさせられた。過去のいきた思潮は現代にも脈々と、それこそ連続と断絶とのかっとうによってひきつがれ、あるものは未来へ志向すべき内容であることを強く感じないわけにはいかなかった。

（香川　**西尾一**　73歳）

▼もう少し、早い時期に読みたかった、いや、今でもおそくなかった。改めて読みなおすのも悪くないな—と思いつつ読みました。

（愛知　**松原哲男**　74歳）

別冊『環』⑮図書館・アーカイブズとは何か■

▼たいへんよい企画と思いました。小生の友人・知人など数名が執筆していたので購求しました。図書館・アーカイブズがなぜ日本で十分発展できずにきたか、どうしたらよいのか、更なる追究が必要と思いました。

（東京　元図書館員　**田沢恭二**　77歳）

世界の多様性■

▼「世界の多様性」は「日本の社会の多様性」へと展開出来そう。日本社会の異常な問題発生の原点をこの思想の中に発見出来るかもと思う。問題解決の糸口が掴めるかもと思う。

（和歌山　**薗部雄道**　77歳）

恋の華・白蓮事件■

▼昔から新聞雑誌等で柳原白蓮女史のことはよんできたが生い立ちから伊藤伝右衛門氏とのこと、こんなくわしいこと迄知りませんでした。ずい分思い切ったことをする、深窓の姫君にあるまじき、と思ったこともありましたが、このくわしい本をよませて頂いて、今更乍ら其の心の奥迄、よく分かりました。気の毒であり又、しあわせな人であったと思います。息子戦死は最高にお気の毒で、慰さめの言葉もありません。大切に取っておいて又読直します。

（神奈川　**宮澤八百子**　88歳）

言魂《ことだま》■

▼現実の不条理と、生きることの苦しみ、その中でも生き続けることの意味を考えさせられました。体の苦しみに耐えながらも訴えるその力に、自らを省み、叱咤する思いです。

（神奈川　会社員　**森田真人**　28歳）

▼出版界に良心があることを知って感動いたしました。

（新潟　放送大学学習センター所長　**小島誠**　70歳）

一海知義著作集■

▼いい書物であります。とっても読み易いです。気に入っています。先生の御写真もなかなかいいですね。

（水墨画家　**櫻井拙朋**　70歳）

NHKとともに七十年■

▼「テレビ受信機の変せん」の記事

を最近書いた。真空管時代→ハイビジョン→地デジ受信機まで。放送方式の発展と受信機の変化を主とした。文系出身が七四％、理系出身が二六％の現役の時代に、このような回顧本の意義は大きいと思う。

（滋賀　僧侶　**小川温雄**　72歳）

ゴルバチョフ・ファクター■

▼下斗米教授の書評のとおり、素晴らしい内容でした。当時、ペレストロイカ、グラスノスチや新思考外交の進展を熱い思いで見ていたことを懐かしく思い出します。ゴルバチョフがソ連国民だけでなく全人類の平和のために努力したことは、残念ながら、多くの人たちに理解されていないようです（例えば、アタリ著『二十一世紀の歴史』）。彼はレーニンの後継者だったと私は――彼自身や著者と違って――評価しています。経済改革での後退は失敗でしたが。できればブラウン氏の"Seven Years That Changed the World: Perestroika in Perspective"も翻訳出版してください。

（東京　団体職員　**広川孝司**　51歳）

クローン病■

▼今、クローン病で入院しています。前回十年前にもなり、その時は、今思うと、軽い方だったので油物、牛乳など乳製品をさければ、ぐらいで、あまり考えず良くなり、普通に生活していました。今年一月末より、痛み（腹）が出て、たびたび発熱し、何が原因か分からず、一一日にやっとクローン病ではないかと……。この本を読み、あてはまる所が多々ありました。もう少し、自分の病気・クローン病を知ろうと思い購入し、うまくつきあっていけたらと思いました。

（福島　**山本幸子**　40歳）

後藤新平大全■

▼日本近代の中で現下の国をとりまく内外政治情勢はとても厳しく、展望が開けぬところに国民思潮の混迷があります。温故知新、此のような人物の足跡は今とても待望されています。

（埼玉　医師　**加藤元康**　28歳）

※みなさまのご感想・お便りをお待ちしています。お気軽に小社「読者の声」係まで、お送り下さい。掲載の方には粗品を進呈いたします。

書評日誌（三・二六〜三・二七）

書 書評　紹 紹介　記 関連記事
TV 紹介、インタビュー

三・二六　書 週刊読書人「光州の五月」（「『韓流』文化紹介の裾野の広がり」／「文学や文化をめぐるものが目を引く」／佐野正人）

書 週刊読書人「歌姫コンシュエロ(上)(下)」（「女性作家の活躍が目立つ」／「〈イリュジオニスト〉な作家の傑作が紹介される」／塚本昌則）

書 週刊読書人「『場所』の詩学」（「英米文学から英語文学へ」／「昨今の出版状況のなかでも実り豊かな年」／木下卓）

紹 週刊読書人「昭和とは何であったか」（「書評」／「哲学・思想」）

紹 週刊読書人「地中海の記憶」（「書評」／「世界史」）

三・二七　紹 図書新聞「戦後政治体制の起源」（「08年下半期読書アンケート」／竹中佳彦）

三月号　紹 潮「鶴見和子を語る」（「幸せな『老い』を迎えるために。」／「人が必ず迎える人生の最終章――。その時のために、私たちはいかに生きていくべきなのか。碩学と作家が縦横無尽に語り合った人生哲学。」／鶴見俊輔・重松清）

三月新刊

＊タイトルは仮題

後藤新平の謎を解く新シリーズ第一弾！

シリーズ「後藤新平とは何か——自治・公共・共生・平和」

自治

第一弾！

特別寄稿＝片山善博・塩川正十郎
鶴見俊輔・養老孟司

医療・交通・通信・都市計画・教育・外交などを通して、後藤の仕事を終生貫いていた「自治的自覚」。特に重要な「自治生活の新精神」を軸に、生物学的原理に貫かれた後藤の説く「自治」の考え方をクリアーにし、二十一世紀においても新しい後藤の「自治」を検証する問題作。

世界が注目する、気鋭の若手論客

変わるイスラーム

源流／進展／未来　三月来日決定！

レザー・アスラン　白須英子訳

世界が注目する、米国在住の若手イラン人作家・宗教学者による、「文明の衝突」論へのイスラーム側からの最も強力かつ誠実な反論。「イスラーム世界は、欧州が経たような宗教改革の途上にあり、ビン・ラーディンやジハード主義はその副産物にすぎない」ことを明敏な論理と巧みな筆致で解き明かし、イスラームの未来を照らし出す。

ワクチンこそ、新型対策の切り札

〈増補新版〉強毒性新型インフルエンザの脅威

岡田晴恵編

「ワクチン問題」に関する一章を増補。人獣共通感染症としてのインフルエンザ（＝鳥型・新型・季節性インフルの相互関係）の理解から、ワクチンが切り札であることを説く！

すべての未来ある若き女性たちへ。

好奇心があるかぎり…

堀　文子・山崎陽子

七十歳を超えてヒマラヤを訪れ、クモやミジンコなど極微の生物に宿る生命を描き続ける九十歳で現役の画家、堀文子。宝塚を経て、一台のピアノと演者から〝朗読ミュージカル〟という夢の舞台を創出する山崎陽子。ふたりの胸ときめく対話の炎《ほむら》。

古代から現代まで生きる漢詩の魅力

一海知義著作集（全11巻・別巻一）

8 漢詩の世界II

六朝以前〜中唐

三千年の古代から生み出されてきた漢詩の魅力とは？　約二五〇首を時代別、作家別に配列、それぞれに詳細な解説を付す。

［月報］丹羽博之・風呂本武敏・舩阪富美子・高倩藝

［第6回配本］

精神史の旅の先から、新たな旅が始まる

森崎和江コレクション（全5巻）

精神史の旅　完結

5 回帰

［解説］花崎皋平

旅から得たものは、個々の地域へのまなざしと同時に、かけがえのない「地球」をまるごと抱きしめること——。すべての問いを包含しうる「いのち」への逢着という着地点。

［月報］金時鐘・川本隆史・藤目ゆき・井上豊久

2月の新刊

タイトルは仮題、定価は予価。

空と風と星の詩人　尹東柱《ユンドンジュ》評伝 ＊
宋友恵（ソン・ウヘ）愛沢革訳
四六上製　六〇八頁　六八二五円　写真多数

「バロン・サツマ」と呼ばれた男 ＊
薩摩治郎八とその時代
村上紀史郎
四六上製　四〇八頁　三九九〇円　口絵四頁

森崎和江コレクション——精神史の旅（全5巻）
4 漂泊 ＊三砂ちづる＝解説［第4回配本］
四六上製　三五二頁　三七八〇円

近刊

■3月発刊■
シリーズ「後藤新平とは何か——自治・公共・共生・平和」　季刊
自治 ＊　後藤新平
〈続刊〉官僚政治　都市　公民

変わるイスラーム ＊
源流／進展／未来
レザー・アスラン　白須英子訳

〈増補新版〉**強毒性新型インフルエンザの脅威** ＊
岡田晴恵編

好奇心があるかぎり… ＊
堀文子・山崎陽子

一海知義著作集（全11巻・別巻1）
8 漢詩の世界Ⅱ ＊　［第6回配本］
六朝以前〜中唐

森崎和江コレクション——精神史の旅（全5巻）
5 回帰 ＊ 花崎皋平＝解説　完結

■4月発刊■
石牟礼道子・詩文コレクション（全7巻）
1 猫「三毛猫あわれ」「ノンノ婆さん」ほか　町田康＝解説
2 花「お人形さんと彼岸花」「手型の樹」ほか　河瀬直美＝解説
装画・挿画　よしだみどり　装丁・作間順子　内容見本呈

好評既刊書

学芸総合誌・季刊
『環』歴史・環境・文明 ㊱ 09・冬号 ＊
〈特集・世界大恐慌か？〉
トッド／榊原英資／バディウ／辻井喬 ほか
菊大判　三三六頁　三三六〇円

国家の神秘 ＊
ブルデューと民主主義の政治
P・ブルデュー＆L・ヴァカンほか
L・ヴァカン編　水島和則訳
四六上製　三四四頁　三九九〇円

高群逸枝の夢 ＊
丹野さきら
四六上製　二九六頁　三七八〇円

一海知義著作集（全11巻・別巻1）
3 陸游と語る ＊　［第5回配本］
四六上製布クロス装　五七六頁　八八二〇円

「歴史」の体制
現在主義と時間経験
フランソワ・アルトーグ　伊藤綾訳・解説
四六上製　三九二頁　四八三〇円

黒い十字架
松原久子
四六上製　二九六頁　二五二〇円

美術批評の先駆者、岩村透
ラスキンからモリスまで
田辺徹
四六上製　四一六頁　四八三〇円　口絵四頁

森崎和江コレクション——精神史の旅（全5巻）
1 産土　姜信子＝解説
2 地熱　川村湊＝解説
3 海峡 ＊　梯久美子＝解説
四六上製　各巻三七八〇円

＊の商品は今号に紹介記事を掲載しております。併せてご覧戴ければ幸いです。

書店様へ

▼1／17（土）「王様のブランチ」（TBS系）で爆笑問題・太田光氏が**O・パムク『雪』**（10刷）を「最高の恋愛小説」と紹介し、大反響、忽ち緊急大増刷！　先の1／9（金）『読売』一面でのパムク氏インタヴュー記事（「多文化の共存　原理主義への挑戦」）も相俟って、パムク好評既刊の**『わたしの名は紅』**（13刷）や**『イスタンブール』**（2刷）、**『父のトランク』**（2刷）にも併せて動きが出ております。各タイトル複数冊での大きなご展開をお願いいたします。▼1／25（日）「エチカの鏡」（フジ系）で男爵いも・川田龍吉の悲恋が紹介され、**『サムライに恋した英国娘——男爵いも、川田龍吉への恋文』**にお問い合せ殺到！　刊行から時間も経っておりますので（05年9月刊）、今一度在庫ご確認いただき、大きなご展開をお願いいたします。▼1／28（水）**『朝日』「論壇時評」**で早速先月刊の**『環』36号からE・トッドの緊急インタヴュー**が激賞紹介！　2／28（土）放送予定のNHK「未来への提言」でのトッド特集もご期待下さい。トッド関連既刊の在庫ご確認下さい。（営業部）

〝朗読ミュージカル〟を主催
山崎陽子の世界

一台のピアノと演技者が、現代社会を諷刺した作品を見事に演じ、観客を涙と笑いの渦に巻き込む〝朗読ミュージカル〟。

司会・中條秀子

作・演出　**山崎陽子**

［出演］**梓みちよ／日向薫／森田克子／大路三千緒**

ピアノ・沢里尊子　清水玲子

［日時］二〇〇九年三月二六日（木）二七日（金）（昼の部）一四時（夜の部）一八時半

［会場］紀尾井小ホール（東京都千代田区）

［入場料］五五〇〇円

［定員］各二五〇名（全席指定・要申込）

＊お申し込みは小社の「山崎陽子の世界」係まで。

●〈藤原書店ブッククラブ〉ご案内●

▼会員特典は、①本誌『機』を発行の都度ご送付／②（小社への直接注文に限り）小社商品購入時に10%のポイント還元／③送料のサービス。その他小社催しへのご優待等。詳細は小社営業部まで問い合せ下さい。

▼年会費二〇〇〇円。ご希望の方は、入会ご希望の旨をお書き添えの上、左記口座番号までご送金下さい。

振替・00160-4-17013　藤原書店

出版随想

▼一月二〇日。黒人を祖にもつオバマ氏がアメリカ合衆国の第44代大統領に就任した。アメリカ国内は勿論、これほど世界の人々が注目したアメリカ大統領の就任式はなかったであろう。二〇〇九年一月二〇日という日は、歴史に刻み込まれる日となるだろう。オバマの就任講演で印象に残る言葉が二つあった。一つは、「アメリカは若い国だ」という言葉だ。四百年近く前に、宗教戦争の渦中、祖国イギリスを追われた貧しい清教徒《ピューリタン》がアメリカ大陸の東海岸に流れつき、先住民との闘いや祖国イギリスとの戦争から、二三〇余年前に独立を勝ち取った新しい国である。その間、白人たちは、アフリカから労働の奴隷として黒人を売買し、奴隷船で大量にアメリカに連れてきた。十七世紀から始まった白人による黒人奴隷は、十九世紀後半の奴隷解放宣言まで約二五〇年続くのである。

▼「アメリカ合衆国は、混血の子孫を、自動的に劣等とみなされる集団――かつて『ニグロ』と呼ばれた集団――に割りふる過剰な出自的原理が、『血の一滴ルール』において適用された唯一の近代社会である」（ブルデュー『国家の神秘』より）と、世界の思想家ブルデューが指摘する如く、黒人の血が一滴混じるだけで黒人として差別されてきたし、今もそうである。そういう状況の中で、アメリカにオバマ大統領が誕生したのである。世界から祝福や喝采を受けて当然だ。

▼二つめは、「多様性」という言葉だ。「私たちの多様性という遺産」という言い方をしているが、この「多様性」という言葉こそ、近代社会、世界を読み解くキーワードだからだ。これまでアメリカは、グローバリゼーションを標榜し、アメリカを中心にすべての国はアメリカ化すべきなのだと、「パクス・アメリカーナ」を世界に強要してきた。わが国でもこれを真に受け、日米同盟を声高に称揚する人達が多数を占めていた。その今、オバマは、〝多様性〟を強調したのだ。これは、われわれにとって非常に重大なことだ。これからの日米関係は、これを軸に転換していかねばならないだろう。

▼ただ問題は、急には彼の政策が世界に浸透して、彼の考える自由な世界が創出されるとは思えない。時間をかけながら異文化の〝対話〟を続けてゆくことだ。最低でも十年はかかるだろうが、彼の理想を実現すべく、われわれはわれわれなりに「自治的自覚」を持って、地域づくり、国づくりをしてゆくほかはないと思う。（亮）